LES MARIONNETTES DU DESTIN
est le quatre cent cinquantième livre
publié par Les éditions JCL inc.

Catalogage avant publication de Bibliothèque et Archives nationales du Québec et Bibliothèque et Archives Canada

Dupuy, Marie-Bernadette, 1952-

Les marionnettes du destin

Suite de: Les soupirs du vent.

ISBN 978-2-89431-450-0

I. Titre.

PQ2664.U693M37 2011   843'.914   C2011-940795-7

© **Les éditions JCL inc., 2011**
Édition originale : mai 2011
Première réimpression : juin 2011

Les Marionnettes
du destin

Les éditions JCL inc.
930, rue Jacques-Cartier Est, Chicoutimi (Québec) G7H 7K9
Tél. : (418) 696-0536 – Téléc. : (418) 696-3132 – www.jcl.qc.ca
ISBN 978-2-89431-450-0

MARIE-BERNADETTE DUPUY

Les Marionnettes du destin

ROMAN

LES ÉDITIONS JCL

DE LA MÊME AUTEURE :

Les *Ravages de la passion*, tome V, roman, Chicoutimi, Éditions JCL, 2010, 638 p.
La *Grotte aux fées*, tome IV, roman, Chicoutimi, Éditions JCL, 2009, 650 p.
Les *Tristes Noces*, tome III, roman, Chicoutimi, Éditions JCL, 2008, 646 p.
Le *Chemin des falaises*, tome II, roman, Chicoutimi, Éditions JCL, 2007, 634 p.
Le *Moulin du loup*, tome I, roman, Chicoutimi, Éditions JCL, 2007, 564 p.

Les *Marionnettes du destin*, tome IV, roman, Chicoutimi, Éditions JCL, 2011, 728 p.
Les *Soupirs du vent*, tome III, roman, Chicoutimi, Éditions JCL, 2010, 752 p.
Le *Rossignol de Val-Jalbert*, tome II, roman, Chicoutimi, Éditions JCL, 2009, 792 p.
L'*Enfant des neiges*, tome I, roman, Chicoutimi, Éditions JCL, 2008, 656 p.

La *Demoiselle des Bories*, tome II, roman, Chicoutimi, Éditions JCL, 2005, 606 p.
L'*Orpheline du Bois des Loups*, tome I, roman, Chicoutimi, Éditions JCL, 2002, 379 p.

Les *Fiancés du Rhin*, roman, Chicoutimi, Éditions JCL, 2010, 790 p.

Le *Val de l'espoir*, roman, Chicoutimi, Éditions JCL, 2007, 416 p.

Le *Cachot de Hautefaille*, roman, Chicoutimi, Éditions JCL, 2006, 320 p.

Le *Refuge aux roses*, roman, Chicoutimi, Éditions JCL, 2005, 200 p.

Le *Chant de l'Océan*, roman, Chicoutimi, Éditions JCL, 2004, 434 p.

Les *Enfants du Pas du Loup*, roman, Chicoutimi, Éditions JCL, 2004, 250 p.

L'*Amour écorché*, roman, Chicoutimi, Éditions JCL, 2003, 284 p.

*Je voudrais témoigner ici toute ma gratitude
à celles et ceux qui m'ont aidée et guidée
dans ma quête d'anecdotes, de documents.*

*Un grand merci à Jean-Claude Larouche,
mon éditeur. Grâce à lui, chaque année,
j'ai le bonheur de fouler le sol québécois
et d'y retrouver des amis très chers.*

*Et une pensée affectueuse pour Alicia,
une de mes jeunes lectrices de Desbiens,
que j'ai eu le grand plaisir de rencontrer au Québec.*

Note de l'auteure

En écrivant les dernières lignes du tome III, intitulé *Les Soupirs du vent*, j'ai laissé Hermine et Toshan enlacés près de la chute d'eau de la rivière Ouiatchouan, à Val-Jalbert. La guerre commençait à enflammer le monde entier et bouleversait déjà l'existence ordinaire de mes personnages.

Je ne pouvais pas en rester là. Je me suis de nouveau plongée dans l'étude d'une importante documentation afin de dépeindre les aventures et les tourments de mes chers héros.

Bien sûr, j'ai dû mêler la fiction à la réalité et des personnages réels côtoient parfois ceux dont j'ai imaginé le palpitant destin.

Les Canadiens ont souffert dans leur chair et dans leur âme de ce long conflit qui a fait tant de victimes partout sur notre planète.

Je tenais, de tout mon cœur de Française, à rendre hommage à leur dévouement, à leur engagement, en émaillant mon récit de faits authentiques.

Bien des années se sont écoulées depuis ce désastreux conflit. Aussi, je voudrais préciser un point capital. Comme bien des romanciers soucieux de respecter le climat d'une époque précise, j'ai dû évoquer les Allemands dans leur rôle d'ennemis. Cependant, par souci d'équité, j'ai souligné que beaucoup parmi eux subissaient également de terribles épreuves, dans leur pays ou ailleurs, en butte à la haine générale, eux à qui, le plus souvent, on n'avait pas laissé le choix de s'engager. Certains sont passés du côté de la résistance française, d'autres sont morts pour avoir refusé d'obéir à Hitler. Il ne faut rien oublier, ni le mal ni le bien.

J'ai tenu en outre à évoquer le délicat sujet des pensionnats d'enfants amérindiens qui ont ouvert leurs portes dans les années 1920 et où se sont déroulées de graves exactions. Cependant, je tiens à préciser ici que ce genre d'établissements n'existait pas à Chicoutimi, ni aux environs de Péribonka. C'est uniquement pour les besoins du roman que je les ai créés. Il n'aurait pas été très judicieux de ma part de citer les lieux réels, surtout pour les victimes de jadis.

J'espère que mon inspiration et mon travail sauront répondre à l'attente de mes lectrices et de mes lecteurs, du Québec et d'ailleurs.

M.-B. D.

Table des matières

1

Un avant-goût de l'enfer

Golfe du Saint-Laurent, nuit du 11 au 12 mai 1942

— Vous n'êtes pas trop ému de partir pour l'Europe? demanda en français le capitaine, un rude gaillard dont la haute taille imposait le respect.

— Non, capitaine, j'attends ce moment depuis deux ans, répondit Armand Marois.

Il venait de rejoindre sur le pont le capitaine du cargo hollandais qui faisait route vers le Royaume-Uni. Natif du pays du Lac-Saint-Jean, le jeune homme était encore vêtu de sa tenue de cuisinier. Une main sur le bastingage, il observait d'un regard mélancolique les lumières d'une localité de la rive sud du Saint-Laurent qui s'éloignaient dans la nuit noire, à tribord. Il ne connaissait pas la Gaspésie, mais cette terre qui disparaissait petit à petit appartenait quand même à son pays natal.

— Mais en m'engageant dans la marine royale, continua Armand, je ne pensais pas finir aux fourneaux d'un bateau. Tout ça parce qu'à l'armée ils m'ont trouvé un problème d'audition! Seulement, comme disaient mes parents, je suis débrouillard. La preuve! Je suis quand même à bord. La mer, ça me plaît tellement! J'ai envie de voyager et de me rendre utile. J'ai grandi dans un village ouvrier qui est maintenant à l'abandon, Val-Jalbert! Il ne s'y passe plus rien.

Le capitaine approuva distraitement, un vague sourire de politesse sur les lèvres. Il se dirigea vers la passerelle du poste de commandement, d'où son second lui faisait signe.

— Je redescends, leur cria Armand. En bas, tout le monde est déjà couché.

13

Il serait volontiers resté au grand air. Le fils cadet de Joseph et d'Élisabeth Marois n'avait guère changé depuis qu'il avait quitté sa famille. Mince, le teint hâlé, les cheveux courts d'un blond doré, il se savait beau garçon et il attirait facilement la sympathie. De nature, il était assez content de lui. Et les circonstances présentes lui donnaient tout lieu de se féliciter, puisqu'il avait pu prendre place dans ce cargo grâce à un poste de commis de cuisine qui se libérait. Ce bâtiment faisait partie d'un groupe de six navires marchands. Il se tourna encore une fois vers la côte.

«Je laisse qui, derrière moi? se demanda-t-il. Ma mère est morte sans que je l'aie revue, sans même que j'aie pu l'embrasser. Les filles? Je les fréquente pour me distraire. La seule qui m'intéresse vraiment se moque bien de moi.»

Dans un accès de nostalgie, il revit le doux visage de Betty, sa mère, aux bouclettes couleur de miel, et il crut sentir le velouté de ses joues quand il y déposait un léger baiser. Il pensa à Charlotte et revit ses cheveux bruns soyeux, ses yeux sombres et sa bouche si rose. Elle n'était plus fiancée à Simon, son frère aîné, mais elle s'entêtait à demeurer célibataire.

«Elle n'a pas répondu à ma plus récente lettre, se dit encore Armand. Si elle avait accepté de me revoir à Québec, je ne me serais pas embarqué. J'aurais tenté ma chance.»

Il respira une dernière fois le vent frais. Soudain, une violente explosion retentit dans la nuit, un bruit épouvantable assorti d'une clarté fulgurante.

— Des torpilles! hurla le capitaine. Le premier navire est touché!

La peur au ventre, Armand dévala l'escalier métallique et se rua sur l'entrepont. La terrible menace dont les Québécois parlaient depuis des mois prenait tout son sens. Les U-Boot allemands poursuivaient leur chasse diabolique, pareils à une meute de loups rôdant dans les profondeurs marines du Saint-Laurent. En embarquant, il savait très bien que ces bateaux-là ne seraient pas protégés par des corvettes.

« Qu'est-ce que ça changerait ? pensa Armand en courant vers les cabines des matelots. Tout va si vite ! »

L'écho de la déflagration le hantait. Naïvement, il espérait avoir le temps de mettre toutes ses affaires dans son sac, au cas où il faudrait embarquer dans les canots de sauvetage.

— Debout, les gars ! brailla-t-il. *Wake up*[1] *! Wake up!* Les U-Boot attaquent !

Il fallait parler anglais à défaut du hollandais. Peter, un soldat, se dressa sur sa couchette, hébété. Au même instant, l'enfer se déchaîna. La masse entière du navire, touché à son tour en plein centre, fut ébranlée. Une torpille avait percé la coque et pénétré dans les bouilloires. Des clameurs horrifiées s'élevèrent, couvertes par des grondements effrayants et des sifflements de vapeur que l'on aurait dit poussés par un serpent monstrueux.

Armand fut d'abord projeté au sol. Son cœur battait à tout rompre.

« Mon Dieu, c'est la fin ! Maman ! Maman ! implorat-il. Je ne veux pas mourir ! »

Des hurlements d'agonie lui glaçaient le sang. Il comprit que des hommes, non loin de là, étaient brûlés vifs. Ensuite, le chaos qui régna l'empêcha de réfléchir. Les matelots se ruèrent vers le pont. Armand suivit le mouvement. Le second du capitaine fit mettre une chaloupe à la mer, mais elle ne put contenir qu'une vingtaine de passagers.

— Le cargo va couler ! s'égosilla un matelot.

Ceux qui dormaient et qui n'avaient pas été atteints par l'explosion des bouilloires se jetèrent par-dessus bord et se retrouvèrent en pyjama dans les flots glacés du fleuve. Ils luttaient contre un courant puissant qui les entraînait vers le fond. Le bateau, en sombrant, causait des remous en spirale dont la succion fatale semblait irrésistible. Il coula en six minutes.

« Nage, mon vieux, faut sacrément bien nager, se répétait Armand qui avait sauté à l'eau comme tant

---

1. Réveillez-vous !

d'autres. Maman! Charlotte! Mon Dieu, Charlotte, ma petite Charlotte! »

Pris d'une immense panique, Armand but la tasse. Des images lui traversèrent l'esprit à une vitesse hallucinante. Il se vit enfant, à sept ans, quand il fouillait l'esplanade et les hangars de la pulperie, à Val-Jalbert, pour ramasser tout ce qu'il jugeait intéressant: des boulons rouillés, des clous, des ficelles. Le plus souvent, c'était les dimanches d'été qu'il menait ses expéditions au parfum défendu. L'instant d'après, il se crut au milieu de la rue Saint-Georges avec Simon et Charlotte. Elle était encore fillette et, eux, adolescents. Ce devait être vers Noël. Ils se livraient à une bataille de boules de neige. De leur maison s'échappait l'odeur délicieuse des beignes chauds cuits par Betty.

— Maman! Ma petite maman! appela-t-il en refaisant surface, après avoir recraché de l'eau. Charlotte, je t'aime! Tu entends ça? Je t'aime!

Le jeune homme, transi, épuisé, aperçut soudain la chaloupe dansant sur les vagues. Il agita un bras et poussa un cri désespéré.

— Oh! Par icitte!

— Courage, Armand, répondit une voix.

La tête ruisselante de Peter, son voisin de cabine, lui apparut. Le soldat anglais nageait vers lui.

— Les caisses, ajouta-t-il. Il faut monter sur une caisse!

— D'accord! répondit Armand entre deux claquements de dents.

Les énormes caisses de la cargaison flottaient alentour. S'en servir comme d'un radeau pourrait peut-être lui permettre de survivre. Le visage crispé par l'effort, Peter changea de direction. Il semblait investi d'une énergie inouïe.

— Je te suis! murmura le cadet des Marois, beaucoup moins entraîné que son compagnon.

Il voulait encore y croire, mais il était un piètre nageur. Saisi par le froid du fleuve, son corps le trahissait.

« Mon Dieu, non! supplia-t-il. Non… Maman… J'veux pas mourir, non… »

L'eau le suffoqua et l'emporta. Une ultime vision lui

fut offerte, le sourire malicieux de Charlotte, un rayon de soleil sur ses lèvres roses dont il ne connaîtrait jamais la douceur.

Québec, rue Sainte-Anne, jeudi 14 mai 1942
Hermine Delbeau, chanteuse lyrique de renom, lisait la copie de l'article qui paraîtrait le lendemain dans *La Presse*. C'était une certaine Badette, journaliste et amie de longue date, qui lui avait apporté ce papier avant sa parution.

La vue brouillée par les larmes, elle ne déchiffrait que trop bien ces lignes dont le sens achevait de lui briser le cœur. C'était le témoignage du capitaine d'un des cargos hollandais coulé par les U-Boot deux jours auparavant.

La nuit était froide, l'eau, glacée. En fait, un de mes hommes est mort de froid. Nous l'avons enseveli sous les eaux selon la tradition de la marine. Mon équipage se composait de marins hollandais et de quatre soldats anglais. En dépit du danger et du voisinage du sous-marin qu'il nous était impossible de voir par cette nuit d'encre, les autres navires du groupe aidèrent au sauvetage. L'attaque fut si rapide et la fin du navire si précipitée que nous n'avons eu le temps de mettre qu'une seule chaloupe à la mer. Nous étions vingt-deux hommes dans cette chaloupe qui pouvait en contenir à peine treize. Une autre chaloupe ne put être mise à la mer, car le mécanisme s'enraya. D'ailleurs, il fallait faire vite: le cargo pouvait exploser d'un moment à l'autre et l'inclinaison empêchait toute manœuvre [2].

— Mon Dieu, quelle horreur! s'écria Hermine. Le destin d'Armand se résume en quelques mots! Je ne peux pas y croire. Il est mort de froid, lui qui a connu les très rudes hivers de Val-Jalbert!

— Courage, ma chère petite, murmura Badette en posant une main affectueuse sur son épaule. Je vous ai

---

2. Texte de l'époque paru dans *La Presse* le 15 mai 1942.

apporté cet article parce que vous me l'avez demandé. Vous teniez à comprendre ce qui s'était passé durant cette nuit tragique!

En refoulant ses sanglots, Hermine hocha la tête. D'un geste nerveux, elle lissa ses longs cheveux blonds, ondulés et souples, qui encadraient un visage de madone d'une beauté émouvante.

—Hier, j'ai reçu un télégramme m'annonçant la mort d'Armand! C'était si bref que j'ai eu l'idée de vous appeler, puisque vous m'aviez communiqué votre nouvelle adresse. Badette, croyez-vous qu'il ait souffert? Ce doit être affreux, de se noyer. Quand je pense qu'il était si content d'embarquer et de travailler aux cuisines de ce bateau! Il n'avait que vingt-quatre ans! Mon Dieu!

—Il a dû d'abord perdre connaissance, à cause du froid. Je ne sais pas quoi vous dire et je déplore de vous revoir dans de telles circonstances, ma chère Hermine. En m'installant à Québec, j'espérais vous rencontrer plus souvent, ainsi que vos parents, mais nos retrouvailles sont bien tristes.

La jeune femme parvint à sourire en prenant la main de son amie. Elle déclara d'un ton plus ferme:

—Je vous remercie, c'est gentil de m'avoir rendu ce service…

—Disons que j'ai eu beaucoup de chance d'obtenir cette place à *La Presse*, affirma Badette. Ainsi, je suis au courant de tout ce qui agite le pays. Et cette sinistre affaire provoque des remous dans l'opinion publique. Les esprits s'échauffent. Cette fois, ce ne sont plus des rumeurs. Des sous-marins allemands ont pénétré dans le Saint-Laurent. Les gens exigent la vérité! La vérité, mes collègues me l'ont dite. Ces deux cargos hollandais ont été torpillés et ont coulé en quelques minutes. Les habitants du village de pêcheurs de Cloridorme, en Gaspésie, peuvent en témoigner. Ils ont cru à un tremblement de terre. L'explosion du premier navire touché a ébranlé la côte. Et, au matin, ils ont vu ces pauvres rescapés, en pyjama parfois, qui avaient nagé pendant plus de deux heures.

—Sauf Armand, gémit Hermine. Il faut que je téléphone sans tarder à ma mère et qu'elle prévienne le malheureux Joseph. Il a perdu son épouse il y a deux ans. Maintenant, il va pleurer un fils.

Badette l'obligea à s'asseoir dans un fauteuil.

—Calmez-vous! Il vous faudrait boire un remontant! Vous êtes si pâle!

Hermine tamponna ses grands yeux bleus à l'aide d'un mouchoir en batiste brodée. Elle regarda le salon d'un air égaré, comme si ce cadre agréable, douillet, lui était étranger.

—Je dois vous expliquer ce qui a motivé le départ d'Armand, dit-elle d'une voix mal assurée. Il m'a rendu visite à la fin du mois d'avril. Rien n'est simple, chez nous, ma chère Badette. Cela n'a pas changé depuis ce Noël 1934 où vous avez passé le temps des Fêtes à Val-Jalbert.

—Et où vous nous aviez faussé compagnie pour rejoindre votre beau seigneur des forêts, tenta de plaisanter la journaliste. Excusez-moi; je voudrais tant pouvoir vous consoler.

Un bruit métallique résonna dans une pièce voisine. Presque aussitôt, une gracieuse personne au teint cuivré accourut, vêtue d'une robe grise à col blanc, dissimulée sous un large tablier en coton également gris. C'était Madeleine, l'amie montagnaise d'Hermine qui l'avait suivie à Québec et qui se chargeait de l'intendance et du ménage.

—Mine, je suis navrée, déclara-t-elle. Il faudra patienter. J'ai renversé la théière. Bonjour, madame Badette! C'est une bonne chose que vous soyez près de nous.

—Pas de madame entre nous, protesta la journaliste. Vous n'avez pas du tout changé, Madeleine! Mais vous ne jouez plus les nounous, à ce que je vois?

—Non, les enfants sont restés chez madame Laura. C'est moins dangereux là-bas, répliqua l'ancienne nourrice de Marie et de Laurence, les filles d'Hermine, des jumelles âgées de huit ans et demi.

—Et je m'en félicite, ajouta Hermine. La menace

nazie se rapproche dangereusement. Un commerçant me disait hier que nous risquons d'être bombardés! Au moins, mes trois enfants sont en sécurité.

À nouveau plongée dans son chagrin, elle se tut. Certes, elle n'était pas très proche d'Armand, qui était le seul des trois fils Marois à avoir un caractère si particulier, cynique, moqueur. « Quand j'avais six ans et lui, quatre de moins, Betty me le confiait et je lui faisais manger sa bouillie, se souvint-elle. J'avais toujours peur qu'il tombe de sa chaise haute. Nous avons grandi ensemble. Je dois envoyer un télégramme à Simon. »

Des images de son enfance lui revenaient. Elle n'était alors qu'une petite orpheline, recueillie par les religieuses de Notre-Dame-du-Bon-Conseil, enseignantes au couvent-école, du temps où la fabrique de pulpe tournait à plein régime et que la cité ouvrière de Val-Jalbert s'enorgueillissait de plus de cinq cents habitants. La mère supérieure la confiait fréquemment au couple Marois, qui logeait rue Saint-Georges.

« Pauvre Armand, songea-t-elle encore. Il s'était adouci, ces dernières semaines. Mais Charlotte l'a éconduit une fois de plus, alors que lui, il l'aimait sincèrement. »

— Hermine, appela Badette, vous avez un air si désespéré!

— J'ai du mal à accepter la mort d'Armand. Mon Dieu, ce que je viens de dire est stupide! Qui accepterait une mort aussi brutale, aussi injuste? Mais la guerre dure depuis deux ans et je crains que la situation n'empire, notamment ici. Jusqu'à présent, nous n'étions pas trop à plaindre. La France est occupée. Dans toute l'Europe et le monde entier, les victimes ne se comptent plus. Je suis de plus en plus anxieuse, Badette. Hitler n'est qu'un fou, un monstre assoiffé de pouvoir, et sa campagne d'antisémitisme me répugne.

— Je vous comprends, cela prend une ampleur épouvantable, admit la journaliste. Mais vous souhaitiez m'expliquer les raisons du départ d'Armand. Racontez-moi! Peut-être cela allégera-t-il un peu votre peine!

—Ou bien cela ne fera que l'aggraver, soupira Hermine. Enfin, vous avez raison. J'ai besoin de parler, de «placoter», comme dit notre brave gouvernante, Mireille. En fait, Armand était amoureux de Charlotte; vous savez, cette jeune fille que nous avons quasiment adoptée, ma mère et moi. Mais elle était fiancée à Simon, l'aîné des Marois. Ils devaient se marier en juin 1940. Charlotte réalisait son rêve d'adolescente, épouser celui qu'elle adorait. Le décès en couches de Betty a retardé la noce, bien sûr. Et, à l'automne de la même année, Simon s'est engagé dans l'armée. Il a rompu, il lui a rendu sa liberté.

—Armand avait quitté le pays du Lac-Saint-Jean depuis des mois. Il n'a même pas revu sa mère vivante. Et s'il était parti, c'était par dépit!

La voix d'Hermine se brisa. Elle avait l'impression de raconter un mélodrame de mauvais goût. Cependant, elle poursuivit:

—Cet hiver, Armand a revu Charlotte, qui travaille dans une usine à Montréal. Elle soutient l'effort de guerre. Ce sont ses propres termes. Il la croyait mariée à son frère. En apprenant qu'il n'en était rien, et puisqu'on l'avait exempté pour des troubles de l'audition, il a tenté sa chance. Mademoiselle n'a rien voulu entendre.

—Et ce pauvre garçon a déniché un emploi sur un cargo hollandais, hasarda Badette.

—Oui, hélas! Et Joseph ne pourra même pas prier sur la tombe de son fils! Armand a eu droit aux honneurs de la marine: son corps reposera dans le Saint-Laurent.

Elle se remit à pleurer. Madeleine apportait le plateau du thé. Un vent printanier entrait par la fenêtre ouverte. Le soleil illuminait les rideaux. Les arbres fruitiers se couvraient d'une multitude de fleurs d'un blanc rosé; les prairies se nappaient d'une herbe tendre, d'un vert vif. La nature se souciait peu de la folie meurtrière des hommes.

—Et vos enfants, comment vont-ils? demanda la journaliste. Je les avais trouvés si mignons quand nous nous sommes croisés l'été dernier, à Chicoutimi!

— Mukki a encore grandi, s'empressa de répondre Hermine. C'est un garçon réservé, beaucoup moins turbulent, maintenant, toujours très brun, au regard de velours noir, comme son père. Je crois que, plus tard, ce sera le sosie de Toshan.

En prononçant le prénom indien de son mari, sa voix trembla un peu. Elle ferma les yeux quelques secondes pour évoquer l'homme qu'elle chérissait de toute son âme, auquel l'unissait une passion charnelle dont la force ne se démentait pas. En grande romantique, Badette éprouva une vague nostalgie.

— Hermine, votre histoire d'amour me fascinera toujours. J'écris encore des nouvelles, mais je n'ai pas osé m'attaquer à un texte qui vous mettrait en scène, Toshan et vous. Mais cela ne tardera pas! Les journaux ne se sont pas gênés, à vos débuts! Le Métis et le Rossignol des neiges… Je me souviens de ce gros titre.

Elle avait réussi à faire sourire son amie. Madeleine, qui prenait le thé avec les deux femmes, encouragea la journaliste d'un coup d'œil insistant.

— Et je me souviens aussi de notre première rencontre, ajouta Badette. Nous étions dans le train pour Québec; vous alliez passer une audition. Il y a eu une avarie juste avant la gare de Lac-Édouard et nous avons dû passer la nuit au sanatorium du village. Votre Mukki n'était qu'un bébé, à cette époque. Et vous avez improvisé un récital pour les malades. Je n'oublierai jamais l'émotion que j'ai ressentie en vous écoutant. Je me disais: «Cette adorable personne a un immense talent» et je ne me trompais pas. À propos, il paraît que vous avez signé un contrat pour trois opérettes, cet été?

Hermine approuva d'un signe de tête. Elle fixa les motifs floraux de la nappe en dentelle avant de répondre:

— Ce n'est pas mon genre musical préféré, mais je dois gagner ma vie et les gens ont envie de s'amuser. Avec Maurice Chevalier à l'affiche, les films américains donnent le ton. Le directeur du Capitole a donc choisi de monter *Le Pays du Sourire* et *La Veuve joyeuse* de

Franz Léhar. Les répétitions commencent la semaine prochaine. Je regretterai l'absence d'Octave Duplessis, mon impresario. Je n'ai plus aucune nouvelle de lui depuis un an. Il est peut-être mort, lui aussi!

—Ne voyez pas tout en noir, ma chère petite, la gronda Badette. Gardez espoir! J'aurai le plaisir de vous applaudir à nouveau.

Silencieuse comme à son habitude, Madeleine observait la journaliste, qui attirait sa sympathie. C'était une jolie femme, vive, aux manières parfois enfantines. On la devinait tendre, dévouée, un brin fantasque dans ses paroles et ses gestes affectueux. Elle avait de jolis yeux verts irisés d'or, les cheveux mi-longs d'un châtain blond coupés aux épaules, et elle suivait de près la mode de la France, sa patrie natale.

—Je n'ai pas le choix! s'écria Hermine. Je suis en effet très pessimiste. Mon mari va s'embarquer pour le Royaume-Uni. Une torpille peut couler le bateau sur lequel il sera. Je ne supporterais pas de le perdre! Là aussi, rien n'a été simple. Il y a deux ans, Toshan a fait acte de rébellion. Autant être franche, Badette, il a déserté!

—Mon Dieu, s'effara la journaliste. En temps de guerre?

—C'était pour me revoir! Et parce qu'il avait refusé de tirer sur un prisonnier allemand, dans un lieu que je ne dois pas nommer et dans des circonstances dont je ne devrais pas parler... Oh! C'était quasiment un secret d'État! Je vous en supplie, ne le dévoilez pas.

—Je n'ai rien entendu, coupa Badette d'un air grave. Mais un beau seigneur des forêts ne peut agir que selon un code moral qui lui tient à cœur! Et quelle sublime preuve d'amour! Déserter pour vous retrouver...

—Toshan a repris courage près de moi et de nos enfants, ces quelques jours de l'automne 1940. Ensuite, il s'est présenté à la Citadelle en avouant son acte. Il a écopé d'un blâme et d'une peine d'enfermement. Depuis, les choses ont bien évolué. Il a même été incorporé dans un bataillon de parachutistes. Et, dans une semaine, il part pour l'Europe!

Hermine lança un regard affolé autour d'elle.

—Vous rappelez-vous, ma chère Badette, nous logions déjà ici quand j'ai joué dans *Faust*, en décembre 1934. Depuis cette date, ma mère a toujours gardé cet appartement en location. Nous y séjournons durant l'été. Ainsi, je suis proche de mon mari. Nous pouvons nous rencontrer et, parfois, il vient souper ou dîner.

La journaliste eut un léger soupir en songeant à Laura Chardin dont la fortune semblait inépuisable.

—Ma petite Hermine, hélas! je dois vous laisser, dit-elle d'un ton embarrassé. Je vous remercie pour ce thé délicieux, mais on m'attend à la rédaction du journal. Je reviendrai aussi souvent que vous aurez besoin de moi et de mon amitié!

—Oh oui, chère dame, coupa Madeleine, venez quand vous le pouvez! Je vois bien que votre présence réconforte Mine. Ses enfants lui manquent tellement! Et puis, nous nous sentons un peu seules. Les visites sont si rares!

—C'est promis, affirma Badette en embrassant chaleureusement les deux femmes tour à tour.

Après son départ, elles demeurèrent un long moment silencieuses.

—À présent, je dois prévenir mes parents, dit enfin Hermine. Ils auront la pénible tâche d'annoncer la mort d'Armand à son père.

—Courage! murmura la douce Indienne. Demain, nous irons à Sainte-Anne-de-Beaupré, et nous prierons au pied de la statue de Kateri Tekakwitha[3]. Nous avions décidé d'y aller il y a plusieurs années déjà et nous ne l'avons pas fait. Mine, ceux qui nous quittent entendent nos prières. Ton petit Victor[4], Betty et Armand sauront que tu les aimais!

---

3. Bienheureuse Kateri Tekakwitha (Tekakwitha : *Celle qui avance en hésitant*, en langue iroquoise) (1656-1680) est née sur le bord de la rivière Mohawk, aujourd'hui dans l'État de New York. Elle est la première Amérindienne d'Amérique du Nord à avoir été béatifiée.

4. Voir *Les Soupirs du vent*. Victor est un bébé décédé au bout de quelques jours, dont la perte avait cruellement affecté Hermine.

—Tu as raison, nous irons! Tu tiens tant à ce pèlerinage, et je t'ai privée de cette joie!

La foi inébranlable de Madeleine, qui avait renoncé à la vie couventine par affection pour Hermine et ses filles, suscitait toujours l'admiration de la chanteuse. Elle lui caressa la joue gentiment et se leva, mince et gracieuse dans une robe en lainage bleu qui moulait ses formes ravissantes, une taille fine, des hanches épanouies, une poitrine de rêve.

Avant de décrocher le téléphone, elle ferma les yeux afin de s'évader en pensée vers son village fantôme, Val-Jalbert. Les pommiers fleuriraient bientôt et, sur les terrains à l'abandon, des marguerites égaieraient les herbes sauvages de leurs corolles blanches. Elle imagina Marie et Laurence, ses ravissantes fillettes de huit ans et demi, vagabondant dans les rues désertes, leurs boucles châtains livrées au vent du lac Saint-Jean. Mukki, lui, irait sûrement rôder vers la chute d'eau de la Ouiatchouan.

«En cette saison, la cascade est au summum de sa puissance, libérée de l'emprise du gel, gorgée de la fonte des neiges, songea-t-elle. Chaque matin, avant d'entrer en classe, Armand s'échappait en courant pour assister au spectacle. Armand... Il est mort! Son corps gît au fond du Saint-Laurent!»

Val-Jalbert, *même jour*

Joseph Marois était assis sous l'auvent de son perron. Il affûtait la lame de son couteau. L'ancien ouvrier, coiffé d'une couronne de cheveux gris, portait sur son visage les marques d'un profond chagrin. La date anniversaire de la mort de son épouse approchait et il la redoutait. Les souvenirs affluaient et, comme l'an passé, il boirait un peu trop de caribou en regardant les rares photographies de la disparue. Le soir, après avoir déposé sur la tombe de Betty un bouquet de ces magnifiques roses rouges qui poussaient sous les fenêtres de la maison et dont sa femme aimait tant le parfum capiteux, il irait seul se recueillir au cimetière.

Un bruit de pas lui fit redresser la tête. Joseph aperçut

son voisin le plus proche, Jocelyn Chardin. C'était un homme de haute taille, robuste malgré l'approche de la soixantaine. Ce jour-là, il marchait moins vite qu'à son habitude et paraissait soucieux.

— Qu'est-ce qui vous amène? lui demanda-t-il. J'espère que ma fille ne vous cause pas de tracas?

— Non, ce n'est pas ça, Jo! répondit Jocelyn un peu vite. Marie est une enfant sage et discrète, désireuse de s'instruire. Poussez-la à devenir institutrice. Si elle se montre aussi compétente que la personne engagée par Laura, votre fille sera en mesure de travailler n'importe où.

— Seigneur, qu'est-ce que je ferais sans votre aide? déplora Joseph.

— Dites plutôt sans ma femme, rectifia Jocelyn. C'est encore une idée à elle, d'ouvrir une classe chez nous. Pour dénicher la perle rare, Laura a mis une annonce dans trois journaux et, sans attendre, elle a transformé son bureau en salle d'école. Cinq pupitres achetés à Chicoutimi et livrés par le train, un tableau noir, tout le matériel…

Ils échangèrent une poignée de main amicale, sans discuter davantage d'un problème qui les avait beaucoup préoccupés et auquel Laura Chardin s'était attelée avec énergie.

À coups de dollars, la mère d'Hermine trouvait des solutions à chaque problème. Ayant sous son aile son fils Louis, âgé de bientôt huit ans, ses petits-enfants Mukki, Laurence et Marie, elle avait tenu à leur donner des cours à domicile, car Val-Jalbert ne disposait plus d'enseignantes depuis 1939. Au printemps et à l'automne, les enfants pouvaient aller à l'école de Roberval, mais l'hiver les déplacements quotidiens se faisaient difficilement.

— Et le monde est en guerre! s'était exclamée la tempétueuse Laura. Ces petits seront plus en sécurité ici, loin des villes. Je ne crois pas que les Allemands bombarderont une cité ouvrière déserte ou presque.

Tout naturellement, Marie Marois avait pris place

dans la classe dès qu'une certaine Andréa Damasse s'était révélée la candidate idéale aux yeux de Laura. Célibataire, âgée de trente-huit ans, pas trop jolie, elle était bardée de diplômes. Cela remontait à la mi-avril et, depuis, la belle demeure des Chardin résonnait le matin et l'après-midi des règles d'arithmétique, de poésies récitées, de leçons de géographie et d'histoire sainte.

—Je vous offre un café, Jocelyn? proposa Joseph, content d'avoir de la compagnie.

—Je préfère un verre de caribou.

—Vous avez quelque chose à fêter, ou à oublier?

—Mon pauvre Joseph, j'ai surtout une très mauvaise nouvelle à vous annoncer. Hermine vient de nous téléphoner. Bien sûr, à Québec, elle est plus au courant que nous de l'actualité. Il y a eu du grabuge dans le Saint-Laurent. Les U-Boot ont torpillé des cargos hollandais en route pour l'Angleterre.

Les traits de l'ancien ouvrier s'altérèrent. Il pensa qu'il était arrivé malheur à Toshan, l'époux de la jeune femme.

—Je suis au courant, maintenant que j'ai acheté une radio!

Accablé par sa mission, Jocelyn s'assit sur la plus haute marche du perron. Il se frotta la barbe, drue et semée d'argent.

—Saviez-vous qu'Armand, votre fils, avait pris un job dans un de ces bateaux? lui demanda-t-il de plus en plus mal à l'aise.

—Armand? De quoi parlez-vous, à la fin? J'ai reçu une lettre, il y a de ça une quinzaine, où il disait vouloir être embauché dans une usine d'armement.

—Jo, je suis vraiment navré, Armand est mort. Il était à bord d'un des navires. La torpille a pénétré dans les bouilloires des chaudières. Les marins se sont jetés à l'eau. Votre fils aussi, qui était second aux cuisines. Il n'a pas supporté le froid; il s'est noyé.

D'abord, Joseph resta muet. Puis il se leva de son siège et poussa un hurlement de rage, les poings serrés à hauteur de sa poitrine.

— Non! Non! Mon Dieu! Non!

Jocelyn courba l'échine, tête basse. Les plaintes rauques de son voisin et ami lui déchiraient le cœur.

— Mon fils, mon petit gars! Seigneur! Rien ne me sera épargné, rien.

Un choc sourd ébranla un des piliers de l'auvent. Le père égaré par la douleur venait de frapper le bois. Les doigts en sang, il recula et s'effondra dans la chaise berçante où il passait des heures, à la belle saison.

— J'aurais voulu vous l'annoncer avec plus de ménagements, souffla Jocelyn. Pardonnez-moi.

Joseph sanglotait, le visage caché entre ses mains.

— C'était son rêve, de voyager sur la mer. Il n'est pas allé très loin, mon Armand. Et son corps? Il faut que je l'enterre icitte, près de sa mère.

— Vous ne le pourrez pas, Jo. Il a eu droit aux obsèques des marins, le cercueil mis à l'eau. Je suis navré, navré! Je voudrais trouver des mots de consolation et je n'en ai pas. Mais j'ai un fils, moi aussi. Quand on l'a kidnappé, durant ce terrible début d'hiver de 1940, j'ai cru le perdre. Je partage votre peine, je vous assure.

— Je n'ai plus que Marie, s'étonna l'ancien ouvrier d'un air hébété. Edmond est entré au séminaire. Quant à Simon, il a été affecté je ne sais où par l'armée. Il m'écrit une fois par mois pour me mettre au courant de ses affectations. Quel crétin! Il aurait dû épouser Charlotte et cultiver les champs en friche comme il en avait le projet. Ces deux-là auraient bien fini par me donner un petit-fils!

D'autorité, Jocelyn entra dans la maison des Marois, sortit la bouteille de caribou du buffet et servit deux verres.

— Buvez, Jo, ça vous remontera un peu!

Ce n'était pas un bon conseil, Joseph luttant contre une nette tendance à la boisson, mais il y avait des circonstances où l'alcool était un excellent viatique.

Montréal, camp de prisonniers de l'île Sainte-Hélène, samedi 16 mai 1942
Simon Marois contemplait les reflets du soleil sur

l'eau paisible du chenal Le Moyne, qui séparait l'île Sainte-Hélène[5] de l'île de Montréal. Il était de garde avec un autre soldat. Tous deux surveillaient les allées et venues d'une vingtaine de prisonniers chargés de consolider un baraquement. Dès l'entrée en guerre de l'Italie contre la France, sous la férule de Mussolini, la police canadienne avait procédé à une vague massive d'arrestations des citoyens d'origine italienne. Les anciens bâtiments édifiés sur l'île quelques siècles auparavant servaient de camp. Il se trouvait là également des Allemands et une dizaine de Japonais.

— Le beau temps ne va pas durer, dit Simon, histoire de discuter un peu. Je te parie qu'il pleuvra la semaine prochaine!

Il s'ennuyait ferme et déplorait son affectation. Mais, dans l'armée, on ne discutait pas les ordres.

— Tant qu'à porter un uniforme et à tenir un fusil, j'aimerais mieux partir pour l'Europe, ajouta-t-il. Et ces pauvres internés[6] font peine à voir. Ils n'ont pas le droit de nous parler, mais je sais que certains sont icitte injustement. Ils vivaient au Québec depuis des générations.

Son camarade ricana en répliquant:

— Même si un de ces bozos est un partisan de Mussolini, il ne va pas le crier sur les toits! Mais les Boches ne sont sacrément pas drôles. Il n'y en a pas un qui a essayé de s'enfuir! Tiens, voilà le caporal!

Ils se levèrent et saluèrent. Leur supérieur tendit un petit papier bleu à Simon.

— Télégramme, soldat Marois!

— Merci, caporal, répondit-il, très surpris.

---

5. Elle fut nommée en 1611 par Samuel de Champlain en honneur de sa femme, Hélène de Champlain. L'île appartint à la famille Le Moyne de Longueuil de 1665 jusqu'en 1818, date à laquelle le gouvernement britannique la racheta et y fit construire un fort et une poudrière.

6. Le terme *interné* était réservé aux prisonniers ou réfugiés civils, juifs et italiens, sous surveillance.

Ce genre de courrier rapide n'annonçait jamais rien de bon. Il le tourna entre ses doigts avant de l'ouvrir. «Maman est morte depuis deux ans, ce n'est quand même pas le père?» se demanda-t-il en silence, brusquement ému.

Le message le détrompa. On l'informait en très peu de mots que son frère Armand avait péri dans le naufrage d'un navire marchand. La nouvelle provenait de la Citadelle.

—J'ai reçu une communication d'un officier du Royal 22e régiment, expliqua le caporal. Une amie de votre famille tenait à vous prévenir. Je suis au courant. Votre frère... Mes condoléances, soldat Marois. L'attaque des cargos a eu lieu dans la nuit de mardi à mercredi, au large des côtes de la Gaspésie.

Simon hocha la tête, totalement ébahi. L'événement avait été divulgué par la radio dont était équipé le réfectoire.

—Les bateaux ont coulé à cause des torpilles? hasarda-t-il. Pourquoi mon frère était-il à bord? Je ne comprends pas. Il était exempté.

—Je ne peux pas vous renseigner, soldat Marois. Cependant, je vous autorise à téléphoner à la personne susceptible de vous en dire plus.

—Merci, soupira Simon.

Il alluma une cigarette avec l'étrange impression de faire un mauvais rêve.

—Je suis désolé, dit son camarade. Mes condoléances!

Incapable de répondre, Simon s'éloigna de quelques pas. Son passé le rattrapait, lui qui tentait d'être un autre depuis des mois. Des larmes lui piquèrent les yeux.

—Armand? Non, murmura-t-il.

Ils avaient joué les frères ennemis pendant des années. Mais, en cet instant, les souvenirs qui le submergeaient lui redonnaient l'image d'un petit garçon blond, déluré, casse-cou. «Il se blessait sans arrêt. Il avait toujours les genoux en sang ou des égratignures sur les joues. Maman s'en plaignait assez.

Elle disait que de laver le linge de son cadet lui donnait un mal de chien. Et papa qui lui prévoyait un avenir de mécanicien! Armand! La dernière fois que je l'ai croisé, c'était à Val-Jalbert. Il était venu fleurir la tombe de maman. Il n'a même pas dormi à la maison.»

Cela lui paraissait tout à fait irréel. Il écrasa son mégot d'un coup de talon. La vision de Charlotte traversa son esprit. «Armand est mort sans m'avoir pardonné. Il restait persuadé que je lui avais volé la seule fille intéressante au monde. Mon Dieu, il l'aimait! Peut-être qu'ils auraient été heureux ensemble, ces deux-là.»

Simon avait besoin de parler à Hermine. Il se dirigea vers le bâtiment qui abritait l'administration. Le caporal avait donné des ordres; on le laissa seul dans un petit bureau tapissé de cartes topographiques de la région.

«Mais à quoi bon l'appeler? s'interrogea-t-il. Un bon fils téléphonerait d'abord à son père! Je ne suis rien de tout ça, ni bon fils, ni bon frère, ni bon fiancé!»

Il se frotta le menton, perplexe. Il avait cru pouvoir épouser la ravissante Charlotte Lapointe, qui s'était épanouie dans son cercle familial. Plein de tendresse pour l'enfant, Simon avait assisté à la lente transformation de la fillette quasiment aveugle en une adolescente malicieuse. Une chose ne changeait pas: elle l'adorait.

«Hélas! je n'ai pas de goût pour les femmes, même les plus jolies, se dit-il. Et je vis avec ce secret, dans un milieu exclusivement masculin.»

Toshan, le mari d'Hermine, avait été le premier à deviner ce qui rongeait le jeune homme, honteux d'être un inverti. Après deux tentatives de suicide, l'aîné des Marois avait accepté sa différence, mais il mettait un point d'honneur à cacher sa vraie nature.

Simon finit par se décider et, quelques minutes plus tard, il entendit la voix aiguë de Laura Chardin. Elle lui résuma la tragédie en l'assommant de paroles réconfortantes. Quand il raccrocha le combiné, un sanglot sec lui noua la gorge. «C'est donc bien vrai. Armand est mort, songea-t-il. Et Hermine séjourne à Québec.» Il se sentit désespérément seul. Le chagrin qu'il refoulait le fit trembler. Il sortit d'une démarche incertaine, avec l'envie de hurler de rage.

« Mon Dieu, c'était mon frère! Je croyais le détester, mais je l'aimais. »

Québec, rue Sainte-Anne, même jour

Hermine écrivait à sa mère lorsqu'un coup de sonnette la fit sursauter. Madeleine était sortie faire des courses. Elle abandonna sa lettre et alla ouvrir. Elle n'attendait personne et se composa un visage avenant, au cas où ce serait Badette, qui pouvait très bien passer à l'improviste. Mais sur le seuil se tenait une jeune fille en jupe noire et corsage beige, une valise à la main. Ses boucles brunes étaient retenues en arrière par des peignes de chaque côté de son visage fin et lumineux. Son regard brun doré exprimait une profonde détresse.

— Charlotte! s'écria-t-elle. Ma chérie, je suis si contente! Entre vite!

Dès que la porte fut refermée, elles s'étreignirent, en larmes.

— Je suis venue dès que j'ai eu ta lettre, Mimine. C'est si affreux et injuste! Armand avait toute la vie devant lui et il est mort!

— Je sais bien, ma Lolotte, répliqua Hermine en l'embrassant sur le front. J'avais besoin de te voir pour que nous en parlions ensemble. Tu me manquais tellement! Et il m'est déjà pénible d'être séparée des enfants.

— J'ai abandonné mon job, avoua son amie. À Québec aussi, il y a du travail! Vu les circonstances, je voulais être près de toi.

— Dans ce cas, tu vas reprendre ta place de maquilleuse au service de la célèbre chanteuse lyrique Hermine Delbeau, ironisa-t-elle. Même si je dois te payer à même mon cachet. Je ne fais que pleurer depuis mercredi, si bien que Madeleine a déclaré forfait. Comment aurions-nous pu imaginer ça? Armand, fauché en pleine jeunesse.

Charlotte approuva gravement. Durant le trajet en train, elle avait répété plus de cent fois cette phrase si courte, mais si lourde de sens: « Armand est mort! »

32

— Demain, dimanche, nous allons à Sainte-Anne-de-Beaupré, lui confia Hermine comme s'il s'agissait d'une nouvelle d'une extrême importance. Madeleine était sûre que tu arriverais aujourd'hui. Elle voulait t'attendre pour que nous nous rendions à la basilique. Peut-être qu'ensemble nous trouverons le deuil moins cruel à endurer?

— Ce qui me trouble le plus, c'est que j'ai revu Armand il n'y a pas longtemps. Il m'a invitée dans un restaurant renommé, à Montréal. Mon Dieu, comme je suis triste! Mimine, j'ai coupé court à sa déclaration d'amour. J'ai été dure, froide. Il n'a pas pu terminer son dessert, le pauvre. Et moi, idiote que je suis, j'ai encore parlé de Simon, de ma déception, de ce mariage qui représentait tant pour moi et qui n'a pas eu lieu. J'aurais mieux fait de lui dire la vérité!

— Quelle vérité? interrogea Hermine en lui prenant la main pour l'entraîner vers le salon.

— Eh bien, je commençais à penser que je serais peut-être heureuse avec lui, avec Armand.

— Tu ne pouvais pas prévoir ce qui arriverait, ma Charlotte! Tu croyais avoir du temps devant toi! Ce sont les torpilles allemandes qui ont décidé de son destin, pas toi. Nous allons boire un thé. Maintenant que tu es là, je me sens déjà mieux!

À défaut d'un véritable lien de parenté, elles se considéraient comme des sœurs de cœur. Leur histoire avait commencé dans les couloirs du couvent-école de Val-Jalbert, le jour mémorable où les religieuses quittaient définitivement les lieux. Le maire du village avait organisé une fête d'adieu. Charlotte, malvoyante, s'était égarée à l'étage en cherchant les toilettes. À l'époque, c'était une fillette de dix ans, maigre, mal vêtue et sale à faire peur. Apitoyée, Hermine s'était empressée de veiller sur elle. Entre une mère infirme et un père brutal et alcoolique, l'enfant dépérissait. Devenue orpheline, malgré le voisinage de son unique frère, Onésime Lapointe, Charlotte avait été hébergée par Betty Marois, puis pratiquement adoptée par Laura qui avait défrayé une coûteuse opération pour lui permettre de recouvrer la vue.

— Mimine, j'aurais dû laisser un espoir à Armand. Il serait resté à Montréal.

— Je t'assure que ce n'est pas ta faute! Ma chérie, tu ne dois pas avoir de remords. As-tu faim?

— Non, pas du tout! Ma pauvre Mimine, je t'accable de mes lamentations sans te demander si tu as pu voir Toshan. Tu as une bien triste mine!

— Le contraire serait étonnant... Toshan m'a téléphoné quand il a su qu'Armand était une des victimes de cette tragédie. J'espérais une visite, au moins. Rien! Pourtant, du Capitole, j'aperçois les toits de la Citadelle. Nous sommes proches, mais séparés par le règlement de son régiment.

Charlotte approuva avec sérieux. Elle regarda le décor élégant et douillet qui l'entourait.

— C'est plus joli ici que dans la pension où je logeais à Montréal. Chez toi, Mimine, j'ai l'impression d'être enfin en sécurité... Je voudrais me changer. Quelle chambre me donnes-tu?

— La chambre rose, comme l'a baptisée maman. Nous avons de la place, ne t'inquiète pas! Va te rafraîchir. Pendant ce temps, je prépare le plateau de thé.

Sa valise à la main, Charlotte s'empressa de longer le couloir. La porte d'entrée de l'appartement s'ouvrit au même instant. Croyant qu'il s'agissait de Madeleine, Hermine s'attarda sur le seuil de la cuisine. Elle eut un sursaut quand son mari apparut, en uniforme.

— Toshan! Dieu merci! C'est une bonne journée malgré tout. D'abord Charlotte qui revient, et toi... enfin!

Il lui tendit les bras, bouleversé de la découvrir si fragile, profondément atteinte par le décès d'Armand Marois. Elle se réfugia contre lui en l'enlaçant. Il la serra de toutes ses forces, comme pour la protéger de tous les malheurs du monde.

— Mine chérie, je suis désolé. J'aurais voulu venir plus tôt, mais je n'ai pas pu, murmura-t-il à son oreille.

À trente-trois ans, Toshan Clément Delbeau était un très bel homme. Son sang indien lui conférait un teint cuivré qui mettait en valeur ses yeux et ses cheveux de jais. Il était robuste, mais mince et de taille moyenne. Il se dégageait de toute sa personne un charme singulier, lié à sa démarche souple, un peu féline, et à ses traits hautains que ses rares sourires rendaient encore plus séduisants. De son père Henri Delbeau, issu d'une famille irlandaise, il avait hérité la bouche sensuelle, charnue, le nez droit et la carrure d'épaules.

— Mon amour, souffla Hermine, je t'en prie, ne pars pas! Je ne veux pas que tu meures toi aussi! Les sous-marins allemands ont pénétré dans le Saint-Laurent. Plus personne ne peut le nier à présent. Le bateau que tu vas prendre court le même danger, celui d'être coulé par une torpille. Il y a deux ans, quand tu avais déserté, j'aurais dû t'obliger à te cacher au fond des bois jusqu'à la fin de cette maudite guerre!

Elle éclata en sanglots. Toshan lui caressa le dos en couvrant sa chevelure au parfum de miel de légers baisers.

— Tu as raison, le danger est réel, je ne vais pas te mentir, déclara-t-il. Mais les patrouilles aériennes seront renforcées très bientôt. Les navires qui transportent du matériel sont des cibles de prédilection pour les sous-marins et ces cargos hollandais n'avaient pas d'escorte. Jusqu'à l'année dernière, les U-Boot restaient à l'écart des côtes américaines pour ne pas provoquer l'entrée en guerre des États-Unis. Depuis l'attaque des Japonais à Pearl Harbor, la situation a changé, tu le sais. Rassure-toi, le bâtiment de la marine royale sur lequel j'embarque dispose d'un solide armement. Mine, ma petite femme coquillage, j'ai eu un moment de faiblesse et de doute lorsque j'ai déserté. Maintenant, c'est différent. Le combat qui me tenait à cœur, je pourrai le mener en Europe.

Comme la plupart des femmes, Hermine était sourde à ce genre d'argument.

— Tu seras si loin de moi, de nos enfants! Il y aura des milliers de kilomètres entre nous deux et, rien que d'y penser, ça me rend malade. Pourtant, j'étais courageuse, déterminée à ne pas me plaindre, mais la mort d'Armand me semble un signe funeste. Qu'est-ce que je deviendrais sans toi?

—Je te demande d'être forte, si je disparaissais. Tu élèveras nos trois petits avec autorité et tendresse, je te fais confiance sur ce point. Hermine, nous ne pouvons pas nous leurrer. Je souhaite de toute mon âme revenir auprès de vous, mais je ne peux pas te le promettre.

Ces paroles résonnèrent douloureusement dans le cœur de la jeune femme, tel un adieu programmé. Elle leva la tête pour graver à jamais l'image de son mari dans sa mémoire. Du bout des doigts, elle suivit le contour de ses pommettes, de ses joues, de son front. Elle s'attarda sur ses lèvres.

—Tu voudrais que je renonce à toi. Ton cher visage, je l'imagine ensanglanté ou brûlé. Sur le cargo hollandais, des hommes sont morts brûlés par l'eau des chaudières. Tu es mon époux, mon amour, et je pensais pouvoir vivre toute ma vie en paix à tes côtés. Toshan, ils vont te faire du mal!

—Arrête, ne dis pas toutes ces choses! De qui parles-tu? coupa-t-il un peu sèchement en la saisissant par les poignets.

—Je te parle de nos ennemis, des Allemands. Mais comment fais-tu pour ne pas avoir peur? Cela t'est égal de mourir, de recevoir des balles dans le corps ou de te noyer?

Il la lâcha brusquement et se mit à déambuler dans le salon. En dix ans de mariage et de passion, ils en avaient connu, des périodes de discorde, de heurts. Le caractère parfois dur de Toshan avait causé bien des tourments à son épouse. Là encore, il se reprocha d'avoir eu un geste un peu brutal.

—Mine, pardonne-moi! lança-t-il. Nous avons eu la même discussion en décembre 1939, souviens-toi, quand je t'ai annoncé que je m'engageais dans l'armée. Je ne vais pas nier que j'ai souvent regretté ma décision, à cause de toi. Je te laissais seule avec les enfants et tu as eu de sérieux ennuis. Mais je veux que tu respectes mon choix. Je pars la semaine prochaine et il faut que tu l'acceptes. Tous les hommes courageux qui ont le sens du devoir doivent lutter contre Hitler. Des Juifs ont été arrêtés massivement en France, l'été dernier. Des rafles ont été menées par la police du pays sous l'œil impassible de l'occupant. Peut-être que j'ai peur, et alors? Serais-tu fière d'avoir pour mari un lâche, terré dans la forêt?

— Non, admit-elle d'une petite voix navrée.

Alarmée, Charlotte entra dans la pièce. En s'excusant, elle s'approcha d'Hermine.

— Bonjour, Toshan, dit-elle doucement. Que se passe-t-il?

— Apparemment, ma femme perd son sang-froid. Je compte sur toi, Charlotte. Après mon départ, il faudra la soutenir.

La jeune fille fit oui de la tête. Honteuse de sa conduite, Hermine n'osait plus regarder Toshan. Ce fut lui qui la reprit dans ses bras.

— Je venais te consoler et je te malmène. Ma chérie, j'ai une permission. J'étais pressé de te l'annoncer. Je pourrai dormir ici ce soir, peut-être même d'autres soirs avant mon départ. J'ai prévu de t'emmener souper en ville. Il est plus sage de savourer chaque instant ensemble. À quoi cela servirait-il de nous déchirer ou de nous lamenter?

Il prit son visage entre ses mains chaudes et le contempla avant de l'embrasser. Au contact de sa bouche, elle retint une plainte où la joie se mêlait à la nostalgie de leurs plus belles heures d'amour.

— Tu es plus sage que moi, avoua-t-elle tout bas. Je ferai l'impossible pour ne pas te décevoir, Toshan.

— Si tu me donnais des nouvelles des enfants? demanda-t-il en souriant.

— Maman a ouvert sa classe privée, répondit-elle d'un ton plus ferme. L'institutrice n'a aucune chance de séduire mon père. Il paraît qu'elle n'a que son instruction comme atout! Mukki travaille bien, surtout en calcul et en géographie. Laurence dessine toujours autant et Marie-Nuttah est fâchée avec l'orthographe.

Hermine parlait vite en s'étourdissant de ces mots qui la ramenaient à une existence ordinaire, tranquille.

— Marie-Nuttah, répéta son mari. Tu n'as pas oublié que le prénom indien de notre fille, Nuttah, signifie *mon cœur*. Je pense qu'elle le mérite. C'est la plus indisciplinée des deux, mais je devine en elle un tempérament d'exception. Tant pis pour l'orthographe, son avenir sera brillant.

— Laurence aussi porte bien son nom montagnais. Nadie, celle qui est sage. J'espère qu'elle deviendra une artiste!

La conversation eut le mérite de les détendre. Charlotte s'éclipsa pour faire le thé, tandis que Madeleine entrait à son tour dans l'appartement. Le visage de l'Indienne s'illumina lorsqu'elle vit son cousin.

— Toshan! Tu es là!

Il lui plaqua une bise sonore sur la joue, ce dont il n'était pas coutumier. Elle eut un petit rire gêné.

— J'ai acheté des biscuits et des pâtisseries, Mine! J'étais certaine que Charlotte serait là. Tu en profiteras aussi, Toshan!

— Mes camarades de chambrée m'envieraient, s'ils savaient que je vais déguster des sucreries entouré de trois jolies filles. Je crois que, jadis, les guerriers indiens avaient droit à tous les égards avant de faire la guerre aux Blancs! Je vous remercie, mesdames!

Le beau Métis alluma une cigarette. Hermine le dévorait des yeux. Elle n'était pas dupe. Toshan jouait la carte de l'humour, il fanfaronnait dans le seul but de repousser le spectre menaçant de la mort loin du salon baigné de soleil. Touchée, elle lui prit la main et noua ses doigts aux siens. «Mon tendre amour, je prierai tant que tu me reviendras, songea-t-elle. Je prierai mon Dieu et le tien, mais tu retrouveras tes forêts, ta rivière, tes enfants… et ta petite femme, car je t'attendrai des années! S'il le faut, je franchirai l'océan pour te rejoindre.»

2
Déchirements

Québec, mardi 19 mai 1942

Hermine était assise à la fenêtre de son salon, en robe d'intérieur. Après avoir passé une nouvelle nuit avec elle, Toshan venait de partir. Malgré la douceur passionnée de leurs ébats, elle gardait une vague impression d'amertume. C'était ainsi chaque fois qu'il pouvait la rejoindre. Pourtant, en raison de l'imminence de son départ pour l'Europe, il faisait l'effort de lui rendre visite le plus souvent possible, même une heure dans la journée.

«Un homme prend son plaisir, il nous en donne, mais, au fond, il ne pense qu'à une chose : vite s'en aller vers un autre univers, celui du régiment, des armes, des moteurs, de ses chers avions ! » songea-t-elle.

Avisant une tasse en porcelaine posée sur le guéridon, elle la balaya d'un revers de la main. Le fragile objet se fracassa contre le pied d'un fauteuil. Charlotte accourut de la cuisine et considéra les débris épars.

— Qu'est-ce que tu as, Mimine ? s'enquit-elle. Tu deviens d'une maladresse ! Tes nerfs te jouent des tours.

— Oui, mes nerfs ! Et je ne suis pas plus maladroite qu'avant, je l'ai fait exprès. Toshan embarque samedi. J'ai eu droit à quelques soirées en quinze jours et, ce matin, il n'a parlé que d'une seule chose, ses sauts en parachute ! L'extraordinaire sensation d'être à bord d'un avion, de survoler la terre ! Mon Dieu, je ne comprendrai jamais l'obstination de ces messieurs à se faire tuer ! D'abord, comment ces machines de fer réussissent-elles à voler ? Je te le demande !

Sans répondre à la question, Charlotte haussa les

épaules. Elle constatait un certain laisser-aller chez son amie. Il était bien rare de la voir la chevelure en désordre, le teint blême, les yeux cernés.

— Ma chérie, lui dit-elle sur un ton de reproche, tu devrais faire un brin de toilette et t'habiller. Je te coifferai et te maquillerai. Tu ne vas pas rester toute la journée dans cette tenue!

— Et pourquoi pas? Les répétitions sont encore ajournées. Je ne sais même pas si mon contrat sera honoré. Tout va mal, Charlotte! Le monde entier est en guerre! Le Japon, la Russie, l'Afrique… Et moi, je n'ai aucune nouvelle de mes parents ni de Simon. En plus, c'est l'anniversaire de Louis, aujourd'hui. Mon petit frère a huit ans et j'ai oublié de lui écrire.

— Tu peux téléphoner!

— Oui, évidemment, mais ce n'est pas pareil. Quand je te dis que tout va mal. Pour ce qui est de Tala, c'est encore pire. Je ne sais pas où elle est ni ce qu'elle fait! Te rends-tu compte? Je n'ai pas vu Kiona depuis l'été dernier, et nous n'avons passé qu'une semaine ensemble.

Sa voix avait tremblé. Elle aimait de tout son cœur sa demi-sœur, née de la brève relation que son propre père, Jocelyn, avait eue avec la mère de Toshan, la belle Indienne Tala. L'enfant ignorait tout de cette parenté. Étrange enfant en vérité, dotée de pouvoirs singuliers, sujette aux visions et capable de pratiquer la bilocation[7], à l'instar des shamans de son peuple ou des grands mystiques catholiques. Deux ans auparavant, Kiona avait fait la preuve de ses dons, ce qui avait profondément marqué Hermine. Elle ferma les yeux quelques secondes afin d'évoquer la fillette au teint mat, à la chevelure d'or roux, au regard d'ambre.

— Toshan m'affirme que sa mère habite toujours chez Chogan, le frère de Madeleine, reprit-elle. J'admets que, depuis le fin fond des forêts, les lettres sont acheminées avec une lenteur de tortue, mais quand même!

---

7. On parle de bilocation lorsqu'une personne est aperçue ou prétend être présente simultanément en deux lieux distincts.

— N'empêche, il est presque midi et tu n'as pas bougé de ce siège. Secoue-toi!

Un coup de sonnette la fit taire. La jeune fille eut une petite grimace de triomphe.

— Et voilà! Nous avons de la visite et tu es dans un état déplorable. Et si c'était quelqu'un du théâtre? File dans ta chambre, je vais ouvrir.

— Madeleine a dû oublier ses clefs, conclut Hermine sans quitter son fauteuil.

— Ce n'est pas dans ses habitudes! Tant pis pour ta réputation, soupira la jeune fille en se dirigeant vers la porte principale de l'appartement.

Quelques secondes plus tard, elle se trouvait en face de Simon Marois. Les jeunes gens ne s'étaient pas revus depuis l'époque où ils avaient rompu leurs fiançailles, il y avait de cela deux ans. Charlotte devint écarlate. Elle réussit à résister à la tentation de claquer violemment le battant en chêne verni pour effacer la vision de celui qu'elle avait tant aimé, même adoré.

— Bonjour, miss, dit-il avec un sourire gêné. Je ne savais pas que tu étais à Québec.

Le *miss* résonna douloureusement dans le cœur de Charlotte. Simon la surnommait souvent ainsi lorsqu'elle était adolescente. Elle baissa la tête, regrettant de ne pouvoir se cacher dans un trou de souris.

— Bonjour. Je suppose que tu veux voir Hermine, dit-elle sèchement. Entre, moi j'ai du repassage. Je ne vous dérangerai pas!

— Mais tu ne dérangeras pas, protesta-t-il.

— Arrête un peu ta comédie, dit-elle entre ses dents. Pour ma part, j'espérais ne plus jamais te croiser sur mon chemin! Jamais!

Sur ces mots presque haineux, elle s'éclipsa. Hermine avait entendu l'essentiel de la discussion et elle s'approchait à petits pas. En revoyant les traits si familiers de Simon qu'elle chérissait à l'égal d'un frère, elle se mit à pleurer.

— Viens, sanglota-t-elle en lui ouvrant les bras.

Bouleversés, ils s'étreignirent un long moment.

Chacun à leur manière, ils pensaient à Armand, rayé du monde des vivants en moins d'une heure et abandonné dans les eaux froides du Saint-Laurent.

— Tu as obtenu une permission? articula-t-elle enfin. Vu la situation, c'est normal. Et tu n'es pas en uniforme, je préfère ça. J'ai beau me raisonner, je commence à détester l'armée.

Dès qu'elle eut tourné le verrou derrière eux, Simon eut une sorte de sanglot sec pour avouer:

— J'ai déserté!

— Mon Dieu, gémit-elle en le fixant d'un air hagard. Mais tu es fou?

— Non, j'étais de garde avant-hier soir; j'en ai profité pour filer. J'avais mis mes vêtements civils dans un sac. Il faut croire que la chance était avec moi, un type en camion m'a conduit jusqu'à la gare. Je me suis changé dans le train. Mimine, tu dois m'aider. J'ai besoin d'argent.

Elle lui prit la main comme s'il s'agissait d'un enfant perdu.

— Je ne t'aiderai pas à faire une pareille sottise, Simon, affirma-t-elle tout bas en le faisant asseoir sur le divan. Tu vas sagement retourner à Montréal. Tes supérieurs comprendront ton geste. Tu leur diras que tu étais perturbé par la mort de ton frère. Je t'en prie, c'est la meilleure solution. Toshan te tiendrait le même discours. Tu l'as manqué de peu et c'est bien dommage. Il t'aurait raisonné.

Simon tressaillit à l'idée qu'il aurait pu revoir le beau Métis dont il était secrètement amoureux. Hermine nota l'altération de ses traits. Elle en fut choquée, mais ne le montra pas.

— Et où irais-tu? interrogea-t-elle. Je suppose que tu veux te cacher au fond des bois, jouer les patriotes!

— J'avais l'intention de me réfugier dans votre maison de la Péribonka, lui confia-t-il. Personne n'irait me chercher là-bas. Je serais très prudent. Cet été, je ne sortirais que le soir et, l'hiver venu, je ne risquerais plus rien. Ne me prends pas pour un lâche! Au camp de l'île Sainte-Hélène, je passe mon temps à surveiller de pauvres gars complètement abattus par leur détention, des Italiens coupés de leur famille, dont l'unique crime est d'être étrangers. Quant aux nazis, ils me font peur. Et il y a autre chose…

— Quoi donc? s'inquiéta-t-elle.

Ni l'un ni l'autre n'avait perçu la présence de Charlotte, qui se tenait derrière la porte vitrée séparant le salon de la salle à manger. Dévorée par la curiosité, elle tentait de saisir leurs paroles.

— Au camp, l'infirmier m'a trouvé en train de pleurer mon frère, hier matin. Tabarnouche, Mimine, je ne croyais pas que la mort d'Armand m'atteindrait autant… Ce type vient près de moi et, d'abord, il me tapote l'épaule, puis d'un coup sa main descend un peu dans mon dos. J'étais paralysé, comme une souris face à un serpent. « Marois, vous avez besoin de réconfort! » qu'il me dit. Je me suis levé et j'ai filé. Lui aussi, je crois, c'est un inverti. J'avais tellement envie de me jeter dans ses bras, si tu savais, Hermine! Mais après? Je n'ai pas d'expérience… Et si quelqu'un nous surprenait!

Les propos confus de Simon, débités d'une voix monocorde, indignèrent la jeune femme, malgré toute sa compassion et sa volonté de tolérance.

— Je t'en prie, coupa-t-elle. Ne parle pas de ça ici.

— Pourquoi? demanda-t-il avec une expression égarée. C'est à cause de «ça», comme tu dis, que j'ai déserté. Cet infirmier a deviné ma vraie nature. Je ne pouvais plus rester là-bas. Je n'ai aucune place sur cette terre, pour tout dire. Je voudrais crever! Armand, lui, il méritait de vivre, pas moi!

Il y avait tant de souffrance dans ces derniers mots qu'elle s'apitoya et lui prit la main.

— Je vais te donner de l'argent. Mais tu ferais mieux d'aller aux États et de chercher un job. Ton idée de te cacher chez nous, en plein bois, n'est pas fameuse. La solitude te rendra fou.

— J'ai l'impression de l'être déjà, fou. Tu es la seule à qui je peux me confier. Si tu savais les rêves que je fais! Au réveil, j'en suis malade de honte!

Charlotte avait capté l'essentiel de la conversation. Son cœur battait à tout rompre. Elle ne pouvait plus douter des tendances contre nature de son ancien fiancé. Submergée par une rage irrationnelle, elle fit irruption dans la pièce et se planta devant Simon.

—Sors d'icitte! cria-t-elle. Tout de suite! Tu fais insulte à la mémoire de ta mère et de ton frère! Là encore, tu te comportes en égoïste, à te lamenter sur ton sort! Personne n'a besoin d'écouter tes cochonneries! Quand je pense que je t'ai aimé, que je me suis offerte à toi, bien en vain. Rien qu'à l'idée que tu m'aies embrassée, j'ai envie de vomir! Fiche le camp, espèce de pervers!

—Mais, Charlotte, voyons, s'insurgea Hermine. As-tu perdu l'esprit?

—Oh oui, j'ai perdu la tête! Ce sale type, là, je me suis rongée d'amour pour lui alors qu'il préférait reluquer de beaux gars bien costauds. J'en ai appris, des choses, en travaillant dans cette usine à Montréal. Mes collègues avaient la langue bien pendue. Et moi aussi, j'ai pu vider mon sac! Deux ans à remâcher mon humiliation, mon chagrin. Jusqu'à rabâcher à ce pauvre Armand que je ne pouvais pas oublier son frère! Tu as gâché ma vie, Simon! Va-t'en!

Indécis, il lançait des regards désemparés à Hermine, la maîtresse de maison.

—Tu veux que je parte, Mimine? demanda-t-il.

—Non, pas dans ces conditions! Charlotte, calme-toi. Tu n'as pas à traiter Simon ainsi. C'est bien inutile, de s'entredéchirer dans le cercle familial, alors que le monde entier est ravagé par la guerre!

—Quel cercle familial? hurla Charlotte. Depuis quand les Marois font-ils partie de ta famille? Et les Lapointe, alors! Laura ne m'a jamais adoptée.

La fureur l'embellissait. Ses yeux, plus sombres que jamais, étincelaient! Sa bouche avait une moue méprisante qui aurait pu passer pour provocante. Hermine l'observa d'un œil perplexe avant de considérer Simon avec douceur.

—C'est trop pour moi, décréta-t-elle. Toshan embarque dans quatre jours et je ne le reverrai pas avant de longs mois. Si je le revois… Armand a trouvé la mort il y a environ une semaine et, par conséquent, je n'ai pas la force de supporter ce genre de scène. Charlotte, va dans ta chambre, je te prie. Je voudrais être tranquille. Cela dit, je te ferai remarquer que tu viens de dire des horreurs à Simon. Tu devrais lui présenter tes excuses.

—Laisse, soupira-t-il. Au moins, elle a été franche! Je n'avais rien à attendre d'autre de sa part. Tu as eu tort de m'empêcher de me pendre, ma petite Mimine, ce triste jour où maman s'est éteinte. Depuis, je n'ai rien fait, rien de valable, que ce soit dans le civil ou dans l'armée.

Charlotte n'avait pas bougé. Les poings serrés, elle toisait Simon d'un œil dur. «Si je pouvais, je me jetterais sur lui, je le grifferais, lui arracherais les cheveux! Mon Dieu, comme je le hais! Il me dégoûte, il me répugne!» songeait-elle, fascinée de le revoir, cependant.

C'était un très bel homme. Proche de la trentaine, il arborait les traits virils de son père, sans un défaut sur le visage. Il ne portait plus de moustache, ce qui mettait en valeur une bouche sensuelle aux lèvres bien rouges. Le teint hâlé, le regard brun doré, grand et mince, il suscitait souvent l'enthousiasme rêveur des femmes qu'il croisait.

«Je le désire toujours, se lamenta Charlotte intérieurement. Pourquoi faut-il qu'il soit anormal?»

Le bruit de la porte les fit sursauter tous les trois.

—J'ai oublié mon portefeuille, déclara Toshan en entrant dans le vestibule. Mine chérie?

Charlotte prit la fuite. Après son coup d'éclat, les nerfs à vif, elle était incapable de retenir des larmes de profonde détresse. Simon, lui, se leva brusquement. Il n'était pas préparé à cette rencontre. Très ému, il afficha cependant une attitude décontractée.

—Quel hasard! dit-il d'un ton jovial. Mon chum Toshan!

Tandis qu'il serrait la main de leur visiteur, Hermine perçut la surprise de son mari.

—En permission, soldat Marois? plaisanta-t-il. Tu n'as pas gardé ton uniforme? Pourtant, dans la rue, cela confère un certain prestige!

Simon se contenta de sourire. Il contemplait Toshan sans se soucier de dévoiler ses véritables sentiments. Cela acheva d'exaspérer Hermine.

—Où est ton portefeuille? interrogea-t-elle d'une voix tendue.

—Sur la table de chevet, sans doute.

—Si tu as quelques minutes, je vais le chercher et j'en profiterai pour m'habiller plus décemment. Buvez un café. Simon a besoin de tes conseils. Il vient de déserter.

Sur ces mots, après avoir traversé le couloir voisin, elle rejoignit sa chambre. «Je ne peux pas supporter la façon dont Simon regarde Toshan, se disait-elle. Mon Dieu, que la vie est compliquée! Me voilà jalouse de mon meilleur ami, de celui que j'aime comme un frère!»

Bouleversée, elle étudia son reflet dans le miroir de son armoire. Les rideaux en lin de la fenêtre atténuaient la lumière vive du jour, mais, malgré cet éclairage favorable, elle fut effarée par son aspect.

«Charlotte a raison. Je ne ressemble à rien. Et j'ai une mine affreuse.»

Ce constat la déprima davantage. Vite, elle brossa ses cheveux, les attacha sur la nuque et enfila une robe en cotonnade fleurie.

«Est-ce que je ne serai plus que l'ombre de moi-même, quand Toshan voguera vers l'Europe?» se dit-elle en étudiant à nouveau son image, qui lui déplaisait encore.

Avec un haussement d'épaules fataliste, elle s'empara du portefeuille de son mari et rejoignit le salon. Ce qu'elle découvrit la glaça. Simon sanglotait dans les bras de Toshan.

Val-Jalbert, même jour

Laura Chardin admirait la plaque en cuivre qui ornait le mur de sa maison, à gauche de la porte d'entrée. Elle ne put s'empêcher de passer un doigt sur les lettres gravées dans le métal.

— Vraiment, ça me plaît, avoua-t-elle tout bas.

Mireille, qui balayait le perron, hocha la tête. La dernière lubie de sa patronne l'amusait.

— Doux Jésus, madame, au moins dans le village, vous passerez à la postérité, plaisanta-t-elle.

— Moque-toi, il n'y a rien de faux dans cette inscription. «Cours privés Laura Chardin».

La gouvernante jeta un regard soucieux sur les alentours. Plus que jamais, Val-Jalbert paraissait désert. Il fallait vraiment savoir qu'une cinquantaine d'habitants s'obstinaient à vivre là, et encore il s'agissait des familles propriétaires de leur logement. Ils étaient regroupés près de la route régionale. Mais la rue Saint-Georges ne comptait plus que les Marois, les Chardin et le couple formé par Onésime Lapointe, le frère de Charlotte, et son épouse Yvette. Ils avaient deux fils.

— Je n'avais pas le choix. C'est la guerre, ma pauvre Mireille. Mon fils et mes petits-enfants doivent néanmoins s'instruire. Plus tard, si tout s'arrange, ils seront pensionnaires à Chicoutimi.

— Vous avez fait une belle œuvre, madame, la complimenta la gouvernante avec une pointe d'ironie.

Coiffée d'un éternel casque de cheveux raides, mais d'un blanc pur, cette native de Tadoussac fêterait bientôt ses soixante-huit ans. Le temps semblait n'avoir aucune prise sur son énergie. Elle assumait seule le ménage et la cuisine.

— Le seul point qui me dérange, madame, se permit-elle de préciser, c'est d'héberger votre institutrice. Mademoiselle Damasse ne lèverait même pas le petit doigt pour m'aider, le matin. Elle déjeune au salon et, ensuite, elle s'enferme dans votre bureau… pardon, dans la classe, pour attendre les petits… pardon, les élèves.

— Tais-toi donc, Mireille. Je n'ai pas engagé une bonne, mais une enseignante! Et ces heures d'étude ont l'avantage d'occuper l'esprit de Mukki et des jumelles. Quand reverront-ils leur mère? Nous l'ignorons!

Laura poussa un soupir qui avait le mérite d'être sincère. Elle se languissait d'Hermine, et également de Charlotte.

— Notre rossignol a signé un contrat, rappela la gouvernante. En cette période, elle a eu de la chance.

— Sauf si les Allemands bombardent Québec comme ils ont bombardé Londres à plusieurs reprises, rétorqua Laura.

Elles échangèrent un regard inquiet. Au même instant, interprétée par de jeunes voix enthousiastes, une chanson s'éleva à l'intérieur de la luxueuse demeure.

Trois jeun's garçons revenant de la guerre
Ah! Ah!
Tra la la la la la!
Revenant de la guerre!
Le plus jeun' des trois tenait un bouquet de roses.

Sur la pointe des pieds, Laura s'approcha de la fenêtre de son ancien bureau. Le spectacle qui s'offrit à elle la combla d'aise. Les enfants se tenaient debout près de leur pupitre, les garçons d'un côté, les filles de l'autre. Marie Marois portait une blouse rose, tandis que Laurence et Marie-Nuttah arboraient un chandail à carreaux gris et bleus. Tout ce petit monde chantait de bon cœur.

Jouissant d'une solide fortune, Laura Chardin avait acheté le matériel nécessaire pour son fameux cours privé : six pupitres et six chaises, un tableau noir, des cartes géographiques, sans oublier une armoire vitrée contenant des romans classiques. Rien ne manquait, ni les bouteilles d'encre violette ni les plumes et les plumiers. Elle avait aussi prévu une réserve de craie.

— Madame, chuchota la gouvernante, si un des enfants vous voit, il sera distrait.

— Tu as raison, je ne suis pas sérieuse. Mais cela me réconforte de les écouter.

De son estrade, mademoiselle Andréa Damasse devina un mouvement derrière les rideaux en dentelle. Légèrement agacée, elle ordonna à ses élèves de s'asseoir.

«Madame Chardin me surveille, songea-t-elle. Peut-être désapprouve-t-elle le choix de la chanson. Tant pis, elle m'a dit de faire à mon idée!»

Cependant, bien déterminée à garder cette place le plus longtemps possible, l'institutrice s'empressa de commencer la leçon de calcul.

— Prenez votre tableau, déclara-t-elle. Louis, soyez attentif, ce matin. Vos opérations d'hier étaient toutes fausses.

Andréa Damasse tourna le dos à sa classe pour écrire une soustraction au tableau noir. Sensible au bruit si particulier de la craie heurtant délicatement le panneau, Laurence se mit à sourire. Les chiffres ne l'effrayaient pas. Mais sa sœur trépigna de contrariété.

— Marie, ne tapez pas du pied ainsi, gronda l'enseignante. C'est impoli.

— D'abord, je m'appelle Nuttah, répliqua la fillette d'un ton de défi. Il y a deux Marie, ici. Je vous l'ai déjà dit, moi, je suis Nuttah.

— Ce prénom n'a rien de catholique. Je préfère ne pas l'utiliser et votre grand-mère partage mon avis! De plus, vous n'avez pas à me parler avec autant d'insolence!

— Dans ce cas, mam'selle, il faut m'appeler Jocelyn! s'écria Mukki. J'ai deux noms, moi aussi, Jocelyn et Mukki! Mais, vous savez, on est un peu des Indiens, des sauvages!

Louis pouffa en se cachant derrière son tableau. Il était au courant de la rébellion qui couvait depuis la veille. Après une semaine paisible, Marie-Nuttah et Mukki avaient décidé de faire enrager mademoiselle Damasse avec le secret espoir qu'elle plierait bien vite bagage. Laurence avait refusé de participer à leur plan.

— Ce n'est pas gentil, avait-elle protesté. Et grand-mère nous punira quand elle saura.

Il en fallait plus pour décourager les contestataires en herbe. Andréa Damasse hésitait. Elle prit le parti de la sévérité.

— Bien, puisque vous jouez les fortes têtes, notamment vous, Mukki, et vous, Marie Delbeau, ce soir, vous aurez des lignes à copier. Notez la phrase à écrire cent fois et sans faute d'orthographe. «Je dois respect aux adultes et, par conséquent, je ne répondrai plus à mon institutrice.»

—Voici une punition méritée! s'exclama Laura en entrant dans la classe. Du couloir, j'ai tout entendu et je suis très mécontente! Chère mademoiselle, je tiens à vous féliciter pour votre décision. Ces deux-là ont besoin d'être pris en main!

Elle darda ses prunelles d'un bleu limpide sur Mukki, puis sur Marie-Nuttah, avant d'ajouter:

—Mes enfants, votre mère vous a confiés à moi pour de longs mois. Si vous faites preuve de mauvaise volonté, je peux vous envoyer en pension à Chicoutimi! Terminées, les promenades dans le village le samedi, les pâtisseries du dimanche! De surcroît, vous perturbez le cours, alors que Marie Marois est tout heureuse de s'instruire. Il y a Louis, aussi. C'est le plus jeune; ne lui donnez pas un exemple déplorable. Vous n'avez pas oublié que nous fêtons ses huit ans ce soir. Les fortes têtes n'auront pas droit à leur part de gâteau!

Pendant ce bref discours, Andréa Damasse fixait d'un air outragé la pointe de ses chaussures. Laura en profita pour la détailler encore une fois. En femme sûre de sa beauté et de son élégance, elle eut un peu de pitié pour cette vieille fille qui approchait de la quarantaine. «La pauvre! Elle n'a quasiment pas de taille, mais quelle poitrine et quelles hanches! Les chevilles épaisses. Et, bien sûr, des lunettes et un nez trop long. Franchement, Jocelyn ne lui tournera pas autour!»

Cet examen un rien cruel la rendit aimable et pleine de compassion. Elle fit abstraction des cheveux châtain clair d'Andréa, joliment bouclés et de ses yeux bruns aux cils fournis.

—Chère mademoiselle, reprit-elle, ils ne vous ennuieront plus. Je vous le répète, continuez à donner son prénom catholique à Marie, et toi, Mukki, en classe, tu seras Jocelyn. Il n'y a pas de honte à porter le nom de ton grand-père.

— Oh non, pas ça! ronchonna-t-il.

— Ne discute pas, sinon pas de poney, trancha Laura.

Ce fut la consternation. Afin de consoler ses petits-enfants de l'absence de leurs parents, Jocelyn Chardin avait le projet d'acheter un poney dressé à la monte et même à l'attelage. Du coup, Laurence se mit à pleurer.

— Grand-père avait promis, gémit-elle. Moi, je n'ai rien fait de mal.

Laura ne se laissa pas attendrir. Elle sortit sans un mot, assez fière de son intervention. De son pas alerte, elle alla dans la cuisine. Mireille y était déjà, penchée sur un ragoût de porc qui mijotait sur un lit d'oignons d'une belle couleur rousse.

— En fait, je peux me considérer comme la directrice du cours, annonça-t-elle à la gouvernante. Mademoiselle Damasse n'est pas au bout de ses peines, mais je serai là pour veiller au grain!

— Heureusement, madame, maugréa Mireille. Vous avez de la poigne! Un garçon de l'âge de Mukki, qui approche de ses dix ans, aurait bien besoin de l'autorité d'un père.

Laura s'installa sans façon sur un tabouret et se servit un verre de vin de bleuets. Le regard dans le vague, elle imaginait les futurs résultats des leçons données par l'institutrice. Soudain, elle déclara à voix haute:

— Les petits vont apprendre l'anglais! C'est indispensable, je t'assure. Le Québec est francophone, mais il faut pouvoir parler cette langue, celle du reste du Canada. Je donnerai toutes leurs chances à ces enfants!

Mireille approuva d'un marmonnement inaudible. Sa cuillère à la main, elle sembla se souvenir d'une chose importante.

— Pardonnez-moi, madame, mais j'ai oublié de vous prévenir. Monsieur fait sa valise. Il m'a demandé de lui préparer un repas froid à emporter.

— Quoi? éructa Laura. Mon mari? Où compte-t-il aller?

— Vaudrait mieux lui poser la question, madame.

Québec, rue Sainte-Anne, même jour

Les yeux rivés au dos secoué de sanglots de Simon, Hermine n'osait pas bouger et à peine respirer. Toshan n'avait pas l'air spécialement embarrassé de tenir son ami dans ses bras, mais elle, elle jugeait cette vision extrêmement dérangeante. «Je suis stupide! pensa-t-elle. S'ils étaient frères, ce serait normal de se comporter ainsi. Je suppose que les nerfs de Simon ont lâché, après ce que lui a dit Charlotte!»

Son mari lui fit signe de rester à l'écart. Elle répondit d'un battement de cils en se tournant vers la fenêtre. Un froid étrange la pénétra et lui donna envie de dormir, de ne plus rien voir ni entendre.

«C'est trop dur! songea-t-elle encore. Ce pauvre Armand est mort sans jamais avoir connu le bonheur. Moi, je suis séparée de mes enfants et Toshan va partir. J'en viendrai à détester cette ville.»

Elle perçut enfin les balbutiements confus de Simon. Il débitait à Toshan tout ce qu'il avait sur le cœur.

— Maman, il y a deux ans déjà, elle baignait dans son sang. L'odeur, je la sens dans mes cauchemars. Et mon frère, je ne le reverrai jamais. Si tu savais ce que Charlotte m'a craché au visage. Pour elle, je suis un monstre, rien d'autre. Je voudrais crever, voilà, crever sur place!

— Calme-toi, Simon, dit Toshan d'une voix à peine audible. On va boire un coup. Je vais trouver une solution. Mon pauvre vieux, j'avais deviné ton problème, tu sais. Tu te rends malade à lutter contre ta vraie nature.

Au grand soulagement d'Hermine, son mari repoussa Simon avec douceur et alla chercher du whisky dans la cuisine. Le jeune homme se tourna vers elle.

— Pardonne-moi, Mimine. Fallait que ça sorte, tout ce chagrin, et le dégoût que j'ai de moi.

— Bien sûr! Si tu préfères, je te laisse seul avec Toshan.

— Non, reste, dit-il un peu trop vite.

Elle vint tout près de lui pour demander à voix basse:

— Tu es amoureux de mon mari, n'est-ce pas? Tu n'as jamais osé me l'avouer, mais je le sentais.

— Ne dis pas n'importe quoi, Mimine! J'ai de l'amitié pour Toshan, rien d'autre. Peut-être que j'aurais pu pleurer dans les bras de mon père, si c'était un père digne de ce nom et non pas un ivrogne, une brute! Les gens comme moi sont mis au rebut de la société: il me faut le supporter ou mourir.

— Encore une fois, ne joue pas les martyrs, Simon. Je n'ai pas remarqué que tu étais mis au rebut, loin de là! Tu attires la sympathie. Je me souviens que tu décrochais sans peine des jobs, là où Armand échouait.

Toshan réapparut, muni de verres et d'une bouteille d'alcool. Hermine admira sa prestance. En uniforme ou en veste en peau de cerf, il avait une allure irrésistible. Elle se fit des reproches. «Je suis folle amoureuse de mon mari, moi aussi. À croire que sa séduction opère sur les femmes comme sur les hommes. Pourquoi est-ce que cela me choque autant? »

Silencieuse, elle assista à l'entretien. Toshan parlait beaucoup, exhortant Simon à retourner le soir même au camp de l'île Sainte-Hélène. Son ami refusait, taciturne.

— Je vais exposer ton cas à mes supérieurs, ajouta le beau Métis. Sans leur révéler ton principal souci, évidemment. Tu viens de perdre un frère, tu ne te plais pas à surveiller des internés. Le jour de mon embarquement pour l'Angleterre, je serai nommé adjudant. Le caporal m'apprécie. Je peux obtenir ton affectation ici, à Québec.

— Non, je veux vivre dans la forêt, s'obstina Simon. Ce serait le meilleur moyen de ne plus croiser un type du genre de l'infirmier.

Exaspérée, Hermine regarda sa montre-bracelet. Il était plus de midi. Elle constata enfin le retard surprenant de Madeleine. «Mais que fait-elle? s'étonna-t-elle sans éprouver une réelle inquiétude. Je l'ai envoyée à la teinturerie et à la boulangerie à l'angle de la rue. Elle aurait dû rentrer au bout d'un quart d'heure! »

La discussion entre les deux amis s'éternisait. Simon opposait une mine renfrognée à tous les arguments de Toshan. Hermine finit par se détacher du présent pour évoquer leur excursion de dimanche à Sainte-Anne-de-Beaupré. Il faisait un très beau temps, le ciel était d'un bleu pur, parsemé de légers nuages blancs cotonneux. Madeleine avait pu prier au pied de la statue de Kateri Tekakwitha dont le doux visage, figé dans la pierre, inspirait effectivement la ferveur religieuse. Même Charlotte, bouleversée, avait tenu à s'agenouiller. Le site en lui-même dégageait une atmosphère apaisante, au cœur d'un paysage grandiose.

« Pourtant, je me suis sentie froide, détachée de Dieu, se rappela Hermine. J'ai revu Betty sur son lit d'agonie, puis Armand petit garçon. La mort frappe à sa guise! Et c'est injuste, si souvent injuste! »

Toshan lui caressa le poignet, ce qui la fit sursauter. Elle fixa son mari d'un air absent.

—J'ai eu gain de cause, lui dit-il. Simon vient de céder, il suit mes conseils.

—Tout à fait! s'exclama le jeune homme. Je te fais confiance; tu m'as redonné le moral.

—Par mesure de prudence, je t'accompagne à la gare, précisa le Métis. Tu files à Montréal! Fais-moi confiance, tu auras vite de mes nouvelles.

—Cela me rassure, Simon, affirma Hermine, tout en guettant le moindre bruit en provenance de la cage d'escalier, dans l'espoir de reconnaître le pas familier de Madeleine.

—Où est ma cousine? interrogeait justement Toshan.

—Elle est sortie après ton départ. Et ce n'est pas dans ses habitudes de flâner.

—Je parie qu'elle s'est promenée. Dehors, l'air est doux. Les pommiers sont en fleurs. Madeleine n'aura pas résisté à ce temps printanier.

Sur ces mots, Toshan reprit son portefeuille et embrassa Hermine. Elle lui effleura la joue du revers de la main en le regardant avec tendresse.

—Reviens vite, mon amour, chuchota-t-elle.

Il approuva distraitement, avant d'afficher une mine dépitée.

—J'allais oublier, Mine chérie! Le colonel voudrait que, la veille de notre embarquement, tu chantes pour le régiment. Un petit récital d'une demi-heure, dans le mess des officiers. Tu veux bien? De toute façon, j'ai dit que tu accepterais.

—Toshan, à quoi penses-tu? Franchement, il ne fallait pas! Comment aurais-je le courage de chanter ce soir-là en sachant que tu me quittes le lendemain? Tu m'avais promis de passer cette dernière nuit ici, avec moi! Oh! J'en ai assez, assez!

Elle empoigna son sac et se dirigea, en courant presque, vers le vestibule. Elle se rua sur le palier et claqua la porte. Médusés, Simon et Toshan l'entendirent dévaler les marches.

—J'ai commis une erreur, déplora son mari. Tant pis, viens vite, j'ai les horaires des trains.

Il tapa un peu rudement sur l'épaule de Simon qui reçut cette marque d'affection comme une caresse.

—Accorde-moi quelques minutes, déclara-t-il. Je ne peux pas partir sans dire au revoir à Charlotte. Déjà, je n'ai pas eu droit à un baiser de la part de Mimine.

—Dans ce cas, rejoins-moi à la station de taxis près du Capitole! Je vais essayer de trouver ma femme pour la consoler.

Toshan sortit à son tour. Simon ignorait dans quelle chambre s'était installée la jeune fille. Il la localisa sans peine au bruit caractéristique d'une crise de larmes ponctuée de plaintes sourdes. Charlotte était allongée sur son lit, le visage au creux de l'oreiller. Il avança sur la pointe des pieds avant de s'asseoir près d'elle.

—Mimine? appela-t-elle.

—Non, c'est moi, Simon!

Elle se retourna et, du même élan, se redressa. Il n'y avait plus trace de fureur sur son joli minois ravagé par le désespoir.

—Tu es encore là! Sors de cette pièce! Je n'ai pas besoin de ta pitié.

—Ma petite Charlotte, je suis désolé. Pardonne-moi, je t'ai fait tant de mal, je le sais. J'étais sincère quand nous comptions nous marier. Tu es la seule avec qui j'aurais pu vivre. Tu n'es pas obligée de me croire, mais je t'aime beaucoup.

—Tais-toi donc! hurla-t-elle en se bouchant les oreilles.

—Sois raisonnable, écoute un peu. Si j'ai rompu nos fiançailles aussi brutalement, c'était pour t'épargner et te rendre ta liberté. Charlotte, tu rencontreras un jour l'homme qui t'est destiné et qui te comblera de bonheur. Je t'en prie, il faudra me le dire, si je suis encore vivant!

Elle avait fort bien entendu. Troublée de voir Simon aussi proche, elle s'accrocha soudain à son cou.

—Pourquoi? Tu vas mourir, comme Armand? Il ne faut pas! Aie pitié, épouse-moi quand même! Nous serons ensemble nuit et jour. Je n'exigerai rien d'autre.

D'un mouvement souple, elle se blottit contre lui. Elle laissa ses doigts courir dans son dos avant de l'enlacer avec une force surprenante. Soumis aux pulsions d'un désir trop souvent frustré, son corps vierge en tremblait. Simon n'osait pas se libérer de cette étreinte. Des lèvres douces et chaudes se posèrent sur les siennes.

—Non, non! Je ne peux pas, arrête!

Elle se rejeta en arrière en poussant un cri de bête blessée. Cette fois, il n'y eut pas d'insultes ni de récriminations, mais de nouveaux sanglots.

—Tu ne peux pas t'imaginer comme je suis désolé, soupira Simon en se levant. Je te souhaite de m'oublier, Charlotte. Je dois partir, Toshan m'attend.

Sans le vouloir, il avait prononcé ce prénom avec une note insistante, chaleureuse.

—Lui, tu ne le rejetterais pas! lança-t-elle durement.

—Ne dis pas de sottises, coupa-t-il en sortant de la chambre.

Elle pleura de plus belle. Ses doigts menus se crispaient sur un pan du drap.

«Jamais un homme ne m'aimera, pensa-t-elle, désespérée. Armand, lui, me désirait, il m'aurait épousée. Depuis des années, il essayait de me le faire comprendre et moi, j'étais obsédée par Simon. Mon Dieu, ayez pitié de moi! Je ne demande rien d'extraordinaire : un mari, des enfants… »

Charlotte imagina la pénombre complice d'une nuit tiède, un lit défait, un couple enlacé pour une étreinte fébrile. De cela elle rêvait sans cesse. S'abandonner enfin, s'offrir, nue, et connaître le grand secret du plaisir partagé. Sa main droite glissa doucement vers son ventre. Elle releva sa jupe et commença à se caresser, les cuisses entrouvertes. C'était interdit par l'Église, mais elle s'en moquait.

*

Hermine était de plus en plus inquiète. Le cœur serré, elle marchait d'un pas rapide vers le Capitole.

« Peut-être qu'elle a rencontré quelqu'un du théâtre, se disait-elle sans pouvoir se rassurer. Au fond, je ne sais pas ce qu'elle fait, quand elle sort. Je vais interroger Lizzie[8] ! »

Toshan la vit approcher sur le trottoir, mince et gracieuse dans sa robe légère. Le soleil irisait ses cheveux d'un blond lumineux.

— Où cours-tu? s'écria-t-il en lui barrant le passage. Tu quittes l'appartement sans me dire où tu vas, tu te mets en colère sans raison valable. C'est ce genre de souvenir que tu veux me laisser?

Elle le dévisagea, comme étonnée de le voir là.

— C'est bien le moment de me faire des reproches. Je cherche Madeleine. La boulangère l'a vue, mais pas la buandière! Elle a disparu entre ces deux boutiques, sur une distance de cent mètres à peine. Je sais que tu as d'autres chats à fouetter, notamment consoler Simon, mais…

— Je t'en prie, trancha-t-il, ne te rends pas ridicule! Quant à ma cousine, même si je ne vis pas au quotidien avec elle, je suis mieux renseigné que toi. Madeleine

---

8. Voir *Le Rossignol de Val-Jalbert*. Lizzie a un poste au Capitole, proche de celui de régisseur, et elle s'est liée d'amitié avec Hermine.

ne manque pas une occasion d'aller prier. Je sais même qu'elle va de préférence au sanctuaire Notre-Dame-du-Sacré-Cœur, rue Sainte-Ursule. Ce n'est pas très loin de chez toi. Le temps que tu la cherches, elle a dû rentrer.

— Oh! merci, Toshan! s'exclama Hermine. J'ai eu peur! C'est idiot! Elle est si pieuse, j'aurais dû y songer toute seule. Mais, d'habitude, elle rentre toujours à l'heure.

La jeune femme respira enfin à son aise. Du coup, elle fut prise de remords.

—Je te demande pardon, mon chéri, murmura-t-elle en lui prenant la main. Je deviens à moitié folle à l'idée de ton départ. Et toi, qu'est-ce que tu fais ici?

— Simon doit me rejoindre, je l'accompagne à la gare en taxi pour être certain qu'il retourne à Montréal... Mine, cela me tracasse de te savoir à Québec, loin des enfants.

—Le directeur du Capitole n'a prévu que six représentations. J'irai à Val-Jalbert dès que possible. Et dis à tes supérieurs que je viendrai chanter. Je ne peux pas refuser ça aux courageux soldats qui vont se battre en Europe.

Elle le fixa de ses grands yeux bleus. Sa bouche tremblait un peu, rose, sensuelle. Toshan l'embrassa, incapable de résister à la tentation.

— Tu ne vas pas être jalouse de ce pauvre Simon! Je t'aime et je t'aimerai jusqu'à mon dernier souffle.

— Moi aussi, répliqua Hermine en s'écartant bien à regret de son mari. Je cours rue Sainte-Anne, mon amour, pour être certaine que Madeleine est bien de retour! Je t'en supplie, reviens ce soir. Ou demain soir.

— Si je peux, je viendrai, déclara-t-il.

Elle s'éloigna, et Toshan la regarda longtemps, fasciné par sa démarche légère. Le vent chaud soulevait le bas de sa robe bleue. Il eut l'étrange idée qu'elle pourrait disparaître de son existence et cela lui provoqua une angoisse insupportable.

« Il va en être de même samedi, se dit-il. Le bateau m'emportera de l'autre côté de l'océan, et je serai séparé d'elle, de ma petite femme coquillage. »

Val-Jalbert, même jour

Loin de se douter des émotions que vivait sa fille à Québec, Laura venait de monter sur la pointe des pieds le bel escalier en bois verni de sa maison. Elle voulait surprendre Jocelyn, savoir ce qu'il tramait. Il ne devait pas avoir le temps d'inventer une explication mensongère. Mireille disait vrai : son époux bouclait une valise de taille moyenne.

— Joss, où as-tu l'intention d'aller? s'écria-t-elle en entrant dans la chambre. Il me semble que j'aurais dû être prévenue hier soir, ou ce matin, au déjeuner. La confiance règne! Je te rappelle que c'est l'anniversaire de ton fils!

— Laura chérie, ne monte pas sur tes grands chevaux tout de suite! Bien sûr, je comptais te faire part de ma décision, et de mes soucis.

Elle le détailla avec acuité. Il portait un pantalon et une veste en grosse toile grise, et non un costume élégant. Cela l'intrigua.

— Joss, insista-t-elle à nouveau. J'exige une réponse!

— La voici, ma réponse, gronda-t-il. Je n'ai plus aucune nouvelle de Kiona. Chaque été, Tala me la confie une semaine, ce qui est très court.

— Pas assez à mon goût! Mais je fais bonne figure; j'espère que tu l'as remarqué!

Jocelyn Chardin retint un soupir d'exaspération. Ces deux dernières années, au prix de nombreux trajets de Roberval à Péribonka, il avait réussi à voir sa fille illégitime assez régulièrement. En jouant les parrains exemplaires, il tentait de nouer des liens affectueux avec cette enfant qu'il chérissait, malgré les efforts sournois de Laura pour s'opposer à leurs rencontres.

— Ne me coupe plus la parole! s'indigna-t-il. Tu veux des explications? Alors, écoute-moi! Tu te souviens que j'ai pu voir Kiona l'avant-veille de Noël, ce qui m'a permis de lui offrir un cadeau. Mais j'ai eu le malheur, ce jour-là, de dire à Tala que je souhaitais veiller de plus près sur ma petite. Je lui ai même proposé un calendrier établissant les semaines où je pourrais l'accueillir ici pour qu'elle profite de ton cours privé.

Les bras croisés sur sa poitrine, les lèvres pincées, Laura ne pipait mot. Cependant, elle ressemblait à une statue vivante de la colère à l'état pur.

— J'ai eu tort, poursuivit Jocelyn. Tala n'a pas donné son accord immédiat. Elle a promis d'y réfléchir, mais à présent j'ai la certitude qu'elle a pris peur. Sa façon de ne plus écrire, de ne pas téléphoner en témoigne. Je crains le pire. Elle a pu emmener Kiona à des milles et des milles, dans un campement perdu au fond des bois. Et je ne reverrai jamais ma fille.

— Tu es tellement stupide, Joss! Quelle mère accepterait le cœur léger d'être séparée de son enfant? Pour une fois, j'approuve la conduite de Tala. Elle a décidé de cacher ta petite et elle a eu raison.

Elle avait bien insisté sur les mots « ta petite », pleine de rancune d'avoir entendu son mari désigner Kiona ainsi.

— Disons que ça t'arrange! hurla-t-il. Tu es même capable de lui avoir offert de l'argent pour qu'elles disparaissent toutes les deux! Tu t'abaisserais à n'importe quelle mauvaise action pour envoyer Kiona au diable!

— Là, Joss, tu perds l'esprit, répondit tranquillement son épouse. D'abord, les Indiens n'ont pas le culte du dollar. Ensuite, je ne sais pas où joindre Tala. Tu te plaignais qu'elle n'appelle pas ici, mais, enfin, sois lucide! Les bureaux de poste sont rares dans la forêt, sinon inexistants. Tu ferais mieux de penser un peu à Louis, qui est ton enfant également. Si tu pars le jour de ses huit ans, sans participer au souper, il sera très triste.

Jocelyn prit sa valise et se coiffa d'un chapeau de paille flambant neuf.

— Louis s'en remettra. Tu vas le gâter, selon ton habitude, et il s'apercevra à peine de mon absence. Je dois en avoir le cœur net.

Il ajouta sèchement:

— Crois-moi, je saurai tôt ou tard si tu as manigancé quelque chose. Laura, je pars à la recherche de ma fille. Je prends le bateau à Roberval et, une fois arrivé à Péribonka, je trouverai bien un moyen de locomotion. Je n'en dors presque plus, d'être privé de nouvelles. Et, sache-le, si je retrouve Kiona, je la ramène chez nous et elle passera les mois d'été ici. Tabarnak, tu ne vas pas continuer à me mener par le bout du nez pendant des lustres.

— Chez nous? persifla Laura. Mais ici, à Val-Jalbert, rien ne t'appartient, mon pauvre Jocelyn. C'est moi qui suis riche, moi qui ai acheté cette demeure, la plus belle du village! Je nourris et habille tout le monde, grâce aux profits de mon usine de Montréal, qui n'a jamais autant rapporté que depuis que nous fabriquons du matériel pour l'armée. Je suis libre de fermer ma porte à ta bâtarde!

Humilié, furieux, Jocelyn ne se contrôla plus: il gifla son épouse de toutes ses forces et tonna:

— Quand je t'ai enfin retrouvée, j'ai assez souffert de vivre à tes crochets! Merci de me préciser que je suis à ta charge. Peut-être bien que je m'installerai dans un campement indien, près d'une femme qui m'aime encore et de l'enfant que j'adore à distance. Tu as osé insulter une innocente. Là, tu as dépassé les bornes.

Jocelyn sortit de la chambre et dévala l'escalier. Effrayée d'avoir tenu un discours aussi odieux à son mari et encore plus effarée par ce qu'il venait de lui dire, Laura se rua sur le palier.

— Mon Dieu, Joss! cria-t-elle en se penchant au-dessus de la rampe. Joss, ne pars pas sans embrasser Louis! Ton fils, notre petit chéri... Joss!

Elle descendit à son tour pour voir claquer la porte principale. Un reste d'orgueil la retint de se ruer dehors et de rattraper Jocelyn. Quand même! Il avait osé la frapper! Elle toucha sa joue meurtrie. «Mon Dieu, qu'est-ce que j'ai fait? Je n'ai pas pu tenir ma langue. Joss doit me haïr!»

La gouvernante avait perçu l'écho de leur dispute. Elle rejoignit sa patronne dans le couloir.

— Mireille, c'est épouvantable! J'ai dit des horreurs à mon mari. Je l'ai perdu. Il ne me pardonnera jamais.

— Et vous avez reçu une claque! Doux Jésus, monsieur n'y est pas allé de main morte, on voit encore la trace de ses doigts.

—Cette brute m'a défigurée, gémit Laura qui retenait des larmes de dépit. Il m'a aussi jeté à la face sa décision de vivre chez les Indiens. Grand bien lui fasse!

—Voyons, madame, dépêchez-vous, conseilla Mireille. Courez donc derrière lui, sinon vous le regretterez!

—Non, j'ai ma fierté! Lui, me gifler!

—Si j'avais eu une fille de votre genre, madame, je lui aurais donné bien d'autres taloches, marmonna la gouvernante.

—En voilà, des manières, Mireille! vociféra Laura, ulcérée. J'en connais une qui va prendre ses affaires et filer droit croupir à Tadoussac! Quel toupet!

—Vous me congédiez, madame? interrogea la robuste sexagénaire en faisant le geste d'ôter son tablier.

—Mais non! Je suis à bout de nerfs et tu rajoutes de l'huile sur le feu. Enfin, Mireille, je ne peux pas me passer de toi, tu le sais bien!

Laura tapota la joue poudrée de sa fidèle domestique. Elle se précipita à l'extérieur et traversa le parterre pour emprunter l'allée bordée d'épinettes. Ses chaussures à talon la gênaient pour courir. Néanmoins, elle fut vite devant la maison des Marois. Une voiture noire s'éloignait en direction de la route régionale. C'était leur automobile, celle qu'ils prêtaient souvent à Joseph. Leur voisin devait conduire, car ils étaient deux sur la banquette avant.

—Joss! Oh non, reviens! implora-t-elle tout bas.

Québec, même jour

Hermine entra en trombe dans l'appartement de la rue Sainte-Anne. Tout de suite, le profond silence qui régnait l'alarma. Il n'y avait pas un bruit en provenance de la cuisine et pas le moindre signe d'une quelconque agitation.

—Madeleine? appela-t-elle. Madeleine?

Elle se précipita dans la chambre de Charlotte où un spectacle désolant l'attendait. Assise sur le lit, son ancienne protégée pleurait à chaudes larmes.

—Qu'est-ce que tu as? lui demanda-t-elle. Encore une mauvaise nouvelle?

— Non, c'est Simon, comme toujours! J'ai tenté ma chance une dernière fois, mais il s'est enfui.

— Oh! Mais à quoi bon insister? protesta Hermine avec un geste d'impatience. Madeleine a disparu. Je l'ai cherchée pendant plus d'une demi-heure. Ensuite, j'ai vu Toshan près de la station de taxis. Il m'a dit qu'elle allait souvent prier à l'église de la rue Sainte-Ursule. Je croyais la trouver ici! Charlotte, je t'en prie, aide-moi! Il a pu lui arriver malheur.

La jeune fille approuva sans desserrer les lèvres. Après avoir séché ses yeux, elle se chaussa.

— J'ai interrogé la boulangère qui l'a vue à l'heure habituelle, mais la patronne de la teinturerie prétend que Madeleine n'est pas venue, précisa Hermine, malade d'inquiétude.

— Et si elle avait un amoureux? hasarda Charlotte.

— Madeleine, un amoureux! Tu sais bien que c'est impossible, enfin!

— Peut-être qu'elle est très pieuse, mais capable de se laisser séduire!

Ces mots-là, lancés d'un ton froid, eurent le don d'exaspérer Hermine davantage.

— Non et non, je la connais. Et, même si c'était le cas, elle pouvait le rencontrer plus tard dans la journée, en me prévenant.

— Elle n'oserait jamais te parler de ça! trancha Charlotte de fort mauvaise humeur.

Au fond, elle espérait de la compassion de la part de son amie, et sans doute des paroles de réconfort. Cela lui rappela que la jeune Indienne comptait beaucoup pour Hermine.

— Tu l'aimes plus que moi, jeta-t-elle en brossant ses cheveux bruns et bouclés. Je passe après tout le monde. Ne dis pas le contraire, Mimine.

— Lolotte, tu es vraiment sotte, répliqua-t-elle en utilisant volontairement ce diminutif qui agaçait son amie. Peux-tu admettre que nous vivons une époque troublée, que les gens deviennent méfiants, agressifs? Je veux vite retrouver Madeleine, et j'ai besoin de toi!

Cinq minutes plus tard, elles marchaient toutes les deux le long de la rue quasiment déserte. Hermine décida de retourner à la buanderie. Elle eut affaire à une apprentie, occupée à repasser une chemise.

— Je vous en prie, mademoiselle, si vous avez vu quoi que ce soit d'anormal, il faut me le dire. Votre patronne affirme que ma gouvernante n'est pas passée en fin de matinée, mais cela m'étonne. Entre cette boutique et la boulangerie, il n'y a qu'une centaine de mètres.

L'apprentie regarda la porte vitrée voilée par un rideau de dentelle qui devait ouvrir sur l'arrière du magasin. On la sentait sur la défensive.

— Je ne sais même pas à quoi ressemble votre gouvernante, murmura-t-elle.

— Mais si, s'offusqua Hermine. Et c'est bien plus que ma gouvernante! Je la considère comme une sœur. Une Indienne montagnaise d'une vingtaine d'années, habillée d'une robe grise à col blanc avec un chapeau de paille.

— Une fille de ce genre est partie un peu avant midi avec deux hommes. Ils ont discuté un moment sur le trottoir d'en face. Ensuite, elle les a suivis.

Charlotte fit une petite grimace dubitative qui irrita prodigieusement Hermine. Elle eut envie de la gifler. «Malgré ses qualités de cœur, dont je ne doute pas, Charlotte peut se montrer mesquine et injuste, songea-t-elle. Si je l'écoutais, j'en viendrais à croire que ma chère Madeleine a des fréquentations honteuses, en cachette, ce qui est impossible!»

Elle sortit sans poursuivre la discussion, trop bouleversée pour supporter le regard réprobateur de l'apprentie. Charlotte la rejoignit dehors.

— Je parie que tu es vexée parce que j'ai osé soupçonner ta grande amie. Mais j'ai un autre renseignement qui va t'intéresser. Madeleine s'est débattue quand un des hommes l'a prise par le bras.

— Mon Dieu, quelle horreur! s'exclama Hermine. Comprends-tu ce que ça signifie? Elle a dû être enlevée!

— En plein jour? Et pour quelles raisons?

— Charlotte, je ne sens aucune compassion dans ta voix. Pourtant, je pensais que tu aimais bien Madeleine. Elle partage notre vie depuis des années. Elle est dévouée, généreuse, tendre… J'ai l'impression que tu es jalouse d'elle.

Les beaux yeux bleus d'Hermine se firent insistants, inquisiteurs. Sous ce regard d'azur où se lisait une profonde angoisse, Charlotte baissa le nez.

— Je suis jalouse de tout le monde, en ce moment. D'accord, tu m'aimes beaucoup, tes parents ont de l'affection à mon égard, mais cela ne meuble pas ma vie. J'ai l'âge d'être mariée, d'avoir un enfant à chérir. On dirait que je ne plais pas aux hommes, alors que toi, tu n'as qu'à rire, bouger, parler, pour susciter des passions.

— Quelles passions, excepté celle, toute légitime, que me voue Toshan? Et que vient faire Madeleine dans tes jérémiades? Elle ne t'a volé aucun fiancé!

— J'envie sa douceur, sa résignation, avoua la tempétueuse jeune fille. Et je m'en veux tellement d'avoir repoussé Armand! Il m'aimait, lui, même quand j'étais fillette. Si je ne m'étais pas entichée de Simon, j'aurais épousé Armand. Nous aurions une maison, des enfants… Maintenant il est mort.

Charlotte s'éloigna d'un pas rapide. Elle pleurait. Apitoyée, Hermine la rattrapa.

— Je t'en prie, ce n'est pas le moment de s'entre-déchirer. Que cela te plaise ou non, je suis affreusement inquiète de Madeleine. Je dois prévenir Toshan. Si je prends un taxi, j'ai encore une chance de le retrouver à la gare.

— Et si elle était de retour à l'appartement? hasarda Charlotte en reniflant. Peut-être que cette blanchisseuse se trompe de personne. Pardonne-moi, Mimine! Je t'aime tant et je te fais de la peine. Viens, rentrons. Si Madeleine n'est pas là, nous aviserons. Le mieux serait de signaler sa disparition au poste de police, mais là, il est encore trop tôt. On nous expliquera qu'une jeune femme majeure est libre d'aller où elle veut.

Hermine se rendit à ces arguments. Elle éprouvait cependant une sensation étrange. «J'ai déjà vécu ce genre de situation quand Louis a été enlevé par Paul Tremblay, ce sale individu. On cherche le disparu ou la disparue avec une sorte de surprise, d'incrédulité, et la peur monte, monte...»

Ce fut ainsi qu'elle perdit de précieuses minutes, puis deux heures cruciales. Pendant ce temps, Madeleine, elle, se croyait aux portes de l'enfer.

3
L'effort de guerre

Québec, rue Sainte-Anne, mardi 19 mai 1942
Hermine regardait fixement sa montre-bracelet. Il était six heures du soir. Assise sur le canapé, Charlotte examinait une paire de bas en fort mauvais état.

—Ils sont fichus, déclara-t-elle. Et je ne pourrai pas en acheter d'autres. Ils étaient en soie, et on n'en trouve plus. C'est la même chose pour les matières synthétiques. J'aurais dû rester à Montréal. L'une des femmes à l'usine savait comment s'en procurer.

—Est-ce que tu ne le ferais pas exprès? enragea Hermine. C'est de la méchanceté, à la fin! Si tu savais comme tu me déçois! Tu te soucies de tes bas alors que Madeleine a disparu depuis des heures. J'ai suivi ton conseil, nous l'avons attendue ici, mais j'en ai assez. Je vais à la Citadelle avertir Toshan. C'est son cousin. Il obtiendra sûrement une permission pour m'aider à la retrouver.

—Je te présente toutes mes excuses, ironisa Charlotte. Il faut bien s'occuper. Je dis quand même la vérité, le rationnement est d'actualité et cela ne fait que commencer. Tu verras, même si le Capitole maintient ton contrat, tu n'auras droit qu'à de vieux costumes élimés et à très peu de lumière sur scène.

—Mais je m'en moque, Charlotte! hurla la chanteuse. Je crois même que je vais plier bagage et rentrer à Val-Jalbert dès que Toshan aura embarqué pour l'Angleterre. Rien ne me retiendra plus à Québec. D'abord, je veux retrouver Madeleine.

Elle retint un sanglot de nervosité. Deux fois, elle avait tenté de téléphoner au poste de police le plus proche de son domicile, sans obtenir de communication.

—Je sors, décréta-t-elle. Toi, Charlotte, ne bouge pas et, si Madeleine revient, sois gentille avec elle.

—Je n'ai jamais été méchante avec quiconque, rétorqua la jeune fille sur un ton boudeur.

Hermine poussa un soupir qui en disait long. Elle avait troqué sa robe de coton bleu pour une tenue plus soignée, un ensemble jupe et corsage en satin beige. Les cheveux coiffés en chignon, un collier de perles au cou, elle était très élégante.

« La beauté peut devenir une arme ! » lui avait dit un jour son impresario, Octave Duplessis.

Elle s'en souvint en marchant d'un bon pas vers la rue qui menait au fort militaire dont les nombreux bâtiments en pierre grise dominaient le fleuve Saint-Laurent. Elle s'était rarement aventurée jusqu'à la Citadelle, se contentant parfois de raccompagner son mari devant le portail, après ces permissions qui leur laissaient à tous deux un goût amer de paradis défendu.

Deux soldats gardaient l'entrée. Hermine les salua avec un timide sourire. Elle se sentait soudain extrêmement gênée.

—Je voudrais voir mon mari, dit-elle. Clément Toshan Delbeau. C'est très important : un problème de famille.

—Désolé, madame, on ne peut pas vous laisser passer comme ça ! Vous feriez mieux de téléphoner ce soir. Trois bataillons sont à l'entraînement.

—Mais sa cousine a disparu ! Est-ce que vous connaissez le soldat Delbeau ? Je vous en prie, si vous pouviez le prévenir, qu'il vienne ici me parler.

Embarrassé, le plus jeune des gardes jeta un regard en arrière.

—Nous avons des ordres, madame, affirma-t-il gentiment. Les civils n'ont pas à pénétrer dans l'enceinte, surtout en ce moment, avec les derniers événements. Des espions allemands peuvent se trouver en ville.

Hermine comprit qu'il faisait allusion aux torpillages des cargos qui avaient coûté la vie à Armand. Elle se demanda si on ne la soupçonnait pas d'être une ennemie, avec sa blondeur et ses yeux bleus.

—J'exige de rencontrer un de vos supérieurs! s'écria-t-elle. Je suis Hermine Delbeau, l'artiste lyrique qui doit chanter à la Citadelle vendredi soir. Je comptais voir mon mari, certes, mais aussi étudier la salle où je donnerai mon récital.

—Ah! ça, je suis au courant, reconnut l'un des gardes. Seulement, je ne sais pas si...

La chance voulut qu'au même instant une voiture approchât. Trois gradés se trouvaient à l'intérieur, dont l'officier qui avait obtenu une photographie dédicacée du célèbre Rossignol de Val-Jalbert. Il ordonna au chauffeur de s'arrêter et bondit de l'automobile.

—Chère madame! s'exclama-t-il en lui serrant la main avec vigueur. Quel honneur de faire enfin votre connaissance! Et quelle surprise! Avez-vous un problème? Dites-moi! Je ferai tout ce qui est en mon pouvoir. Major Deschamps, à votre service!

Il la dévisagea avec un air ébloui. S'il avait été plus audacieux ou moins bien éduqué, il lui aurait dit d'emblée qu'elle était encore plus belle qu'il ne l'imaginait.

—Je désire parler à mon mari, le soldat Delbeau, dit-elle tout bas.

— Un de nos futurs adjudants, fit remarquer l'officier. Et passionné par l'aviation. Je connais personnellement votre époux et j'ai appris à l'apprécier.

—Merci, souffla-t-elle.

—Je crois pouvoir satisfaire votre demande, chère madame. Suivez-moi.

Elle fut invitée à prendre place dans l'automobile dont le moteur avait continué de tourner au ralenti pendant l'entretien. Le major Deschamps la présenta aux autres gradés.

«Mon Dieu, que va penser Toshan? s'inquiétait-elle. Je l'ai quitté vers treize heures près du Capitole et je viens le relancer à la Citadelle. Mais il comprendra; Madeleine est sa cousine.»

Son sauveur la conduisit dans un petit salon jouxtant le mess des officiers. Un cendrier débordait de mégots de cigares et la pièce empestait le tabac refroidi.

— Mon ordonnance est partie chercher votre mari. Si vous voulez bien patienter un peu. À mon grand regret, je ne peux pas vous tenir compagnie, mais j'ai hâte d'être à vendredi pour vous écouter chanter.

— Si cela peut soutenir le moral des troupes, comme on dit, je serai heureuse de participer ainsi à l'effort de guerre, répliqua-t-elle avec un sourire angélique.

Le major recula d'un pas, comme pour échapper au charme de son interlocutrice.

— J'ajouterai que ma femme et ma mère ont appris que vous serez bientôt à l'affiche, dans *Le Pays du Sourire*, et il me semble qu'elles ont déjà réservé une loge.

— Je suis très touchée de leur intérêt.

Il salua et sortit. Hermine se détendit un peu, malgré les battements affolés de son cœur. La démarche qu'elle avait résolu de faire, le décor insolite à ses yeux, tout la troublait. Quand Toshan fit irruption dans le petit salon, elle se jeta à son cou.

— Oh! mon chéri! gémit-elle en retenant ses larmes.

— Que se passe-t-il? demanda aussitôt Toshan en la repoussant délicatement. Madeleine a eu un accident?

— Non, enfin je n'en sais rien! Elle demeure introuvable. Charlotte et moi l'avons cherchée, et l'apprentie de la teinturerie prétend l'avoir vue partir avec deux hommes. Elle se débattait. J'en suis malade, Toshan! J'ai essayé de téléphoner à la police, mais je n'ai pas obtenu de communication. Il faut que tu m'aides, je n'en peux plus!

Son mari hocha la tête. Il ne paraissait pas vraiment inquiet. Elle ressentit sa perplexité.

— Toshan, ne me dis pas que c'est normal! Madeleine partage mon quotidien depuis la naissance de nos filles. Cela fait donc huit ans et demi. Jamais elle n'a disparu pendant plusieurs heures sans me prévenir.

— J'avoue que c'est préoccupant. Mais il y a forcément une explication. Ma cousine a pu se lier d'amitié avec des Indiens. Ne fais pas cette mine sidérée. Certains Montagnais viennent travailler ici. Madeleine a renoncé au couvent. Elle pourrait très bien fréquenter quelqu'un.

Stupéfaite, Hermine ne sut que répondre. La supposition de Toshan lui semblait aberrante.

— Elle m'en aurait parlé, voyons!

— Rien de moins sûr. Elle a pu craindre de te choquer, de te décevoir. J'ai peu de temps à t'accorder, Mine, je dois voler. Pas aux commandes, non, mais je me familiarise avec nos avions. Ensuite, il y aura l'entraînement du soir. Tu devrais quand même te renseigner au poste de police ou à l'hôpital. Si vraiment Madeleine a été victime d'un accident, les infirmières seront au courant.

— Toshan, elle a suivi ces hommes contre son gré! insista Hermine, à bout de nerfs. Franchement, tu me déçois! En fait, le sort de ta cousine t'importe peu. Je vais me débrouiller seule, ne te dérange surtout pas. Et ne sois pas étonné si vendredi je suis incapable de chanter pour ton bataillon!

Elle allait se ruer vers la porte quand il la saisit par la taille. Le contact de ses mains chaudes eut le don de la rassurer.

— Mine chérie, quel caractère tu as! Apprends à te maîtriser, à faire preuve de sang-froid. Je suis dans l'incapacité de sortir maintenant. J'ai dormi chez toi, puis j'ai dû mettre Simon dans le train pour Montréal. Ne te fâche pas, tu auras vite des nouvelles de Madeleine!

— Sauf si on l'a jetée dans les eaux du Saint-Laurent après l'avoir violée, jeta-t-elle tout bas. Lâche-moi, Toshan. Tu dis vrai. Puisque tu pars, je dois m'habituer à vivre en célibataire!

Douché par ces mots, il la libéra et alluma une cigarette. Hermine prit la fuite, furieuse contre elle-même et le monde entier. Une demi-heure plus tard, elle entrait dans le poste de police de la haute-ville. Les quartiers du plateau étaient dévolus à la bourgeoisie, aux notables. Elle fut donc reçue aimablement par un des gardiens de la paix. Mais, quand elle signala la disparition de Madeleine, on la conduisit dans le bureau du chef de la sûreté, qui était absent. Son adjoint la pria de s'asseoir. Le fonctionnaire, flanqué d'une épaisse moustache noire, lui rappela les portraits du redoutable Hitler qu'elle avait vus dans la presse.

—Madame, que puis-je pour vous? aboya-t-il sans lever le nez du registre qu'il consultait.

—Eh bien, voilà, je suis très inquiète, monsieur! Aujourd'hui, une femme a disparu avant midi. C'est une amie, et aussi la cousine de mon époux qui est militaire.

—La rue? L'identité de la personne? interrogea-t-il sèchement.

—Rue Sainte-Anne. Il s'agit de Madeleine...

—Madeleine quoi? Madeleine comment?

Hermine était bien incapable de répondre, désarçonnée par le ton rogue de l'homme.

—En fait, Madeleine était la nourrice de mes filles, des jumelles. Maintenant, elle a chez moi les fonctions d'une gouvernante, mais c'est une parente par alliance également. Hélas! je crois qu'elle n'a pas de patronyme!

Le policier la scruta d'un air méfiant. Il tournait son crayon entre ses doigts.

—Vous me dites que cette fille n'a pas de papiers, alors que nous sommes tous menacés par l'intrusion dans notre ville, dans notre pays, d'espions allemands? Et vous, qui êtes-vous? À qui ai-je affaire?

Sans perdre son calme, Hermine se hâta de se présenter tout en sortant une preuve d'identité de son sac à main.

—Madeleine est une Indienne montagnaise, crut-elle bon d'ajouter. Oui, le peuple des Montagnais du Lac-Saint-Jean.

—Si j'en crois ce que vous venez de me dire, votre mari serait un Indien, lui aussi. Décidément, faute de volontaires, l'armée se contente de la lie.

Furieuse, Hermine fit l'impossible pour se maîtriser. Elle avait déjà été confrontée au racisme pur et simple, mais le choc n'en fut pas moindre. Ses prunelles bleues foncèrent, tandis qu'elle toisait le fonctionnaire.

«Toshan m'avait pourtant avertie, songea-t-elle. Il existe au Québec un mouvement fasciste qui soutient l'idéologie honteuse des nazis. De toute façon, les

Indiens sont mal jugés, traités le plus souvent comme des sous-hommes. Mon Dieu, quelle abjection! »

— Mon époux est montagnais par sa mère et irlandais par son père, riposta-t-elle d'une voix ferme. Samedi, il embarque pour l'Europe et il sera promu adjudant. Remarquez, c'est grâce à la lie du vin qu'on fabrique de savoureux vinaigres qui relèvent si bien les sauces!

Cette répartie laissa le policier médusé. Il fit mine de réfléchir quelques secondes avant de prendre la mouche.

— Votre ton me déplaît, madame! Comme votre histoire d'employée de maison qui serait aussi votre cousine. Est-ce que vous lui versez des gages?

— Mais nous avons nos arrangements, voulut-elle protester.

— Qui ne doivent pas être très catholiques. Je résume : vous cherchez votre gouvernante supposément de souche indienne. Sans doute qu'elle a fait main basse sur vos bijoux et qu'elle a filé loin d'icitte!

La coupe était pleine. Hermine se leva si brusquement qu'elle renversa sa chaise. Ce fut d'une voix cinglante qu'elle protesta.

— Monsieur, je ne vous permets pas de porter des accusations ignobles contre mon amie! J'ai su par une commerçante de ma rue que Madeleine a été abordée par deux hommes et qu'ils l'ont emmenée de force.

— De mieux en mieux! Racolage sur la voie publique! Vous n'avez pas encore compris à quoi se livre votre Madeleine? Je n'ai pas de temps à perdre, madame. Je vous conseille de ne plus déranger la police pour si peu.

Elle avait l'impression de faire un cauchemar. Elle toisa son interlocuteur avec un mépris infini.

— Les gens de votre espèce mériteraient de croupir dans un camp, comme ces malheureux Italiens qui ont été arrêtés au début de la guerre, sans raison valable, hormis leurs origines!

— Nous sommes en guerre, ma petite dame!

Torturée par la colère, rongée d'angoisse quant au sort de Madeleine, Hermine avisa le gros registre sur le bureau ainsi qu'une pile de documents. Elle s'en empara et lança le tout au visage du fonctionnaire. Il poussa un cri de rage et bondit de son siège.

—Cette bonne femme est complètement folle! hurla-t-il.

Un gendarme entra au même instant, escorté par un grand gaillard assez élégant.

—Que signifie ce vacarme? s'enquit-il d'une voix dure. Mais...

Au bord des larmes, Hermine donna vite des explications.

—Ma meilleure amie a disparu et personne ne veut m'aider, se plaignit-elle.

—Vous êtes bien Hermine Delbeau, la chanteuse d'opéra? s'écria le nouveau venu. Je me présente, Hervé Lapointe, chef de la police provinciale. J'ai eu le bonheur de vous écouter au Capitole, et ma sœur découpe tous les articles vous concernant. Madame, quel honneur de vous rencontrer! Que se passe-t-il? Bernard, vous auriez dû reconnaître madame Delbeau! Une de nos artistes canadiennes de la trempe d'Emma Lajeunesse[9].

Conscient de sa bévue, le policier leva les bras au ciel avec une mine dépitée.

—Je ne pouvais pas deviner, ronchonna-t-il. On nous donne ordre de surveiller les individus suspects qui pourraient être des espions allemands, alors...

—Alors, vous avez fait du zèle bien inutile, coupa son supérieur. Chère madame, je suis disposé à vous secourir dans la mesure de mes moyens.

Réconfortée par la gentillesse d'Hervé Lapointe, elle raconta à nouveau la disparition de Madeleine.

—Une Indienne montagnaise? dit-il après un court silence. Sur dénonciation d'une honnête citoyenne,

---

9. Marie-Louise-Cecilia-Emma Lajeunesse Albani naquit à Chambly le 1er novembre 1852 et fut élève du couvent du Sacré-Cœur de Montréal. Elle alla ensuite parfaire ses études musicales à Paris et à Milan, et devint une cantatrice de renommée internationale. Elle est décédée à Londres le 3 avril 1930.

deux policiers en civil ont procédé à l'arrestation d'une femme aujourd'hui. Ils pensaient avoir identifié une espionne italienne. Elle a refusé de desserrer les dents et, de plus, elle était armée, ce qui ne plaide pas en sa faveur. Venez, je vais vous montrer cette personne, mais surtout n'approchez pas trop. Ensuite, je prendrai le signalement de votre amie.

—Je vous remercie de tout cœur, monsieur! Sans vous, je crois que je me serais retrouvée également derrière les barreaux.

Il la guida le long d'un couloir en ajoutant:

— Nous vivons une période agitée, certes, mais pas au point d'enfermer des innocents. Nous disposons de trois petites cellules, en somme des antichambres de la prison.

Hermine hocha la tête, très émue, car elle percevait un bruit de sanglots. Presque aussitôt, une silhouette familière lui apparut derrière une porte grillagée. Ce n'était qu'une forme recroquevillée sur une banquette en bois, mais elle ne pouvait pas se tromper.

—Madeleine! Oh! mon Dieu!

Au son de sa voix, la malheureuse sursauta et se redressa, le visage marbré de larmes.

—Le Seigneur a écouté mes prières, balbutia-t-elle. Hermine! Tu es là.

—Oui, n'aie pas peur, répliqua-t-elle, à la fois submergée de joie et révoltée. Monsieur Lapointe, je vous en prie, faites-moi confiance. Madeleine n'a rien fait de mal. Je veillerai à lui faire établir des papiers d'identité. Je réponds d'elle! Mon amie est baptisée et très pieuse. Comment a-t-on pu la prendre pour une Italienne, une espionne de surcroît?

Le chef de la sûreté semblait embarrassé.

—Mais elle était en possession d'un couteau, caché sous ses jupes. Avec son teint basané, ses cheveux noirs... Mes hommes ont agi en toute bonne foi.

—Qui l'a dénoncée? Qui? s'enflamma Hermine. Vous avez parlé d'une dénonciation. Ma mère a acheté cet appartement de la rue Sainte-Anne il y a huit ans environ. Les voisins nous connaissent.

— Calmez-vous, chère madame, recommanda le policier. Nous allons tirer cette affaire au clair.

Elle dut le suivre dans un bureau. Après bien des discussions, surtout au sujet du fameux couteau, Madeleine fut libérée. Elle tremblait de tout son corps. Une fois dans la rue, Hermine dut la soutenir par la taille.

— Pourras-tu marcher?

L'Indienne fit oui de la tête. Son regard sombre reprit un peu d'éclat en contemplant le ciel pâle du crépuscule. L'air du soir était très doux.

— Madeleine chérie, si tu savais comme j'étais inquiète! C'est terminé, tu es là, avec moi. Viens vite à la maison. Tu ne sortiras plus seule, maintenant; je t'accompagnerai.

— J'ai eu tellement peur, Mine!

— Mais il fallait donner mon nom, ou celui de maman! Il paraît que tu n'as pas dit un mot, que tu refusais de répondre quand on t'interrogeait.

— J'avais trop peur. Ils m'ont touchée, ils m'ont fouillée, et ils riaient. J'ai cru que... Moi, je ne voulais pas qu'ils me fassent des choses.

Horrifiée, Hermine comprit à quel point son amie avait souffert, au point d'être incapable de se défendre ni même de s'exprimer. «Madeleine est si timide, si réservée. Elle a cédé à la panique. Peut-être que ces policiers ont outrepassé leurs droits, qu'ils en ont profité pour la malmener?»

Elle réserva ses questions pour plus tard, quand elles seraient bien à l'abri dans l'appartement douillet. Il lui apparaissait soudain comme un havre rassurant au milieu de la ville.

— Viens, ma pauvre chérie, viens vite, répéta-t-elle en l'obligeant à presser le pas. Je te préparerai un plateau pour le souper et, cette nuit, tu dormiras avec moi.

Rue Sainte-Anne, elles passèrent devant la buanderie. Le rideau de fer était baissé, mais un rai de lumière filtrait du fond de l'arrière-boutique.

— Nous ne mettrons plus les pieds ici, décréta

Hermine. Le chef de la sûreté m'a avoué en grand secret que c'était elle, la patronne de la blanchisserie, qui t'avait dénoncée. Jamais je n'aurais imaginé ça. Elle a repris ce commerce en mars; elle ne t'a pas vue souvent. Et comme la police traque de possibles espions, Italiens, Japonais ou autres, elle t'a prise pour une dangereuse étrangère! Quelle sottise! Et quelle triste époque nous vivons!

Madeleine ne fit aucun commentaire. Elle avait le regard éteint, les traits tendus.

—Dieu merci, grâce à ma prétendue célébrité, j'ai pu te secourir. Par deux fois, aujourd'hui, on m'a traitée avec égard parce que j'étais l'artiste lyrique Hermine Delbeau. Ça aura au moins servi à quelque chose.

Bizarrement, ces derniers mots eurent le don de faire réagir Madeleine. Son regard s'illumina quand elles entrèrent dans le hall de l'immeuble.

—Ne parle pas ainsi. Ta voix est aussi belle que ton âme, aussi douce que ton cœur. Je n'oublierai jamais le moment où je t'ai entendue m'appeler, tout à l'heure, alors que je sanglotais de désespoir. Mine, sans ton intervention, ils m'auraient fait du mal, cette nuit, je le sentais.

—Mais non, ce sont des fonctionnaires du gouvernement, protesta Hermine. Ils ont pu se montrer brutaux et hargneux, je te l'accorde, mais de là à tourmenter une innocente.

—Les Indiens ne sont jamais innocents!

—Ils te croyaient italienne, pas indienne!

—Moi, je suis certaine qu'ils savaient très bien que j'étais une Montagnaise!

Elles se turent le temps de monter jusqu'au premier étage. Charlotte ouvrit immédiatement la porte. Vraiment inquiète, elle guettait le moindre bruit dans la cage d'escalier.

—Doux Jésus! s'écria-t-elle. Je n'en pouvais plus d'attendre. Vous voilà enfin! Alors, que s'est-il passé, Mimine?

—Je vais tout te raconter, coupa-t-elle. Veux-tu avoir la gentillesse de lui faire couler un bain?

Une heure plus tard, confortablement installée dans un nid de coussins et d'oreillers, Madeleine trônait dans le lit d'Hermine. Ses cheveux défaits, encore humides, gardaient les souples ondulations d'un tressage quotidien. En chemise de nuit rose, un plateau bien garni sur les genoux, elle semblait apaisée.

Assise à son chevet, Charlotte grignotait un biscuit. Elle avait éprouvé un pénible sentiment de honte en apprenant ce qui était arrivé à l'Indienne.

— Je suis mauvaise, déclara-t-elle brusquement. Nous sommes là, ensemble, toutes contentes, et je me rends compte de ma méchanceté. Madeleine, pardonne-moi! J'ai imaginé des bêtises à ton sujet et je n'ai pas du tout soutenu Mimine, qui avait bien raison de s'affoler. Il ne faut pas m'en vouloir. Depuis que Simon a rompu nos fiançailles, je suis devenue mauvaise, oui, mauvaise!

Plusieurs fois, elle scanda ce qualificatif, les larmes aux yeux, les poings serrés, son joli visage crispé par le chagrin.

— Charlotte, tu exagères, protesta Hermine. Le plus important, c'est d'avoir retrouvé Madeleine. Je suis tellement soulagée.

— Mais je dois lui demander pardon, insista la jeune fille. Pardon d'être stupide, jalouse, envieuse et mauvaise!

— Je te pardonne, Charlotte, affirma Madeleine. Tu as trop souffert, à cause de Simon et du malheureux Armand. Je t'aime beaucoup et, chaque matin, à mon réveil, je prie pour toi comme je prie pour tous ceux qui me sont chers. Ne pleure plus.

— Oui, cela ne sert à rien de te lamenter! s'écria Hermine. Tu ferais mieux d'essayer d'améliorer ton sale caractère. Je voudrais tant revoir en toi ma petite Lolotte de jadis, serviable, affectueuse! Cet après-midi, j'ai compris une chose : notre monde a changé, la guerre bouleverse tout. En apparence, la vie continue, mais la haine rôde autour de nous. Des gens se plaignent des mesures de rationnement, de ne plus pouvoir acheter ce qu'ils désirent. Mais ils devraient penser que c'est un moindre mal comparé à ce qu'endurent les Juifs, contraints de fuir l'Europe, et les Français dont le pays est presque entièrement occupé. Chez nous, ce n'est plus un secret, des Italiens sont retenus prisonniers dans des camps! Restées seules pour élever leurs enfants, les femmes sont condamnées à la misère. Ce n'est plus le moment de regretter un fiancé ou de gémir parce que son mari part au loin.

La voix d'Hermine trembla un peu. Toshan allait la quitter et elle prenait conscience d'une évidence: elle aurait ses propres combats à mener, seule.

—J'ai pris une décision, ajouta-t-elle. Demain, vous rentrerez toutes les deux à Val-Jalbert. Madeleine, je veux te mettre à l'abri et maman a besoin de ton aide. Laurence et Marie seront si heureuses de te revoir! Ce sont un peu tes filles! Toi aussi, Charlotte, tu seras plus utile là-bas. Je vous rejoindrai au mois d'août, après la dernière représentation de *La Veuve joyeuse*.

Cela lui coûtait de se séparer de ses amies. Malgré d'inévitables querelles, leur trio féminin connaissait des instants de gaîté, d'intense complicité.

—Non, trancha son ancienne nourrice. Non, Mine, je reste avec toi. Ne m'éloigne pas, je t'en supplie! Je veux être à tes côtés.

—Moi aussi, je reste, dit Charlotte. Et je vais te prouver que j'ai retenu la leçon. Je me sens déjà meilleure.

Très émue, Hermine ne put s'empêcher de sourire. Elle se garda bien d'insister.

—Vous en êtes sûres?

—Oui. Qu'est-ce qui te prend de vouloir te débarrasser de nous? demanda Charlotte.

—Merci, répondit simplement la chanteuse. En vérité, je n'ai aucune envie de me séparer de vous. Je pensais agir au mieux, pour votre bien.

Elles se prirent les mains à la façon de fillettes désireuses de faire une ronde, et leurs bras gracieux tracèrent un cercle. Madeleine y vit un signe. En dépit de sa foi chrétienne, elle demeurait fidèle aux croyances de son peuple. Elle dit avec ferveur:

— Tant que nous serons unies et loyales les unes envers les autres, rien ne pourra nous atteindre.

— Je le souhaite de toute mon âme que tu dises vrai, affirma Hermine. Et maintenant, si nous soupions? Le repas doit être tiède, mais tant pis!

Un observateur invisible aurait sans nul doute apprécié le charmant tableau qu'elles composaient, toutes les trois réunies sur le lit, enfin rieuses et bavardes, occupées à picorer un bout de pain. Un carré de chocolat constituerait leur dessert. La lampe de chevet à l'abat-jour en dentelle dispensait une douce lumière qui dorait la peau laiteuse des unes et le teint cuivré de l'autre. Égayée, Charlotte exhibait ses petites dents brillantes comme des perles.

Alors qu'elles sirotaient de l'eau fraîche coupée de vin de bleuets, la sonnerie du téléphone les fit sursauter.

— Je vais répondre, claironna Hermine.

Elle courut pieds nus vers le salon. C'était Toshan. Elle en tressaillit de joie.

— Je n'osais pas appeler, dit-elle tout de suite. Mais j'étais certaine que tu voudrais avoir des nouvelles de Madeleine. Je l'ai retrouvée, saine et sauve.

D'un ton vibrant d'indignation, comme si elle revivait les moments passés au poste de police, elle lui résuma la triste mésaventure de sa cousine.

— J'aurais dû y songer, soupira son mari à l'autre bout du fil. Mais les vagues massives d'arrestation des citoyens québécois d'origine italienne ont surtout eu lieu au début de la guerre. Je suis désolé d'avoir pris la chose à la légère. Et je te félicite! Tu as eu du cran. Réconforte bien Madeleine. Je dois te laisser. Je viendrai vendredi en fin de journée, et c'est moi qui te conduirai à la Citadelle pour ton récital. Je t'embrasse, ma petite femme.

Stupéfaite, Hermine entendit le déclic mettant fin à leur si brève conversation.

— Mon amour, déplora-t-elle très bas, du bout des lèvres. Tu aurais pu me consacrer un peu plus de ton temps!

Un sentiment d'amertume la submergea. Elle dut

faire un effort pour ne pas sangloter de déception. «Où est-il, mon beau Toshan aux cheveux longs, qui arborait si fièrement ses vêtements en peau de cerf, bordés de franges? Où est celui qui m'enseignait les secrets de la forêt et qui vouait un tel respect à la nature? Dix ans se sont écoulés, et le beau Métis qui m'avait ensorcelée a changé. Tout change si vite et d'une manière qui me déplaît!»

En évoquant son mari sanglé dans son uniforme de l'armée canadienne, désormais passionné par les avions et le maniement des armes, elle frissonna. «Il ne viendra pas avant vendredi. Mon Dieu, comme il me manque!»

Lorsqu'elle alla retrouver ses amies, elle prit cependant soin d'afficher un air tranquille. Elle ne voulait plus se plaindre ni montrer le moindre signe de faiblesse.

— C'était ton cher cousin, annonça-t-elle à l'Indienne. Il se faisait du souci pour toi, mais le voilà rassuré. Je crois qu'après cette dure journée nous devrions dormir, à présent.

Charlotte les embrassa et alla se coucher. Hermine put enfin s'allonger et éteindre la lumière. À la faveur de la pénombre, Madeleine s'empressa de se blottir contre elle.

— Je t'ai causé des ennuis, Mine! Pardonne-moi...

— Veux-tu te taire! Ce sont ces policiers, qui devraient implorer ton pardon.

— J'aurais tellement voulu pouvoir leur parler! Dans ma tête, je disais le nom de ta mère et le tien, mais je restais muette. Pas un son ne sortait de ma bouche. Même dans la rue... J'ai honte d'avoir été si lâche! Ils auraient pu me tuer sur place, je ne me serais même pas défendue.

La confession de Madeleine troubla Hermine.

— Pourtant, tu avais un couteau sur toi. Ce détail m'a intriguée.

— Mais c'est le couteau de Chogan. Mon frère me l'avait fabriqué quand nous étions enfants. Il me sert d'amulette protectrice! Il y a des choses que tu ignores, Mine, des choses de mon passé. Quand je suis entrée à ton service, j'ai tenu à les oublier.

—Oh! n'emploie pas ce mot! Cela aussi, c'est du passé. Tu as été une sœur pour moi, et aussi une délicieuse amie.

—Mais au début, tu m'as engagée comme nourrice. Et ta gentillesse a su effacer les souvenirs de ce que j'avais subi, petite fille. Hormis Tala, personne n'est au courant chez les miens. Ma tante a soigné les plaies de mon cœur et de mon esprit. J'avais sept ans lorsque des hommes blancs, des policiers aussi, m'ont arrachée à ma mère. J'ai dû aller dans une école, apprendre une autre langue que la mienne et adopter une autre religion.

Sidérée, Hermine retenait son souffle. Elle caressa la joue de Madeleine qui reprit son récit.

—Les religieuses étaient très sévères. Elles ont rasé mes cheveux et, si je disais un mot en montagnais ou si je réclamais ma mère, elles me frappaient sur le bout des doigts avec une règle en fer. Puis, je me suis habituée. J'ai aimé l'histoire de Jésus et j'étais heureuse de prier. Cela me consolait, parce que...

—Parce que tu étais malheureuse? s'enquit la jeune femme.

—Oui, malheureuse et honteuse. Un des policiers, avant de m'emmener au pensionnat, m'avait entraînée dans une cabane au bord de la route. Il prétendait qu'il fallait me punir parce que je pleurais trop fort. Et là, Mine, là, il s'est passé ces choses affreuses. Oh non, je n'ose pas te le dire!

La douce Indienne se mit à pleurer. Hermine avait deviné l'essentiel et elle l'étreignit avec une infinie tendresse.

—Parle, Madeleine, si cela te soulage.

—J'étais si petite... Je ne comprenais rien! Il m'a forcée à toucher son sexe, puis il l'a mis dans ma bouche. Je suffoquais, j'avais peur, une peur atroce. Et il me touchait partout. Il a fait tout ce qu'on peut faire à une femme adulte et, moi, j'étais muette, comme cet après-midi, pendant qu'ils me fouillaient, qu'ils hurlaient des questions que je n'entendais plus. J'étais sûre que tout allait recommencer!

Épouvantée par l'ignominie de certains individus, Hermine sentit un grand froid l'envahir. Elle s'étonnait presque d'avoir bénéficié d'une enfance paisible, d'une éducation prodiguée avec fermeté et bonté par les sœurs du Bon-Conseil qui enseignaient au couvent-école de Val-Jalbert.

Néanmoins, les aveux de Madeleine éveillaient en elle d'âpres souvenirs. Deux ans auparavant, Pierre Thibaut, un ami de longue date, avait tenté de la violer. Et, des années plus tôt, sa mère et elle avaient dû sauver Charlotte en la tirant des griffes de son père qui, sous l'emprise de l'alcool, lui imposait des attouchements.

—Comme je te plains, Madeleine chérie, déclara-t-elle péniblement, la bouche sèche à force d'émotion. Et dire que ce salaud ne sera jamais puni!

Le mot avait échappé à Hermine, qui se montrait rarement grossière. Elle le répéta à voix basse, ivre de dégoût.

—Un salaud, un infâme salaud! Tu aurais dû te confier à une des sœurs.

—Elle m'aurait traitée de menteuse, de graine de sauvage! Ce policier, il grognait ça, en enfonçant son sexe en moi: «Tiens, graine de sauvage, tu feras moins la fière, après!»

—Par la suite, tu as quand même souhaité prendre le voile! Pourquoi?

—Les religieuses de Chicoutimi étaient bonnes, dévouées, charitables, et je pensais que je serais ainsi à l'abri des hommes, de tous les hommes blancs. Hélas! mes parents m'ont empêchée de m'engager selon mes convictions. J'ai dû épouser celui qu'ils avaient choisi pour moi. Au moins, c'était un Indien, quelqu'un de mon peuple. Mais là aussi j'ai souffert. Son contact me rendait malade, j'en avais des nausées. Après la naissance de mon bébé, il m'a laissée tranquille. Ma fille aurait dix ans, l'âge de ton Mukki[10].

---

10. La fille de Madeleine est morte à trois ans d'une méningite.

Madeleine se tut. Hermine déposa un baiser respectueux sur son front.

—La vie ne t'a pas épargnée, ma petite Sokanon[11]. Souvent, je jugeais Toshan trop méprisant à notre égard. Il paraissait même plein de haine. Je n'en suis plus surprise, à présent. S'il est devenu soldat, c'est pour lutter contre le nazisme. L'antisémitisme que prône Hitler le révulse. Mon Dieu, comment en arrive-t-on à dénigrer une personne en se basant sur sa couleur de peau, sur sa nationalité?

—Je ne sais pas, Mine! Mais ceux qui sont torturés pour ces raisons ne guérissent jamais vraiment de leurs blessures. J'en suis la preuve. Face à ces policiers, j'étais pareille à une souris qu'un serpent allait gober. Je t'en prie, garde le secret sur mon passé.

—Je te le promets, Madeleine! Ce que tu viens de raconter me donne envie de partir dès demain au fond des bois, loin de cette ville. Je voudrais avoir une baguette magique et t'emmener au bord de la Péribonka. Les ours, les loups et les élans me font moins peur que certains hommes. Nous irons là-bas au mois de septembre, avec les enfants.

—Crois-tu que ce sera possible? interrogea son amie d'un ton languissant.

Épuisée, elle cédait au sommeil, néanmoins mal remise de la terreur éprouvée au poste de police. Hermine continua de la bercer avec des mots rassurants.

—Oui, nous irons! Et nous pourrons encore nous baigner dans la rivière, sentir le sable sous nos pieds nus… Le soir, nous allumerons un feu dans la clairière et je chanterai. Tala et Kiona seront là également. Mukki et les jumelles feront griller des saucisses sur les braises. Le ciel sera tout étoilé et nous oublierons la guerre, la haine et tout ce qui vient avec.

La respiration de l'Indienne se fit régulière. Elle dormait, la joue nichée au creux de l'épaule d'Hermine

---

11. Prénom féminin signifiant *Pluie*, en algonquin, souche de la langue montagnaise. C'est le prénom indien de Madeleine.

qui demeura longtemps éveillée. Le récit de Madeleine la hantait, avec les mots crus et les images qu'il faisait naître. Bien malgré elle, elle imagina ses propres filles ou sa demi-sœur Kiona victimes d'actes aussi abjects et, saisie d'épouvante, elle trembla de tout son corps. «Souiller l'innocence, c'est le plus odieux des crimes, songea-t-elle. Qu'est-ce que je fais ici, loin de mes petits que j'aime, et encore plus loin de Kiona?»

La réponse comportait sa part de douleur et se résumait à un prénom: Toshan. «Je dois te dire au revoir, mon amour, pensa-t-elle, les larmes aux yeux. Mais ce ne sera qu'un au revoir! Pas un adieu, non, non!»

La Citadelle, vendredi 22 mai 1942

Hermine saluait la foule de soldats qui l'acclamaient. Elle avait terminé son récital et n'avait plus qu'une hâte, rejoindre Toshan. Mais les applaudissements ne tarissaient pas. L'ordonnance d'un officier monta sur l'estrade et lui offrit un bouquet de roses.

— Merci, merci beaucoup! s'écria-t-elle.

Un projecteur de fortune était braqué sur la chanteuse qui, dans le faisceau lumineux, semblait faite de nacre et d'or. Elle avait laissé libre sa longue chevelure blonde et elle portait une ravissante robe en soie ivoire assortie à son teint laiteux. Ses yeux bleu azur, maquillés avec soin par Charlotte, étincelaient comme des saphirs.

Pour ces hommes privés de présence féminine souvent depuis des mois, elle incarnait l'épouse, la fiancée, la sœur dont on chérissait l'image, le soir. Plus encore, elle représentait la beauté intouchable, la grâce et le talent.

— Le Rossignol de Val-Jalbert a chanté pour nous, s'extasia Gamelin en jetant un coup d'œil complice à Toshan, assis près de lui. Quelle chance tu as, mon vieux!

Gamelin était un rude gaillard du pays du Lac-Saint-Jean. Ancien ouvrier à la papeterie de Riverbend où il avait fait la connaissance du Métis, il l'avait affronté lors d'une course en traîneau mémorable. Maintenant, tous deux engagés dans l'armée, ils étaient bons amis.

— Oui, je suis assez fier d'être son mari! répliqua Toshan.

Par modestie, il réprimait son enthousiasme. Hermine avait choisi judicieusement les titres interprétés. De *J'attendrai*, le grand succès de Rina Ketty, au très populaire *Un Canadien errant*, de *Vous qui passez sans me voir*, rendu célèbre par le chanteur français Jean Sablon, à *Somewhere over the Rainbow* et quelques autres chansons en anglais, elle avait su charmer son public en uniforme et le faire rêver.

Toshan tenait à la féliciter le premier, mais le major Deschamps le devança. Par politesse, il resta un peu à l'écart.

— Ce fut un enchantement de vous écouter, chère madame, affirma l'officier. Si vous voulez bien me suivre au mess, nous avons prévu une petite collation en votre honneur. Malgré les restrictions, nous avons même deux bouteilles de champagne!

— Je vous remercie encore, dit-elle. Des roses magnifiques, mon vin préféré, je suis gâtée!

— Vous nous avez gâtés également!

Hermine adressa un coup d'œil navré à son mari qui n'osait toujours pas approcher.

— Major, avança-t-elle tout bas, je voudrais d'abord m'isoler un peu, me refaire une beauté. Mon époux m'escortera à bon port; je serai moins gênée.

Elle n'osait pas évoquer les toilettes, mais l'officier, encore plus embarrassé, comprit immédiatement. Il fit signe à Toshan.

— Nous vous attendrons, chère madame, murmura-t-il.

Le couple fut enfin réuni. Hermine s'accrocha au bras de Toshan, ce qui leur valut à tous deux une ovation enthousiaste de la part des soldats témoins de la scène.

— Emmène-moi vite, chuchota Hermine. J'ai trouvé ce prétexte pour être un peu avec toi.

—Je m'en doutais, souffla-t-il, tout de suite complice.

Ils quittèrent la salle et longèrent un couloir. Les talons de la jeune femme résonnaient sur le carrelage.

—On n'entend jamais ce genre de bruit bien plaisant, nota le beau Métis avec un sourire. Tu as été merveilleuse, Mine chérie.

—Est-ce que tu dormiras chez nous ce soir? demanda-t-elle d'un ton anxieux. Le bateau part très tôt, je sais, mais tu pourrais me raccompagner et coucher à l'appartement.

—Non, je suis désolé, cela m'est impossible! Ce sont nos dernières minutes ensemble. Crois-moi, j'aurais donné cher pour me glisser dans ton lit cette nuit!

Il ponctua ces mots d'un rapide baiser sur ses lèvres. Elle se serra contre lui et l'embrassa avec ardeur.

—Restons corrects, voulut-il plaisanter. Nous sommes arrivés. Voici les toilettes des officiers. Tu verras, c'est très propre. Tu as un miroir, du savon, tout le nécessaire, et même un verrou.

Hermine se cramponna à lui. C'était son amour, son grand amour, le père de ses enfants et il allait partir pour de longs mois.

—Viens! lui intima-t-elle l'ordre en l'entraînant dans le local assez spacieux. Tu as dit qu'il y avait un verrou, alors, viens!

—Mine, mais…

Elle le tenait fermement par le poignet. Toshan, excité par le désir impérieux qu'il lisait dans le regard de sa femme, verrouilla la porte.

—Tu croyais vraiment que je te laisserais embarquer comme ça, sans avoir senti une dernière fois ta bouche sur la mienne, sans m'imprégner du goût de ta peau? interrogea-t-elle, déjà haletante. Je veux que tu me prennes, là, vite… Être à toi encore une fois, Toshan.

En le fixant d'un air de défi, elle releva sa robe et s'appuya sur le rebord en faïence du lavabo. Il contempla ses jambes fuselées, moulées par des bas de soie, puis la chair nue de ses cuisses sur lesquelles se dessinaient les jarretelles en satin gris. Il en perdit la tête. Plus rien ne compta, hormis le feu qui s'allumait et parcourait tout son corps. Une plainte sourde lui échappa tandis qu'il pétrissait ses seins à travers le tissu. Elle gémit à son tour en lui caressant le dos. Ils restèrent ainsi un bref instant, plaqués l'un contre l'autre. En percevant le contact du sexe durci de son mari, elle noua ses mains derrière son cou. Elle était comme ivre de chagrin et de plaisir anticipé.

—Vite, vite, répéta-t-elle. Fais-moi l'amour, prends-moi!

Toshan se pencha pour faire glisser sa petite culotte jusqu'au sol. Il ne résista pas à l'envie de lui imposer un baiser audacieux et il enfouit son visage dans son intimité.

—J'aime ton odeur! On dirait du miel.

Vibrant d'une passion farouche, il baissa son pantalon et la souleva, l'engageant par des gestes précis à entourer sa taille de ses jambes relevées. Il la pénétra aussitôt, paupières mi-closes, comblé de la posséder tout entière. Le côté insolite de cette étreinte, dans ce lieu si peu romantique, les exaltait. Jamais encore ils n'avaient atteint un tel paroxysme de jouissance. En accord parfait, ils ne faisaient qu'un et le plus difficile pour eux fut de ne pas crier leur extase partagée.

—Mine, je n'ai pas fait attention, dit ensuite Toshan. Je ne me suis pas retiré à temps.

—Je t'en aurais empêché. Je voudrais tant un bébé, un fils! Je serais si fière de te le présenter si par malheur tu t'absentais plus d'un an!

—Cela risque d'être le cas. Mais je m'en irai demain matin avec deux délicieux souvenirs. Ce moment ici, avec toi, et autre chose!

Souriant, mais ému aux larmes, il ramassa la culotte rose bordée de dentelles grises et l'enfouit dans sa poche en ajoutant d'une voix tremblante :

—La nuit, en Europe, je pourrai la respirer et penser à toi, ma petite femme coquillage, ma fleur de nacre et de lait, ma chérie, mon oiseau chanteur!

—Tais-toi, implora-t-elle. Arrête ou je te retiens

prisonnier, n'importe où, pour ne pas te perdre! Oh! je t'aime tant, Toshan!

Ils s'enlacèrent et s'embrassèrent encore à en avoir le souffle coupé.

— Le major Deschamps ne sera peut-être pas dupe, dit-elle en rajustant sa robe, bien à regret. Tant pis s'il me lance un regard soupçonneux.

— Surtout un regard envieux, rectifia Toshan. Ce soir, tous les soldats vont rêver d'une fée aux cheveux d'or et à la voix ensorceleuse. Je ne leur en voudrai pas. Tu es si belle!

Hermine étreignit son amour de toutes ses forces.

— Allons-y, dit-elle.

Lorsqu'elle entra dans le mess des officiers, on l'acclama de nouveau. Personne n'avait jugé leur absence trop longue. Une femme aussi ravissante que la vedette de la soirée avait le droit de les faire attendre. On lui tendit une coupe de champagne qu'elle dégusta, tandis que les compliments pleuvaient, se mêlant aux discussions concernant la France.

« Est-ce vraiment la guerre? se demanda Hermine, étourdie par le brouhaha et le vin. Mais oui, partout à cette heure, des hommes meurent et souffrent. Et moi je vis mes dernières minutes de bonheur, pendant que Toshan est encore là. »

Elle tenta d'imaginer l'horreur des bombardements, la douleur que peut causer une balle déchirant la chair. Elle revit des photographies publiées dans les journaux qui montraient des villes détruites, des cadavres alignés. Elle chercha son mari des yeux. L'air serein, il la fixait de son regard sombre, mais elle sut deviner l'angoisse qui le taraudait. « Mon cher seigneur des forêts, malade de nostalgie, que vas-tu vivre là-bas, si loin de moi? Que les esprits des bois et le grand Esprit qu'invoquent les tiens te protègent et te ramènent sur ta terre natale, corps et âme intacts. »

Elle eut un sourire très doux qui n'était destiné qu'à Toshan. Il le reçut comme une promesse silencieuse de fidélité, de respect et d'amour infini.

Val-Jalbert, samedi 23 mai 1942

Laura venait de raccrocher le combiné du téléphone. En quête de nouvelles, Mireille s'approcha. Dès qu'il y avait un coup de fil, la gouvernante s'arrangeait pour surveiller sa patronne.

—Alors, madame?

—C'était Hermine, répondit Laura, accoutumée à ce petit manège. Elle pleurait. Toshan a embarqué à l'aube. Ma fille a voulu assister à son départ. Heureusement, Charlotte et Madeleine sont à ses côtés pour la consoler et l'aider à supporter cette épreuve. Mon Dieu, faites que ces maudits sous-marins allemands ne torpillent pas ce bateau-là!

—Doux Jésus! C'est bien dommage qu'elle passe l'été à Québec, déplora Mireille. Notre Mimine serait mieux icitte avec nous tous. Et les enfants la distrairaient.

—Si je m'écoutais, je la rejoindrais. En cette saison, les trains circulent bien… Tu vas voir si le gouvernement ne décide pas de les démantibuler pour récupérer la ferraille!

Les mesures de rationnement l'exaspéraient. Riche ou pauvre, il fallait se plier à l'effort de guerre.

—L'essence est distribuée au compte-gouttes. Et encore, si on présente les fameux coupons! Nous manquerons bientôt de viande pour les petits, de lait, de beurre…

—Déjà, faute de sucre, je ne fais plus ni beignes ni tartes. Quelle chance que Joseph Marois ait une solide provision de sirop d'érable! Et cette nouvelle mode de recycler les papiers ou les métaux! Moi, je garde vos piles de journaux pour l'hiver; guerre ou pas guerre, il faudra bien allumer les poêles. De plus, madame, je ne vous conseille pas de filer à Québec, car monsieur peut revenir d'un jour à l'autre!

Jocelyn n'avait donné aucun signe de vie depuis son départ. Laura cachait soigneusement son anxiété et son chagrin.

—La maison n'est pas gaie sans monsieur, insista Mireille. En plus, je dois m'occuper de nourrir les chiens.

— Arrête de te lamenter, la coupa Laura, excédée. Va plutôt préparer le repas de midi. Et creuse-toi la cervelle; mademoiselle Andréa en a assez des haricots et des fèves!

— Celle-là, elle en prend à son aise, grommela la domestique. Vous êtes bien gentille de la nourrir! Je cuisine ce que j'ai dans mes placards. Votre institutrice, elle pète plus haut que son cul, sauf votre respect, madame. Pourtant, Dieu sait qu'il est haut placé, son postérieur.

Avant de jouer les indignées, Laura retint un sourire amusé.

— J'en connais une autre qui outrepasse ses fonctions. Allez, file, je crois que je vais rappeler Hermine. Je n'ose pas lui annoncer que son père a fait sa valise, ni même qu'il m'a jeté au visage son désir de vivre avec Tala et leur précieuse enfant.

— N'en faites rien, madame! Monsieur sera bientôt là. Pas la peine de donner un tracas supplémentaire à notre pauvre Mimine.

— Je n'ai pas besoin de tes conseils! Moi aussi, je suis à plaindre, mais, ça, personne ne s'en aperçoit. Maintenant, retourne donc à tes fourneaux!

— Bien, madame, je vous laisse en paix puisque je ne sers à rien, icitte!

Une fois seule, Laura alla se poster à la fenêtre la plus proche. Ses doigts effleurèrent le tissu satiné des rideaux, un superbe chintz fleuri qu'elle avait fait venir de Londres, cinq ans auparavant. Ses pensées étaient amères. «J'ai créé un cadre luxueux pour servir d'écrin à ma famille enfin réunie. Mais à quoi bon être entourée d'objets d'art, de beaux meubles, si je suis condamnée à vivre seule, sans mon mari! Je n'ai plus que mon fils chéri et mes petits-enfants. Est-ce que Joss aurait deviné quelque chose?...»

Au même instant, un petit garçon entra en courant dans le salon. Louis Chardin, qui avait fêté ses huit ans quatre jours plus tôt, se réfugia contre sa mère et frotta sur sa jupe ses cheveux fins d'un châtain très clair.

—Maman, Mukki a été méchant! Il a dit à mademoiselle Andréa qu'hier tu m'avais aidé à faire mes exercices de calcul. Je suis puni, je dois copier des mots.

—Mon ange, tu ne les feras pas, tes copies. J'expliquerai à ton institutrice ce qui s'est passé. Mais tu es tout moite. Viens à l'étage, je vais te doucher et changer tes vêtements.

—Mademoiselle Andréa nous a emmenés en promenade et, moi, j'ai eu trop chaud.

—Je sais, mais vous avez eu droit à une leçon de sciences naturelles, n'est-ce pas?

—Je m'en moque, moé, des grenouilles et des plantes d'eau.

—On ne dit pas « moé », le gronda sa mère. Ni « ayoye », ni « astheure »!

—Mireille, elle le dit; Lambert aussi!

Lambert, le terrible rejeton d'Onésime Lapointe et d'Yvette, la fille de l'ancien forgeron du village, s'exprimait comme ses parents. Imbue de son ascension sociale, Laura veillait à corriger le moindre écart de langage des enfants dont elle avait la charge. Elle prit la main de son fils et le conduisit jusqu'à la salle de bain moderne, aménagée à grands frais.

—L'eau tiède te calmera, mon chéri, dit-elle avec tendresse. Ensuite, tu étrenneras ton costume en flanelle.

—Maman, pourquoi papa n'était pas là le jour de mon anniversaire? Et le poney? Papa et toi, vous aviez promis de m'acheter un poney!

—Nous avons changé d'avis, Louis! L'année prochaine, nous verrons. Et ne discute pas. C'est la guerre et tu dois être sage.

Elle fit couler de l'eau. Le petit garçon, qui s'était déshabillé en sautillant sur place, poussa un rire aigu en se jetant dans la baignoire. Laura le couva d'un chaud regard maternel. C'était une femme passionnée, condamnée au feu ou à la glace, ignorante des demi-mesures. Ce tempérament excessif lui avait valu de souffrir d'amnésie durant des années, son esprit refusant d'admettre que Jocelyn et elle avaient abandonné leur petite Marie-Hermine, âgée d'un an à peine. Même si les sœurs de Notre-Dame-du-Bon-Conseil avaient élevé l'enfant trouvée avec affection, jamais Laura ne se remettrait tout à fait de cette séparation. Là encore, elle aurait voulu être auprès de sa fille, la prendre dans ses bras, sous son aile fantasque.

—Louis, tu m'éclabousses. Vilain garçon! Ma robe est trempée!

Nu comme un ver et tout ruisselant, son fils s'en donnait à cœur joie. Fascinée, elle l'observait avec une expression douloureuse. Elle détaillait son ossature, car Louis avait maigri ces derniers temps. Et ce corps gracile, ce visage au front haut, l'arc des sourcils lui-même lui rappelaient irrésistiblement quelqu'un. Sa façon de sourire aussi et les fossettes de ses joues. « Mon Dieu, faites que je me trompe, pria-t-elle en son for intérieur. Ai-je mérité ça? Être punie de la sorte pour un moment de faiblesse! »

Elle poussa un long soupir, comme terrassée par la fatalité dans tout ce qu'elle pouvait avoir de cruel. Si Laura avait eu une amie sûre, une confidente incapable de la trahir, elle aurait pu lui faire part de ses doutes et de son angoisse. « Je n'oserais même pas confesser ma faute à Hermine. Elle me mépriserait. Je n'ai qu'à oublier ce que j'ai fait, me répéter que cela n'a pas existé. De toute façon, si Joss m'a quittée pour de bon, le problème sera réglé. »

Malgré ce raisonnement, Laura fondit en larmes, ce qui lui arrivait rarement. Inquiet, Louis se figea.

—Maman, pourquoi pleures-tu? demanda-t-il.

—Parce que je t'aime, mon trésor! Je t'aime très fort et je voudrais te rendre heureux. Sors du bain, c'est l'heure du dîner.

Elle l'enveloppa dans une grande serviette, l'attira sur ses genoux et ferma les yeux.

—Mon enfant chéri!

Elle se revit à la fin du mois d'août 1933, dans une chambre d'hôtel, à Chambord Jonction. Jocelyn et elle avaient connu un été lumineux, celui de leurs retrouvailles après une séparation de plusieurs années. «Oh oui, quel bel été! J'avais cru Jocelyn mort et, la veille de mon mariage avec Hans, il était réapparu. Au début, il se conduisait en indifférent; il ne m'approchait pas. »

Mais elle avait su reconquérir son époux et reconstruire leur vie de couple. Quant à Hans Zahle, désespéré par ce coup du sort, il s'était effacé devant l'inéluctable. «Et, le 20 août 1933, j'ai reçu un télégramme de Hans! Il partait définitivement du pays et souhaitait me rencontrer. Jocelyn n'était pas là. Il avait accompagné Joseph Marois à la cabane à sucre. Et moi, j'ai accepté ce rendez-vous! Onésime m'a amenée en camion à Chambord. Je l'ai payé grassement pour qu'il ne parle jamais de mon escapade. Pauvre Hans, il a ouvert la porte de la chambre en tremblant de nervosité. Il paraissait au supplice. »

Laura secoua la tête pour ne pas songer à la suite. Louis, qui appréciait les câlins, se pelotonna davantage dans ses bras.

—Encore un peu, maman! Je suis bien, moi.

—Oui, mon trésor!

Les images s'imposèrent. Hans lui déclarait qu'il comprenait son choix, qu'elle avait agi avec loyauté en acceptant de reprendre la vie conjugale avec son mari. Il avait ajouté qu'il l'aimerait toujours, qu'elle avait ensoleillé son existence de musicien timide, myope et maladroit. Cependant, cet homme doux et tendre, un peu plus jeune qu'elle, avait été son amant durant deux ans. De se retrouver seule près de lui l'avait troublée. Il faisait chaud et les rideaux voilaient la clarté du ciel orageux. Lorsque Hans Zahle avait étouffé un sanglot, en embrassant ses mains gantées, elle s'était sentie faiblir. Ensuite, il l'avait enlacée et appuyée contre le mur.

—Une dernière fois, je te veux une dernière fois, gémissait-il en la caressant.

Elle s'était laissée entraîner jusqu'au lit, autant pour assouvir son propre désir que par souci de vite repartir. Hans ne s'était guère montré brillant, mais il avait une expression d'enfant perdu en s'abattant sur elle, comme si le plaisir même le faisait souffrir.

Pour sa part, Laura s'était éclipsée de l'hôtel la conscience tranquille. Elle croyait cette brève étreinte sans conséquence. « Le soir, j'ai couché avec Jocelyn, et je ne pensais plus à Zahle, qui avait pris le train pour Montréal. Durant les premières années de Louis, pas un instant je n'ai imaginé qu'il n'était pas l'enfant de mon mari. Maintenant, le doute me rend folle; Louis ressemble de plus en plus à Hans! De toute façon, il est mort et personne ne peut me trahir, personne. Peut-être Onésime? Mais non, il n'a qu'une parole et, au pire, il ignore ce que j'ai fait à Chambord, ce jour-là! »

—Maman, ne pleure plus, supplia le petit garçon. Moi aussi je t'aime!

—Alors, tout va bien, répliqua Laura en se forçant à sourire.

4

La louve

Nord de la Péribonka, mardi 15 septembre 1942

— Je ne sais pas où se trouve ma tante, répéta Chogan pour la troisième fois, sans prendre la peine de regarder son interlocuteur, Jocelyn Chardin.

Ce dernier retint un soupir d'exaspération. Il était parti de Val-Jalbert depuis la mi-mai et ces dernières semaines passées en multiples pérégrinations l'avaient épuisé. Rien ne s'était déroulé comme il le souhaitait. Après avoir cherché en vain Tala et Kiona dans les alentours de Péribonka, il s'était remis à tousser. Fiévreux, anxieux à l'idée qu'il faisait peut-être une rechute du redoutable mal dont il avait été atteint dix ans auparavant, il avait consulté la garde d'un village voisin, qui lui avait conseillé de séjourner à nouveau au sanatorium de Lac-Édouard, puisqu'il connaissait bien l'établissement.

Dépité et terriblement inquiet, Jocelyn avait dû rentrer à Val-Jalbert et informer Laura de son état avant de lui demander l'argent nécessaire à son hospitalisation. Il ne disposait d'aucun revenu personnel et la requête lui avait coûté. Mais sa femme, trop heureuse de le revoir, s'était empressée d'organiser son départ.

— Ce n'est qu'une petite alerte, Joss, répétait-elle en l'enveloppant d'un regard presque maternel. À ton âge, courir les bois, ce n'est vraiment pas raisonnable.

Tout l'été, il avait pu se reposer à Lac-Édouard, mais le plus souvent perdu dans ses pensées. Les médecins de l'établissement l'avaient rassuré. Il souffrait d'une pneumonie et d'une grande fatigue. On l'avait installé à l'écart des autres patients, dans une chambre fort agréable. Pour passer le temps, il écrivait beaucoup à Hermine, tout en suivant de près l'actualité en compagnie des autres pensionnaires. En juillet, la Wehrmacht[12] avait pris Sébastopol, en Ukraine, et Paris avait été témoin de la plus grande razzia jamais effectuée dans la capitale française, la rafle du Vélodrome d'Hiver. Plus de douze mille Juifs, hommes, femmes et enfants, avaient été arrêtés et déportés. La nouvelle avait accablé Jocelyn.

À la fin du mois d'août, se sentant en meilleure forme, il était reparti alors que commençait la bataille de Stalingrad, en Russie. «Les hommes sont fous, pensait-il dans le train qui le ramenait à Roberval. Cette fois, guéri ou pas, je retrouverai Tala et Kiona.»

Un bûcheron des environs de Péribonka l'avait renseigné. Chogan, le neveu de l'Indienne, avait installé un campement près d'un petit lac afin de pêcher du poisson pour le fumer en prévision de l'hiver. Avec son camion, l'homme avait conduit Jocelyn le plus près possible du campement. Plein d'espoir, il avait marché sur un sentier forestier. Mais Chogan l'avait accueilli avec froideur et refusait de répondre à la question qui le taraudait.

— Où sont Tala et Kiona? l'interrogea-t-il de nouveau.

Assis face à face, les deux hommes étaient séparés par un cercle de galets dans lequel brûlait un feu. Il faisait déjà sombre et le reflet des flammes donnait à l'Indien un air inquiétant. Derrière eux se dressait une misérable cahute au toit d'écorces, assemblage de troncs mal équarris et de peaux tendues sur l'armature.

— Je vous en prie, soyez conciliant, soupira Jocelyn. J'ai fait au moins trois kilomètres pour arriver jusqu'ici. Je suis fatigué! Sans ce bûcheron qui vous connaissait, je déambulerais encore sur les pistes du pays. Mon Dieu, pourquoi ne pas habiter dans une de ces réserves que le gouvernement a créées? Vous disposeriez de maisons plus confortables!

---

12. Armée allemande.

C'était très maladroit de sa part. Il le comprit tout de suite à l'expression hargneuse du Montagnais.

—Je n'ai rien à faire de votre Dieu, encore moins de ces baraques où le gouvernement veut nous parquer! Ma vie est ici, dans la forêt. Et puis, j'ai eu assez d'ennuis avec votre famille. Vous feriez mieux de filer dès demain matin, au lever du soleil.

—Vous êtes bien bon de m'offrir l'hospitalité pour cette nuit, répliqua Jocelyn d'un ton ironique.

Confronté à la mine butée de Chogan, il perdit patience.

—Tabarnak! ce n'est pas ma faute si les Tremblay voulaient se venger de Tala! À l'heure actuelle, votre cousin Toshan doit être arrivé en Europe, ou peu s'en faut! J'agis en son nom, et aussi en celui de ma fille Hermine. Tala et Kiona ont disparu; je veux les retrouver. Ces personnes nous sont très chères.

Chogan alluma une cigarette qu'il avait mis long-temps à rouler entre ses doigts tannés par les différents travaux dans les bois. Les paupières à demi fermées sur ses prunelles noires, il scruta les traits de son visiteur.

—Pourquoi vous sont-elles chères, à vous? gronda-t-il enfin.

—Tout ce qui touche notre famille me touche, coupa Jocelyn. Hermine, celle que vous appelez Kanti[13], aime beaucoup Kiona et elle a une grande affection pour Tala, qui est la mère de son mari. Faut-il une autre explication? Nous nous faisons du souci pour elles!

Croyant bien faire, il sortit de la poche intérieure de sa veste une bouteille de petit format.

—Du whisky? proposa-t-il.

—Vous pensez m'amadouer avec cette saleté! Je n'ai pas envie d'être rongé par l'alcool comme le sont trop des miens.

D'un geste rapide, il s'empara de la bouteille, l'ouvrit et en versa le contenu dans le foyer. De hautes flammes

---

13. Kanti signifie *Celle qui chante*. Madeleine a surnommé ainsi Hermine.

blanches s'élevèrent, si haut qu'elles frôlèrent les mains de Jocelyn qui s'indigna.

— Mais vous êtes fou!

— Je ne suis qu'un Indien, un sauvage! Et je n'aime ni vos manières ni vos mensonges.

— D'accord, admit Jocelyn, rogue. Sans mettre de gants, je vais te dire la vérité, Chogan. Et je ne me fatiguerai pas à te vouvoyer. Kiona est mon enfant. Es-tu content? Pendant plusieurs jours, j'ai partagé la couche de Tala, alors que j'étais rongé par la phtisie. Mais elle m'a guéri. Nous avons eu une fille, elle et moi, Kiona! Tu entends? Kiona est ma fille!

Comme halluciné, il avait hurlé, en dardant un regard étincelant sur l'Indien.

— Chien de Blanc, maugréa Chogan. Je m'en doutais. Kiona ressemble à Hermine. Les hommes blancs ne se gênent pas pour forcer nos femmes en se moquant bien des conséquences.

Sur ses gardes, Jocelyn guettait le moindre geste du Montagnais. Celui-ci pouvait très bien lui trancher la gorge d'un coup de couteau et jeter ensuite sa carcasse dans la rivière. Il cracha plutôt:

— Va-t'en. Ne reviens plus jamais ici. Je lis dans tes yeux ce que tu crains. Tu as peur que je te tue. Je ne le ferai pas, parce que Tala doit t'aimer de toute son âme pour avoir mis au monde ton enfant. Ma tante est une personne de grande valeur. Son savoir est précieux, sa bonté aussi. Et ce serait trop dangereux de tuer le père de Kiona.

À peine troublés par les craquements du feu, ces derniers mots résonnèrent étrangement dans le silence de la nuit. Jocelyn frissonna. Il se sentit perdu au sein des ténèbres, cerné par l'immensité de la forêt.

— Tu avoues que Tala m'aime, hasarda-t-il. Comment peux-tu prétendre que je l'ai forcée? Dis-moi où la rejoindre. À la fin du printemps, quand j'ai quitté mon épouse et ma maison, je voulais vivre avec elle, avec Tala. Entre-temps, je suis retombé malade. Le temps m'est peut-être compté. Aide-moi!

—Arrête de mentir! aboya soudain Chogan en se levant. Tu veux lui voler Kiona, ma tante me l'a dit! Et c'est pour l'envoyer dans vos écoles où la petite oubliera son peuple, où elle sera brisée et humiliée. Tu ne vaux pas mieux que tous les autres Blancs! Va-t'en!

Au loin dans la montagne, un loup lança une longue plainte modulée. D'autres bêtes lui répondirent. Chogan tendit l'oreille en pointant un doigt vers les pentes hérissées de sapins. Il déclara tout bas:

—Pendant des années, on a cru que tu avais été dévoré par les loups. Méfie-toi de la loi du cercle. Ça pourrait bien t'arriver vraiment!

De plus en plus mal à l'aise, Jocelyn observa à nouveau la construction située à quelques mètres.

—Est-ce là que vous habitez tous? Hermine me disait souvent que tu hébergeais dans ton campement la mère de Tala, Odina, et sa fille Aranck. Il n'y a pas assez de place…

—Je passe l'été seul dans cet endroit, dit Chogan qui paraissait calmé. Je pêche et je chasse en prévision de l'hiver. Maintenant, va-t'en. Je te l'ai déjà dit trois fois.

Furieux à son tour, Jocelyn Chardin secoua la tête.

—Je cherche ma fille depuis deux semaines. Je ne ferai pas un pas de plus ce soir. J'irai dormir au pied d'un arbre, là, Chogan. J'ai le double de ton âge et je suis fatigué. Madeleine, quand elle séjourne chez nous à Val-Jalbert, me conseille toujours de me reposer et elle me prépare des tisanes. Pourquoi me témoigner de la haine, alors que ta sœur me montre de l'amitié?

—Couches-tu aussi avec elle? rugit l'Indien, fou de rage. Sokanon mérite le respect! Elle a voué sa vie à votre Dieu!

—Pour qui me prends-tu? protesta Jocelyn avec violence. Quand j'ai conçu Kiona avec Tala, mon épouse Laura allait se remarier. Je m'estimais libre, comprends-tu? Et je tiens à te dire que je ne suis pas du genre à abuser d'une jeune femme! Ce qui s'est passé entre ta tante et moi, ça nous plaisait à tous les deux! Tes préjugés t'aveuglent. Je t'assure que tu peux me faire confiance. Je t'en prie, si tu sais quelque chose, dis-le-moi. Je veux les protéger, m'assurer qu'elles vont bien.

Le chœur des loups retentissait dans la forêt. Chogan changea brusquement d'attitude. Il fixa les flammes d'un air songeur avant de murmurer:

—Viens, suis-moi... Si tu es venu jusqu'ici, ce doit être dans l'ordre des choses!

L'Indien se dirigea vers la cahute. Intrigué, Jocelyn ne discuta pas. Il aperçut bientôt une faible lueur entre les branchages.

—Entre, soupira le Montagnais. Ma tante est là. Elle se meurt.

D'une main, il écarta une large peau racornie servant de porte. Amaigrie, le teint cireux, Tala gisait sur une fourrure d'ours. N'eût été le souffle rauque qui soulevait sa poitrine, on aurait pu la croire morte. Ce spectacle inattendu terrassa Jocelyn. Il hésitait à franchir le seuil.

—Approche! Je savais que tu étais là, dit la belle Indienne d'une voix faible. Mon neveu et toi, vous faites autant de bruit qu'une bande de corneilles. Approche. Chaque mot me fait souffrir.

Il obtempéra, tout en se demandant où était Kiona. Sa haute stature le gênait. Il avait l'impression d'être un géant malhabile, si bien qu'il s'agenouilla en toute hâte. De près, Tala lui parut encore plus squelettique. Il s'effraya.

—Il faut t'amener à l'hôpital, dit-il avec véhémence. Tu es tombée malade à force de courir les bois, de ne pas manger à ta faim... Pourquoi ne m'as-tu pas prévenu? Moi ou Hermine...

—Tais-toi, Jocelyn, le temps m'est compté. Je ne verrai pas l'aube bleuir le ciel, les oiseaux chanteront sans que je m'en réjouisse. Je t'ai appelé si fort! Sauve notre fille, sauve notre petite Kiona. Ils me l'ont volée. Je ne me suis pas assez méfiée. Pourtant, je savais qu'ils prenaient nos enfants en cette saison. Dès qu'ils l'ont emmenée, mon cœur m'a trahie. Je n'avais plus de force. Je n'ai pas pu suivre leurs chevaux.

Il crut qu'elle délirait et s'enquit sur le ton de l'apitoiement:

— Mais de qui parles-tu? Je ne comprends rien à ce que tu dis, ma pauvre Tala! Qui a pris Kiona?

— La police montée et l'agent des Affaires indiennes. Sokanon aussi, ils l'avaient arrachée à sa mère. La loi, leur loi. Nos petits, âgés de huit ans, doivent aller au pensionnat. Mais il ne faut pas... Kiona en mourra! Jocelyn, je t'en supplie, tu es son père, tu es un Blanc, sauve-la. Ce qui se passe dans ces écoles, c'est pire que la mort.

Au prix d'un effort surhumain, Tala s'empara de la main de son ancien amant. Ses doigts décharnés se cramponnèrent aux siens, chauds et vigoureux.

— Si tu es là, c'est que tu aimes la fille que je t'ai donnée! Va la chercher et protège-la, Jocelyn. Souviens-toi du cercle de pierres blanches que j'avais tracé autour de ma cabane, en ce mois de juin 1933. Je t'ai aimé de tout mon être. Aimé au point de te pousser à rejoindre ton épouse, moi qui voulais tant te garder. Je ne regrette rien. Tu m'as rendue si heureuse! Mais il faut te hâter. Ne laisse pas mourir notre petite Kiona, ma colline dorée[14]! En venant au monde, elle a reçu le soleil d'un soir d'hiver! Cette lumière qui la fait si différente des autres enfants, elle ne doit pas s'éteindre.

Follement inquiet, désemparé par le discours haletant de Tala, Jocelyn jura dans sa barbe. C'était son unique recours dans les situations dramatiques.

— Mais où est-elle? Dis-moi où elle se trouve et je ferai tout pour te la ramener. Tu dois te rétablir! Chogan va m'aider et nous allons te transporter à Péribonka. De là, en bateau, nous irons à l'hôpital de Roberval. Et tu te tourmentes à tort; Kiona ne risque rien de grave dans un pensionnat du gouvernement.

— Moi, je sais le danger qu'elle court! Je sais des choses que vous, les Blancs, vous ignorez, affirma l'Indienne en tentant de se redresser.

14. Kiona signifie *Colline dorée.*

Une violente quinte de toux la rejeta en arrière. Une écume rosâtre souilla ses lèvres.

— Aurais-tu la tuberculose? interrogea Jocelyn.

Chogan se manifesta. Il ne s'était guère éloigné. Il expliqua avec une colère rétrospective:

— Non, elle a été frappée par les sabots d'un cheval en pleine poitrine. Elle essayait de les empêcher d'emmener Kiona. Je n'ai pas pu l'aider; j'étais parti à la pêche.

Une profonde détresse vibrait dans la voix de l'Indien. Chogan n'était plus hargneux ni hostile. Jocelyn en fut bouleversé. Tout à coup, il prenait conscience de la condition déplorable de la population indienne. Ses vieux préjugés s'effondrèrent. Déjà, la base en avait déjà été sapée par Hermine et son attachement pour sa belle-famille montagnaise.

«J'ai d'abord déploré le mariage de ma fille avec Toshan, parce qu'il était métis, se surprit-il à penser. Au fond, j'étais raciste. Mais les Indiens ont raison de nous mépriser. Ils peuplaient le Canada des siècles avant nous, les colons, qui sommes arrivés avec la soif de conquérir leurs terres, comme si eux ne comptaient pas et que nous étions en droit de les spolier! Et maintenant, qu'est-ce que j'apprends? On conduit de force les enfants en pension, contre la volonté de leurs parents! Mon Dieu, dans quel monde sommes-nous?»

Tala n'avait pas lâché sa main droite. Attendri, il se pencha sur la mourante.

— Je te promets de veiller sur Kiona, dit-il doucement. Je veux espérer que tu peux guérir et que tu resteras encore longtemps à ses côtés. Tu es blessée, seulement blessée, les docteurs sauront te soigner.

Il doutait de ses propres paroles. Au regard désabusé de Tala, il sut qu'elle n'y croyait pas non plus. Elle eut un pauvre sourire en demandant:

— Je t'ai entendu, tout à l'heure! Désirais-tu vraiment vivre avec moi et notre fille?

— J'en avais envie! Je ne veux pas te mentir, ce n'était pas une certitude, mais, en m'en allant de Val-

Jalbert, ce printemps, j'ai crié à Laura que je partais te rejoindre. Elle ne supporte pas que j'aime Kiona et je la soupçonnais de t'avoir aidée à te cacher. C'était stupide, tu te moques de l'argent, je le sais. Souviens-toi, Tala, de ces quelques jours où nous avons vécu ensemble, toi et moi! Je me sentais si bien en ta compagnie! Je n'ai rien oublié! Tu m'expédiais à la chasse, mais, le plus souvent, je revenais les mains vides. Tu te moquais un peu de moi; j'en riais aussi. La nuit, nous admirions les étoiles et tu me prenais la main, comme à présent.

La voix de Jocelyn tremblait. Certes, depuis neuf ans, il avait très rarement revu Tala et, malgré la naissance de Kiona, il ne s'était guère soucié d'elle. Cependant, cette femme et cette enfant comptaient pour lui.

— Je me souviens de chaque minute, de chaque seconde, soupira l'Indienne. Ce furent de beaux jours et de belles nuits.

— Oui, grâce à toi, Tala. J'étais triste quand tu m'as chassé. Je voulais demeurer dans ton cercle de pierres blanches. Sais-tu pourquoi? J'aimais me réveiller à tes côtés, m'endormir près de toi. Si j'étais resté, j'aurais fini par voir que tu portais mon enfant. Je ne t'aurais pas quittée, je t'en fais le serment bien trop tard. Quant à Laura, me croyant mort, elle aurait épousé son pianiste, Hans Zahle.

— Je te remercie, Jocelyn! Tes paroles sont comme un baume sur les plaies de mon cœur et de mon âme. Je pars à regret pour le grand sommeil. Je ne reverrai jamais mon fils Toshan, ni Hermine, ni Mukki, Nuttah et Nadie. S'il n'y avait pas eu la guerre, nous n'aurions pas été séparés.

— En ce moment, Toshan doit être en Europe. Les choses vont très mal là-bas et dans le monde entier. Hitler attaque sur tous les fronts, en Russie, en Afrique, partout. Les Japonais se déchaînent eux aussi. Il faut me pardonner, Tala, je ne vaux pas mieux que les nazis qui persécutent les Juifs. Je viens enfin de mieux comprendre les souffrances de ton peuple.

— Tu n'es pas mauvais, assura-t-elle. Je n'aurais

jamais aimé un homme au cœur impur, car je t'ai aimé et haï avec la même force. Jocelyn, tu peux sauver Kiona, car tu es riche et tu es blanc. Si tu la réclames à la justice, si tu oses dire qu'elle est ta fille, on la libérera. Kiona, ma petite Kiona, ma lumière! Ses yeux d'ambre, son teint de miel, ses cheveux de soleil, tout d'elle me manque! Jocelyn? Où es-tu? Je ne te vois plus; pourtant, tu tiens ma main! Je t'en supplie, rallume la lampe à huile, je veux te voir! Et serre-moi fort la main, par pitié! Ce noir me fait peur, il va m'emporter!

La flammèche brûlait vaillamment. Jocelyn devina qu'elle sombrait peu à peu dans l'inconscience. Il eut un bref sanglot de désespoir.

—Tala! N'aie pas peur, je suis là.

Il s'allongea près d'elle et la prit dans ses bras. La belle Indienne sembla se réfugier en lui, dolente, mais infiniment réconfortée.

—Les loups chantent sur la crête, articula-t-elle encore. La louve, c'est pour moi[15]! Ils ont senti la mort rôder. J'ai mal, si mal, là, mal au cœur. Serre-moi fort, je t'en prie.

Chogan entra au même instant dans la misérable cabane. Il avait tout entendu et admettait enfin la bonne foi de Jocelyn. Quant à sa tante, il la plaignait. Elle avait aimé cet homme durant des années sans rien exiger de lui. Dissimulant son émotion sous un masque impassible, il se mit à genoux, le visage empreint d'une gravité solennelle. D'une voix gutturale, il commença à entonner une ancienne complainte de la nation des Innus[16].

—Tala, implora Jocelyn, Tala, appelle notre petite Kiona pour lui dire adieu, pour la voir une dernière fois! Ce don qu'elle a de se déplacer, elle peut l'utiliser, maintenant!

—Non, non, protesta Tala. Ma petite a perdu ses pouvoirs; c'est bien ainsi. Pars, je t'en prie, pars la chercher.

---

15. Tala signifie *Louve*, en indien.
16. C'était le véritable nom du peuple montagnais.

Ce fut l'ultime supplique de la belle Indienne. Jocelyn perçut le relâchement de ses muscles et un faible sursaut qui la fit gémir. Elle respira très fort, toussa de nouveau, puis elle agonisa. Son corps menu refusait de céder au râle qui le secouait tout entier.

— Tala, Tala, répéta Jocelyn en lui caressant le front.

Soudain il baisa sa bouche, plein de compassion pour cette femme indomptable dont la fin toute proche le terrifiait.

— Pars en paix, Tala, balbutia-t-il en reculant un peu pour la regarder. Je serai un bon père pour Kiona. Je t'ai aimée, sache-le, mal, pas assez longtemps, mais, quand nous étions dans le cercle des pierres blanches, sous la lune, toi et moi, je ne trichais pas, belle et farouche petite louve.

Avait-elle entendu? Un sourire extatique la transfigura. Elle s'éteignit ainsi, comme on s'endort avec la promesse d'un lendemain merveilleux.

— C'est fini : son âme s'est envolée, déclara Chogan d'un ton dur. Les lois des Blancs ont causé sa mort. Si on n'avait pas emmené Kiona, Tala n'aurait pas été blessée par les sabots de ce cheval. Je préfère m'en aller. Ta vue m'est insupportable, Jocelyn Chardin, car tout ça est quand même arrivé par ta faute!

Le fier Montagnais se leva. Il ramassa un sac en peau de cerf et prit un fusil qui était dissimulé sous une natte en jonc.

— Attends! s'écria Jocelyn qui n'osait pas bouger, car il tenait Tala contre lui. Nous devons l'enterrer dignement! Tu connais sûrement les prières de votre peuple?

— On fait taire les miens depuis des années, rétorqua Chogan. Nos enfants oublieront nos coutumes, nos légendes, la joie de vivre libre dans les bois... Je ne t'aiderai pas. Elle aurait aimé être ton épouse; charge-toi de l'ensevelir.

Sur ces mots, il sortit et disparut dans la nuit.

— Reviens! hurla Jocelyn. Je n'ai même pas d'outils pour creuser la terre! Chogan! Reviens!

Honteux, il cessa bientôt d'appeler. Ce n'était pas convenable de s'égosiller en présence de la défunte. Avec une infinie délicatesse, il repoussa le corps inerte de Tala et l'étendit sur sa couche de misère.

— Pauvre femme!

Mais, en l'observant, il se reprocha cet élan de pitié. La morte se parait d'une beauté étrange, sublimée par ce doux sourire qui la rajeunissait. Ses traits dégageaient une noblesse et une sérénité inouïes, fascinantes.

— Est-ce à cause de mon baiser que tu sembles si heureuse? lui demanda-t-il, les larmes aux yeux. Tala, je suis tellement désolé pour toi.

Jocelyn se redressa, engourdi, la gorge nouée. Les loups s'étaient tus. Les bras ballants, incapable de s'éloigner de l'Indienne, il se mit à lui parler.

— Tu avais encore de longues années devant toi, pourtant, débita-t-il à mi-voix. Bien sûr, il est écrit dans les livres saints qu'on ne sait ni le jour ni l'heure de notre mort, mais quand même, tu avais le droit de voir grandir Kiona et tes petits-enfants. Tu vas leur manquer. Ils t'aimaient tant. Je vais devoir leur apprendre la triste nouvelle.

Accablé de chagrin et d'amertume, Jocelyn se glissa à l'extérieur. La lune s'était levée et baignait le paysage sauvage de ses rayons fantomatiques. Une étendue d'herbe se nimbait d'argent, mais sous les arbres l'ombre régnait. Il crut y voir des prunelles fauves, des mouvements furtifs.

— Les loups? s'interrogea-t-il à voix basse. Tabarnak! le feu! Il s'éteint.

Pris d'une frénésie proche de la panique, il s'empara de bouts de bois, sûrement entassés là par Chogan, et les jeta sur les braises. Ensuite, accroupi, il souffla de toutes ses forces pour ranimer le feu. Des bruits résonnèrent derrière lui, comme si une bête énorme rôdait.

— Qui va là? hurla-t-il. Allons, montrez-vous!

À cet instant précis, les flammes reprirent de la vigueur. Les ténèbres se dissipèrent sur quelques mètres. Jocelyn empoigna une branche de sapin dont l'extrémité se consumait et l'agita. Il était prêt à tout, imaginant des Indiens avides de se venger, ou même une bande de loups venant rendre hommage à Tala.

—Approchez! cria-t-il encore, survolté. Bande de lâches!

Son esprit troublé par la peur et l'émotion lui faisait imaginer le pire. Il croyait que Chogan, plein de haine, revenait escorté d'autres Indiens pour l'exécuter.

— Bande de lâches, venez donc! s'égosilla-t-il en brandissant le poing.

Mais la créature qui lui apparut enfin n'était qu'un gros porc-épic, un animal inoffensif et craintif. Chardin en avait croisé plus d'une centaine dans sa vie. Cependant, il recula, effaré.

«La nation des Porcs-Épics[17], se dit-il. Cette bête n'est pas là par hasard! C'est un signe! L'âme de Tala se manifeste déjà.»

Jocelyn tituba, comme s'il avait bu. Son front se couvrit d'une sueur froide.

— Qu'est-ce que j'ai? se demanda-t-il en fixant le porc-épic qui demeurait à distance. Et toi, sale bestiole, que me veux-tu?

Il lança sa torche improvisée vers l'animal dont les longs piquants bruns se dressèrent d'un coup.

—Mon Dieu! gémit Jocelyn. Oh! Seigneur! Pardonnez-moi!

C'était un spectacle étrange que cet homme de grande taille qui se lamentait, les mains sur le visage, vacillant d'un côté et de l'autre. Personne n'en fut témoin, excepté le porc-épic.

—Tala! hurla-t-il encore. Tala! Pourquoi je me retrouve ici, tout seul! Et ma fille, ma petite Kiona, où est-elle?

Il poussa une plainte affreuse avant de se laisser tomber sur le sol. La terre lui parut chaude et confor-

---

17. La nation indienne des Porcs-Épics vivait sur les rives du lac Saint-Jean, à l'embouchure de la rivière Métabetchouane. Les ancêtres de Tala appartenaient à cette nation.

table. À plat ventre, les bras en croix, il frotta sa joue contre l'herbe. Bientôt, il commença à délirer. Derrière le rideau de ses paupières closes, des images s'imposaient à lui. Elles approchaient et refluaient, à la façon des vagues sur une plage.

Il vit d'abord la belle Indienne toute nue, plus jeune qu'il ne l'avait jamais connue. Elle dansait et riait aux éclats, exhibant ses petites dents nacrées. Ses seins frémissaient au rythme des tam-tam qui produisaient une musique obsédante comme le désir. Tala était radieuse, d'une minceur et d'une souplesse de liane. Ses cheveux descendaient jusqu'au bas de son dos, formant une cascade de mèches noires et soyeuses. Il revécut ensuite l'une des heures les plus tragiques de son existence: c'était vingt-six ans auparavant. Il s'enfuyait, abandonnant Laura affamée, décharnée, à sa folie. Elle le regardait avec terreur, cachée sous un banc, dans une misérable construction en planches. «C'était sur les contreforts des monts Otish, en janvier 1916. Je ne voulais pas la voir mourir de froid et de faim! J'ai essayé de la tuer pour lui éviter de souffrir, mais je n'ai pas pu... Pardon, mon Dieu, pardon! Mais qu'est-ce que j'ai? Qu'est-ce qui m'arrive?»

Il griffa la terre de ses ongles. Son cœur battait à toute allure, tandis qu'il ne sentait plus certaines parties de son corps. La voix cristalline d'Hermine retentit alors dans sa tête. Sa fille chantait un air d'opéra qu'il n'avait jamais entendu. Mais, plus elle lançait des notes hautes, plus ses traits se crispaient! Et le chant se changea en un cri strident, auquel s'ajoutèrent des pleurs d'enfants, ténus, répétitifs, mais assourdissants. Et l'image de Kiona se dessina dans ce chaos, la mystérieuse petite Kiona au regard doré, à la chevelure de soleil couchant. Que se passait-il? Elle sanglotait dans un réduit obscur.

—Non! clama Jocelyn en essayant de se relever. Non! Kiona!

Il parvint à redresser la tête et aperçut le porc-épic, tout près de lui.

—Va-t'en, bête du diable, haleta-t-il. Va-t'en!

Jocelyn avait la bouche pâteuse. Il sombra presque aussitôt dans un sommeil de plomb.

Aux premières lueurs de l'aube, il dormait toujours. Une brume blanchâtre pesait sur la forêt, comme suspendue aux branches des sapins. L'écho d'une galopade le tira de sa léthargie. Un cerf et ses biches avaient traversé la clairière.

—Où suis-je? se demanda-t-il en ouvrant un œil.

Le feu n'était qu'un lit de cendres et le porc-épic avait disparu. Tout lui revint en mémoire : la mort de Tala, la veille, le départ de Chogan et ce qui avait suivi. Il s'étonna.

—J'étais ivre sans avoir bu une goutte d'alcool. Qu'est-ce que j'ai eu?

Engourdi et transi, Jocelyn se leva pour faire quelques pas. La nuit avait été fraîche. La lumière blême du matin redonnait au paysage une allure ordinaire. Il se gratta la barbe avec perplexité.

—J'en ai pourtant passé, des nuits dans les bois ou dans les faubourgs mal famés des villes, ronchonna-t-il. Et je ne suis pas peureux, d'habitude. Il faut croire que de voir Tala agoniser dans mes bras m'a retourné l'esprit.

Il s'approcha à regret de la cabane, peu enclin à affronter la vision de la morte. Une pensée odieuse le fit ralentir. « Et si les loups étaient entrés pour la dévorer? Ou cette saleté de porc-épic a pu lui manger les yeux ou le nez. J'aurais dû la veiller! J'ai manqué à mes devoirs de chrétien. »

Malgré ses réticences, il souleva la tenture. Il fut tout de suite rassuré. Tala était intacte. Elle avait l'air si paisible qu'il espéra un instant une sorte de miracle. Elle allait se réveiller et discuter avec lui, de sa voix grave un peu sévère.

—Je dois l'enterrer, déclara-t-il en inspectant les lieux en quête d'une pelle ou d'une pioche.

Mais il n'y avait aucun outil, et cela ne le surprit guère. Il ressortit et inspecta les alentours de la cabane, mais bien en vain.

— Puisque c'est comme ça, je vais creuser avec mes mains, grogna-t-il. Je n'ai pas le choix.

Il ôta sa veste en toile et retroussa ses manches. Il devait encore décider d'un emplacement. Après avoir déambulé dans la clairière, il opta pour une zone de terre qui lui parut assez meuble, au pied d'un bosquet de bouleaux.

— Au travail! s'écria-t-il.

Son regard se posa sur une large pierre plate. Cela pouvait lui servir. Les traits tendus, les nerfs à vif, il commença à creuser. Cette tâche ardue lui vidait l'esprit et il finit par se détendre, mais, plus le soleil chauffait, plus il transpirait. Vers midi, il enleva sa chemise.

— Je dois me dépêcher, dit-il à voix haute. J'ai promis à Tala de retrouver Kiona, ma belle petite Kiona, notre enfant...

En évoquant la frêle silhouette de la fillette, il étouffa un sanglot d'angoisse. Tout était allé si vite la veille qu'il n'avait pas encore vraiment pris conscience de la signification des dernières paroles de l'Indienne. «Je suis arrivé ici. Chogan m'a ignoré pendant de longues minutes. Il refusait de discuter avec moi. Ensuite, il s'est mis à m'invectiver, pour enfin me conduire près de sa tante, et elle est morte dans mes bras. Mais je n'ai pas rêvé, elle a dit que la police montée a emporté Kiona! Pourquoi donc?»

Il ne prêtait même pas attention à l'état de ses doigts, égratignés, maculés de terre brune. Il s'était cassé un ongle sans s'en apercevoir. Le sol était plus dur que prévu, mais il creusait en haletant, en ahanant comme un forcené.

— Je ne regrette rien, Tala! s'exclama-t-il soudain. Non, qui pourrait regretter d'avoir une fille comme Kiona? Le destin nous a poussés l'un vers l'autre, toi et moi, pour que cette enfant existe! Tu es d'accord, Tala? Bien sûr, que tu es d'accord! Et je veux que tu le saches, même si je me répète, je serais volontiers resté avec toi, il y a huit ans. Oui! Je te dois de bons moments. Tu m'apprenais à contempler les étoiles, le soir, et tu jetais dans le feu des herbes parfumées. Ta peau était douce, dorée… Mais d'un autre côté j'étais marié, n'est-ce pas? Oui, marié à Laura!

Des gouttes de sueur coulaient de son front. Jocelyn reprit son souffle. Cela lui permit d'entendre un bruit de moteur. Sidéré, il se retourna. Une motocyclette avançait en cahotant sur le sentier forestier, conduite par un homme de forte corpulence, un chapeau de paille en guise de casque. L'inconnu s'arrêta à proximité.

— Hé! Vous cherchez un trésor icitte, l'ami, pour gratter la terre de même? s'enquit-il.

— Je creuse une tombe, répliqua Jocelyn gravement.

Il n'avait guère envie d'être dérangé, mais, au fond, il espérait déjà que le nouveau venu lui apporterait son aide. L'homme descendit de son engin, s'essuya le front avec un mouchoir et vint lui tendre la main.

— Je me présente: Maurice Létourneau! J'ai planté ma tente au bord d'un petit lac, au sud d'icitte! Vous enterrez qui? Votre chien? Le trou n'est pas profond!

L'individu n'inspirait pas confiance à Jocelyn, avec sa façon de scruter la cabane. Il avait un instinct assez sûr pour jauger une personne.

— J'enterre une Indienne qui vient de mourir; enfin, hier soir. Auriez-vous une pelle à votre campement?

Maurice Létourneau changea aussitôt d'expression. Il fit la moue avant de répondre:

— Vous feriez mieux de foutre le feu à sa hutte, avec elle à l'intérieur! Ces sauvages n'ont pas de religion, de toute façon. Un Montagnais traîne par là et je me méfie. Mon fusil est chargé, vous pouvez me croire!

— Pauvre crétin! hurla Jocelyn. Cette Indienne, c'était ma femme! Ne débitez pas de conneries ou je vous casse la gueule! Fichez-moi le camp!

Il se redressa de toute sa taille, les poings en avant. Il était terrible à voir, livide, suant, hirsute, les avant-bras couverts de terre.

L'homme recula prudemment de quelques mètres, avant de cracher dans sa direction. Il reprit son engin et fit demi-tour.

« Qu'est-ce que j'ai encore fait? s'inquiéta Jocelyn. Cet abruti est capable de filer au premier poste de police pour m'accuser d'avoir tué une Indienne… Non, je délire. Il puait la lâcheté! »

Mais cet incident le fit réfléchir. Jamais il ne réussirait à enterrer Tala avant la nuit. Dépité, tremblant d'une colère impuissante, il entra à nouveau dans la triste cahute. Des mouches volaient au-dessus du visage de la défunte. La chaleur ne tarderait pas à corrompre le corps.

« Ce type a raison sur un point: ce serait plus simple de mettre le feu! » se dit-il.

Son attention fut attirée par un bol taillé dans un bois clair, posé près de la couche de Tala. Une pommade brune en tapissait les parois. Il le ramassa pour examiner le contenu. L'odeur lui sembla familière.

« Quand je l'ai embrassée, ses lèvres sentaient exactement ça, constata-t-il. Encore un de ses remèdes à base de plantes! La malheureuse croyait se soigner avec ce genre de mixture! »

Il racla un peu du produit avec son index pour le respirer de plus près. Chogan entra au même instant. Jocelyn tressaillit de surprise.

— Tu as changé d'avis? aboya-t-il. C'est un peu tard, je n'ai pas pu creuser profond! J'allais incendier la cabane.

— Fais à ton idée, rétorqua le Montagnais d'un ton cassant. Je te conseille de ne pas avaler le contenu de ce bol. Tala souffrait trop; elle savait la mort inévitable. Elle a pris de ces herbes qui permettent de communiquer avec le monde des esprits.

— Crois-tu que j'ai pu en ingurgiter quand je l'ai embrassée? Hier soir, après ton départ, j'ai eu des sortes d'hallucinations et je ne tenais plus debout.

— Bien sûr, tu en avais pris assez pour être dans un état de transe, conclut l'Indien sans paraître étonné. Tala en avait sûrement sur les lèvres. Mais c'est sans importance. Je suis revenu parce que, cette nuit, j'ai rêvé de Kiona. Je dormais sur la montagne et ta fille m'est apparue. Elle pleurait et appelait sa sœur, Hermine.

J'ai décidé de t'aider, pour que tu puisses partir à sa recherche le plus vite possible.

—Je te remercie, soupira Jocelyn, déconcerté par l'attitude de Chogan. Au fait, je dois te mettre en garde. Un homme campe non loin d'ici. Il est armé et je le crois capable de te tirer dessus au moindre prétexte.

Le Montagnais éclata d'un rire ironique.

—Je ne le crains pas, affirma-t-il. Je l'ai déjà observé sans qu'il m'entende. Mais je te remercie de m'avertir.

Un courant de sympathie passa entre eux. Chogan semblait amadoué et Jocelyn était soulagé d'avoir de la compagnie.

Une heure plus tard, un brasier rouge et or s'élevait au centre de la clairière. La dépouille de Tala se consuma au cœur de cet incendie. Jocelyn avait déposé sur sa poitrine deux objets qu'il affectionnait : sa montre en argent et son canif. Il aurait voulu la couvrir de fleurs des bois, mais cela aurait été une perte de temps.

—Le feu purifie tout, affirma l'Indien. Manitou veillera sur l'âme de Tala. Maintenant, il faut sauver Kiona. Comment vas-tu faire pour la retrouver?

Jocelyn se signa en murmurant une prière.

—J'agirai en homme blanc. Je retourne à Péribonka et de là je prendrai un bateau pour Roberval. Le chef de la police saura forcément me renseigner sur le lieu où l'on emmène les enfants de ton peuple. Ensuite, je ferai jouer ma parenté et tout ce qui est en mon pouvoir.

—Je te fais confiance. Moi, personne ne m'écoutera. Je ne peux rien contre la loi des Blancs.

—Moi, j'ai peut-être une chance! Au revoir!

Sur ces mots, il s'éloigna. Sa quête continuait. Il voulait régler la situation sans tarder, car Hermine devait rentrer à Val-Jalbert au début du mois d'octobre.

« J'aurai une triste nouvelle à lui apprendre, songeait-il en marchant sur le sentier. Mais, si j'ai Kiona avec moi, cela la consolera un peu. »

Kiona était assise contre un des murs du réduit où on l'avait enfermée. Elle fixait un étroit soupirail qui laissait passer un peu de clarté. La fillette savait qu'il faisait grand soleil dehors, que le vent chaud du mois de juin caressait le feuillage des arbres. Ici, le sol empestait l'urine, et les pierres du cachot dégageaient des relents d'humidité.

— On m'a pris mes amulettes, gémit-elle en portant une main à son cou.

Son petit cœur souffrait le martyre. Jamais Kiona n'avait eu aussi peur. Elle n'osait même pas penser à sa mère, à cause du bruit horrible qu'avaient fait les sabots du cheval en la heurtant. Tout ça ressemblait à un cauchemar. Pourtant, ce n'en était pas un.

— Pauvre maman, gémit-elle.

Depuis plus de deux ans, Kiona coulait des jours paisibles entre Tala, sa grand-mère Odina et sa tante Aranck. Souvent, le cousin Chogan leur rendait visite et leur offrait du poisson frais ou un quartier de viande. La vie était douce, simple, avec un délicieux parfum de totale liberté. Ses étranges pouvoirs ne la tourmentaient plus. Aucune vision ne troublait à présent son esprit.

« *Kukum*[18] m'apprenait à mordiller l'écorce de saule pour fabriquer des fleurs si jolies, se souvint-elle. Je nageais dans la rivière et, quand elle était gelée, je patinais… »

Encore une fois, ses doigts menus cherchèrent le lien de cuir auquel étaient suspendus de petits sachets contenant de minuscules objets censés la protéger et surtout faire d'elle une enfant ordinaire. Tala avait demandé à un vieux shaman montagnais de préparer des sortilèges très puissants pour priver sa fille de ses dons.

Cela, Kiona l'ignorait ou avait feint de l'ignorer. Avec un soupir de détresse, elle revit la grosse religieuse, empêtrée dans sa robe et son voile, qui s'était penchée sur elle pour lui prendre son collier.

— Demain, je raserai ta sale tignasse, avait-elle dit d'un ton méprisant. Les poux doivent y grouiller.

---

18. *Grand-mère*, en montagnais.

— Non, tu ne couperas pas mes cheveux! avait hurlé Kiona. D'abord, tu n'es pas une vraie sœur de Jésus! Les vraies sœurs, elles sont gentilles!

Cette farouche affirmation lui avait valu d'être giflée et conduite dans ce trou obscur et malodorant. Depuis la veille, elle n'avait ni mangé ni bu. La soif surtout la torturait.

— Je vais m'échapper, décida-t-elle en lançant un regard déterminé en direction de la porte. Après, je marcherai loin, très loin, et je retrouverai Mine, Mine chérie, parce que je sais que maman vient de mourir.

C'était une atroce certitude qui lui donnait envie de vomir, de crier, de griffer les pierres du mur en gémissant. Mais elle refusait de céder à ce chagrin-là qui la rendrait trop faible. Dotée d'une intelligence exceptionnelle ainsi que d'une rare maturité chez une fillette de huit ans et demi, elle se força à ordonner ses idées afin de tirer profit des éléments en sa possession. Après plusieurs heures sans ses amulettes, elle sentait des vagues de prescience l'envahir, lentement, mais sûrement.

— Maman! Tala! souffla-t-elle en clignant des paupières.

Au sein d'un brouillard bleuâtre lui apparut un grand brasier. Les flammes se tordaient, orange, jaunes, parfois mauves. Sa mère morte se consumait dans ce feu.

— Maman, répéta-t-elle en laissant les larmes couler sur ses joues. Il ne fallait pas essayer de me reprendre aux gendarmes, et le cheval n'a pas fait exprès de te taper avec ses sabots! Il a eu peur, maman…

Kiona respira à pleins poumons pour ne pas suffoquer. La puanteur de l'endroit lui entra si fort dans les narines qu'elle en eut la nausée.

— Non, il ne faut pas que je pense à maman!

Elle se concentra de toutes ses forces sur ce qu'elle avait vu en arrivant au pensionnat: des filles en blouse grise, le crâne rasé ou couvert d'une courte toison noire, des Indiennes qui avaient son âge ou quelques années de plus. Les religieuses s'en occupaient. Il y avait également une dizaine de garçons, eux aussi rasés, portant des vêtements usés de toile bise, qui étaient confiés à trois curés. Le malheur régnait en ces lieux, elle le percevait dans toutes les fibres de son corps.

— Je dois m'en aller, dit-elle encore tout bas. Je ne peux pas rester ici.

Kiona luttait pour ne pas fermer les yeux, mais elle sombra dans cette bizarre somnolence qui laissait les visions la submerger. Des images affreuses l'assaillirent. Elle vit une adolescente inerte, couchée sous un buisson. Ses lèvres étaient bleues, ses jambes, nues. Puis ce fut un garçon en larmes, qu'un homme en soutane malmenait d'une façon si odieuse que la fillette poussa un cri, malgré son état de transe.

— Il y a eu des morts ici, balbutia-t-elle en secouant la tête. Des enfants… Comme ils ont souffert! Et comme ils ont eu peur, si peur!

L'épouvante la tira de sa torpeur. Elle se leva prestement et courut à la porte.

— Mine, sauve-moi! appela-t-elle d'une voix faible.

Elle ne voulait pas être tondue ni battue, encore moins soumise à la volonté de ces gens imprégnés de haine et de dédain à l'égard de son peuple, comme si les Indiens n'étaient que des bêtes.

Un bruit retentit de l'autre côté du battant. On lui cria de se taire. Cela signifiait qu'on la surveillait, ou bien qu'on lui apportait de l'eau ou du pain.

— J'ai soif, osa-t-elle dire tout haut.

— Bois ta pisse, petite païenne, répliqua-t-on.

Effarée, Kiona se tétanisa. Maintenant, elle craignait de voir s'ouvrir la porte. Elle se recroquevilla contre le mur, la bouche pâteuse, le ventre noué par la panique.

« Ils m'ont pris mes amulettes. Et ma tunique en peau de cerf, et les bottes que maman avait fabriquées… »

Elle eut envie d'arracher la robe grossière qu'on lui avait enfilée, mais, par prudence, elle ne le fit pas. Son instinct lui dictait comment survivre. Elle ne devait pas avoir trop froid, la nuit prochaine, ni se retrouver nue.

Les lèvres pincées, ses prunelles d'ambre écarquillées, Kiona évoqua de toute son âme le visage d'Hermine, sa Mine si douce, si bonne. Elle se concentra avec énergie sur les traits de ceux qui lui étaient chers.

« Maman ne peut plus m'en empêcher ! » songea-t-elle.

À cette idée, de grosses larmes roulèrent sur ses joues, mais sa volonté n'en fut que plus puissante.

Capitole de Québec, même jour, même heure

Hermine jouait pour la dernière fois dans *Le Pays du Sourire*. Costumée en Chinoise, affublée d'une perruque noire, elle interprétait la douce Mi, amoureuse d'un Européen. L'opérette avait remporté un vif succès, davantage que *La Veuve joyeuse*. Son partenaire, un ténor corpulent qui était censé représenter son frère Sou-Chong, entonna le refrain le plus connu de la partition. La chanteuse reconnaissait dans ces paroles une poignante vérité.

Toujours sourire
Le cœur douloureux,
Et sembler rire
Du sort malheureux.
C'est notre loi :
Toujours sourire.
Notre regard discret
Garde son secret.

« Oui, moi aussi je dois toujours sourire sur cette scène et dans ma loge, pour rassurer Charlotte qui s'inquiète de ma maigreur, pour faire plaisir à Lizzie qui veut se montrer optimiste et prétend que la guerre se terminera cette année. Mais je pense aussi à papa, qui a dû séjourner au sanatorium et qui, depuis trois semaines, court les bois pour retrouver Tala et Kiona, dont je n'ai pas de nouvelles. Je n'en ai pas de Toshan non plus ! Mon amour est peut-être mort et, moi, je dois chanter ! En plus, mes enfants me manquent trop, c'en devient insupportable ! Heureusement, nous rentrons bientôt à Val-Jalbert, mon cher village ! »

Ce fut à cet instant qu'elle aperçut Kiona, pâle, l'air effrayé, assise sur les planches de la scène, le visage maculé de larmes, vêtue d'une robe grise sans manches qui avait l'apparence d'un chiffon. La fillette tendait les mains vers elle.

—Non! s'exclama-t-elle. Oh non!

Le ténor la considéra avec stupeur, mais il poussa la note encore plus fort pour faire oublier au public le cri horrifié d'Hermine. Derrière un pan de décor, Lizzie gesticulait. Elle exhortait la jeune femme à chanter.

—Je ne peux pas, déclara-t-elle. Kiona, j'ai vu Kiona!

L'assistance s'agita. Chacun avait payé sa place. Une rumeur de mécontentement circula dans les rangées du parterre.

—Excusez-moi! s'écria Hermine en s'enfuyant. Je suis désolée!

En coulisse, elle fut saisie à bras-le-corps par Lizzie.

—Tu veux nous ruiner, gronda-t-elle. Je ne sais pas ce que tu as, mais tu dois te dominer. Dépêche-toi. Dans quelques secondes, ce sera fichu. On va devoir rembourser tout ce monde!

Oppressée, Hermine capitula. L'orchestre tentait de sauver la situation en répétant la mélodie, au moment où le duo s'était interrompu.

Toujours sourire,
Le cœur douloureux…

Elle chanta de son mieux, ses yeux bleus rivés à l'endroit où la fillette s'était manifestée. Les mots lui venaient sans effort; elle les connaissait sur le bout des doigts. Son esprit était ailleurs.

«Deux ans! Depuis plus de deux ans, il ne se passait rien! Si je l'ai vue aujourd'hui, c'est qu'elle a besoin de nous! Où est-elle? Ma sœur, ma Kiona. Je pars demain! Oui, demain!»

Val-Jalbert, même jour, même heure
Louis caressait le poney que Laura avait fini par

120

acheter. C'était un animal docile, à la crinière noire et à la robe rousse. Son ancien propriétaire leur avait cédé également une petite charrette en bois, peinturlurée en vert.

— Tu es gentil, Basile, très gentil, chantonnait-il.

C'était un ravissement pour les enfants de brosser Basile ou de lui mettre la selle en cuir ouvragé qui permettait de le monter. Après les leçons de mademoiselle Andréa, chacun leur tour ils faisaient une promenade dans l'allée qui rejoignait la rue Saint-Georges. Mukki et Marie-Nuttah, plus hardis que Laurence et Louis, s'aventuraient parfois du côté de la route régionale, ce qui leur valait les sermons de leur grand-mère.

— Tiens, Basile, j'ai du pain rassis pour toi, annonça-t-il fièrement. Tu sais, ma grande sœur revient bientôt, et mon papa aussi.

Les mois d'été avaient paru interminables à Louis, même s'il s'amusait beaucoup et développait un goût prononcé pour la lecture.

— Cet hiver, il y aura plein de neige, dit-il encore au poney. Tu auras des fers à crampons, maman l'a promis.

Laura avait fait agrandir le cabanon par Joseph Marois afin de l'aménager en écurie miniature. Louis aimait cet endroit. Les planches neuves embaumaient la résine, la paille sentait bon aussi. Il donna le pain à Basile et se retourna pour vérifier si le seau d'eau était rempli.

— Louis! J'ai peur!

Kiona était là. Elle venait de lui parler. Il l'avait reconnue tout de suite, malgré ses cheveux ébouriffés et son visage torturé par un immense chagrin.

— Kiona! Qu'est-ce que tu as? articula-t-il, surpris.

Plein de compassion, tout content de la revoir enfin, il se précipita pour l'embrasser. Il se cogna le front à la paroi en bois.

— Es-tu devenu fou? s'alarma Laura qui venait d'entrer. C'est l'heure de la collation. Je t'ai cherché partout. Louis, mon trésor, je n'ai pas rêvé, tu as bien dit Kiona?

Il fit face à sa mère, la mine déçue.

—Maman, j'ai vu Kiona, là! Elle a très peur.

—Je t'en prie, ne débite pas de sottises, Louis, coupa Laura. Mon pauvre petit, tu t'es blessé! Viens, je vais te soigner.

Louis se mit à pleurer. Il pointa son index vers la litière de paille.

—Maman, elle était là, je te le jure, insista-t-il.

—Tu vois bien que non. Il n'y a personne! Viens, sinon je me fâche.

Laura devenait sévère. Elle avait détesté cet été passé en la seule compagnie des enfants, de l'institutrice et de Mireille. Privée de la présence quotidienne de son mari, de sa fille et de Charlotte, elle s'était ennuyée à mourir.

—Ne me rajoute pas des soucis, Louis, fit-elle en entraînant son fils vers la maison. J'en ai suffisamment avec le rationnement, en plus de l'absence de ton père. Et je t'interdis de raconter tes âneries à Mukki et aux jumelles. Kiona habite dans la forêt, avec sa famille, à plusieurs kilomètres d'ici. Tu ne peux pas l'avoir vue! Nous sommes d'accord?

Louis ravala ses larmes. Il se laissait emmener, le cœur lourd.

—De toute façon, tu l'aimes pas, toi, Kiona, lança-t-il. C'est pour ça que tu veux mentir à tout le monde. Tu sais bien qu'elle est venue, en vrai!

—Encore un mot et tu as une claque! tempêta Laura, à bout de nerfs.

Elle croyait son fils et c'était précisément le problème. Pour le moment, il valait mieux nier. L'apparition de l'étrange fillette ne présageait rien de bon.

Poste de police de Roberval, le lendemain

Assis dans le bureau du chef de la police, Jocelyn s'impatientait. Il avait attendu une heure avant d'être reçu et, à présent, l'homme le considérait d'un air perplexe. Il l'avait écouté sans broncher, mais sa langue se déliait enfin.

—Monsieur Chardin, pardonnez mon incompétence en la matière, mais je ne peux pas vous aider. Votre histoire concernerait en fait un agent des Affaires indiennes et, même si vous pouviez en rencontrer un, à quoi bon?

—Je vous répète que la fillette que je recherche est métisse et baptisée! Elle est allée à l'école ici, à Roberval. Elle sait lire et écrire. Par conséquent, elle n'a pas besoin de faire des études dans un des pensionnats réservés aux enfants montagnais.

Il triturait son alliance, qui était devenue trop large. Malgré toutes ses bonnes résolutions, il n'avait pas osé présenter Kiona comme sa fille illégitime. «Vieux lâche, se reprochait-il en silence. Vas-y, dis la vérité!»

—Vous seriez le parrain de cette Kiola? s'enquit le policier.

—Kiona, rectifia Jocelyn. Oui, je suis son parrain. Sa mère est morte et je tiens à élever ma filleule. Je vous ai expliqué pourquoi. Ma fille, Hermine, que vous connaissez forcément de renom, est l'épouse de Toshan Delbeau, le fils de l'Indienne Tala. Mon gendre se bat en Europe. Je suis donc l'unique soutien de la petite.

—Mais pourquoi devrais-je connaître votre fille? Je suis en fonction depuis deux mois seulement; je ne peux pas retenir la physionomie ou le patronyme de tous les gens de la région. Monsieur Chardin, un conseil, attendez l'été prochain. Il me semble que les enfants montagnais sont en vacances, comme les nôtres, n'est-ce pas? Kiola rentrera auprès des siens.

—Tabarnak! jura Jocelyn, blême de colère. Elle s'appelle Kiona.

—Je retiens plus aisément les prénoms catholiques, monsieur, bougonna l'homme sur un ton moins cordial. Et je vous prierais de ne pas jurer ici!

Jocelyn se leva. Il transpirait à grosses gouttes. Se souvenant d'un article qu'il avait lu sur la rafle du Vélodrome d'Hiver à Paris, comme titrait alors la presse, il dit:

—En somme, certains traitent les Juifs comme on traite les Indiens ici. Donnez-moi l'adresse d'un agent qui s'occupe des Montagnais de la région.

Mais il était allé trop loin. Rouge de saisissement, le policier lui montrait la porte du doigt.

— Sortez tout de suite, monsieur! Vous venez d'insulter un honnête citoyen en le comparant aux nazis engendrés par Hitler! Dehors! J'ignore où se trouvent les pensionnats dont vous parlez, mais je suis persuadé que c'est la seule manière de tirer des enfants ignares de leur existence précaire, de leurs mœurs de sauvage! Pas de religion, pas d'instruction, pas de discipline au fond des bois, monsieur!

— Cette petite est ma fille, répliqua alors Jocelyn, une main sur sa poitrine où s'éveillait une douleur sourde. Oui, ma fille! J'ai le droit de l'éduquer à mon idée et de la choyer!

Il savait qu'en clamant cet aveu il s'attirerait les foudres de Laura, à qui il avait promis le secret.

— Ma fille, que je n'ai pas vue grandir, parce que j'avais honte de son métissage, avoua-t-il aussi. Pourtant, et c'est un paradoxe, mes petits-enfants sont métis également! Et je les aime.

Jocelyn ne put en dire davantage. Un rictus de douleur le défigura. Il ouvrit la bouche pour appeler au secours, et il s'effondra de tout son poids en travers du bureau couvert de dossiers.

Cinq minutes plus tard, le téléphone sonnait à Val-Jalbert, dans le salon de Laura Chardin.

5

L'enfant perdue

Hôpital de Roberval, vendredi 18 septembre 1942
Pleine d'appréhension, Hermine entra seule dans la chambre de son père. Elle redoutait de le trouver affaibli, vieilli par la maladie.

«Nous avons fait connaissance il y a neuf ans. C'est bien court pour créer un lien solide. Pourtant, j'ai l'impression d'être très proche de lui, de pouvoir compter sur lui. Je ne veux pas le perdre, pas déjà.»

Elle était loin de s'imaginer que Jocelyn redoutait lui aussi sa visite.

— Bonjour, papa, dit-elle d'un ton jovial. Mais tu as bonne mine!

— Ma fille chérie! Ta mère est venue ce matin. Elle m'avait annoncé ton arrivée.

— Je suis descendue du train depuis une demi-heure et j'ai couru à ton chevet.

Elle était rassurée. Assis dans son lit, Jocelyn tenait un journal à la main. Ses lunettes sur le nez, il souriait d'un air paisible, même si elle crut lire une certaine détresse dans ses yeux bruns.

— J'ai eu peur, sais-tu, avoua-t-elle en s'asseyant à ses côtés. Une crise cardiaque, c'est grave! De plus, maman ne m'a donné aucun détail.

Jocelyn la contempla avec avidité. Hermine portait une robe bleue à la jupe ample, sous un gilet en lainage blanc. C'était une toilette assez simple, adaptée à un long trajet en train. Il eut envie de caresser ses cheveux dont la blondeur semblait illuminer sa chambre aux murs blancs.

— Mon cœur a flanché, mais ce n'est guère étonnant,

125

déclara-t-il en baissant les yeux. Je dois rester ici encore deux semaines. Ensuite, j'aurai des comprimés à prendre. Et, bien sûr, interdiction de faire trop d'efforts et pas d'émotions violentes!

Hermine lui caressa la joue. Elle était visiblement soulagée.

— Mon cher petit papa! Je vais prendre soin de toi. Charlotte et Madeleine aussi. Pour l'instant, elles sont en ville. Je tenais à être tranquille avec toi.

— J'apprécie cette faveur, ma chérie. C'est même préférable, vu ce que j'ai à t'annoncer.

— De quoi s'agit-il? demanda-t-elle, aussitôt alarmée. Papa, regarde-moi. Tu as une mauvaise nouvelle, je le sens. Mais, tu pleures! Mon Dieu, c'est Kiona!

— Je suis très inquiet pour ma fille, certes, concéda-t-il. Mais ce n'est pas le pire, Hermine. Tala est morte.

Il n'avait pas cherché à la ménager. Un long préambule n'aurait servi à rien.

— Qu'est-ce que tu dis? Tala? Enfin, c'est impossible! Que s'est-il passé? Un accident?

— Oui et non. Elle s'est éteinte des suites d'une blessure à la poitrine. Un cheval lui a décoché une ruade et je pense qu'elle a eu des côtes brisées, qui ont pu perforer un poumon. Elle crachait du sang. Privée de soins, elle n'avait aucune chance de s'en remettre.

Hermine ne parvenait pas à le croire. Elle revit la fière silhouette de sa belle-mère, de taille moyenne, mais se tenant toujours bien droite, la tête haute. Et elle possédait des traits magnifiques, un teint de pain brûlé et un regard intense.

— Oh non! Je l'aimais tant! Et Toshan… Il ne la reverra jamais. Seigneur! Et les enfants! Comme ils vont la pleurer!

Elle sanglotait. Jocelyn se redressa un peu et lui prit la main.

— Sois courageuse, ma fille chérie! Je suis navré. J'ai bien du chagrin, moi aussi. Elle est morte dans mes bras.

Ce détail d'importance réconforta un peu la jeune

femme. D'une voix tremblante, elle le pria de tout lui raconter. Quand Jocelyn eut terminé son récit, ils pleuraient tous les deux, mais pas pour les mêmes raisons.

—Mon Dieu, ma pauvre Tala, vous l'avez brûlée, s'indigna Hermine. Chogan et toi, vous avez osé faire ça! Aviez-vous perdu l'esprit pour lui manquer de respect à ce point? Vous l'avez fait disparaître sans laisser de traces sur terre! Papa, il fallait l'enterrer, couvrir sa tombe de fleurs sauvages. Quelle abomination!

—Ma chérie, Chogan lui-même m'y a poussé! Nous n'avions aucun outil pour creuser. Et j'avais promis à Tala de retrouver Kiona. Je n'avais plus que cette idée à l'esprit: la chercher et la ramener avec moi.

Des larmes ruisselaient sur les joues pâles d'Hermine. Ses beaux yeux bleus fixaient le crucifix accroché au-dessus du lit.

—Kiona! Ma pauvre petite Kiona! Où l'ont-ils emmenée?

L'angoisse la submergea. Elle se souvint tout à coup des aveux de Madeleine, de ce que l'Indienne avait subi au même âge que Kiona. Sans trahir ce lourd secret, elle ajouta:

—Papa, quelqu'un m'a dit comment sont traités les enfants montagnais dans ces pensionnats. Peut-être n'est-ce pas généralisé, mais les religieuses et les curés qui éduquent ces malheureux enfants n'ont guère de scrupules et ont oublié les enseignements du Christ. Cela ne me surprend plus. Tant de gens considèrent les Indiens encore moins bien que des bêtes! Je suis horrifiée par la haine qui agite notre monde! Parfois, j'ai honte d'appartenir à la race blanche. Par le passé, nous avons réduit les Noirs en esclavage et ils sont encore mis à l'écart. Nous avons persécuté les Juifs, et les Indiens!

Jocelyn l'écoutait sans l'interrompre et sans protester, contrairement à ce qu'il aurait fait auparavant.

—Que Tala repose en paix, dit-elle encore. Je vais sauver Kiona. Dès demain, je repars. Personne ne la touchera, ça non, j'en mourrais de chagrin. Et je n'ai pas le droit de mourir, puisque j'ai mes trois petits à élever.

Elle se tut, luttant contre les sanglots qui la secouaient.

— Tala n'aurait pas voulu que je la pleure. L'unique façon de lui rendre hommage, c'est de protéger Kiona.

— Pardonne-moi, Hermine. J'ai manqué à mes devoirs. J'ai été lâche dès le départ et, quand je me suis décidé à affronter Laura, il était trop tard. J'aime cette enfant, je l'admire. Il faut la retrouver.

— Ça ne devrait pas être très difficile ni très long. Madeleine, fillette, a été conduite dans un de ces pensionnats. Elle pourra me renseigner. Je te laisse, papa. J'ai besoin de serrer Mukki et les jumelles dans mes bras.

— Embrasse ton vieux père si stupide, supplia Jocelyn.

Hermine eut alors une réaction déconcertante. Elle se leva précipitamment pour échapper à l'étreinte de son père.

— Je suis désolée, je ne peux pas. Je suis trop en colère! Pas vraiment après toi, mais un peu quand même. Tala a tellement souffert à cause de ton égoïsme et de ta lâcheté! Et Toshan aussi a vécu le martyre, quand il a su que tu avais été l'amant de sa mère. Je dois me calmer et, tant que je ne tiendrai pas ma Kiona contre moi, je serai incapable de t'étreindre.

Sur ces mots, elle sortit sans même lui accorder un sourire.

— Hermine, ma chérie! s'écria-t-il.

Elle l'entendit, mais n'en tint pas compte. Une véritable tempête intérieure la ravageait. Le décès de Tala lui faisait l'effet d'une tragédie incommensurable. «Si seulement Toshan était là!» songea-t-elle avec amertume.

Charlotte et Madeleine l'attendaient devant l'hôpital. Tout de suite, elles virent à sa mine défaite qu'il y avait un problème grave.

— Est-ce que l'état de ton père s'est dégradé? interrogea l'Indienne. Mine, parle-nous!

— Tala est morte! lança-t-elle en sanglotant à nouveau. Un accident. Elle tentait d'empêcher les agents de la police montée d'emmener Kiona dans un pensionnat! Un cheval lui a fracassé la poitrine.

Madeleine se signa, stupéfaite. Elle pleura à son tour. Elle aimait tendrement sa tante. Bouleversée, Charlotte tendit les bras à Hermine qui s'y réfugia.

—Mon Dieu! Comme tu dois être triste, Mimine! Mais pourquoi ont-ils pris Kiona? Ce n'était pas une orpheline?

—Je t'expliquerai, répondit la jeune femme. Madeleine, je vais avoir besoin de ton aide. Je repars demain.

—Je t'aiderai!

Un coup de klaxon les fit taire. Onésime Lapointe gara sa camionnette à proximité du trio. Laura l'avait chargé de les ramener à Val-Jalbert.

Val-Jalbert, même jour, une heure plus tard

Onésime coupa le moteur de son véhicule et déposa Hermine, Charlotte et Madeleine à proximité de la maison des Chardin. Ce colosse au cœur tendre avait été très ému de revoir sa sœur, Charlotte, dont il était assez fier. Il la trouvait jolie, spirituelle et élégante.

—Avancez, mes p'tites dames, leur dit-il. Je m'occupe de vos bagages.

En cette fin d'après-midi, le ciel se parait d'une teinte parme, infiniment délicate. Le vent du lac Saint-Jean apportait une fraîcheur tout aussi subtile, annonciatrice des premiers frimas de l'automne.

—Merci, Onésime, dit Hermine. Tenez, vous achèterez une babiole à vos fils!

Elle lui glissa un billet dans la main. En ces temps de crise, et avec le rationnement, le gaillard y vit une aubaine. Laura le payait elle aussi pour la course, si bien qu'il arrondissait ses fins de mois en jouant les chauffeurs le plus souvent possible.

—Bon retour à Val-Jalbert! s'écria-t-il, un large sourire découvrant des dents en mauvais état. Et toi, Charlotte, passe faire un bécot à tes neveux, maintenant que tu es de retour!

Hermine n'eut pas le courage de sourire de la bonhomie de leur voisin. «Tala est morte, se répétait-elle, toujours incrédule et de plus en plus choquée. Papa et Chogan ont osé la faire brûler comme si elle ne méritait pas mieux, comme s'il était urgent de se débarrasser de son corps! Mon Dieu, je ne dois plus penser à ça; je dois être forte pour Kiona! »

Rien qu'en imaginant sa précieuse petite sœur livrée à la convoitise perverse d'un homme, Hermine s'était sentie prête à renverser tous les obstacles. Maintenant, incapable de faire un pas, elle fixait les fenêtres grandes ouvertes de la maison maternelle. Dans quelques instants, ses enfants sortiraient et ce serait une folle cavalcade lorsqu'ils retrouveraient leur mère trop longtemps absente.

— Madeleine, Charlotte, allons-y, dit-elle tout bas.

Elles se dirigèrent toutes les trois vers le parterre avec le même air affligé. La mort de la belle Indienne au caractère indomptable ternissait la joie de leur retour. Elles virent à peine la magnificence des rosiers remontants couverts d'une floraison aux couleurs chatoyantes. Brûlée par le soleil durant l'été, l'herbe craquait un peu sous leurs pieds. Rien n'avait vraiment changé. Hermine aperçut la chaise longue de sa mère sur la vaste terrasse couverte, garnie de pots en céramique débordants de géraniums et de dahlias. Les rideaux du salon s'agitaient doucement, secoués par la brise.

— Je pensais que mes petits se rueraient vers moi, s'étonna-t-elle. Quel calme! Ce n'est pourtant pas l'heure de la collation.

Mais Laura apparut sur le perron et agita la main. De sa démarche alerte, elle courut vers sa fille.

— Ma chérie, enfin, tu es là! s'exclama-t-elle sur un ton dramatique. Si tu savais comme tu m'as manqué!

Hermine se laissa embrasser et cajoler. Elle se remit à pleurer, émue de respirer le délicat parfum des cheveux blond platine de sa mère.

— Maman! Toi aussi tu m'as manqué, avoua-t-elle. Tu es au courant, pour Tala?

— Oui, évidemment, soupira Laura. Je suis vraiment

désolée! Elle avait environ mon âge, et c'est regrettable de mourir dans ces conditions. Moi aussi, je l'admirais, malgré tout.

Elle paraissait sincère. Hermine en fut touchée. «Maman a un caractère de feu, mais elle a toujours compati aux malheurs d'autrui. Mais a-t-elle pris conscience de ce que signifie la mort de Tala? Je vais retrouver Kiona et elle vivra ici, avec nous tous. »

Cependant, elle ne parla pas de son projet, trop pressée de pouvoir enfin embrasser son fils et ses filles.

— Allons, du cran! ajouta Laura avec un sourire qui se voulait réconfortant. Venez vite vous reposer. Tous ces kilomètres en train vous ont épuisées. Bonsoir, ma petite Charlotte! Tu es bien pâle! Et toi, Madeleine, tu ne dis rien, mais je me doute que tu es bouleversée aussi. Tala était ta tante.

La jeune Indienne approuva en silence. Mireille accueillit les voyageuses dans le couloir. Elle leur plaqua à chacune un gros baiser sonore sur la joue.

— Doux Jésus, que je suis contente de vous avoir icitte! Ce sera plus gai! N'est-ce pas, madame?

— Espérons-le, répliqua Laura en étreignant de nouveau Hermine avec tendresse. Ces derniers jours n'ont pas été faciles. Jocelyn a quitté le sanatorium de Lac-Édouard avant la date prévue pour courir les bois. Certes, il n'avait pas rechuté, mais quand même, il souffrait d'une grave pneumonie. Et voilà le résultat! J'ai cru le perdre! Ah! ce coup de fil, quel choc! Le chef de la police m'assène que mon mari vient d'être terrassé par une attaque! Ce n'était qu'un malaise cardiaque, Dieu merci, mais à l'avenir Joss devra se ménager.

Attendrie par la mine soucieuse de sa mère, Hermine la serra plus fort dans ses bras.

— Nous sommes là, maman, tu vas pouvoir te reposer! Madeleine s'occupera des enfants. Je suis navrée de te les avoir laissés plus de trois mois. Mais au fait, où sont-ils? Il n'y a pas un bruit dans la maison!

— Ils font peut-être la sieste? hasarda Charlotte.

Madeleine, elle, gardait le silence, malgré l'ouragan

de bonheur qui grondait dans sa poitrine. La simple idée de revoir Laurence et Marie-Nuttah lui faisait tout oublier. Ces fillettes, elle les avait nourries au sein pendant presque deux ans, elle avait veillé sur leur sommeil, pansé leurs égratignures et quoi encore. «Mes petites, se disait-elle en guettant l'escalier. Maintenant que Tala est partie pour le grand sommeil[19], ce sera à moi de vous parler du peuple des Montagnais, de vos ancêtres de la nation des Porcs-Épics.»

— Tout le monde est puni, dit Laura. Hermine, je te l'accorde, cela tombe mal, puisque c'est le jour de ton retour ici. Mais la punition sera levée pour le souper. Ma chérie, je ne veux pas te priver d'eux, mais ils ont commis un acte grave. Il y a une coupable et trois complices. J'étais obligée de sévir, sinon ils auraient inventé bien pire la prochaine fois.

— De quoi s'agit-il? s'alarma la jeune femme.

— Suis-moi, tu vas comprendre!

— Une minute, maman. Je suis très malheureuse. Ma belle-mère est morte dans une misérable cabane en branchages, loin de moi, de son fils et de ses petits-enfants. Je l'aimais beaucoup. Je dois annoncer cette affreuse nouvelle à mes trois petits. Lève ta punition tout de suite. Ils vont avoir tant de peine!

— C'est entendu, admit Laura. Venez, cela vaut le coup d'œil.

Elle commença à monter l'escalier, suivie des trois nouvelles venues. Au milieu de la volée de marches, Hermine s'arrêta pour retenir sa mère.

— Au fait, maman, j'ai reçu une lettre de Toshan juste avant de partir en taxi pour la gare du Palais. Il est cantonné près de Londres. Vivant, bien vivant! Il a écrit des messages aux enfants. Je vais les leur lire avant de leur annoncer le décès de leur grand-mère.

— Tala était aussi leur grand-mère, c'est vrai, parut s'étonner Laura. Cela me sort sans cesse de l'esprit! Mais, crois-moi, Marie-Nuttah ne l'a pas oublié, elle.

19. Les Indiens nommaient souvent la mort ainsi.

Hermine eut l'explication de ces derniers mots en pénétrant dans un réduit où Mireille entreposait balais, chiffons et bidons d'encaustique. La forte tête de la fratrie se tenait là, assise à même le sol.

—Mais... Oh non! s'exclama la jeune femme. Ma petite chérie, qu'est-ce que tu as fait? Tes cheveux, ta peau...

La fillette se releva et la considéra avec une expression farouche. Son regard clair, héritage de ses ancêtres nordiques, pétillait néanmoins de joie.

—Maman! Tu es revenue!

—Et tu m'accueilles bien mal, trancha Hermine, exaspérée et surtout incrédule. Qui penserait en te voyant que tu auras neuf ans en décembre? Quelle est cette mascarade?

Sidérées, Madeleine et Charlotte examinaient elles aussi Marie-Nuttah qui arborait une chevelure poisseuse, d'un noir intense, divisée en deux nattes. Sa jolie figure était barbouillée d'un étrange masque ocre rouge.

Laura commenta l'affaire d'un ton pointu:

—Cette demoiselle se jugeait trop blanche! Mukki l'a aidée à préparer une atroce mixture à base d'huile et de brou de noix. Ils en ont acheté un flacon en cachette à la quincaillerie de Roberval, grâce aux économies de Laurence, la plus sage en apparence! Quant à cette couleur qui la déguise en petite sauvageonne, ils ont dû la fabriquer en me volant une crème hors de prix et je ne sais quelle peinture. Louis s'est vanté d'avoir participé!

—Nous avons pilé des craies brunes et, ensuite, j'ai mélangé la poudre à du saindoux, claironna la fillette. Maman, l'institutrice n'arrête pas de dire des mensonges sur mon peuple, les Montagnais! Je voulais lui montrer que j'étais une Indienne. Et j'en avais assez d'avoir les cheveux si clairs.

Hermine hésitait entre le rire et les larmes. Marie-Nuttah était assez comique à voir.

—Tu n'es pas blonde, ma chère enfant, mais châtain très clair.

Elle fut prise d'un fou rire nerveux. Charlotte l'imita,

tandis que Madeleine se retenait de faire de même. L'extravagante initiative de la fillette les ramenait dans l'univers béni et innocent de l'enfance, où l'on croit possible de changer le cours des choses avec les moyens du bord.

— Dans mes bras, mon amie montagnaise! s'exclama Hermine. Tu as raison de revendiquer tes origines indiennes, ma chérie! J'en discuterai avec mademoiselle Damasse. Elle devra tenir compte de vos origines!

Laura leva les bras au ciel. Elle alla d'un pas rapide libérer Mukki, Laurence et Louis, qui étaient enfermés à clef dans l'ancienne nursery.

— Maman! Maman! hurlèrent-ils en chœur.

— Mine! s'égosilla Louis.

La jeune femme fut assaillie par la petite troupe. Des mains menues s'accrochaient à ses vêtements, des baisers lui chatouillaient les avant-bras et les doigts. Elle les serra contre elle tour à tour.

— Vous m'avez tant manqué, répétait-elle, follement heureuse de les toucher et de les embrasser enfin. Mes petits chéris! Mukki, tu as encore grandi! Comme tu ressembles à ton père! Ma Laurence, ne pleure pas, je suis de retour et je passe tout l'hiver ici, avec vous. Et toi, Louis, mon Louison, il paraît que tu sais lire parfaitement.

Marie-Nuttah ne perdait pas sa place, s'enorgueillissant en secret d'avoir été la première pendue au cou de leur mère.

— Descendons, proposa Hermine. J'ai très envie d'une tasse de thé, avec des beignes de Mireille. Je sais qu'il y en a, l'odeur de friture flottait dans le couloir.

Mais les enfants se jetèrent sur Madeleine et Charlotte avec des cris d'excitation.

— La vie est belle! s'exclama Mukki. Maman est là, et nounou, et Lolotte!

— Dis donc, garnement, coupa la jeune fille en riant de bon cœur. C'est défendu de m'appeler ainsi!

Ces instants de pure félicité ne durèrent pas. Après le goûter, Hermine leur lut les lignes que Toshan avait écrites pour eux. Cela les émut beaucoup. Puis, elle leur annonça la mort de Tala. Elle eut beau le faire avec le plus grand ménagement possible, Mukki et les jumelles se mirent à sangloter. Pour eux, leur grand-mère était un rocher inébranlable que rien ne pouvait atteindre.

— *Kukum* devait me raconter des légendes de notre peuple, déplora Marie-Nuttah en hoquetant de chagrin. Elle m'avait promis que je viendrais l'été prochain au campement du cousin Chogan. J'avais fait un dessin pour elle, avec un aigle et un canot sur une rivière.

— C'est pas juste, gémit son frère. Papa est loin et grand-mère est morte. La vie n'est plus belle du tout! Maman, dis, tu es sûre qu'elle est morte?

— Oui, mon enfant chéri, répondit Hermine d'un ton ferme. Mais j'ai quelques photographies d'elle, que j'avais prises l'été dernier à Péribonka. Je les ferai encadrer et nous les accrocherons dans votre chambre. Vous pourrez penser à Tala en les contemplant et lui confier vos petits secrets, lui dire aussi que vous l'aimiez. Moi, pendant des années, j'ai chéri ainsi un portrait d'une religieuse du couvent-école, sœur Sainte-Madeleine. Son vrai prénom, c'était Angélique. La grippe espagnole l'a emportée au ciel. Je n'avais que quatre ans et, pourtant, je ne l'ai jamais oubliée, et posséder ce cliché d'elle m'a consolée.

Les lèvres tremblantes, Laurence tentait de rester digne, mais elle finit par se blottir dans les bras de sa mère.

— Maman, que c'est triste! Nous irons sur sa tombe, bien sûr! Je cueillerai des fleurs pour elle, les dernières fleurs de la forêt.

Hermine se reprocha d'avoir tu une partie de la vérité. Elle-même, choquée et affligée, n'avait pas pu évoquer devant les enfants la manière dont avait disparu le corps de Tala. «Des cendres! Il ne reste plus que des cendres de cette femme exceptionnelle», pensa-t-elle avec amertume.

Elle discuta longuement avec les enfants. Louis tenta à plusieurs reprises de l'interrompre, mais, bien éduqué, il n'osa pas. Enfin, il profita d'un court moment de silence.

— Et Kiona, Mine? Je l'ai vue dans la stalle où loge notre poney! Elle m'a dit qu'elle avait peur!

La déclaration véhémente de son frère la consterna. Cela confirmait ses pires craintes. Elle essaya de garder une voix neutre pour répondre :

— Ne t'inquiète pas, Louis. Dès demain, je pars la chercher.

Le petit garçon parut rassuré. Laura, elle, retint un soupir. Plus jamais elle ne connaîtrait la paix dans son foyer.

À la cuisine, Mireille fredonnait. Rien ne la réjouissait plus que de préparer un vrai repas, pour plusieurs convives. Depuis quelques mois, la chanteuse française Édith Piaf avait réussi à détrôner la célèbre Bolduc, qui avait succombé à un cancer le 20 février 1941, à quarante-six ans. La gouvernante avait versé des larmes de compassion pour son idole disparue, avant de se prendre de passion pour celle que Paris surnommait la môme Piaf. Le vocabulaire cru, la voix si particulière de la chanteuse l'avaient conquise. En pétrissant une boule de pâte blanchâtre, elle massacrait un des couplets de *L'Accordéoniste*.

Elle écoute la java
Mais elle ne la danse pas
Elle ne regarde même pas la piste
Et ses yeux amoureux
Suivent le jeu nerveux
Et les doigts secs et longs de l'artiste
Ça lui rentre dans la peau
Par le bas, par le haut
Elle a envie de chanter
C'est physique
Tout son être est tendu
Son souffle est suspendu
C'est une vraie tordue de la musique...

Chaque mot faisait naître une image dans l'esprit de Mireille, qui plaignait de tout cœur la fille de joie dont il était question. Toujours vierge à plus de soixante ans, un peu ignorante des choses de l'amour, elle sentait des frissons la parcourir à cause de ces paroles sans fioritures.

—J'ai raté le coche, constata-t-elle en cessant de chanter. Je suis bien sotte. J'aurais dû me jeter à l'eau quand j'ai failli me fiancer! Enfin, le plus important, astheure, c'est de réussir un cipâte de rationnement. La viande mijote, ça me gagne du temps pour la cuisson au four. Ce n'est pas Noël, mais, le retour de notre Mimine, faut le fêter! Même si elle est en deuil.

Pour la gouvernante, des plats savoureux pouvaient lutter contre le chagrin.

—Les oignons, ce sont ceux du jardin. Pas besoin de montrer son ticket pour en acheter. Grâce à m'sieur Marois, ce brave Joseph, j'ai du poulet et du lièvre. Il n'a pas perdu le nord, cet homme; il a conservé son poulailler et il va à la chasse! Le gouvernement n'a rien à redire. En tout cas, mon cipâte, la Damasse n'en goûtera pas. Elle a bien fait d'aller rendre visite à sa mère, pile aujourd'hui!

Mireille hacha finement du persil et de la ciboulette, des herbes du potager, et mit des couches de viandes et d'oignons grillés.

—Il manque du canard et de la dinde, mais j'ai pu ajouter un bout de lard. Madame a raison : l'an prochain, nous ferions mieux d'engraisser un cochon. La guerre n'en finit pas.

Seule l'élaboration de la pâte, indispensable à cette tourtière traditionnelle du pays, lui avait posé problème, car elle devait économiser le beurre. Elle sourit quand même de fierté.

—Mais le cipâte sera bon quand même. Et Hermine sera tout étonnée. Pour le dessert, je servirai une tarte aux bleuets, les beaux bleuets du Lac-Saint-Jean.

Depuis qu'elle présidait aux fourneaux, la gouvernante mettait en conserve fruits et légumes en prévision de l'hiver. Les bleuets n'échappaient pas à la règle.

— Avec le cipâte, une belle fondue de choux rouges! Si monsieur n'était pas hospitalisé, ce soir, il se régalerait, le malheureux!

Elle avait de l'affection pour Jocelyn, sans doute parce qu'il subissait comme elle les sautes d'humeur de Laura.

La fille de joie est triste
Au coin de la rue, là-bas
Son accordéoniste, il est parti soldat...

C'était plus fort qu'elle, la chanson l'obsédait. Laura entra au même instant, le regard étincelant.

— Mais tais-toi donc, ma pauvre Mireille! Tu pourrais respecter la douleur de ma fille et de mes petits-enfants! On t'entend depuis le salon! Sers-moi un verre de caribou!

— Madame, ça devient une habitude!

— Un verre chaque soir! Mon Dieu! quel crime! J'en ai besoin. Hermine a l'intention de ramener Kiona ici, chez moi, et pour des années, je suppose.

— Au fond, madame, qu'est-ce qu'elle vous a fait, cette petite?

— Elle est la preuve en chair et en os de l'infidélité de mon mari, de son attirance pour une autre femme, répondit sa patronne entre ses dents.

— Doux Jésus, comme vous y allez, madame! Monsieur ne vous a pas trompée, puisqu'il ne s'était pas encore présenté comme ressuscité et que vous étiez fiancée à monsieur Zahle.

Laura passa une main sur son front. Ses jambes la soutenaient à peine. Elle dut s'asseoir. Accoudée à la table, elle jeta un coup d'œil rêveur sur ses doigts chargés de bagues.

— Je sais tout ça, Mireille, avoua-t-elle d'un ton lugubre. Je suis de nature jalouse; tu ne me changeras pas. À l'avenir, aie la gentillesse de ne plus prononcer le nom de Hans. Que veux-tu, je ne supporte pas la vue de Kiona! Cette fillette me cause un malaise. Elle est trop jolie, trop intelligente, trop perspicace, trop tout, voilà!

— Trop tout, répéta la gouvernante. Dans ce cas, pourquoi ça vous dérange? Vaut mieux une enfant prodige qu'une débile mentale qui serait laide de surcroît.

— Oh! Tu es exaspérante, Mireille! Hermine prétend que Kiona a été placée dans un pensionnat pour les jeunes Indiens. Où est le mal? On va l'instruire, l'éduquer! Qu'elle y reste!

*

Kiona était sortie du cachot. Il pleuvait derrière les vitres du réfectoire. Deux religieuses l'entouraient, armées d'un peigne et d'une paire de ciseaux.

— Ne gigote pas comme ça, recommanda l'une d'elles. Tu n'y couperas pas, c'est le cas de le dire!

La fillette, debout, tremblait de tout son corps. Le jeûne l'avait épuisée. Elle venait de réclamer à boire, bien en vain. Elle implorait en faisant un effort:

— Je vous en prie, laissez-moi mes cheveux. D'abord, je n'ai pas de poux et je suis baptisée. J'ai même un parrain, un grand monsieur, Jocelyn Chardin.

— Il faut admettre qu'elle a une drôle de couleur, sa tignasse, nota la seconde sœur. Du roux. Sa mère a dû lui faire une teinture.

— Je sais lire et écrire, aussi, leur dit Kiona. Je suis allée à l'école primaire de Roberval.

— Veux-tu te taire, petite menteuse! tonna la plus imposante des religieuses, celle qui avait arraché le collier aux amulettes. On verra ça quand tu iras en classe, une fois rasée.

Une mèche flamboyante tomba sur le carrelage. Kiona se retint de hurler de rage afin d'éviter une nouvelle punition.

— Vous êtes de mauvaises personnes, ne put-elle s'empêcher de dire.

Des ongles lui labourèrent la peau du bras, que laissait nue la manche courte.

— Un mot de plus et tu files au cachot, sans pain ni eau.

— Mais j'ai pas eu de pain ni d'eau depuis hier soir! gémit la fillette.

Les lames des ciseaux crissaient dans sa chevelure. Elle fut bientôt coiffée d'un casque doré, au carré.

— La tondeuse, à présent, fit une des voix où perçait une intense jubilation.

Kiona ferma les yeux. Elle pensa à sa Mine chérie qui aimait tant ses cheveux.

«Ils repousseront, se rassura-t-elle. Si on ne me fait rien d'autre que ça...»

— Ce doit être une Métisse, une bâtarde de plus. Ces sauvageonnes dévergondent les honnêtes hommes avec leurs mœurs honteuses. Hein, mademoiselle la rouquine, tu n'as jamais vu ton père, et pour cause!

«Si je n'avais pas peur de mourir, je prendrais les ciseaux, là, sur la table, et je me défendrais, songea Kiona. Je les déteste!»

Son joli visage se durcit, tendu par un sentiment de révolte inouï. Elle aurait voulu posséder des dons bien plus puissants que les siens, qui lui permettraient de provoquer un incendie ou de faire tomber la foudre sur le toit. Mais elle était fragile; elle n'était qu'une petite fille confrontée pour la première fois à la haine à l'état pur.

— Jésus n'a pas dit, dans l'Évangile, qu'il fallait couper les cheveux des enfants indiens, affirma-t-elle soudain. Jésus a dit d'aimer son prochain comme soi-même!

Ces paroles franchissaient ses lèvres malgré elle. Kiona s'en étonna. Elle eut l'étrange intuition qu'on lui venait en aide.

Les religieuses se regardèrent, presque effrayées. Elles observaient avec méfiance la fillette au crâne tondu, qui avait la peau un peu plus claire que les autres pensionnaires. Du sang perlait sur son bras, là où elle avait été griffée.

— Tu as le droit de te servir un verre d'eau, lui dit alors l'une des sœurs.

— Je vais te conduire en classe, dit la seconde.

Kiona comprit qu'elle avait gagné une minuscule bataille, inspirée par une présence invisible. Elle en conçut un peu de réconfort. L'eau fraîche coula dans sa bouche et ce fut une sensation délicieuse. «Je te remercie, Jésus», pensa-t-elle intensément.

Chicoutimi, bureau des Affaires indiennes[20], lundi 21 septembre 1942

Hermine se retrouvait exactement dans la même situation que son père quelques jours auparavant. Elle avait en face d'elle un fonctionnaire du gouvernement d'une politesse relative, qui faisait preuve d'une bonne dose de méfiance à son égard. Elle lui avait exposé sa démarche posément, mais sans obtenir satisfaction.

— Madame, je ne trouve aucune trace de l'enfant dont vous me parlez, déclara l'homme pour la deuxième fois. Avant de vous déplacer, vous auriez dû écrire. De plus, aucun document officiel n'atteste votre lien de parenté avec cette Kiona, ce qui ne m'étonne pas, les Montagnais n'ayant pas de papiers d'identité.

La jeune femme considéra son interlocuteur avec froideur.

— Monsieur, samedi, je suis allée au poste de police de Roberval où on m'a conseillé d'abandonner toute recherche. J'ai pris le train dimanche pour Chicoutimi. Hier soir, un taxi m'a conduite jusqu'à un pensionnat où une de mes amies, une cousine de mon époux, a été élève, petite fille. Je dis élève; le terme juste serait martyre! On m'a reçue parce que je menaçais de faire un scandale. Hélas! Kiona ne figurait pas parmi les malheureux pensionnaires que j'ai aperçus par la fenêtre, dans la cour. J'aurais tant voulu que ce soit le cas. Où dois-je me rendre, à présent? Je vous prie de faire un effort, monsieur!

Le fonctionnaire alluma une cigarette en fronçant les sourcils. Il consulta un gros registre d'un air faussement attentif.

---

20. Pour les besoins du roman, l'auteure a situé un bureau des Affaires indiennes à Chicoutimi, n'ayant pas trouvé une localisation précise dans les environs du Lac-Saint-Jean.

— Madame, je suis navré, mais je crois qu'il faudrait vous renseigner par courrier en haut lieu, à Montréal. Et peut-être avez-vous oublié que nous sommes en guerre! Nos soldats se battent loin de chez eux, l'essence est rationnée, beaucoup de denrées indispensables, aussi! Et vous n'avez rien de mieux à faire que de sillonner la région en quête d'une lointaine parente, métisse de surcroît! Je vais vous donner mon avis. Si cette fillette a été confiée à un établissement gouvernemental, c'est pour son bien. Cela lui évitera de crever de faim et de froid dans les bois durant l'hiver. Je voudrais vous aider, mais prouvez-moi d'abord que l'enfant est bien la demi-sœur de votre mari, la filleule de votre père. Vous arrivez ici sans un seul papier administratif pour appuyer votre discours.

Hermine ne put qu'approuver. Elle avait quitté Val-Jalbert dans la précipitation en causant un grand chagrin à ses propres enfants et sans prendre la peine de réclamer un acte de baptême de Kiona. Le curé qui l'avait baptisée à l'hôpital, quand elle n'était qu'un bébé de neuf mois, devait pourtant avoir gardé trace de ce sacrement.

— J'avoue que j'ai eu tort, concéda-t-elle. Je croyais que ce serait plus simple! Mais je maintiens que ma demi-sœur a été envoyée dans un pensionnat par erreur.

« Comme une sotte, songea-t-elle, je me suis littéralement enfuie de Val-Jalbert, avec un sentiment d'urgence. J'aurais bien aimé que Madeleine ou Charlotte m'accompagne. Mais j'ai senti que mes trois chéris avaient besoin de leur présence. Ils sont si tristes d'avoir perdu Tala! »

Au fond, ce voyage en solitaire ne lui déplaisait pas. Elle se revit dans le train, pendant le trajet depuis le Lac-Saint-Jean. Le ciel était d'un gris très doux. « Le joli panorama calmait mon angoisse et ma peur! J'ai pensé de tout mon cœur à Tala, en priant pour que son âme trouve le repos. Mais quelle mère serait en paix dans l'au-delà en sachant sa fille en danger? »

— Monsieur, vous pourriez au moins me communiquer les adresses des pensionnats que vous connaissez, dit-elle sur un ton radouci. Je suis prête à tous les visiter.

— Cela dépend des districts, répliqua-t-il. En dehors de mon district, je n'ai pas de renseignements.

La jeune femme flaira un mensonge. Elle hésitait à proposer de l'argent. C'était un conseil de Laura qui lui avait confié une certaine somme en prévision de ce genre d'attitude bornée. « Un paquet de dollars ouvre le bec des plus taciturnes, avait précisé sa mère. Je ne suis pas un monstre de jalousie, comme veut le faire croire ton père. Je m'inquiète aussi pour Kiona. Madeleine m'a raconté ce qu'elle a vécu quand elle était pensionnaire. »

En se souvenant de la voix vibrante d'émoi de Laura, tandis qu'elle prononçait ces paroles, Hermine eut envie de pleurer. « Maman ne fait plus jamais allusion à son passé[21], mais elle est sensible sur un point. Elle ne tolère pas qu'on s'en prenne par la violence à une femme, encore moins à une enfant, dans sa chair, son intimité. Quand le père de Charlotte a eu des gestes déplacés, elle m'a été d'un précieux secours. »

— Monsieur, je me permets d'insister, déclara-t-elle après un temps de silence. J'ai des relations à Québec, notamment une journaliste de *La Presse*. Cette personne pourrait rédiger un article fort instructif sur les conditions de vie des jeunes Indiens dans ces pensionnats.

— Faites donc, rétorqua l'agent du gouvernement. Et dites-moi d'abord qui cela intéressera? Qui? Nous investissons de l'argent pour sortir le peuple montagnais de sa misère. Ces enfants que vous plaignez sauront lire et écrire, ils pourront trouver un emploi, ils comprendront qu'ils doivent renoncer au mode de vie lamentable de leurs parents. Maintenant, je vais vous demander de sortir. J'ai du travail.

À bout de patience et d'arguments, Hermine se résigna. Elle aurait volontiers secoué le fonctionnaire retors par le col de sa chemise en l'insultant de surcroît, mais ce n'était pas une très bonne méthode si, dans un avenir proche, elle devait à nouveau le rencontrer.

---

21. Jeune immigrée, Laura a dû se prostituer sous la contrainte.

Ce fut avec soulagement qu'elle se retrouva dehors, sur le trottoir de la rue Jacques-Cartier. Après cet entretien laborieux, elle avait besoin d'air pur et d'espace. Elle contempla d'un air songeur les hauteurs de la ville et les clochers de la cathédrale Saint-François-Xavier. Chicoutimi se distinguait par ses rues terriblement escarpées. Hermine s'y était d'ailleurs aventurée, car elle logeait à l'Hôtel Chicoutimi, rue Racine.

Des souvenirs merveilleux l'assaillirent. Elle se rappela ses balades en traîneau avec Toshan, alors qu'ils étaient seuls tous les deux au sein d'un immense paysage enneigé. Les chiens aboyaient, excités par le froid. « J'ai toujours été plus heureuse au bord de la Péribonka, près de mon mari et de Tala. J'en ai conscience aujourd'hui. La religion des Montagnais conviendrait mieux à ce que j'éprouve. »

Elle marchait sans regarder autour d'elle. Il tombait une pluie fine qui vernissait les pavés. Vêtue d'un imperméable beige, un foulard sur les cheveux, elle avait l'impression d'être une étrangère dans une ville inconnue. Rien n'attirait son attention, ni les devantures des magasins ni le passage bruyant des automobiles.

Un homme qui sortait d'un immeuble la vit approcher et, aussitôt, son cœur battit plus vite. Hermine allait le dépasser. Il ne dépendait que de lui de se manifester.

— Madame, appela-t-il à voix basse. Madame Delbeau!

Elle s'arrêta en relevant un peu la tête et dévisagea l'homme d'un air absent.

— Excusez-moi de vous avoir interpellée ainsi, dit-il. Je suis tellement surpris de vous croiser ici!

— Ovide Lafleur? s'étonna-t-elle. Quel drôle de hasard! Je viens rarement à Chicoutimi et, moi non plus, je ne m'attendais pas à rencontrer une connaissance.

Hermine parlait vite et semblait très nerveuse. Elle serra la main de l'instituteur.

— Cela fera bientôt trois ans que votre belle-mère nous a présentés l'un à l'autre sur le quai de la Péribonka, fit-il remarquer.

— Oui, en effet, soupira-t-elle. Que de changements en trois ans! Pardonnez-moi, je suis dans un état second. Tout va mal en ce moment. Mon mari est en Angleterre et j'ai très peu de nouvelles de lui. Trois lettres trop brèves.

Ovide Lafleur l'observait discrètement. Hermine Delbeau était toujours aussi belle que dans son souvenir, mais il émanait d'elle une fébrilité déconcertante. Elle souffrait, c'était évident.

— Puis-je vous aider? demanda-t-il d'instinct, sans vraiment réfléchir.

— Peut-être, répondit-elle en semblant se réveiller d'un mauvais sommeil. J'ai grand besoin d'aide. Je rentrais à mon hôtel. Accompagnez-moi, si vous voulez.

La proposition en elle-même avait quelque chose d'étrange. Hermine s'en aperçut. Elle lança un regard plein de détresse au jeune homme qu'elle n'avait pas oublié. «Il me plaisait, je n'osais pas me l'avouer à l'époque. J'ai même chanté *La Paloma* pour lui quand il est venu à Val-Jalbert.»

— Madame, que se passe-t-il? interrogea Ovide qui s'inquiétait de son attitude, proche de l'égarement.

— Venez, je ne tiens pas en place, coupa-t-elle. Est-ce que vous vous occupez encore des enfants indiens?

— Oui, quand cela m'est possible! s'écria-t-il. Allons, abritez-vous! Mon Dieu, vous faites peine à voir!

Après avoir ouvert son parapluie dont la toile noire était fort usée, il lui emboîta le pas. Elle consentit à profiter de ce toit sommaire, tout en étant gênée d'être si près de lui. C'était exactement ce qu'elle désirait: pouvoir s'appuyer sur un homme, lui tenir le bras. Mais elle s'en garda bien.

— Ovide, j'ai une mauvaise nouvelle. Tala est morte. Je l'ai appris vendredi, à mon retour de Québec. Et j'ai une mission sacrée: je dois retrouver Kiona, sa fille, ma demi-sœur. J'aime cette petite et on l'a placée dans un pensionnat. Je crains le pire.

En haletant, elle lui raconta ce qu'elle savait. Ovide Lafleur fut effaré.

—Je comprends mieux pourquoi vous êtes si bouleversée, dit-il avec une profonde compassion.

—Cet agent des Affaires indiennes m'aurait mise dehors s'il avait pu. Il m'a menti. Vu ses fonctions il ne peut ignorer où se trouvent ces écoles de la honte!

Hermine s'enflammait, les joues roses. Ses beaux yeux bleus, embués de larmes, plongèrent soudain dans les prunelles vertes d'Ovide.

—Pourquoi? gémit-elle. Pourquoi les hommes se montrent-ils si cruels, si sûrs de leur droit?

—Pas tous, protesta l'instituteur. Ne faites pas de généralités. Depuis l'aube de l'humanité, il y a les bons et les méchants, des plus ou moins bons et des plus ou moins méchants. Je vous en supplie, ne tremblez plus comme ça! Je vous promets mon aide. Vous avez de la chance; je suis sans emploi, donc libre de mon temps. J'espère obtenir un poste dans une école de rang, à Saint-Félicien. Catherine, mon épouse, est décédée il y a un an. J'ai ma mère à charge et les temps sont durs. Sans mes maigres économies, nous serions dans la misère, maman et moi.

—Je suis navrée, affirma-t-elle. Toutes mes condoléances. Je vous assomme de mes problèmes, alors que vous avez été durement éprouvé, vous aussi!

Dès leur première rencontre, Ovide lui avait parlé en toute franchise de sa femme, devenue presque impotente après avoir mis au monde des jumeaux qui n'avaient pas survécu.

—Quel dommage! Vous êtes sans travail! Quand je pense que ma mère a engagé une enseignante pour instruire mes enfants et mon petit frère. Cette personne, sans aucun doute très compétente, est nourrie, logée et bien payée. Cette place aurait été avantageuse pour vous.

—Ne regrettez rien, je tiens à être le plus souvent auprès de ma mère, précisa-t-il. Mais c'est gentil de vous soucier de moi.

Un peu réconfortée, Hermine consentit à lui sourire. Au bout de quelques minutes seulement, elle avait l'impression d'être en compagnie d'un ami de longue date. « C'était déjà ainsi, lorsqu'il nous a conduits jusqu'à Roberval, dans ce chariot tiré par un gros cheval gris, en décembre 1939. Chaque parole d'Ovide éveillait un écho en moi. Il exprime ses opinions d'emblée, avec une sorte d'éloquence. »

— Vous avez dit un mot percutant, il y a un instant, déclara-t-il soudain. Les écoles de la honte! Ces pensionnats ne méritent pas d'autre appellation. Vous souvenez-vous, il y a trois ans? Je vous ai expliqué que je consacrais mes vacances à instruire les petits Indiens, pour leur éviter d'être expédiés dans ces lieux dont le but inavoué est de les briser, de les humilier. Ils sont punis s'ils emploient un mot de leur langue natale. Et parfois punis d'une manière abominable que je n'ose même pas vous décrire. Alors, comment ne pas vous aider? Je n'avais jamais connu de jeune femme qui avait épousé un Métis et qui ne s'en cachait pas! Le contraire est plus fréquent. Mais les Indiennes qui se marient avec un Blanc se plient à sa volonté et adhèrent à sa religion.

Hermine se laissait bercer par la voix d'Ovide, douce mais ferme. La véhémence dont il faisait preuve était un baume sur son chagrin. Ils arrivèrent devant l'élégante façade de l'Hôtel Chicoutimi.

— Entrez, je vous offre le thé. Il y a un petit salon près de la réception. La Providence vous a placé sur mon chemin. J'étais si désemparée, tout à l'heure.

Ils furent bientôt installés à une petite table. Le ciel étant sombre, des lampes en opaline rose dispensaient une lumière tamisée. De grands miroirs ornaient les murs tapissés de velours vert.

— Madame, le meilleur moyen de retrouver Kiona au plus vite, c'est d'interroger les Indiens cantonnés près du lieu où la fillette a été enlevée, dit tout bas Ovide Lafleur. Ils seront bien plus disposés à parler que les agents du gouvernement.

— Que je suis stupide! répliqua Hermine. J'aurais dû y penser. Mais, dans ce cas, Chogan, le neveu de Tala, savait peut-être où on emmenait Kiona.

— Rien n'est moins sûr, sinon, il aurait guidé votre

père! Chogan ne tient pas en place depuis un an. Je le connais de réputation. Il protège son fils de neuf ans de la police montée en changeant sans cesse de campement.

— Croyez-vous? coupa la jeune femme. Papa m'a précisé que Chogan était seul avec ma belle-mère. J'ignorais même qu'il avait un enfant et une compagne.

— Je voulais dire le campement où vivent sa femme et son fils, rectifia Ovide. Et aussi Odina et Aranck, qui sont de sa famille.

— Oui, la mère et la jeune sœur de Tala. Ces deux femmes ont présidé à la naissance de Mukki, mon premier-né. Mon Dieu, pourquoi ne pas laisser les Montagnais en paix?

— Plus on les coupera de leur passé, de leurs racines culturelles, de leur mode de vie, plus ils seront condamnés à la délinquance et à l'alcoolisme. Cela me rend fou de rage.

Hermine resta silencieuse un instant. Ovide ne paraissait pas du tout fou de rage. Elle en déduisit qu'il cachait une nature passionnée sous ses traits fins et ses intonations posées. Mais son regard vert brillait d'une étrange énergie. Contre son gré, elle se noya dans ces prunelles-là, qui avaient la couleur des feuilles printanières.

— Je vous remercie de me comprendre. Comment allons-nous faire?

— Il nous faudrait une voiture, ou encore mieux, deux chevaux. Les automobiles ne passent pas dans les sentiers.

— Une motocyclette? proposa-t-elle. Je pourrais facilement en emprunter une.

— Vous ne savez pas monter à cheval?

— Si! Un de mes voisins, à Val-Jalbert, pourrait me prêter Chinook. C'est une belle bête à la robe rousse, docile comme un agneau.

— Parfait! Je suis pauvre, mais j'ai un cheval. Nous devrions partir mercredi, le temps pour nous de rentrer dans nos foyers respectifs. Madame, cela ne vous pose pas de problèmes particuliers, d'être seule avec moi quelques jours? Les gens jasent pour un rien. Et si une tierce personne nous accompagne, il faut un troisième animal, enfin un autre cheval.

—Je me moque des commentaires, rétorqua-t-elle durement. Mon unique préoccupation, c'est d'arracher ma petite Kiona au pensionnat où elle se trouve avant qu'il ne soit trop tard. Vous l'avez dit vous-même, les enfants indiens sont maltraités dans leur âme innocente et leur corps tout aussi innocent. Je ne vais pas me voiler la face par souci de pudeur.

Des larmes coulèrent sur ses joues. Ovide les essuya du revers de la main. Hermine faisait peine à voir. Sa chevelure blonde, encore humide de pluie, servait d'écrin à son beau visage torturé par le chagrin.

—Ne pleurez pas, supplia-t-il. Je vous l'ai déjà dit il y a trois ans : chacun son combat. Votre mari est parti en Europe lutter contre le nazisme ; moi, je préfère œuvrer ici où sévit une autre forme d'intolérance et d'iniquité.

La jeune femme baissa le nez et observa le thé ambré fumant dans sa tasse. Le geste tendre d'Ovide l'avait troublée.

—Ça a été long, ces mois à Québec. J'avais signé un contrat pour deux opérettes, mais le cœur n'y était pas. Je chantais sans joie, hantée par le décès d'un de mes amis, Armand Marois, sur un des cargos hollandais torpillés par les U-Boot. Et je ne pouvais que penser à Toshan, qui avait traversé l'océan Atlantique et qui risquait de mourir chaque jour.

Ovide Lafleur approuva d'un signe de tête. Hermine se confia à lui, comme pour exorciser la moindre de ses angoisses. Elle raconta l'arrestation arbitraire de Madeleine, dénoncée par la teinturière de la rue Sainte-Anne.

—Cette commerçante la soupçonnait d'être une espionne italienne. C'est ridicule! Il ne fait guère bon avoir le teint mat et les cheveux noirs. J'ai eu de la chance. Un policier semblait me prendre pour une espionne, moi aussi, une Allemande, évidemment. Mais son chef s'est montré conciliant quand il a su que j'étais la célèbre Hermine Delbeau! Pardonnez-moi, j'ironise. Ma prétendue gloire ne m'a pas été très utile à Roberval, ni auprès de cet agent des Affaires indiennes.

Elle se ranimait à lui décrire son existence avec Charlotte et Madeleine.

— Nous osions à peine sortir après le souper. Jamais je n'ai autant lu que cet été! Des romans français que j'achetais dans une librairie, à côté du Capitole. J'ai beaucoup aimé le prix Goncourt de l'an dernier, *Vent de Mars* d'Henri Pourrat. Et aussi *Le Zéro et l'Infini* d'Arthur Koestler, qui n'a pas été récompensé.

— Moi, j'ai découvert avec bonheur les œuvres complètes de Ramuz, un écrivain qui excelle à dépeindre la montagne et les sentiments qu'elle inspire à l'homme. Lucien Nadaud, un ami, m'a envoyé ce recueil depuis la France. Il habite Lyon.

Ils discutèrent encore longtemps de littérature, ce qui eut pour effet de distraire Hermine de son tourment. Elle en ressentit un léger soulagement. «Ovide a peut-être vu là une manière de me réconforter», songea-t-elle quand il prit congé.

Ils s'étaient fixé rendez-vous et elle n'avait plus qu'une idée, le rejoindre à Sainte-Hedwige où il résidait avec sa mère.

— Encore merci! Grâce à vous, je me sens plus vaillante.

— Gardez espoir, madame, dit-il en souriant.

— Appelez-moi Hermine, je vous en prie. Nous sommes des amis, presque de vieilles connaissances!

— Vous avez raison! Au revoir!

Il lui sourit gentiment et s'éloigna d'une démarche rapide en louvoyant entre les tables voisines.

«Tiens bon, Kiona, implora-t-elle. Je t'ai déniché un ange gardien en pardessus élimé, qui n'a que son courage comme fortune. Sois forte, ma petite sœur, plus forte que tout! Je voudrais tant que tu m'apparaisses!»

Elle éprouvait une peur atroce. Si la fillette ne sollicitait plus son aide, cela signifiait-il qu'elle était morte à son tour?

Val-Jalbert, mardi 22 septembre 1942

Hermine venait d'arriver. Le couvert du souper était mis dans la salle à manger dont le lustre en cristal étincelait. La demeure des Chardin, la plus luxueuse du village fantôme, avait tout d'un havre enchanté. Laura ne laissait rien au hasard : chaque bout de tissu, chaque bibelot contribuaient à créer un cadre ravissant et chaleureux.

Mireille accueillit la voyageuse en lui plaquant deux baisers sonores sur les joues.

— Ma chère Mimine, tu as l'air épuisée! Monte te mettre à ton aise. J'ai préparé un ragoût de porc avec des pommes de terre et des fèves.

— Bonsoir, Mireille! Oui, je suis fatiguée. Le voyage en train a été fort long et mouvementé. Où sont les enfants?

— Ils soignent leur poney. Madame aurait dû réfléchir avant d'acheter cet animal. Il lui faudra du foin, cet hiver.

— Nous en trouverons, ne t'inquiète pas. Je vais les chercher.

Elle ressortit aussitôt. Le vent soufflait et des feuilles d'érable, d'un jaune tavelé de pourpre, volaient sur la pelouse. Elle contourna la maison pour approcher du cabanon aménagé en écurie. Louis la salua d'un rire silencieux. Son petit frère était seul à l'extérieur. Il remplissait un seau d'eau au robinet.

— Bonsoir, mon Louis, dit-elle en l'embrassant. Basile se porte bien?

— Oui, Mine, claironna l'enfant. Aujourd'hui, j'ai fait le tour du terrain sans personne pour tenir la corde. Je le dirigeais; tu te rends compte?

— C'est un brave poney, admit-elle. Louis, as-tu revu Kiona?

— Je t'assure que non! Je te le dirai quand elle reviendra. Et toi, tu l'as trouvée? Tu l'as ramenée et tu veux me faire la surprise?

— Hélas! non! Mais j'ai rencontré un ami qui va m'aider à la chercher.

— Si elle ne vient pas me voir, c'est qu'elle n'a plus peur, qu'elle n'est plus triste...

Ces mots pénétrèrent l'esprit d'Hermine. C'était assez logique et elle songea que Louis comprenait peut-être mieux que les adultes les apparitions toujours imprévues de la fillette.

— Souhaitons que ce soit le cas, lui confia-t-elle en entrant dans le cabanon.

Un charmant spectacle l'attendait. Mukki brossait le poney, tandis que Laurence et Marie-Nuttah répandaient de la paille propre sur le sol.

— Maman! s'exclama son fils. Que je suis content!

Mukki se serra contre elle. Il était grand pour ses dix ans. Elle s'aperçut, émue, que dans un an ou deux il la dépasserait.

Les jumelles l'étreignirent également, tendant leur adorable minois vers elle.

— Grand-mère est de mauvaise humeur, annonça Marie-Nuttah. Et mademoiselle Damasse m'a encore punie. Maman, dis-lui de supprimer les copies que je dois faire! Cent lignes, qu'elle m'a collées!

— Nous verrons ça, répondit la jeune femme.

L'explication eut lieu pendant le souper. Selon son habitude, Laura présidait la tablée. Louis et Charlotte étaient assis à sa droite et Mukki à sa gauche. Quant à Madeleine, elle avait repris sa place entre Marie-Nuttah et Laurence. Andréa Damasse partageait les repas de la maisonnée. Elle s'installa en face d'Hermine, qui la jaugea discrètement. L'institutrice lui fut tout de suite antipathique, mais elle fit l'effort d'engager la conversation.

— Je suis ravie de vous connaître enfin, mademoiselle Andréa, commença-t-elle. J'ai su par ma mère que mes enfants vous donnent du fil à retordre. Il faut vous montrer clémente, ils viennent de perdre leur grand-mère paternelle.

— J'ai exercé cinq ans dans un orphelinat de l'Ontario, répliqua-t-elle. Certains de mes élèves pleuraient un père ou une mère et cela ne les rendait pas indisciplinés pour autant. Cela dit, je n'ai pas à me plaindre de Marie Marois, une enfant sage et désireuse de s'instruire.

Laura s'empressa d'ajouter:

— Tu savais, n'est-ce pas, que j'avais inscrit Marie Marois dans mon cours privé, Hermine?

— En effet, tu m'en parlais dans une de tes lettres, maman.

— Louis serait aussi un bon sujet si Mukki et Marie-Nuttah ne le poussaient pas à faire des bêtises et à bâcler ses devoirs, fit remarquer Andréa Damasse.

— J'en arrive donc à la conclusion que seuls mes enfants, qui ont du sang montagnais dans les veines, vous causent des ennuis? s'emporta Hermine. Prônez-vous la politique du gouvernement, mademoiselle, qui expédie dans des pensionnats les petits Indiens afin de les mater, de les rendre dociles?

— Hermine, es-tu devenue folle? s'insurgea Laura. Sur quel ton t'adresses-tu à mademoiselle Damasse! Elle n'est pour rien dans cette triste histoire. Pardonnez ma fille, ma chère Andréa. Sa demi-sœur a été emmenée dans un pensionnat. Je suppose que la petite est très bien traitée, mais nous nous tracassons pour elle. Sa mère venant de mourir, elle doit se sentir perdue.

Laura décocha un regard implacable à Hermine qui ne se calma pas pour autant.

— Madeleine, raconte à mademoiselle Andréa ce que tu as vécu quand tu étais pensionnaire, dit-elle avec insistance. Les coups de règle en fer sur les ongles au moindre mot prononcé en langue montagnaise, les cheveux tondus, la nourriture infecte, de l'eau où marinaient des épluchures de légumes, le pain moisi, le cachot en cas de désobéissance.

L'institutrice haussa les épaules en arborant une mimique incrédule.

— C'est la stricte vérité, affirma Madeleine. L'été, on nous rendait à nos familles, mais nous n'osions pas leur dire ce que nous endurions en pension. Si j'avais avoué à mon père et à mon oncle ce qui se passait là-bas, ils auraient pu commettre des actes répréhensibles aux yeux de la loi. Je ne voulais pas qu'ils aillent en prison. Mes parents se réjouissaient que je sache lire et écrire. Je n'ai jamais rien dit.

—Depuis, les choses ont dû évoluer, coupa Laura d'un ton rassurant. Mangeons, à présent. Mireille se donne du mal pour nous servir des soupers convenables malgré les mesures de rationnement. Faisons honneur à sa cuisine.

Les enfants se jetèrent sur le ragoût. Ils étaient toujours affamés. Hermine en avala quelques bouchées sans plaisir, après quoi elle revint à la charge.

—En tout cas, mademoiselle Andréa, vous aurez bientôt une autre élève. Je compte ramener Kiona ici à la fin de la semaine. Elle est très douée, vous n'aurez pas à vous en plaindre. À ce propos, maman, demain matin, je repars à cheval. J'ai rendu visite à Joseph dès mon arrivée et il me prête Chinook. Je n'ai pas eu l'occasion de te le dire, mais j'ai croisé Ovide Lafleur à Chicoutimi. Il va m'aider à retrouver Kiona.

Un silence pesant suivit cette déclaration. Mukki le rompit très vite.

—Maman, je peux venir? Je monterai Basile! Maman, je t'en prie, dis oui!

—Il n'en est pas question, mon chéri. Sois gentil, ce ne sera pas une promenade et le poney ne pourrait jamais tenir le coup. Mais à mon retour nous irons en balade tous les deux, sur Chinook et Basile.

L'institutrice n'avait toujours pas ouvert la bouche. Son assiette terminée, elle tenta de se justifier.

—Madame, dit-elle à Hermine en la toisant, je tiens à vous préciser que je n'ai aucun a priori à l'égard du peuple indien, encore moins envers vos enfants. Madame votre mère a eu la bonté de m'offrir ce poste et je m'évertue à être digne de sa confiance. Notez que je ne me suis pas plainte de Laurence, qui est studieuse, polie et très douée en dessin.

—Je sais, soupira Hermine. Je suis désolée. J'ai la tête et le cœur à l'envers.

Cette assertion mit fin au débat. Laura considéra sa fille d'un œil soupçonneux. «Mon Dieu, protégez-nous. Hermine va courir les bois en la seule compagnie de cet homme qui la regardait comme s'il allait la faire enchâsser pour l'idolâtrer sa vie durant. Ovide Lafleur! Il ne doit pas être très désintéressé, celui-là! Je ne la laisserai pas partir sans la mettre en garde.»

Une heure plus tard, Laura prenait sa fille à part pour lui signifier son point de vue.

6
La petite sorcière

Mercredi 23 septembre 1942

Kiona lavait la vaisselle du déjeuner, ce qui constituait un rude labeur. Il y avait les assiettes et les couverts des sœurs et des trois frères, ainsi que les écuelles des pensionnaires. Elle chantonnait en silence, dans sa tête, où l'ordre des choses s'était enfin rétabli. Elle devait fréquemment se tenir sur la pointe des pieds pour mener sa tâche à bien.

Louis voyait juste en disant à Hermine que Kiona ne leur apparaissait pas parce qu'elle n'avait plus peur. L'étrange enfant de Tala, Indienne montagnaise, et de Jocelyn Chardin, de souche poitevine, se sentait utile dans ce lieu de malheur. Depuis sa naissance, elle avait manifesté son don de consolation par la grâce infinie de ses sourires. Au pensionnat, elle avait fort à faire dans ce domaine. Tous ces visages amaigris, ravagés par la honte et le chagrin, Kiona voulait leur redonner un peu de lumière. Elle avait commencé en réconfortant les autres filles, dont l'âge variait de huit à seize ans.

Avertie par les visions qu'elle avait eues dans le cachot, elle savait ce que pouvaient subir ses camarades d'infortune. Les trois religieux étaient d'épouvantables personnages, déterminés à abuser des garçons comme des fillettes. Kiona, jusque-là ignorante des relations sexuelles, avait grandi d'un seul coup.

Mais elle jugeait sans importance d'être sortie de l'enfance. Sa mère était morte pour la protéger. Cela avait sûrement un sens. « Si maman a donné sa vie pour m'éviter de me retrouver ici, et que je suis quand même prisonnière de ces gens, c'est que je devais venir. Ils sont tous si tristes, les autres! »

Elle avait commencé par se préoccuper d'Akali, âgée de douze ans, qui sanglotait la nuit dans son lit sans presque faire de bruit. Mais, ses larmes silencieuses, Kiona les percevait dans chaque fibre de son être. Elle s'était levée une nuit pour aller chuchoter de douces paroles à l'oreille d'Akali en langue montagnaise.

— Ne sois pas triste, plus personne ne te fera de mal et tu ne dois pas penser à mourir. Il faut que tu vives. Quand la sœur voudra t'amener dans sa chambre, dis-lui que Jésus ne veut pas qu'on touche à un cheveu de ses enfants. Et fais le signe de croix, plusieurs fois.

Ce conseil était le fruit d'une sérieuse réflexion. Kiona avait lu les Évangiles. Elle utilisait aussi les enseignements de Madeleine, qui lui avait beaucoup parlé de la religion des Blancs. Elle avait ajouté:

— Ils ont l'âme toute noire, les frères et les sœurs qui sont là, mais une seule chose est capable de les effrayer, leur Dieu! Essaie, au moins! Tu vas répéter plusieurs fois ce que je t'ai dit, promets-le-moi!

Akali doutait. Selon elle, rien n'arrêterait la religieuse qui la conduisait par une oreille jusqu'à son grand lit fermé de rideaux.

Et le miracle avait eu lieu. Rebroussant chemin dans un bruissement de tissu, la sœur aux mœurs dépravées s'était littéralement enfuie devant sa victime. C'était la première fois qu'une jeune pensionnaire utilisait les paroles du Christ à bon escient, en se signant de surcroît. Ce simple geste avait remis en place les idées peu catholiques qui l'agitaient au début de la nuit, lui faisant se souvenir de ce que représentait la croix qu'elle portait sur sa poitrine. Depuis, Akali s'autorisait à sourire. Dans la cour où il fallait laver à grande eau les pavés, balayer les feuilles, Kiona circulait parmi ses camarades. Elle les exhortait au courage en leur parlant toujours en montagnais à voix basse. Elle demandait où vivaient les familles des unes et des autres. Même les plus méfiantes capitulèrent face à cette petite fille au crâne rasé, au regard doré, qui semblait rayonner dans sa tunique de toile grise.

C'était plus difficile de secourir les garçons. Ils travaillaient dur la moitié de la journée. Ils coupaient du bois en prévision de l'hiver. L'un d'eux fascinait particulièrement Kiona, parce qu'il se rebellait à la moindre occasion. Elle l'avait écouté discuter, au réfectoire. Il s'appelait Delsin[22] et c'était sa première année au pensionnat. Pourtant, il avait dix ans, comme Mukki. Lui aussi on venait de le tondre et il jurait de se venger. Pas à haute voix, bien sûr, de peur d'être puni, mais il l'avait dit. La fillette tremblait pour lui. Elle avait appris par Akali qu'il était dangereux de tenir tête aux frères, qui employaient des méthodes singulières pour dresser les récalcitrants.

Delsin était robuste, grand pour son âge, avec un visage aux mâchoires bien dessinées, au nez droit, au regard noir sous des sourcils pareils à des ailes d'oiseau. Kiona lui trouvait une nette ressemblance avec Toshan et cela expliquait sûrement l'intérêt qu'elle lui portait. Il y avait autre chose aussi. Elle percevait chez lui une force de caractère inouïe.

—Ne lambine pas, petite vermine, fit une voix derrière Kiona, tandis qu'elle rinçait une casserole encore gluante d'un jus gras.

La grosse religieuse lui saisit l'oreille et la pinça de toutes ses forces. La fillette ne put retenir un cri de douleur. Les instincts sadiques de la sœur en furent exaltés. Elle se pencha sur l'évier d'un air dégoûté, et passa un doigt sur le récipient.

—Recommence, souillon, pouilleuse, gronda-t-elle. Il faut dégraisser ça! Nous ne sommes pas des porcs comme vous, les Indiens, qui mangez assis par terre! Je veux que la vaisselle brille! Tu entends?

Kiona n'eut pas le temps d'ôter ses mains du bac. La sœur avait saisi une bouilloire qui sifflait sur la cuisinière dont elle versa l'eau sur ses doigts. Un hurlement de douleur échappa à sa petite victime.

—Allez, frotte, ordonna la femme.

---

22. Prénom indien signifiant *Il est ainsi*.

Le cœur comme pris dans un étau de souffrance, la fillette affaiblie par le jeûne crut s'évanouir. Mais elle serra les dents, sans pouvoir contenir un flot de larmes. Paupières mi-closes, elle supplia Jésus de l'aider à rester debout, à ne pas pleurer trop fort. Une vision sidérante la traversa alors. Malgré elle, elle s'écria :

— Vous êtes méchante! Vous avez toujours été méchante, même petite, quand vous avez brûlé votre frère avec un tisonnier pour le punir. Il était si petit! Il ne savait pas qu'il faisait une bêtise! Vous irez en enfer!

La religieuse fut changée en une statue de stupeur. Kiona venait d'évoquer un incident vieux de cinquante ans, que personne sur terre ne pouvait connaître, même pas ses parents décédés depuis dix ans. Elle ouvrit la bouche pour ne pas suffoquer et vociféra :

— Sale petite sorcière! Tu as le diable au corps! Comment oses-tu dire des horreurs pareilles? Je vais t'apprendre, moi…

Kiona se sentit empoignée par la taille et, après un bref passage en l'air, se retrouva étendue de tout son long sur le carrelage. Le choc avait été rude; elle en était étourdie.

— Ne redis jamais ça! s'égosilla la sœur. Jamais, jamais!

Elle ponctua ces derniers mots de coups de pied donnés au hasard, dans les côtes et le ventre de la fillette. Kiona pensa qu'elle allait mourir et qu'elle n'avait plus rien à perdre.

— Mauvaise femme! s'exclama-t-elle. Vous avez déjà tué une petite fille comme ça! Je le sais. C'est vous, la sorcière, pas moi!

Un silence suivit cette accusation, puis les coups de pied se remirent à pleuvoir. Le frère Marcellin qui entrait dans le réfectoire au même instant crut bon d'intervenir. Il força la sœur à reculer.

— Voyons, du calme! Vous finirez par la tuer, déclara-t-il d'un ton inquiet. Le jour où on nous demandera des comptes, il nous faudra justifier certaines disparitions.

— Elle m'a traitée de sorcière, s'indigna la religieuse. Mais je peux vous assurer, frère Marcellin, que c'est un suppôt de Satan, cette fille-là! Elle est habitée par le diable.

Kiona ne bougeait plus, terrassée par la souffrance. Le pire, c'était ses mains. Elle rêvait de pouvoir les enfouir dans une bonne couche de neige, ce qui apaiserait l'intolérable sensation de brûlure qui irradiait jusqu'aux coudes.

— Un séjour au cachot la rendra plus docile, préconisa le frère.

— Je crois aussi qu'elle monte la tête des autres pensionnaires, ajouta la femme, encore rouge de fureur.

Une jeune religieuse, en fonction depuis peu, pénétra à son tour dans la salle. En découvrant Kiona sur le sol, elle plaqua une main devant sa bouche.

— Seigneur, elle n'est pas morte au moins? demanda-t-elle.

— Elle a eu la correction méritée, trancha le frère. C'est une insolente, une forte tête!

— Je la reconnais, osa déclarer la nouvelle venue. Je l'avais remarquée le soir de son arrivée. Peut-être aussi qu'elle dit vrai. Cette enfant avait les cheveux d'un blond roux, avant qu'on la tonde. Elle sait lire et écrire, elle a dû apprendre le catéchisme très tôt. Je pense qu'il faudrait signaler son cas à l'agent des Affaires indiennes. Si elle est baptisée et qu'elle a un parrain blanc, nous pourrions la confier à cette personne.

— Mais ce sont des mensonges! clama bien fort le frère Marcellin. Qu'elle soit métisse, je ne le nie pas, j'ai rarement vu des Montagnais rouquins. Cela ne change rien, nous devons l'éduquer et lui enseigner la vraie foi!

« La vraie foi, songea la jeune sœur. Quelle hypocrisie! Si je témoignais de ce qui se passe ici, j'en connais qui seraient vite défroqués. »

Elle se garda d'intervenir et retourna sur ses pas, craignant d'envenimer la situation. Aussitôt que Kiona se releva, le frère Marcellin l'expédia dans la cour pour la corvée de balayage.

— Les feuilles commencent à tomber. Il y en a

partout. File, tu t'en sors bien. La prochaine fois que tu fais des tiennes, tu retournes au cachot.

Kiona se retrouva à l'air libre avec soulagement. Elle courut vers le robinet extérieur, placé au-dessus d'un bassin en zinc toujours rempli d'eau. Vite, elle plongea ses mains dans le liquide bien froid.

«Je ne dois pas appeler Mine à mon secours, se répéta-t-elle en silence. Je dois rester ici, pour sauver Delsin! Surtout lui!»

Sainte-Hedwige, samedi 26 septembre 1942

Hermine avait l'impression d'être hors du temps. La maison de la mère d'Ovide, Selvinie, veuve Lafleur, était des plus modestes, surtout comparée à la luxueuse demeure de Laura. Mais il y faisait bon et la propreté y régnait. Le jeune instituteur préparait du thé, accroupi devant l'âtre où se consumaient trois petites bûches.

—Maman n'a pas encore allumé le poêle, dit-il. Elle économise le bois. C'est sa hantise, d'en manquer, depuis la mort de mon père. Dieu sait que je veille à garnir sa remise, l'été durant. L'eau n'est pas près de bouillir. Vous n'êtes pas trop fatiguée?

—Non, pas du tout, mentit-elle. J'espère que je ne dérange pas votre mère. Elle a eu l'air désemparée en me voyant, et encore plus embarrassée quand vous lui avez annoncé que je dormais ici ce soir.

—Elle doit se ronger les sangs à se demander quoi servir au souper, répliqua Ovide en souriant. Patience, Hermine, nous touchons au but. Je n'aurais pas voulu vous imposer une autre nuit dans une cabane de bûcheron à l'abandon ni sous une hutte montagnaise.

La jeune femme massait ses mollets engourdis par de nombreuses heures à cheval. Elle portait un pantalon en velours et un pull en laine bleue. Ses cheveux étaient tressés en une lourde natte blonde qu'elle laissait sur son épaule. Pour sa part, elle avait apprécié le côté rudimentaire de leurs veillées, l'une autour d'une truie cabossée, l'autre près d'un foyer cerclé de pierres, dans l'habitat pittoresque d'un Indien nonagénaire. Cela lui avait permis de mieux faire connaissance avec Ovide, au fil de discussions animées ayant pour sujet la littérature, la guerre, les enfants. Elle se doutait qu'il avait tenté de lui occuper l'esprit et elle éprouvait à son égard une vive gratitude, sans l'avoir encore remercié.

Après deux journées passées à chevaucher dans la partie sud-ouest du Lac-Saint-Jean, Hermine était à présent soulagée de se trouver à Sainte-Hedwidge. Ils pourraient se reposer avant de repartir en direction de Péribonka.

—Je ne regretterai jamais notre conversation avec ce respectable vieil Indien, fit-elle soudain remarquer. Grâce à lui, nous avons peut-être le renseignement qui nous manquait. Il prétend qu'un pensionnat se trouve dans la région de Péribonka. S'il dit vrai, il y a une chance que Kiona soit dans cet établissement.

—Nous le saurons après-demain. Et, au fond, cela ne m'étonnerait pas. Cela expliquerait la mauvaise volonté de l'agent de Chicoutimi. Il tenait à vous cacher le pensionnat le plus proche de vous, ce qui prouve une chose : ce type doit savoir ce qui se passe là-bas.

—Je voudrais repartir maintenant. Les deux prochains jours vont me paraître bien longs.

—Les chevaux sont harassés. Faire une partie du trajet sous la pluie, dans l'obscurité, ce serait imprudent. Et vous ne tenez plus debout, Hermine. Il faut vous reposer.

Songeuse, elle approuva d'un air sage. Ovide avait l'art de la rassurer, et même de la rendre raisonnable. Quand elle était à ses côtés, un sentiment de sécurité l'envahissait. Cela lui paraissait à la fois simple et extraordinaire d'avoir passé deux jours et deux nuits en sa compagnie. En fait, il lui inspirait une confiance totale, et pas un instant elle n'avait pensé que cette excursion en tête-à-tête était répréhensible. « Maman doit imaginer toutes sortes de choses. Mon Dieu, ces recommandations qu'elle m'a faites, la veille de mon départ ! Un peu plus, elle me suivait afin de s'assurer que je ne tombe pas dans les bras d'Ovide. Elle a mauvais esprit, parfois. Il est bien le seul qui pouvait m'aider! En toutes circonstances, il se comporte en ami, en frère. »

Jocelyn, à qui elle avait rendu visite à l'hôpital avant de rejoindre l'instituteur à Sainte-Hedwige, s'était montré plus conciliant que Laura.

—Si quelqu'un de sérieux est décidé à te seconder, n'hésite pas, ma chérie, avait affirmé son père. Tu dois retrouver Kiona au plus vite. Fais-moi une promesse, amène-la-moi ici, avant même de rentrer à Val-Jalbert. Je serai si content de l'embrasser!

Hermine n'avait rien promis, ne sachant pas combien de jours elle serait absente.

—Tu pars sur ce brave Chinook, avait soupiré Jocelyn. Tu m'épateras toujours, ma grande fille chérie. Tu es digne d'une pionnière de jadis.

—Papa, sois réaliste, beaucoup de gens dans la région se déplacent encore à cheval. Les voitures coûtent si cher. Et avec le rationnement de l'essence, il y en a plus d'un qui ressort sa calèche.

Ils s'étaient quittés sur ces mots. Elle avait déposé un léger baiser sur le front paternel et s'était vite éclipsée, toute à sa hâte de mener à bien sa mission. Le sort de Kiona continuait à l'obséder.

Hermine rêvait de tenir sa demi-sœur dans ses bras et de la consoler. Là encore, ses grands yeux bleus rivés aux flammes de l'âtre, elle se voyait courir vers la fillette et la soulever pour mieux la couvrir de baisers.

—Tout va-t-il comme y faut, astheure? interrogea une voix chevrotante à l'accent jeannois très prononcé.

Selvinie Lafleur était descendue de sa chambre en longue robe noire, sa chevelure neigeuse coiffée en un chignon impeccable. Sa maigre poitrine s'ornait d'une broche en argent. La mère d'Ovide avait pris soin de son apparence.

—Oui, maman, ne vous faites aucun souci. Je fais du thé pour notre invitée.

—Je n'ai rien compris à ce que tu racontais, mon fils. Cette jolie personne, est-ce ta blonde? Il est un peu tôt pour te remarier, Ovide!

— Mais non, maman! C'est une amie! Rien qu'une amie. Je lui rends service, voilà tout.

Hermine se reprocha d'avoir rougi. Elle nota aussi qu'Ovide vouvoyait sa mère, ce qui était en usage dans bien des familles modestes, et ce, depuis des siècles. « Nous, les Chardin, sommes vraiment différents, se dit-elle. Au fond, mes parents sont modernes et je ne m'en plains pas! »

Pour se donner une contenance, elle détailla la pièce d'un regard discret. Le parquet était fait de planches d'épinette, qui devaient être repeintes chaque année. Le poêle en émail jaune reluisait, mais les murs étaient désespérément vides. Aucun cadre, aucun portrait, pas même un calendrier. La cheminée en galets, basse et massive, semblait prendre tout l'espace. Au centre se trouvaient une table et deux bancs, également en épinette. Un buffet trônait entre la porte et la fenêtre, flanquée de rideaux en toile verte.

— Il faut mettre des patates à cuire, Ovide, reprit Selvinie. Pour l'occasion, tu couperas un bout de lard, mais un petit.

— Ne vous inquiétez pas, madame, protesta Hermine. Je n'ai pas très faim. C'est si gentil de me recevoir!

Selvinie hocha la tête en murmurant un « doux Jésus » presque inaudible.

— Vous n'êtes pas d'icitte, mademoiselle? avança-t-elle.

— Maman vous dit ça parce que vous n'avez pas d'accent, ou si peu, lui dit tout bas Ovide en lui tendant une tasse fumante.

— Eh bien, si, madame, j'ai grandi à Val-Jalbert et je suis mariée, dit Hermine en s'adressant à son hôtesse sur un ton aimable. J'ai même trois enfants.

— Seulement trois petits! s'étonna Selvinie. Remarquez, vous êtes toute jeune. Moi, j'en ai eu neuf. Ovide est le dernier. Sur les neuf, j'en ai perdu quatre en bas âge. Et où est donc votre époux?

L'intonation soupçonneuse de la question voulait dire beaucoup de choses. En personne honnête, pieuse et soucieuse des convenances, Selvinie Lafleur laissait supposer que ce n'était pas correct de la part d'Hermine de courir le pays avec un veuf.

— Son mari est en Angleterre; il s'est engagé, précisa Ovide. Maman, vous n'êtes pas obligée de soumettre notre invitée à un interrogatoire.

— Est-ce défendu de placoter un peu avant souper, fils? s'indigna-t-elle.

Il y eut un bref silence. Hermine retint un soupir en pensant à Toshan. Elle se souvint de l'ultime vision qu'elle gardait de lui, le matin où il s'embarquait, en uniforme, perdu parmi les autres soldats. L'océan les séparait désormais, son bel amour et elle.

— Je vais nourrir les chevaux, déclara Ovide en enfilant un ciré doublé de laine.

Il adressa un regard apaisant à la jeune femme qui aurait préféré le suivre. Elle renonça afin de ne pas choquer Selvinie. Dès qu'elles furent seules, la veuve revint à la charge.

— Mon fils vous rend service, mais quel service? Doit-il vous conduire chez un parent?

— Oui, en effet, répondit Hermine, peu désireuse de raconter les vraies causes de leur expédition. Un problème de famille.

— Vous n'avez pas un père ou un frère qui aurait pu s'en charger? Ovide se démène pour les autres, mais il ferait mieux de chercher un nouveau poste dans une école. Les temps sont durs. Et l'hiver arrive.

Selvinie Lafleur portait sur son visage émacié les empreintes d'une rude existence passée à lutter contre la pauvreté et le froid, tout en élevant ses enfants. Sa bouche dessinait un arc d'amertume et son front était marqué par une profonde ride entre les sourcils.

— Mon père est hospitalisé à Roberval et mon frère n'a que huit ans, rétorqua Hermine qui se demandait quel âge pouvait avoir son hôtesse.

— Je n'ai pas eu souvent l'occasion de sortir de chez moi, dit Selvinie qui semblait lire dans ses pensées. Neuf petits à langer et douze grossesses... Dieu m'a épargnée. Je n'en pouvais plus d'accoucher tous les dix-huit mois, ou même tous les ans. On en arrive à le remercier quand notre fruit tombe avant d'être mûr. Ovide vous a-t-il parlé de son frère aîné, Jacques? Le cheval, c'est le sien. Mon Jacques était contremaître à la scierie, mais il s'est noyé, ça a fait six ans cet été. Alors, Ovide m'a promis de garder le cheval. C'était sa fierté, à Jacques!

—Je suis désolée, madame! Je l'ignorais. Mais j'avoue que cette bête est splendide, noire d'encre, avec ces crins bruns.

—Les hommes sont fous. Jacques avait parié qu'il pouvait nager de Roberval jusqu'à Péribonka. Il en est mort. Votre mari, c'est par orgueil aussi qu'il s'est engagé! Il n'était pas obligé, avec trois enfants et une épouse. Mais les hommes ont besoin de prouver leur valeur, de batailler, d'affronter les tempêtes de neige! Doux Jésus, comment les retenir à la maison, je ne l'ai jamais su!

Après cette tirade, elle noua un tablier à sa taille et se mit à éplucher des pommes de terre, les lèvres pincées. Mal à l'aise, Hermine se leva et proposa son aide.

—Vous pouvez toujours apporter ce seau à l'écurie! Ovide l'a oublié. Il fait tremper du grain pour le cheval. D'habitude, il n'est pas étourdi. Mon pauvre garçon a la tête à l'envers, Dieu seul sait pourquoi.

—Bien sûr, j'avais quelque chose à récupérer dans la sacoche de ma selle, de toute façon, affirma Hermine, qui se sentait visée par les derniers mots de l'austère Selvinie.

Elle sortit avec empressement malgré les bourrasques et la pluie. Elle courut le plus vite possible vers le bâtiment voisin, faisant attention de ne pas renverser le grain. Ovide s'apprêtait à sortir quand elle se rua à l'intérieur. Ils se heurtèrent de plein fouet. L'instituteur n'eut pas le choix et la prit à bras-le-corps pour ne pas tomber et l'entraîner dans sa chute.

—Excusez-moi! s'écria-t-elle, haletante.

—Ce que je suis maladroit! Je retournais chercher ce seau et je vous bouscule.

Mais il ne relâchait pas son étreinte. C'était plus fort

que lui. Il savourait le contact d'Hermine. Ses mains s'attardaient sur son dos. Elle, le cœur battant trop vite, résistait à l'envie de se blottir contre la poitrine d'Ovide, de poser sa joue dans l'entrebâillement de son ciré. Soudain, il s'écarta.

—Je suis un mufle! Donnez-moi le grain. Vous êtes épuisée et je vous oblige à traverser la cour sous la pluie.

Hermine s'approcha de Chinook. L'animal la salua d'un hennissement très doux.

—Cela ne m'a pas dérangée du tout. Quand j'étais fillette, je m'occupais de la vache de mes voisins, les Marois. Ensuite, ils ont acheté ce cheval. Dès lors, je l'ai brossé et nourri. Nous sommes de bons amis, Chinook et moi. En outre, je me sens bien dans ce genre d'endroit. L'odeur de la paille et du foin me rappelle de bons souvenirs.

Elle caressait Chinook sans oser regarder Ovide. Il avait eu à l'instant une telle expression d'amour et de désir qu'elle en vibrait encore tout entière. «Il n'est pas vraiment beau, mais il a tellement de charme! se disait-elle. Il m'attendrit. Il paraît fragile et fort à la fois. Et ses yeux me fascinent. Je n'avais jamais vu des yeux aussi verts. Mon Dieu, il ne faut pas! C'est Toshan que j'aime, lui seul.»

Mais son mari était loin. La jeune femme, privée de plaisir et de tendresse, réagissait de façon inconsciente à l'attirance qu'elle éprouvait pour Ovide.

—Je vous laisse, dit-elle dans un souffle. Je crois que je vais me coucher tout de suite, sans souper. Vous avez raison, je suis épuisée.

—Ma mère sera vexée si vous ne partagez pas notre repas. Enfin, faites à votre idée, Hermine.

Elle s'en alla sans même répondre, ce qui trahissait davantage son trouble qu'une réplique anodine. Ovide ne fut pas dupe. «Seigneur! Quel imbécile je suis! Tomber en amour avec cette femme-là. Je m'étais juré qu'elle n'en saurait rien. Je crois qu'elle a compris, maintenant.»

Morose, il appuya sa joue contre le flanc de Chinook. Depuis trois ans, il chérissait l'image d'Hermine, se remémorant ses sourires, et le son de sa voix lorsqu'elle chantait. Le jour, il s'interdisait de penser à son corps, à sa bouche si tentante, mais le soir, la nuit, il rêvait de la toucher, de l'embrasser...

—Après-demain, nous tirerons Kiona du pensionnat et, après ça, tout sera terminé, se dit-il. Maman n'a pas tort, je devrais me remarier.

Selvinie toisa Hermine d'un œil inquisiteur dès qu'elle entra dans la pièce.

—Vous êtes trempée! s'écria-t-elle. Il ne fallait pas sortir sans votre veste. Cette pluie annonce de la neige.

—Oh non, pas déjà! Mon voisin de Val-Jalbert prétend que le mois d'octobre sera ensoleillé.

Sur ces mots, elle reprit place au coin de la cheminée, les mains jointes sur ses genoux. Bien que troublée par l'incident de l'écurie, elle détacha ses pensées d'Ovide pour voler vers Kiona. «Je ne t'oublie pas une seconde, petite sœur! Après-demain, je l'espère, nous serons réunies. Je ne serai plus faible ni sotte, parce que je t'aurai retrouvée.»

Elle respira mieux, mettant le bouleversement intérieur qui l'avait saisie au contact de l'instituteur sur la fatigue et la nervosité. «Que veux-tu, ma Kiona? Notre cœur nous joue des tours, parfois. Plus tard, tu l'apprendras. Peut-être même que tu le sais déjà.»

Ovide, qui entrait à cet instant précis, la surprit en pleine songerie. Il la trouva si belle, ainsi, la tête légèrement inclinée, ses grands yeux bleus empreints de mélancolie, qu'il ne put retenir un soupir. Sa mère lui décocha un coup d'œil méfiant.

—Tu as eu un souci à l'écurie, mon fils? s'enquit-elle d'une voix sèche.

—Aucun, maman, je suis fatigué!

—Le souper sera bientôt prêt. J'ai ben de la misère, avec un gars comme toi. Tu te donnes du mal à tout vent, alors que la ferme de ton père tombe en ruine. Je ne sais pas si vous êtes au courant, madame, mais Ovide se démène pour les Indiens, qui n'ont jamais eu besoin de personne pour s'encanailler, se saouler et voler les honnêtes gens. Oui, j'ai ben de la misère. Mon mari, Fulbert, a entretenu nos terres à la sueur de son front. Nous avions trois vaches et des brebis. Mes fils aînés aidaient à cultiver un lot. Nous récoltions des pommes de terre, des haricots, des pois, des fèves, des gourganes. Et astheure, plus rien ou si peu!

—Maman, je vous en prie, arrêtez de vous plaindre. Il nous reste dix brebis et elles ont eu des agneaux cette année. Nous avons eu du lait et j'ai fait des fromages.

—Cela ne donne pas du beurre. Et vous, madame, de quoi vivez-vous en l'absence de votre époux?

Après avoir allumé une lampe à pétrole, Ovide commença à disposer trois assiettes et des couverts sur la table. Hermine eut honte, soudain, de l'aisance dont elle jouissait, sans oublier la richesse inépuisable de sa mère qui était toujours prête à dépenser pour le confort des siens.

—J'ai des économies, avoua-t-elle d'un ton où perçait la gêne. Et je travaille.

—Hermine est chanteuse lyrique, maman, trancha Ovide. C'est un métier honorable qui rapporte de solides revenus. Vous l'embarrassez, à la questionner sans cesse.

Selvinie Lafleur considéra leur invitée des pieds à la tête d'un air ébahi. Elle répliqua aussitôt, radoucie:

—Chanteuse d'opéra, rien que ça! Je vous croyais secrétaire, moé! Eh bien, chantez-nous donc quelque chose!

Prise au dépourvu, Hermine ne savait plus comment se tirer de ce mauvais pas. Elle n'avait aucune envie de chanter. Cela lui semblait incongru dans cette maison au décor austère, où l'épouse d'Ovide s'était éteinte. De plus, elle s'estimait en deuil de Tala et très anxieuse au sujet de Kiona.

—Je suis désolée, chère madame, mais j'en serais incapable.

Puis elle se souvint de ce que lui avait dit Ovide trois ans auparavant: « Il paraît que les artistes, même quand ils sont tristes, doivent chanter ou jouer la comédie pour oublier ce qui les préoccupe. »

— Enfin, après le souper, j'essaierai, ajouta-t-elle en fixant le jeune instituteur. Si cela peut vous faire plaisir.

Hermine s'adressait à Selvinie, mais il voulut espérer qu'elle chanterait pour lui seul. Le repas fut silencieux et rapide. Les pommes de terre n'étaient pas assez cuites et le lard, coupé en trois parts, se révéla très gras et coriace. Au dessert, la veuve sortit une boîte en fer contenant des biscuits.

— Avec du thé brûlant, ils sont délicieux.

Ovide n'avait entamé aucune conversation, sans doute mal à l'aise en présence de sa mère. Il faisait sombre et frais dans la pièce. L'ambiance était si pesante qu'Hermine décida qu'elle chanterait un air d'opérette et irait se coucher.

— Cet été, à Québec, dit-elle avec un sourire, j'ai joué une Chinoise, dans *Le Pays du Sourire*, de Franz Léhar. Une histoire d'amour impossible, comme c'est souvent le cas au cinéma ou au théâtre.

Elle se reprocha tout de suite d'avoir dit cela. Ovide pouvait y voir une allusion, et sa mère également.

— Doux Jésus! Je ne suis pas allée au spectacle de toute ma vie, intervint Selvinie. Vous êtes une drôle de femme, dites-moi, à jaser à votre aise sans penser aux convenances.

— Maman, je vous en prie! s'écria Ovide qui semblait au supplice. J'ai pourtant soin de vous rapporter des revues et de vous tenir au courant de l'actualité! Je parie qu'en cherchant bien nous trouverions une photographie d'Hermine dans un des journaux que vous gardez.

— Mon doux! Si c'est une vedette, ton amie, je me demande ce qu'elle fabrique par icitte, à cheval et en pantalon? Et ce n'est pas bien malin de se déguiser en Chinoise; ils sont en guerre en Chine, eux aussi! Tu me l'as dit, Ovide.

Hermine ne put s'empêcher de rire tout bas, à la fois émue et apitoyée par la naïveté de son hôtesse.

— Je pense qu'il serait plus sage de chanter un cantique, réflexion faite, hasarda-t-elle. Ou *La Paloma*.

Elle jeta un regard de côté à Ovide, qui eut un faible sourire.

—Moé, j'ai un penchant pour la chanson sur la Normandie, trancha Selvinie. Mes ancêtres étaient originaires de là-bas.

Avec un signe de tête conciliant, le Rossignol de Val-Jalbert entonna la vieille ballade française.

Quand tout renaît à l'espérance,
Et que l'hiver fuit loin de nous,
Sous le beau ciel de notre France,
Quand le soleil revient plus doux,
Quand la nature est reverdie,
Quand l'hirondelle est de retour,
J'aime à revoir ma Normandie!
C'est le pays qui m'a donné le jour.
J'ai vu les champs de l'Helvétie,
Et ses chalets et ses glaciers;
J'ai vu le ciel de l'Italie,
Et Venise et ses gondoliers.
En saluant chaque patrie,
Je me disais: aucun séjour
N'est plus beau que ma Normandie!
C'est le pays qui m'a donné le jour.

Elle ne poussa pas sa voix, même si sur certaines notes son timbre cristallin vibrait dans l'air, mais elle offrit aux paroles une tendresse particulière. Son talent d'interprète avait une grande part dans le succès qu'elle remportait lors de ses prestations. Selvinie en donna la preuve, car elle versa une larme qu'elle essuya bien vite.

—C'était ben beau, marmonna-t-elle.

—Si vous l'entendiez chanter l'*Ave Maria*, maman, ce l'est encore plus, dit Ovide. Ne soyez pas surprise, Hermine, je me trouvais dans l'église Saint-Jean-de-Brébeuf, là veille de Noël 1939. Vous avez enchanté toute l'assistance.

«Dans votre robe de velours noir, vos cheveux blonds dénoués, vous aviez l'air d'un ange, et moi, pauvre gnochon, j'avais fait le trajet uniquement pour vous revoir», pensa-t-il, tête basse.

Hermine fut secrètement flattée. Elle admit qu'Ovide devait l'apprécier depuis leur première rencontre, ce dont elle était certaine au fond de son cœur.

— Pour vous remercier, chère madame Lafleur, l'*Ave Maria*, déclara-t-elle en se levant.

Paupières mi-closes, la jeune femme s'abandonna tout entière au sublime cantique qu'elle connaissait depuis ses huit ans. Cette fois, sa voix retentit dans le modeste foyer, puissante, d'une pureté exquise. C'était aussi une prière pour Tala qu'elle ne reverrait jamais, pour Kiona et pour tous ceux qui souffraient sur la terre. Quand elle se tut, les yeux verts d'Ovide brillaient d'émotion et Selvinie semblait prier du bout des lèvres.

— Merci, dit simplement l'instituteur. Je n'ai jamais eu de si beau cadeau.

— Maintenant, je vais me coucher. Bonsoir, madame.

Ovide l'accompagna à la porte de la chambre du rez-de-chaussée qu'il lui avait montrée dès leur arrivée.

— Je dors là, d'habitude, avait-il précisé. La chambre de Catherine, je n'ai pas envie de l'utiliser. Elle y est morte et j'ai trop d'affreux souvenirs, là-haut. J'ai donc aménagé cet ancien débarras à mon usage personnel.

La petite pièce avait tout d'une cellule monacale, hormis les affiches couvrant les murs. Elles représentaient des annonces de films, de pièces de théâtre, ainsi que des réclames aux vives couleurs vantant les stations de ski du pays ou les croisières en bateau.

— Bonne nuit, Hermine.

— Je crains d'avoir déplu à votre mère, avec l'*Ave Maria*, s'inquiéta-t-elle tout bas. Elle ne m'a pas dit bonsoir, ni même regardée ensuite.

— Ne vous tracassez pas, maman a un drôle de caractère. Elle a subi de cruelles épreuves sa vie durant et moi-même j'ai du mal à déterminer quand elle est contente ou non. Nous partirons très tôt demain matin. Reposez-vous.

Ovide la laissa. Elle soupira, exaspérée sans

raison précise. Ce fut en pyjama, entre les draps rêches d'un très étroit lit de camp en fer qu'elle osa analyser les causes réelles de sa nervosité. « Mon Dieu, protégez-moi de la tentation, implora-t-elle. J'avais envie de prendre Ovide dans mes bras, de poser mes lèvres sur les siennes. Je suis trop seule, nuit et jour; voilà mon malheur! Si seulement j'étais enceinte, mais non! Je finirai par croire que je suis devenue stérile! »

Elle avait espéré de tout son être une grossesse après le départ de Toshan. Ils n'avaient pris aucune précaution et la décision venait d'Hermine.

— Je veux porter notre enfant pendant que tu seras loin, en Europe, insistait-elle. J'aurai l'impression d'avoir gardé un peu de toi, de ne pas être vraiment seule. Et si tu ne revenais pas, tout l'amour que j'ai pour toi, je le donnerais à ce bébé. Si tu reviens, tu le découvriras, fille ou garçon! Notre vie pourra recommencer, notre vie de famille.

Toshan voyait les choses d'un autre angle.

— Je ne serai jamais tranquille, si loin de toi, de vous tous, en te sachant enceinte. Un accouchement comporte des risques. Pense à Betty qui en est morte.

Rien de tout ça ne se produirait. Hermine avait eu déjà trois fois la preuve qu'elle n'attendait aucun bébé et elle le déplorait. Son jeune corps frustré exigeait des caresses, des baisers et cette griserie extatique du plaisir partagé. Elle ne se trouvait pas si sensuelle, jadis. Mais, à vingt-sept ans, plus mûre et initiée à une sexualité sans tabou, elle se languissait de son mari.

« Et je frémis d'une joie bizarre dès qu'Ovide m'approche. Je n'y prêtais pas attention, les deux autres soirs, ou bien je ne voulais pas l'admettre. Là, tout à l'heure, j'ai failli lui saisir les mains, l'attirer contre moi. Pardon, mon Dieu, pardon, Toshan, mon amour... Après avoir ramené Kiona à la maison, je me tiendrai à l'écart de cet homme. J'en fais le serment... Non, non, je ne pourrai pas. Je ne sais pas ce qui m'arrive, j'ai l'impression de devenir folle, de n'être plus moi-même! C'est un ami, un merveilleux ami! Pourquoi m'en priver? C'est le seul qui peut m'aider.»

Prise au piège d'un chaos de pensées contraires, Hermine s'appliqua à réciter des *Notre Père* et des *Je vous salue, Marie*. Elle cessa bien vite, encore plus nerveuse. «Disent-ils aussi leurs prières, ceux qui abusent des enfants indiens avec une croix sur leur soutane? se demanda-t-elle, révoltée. Madeleine a été formelle : des garçons de l'âge de Louis ont été souillés par des frères d'une façon odieuse. Je n'ai plus envie de prier. Dieu ne devrait pas autoriser de pareilles perversions.»

Sa main droite glissa vers son ventre et se nicha entre ses cuisses. Elle évoqua la dernière étreinte de Toshan, dans les toilettes du mess des officiers. La jouissance fut lente à venir, puis se fit fulgurante dès qu'elle revit le visage si doux d'Ovide Lafleur. Elle s'endormit, malade de honte.

Au pensionnat, même soir

Sous la pluie battante, Akali et Kiona étaient de corvée de balayage. La fillette avait beaucoup de mal à s'acquitter de sa tâche. Ses mains la faisaient toujours souffrir. Mais elle s'obstinait, redoutant de retourner au cachot comme l'en avait menacée frère Marcellin.

— Tu ne dois plus leur répondre, recommanda Akali en montagnais. Sinon, tu seras punie encore plus sévèrement.

— J'ai mal partout, gémit Kiona.

— Ce n'est rien, d'avoir mal, répliqua sa camarade. L'autre frère, le chauve qui a un gros ventre, il a fait des choses à Toba, un des petits garçons…, dans la bouche…

Kiona fit signe qu'elle le savait, sans préciser de quelle façon. Elle ne voulait pas raconter ses visions. Son regard doré erra au fond de la cour. Delsin et deux autres garçons transportaient des bûches de la tente où était installée une scie circulaire jusqu'à la remise à bois.

— Viens, Akali, chuchota-t-elle. Approchons un peu. Je ne me sens pas bien du tout. J'ai peur qu'il se passe quelque chose! Viens, je te dis, je dois aider Delsin.

—Non, on n'a pas le droit d'y aller, souffla Akali. En plus, le frère qui les surveille, c'est lui, le cochon qui s'en est pris à Toba... Pourquoi tu dis ça, Kiona? Qu'est-ce que tu as? Tu as l'air bizarre?

Les prunelles d'ambre de Kiona s'étaient dilatées, prenant un éclat anormal. Son cœur cognait fort, comme prêt à se rompre.

—Je ne peux pas t'expliquer, Akali, mais je dois y aller. Reste là, toi.

En réponse à son pressentiment, le religieux qui observait les allées et venues des garçons se mit tout à coup en colère.

—Mais fais donc attention, vaurien, gibier de potence! hurla-t-il en se ruant sur Delsin. Tu portes deux fois moins de bois que les autres et, quand tu fais tomber une bûche, tu ne la ramasses même pas!

—Si ta tête pouvait tomber, je la ramasserais pour jouer! répliqua Delsin en montagnais, d'un ton hargneux.

Les autres garçons avaient compris, ainsi que Kiona. Il y eut un ou deux rires étouffés, plus nerveux qu'amusés. Le frère se dressa de toute sa hauteur, son ventre proéminent en avant.

—Tu crois que je n'ai pas compris ce que tu as dit? s'écria-t-il d'une voix haineuse. Je vais t'enseigner la discipline. Viens par là, dans la remise.

Delsin avait eu droit à un traitement spécial, le lendemain même de son arrivée au pensionnat. Il en avait conçu une rage immense, qui lui donnait des envies de tuer.

—Non, gros fumier, je ne viendrai pas, rugit-il.

Sans perdre des yeux son adversaire, il bondit en arrière et heurta Kiona. Elle lui saisit le bras en murmurant:

—Sauve-toi! Cours plus vite que les loups, escalade le mur! Pars dans les bois et dis à tes parents de décabaner[23]! Tu seras libre.

---

23. Terme usité surtout chez les nations indiennes, qui signifie lever le camp, changer de lieu d'habitation.

Le rebelle la regarda quelques secondes. Cela fut suffisant pour le persuader d'obéir. Il s'élança, plein d'espoir, mais le frère le poursuivait. Kiona tendit son manche à balai entre les jambes de l'homme, qui s'étala de tout son long sur les pavés mouillés.

—Espèce de petite sauvage, vermine, souillon! Tu vas le payer cher!

La fillette s'en moquait. Elle venait de voir Delsin, aussi agile qu'un écureuil, grimper sur le faîte du mur d'enceinte et disparaître après avoir sauté en avant.

Dix minutes plus tard, Kiona se retrouvait au cachot. Elle grelottait, le ventre creux, mais on ne l'avait pas sermonnée ni battue. Elle se souvenait d'avoir entendu à plusieurs reprises les mots : « Cette gamine a le diable au corps, elle a un regard qui fait peur! » Mais rien d'autre, ni menaces ni insultes.

—Delsin est sauvé, se répétait-elle tout bas. Il le fallait. Tous les pensionnaires devraient s'enfuir aussi. Pourquoi ne le font-ils pas? Pourquoi?

Les heures s'écoulèrent. On ne lui apporta ni eau ni pain. À la nuit tombée, Kiona s'endormit, recroquevillée sur le sol imprégné d'urine, parsemé d'excréments moisis. Elle était si fatiguée que son sommeil fut profond, dépourvu de rêves ou de presciences.

Frère Marcellin, qui ne prisait guère les jeux sexuels avec les garçons, demeurait éveillé. Il se remémorait certains détails de la silhouette gracile de la petite Indienne qu'il avait lui-même conduite au cachot. Il revoyait ses mollets musclés, ses bras fins, sa bouche charnue. Il se promit de la ramener à la docilité le lendemain matin et les jours suivants, car elle resterait au cachot plus d'une semaine. Il aurait pu lui rendre visite tout de suite, mais l'attente faisait partie du plaisir sadique dont il s'enivrait.

La porte du cachot s'ouvrit à dix heures du matin. Kiona était toujours couchée sur le sol, somnolente. En voyant entrer le frère Marcellin, elle bondit sur ses pieds et se plaqua au mur. Le rictus satisfait qu'affichait l'homme la renseigna immédiatement sur ses intentions. Il avait un tabouret à la main qu'il posa pour s'asseoir.

—Viens, petite diablesse! Tu es pleine de vices, ma fille, le diable te rend menteuse et paresseuse. Tu as commis trop de péchés, à ce jour. Je vais te montrer la façon d'être pardonnée. Approche!

Le religieux releva alors sa soutane et exhiba un sexe énorme. Il ricanait, content de lire une frayeur innommable sur le visage de sa future victime.

—Non, non, supplia Kiona. Non, il ne faut pas!

—Si je voulais, je pourrais me lever de mon siège et t'attraper, mais tu vas être bien sage et venir de toi-même. C'est ta punition et elle est méritée. Tu as aidé ce Delsin à s'enfuir. À cause de toi, le frère Roger est blessé au genou. Allez, viens donc!

Une sensation de froid intense paralysait la fillette. Elle savait ce qu'exigeait l'homme, pour l'avoir vu dans une vision. Cela pouvait être pire encore, si elle ne s'exécutait pas. Personne ne viendrait la sauver. L'idée de se plier à la volonté du frère lui causa un choc. Ses yeux se révulsèrent et des spasmes la secouèrent tout entière. Elle s'effondra par terre, les jambes et les bras agités de mouvements convulsifs, tandis qu'un cri atroce lui échappait.

Frère Marcellin n'avait pas l'intention d'être surpris. Chacun ici se distrayait en cachette avec les pensionnaires, en ayant soin de ne pas se trahir. Il préféra battre en retraite.

Affolée par le hurlement strident qui retentissait dans le couloir, une sœur vint aux nouvelles.

—Elle fait une crise d'épilepsie, il me semble, grommela-t-il en prenant un air doucereux pour bien dissimuler sa véritable nature. Donnez-lui donc un calmant, qu'elle ne nous casse plus les oreilles. Je voulais la sermonner et lui apprendre ses prières. J'avais même apporté de quoi m'asseoir. Ma sœur, faites-la taire!

La religieuse entra à son tour dans le cachot. Elle eut un coup d'œil dégoûté pour la petite fille qui se tordait au sol, défigurée par la terreur.

— Eh bien, déclara-t-elle, on joue la comédie!

Sur ces mots, elle releva l'enfant par sa tunique et lui asséna plusieurs gifles de toutes ses forces. Le silence se fit. La porte se referma. Presque assommée, Kiona plongea dans un état de léthargie qui n'était pas sans douceur. Elle avait décidé de se laisser mourir.

Près de Péribonka, lundi 28 septembre 1942

Depuis leur départ du village de Saint-Méthode où ils avaient passé la nuit dans une petite auberge, Hermine et Ovide avaient parcouru plusieurs kilomètres à cheval. Il pleuvait sans cesse et, malgré leurs vêtements en ciré, ils étaient trempés. La jeune femme ne se plaignait pas, mais elle avait l'étrange impression d'avoir plongé dans le lac Saint-Jean. Allait-elle être condamnée à passer encore des jours ainsi, ruisselante, les cheveux poisseux, les pieds gelés dans ses bottes en cuir noircies par l'eau?

La journée précédente, ils avaient parcouru la distance entre Sainte-Hedwidge et Saint-Méthode sous un ciel clément. Curieusement, Hermine et Ovide étaient restés la plupart du temps silencieux, tous deux perdus dans leurs pensées. Le soir, fourbus, ils s'étaient rendus à leur chambre respective sans trop s'attarder. Les désirs qui les avaient assaillis la veille semblaient s'être estompés, progressivement dilués par les heures qui s'étaient écoulées depuis.

Cependant, en ce lundi pluvieux et froid, ils avaient repris leurs conversations habituelles, comme pour contrer l'ennui que leur causait la température. Peu à peu, leur complicité avait refait surface.

— Regardez! Sur notre gauche, il y a un hangar à foin, lui dit soudain l'instituteur. Les bêtes n'en peuvent plus, elles sont aussi mouillées que nous. On devrait s'abriter une demi-heure. Le ciel finira bien par se dégager.

— Non, nous sommes presque arrivés à Péribonka.

— Mais vous grelottez. J'ai une bouteille thermos dans ma sacoche, du thé chaud, cela nous fera du bien.

Elle capitula, par pitié pour Chinook surtout. Cela

lui parut miraculeux de ne plus être en plein vent, sous les trombes de pluie. Ovide mit pied à terre et vint l'aider à descendre de sa monture.

—Juste une petite pause, fit-il. Je m'en veux de vous avoir imposé ces expéditions à cheval. Nous aurions mieux fait de prendre une voiture. Je suis un imbécile. Et Kiona, comment la ramènerons-nous?

Ovide ôta sa casquette trempée et secoua ses boucles châtain clair, foncées par l'humidité. Il avait le teint pâle et les traits tirés, mais ses yeux gardaient leur éclat printanier.

—Je suis découragée, avoua Hermine en s'asseyant avec soulagement sur une botte de paille. Le simple fait d'avoir un toit de tôle sur la tête, quel bonheur! Ovide, ne vous adressez pas de reproches. Il aurait pu faire beau, aujourd'hui, et cela me plaisait de monter ce vieux Chinook! Mais le problème n'est pas là.

Il l'écoutait tout en dessellant les chevaux et en les bouchonnant énergiquement avec une grosse poignée de foin.

—Ne me dites plus rien avant d'avoir avalé une tasse de thé, recommanda-t-il. Je m'occupe de vous.

Émue, elle soupira, mal à l'aise, agitée de pensées confuses. « C'est si troublant d'être seule avec lui depuis cinq jours. Je me souviens quand nous nous sommes enfuis, Toshan et moi, pour aller nous marier à l'ermitage Saint-Antoine. J'éprouvais la même exaltation, je croyais vivre l'aventure la plus palpitante de ma vie. Et là, je me sens différente de l'Hermine que tout le monde connaît. Si je n'avais pas ce poids sur la poitrine au sujet de Kiona, je serais capable de continuer à voyager avec Ovide et d'aller jusqu'au bout du pays. »

Ce constat la désola. Elle dénoua le foulard qui protégeait ses cheveux et le tordit pour en extirper l'eau.

—Alors, quel est le problème? demanda le jeune homme en lui servant du thé dans un gobelet en émail.

Elle le fixa d'un air anxieux.

—Lorsque je vous ai rencontré, à Chicoutimi,

j'étais allée la veille dans un pensionnat à la sortie de la ville. Je n'oublierai jamais la tristesse de ce lieu et la mine désespérée des quelques enfants indiens que j'ai aperçus dans la cour, derrière la fenêtre. Si par chance nous retrouvons Kiona tout à l'heure, personne ne pourra m'empêcher de l'emmener et je ferai tout pour la consoler si on lui a fait du mal, mais... les autres pensionnaires! Ils vont demeurer enfermés, livrés à l'injustice, à la cruauté de ceux qui les ont sous leur responsabilité. Comment admettre ça? Sauver une petite fille en abandonnant à leur sort des innocents... Ovide, j'aurai le cœur brisé, même si je peux serrer ma sœur dans mes bras et l'arracher à cet établissement. Et je crois que Kiona aura la même réaction que moi. Sinon, je l'aurais revue.

— Qu'insinuez-vous? Je ne comprends pas.

— Ce n'est pas une enfant ordinaire. Si vous saviez les dons qu'elle possède!

Ovide fronça les sourcils, stupéfait. Hermine lui prit la main et dit d'un ton véhément:

— Il y a trois ans, je vous ai croisé devant le sanatorium de Roberval et je vous ai parlé de bilocation. Rappelez-vous!

— Peut-être, oui...

— Kiona peut projeter son image dans l'espace. Lors de la dernière représentation du *Pays du Sourire*, à Québec, je l'ai vue sur la scène, en larmes, vêtue d'une pauvre tunique grise. Elle pleurait. Le même jour, mon frère Louis l'a vue et l'a entendue dire qu'elle avait peur. Ovide, peu de gens sont au courant, mais Kiona a aussi des visions, des presciences. Et le moindre de ses sourires apaise celui qui le reçoit! Je l'aime tant! Quand je pense que sa mère est morte! La noble et belle Tala! J'ai le devoir sacré de protéger cette enfant, ma sœur, ma petite sœur chérie.

Hermine se tut, luttant pour ne pas sangloter. Elle serra plus fort les doigts du jeune instituteur.

— Pleurez si vous en avez besoin, dit-il. Je vous crois. Jamais je ne mettrai vos paroles en doute. Dans ce cas, puis-je vous rassurer sur un point? Si Kiona est une sorte de shaman en herbe, une fée ou une magicienne, pourquoi ne serait-elle pas assez forte pour vaincre ses ennemis?

De sa main libre, il caressa la joue glacée d'Hermine avec une infinie tendresse, effaçant doucement les larmes qui coulaient de ses beaux yeux.

— Je vous en prie, gémit-elle. Prenez-moi contre vous, juste un moment. C'est tellement gentil de me réconforter, de me croire. Je me sens perdue.

Ovide l'enlaça délicatement, pétri de respect et d'adoration. La jeune femme posa sa tête sur son épaule. Pour elle, il n'y avait pas de meilleur refuge à cet instant précis. Ils étaient sans désir, mais naïvement heureux. L'un comme l'autre savait qu'un baiser détruirait la pureté exquise de cette chaste étreinte.

— Allons, il faut repartir, déclara-t-il. J'espère que vos documents n'auront pas trop souffert de ce déluge.

— Oui, vous avez raison. Mais, je vous en prie, ne m'en veuillez pas pour ma faiblesse.

— Vous en vouloir! Votre présence, vos chansons hier soir, votre confiance en moi, ce sont autant de cadeaux.

Ovide lui souriait. Elle le jugea d'une séduction étrange, à l'opposé de celle que dégageait Toshan. Ces deux hommes, c'était le jour et la nuit. L'un intransigeant, possessif, parfois moqueur ou taciturne, l'autre attentif, complice, discret.

— En route, répliqua-t-elle en fuyant son regard. J'ai hâte de toucher au but.

Une heure plus tard, ils arrivèrent devant la grille du pensionnat. Une cour pavée s'étendait devant une imposante bâtisse en briques rouges flanquée de nombreuses fenêtres.

— On dirait la copie conforme de l'établissement où je me suis rendue en début de semaine, au nord de Chicoutimi.

— Ces constructions n'ont qu'une vingtaine d'années pour la plupart. Elles ont dû être édifiées en toute hâte, en prévision de la fameuse loi de 1920 décrétée par le gouvernement et qui oblige les enfants indiens de notre pays à s'instruire, à oublier leurs racines et leur culture!

L'instituteur parlait bas, sur un ton véhément. Il ajouta un peu plus fort:

— Déjà deux décennies que les petits Montagnais sont parqués dans ces prétendues écoles! En sortant de là, ils ont du mal à renouer des liens avec leur famille et beaucoup sombrent dans l'alcoolisme. Cela me révolte. En somme, nos concitoyens ont trouvé un moyen discret et efficace de détruire un peuple en s'attaquant à ses enfants.

— Il aura fallu une confession de mon amie Madeleine et la mort de Tala pour que je comprenne l'étendue du désastre, avoua Hermine.

Elle se décida à tirer la chaîne reliée à une cloche en cuivre qui tinta aussitôt. Après d'interminables minutes, une religieuse vint leur ouvrir.

— Bonjour, ma sœur, dit assez aimablement la jeune femme. Je voudrais savoir si vous avez parmi vos pensionnaires une fillette du nom de Kiona, Kiona Delbeau. Elle a huit ans et demi et les cheveux blond roux. Sa place n'est pas chez vous. Elle sait déjà lire et écrire et mon père est son parrain légal. Je souhaite l'emmener dès aujourd'hui.

— Non, madame, pas à ma connaissance, trancha la sœur en examinant avec méfiance le couple en vêtements de pluie qui tenaient leur cheval par les rênes.

La supérieure, qui n'était autre que la tortionnaire de Kiona, lui avait fait la leçon. Il ne fallait parler à personne de la fillette enfermée dans le cachot.

— Je me permets d'insister, reprit Hermine. J'ai des papiers officiels prouvant ce que j'avance. Une lettre de mon père attestant qu'il désire assumer les frais d'éducation de sa filleule, l'acte de baptême et mon passeport. De plus, il y a de fortes chances que Kiona ait été conduite ici, car elle vivait avec sa mère à seize kilomètres seulement.

La religieuse fit l'erreur de jeter une œillade en arrière, dans la cour. Elle paraissait très embarrassée.

—Madame, j'enseigne aux filles de cet institut depuis cinq ans et, si une Kiona s'y trouvait, je le saurais forcément. Je connais un peu la langue montagnaise. Aucune des enfants qui se trouvent ici ne porte ce nom. Mais notre supérieure se renseignera auprès des autres établissements de ce genre.

Ovide s'impatientait. Il était certain que la sœur mentait. Accoutumé à côtoyer différentes sortes d'individus, il avait appris à déchiffrer un regard, une mimique. D'un geste nerveux, il attacha les chevaux à la grille et, sans attendre qu'on l'y invite, il franchit le portail, obligeant la religieuse à reculer. Hermine s'empressa d'entrer également.

—Vous allez m'écouter, ma sœur! s'écria alors l'instituteur. Les enfants indiens, une fois prisonniers ici, coupés de la vie qu'ils aimaient, peuvent souffrir de troubles du comportement liés à la peur, à la séparation d'avec leur famille! En conséquence, Kiona a pu taire son nom sous le coup de la frayeur. Madame Delbeau ayant en sa possession tous les documents nécessaires, ayez la politesse, ma sœur, de nous laisser voir les pensionnaires.

Dans la bouche d'Ovide, le «ma sœur» claquait comme un coup de fouet.

—Dieu m'est témoin que nous n'avons jamais eu à satisfaire ce genre de requête, maugréa la religieuse. Entrez, nos protégées sont en classe, sauf les garçons qui travaillent dehors aujourd'hui. Je vais prévenir la supérieure. Si vous voulez bien attendre dans la cour, je fais vite.

Malade d'angoisse, Hermine pouvait à peine respirer. L'ordre régnait et la propreté aussi.

—Ovide, merci, chuchota-t-elle. Sans vous, je n'aurais pas pu entrer, m'imposer comme vous l'avez fait. J'espère tellement que Kiona va apparaître, que je pourrai la serrer dans mes bras!

—Ne vous réjouissez pas trop vite. Nous n'avons aucune certitude, juste les propos évasifs de ce vieil Indien.

— Il faut que Kiona soit ici, implora-t-elle.

Elle n'en pouvait plus d'impatience. Enfin, ils virent sortir une vingtaine de fillettes et d'adolescentes qui s'alignèrent le long d'un mur. Deux sœurs surveillaient l'opération. L'une d'entre elles, de grande taille, quasiment obèse, donnait des ordres à voix basse.

« Ce doit être la supérieure, se dit Hermine, effarée par le poignant spectacle. Mon Dieu! Les pauvres enfants! Elles ont les cheveux courts et il y a une telle détresse dans leurs yeux... Mais Kiona n'est pas là. Tout ce chemin en vain! Il faut continuer à la chercher et les laisser, elles. Madeleine a vécu dans un lieu semblable. Comme je la plains, comme je les plains... »

La grosse religieuse s'approcha avec un sourire mielleux.

— Bonjour, madame, monsieur! Reconnaissez-vous la fillette que vous cherchez? interrogea-t-elle. Kiona, c'est bien ça? Nous n'avons personne qui s'appelle ainsi.

— Non, hélas! je ne la vois pas.

Elle se mordilla les lèvres pour ne pas pleurer de pitié et de déception. Elle avait beau scruter chaque visage, aucun ne présentait les traits ravissants de sa demi-sœur.

Un profond silence pesait sur la cour. Ovide leva le nez vers le ciel et constata que des pans de bleu se devinaient entre les nuages. La pluie avait cessé.

— Inutile de s'attarder, Hermine. Kiona n'est pas là, je suis navré. Nous l'aurions vue, déjà, et ils n'ont aucune raison de la cacher. Ce lieu me hérisse. Repartons.

Mais elle fit la sourde oreille pour mieux observer les sœurs. Elle se demandait si ces femmes en longue robe noire et coiffées d'un voile blanc dissimulaient elles aussi des penchants pervers, voire sadiques. L'une d'elles, la plus jeune en apparence, la fixait de manière bizarre. « Je dois passer pour une aventurière, une originale, dans mon accoutrement masculin, déduisit-elle. Ovide a raison: rien ne sert de traîner ici. Nous devons repartir, mais où? »

Akali, les mains derrière le dos, tête basse, savait

très bien où se trouvait Kiona. Elle étudia discrètement la physionomie de la jeune femme blonde, si jolie, au regard si bleu, et acquit la certitude que ce devait être cette Mine dont lui avait beaucoup parlé sa nouvelle amie. La petite Indienne hésitait, partagée entre l'affection qu'elle éprouvait pour Kiona et sa terreur d'être punie à son tour.

« Si personne ne dit rien à la dame, Kiona sera perdue, songea-t-elle, affolée. Mais la supérieure, en classe, nous a averties. Il ne faut surtout pas parler à ces gens. »

La religieuse qui avait ouvert aux visiteurs les raccompagnait. Il se passa alors un incident singulier. Une des pensionnaires quitta le rang et courut vers Hermine.

— Kiona est au cachot, dit-elle en français. Elle a été battue, beaucoup. Moi, je ne veux pas qu'elle meure! Sauvez-la, madame. Vous êtes Mine? Oui, je suis sûre que c'est vous!

S'il avait fallu une preuve à la jeune femme, ce diminutif familier lui aurait largement suffi. Elle toisa la supérieure avec tant de mépris et de fureur que celle-ci ne songea plus à dissimuler.

— Il faut bien les punir, se contenta-t-elle de ronchonner. Votre Kiona a le diable au corps! Une vraie sorcière.

— Je me demande qui est la sorcière ici! s'exclama Hermine. Pourquoi faites-vous ça? Nous mentir sans aucun scrupule? Vous aviez peur des conséquences de vos actes?

Elle ne prit pas la peine d'écouter les arguments inaudibles de la sœur et se rua en courant vers le bâtiment principal, Ovide sur ses talons.

Akali ne bougea pas. Elle paierait le prix de son acte de bravoure, et sans doute très cher, mais elle était fière d'avoir sauvé Kiona.

7

Au nom de l'innocence

Pensionnat de Péribonka, même jour

Un vent de panique soufflait dans les couloirs du pensionnat. Un petit groupe de religieuses discutaient entre elles à voix basse, réunies dans le hall d'entrée. Le frère Marcellin déambulait, l'air inquiet.

Hermine, quant à elle, suivait le long d'un couloir la mère supérieure, dont la respiration haletante trahissait une vive anxiété. La jeune femme ne voyait rien, ni les peintures grises des cloisons, ni les fenêtres munies de barreaux.

—Le mot *cachot* est un peu fort, madame Delbeau, déclara la tortionnaire de Kiona en descendant un escalier menant au sous-sol. Il ne faut rien exagérer. Nos prétendus cachots sont en fait deux anciennes réserves à provisions. Notre tâche n'est pas simple. Nous avons pour mission de civiliser des enfants qui n'ont aucun sens de la religion ni de la discipline. Toute éducation passe par des sanctions.

—Est-ce une raison pour les punir si durement? demanda Ovide. Des sanctions! Il serait intéressant d'avoir des détails sur celles que l'on pratique ici. Intéressant aussi de savoir pourquoi vous nous avez menti.

Il n'obtint en guise de réponse qu'un haussement d'épaules. Dès qu'ils furent sur les dernières marches, les jeunes gens sentirent une odeur désagréable, mélange d'humidité, d'urine, de pourriture. La sœur s'arrêta devant une porte équipée d'une étroite ouverture carrée, fermée par un volet. Elle enfonça une clef dans la serrure. Ses mains tremblaient en tirant le battant vers elle, car cette fois un rapport désastreux pouvait parvenir aux autorités compétentes, surtout si la fillette racontait ce qu'elle avait vécu.

—La dénommée Kiona est là, vous pouvez l'emmener, dit-elle sèchement pour se donner une contenance. Ce sera un bon débarras. Elle n'a causé que des soucis durant les quinze jours qu'elle a passés chez nous. Elle est insolente, menteuse, violente. Avant-hier, elle a causé la chute du frère Roger, qui est blessé au genou. Nous ne pouvions donc pas faire montre de clémence.

En entendant ces mots, Hermine redouta le pire. Elle entra, luttant contre la nausée. La puanteur du réduit était affreuse.

—Kiona? appela-t-elle en découvrant un frêle corps recroquevillé sur le sol. Non, ce n'est pas elle, ça ne peut pas être elle.

Ovide la rejoignit et, d'instinct, il la soutint par la taille. Tous deux regardaient avec effroi l'enfant qui gisait à leurs pieds, le crâne tondu, la face tournée vers le mur, les bras et les jambes blêmes, marqués d'ecchymoses.

—Mais cette enfant-là est morte! s'écria-t-elle, épouvantée. Ovide, je ne la reconnais pas. Ce n'est pas ma Kiona.

Totalement pétrifiée par l'odieuse vision, elle ne pouvait ni pleurer ni hurler. L'instituteur lui fit signe de ne pas bouger et, après s'être accroupi, il souleva délicatement la fillette, puis il chercha son pouls.

—Hermine, elle vit! Gelée, dans un sale état, mais vivante! Nous sommes arrivés à temps, nota-t-il sur un ton vibrant de révolte. N'ayez crainte, c'est bien Kiona. Je l'ai vue assez souvent avec sa mère, à Péribonka. Je ne peux pas me tromper.

La jeune femme sortit de son abattement. Elle se pencha pour détailler le fin visage de sa demi-sœur, lui aussi marbré par des traces de coups.

—Mais ce sont des assassins, ici! s'exclama-t-elle. Dieu ne peut pas permettre ça, non, non.

—Laissez Dieu où Il est, coupa Ovide. Ou bien souvenez-vous qu'Il a donné leur libre arbitre aux humains, qui ont le choix d'être des monstres ou des anges!

Douchée par ce bref sermon, Hermine caressa les joues de la petite fille inanimée.

— Ma Kiona, ma chérie, pardon! Oh oui, pardon d'être venue si tard, pardon! Ce qu'ils t'ont fait! Ils t'ont martyrisée! Et tes beaux cheveux...

Saisie d'une peur hideuse, elle se mit à sangloter. Ceux ou celles qui s'étaient acharnés sur l'enfant avaient pu en abuser comme d'un jouet. Kiona avait sûrement subi des sévices sexuels. Une fois encore, Ovide la força à réagir.

— Ce n'est pas le moment de pleurer. Il faut emmener cette malheureuse loin de l'enfer et la conduire à l'hôpital le plus vite possible. J'espère que...

Il n'acheva pas sa phrase, mais elle comprit qu'il pensait la même chose qu'elle.

— Vous avez raison, allons-y. Pourquoi ne se réveille-t-elle pas, Ovide?

Il eut une mimique dubitative et prit Kiona dans ses bras. La fureur, l'horreur de ce qu'il vivait le rendaient muet. D'un caractère paisible, il éprouvait pourtant une envie de cogner sur les frères qu'il allait inévitablement croiser en partant, ou même sur l'énorme religieuse qui avait tenté de les berner et qui s'était éclipsée sans bruit.

Ils remontèrent l'escalier. Hermine ne pouvait pas quitter sa précieuse petite sœur des yeux, mais son esprit bouleversé se remettait lentement à fonctionner. Elle se demandait comment la transporter et où aller pour qu'elle reçoive d'urgence les soins appropriés.

Lorsqu'ils parvinrent dans le couloir, elle aperçut la robe noire d'une sœur qui prenait la fuite vers le réfectoire.

— Ovide, ne nous précipitons pas. Il y a bien de l'eau chaude, des habits propres, des pommades dans ce lieu maudit! Ce serait plus prudent d'examiner Kiona dans leur infirmerie et de la réchauffer. Et j'aimerais avoir une explication avec la supérieure. Si elle a cru s'en tirer à bon compte en disparaissant du sous-sol, elle fait erreur. À défaut de l'écorcher vive, je compte l'avertir que la presse va parler de cette affaire! Il faut prévenir le gouvernement des violences qu'endurent ces enfants! Cela ne peut pas continuer!

Elle avait crié, pathétique, désespérée. L'instituteur la dévisagea d'un air perplexe avant de répondre.

— Vous avez raison sur tous les plans. Occupons-nous de la petite ici. Il nous faudrait aussi un véhicule. Et plus tard, oui, engager une lutte contre ces pensionnats!

À ce moment-là, quelqu'un leur fit un signe, dans l'entrebâillement d'une porte. C'était sœur Agnès, la novice.

— Madame, monsieur, venez, je vous en prie, supplia-t-elle d'un air affolé. Je peux vous aider à la soigner, j'ai ce qu'il faut dans la cuisine. Entrez vite!

— C'est un peu tard pour exercer votre charité! coupa durement Hermine. Le mal est fait! Kiona ne méritait pas d'être traitée ainsi! Aucun enfant ne le mérite! Ce sont des innocents, qu'ils soient indiens, noirs ou juifs!

La jeune religieuse, effarée, approuva en silence. Elle jeta un regard terrifié sur la fillette inerte. Ovide, lui, ne discuta pas. Il allongea avec précaution Kiona sur une table.

— Vous savez, dès mon arrivée, j'ai tenté de donner mon opinion, mais on m'a menacée d'être renvoyée aussitôt! J'étais très inquiète pour cette petite fille. Elle a tenté de se défendre à plusieurs reprises contre le traitement qu'on lui imposait, elle a parlé de vous, de son parrain qui habite Val-Jalbert! Hier encore, j'ai fait remarquer qu'elle savait lire et écrire, qu'elle citait les livres saints! Cela n'a servi à rien.

Hermine sentit qu'elle était sincère. Radoucie, elle décida de lui faire confiance. Toutes deux lavèrent de leur mieux Kiona à l'eau tiède, en lui ôtant l'ignoble blouse grise qu'elle portait.

— Mais ses mains! s'indigna-t-elle. Qu'a-t-elle aux mains? Elles sont brûlées! Qui a fait ça? Qui a osé?

Ovide, qui s'était un peu éloigné pour les laisser dévêtir Kiona, se retourna.

— C'est la supérieure, affirma la novice d'un ton

plaintif. Elle a versé le contenu d'une bouilloire sur ses mains! Cette femme domine par la violence. Elle inflige des châtiments affreux. Je peux vous assurer que la pauvre Akali sera sévèrement punie, parce qu'elle a désobéi en vous disant la vérité.

La jeune femme adressa un regard de pure détresse à Ovide. C'était bien ce qu'elle craignait. Ils allaient soustraire Kiona à ses bourreaux, mais en abandonnant les autres pensionnaires à leur sinistre condition. Elle acheva néanmoins de dénuder la fillette et découvrit de larges hématomes au niveau des côtes et d'une hanche. C'en était trop.

— Mon Dieu! s'écria-t-elle soudain. Non, je ne peux pas le croire. Non.

Envahie par une immense colère, elle sortit en courant.

— Un téléphone, il y a bien un téléphone, ici! hurla-t-elle en cherchant le bureau de la supérieure. Il faut un docteur, tout de suite!

Frère Marcellin surgit d'une des classes en gesticulant et lui barra le passage.

— Madame, je vous prierais d'être un peu plus discrète! Vous vous croyez où? Vous troublez l'ordre que nous peinons à instaurer.

Elle le toisa de ses prunelles bleues étincelantes. Cet homme aux traits poupins avait peut-être violé Kiona. Sans réfléchir, elle arracha la croix qui pendait à son cou.

— Vous n'êtes que des hypocrites, tous! s'exclama-t-elle. Des dépravés, d'ignobles dépravés! Vous portez des soutanes afin de mieux satisfaire vos penchants inavouables. J'ai été élevée par des religieuses, de véritables saintes femmes, qui n'auraient jamais frappé un des innocents confiés à leur garde. Jamais! L'Église ne devrait pas tolérer des brebis galeuses de votre espèce!

L'homme devint cramoisi. Il saisit Hermine par les épaules et la fixa avec un air menaçant.

— On ne m'a jamais manqué de respect ainsi, madame! Les hystériques de votre genre, moi, je les mets dehors et en vitesse!

Elle lui cracha au visage, à l'instant précis où une voix résonna, toute proche.

— Ne la touchez pas! hurla Ovide. Enlevez vos sales pattes tout de suite! Vous exigez du respect, vous?

Le jeune instituteur se jeta entre Hermine et le frère, repoussant celui-ci avec une énergie surprenante.

— Dites, la fillette que l'on vient de retrouver à demi morte, est-ce qu'elle ne méritait pas un peu de respect? Ne me racontez pas que c'est au nom du Christ que vous torturez ces pauvres enfants!

Il le tenait par le col de sa soutane, les doigts crispés sur le tissu.

— Un jour, vous serez démasqués, vous et les autres. Je pense que sur cette terre il y a quand même des gens épris de justice, et le scandale éclatera! Vous en serez éclaboussés. Tant mieux!

Hermine assistait à la scène avec une jubilation farouche. Elle était hors d'elle. Ce n'était plus la sage petite orpheline de jadis, pieuse et docile, ni l'adolescente timide qui n'élevait jamais la voix devant des adultes. Les poings serrés, elle fixait Ovide avec une admiration proche de l'amour. L'instituteur lui jeta un regard et reçut cet hommage en plein cœur. Du coup, il lâcha le frère.

— Vous feriez mieux de vous garder hors de ma vue jusqu'à notre départ! lui intima-t-il l'ordre d'un ton hostile. Si vous avez touché à Kiona, je vous étrangle de mes mains, quitte à aller en prison! Au moins, il y aura une crapule de moins en ce monde!

— Mais je n'ai rien fait, bégaya l'homme.

— Un médecin le prouvera, lança Hermine. Ovide, merci, retournez près de la petite, je dois téléphoner!

Il approuva sans un mot, encore bouleversé, autant par la violence qui s'était éveillée en lui que par ce qu'il avait lu dans les grands yeux bleus de la jeune femme.

Elle s'éloignait déjà au pas de course, en quête du bureau de la supérieure. « Ils ont vaincu, bafoué, souillé ma Kiona! De la voir dans cet état me rend folle! »

La grosse religieuse la vit bientôt pénétrer dans

son bureau et recula prudemment. Hermine avait une étrange allure, échevelée, livide, en ciré et en bottes. Dès qu'elle vit le téléphone, elle désigna l'appareil d'un signe de tête.

—Vous connaissez sûrement le numéro du docteur le plus proche. Appelez-le, qu'il vienne sans tarder. Avez-vous un camion ici ou une voiture?

Elle ne pouvait pas formuler les termes *ma sœur*, car chaque religieuse était susceptible d'être la coupable et cela lui semblait impossible de leur attribuer ce vocable, symbole pour elle de pureté et de dévouement.

—Le docteur habite beaucoup trop loin, dit la supérieure. Il faudrait consulter la garde installée à Péribonka. Nous disposons d'une carriole et d'une mule. Je vous autorise à l'utiliser. Mais je tiens à vous dire, madame Delbeau, que cette enfant est assurément possédée. Elle raconte des sornettes et souffre du grand mal! Je crois qu'elle s'est blessée en se débattant pendant la crise dont elle a souffert hier matin. Une vraie furie. Elle se cognait contre le mur et s'agitait tellement que, forcément, elle est couverte d'ecchymoses. Ce genre de spectacle aurait pu effrayer les autres filles; c'est pourquoi nous l'avons enfermée.

—Taisez-vous! intervint Hermine. Vous changez sans cesse de version. Tout à l'heure, vous prétendiez l'avoir punie pour son insolence, maintenant c'est à cause d'une crise d'épilepsie. Je ne suis ni sotte ni aveugle! Les marques que porte Kiona sont des traces de coups! Vous ne faites que mentir et vous avez tenté de nous expédier le plus loin possible pour éviter qu'on découvre Kiona à demi morte. Je vous promets que j'alerterai l'opinion publique. J'ai une amie journaliste à *La Presse*!

—Le pays est en guerre, au cas où vous l'auriez oublié, madame! Qui va se soucier des Indiens, de ces païens, de ces sauvages? Et que faisons-nous de mal? Ces enfants sont sales, ignorants, ils n'ont aucune idée de la véritable religion! Nous sommes là pour les sauver de leur misérable condition!

Hors d'elle, Hermine tapa du poing sur le bureau.

—Je sais, moi, qu'ils sont bien plus heureux au fond des bois, avec leurs parents! Je suis mariée à un Métis. Il m'a donné trois enfants que j'adore! Et j'en suis fière! Ce n'est pas moi que vous endoctrinerez avec votre racisme répugnant! Vous proférez des paroles dont vous devriez avoir honte. Je n'ai qu'une hâte : me trouver loin d'ici avec Kiona. Malheureusement, il vous reste d'autres innocentes créatures à torturer!

La jeune femme balança une pile de dossiers sur le parquet et sortit. Ovide lui apparut au détour du couloir. Il portait la fillette, enveloppée dans une couverture. La novice le suivait.

—Ah! vous voilà. Sœur Agnès a déniché des bas secs, des chaussons et une robe en laine. Ne perdons plus de temps, aucun docteur ne viendra dans la journée. Je déposerai Kiona devant moi, sur le cheval. Le mieux est de prendre rapidement un bateau pour Roberval et de la faire hospitaliser.

—Nous allons emprunter la carriole du pensionnat, décida Hermine. Chinook est habitué à l'attelage. Je suis au courant pour le médecin, mais nous consulterons la garde de Péribonka.

—Je tiens à vous aider, dit la novice de sa voix timorée. Je vais vous montrer où se trouve l'écurie.

—Bien! Accompagnez monsieur Lafleur! Je vous rejoins. Il me reste une chose à régler.

Elle les laissa prendre un peu d'avance et sortit à son tour. Bizarrement, les pensionnaires étaient toujours dans la cour, alignées le long du mur, la mine grave. Pas une ne bronchait. Hermine s'approcha et s'adressa à celle qui paraissait la plus âgée, une adolescente d'environ quinze ans.

—Qu'est-ce que vous attendez? Personne ne vous surveille?

—On nous surveille d'une fenêtre, madame. Et on a reçu l'ordre de ne pas bouger. Il ne faut pas désobéir, ici.

—Mais où est Akali? Je ne la vois pas! La fillette qui m'a dit où était Kiona, elle se nomme bien Akali?

La voix d'Hermine était altérée par la peur.

—Oui, madame, confirma l'adolescente. Elle est partie se cacher, mais ça ne servira à rien, ils la trouveront!

—Dites-moi où elle est, je veux lui parler! Je suis tellement désolée de ne pas pouvoir vous aider! Mais je vous promets de me battre de toutes mes forces pour vous sortir de là.

Le cœur brisé, elle les observait. Certaines avaient dû être tondues plusieurs mois auparavant, car leurs cheveux, raides et très noirs, descendaient sur la nuque. Leur regard exprimait une détresse innommable et leurs lèvres pincées semblaient signifier qu'il valait mieux se taire pour éviter de souffrir.

—Je vous en supplie, je dois remercier Akali et lui proposer quelque chose, dit-elle à voix basse.

—Akali est dans le cellier, sûrement derrière les tonneaux, chuchota une autre petite Indienne. La porte peinte en vert, là-bas!

—Merci, souffla Hermine.

Elle se dirigea vers l'endroit indiqué sans oser se retourner. Sa poitrine était prise dans un étau de chagrin. «Je dois penser à Kiona, d'abord à Kiona», se disait-elle en pénétrant dans le local, plongé dans la pénombre.

—Akali, appela-t-elle. N'aie pas peur, c'est Mine! La dame blonde! Viens, Akali!

Le bruit d'une respiration sifflante la renseigna. Elle s'avança et se pencha au-dessus d'une énorme barrique. Tremblant de tous ses membres, Akali était recroquevillée dans un recoin. Hermine lui caressa l'épaule.

—Akali, tu as été très courageuse, aujourd'hui, expliqua-t-elle en montagnais. Je veux t'emmener. Avec Kiona aussi. Tu ne seras plus maltraitée, je te le promets. Tu peux me faire confiance. J'ai trois enfants qui seront très gentils avec toi. Et sais-tu leurs prénoms? Mukki, Nuttah et Nadie! Et ma meilleure amie se nomme Sokanon. Elle a perdu une petite fille qui aurait ton âge, maintenant. Je suis certaine qu'elle sera très heureuse de s'occuper de toi, Akali. Veux-tu venir avec moi?

L'enfant releva la tête, tendant vers la jeune femme un visage où se lisait la plus grande incrédulité, teintée cependant d'un faible espoir.

— Vous allez m'amener?

— Oui, je ne veux pas que tu sois punie! Je ne pourrais plus dormir si je m'en allais en sachant qu'on te fera du mal, toi qui as sauvé Kiona. Je l'aime tant, ma petite sœur! Vite, suis-moi.

Akali se leva et lui prit la main. Elles coururent toutes les deux jusqu'à la carriole garée devant le portail. Chinook était attelé. Ovide était en train d'attacher son cheval à l'arrière.

— Mais qu'est-ce que vous faites, Hermine? s'étonna-t-il en voyant Akali.

— J'en sauve au moins une de l'enfer, dit-elle. Dépêchons-nous, je crains que tous ces religieux de pacotille ne déboulent pour la reprendre.

Sœur Agnès installait Kiona sur la banquette arrière. Ovide se jucha sur le siège étroit réservé à celui qui menait les bêtes. Il s'empara des rênes.

— J'aurais pu parier que vous ne la laisseriez pas! lança-t-il.

— Vous êtes un ange descendu du ciel, madame! s'exclama la novice. Akali n'a plus de famille, elle passe l'été au pensionnat. Et soyez tranquille, je crois que personne n'osera s'interposer.

Hermine préféra ne pas répondre. Elle adressa un vague sourire à sœur Agnès en s'asseyant entre Kiona et Akali.

— Et fichez donc le camp de là, vous aussi, conseilla Ovide à la frêle religieuse.

— Non, grâce à votre venue, Dieu m'a éclairée. Je serai plus utile ici, en essayant d'adoucir un peu le sort de nos pensionnaires. Je ne serai plus lâche, désormais. Au revoir!

Chinook s'élança au trot. Hermine jeta un coup d'œil de défi en arrière, sur la façade austère de l'établissement.

Elle venait de remporter une petite victoire dans le long et difficile combat qu'elle s'apprêtait à mener.

La carriole avançait à un bon rythme. Ovide se retournait souvent pour observer ses passagères et discuter avec Hermine, dont il scrutait le beau visage, fasciné par la détermination dont elle avait fait preuve.

—Kiona ne se réveille toujours pas? s'inquiéta-t-il au bout d'un kilomètre.

—Non, mais je n'en suis pas surprise. C'est sa manière à elle de fuir ce qui la terrifie.

—Il n'y a plus de danger! Elle devrait sentir votre présence, reconnaître votre voix...

—Peut-être qu'elle est simplement épuisée, surtout si elle a vraiment eu une crise d'épilepsie, ce dont je doute. Kiona reprendra connaissance quand elle le décidera. Elle devra manger et boire bientôt, par contre.

Akali écoutait avec avidité. Malgré son envie de parler, de raconter tout ce qu'elle savait, elle s'abandonnait au merveilleux sentiment de sécurité qui la berçait. La face hideuse de la supérieure ne viendrait plus se plaquer sur ses lèvres. Le soir, le frère Marcellin ne la toucherait plus sous sa robe.

—Repose-toi, ma chérie, lui glissa Hermine à l'oreille. Nous avons encore du chemin à faire avant d'arriver.

—Oui, madame, dit vite la petite Indienne. « Ma chérie! » Ces mots résonnaient en elle comme la plus belle des musiques. Personne ne l'avait jamais appelée ainsi. C'était nouveau, étrange, assorti à cette aventure qu'elle vivait.

Quelques minutes plus tard, Akali s'endormait, un sourire sur les lèvres. Paupières closes, Kiona présentait une pâle figure empreinte de tristesse. Les jeunes gens se sentirent plus à l'aise pour discuter.

—Je n'ose pas imaginer ce qu'elle a enduré, fit remarquer Hermine à Ovide. Je ne la quitterai plus; je vais la choyer, la dorloter, et tenter d'effacer ses pires souvenirs.

—Vous aurez à lui annoncer la mort de Tala. Quel

choc ce sera pour elle! Et comment organiserez-vous votre quotidien à Val-Jalbert? La maison de votre mère est grande, certes, mais de là à loger deux fillettes!

—J'ai mon idée! D'autant plus que maman ne tiendra pas à héberger Kiona trop longtemps.

Intrigué, Ovide se retourna de nouveau.

—Pourquoi?

—Oh! je peux bien vous confier un secret qui volera un jour ou l'autre en éclats. Kiona n'est pas seulement la demi-sœur de mon mari, c'est aussi la mienne. Elle est née d'une brève relation que mon père a entretenue avec Tala. Ce n'était même pas un adultère, non! L'histoire de notre famille est si compliquée, Ovide! Pour vous la résumer, mes parents ont été séparés plus de dix-sept ans, après m'avoir déposée sur le perron du couvent-école de Val-Jalbert. J'ai d'abord retrouvé maman, qui avait perdu la mémoire et qui, durant cette période, s'était mariée à un très riche industriel de Montréal, d'où sa fortune actuelle. Ensuite, alors qu'elle allait épouser un musicien, Hans Zahle, mon père, que l'on pensait mort, est réapparu. Un soir, il nous avait épiées et s'était enfui dans la nuit, parce qu'étant tuberculeux il se croyait condamné. Il ne voulait pas gâcher le bonheur de son ancienne femme. Il a rencontré Tala pendant cette époque où il errait, désespéré. Elle l'a consolé, soigné, et même guéri! Je crois qu'elle l'aimait passionnément, mais elle s'est sacrifiée en le renvoyant chez sa rivale, Laura. Vous savez tout. Quand Kiona est venue au monde, Tala nous l'a présentée comme une orpheline qu'elle avait recueillie.

—Mais cette histoire est digne d'un roman! Et votre père? Est-il au courant?

—Oui, bien sûr! Cependant, sa fibre paternelle ne s'est mise à vibrer que très tard, il y a deux ans environ. Il a promis à ma mère de garder tout ceci secret, bien qu'il soit le parrain de Kiona. Moi, je n'en peux plus de ces mensonges. Je voudrais crier au monde entier que cette extraordinaire petite fille est ma sœur!

La gorge nouée, Hermine se tut un moment. Sidéré,

Ovide sifflota l'air de *La Paloma*. Kiona, elle, prit soin de ne pas ouvrir les yeux. Le destin ou le hasard avait voulu qu'elle se ranime au début du récit de la jeune femme. En quelques secondes, l'enfant avait compris qu'elle était sauvée, la tête sur les genoux de sa Mine et qu'elle allait savoir qui était son père. Une infinie surprise bousculait ses pensées. «Jocelyn! Lui! Je n'ai jamais deviné. Pourquoi? Jocelyn Chardin! C'est donc pour ça qu'il m'embrassait tant, l'été dernier, et qu'il me fait beaucoup de cadeaux! Et c'est pour ça aussi que Laura me déteste. Et Louis est mon frère! Mon demi-frère, comme Mine.»

Encore très faible, elle se mit à évoquer le visage de Jocelyn, sa voix, sa façon de marcher, ses gestes, mais elle ne parvenait pas encore à se réjouir.

«S'il m'aimait vraiment, il m'aurait dit que je suis son enfant... Je suis contente quand même, parce que j'ai un père.»

Elle en était là de ses songeries lorsque l'instituteur posa une autre question sur un ton de reproche.

— Pourquoi votre famille garde-t-elle le secret?

— Maman en a décidé ainsi. Elle estime que ce serait néfaste pour les enfants de savoir la vérité. Ma mère est une personne complexe. Parfois dure et égoïste, mais capable d'une immense générosité et d'un dévouement sincère. Hélas! Avec le temps, son caractère ne s'arrange pas. Elle se bute dès qu'on aborde le sujet de Kiona. Il n'y a rien à faire, elle a tout pardonné à mon père, mais à une condition: la petite ne doit jamais connaître sa filiation.

Le mot *filiation* parut rébarbatif à Kiona. Elle préféra se concentrer sur l'image de Delsin. «J'espère qu'il est déjà loin et qu'il va pouvoir vivre toujours dans la forêt. Delsin...»

Elle retomba dans une bienfaisante somnolence. Le rêve qui lui était si cher, celui qui l'avait poussée à faire s'enfuir Delsin, s'imposa aussitôt. Ils se baignaient ensemble dans un petit lac bordé de sapins. Ils riaient en s'aspergeant d'eau fraîche. Cela se passait dans les années à venir; ils étaient des adultes ou presque. Le soleil chauffait leur peau nue et dorée. Et ils se jetaient l'un contre l'autre pour échanger un baiser. Ce rêve avait suffi à Kiona pour comprendre l'importance du jeune Indien dans sa vie future.

Hermine, qui examinait avec angoisse la petite fille, la vit sourire dans son sommeil. Ce signe manifeste d'apaisement lui redonna confiance. Elle ne se doutait pas une seule seconde que l'enfant avait entendu une grande partie de son histoire.

— Ovide, dit-elle assez bas. Kiona a souri. La pauvre chérie! Je suis sotte, n'est-ce pas, mais cela me choque terriblement qu'elle soit tondue. Ses cheveux étaient magnifiques! Une cascade d'or roux.

— Ils repousseront, répondit l'instituteur. C'est un moindre mal, comparé au reste.

— Oui, je vous l'ai dit, je suis sotte.

— Vous êtes une femme courageuse, d'une rare loyauté dans vos engagements. Quand je vous ai vue aux prises avec ce frère Marcellin, qui sue le vice, j'ai cru que j'allais le frapper.

— Vous auriez pu. Je suis sûre qu'il fait partie des bourreaux.

— Je vous ai déçue, dans ce cas, plaisanta-t-il avec un brin d'amertume.

— Oh non, Ovide, je n'oublierai jamais à quel point vous m'avez soutenue dans cette épreuve! Votre présence amicale m'a donné l'énergie nécessaire, car je n'étais pas seule. Vous étiez là.

Sans en avoir bien conscience, elle avait mis dans ces derniers mots une note de tendresse. Ovide en eut des frissons. «Du calme, mon vieux, se morigéna-t-il intérieurement. Elle éprouve de la gratitude pour toi, rien d'autre. Et tu ne dois surtout pas abuser de la situation.»

Auberge de Péribonka, même jour

Hermine avait laissé l'infirmière seule avec Kiona dans la meilleure chambre de l'auberge de Péribonka.

La garde du village était une robuste personne d'une quarantaine d'années, très aimable. Elle avait promis d'examiner l'enfant avec délicatesse.

Malade d'anxiété, la jeune femme faisait les cent pas dans le couloir. Une petite fenêtre donnait sur le quai. Elle alla y jeter un coup d'œil et aperçut tout de suite Ovide et Akali. L'instituteur tenait la main de la fillette. Ils semblaient regarder tous deux le vol des goélands qui planaient au-dessus de l'eau.

« Tout à l'heure, songea Hermine, Ovide m'a dit que j'étais devenue une sorte de hors-la-loi en enlevant Akali! Pour Kiona, je peux me justifier, fournir des documents, mais, cette petite, je l'ai prise avec moi et je n'en avais pas le droit. Tant pis. Jamais elle ne retournera dans cet enfer. Ce sont des fous et je ne veux plus qu'on lui fasse du mal! Toshan serait de mon avis. »

C'était la première fois depuis deux jours qu'elle pensait à son mari. « Pardonne-moi, mon amour. Je n'ai pas eu le temps; j'étais entraînée dans un tourbillon d'actions et d'émotions bizarres. Ces pérégrinations à cheval, ces deux nuits près d'un feu au hasard du chemin, je n'étais plus tout à fait ta Mine, ta petite femme coquillage. »

Elle secoua la tête et lissa ses cheveux défaits comme pour chasser des souvenirs tout récents dont elle chérissait la nature exaltante. Ovide Lafleur en était le centre. « C'est normal que je sois touchée par lui. Il s'est révélé un véritable ami, efficace, courageux, rassurant. » Elle savait bien qu'elle se mentait à elle-même.

La garde sortit de la chambre et lui fit signe. Hermine se précipita, le cœur serré.

— Alors? demanda-t-elle.

— Soyez tranquille, la petite n'a pas subi de violences dans son intimité, assura la femme en rougissant, un peu gênée d'aborder un tel sujet. Mais elle a sûrement une côte fêlée. Elle a crié quand j'ai appuyé sur une des contusions. Je lui ai fait un bandage adapté. N'ayez crainte, madame. À son âge, l'os va se ressouder rapidement. Les premiers jours, elle souffrira un peu en respirant. Et surtout, elle doit éviter les mouvements brusques. Mais je crois qu'elle sera vite rétablie.

Le poids qui pesait sur la poitrine d'Hermine se dissipa. Elle avait confié à la garde d'où venait l'enfant et la femme s'était montrée pleine de compassion, tout en vibrant d'indignation. Elle s'était écriée :

— Ce qui se passe là-bas est un scandale ! Je mettrais ma main au feu que ces sœurs et ces frères sont la lie du clergé, qu'on les envoie à ces postes-là pour s'en débarrasser, sans songer aux dégâts qu'ils peuvent faire.

Hermine avait été réconfortée de trouver une alliée. Là encore, dans le couloir sombre, elle eut envie d'embrasser l'infirmière ; c'était bien rare, de croiser des gens de cœur.

— Merci, merci beaucoup d'être venue si vite. J'avais si peur pour ma sœur ! Enfin, ma demi-sœur, mais je l'aime comme si elle était ma fille.

— Entrez donc, elle vous attend, votre Kiona. Maintenant, elle a repris ses esprits et vous réclame. Quel lumineux regard ! Un regard d'ambre ! J'en étais toute secouée et elle m'a souri. Un sourire magnifique, plus beau qu'un lever de soleil sur le lac. J'en aurais pleuré, ou bien chanté de joie !

En entendant ces mots, Hermine n'eut plus aucune crainte. Kiona était vraiment sauvée.

Quelques minutes plus tard, après avoir pris congé de la garde et l'avoir payée, elle pénétra dans la chambre. L'air grave, Kiona était assise sur le lit.

— Mine ! appela-t-elle. Ma Mine !

La jeune femme approcha sans pouvoir retenir les larmes qui jaillissaient de ses yeux. Elle enlaça la fillette et la berça sur son cœur.

— Ma petite chérie, enfin tu es près de moi. Je ne veux plus jamais être séparée de toi.

Kiona enfouit son visage contre l'épaule d'Hermine, en nouant ses bras si minces autour de son cou.

— Je devais rester là-bas. Aussi, je ne t'ai pas demandé de venir me chercher, lui confia-t-elle en pleurant elle aussi. Mais tu as bien fait, parce que je n'étais pas assez forte pour aider les autres enfants! Ils me punissaient. Je les déteste, tous!

De gros sanglots la secouaient. Hermine devina que Kiona avait dépassé les limites de sa résistance nerveuse, qu'elle s'était sentie impuissante et qu'elle en avait honte.

— Ma chérie, c'est fini, tu dois oublier. Tu vas vivre avec moi, à présent, car...

Elle hésita à lui avouer le décès de Tala. La petite, rudement secouée déjà, ne supporterait peut-être pas la terrible nouvelle.

— Je sais, maman est morte, soupira la fillette. Je l'ai vue, elle brûlait. C'était ce qu'elle voulait, s'en aller dans un grand feu.

Sans oser répondre, Hermine étreignit plus fort sa demi-sœur. Durant ces deux ans, elles avaient passé peu de temps ensemble. La jeune femme n'était plus habituée aux étranges pouvoirs de Kiona.

— La grosse dame, la plus méchante, elle m'a volé mon collier et mes amulettes, se plaignit la fillette. Alors, tu sais, Mine, la première fois qu'on m'a enfermée dans le cachot, j'ai vu plein de choses horribles.

— Tu peux me les dire, nous en parlerons toutes les deux.

— Non, trancha la petite fille. Pas encore.

On frappa à la porte et Ovide entra, suivi d'Akali qui avait un paquet entre les mains.

— Regarde qui est là! s'écria gaiement Hermine. Un très bon ami, monsieur Lafleur, et ta camarade, Akali. Grâce à elle, j'ai pu te faire sortir du pensionnat. Elle t'a sauvée!

Feignant la surprise, tout comme elle avait fait semblant de dormir dans la carriole, Kiona eut un large sourire. Elle savait qu'Hermine avait emmené sa camarade, l'ayant aperçue entre ses paupières mi-closes.

— Le monsieur nous a acheté de belles robes, dit Akali. Et des chaussures neuves, et des foulards pour mettre sur notre tête! Personne ne verra que tu es tondue, Kiona!

— Oh! merci, monsieur, dit poliment la fillette en le fixant de son joli regard.

— Il faut remercier Hermine, c'est elle qui m'a donné de l'argent. Mais j'ai choisi les robes de mon mieux. J'espère qu'elles vous plairont, mesdemoiselles. Quant à ces boules de gomme à l'anis, je les ai payées avec mes dernières économies.

Le ton enjoué démentait ce que l'annonce aurait pu avoir de dramatique. Kiona fixa l'instituteur d'un air très doux et dit:

— Vous êtes gentil, monsieur.

Akali reçut les sucreries, mais, intimidée, elle tourna et retourna le sachet en papier entre ses doigts. Hermine fit le partage, en invitant sa protégée à prendre place sur le lit.

— Ce soir, reprit Ovide, le souper sera délicieux! La serveuse m'a confié le menu: un potage aux fèves et aux choux, du poulet grillé et des patates.

— Il faudra leur donner de petites doses, recommanda la jeune femme. Elles ont été affamées, elles pourraient être malades.

Ne quittant pas des yeux les deux enfants qui dégustaient d'un air ébloui les boules de gomme, ils en discutèrent à voix basse. Sans le signifier, ils savaient qu'à cet instant ils éprouvaient la même satisfaction, la même émotion.

— Je vais dans la chambre que vous m'avez généreusement offerte, dit enfin Ovide. J'ai grand besoin de me laver et de me reposer. Vous serez plus à l'aise sans moi pour l'essayage des robes et des colifichets.

— Quel joli mot! Colifichet! À plus tard! Nous ferons monter les repas.

Elle fut heureuse de se retrouver avec Kiona et Akali, même si la compagnie de l'instituteur lui était devenue très agréable. Les fillettes semblaient s'amuser: elles riaient et bavardaient sans crainte. « On dirait qu'elles n'ont jamais vécu l'horreur, l'abjection. Peut-être font-elles en sorte de ne pas y penser, car elles se savent hors de danger.»

C'était exactement cela. Occupée à caresser d'un doigt la cotonnade fleurie de son corsage, Kiona revoyait par intermittence le sexe brun et énorme du frère Marcellin et, chaque fois, elle avait la nausée. Afin de repousser l'odieuse vision, elle se répétait qu'elle avait un père, maintenant, et c'était Jocelyn. Cela ne lui convenait guère. Elle le trouvait trop vieux et souvent sévère.

Akali, son aînée de quatre ans malgré sa petite taille, profitait mieux de sa liberté. Elle avait eu si peur, si mal au pensionnat! On lui avait imposé des gestes si odieux que le simple fait d'être au loin, près de la belle dame blonde et de Kiona, la rendait euphorique. Elle avait un peu l'impression d'avoir été morte pendant des mois et de ressusciter maintenant.

— Tu es ravissante, coiffée ainsi, déclara Hermine qui venait d'ajuster un foulard sur le crâne tondu de Kiona. Veux-tu te regarder dans le miroir de l'armoire?

— Non, Mine! Je voudrais avoir mes cheveux d'avant, gémit-elle en pleurant à nouveau.

— Ils repousseront vite. Tu as remarqué, ceux d'Akali lui couvrent déjà les oreilles et elle pourra bientôt les natter. Je comprends ton chagrin, ton immense chagrin. Tu as perdu ta maman, et ces gens du pensionnat t'ont torturée. Mais réfléchis! Toshan s'est coupé les cheveux pour partir à la guerre, lui qui les avait toujours longs. Tu n'as qu'à te dire que toi aussi tu as livré une bataille contre la supérieure et qu'il fallait sacrifier tes beaux cheveux pour la gagner.

Ce petit discours parut rasséréner Kiona. Hermine la garda sur ses genoux en fermant les yeux pour ne pas voir les marques de coups sur ses joues.

Assise sur une chaise, Akali décida de parler. Avec des mots d'enfant, le regard dans le vague, elle raconta les détails de son enfer personnel, en évoquant parfois ce qui était arrivé aux autres pensionnaires, filles et garçons. Elle insista sur la manière dont Kiona l'avait aidée à éviter les manigances perverses de la supérieure, en citant les paroles de l'Évangile et en faisant le signe de croix plusieurs fois. Elle termina par le calvaire de Toba, un orphelin de sept ans.

—C'est le favori des frères, avoua-t-elle dans un souffle gêné.

Hermine était blême, la bouche sèche, incapable de dire un seul mot. Elle croyait vraiment qu'elle était en train de perdre la foi en Dieu, en son Église et en ses saints. Tout ce que les sœurs du Bon-Conseil lui avaient enseigné de la religion catholique n'avait plus de sens pour elle. Pourtant, la douce Madeleine, violée à huit ans par un gendarme, se montrait une croyante fervente.

—Je suis désolée. J'aurais voulu pouvoir emmener Toba aussi, parvint-elle enfin à articuler. Je te promets, Akali, de faire l'impossible pour que cela change et que ces religieux soient punis. Ovide le souhaite également.

—Est-ce que c'est votre mari, le monsieur? interrogea Akali.

—Mais non, que tu es bête, protesta Kiona. Mine est mariée à mon frère Toshan. Il fait la guerre en Europe.

Hermine avait rougi. Elle se leva un peu trop vite pour fouiller sa sacoche de voyage.

—Je dois descendre téléphoner à Val-Jalbert. Vous allez vous mettre dans le lit toutes les deux et lire ces journaux. Je les avais apportés pour toi, Kiona. Ils sont humides, à cause de la pluie, mais à l'intérieur il y a de jolis dessins et des histoires passionnantes. Ma mère a abonné mes filles, Marie et Laurence, enfin Nuttah et Nadie.

Elle leur tendit quatre numéros du célèbre périodique français *Lisette*[24]. Hermine appréciait beaucoup cette publication et elle était toute contente de proposer aux fillettes un univers de douceur et d'innocence où les adultes n'abusaient jamais des enfants.

—Je reviens tout de suite, et nous souperons là, en sécurité dans la chambre.

---

24. Périodique très populaire en France, destiné aux jeunes lectrices de sept à quinze ans, qui parut de 1921 à 1942, pour reprendre ses publications en 1946.

Hermine aurait aimé posséder une baguette magique et effacer de la mémoire des deux petites tout ce qu'elles avaient enduré. Le dégoût qui la taraudait vrillait ses nerfs. En traversant la salle de l'auberge pour accéder à la cabine téléphonique, elle jeta des coups d'œil méfiants aux personnes attablées ici et là, comme si, après avoir su comment certains religieux agissaient, n'importe qui pouvait se révéler une menace potentielle. Ovide buvait un thé, accoudé au comptoir. Il la vit passer, auréolée de sa somptueuse chevelure blonde, la démarche vive, ses seins pointant sous le lainage de son pull.

— Tabarnak! jura un homme. En voilà, une beauté!

L'instituteur soupira. Plus les heures s'écoulaient, plus il était amoureux. Résigné à souffrir, il guetta la réapparition de la jeune femme. Elle revint assez vite, les joues roses, ses lèvres sensuelles entrouvertes sur des dents de nacre. Sans hésiter, elle le rejoignit et posa sa main sur son bras.

— C'est fait, dit-elle. J'ai prévenu ma mère. Elle transmettra la nouvelle à mon père, qui est encore hospitalisé. Et j'ai organisé mon arrivée.

— Puis-je avoir des détails? ironisa-t-il avec un sourire désarmant.

Elle constata qu'il s'était rasé et portait une chemise propre. Sa pâleur même la séduisait. Ovide avait une bouche bien ourlée et des traits singuliers, mais son regard vert dégageait un tel charme qu'elle en eut le vertige.

— Je vous expliquerai mes projets sur le bateau, demain.

— Je ne prendrai pas le bateau, Hermine. J'ai la tâche ingrate de ramener la carriole au portail du pensionnat et ensuite de rentrer chez moi à cheval, en tenant aussi votre Chinook.

— Où ai-je la tête? Ovide, si vous saviez ce que j'ai entendu, tout à l'heure! Kiona n'a rien dit, mais Akali avait besoin de se confier. J'en suis malade, pire que ça, même. Je ne pourrais absolument pas vous répéter ces abominations.

—Chère Hermine, vous êtes bouleversée, je le vois bien. Montez vite rejoindre les petites.

En pleine confusion, elle s'en alla, docile, déchirée entre l'envie de veiller Kiona et Akali, et le besoin lancinant de rester près du jeune instituteur. «Doux Jésus, que m'arrive-t-il? s'effara-t-elle en faisant une halte au milieu de l'escalier. Je n'ai qu'une idée: me blottir dans les bras d'Ovide, le sentir contre moi. Mais j'aime Toshan, mon mari, mon bel amour! Pourquoi est-il parti, aussi? Je ne sais plus du tout où j'en suis!»

Avant d'entrer dans la chambre, elle s'appuya à la cloison du couloir. «En quelques jours, tout a basculé. J'ai appris la mort de Tala dès mon retour à Roberval et papa m'a suppliée de chercher Kiona. Je n'ai pas eu le temps de pleurer ma belle-mère, de penser à elle, ni de profiter de mes enfants. Ces trois mois à Québec avec Charlotte et Madeleine ont passé à la fois vite et lentement. Je travaillais, je faisais des gammes et c'était le souper, et c'était la nuit. Quand je tentais de me représenter Toshan sur le bateau ou en Europe, je le revoyais de dos, en uniforme, pareil aux autres soldats. Et il m'écrit si peu! Mais est-ce une raison pour succomber à la gentillesse et au charme du premier venu? Non, Ovide n'est pas le premier venu. Il est instruit et intelligent, il se passionne pour la littérature! En plus, depuis des années, il se consacre aux enfants indiens, il visite les réserves pour leur enseigner l'alphabet et le calcul. Et comme moi il a décidé de lutter pour obtenir le plus tôt possible la fermeture de ces affreux pensionnats.»

Elle soupira, à la fois ravie et accablée. Ovide lui semblait doté de nombreuses qualités, mais, tout en les reconnaissant, elle se sentait coupable de s'intéresser autant à lui.

«Je ne peux pas m'en empêcher. C'est plus fort que moi. Je pense sans cesse à lui... Il ne faut pas!» Elle se remémorait leur première rencontre, trois ans auparavant. Déjà, elle songeait qu'elle aurait peut-être été plus heureuse avec un homme comme lui. Elle était consternée de nourrir aujourd'hui les mêmes pensées que jadis. «Non et non, je vais me raisonner. Je délire! Je suis trop fatiguée pour réfléchir correctement.»

Forte de cette bonne résolution, elle ouvrit la porte. Kiona et Akali lisaient sagement, bien au chaud sous l'édredon.

—Je n'ai pas été trop longue? interrogea-t-elle.

—Oh non, Mine! répondit sa demi-sœur. J'aime tant *Lisette*! Tu as téléphoné à Val-Jalbert? Dis, qui as-tu eu au téléphone? Ta mère ou ton père?

—J'ai annoncé la bonne nouvelle à toute la famille. Je leur ai dit que tu étais saine et sauve.

—Tu leur as dit qu'Akali vient avec nous? s'inquiéta Kiona. Laura ne doit pas être contente. Mine, moi, je ne veux pas habiter chez ta mère.

Un air malicieux sur le visage, la jeune femme s'assit au bout du lit.

—Demain soir, nous aurons une maison rien qu'à nous.

—Celle de Roberval? Je n'ai pas trop envie, Mine.

—De toute façon, je ne la loue plus aux Douné[25]. Un couple très sérieux y loge. J'ai demandé à Charlotte de nous prêter sa maison de Val-Jalbert, qui est refaite à neuf depuis le début de la guerre.

Akali écoutait attentivement, étourdie par tous ces noms. Elle appréhendait un peu de faire la connaissance de tous ces gens.

—Qui est Charlotte? osa-t-elle demander.

—Une belle jeune fille brune que ma mère et moi avons recueillie lorsqu'elle avait ton âge. Elle était presque aveugle, mais une opération lui a rendu la vue. C'est comme une sœur pour moi.

—Tu en as beaucoup, des sœurs et des amies...

—Cette maison, Charlotte l'avait aménagée pour y vivre avec son futur mari, Simon, mais la noce n'a pas eu lieu. Personne ne l'occupait et c'était bien dommage. Nous allons nous y installer dès notre arrivée. Il y a

---

25. Hermine avait loué à d'anciens voisins, les Douné, une maison sur la rue Sainte-Angèle, à Roberval.

quatre chambres à l'étage. Madeleine et Charlotte vont tout préparer pour notre arrivée.

Hermine se félicita d'avoir eu cette idée, car Kiona parut se détendre. Même amaigrie et les joues marbrées de mauve, la fillette était d'une beauté insolite, le foulard soulignant la perfection de ses traits et dégageant son front. Ses yeux paraissaient encore plus grands, plus dorés.

—Je continue à lire, Mine, dit-elle gravement.

La jeune femme constata alors à quel point la petite était triste. Elle se promit de la choyer, de lui réapprendre le bonheur.

Le souper, auquel Ovide fut convié, se déroula dans une ambiance assez gaie. Soucieux de distraire les deux enfants, l'instituteur trouva un sujet de conversation intéressant. Il passa en revue les animaux sauvages du pays, en questionnant tour à tour Akali et Kiona.

—Avez-vous vu des loups, demoiselle?

—Oh oui! monsieur, souvent, affirma l'une.

—Et des ours?

—Toujours le même. Il rôde les nuits de pleine lune, s'écria la seconde.

Les lynx et les orignaux s'ajoutèrent à la liste. Hermine raconta comment, un soir de Noël, des loups s'étaient approchés à quelques mètres de la maison de sa mère, à Val-Jalbert.

—Nous revenions de la messe où j'avais chanté et nous avions invité l'abbé Degagnon et nos voisins, les Marois. En arrivant près du perron, Mireille, la gouvernante, a poussé un cri de terreur. Elle désignait du doigt deux gros loups massifs, le poil gris fourni et constellé de flocons, qui se tenaient à une trentaine de pieds, dans la pénombre. Joseph Marois a fait tournoyer son bâton en l'air en hurlant de toutes ses forces. Les loups se sont enfuis, mais tout le monde avait eu très peur. Et, quand tu n'étais qu'un bébé, Kiona, j'ai dû affronter un gros ours noir qui avait pillé nos provisions, au bord de la Péribonka.

—Ah oui? s'étonna Kiona. Et qu'est-ce que tu as fait?

—Moi, pas grand-chose. L'ours, un vieux mâle, se dressait sur ses pattes arrière en pointant son museau brun poudré de blanc. Notre brave chien, Duke, le menaçait en grognant. J'étais terrifiée, mais savez-vous qui a fait fuir cette grosse bête?

—Non, dis, insista Kiona.

—Les hurlements stridents de Marie-Nuttah, qui réclamait la tétée! Madeleine a essayé de la nourrir pour la faire taire, mais ce n'était qu'un bébé de quelques mois, affamé, et elle criait d'impatience. L'ours noir n'a pas apprécié du tout ses aigus!

Les deux enfants se sourirent, amusées. Ovide était tout aussi ravi, surtout d'en apprendre un peu plus sur la vie d'Hermine.

Akali mangea de bon appétit, éblouie par toutes ces histoires qui lui faisaient entrevoir un autre monde, un monde coloré, plein de surprises futures, où on venait de l'inviter à entrer. Elle n'arrivait pas à croire qu'un tel miracle s'était produit. Sa vie durant, la petite Montagnaise se souviendrait de ce souper à l'auberge de Péribonka, où elle s'était régalée de poulet grillé et de crêpes au sirop d'érable, sans plus rien craindre de ses bourreaux.

Ovide avait commandé de la bière. Hermine en but aussi.

—Une dame sérieuse ne touche pas aux boissons alcoolisées, plaisanta-t-il.

Mais il était ravi de la voir rire tout bas, lumineuse, tendre et adoucie par la présence des fillettes.

—Je crois que c'est l'heure de dormir, dit-il après le dessert. Je vous souhaite donc une bonne nuit, mesdemoiselles, madame!

Il leur fit la révérence et sortit.

—Qu'est-ce qu'il est drôle, ce monsieur! dit Akali en bâillant.

—Comme j'aurais voulu un père comme lui! soupira Kiona qui décocha un regard assombri à Hermine.

La jeune femme n'y fit pas vraiment attention. Elle aida les deux petites à se déshabiller, les mit au lit et les borda. Elle éteignit le plafonnier, laissant la lampe de chevet allumée.

—Dormez bien, mes chéries. Moi, je couche tout près de vous, dans ce lit de camp. Demain, nous prenons le bateau. Il part du quai à midi. Nous aurons le temps de nous promener dans le village.

Elle les embrassa avec tendresse. C'était un infini réconfort de les voir là, sous sa protection, arrachées à cet enfer sur terre qu'était le pensionnat. Les fillettes s'endormirent très vite. Hermine alla se poster à la fenêtre. Le ciel nocturne était clair, piqueté de rares étoiles. Un quartier de lune se reflétait sur la rivière Péribonka, parcourue de milliers de vaguelettes. Des barques amarrées se balançaient doucement.

« Mon pays, mon cher pays, songea-t-elle. Depuis des années, je contemple les eaux du lac, les montagnes et, là-bas, Roberval, Val-Jalbert. »

Un homme marchait au bord du quai. C'était Ovide. Il leva la tête et l'aperçut derrière la vitre. Elle recula, puis, s'estimant idiote, elle revint sur ses pas pour lui faire un signe amical. Mais l'instituteur avait disparu.

« Il a dû sortir et il revenait à l'auberge. »

Elle entendit un bruit de pas dans l'escalier. Le cœur battant à tout rompre, dominée par une pulsion plus forte que sa raison, elle se dirigea en silence vers la porte de la chambre et se glissa dans le couloir. Immobile, il était là, une clef à la main, devant une autre porte, distante de trois mètres environ.

—Je voulais vous dire bonne nuit, dit-elle en s'avançant. Quelle chance! Il ne pleut plus.

—J'ai l'habitude de me promener un peu avant de dormir. J'aime cet endroit, le bord de la rivière, les parfums du vent, les clapotis contre les piliers du quai.

Elle fit encore deux pas et se retrouva dangereuse-ment proche de lui. Il avait la même expression triste et grave que Kiona.

—Hermine, vous êtes épuisée, allez vous coucher. Je ferai de même, dans un lit bien trop grand pour moi.

—Je ne suis pas fatiguée du tout, protesta-t-elle très

bas. Ovide, je ne vous ai pas assez remercié. Sans vous, Kiona aurait pu mourir et je l'aurais pleurée ma vie entière.

Elle scrutait ses traits, émue par ses lèvres pâles, son nez fin, l'arc de ses sourcils... Une boucle châtain barrait le haut de son front. Elle la lissa d'un geste instinctif. Son corps tremblait de désir pour cet homme et son esprit devenait un désert où plus rien n'existait, ni Toshan, ni Laura et Jocelyn, ni ses enfants. Elle avait l'impression d'être seule, non pas isolée, mais indépendante pour la première fois peut-être de son existence, et libre, totalement libre, au bout du monde, sans comptes à rendre.

— Ovide, chuchota-t-elle. Je ne peux pas...

— Vous ne pouvez pas quoi? s'enquit-il, sur la défensive.

— M'éloigner de vous, là, maintenant!

— Ce serait plus sage. Un client peut monter et nous trouver ici, au milieu du couloir.

— Alors, entrons dans votre chambre, rien qu'un instant, s'il vous plaît, supplia-t-elle en le prenant par les épaules. Il faut que je vous parle.

Il fit non de la tête et tenta de la repousser. Pourtant, cela lui demanda un effort surhumain. Hermine était irrésistible avec ses yeux d'une limpidité grisante, sa bouche très rose, ses cheveux défaits, souples, brillants et si blonds. Il refusa de penser à ce corps qui s'était plaqué un instant au sien, à ses seins, à son ventre, à la source de délices nichée entre ses cuisses. Sinon, il ne pourrait plus résister à la passion dont il réfrénait les élans depuis trois jours.

— Soyez gentille, Hermine, arrêtez de me faire endurer un pareil supplice, gémit-il. Vous savez très bien qu'il ne faut pas! Nous ne devons pas entrer dans ma chambre. Je ne suis pas un saint et vous me plaisez beaucoup trop.

Affolée par ces mots explicites, par le mouvement de recul qu'il avait eu, elle se jeta à son cou et frotta sa joue contre la sienne, puis, plus hardie que lui, elle l'embrassa. Ses lèvres étaient chaudes et douces. Il ne put que répondre à son baiser avec une ferveur contenue, subtile cependant. La jeune femme, paupières closes, laissait le plaisir l'envahir. Des ondes chaudes, presque électriques, la parcouraient.

—Hermine, ayez pitié, restons-en là, dit-il en la repoussant de nouveau. Je pourrais vous entraîner dans cette chambre et je serais le plus heureux des hommes de vous avoir à moi, même pour une seule nuit. Sans doute éprouveriez-vous de la joie, mais demain... Demain matin, loyale comme vous l'êtes, vous regretteriez votre coup de folie. Quant à moi, je n'aurais plus un moment de paix intérieure. Il y a pire encore. Si cette chose se produisait, je m'interdirais de vous revoir. Et ça, non, je ne peux pas m'y résoudre. Je préfère être votre ami et avoir le droit et le plaisir de vous rencontrer, de souper avec vous, de mener à vos côtés le combat que nous avons résolu.

Ovide avait su trouver les mots justes. Elle admit que, s'ils donnaient libre cours à leur émoi, le lendemain, le remords la terrasserait et que, d'un commun accord, ils ne se reverraient plus. Pourtant, il la reprit contre lui, les paumes de ses mains plaquées sur ses hanches rondes. Hermine en frémit tout entière d'un bonheur presque animal. Mais les doigts du jeune instituteur se firent plus légers pour remonter doucement de ses reins à son dos, avant de plonger dans sa chevelure soyeuse. Enfin, il lui caressa le visage, à la façon d'un aveugle qui aurait voulu graver ses traits délicats dans sa mémoire, à jamais.

—Ouvrez votre porte, implora-t-elle. Quelqu'un monte; j'ai peur qu'on nous voie ensemble.

Il s'exécuta, saisi d'une fièvre amoureuse telle qu'il n'en avait jamais éprouvé de pareille. Hermine se réfugia dans la pièce où régnait un clair-obscur complice. Il la rejoignit. Ils s'enlacèrent à nouveau, titubants, bouche contre bouche. Elle ne supportait plus ses vêtements et commença à déboutonner son gilet. Il lui fallait les lèvres d'Ovide sur sa poitrine, sur son ventre doucement bombé par ses maternités.

—C'est trop tard, je ne vous lâche plus, déclara-t-il d'une voix altérée par la fébrilité.

Elle s'allongea en travers du lit. Pour la soirée, elle avait enfilé une jupe et des bas, soulagée de quitter son pantalon détrempé par la pluie. Le jeune homme tomba à genoux et frotta sa tête entre ses cuisses, se grisant de son subtil parfum de femme. Elle dut se retenir de crier, mais elle s'offrit davantage, haletante, malade de désir.

—Vous êtes belle, si belle, dit-il en se redressant afin de contempler ses seins aux mamelons couleur de framboise. J'ai tant rêvé de vous!

Il ponctua cet aveu d'un baiser très doux, interminable. Elle le découvrait, du bout des doigts. Son torse mince s'ornait d'une fine toison frisée; sa peau était soyeuse.

—Moi aussi, murmura-t-elle, toute tremblante.

Ovide ne se hâtait pas de la pénétrer, attentif à la combler de caresses. Elle ne se contrôlait plus. Elle ondulait sous lui, chaude et abandonnée. Sa respiration était saccadée.

—Maintenant, oh oui! Maintenant! implora-t-elle.

Un cri strident déchira alors le silence. Cela venait de l'étage. L'instituteur se leva, aussitôt dégrisé. La jeune femme l'imita. Le cri résonna encore.

—C'est une des filles, balbutia-t-elle. Mon Dieu, et je ne suis pas avec elles!

Elle se rhabilla à toute vitesse et se rua dans le couloir, échevelée. Akali hurlait dans son sommeil en agitant les bras.

—Non, non, j'veux pas, pitié, non, scandait-elle, effrayée.

Hermine se faufila sous les draps. Elle se pencha sur la fillette et lui caressa le front.

—Maman? appela Akali en clignant des yeux.

—Non, c'est moi, Mine. Tu n'as rien à craindre, je suis là.

Tout de suite rassurée, la petite Indienne se blottit contre elle, encore secouée de sanglots. Kiona se réveilla au même instant, hébétée.

— Akali a fait un cauchemar. Rendors-toi, ma chérie! Tout va bien. Nous sommes à l'auberge de Péribonka, tu te souviens?

— Oui, je sais, dit Kiona. Mais tu étais où?

— Ici, sur le lit de camp près de l'armoire, mentit-elle. Mais je vais passer la nuit entre vous deux. Viens de l'autre côté.

Somnolente, Kiona obéit et se pelotonna tout de suite contre elle, nichant son visage dans l'oreiller. Akali se calmait déjà. Hermine répétait:

— Là, c'est terminé, personne ne te fera de mal, je suis là.

Les battements désordonnés de son cœur la suffoquaient. Elle avait repris pied dans la réalité, celle où il est interdit de courir vers un autre homme que son mari, d'écouter l'appel de la joie, du plaisir des sens. Elle eut aussi une pensée émue pour Ovide, qui devait déplorer l'incident. «Peut-être qu'il va m'attendre, se dit-elle. Non, il sait bien que je ne reviendrai pas. Puisque nous n'avons rien fait, je le reverrai.»

C'était se maintenir sur un chemin périlleux, mais Hermine décida qu'il en serait ainsi. Elle jouerait avec le feu, car Ovide le méritait.

«Il se bat au nom de l'innocence, et je l'admire. Ce n'est pas défendu, d'admirer les justiciers!» Mais, au fond, elle était soulagée. Sa vraie place, cette nuit, était dans ce lit, entre Kiona et Akali.

8
Ovide Lafleur

Sur le lac Saint-Jean, mardi 29 septembre 1942

Hermine était assise sur un banc, Kiona à ses côtés. Le bateau blanc qui les conduisait à Roberval avançait à bonne allure sur l'eau bleue du grand lac Saint-Jean. Il y avait très peu de passagers ce jour-là et, la fillette se montrant très silencieuse, Hermine pouvait donner libre cours à ses pensées. Akali, ivre de sa liberté retrouvée, déambulait sur le pont, après avoir promis d'être prudente.

Multipliant les acrobaties aériennes, les goélands suivaient la grosse embarcation, leurs ailes déployées formant un dessin précis.

«Ovide avait l'air bien triste quand nous nous sommes dit au revoir. Une poignée de main et rien d'autre, alors que la veille j'étais à demi nue dans ses bras à accueillir ses baisers. Comment ai-je pu me comporter ainsi? À part Toshan, aucun homme n'avait touché mes seins ni posé ses lèvres sur mon ventre. Mon Dieu! il faut croire qu'hier soir j'avais complètement perdu l'esprit! C'était peut-être un trop-plein d'émotion. En quelques heures, j'ai subi plusieurs chocs, dont surtout la découverte de Kiona dans un état effrayant et ma lutte pour l'arracher à ce pensionnat en même temps qu'Akali... Et toutes ces horreurs que m'a racontées cette pauvre enfant. Devant Ovide qui est la bonté même, la loyauté, le courage, la douceur, j'ai laissé parler mon cœur... et mon corps. Je n'ai même pas honte. C'était si doux, si tendre et délicieux!»

Elle songea à Betty Marois, son ancienne gardienne, sa seconde mère, morte tragiquement en couches trois ans plus tôt. Cette femme sérieuse, pieuse, toute dévouée à sa famille et excellente ménagère avait commis le péché d'adultère avec un certain Paul Tremblay, un vrai bandit sans scrupules. «Pauvre Betty! Quand elle m'a avoué sa faute, je l'ai jugée bien sévèrement! La malheureuse tentait de se justifier; elle me parlait d'une attirance incontrôlable pour ce sale type et moi, outragée, je faisais la sourde oreille! Pourtant, je ne vaux guère mieux. Betty avait des excuses, elle. Avoir Joseph pour époux, ce n'était pas un cadeau. Il est avare, brusque, grincheux et il a un fort penchant pour la bouteille.»

— Mine, à quoi penses-tu? demanda soudain Kiona en lui prenant la main.

— Oh! je regarde les oiseaux en surveillant Akali. Mais elle m'obéit, elle ne s'éloigne pas.

— Tu es gentille, Mine, de l'avoir emmenée aussi, déclara la petite fille d'une voix douce. Mais les autres, personne ne viendra les chercher, eux!

— Je le sais bien, ma Kiona, et cela me fait beaucoup de peine!

— Oui, je sais. À moi aussi, soupira l'enfant.

L'air rêveur, elle ne posa plus de questions. Hermine n'osait pas la brusquer en l'interrogeant sur ce qu'elle avait vécu. Son instinct féminin et sa sensibilité lui soufflaient que Kiona n'était pas prête à parler. Cependant, un détail l'intriguant, elle fit remarquer d'un ton neutre :

— Tu as conseillé à Akali de faire le signe de croix si la supérieure venait la chercher et de citer des paroles de Jésus. D'où t'est venue cette idée?

— Quelqu'un me l'a dite, dans ma tête. Et Madeleine me lisait souvent les Évangiles, les soirs d'hiver.

— Mais tu étais toute petite, s'étonna Hermine. Madeleine a passé peu de temps avec toi, ces deux dernières années.

— D'accord, je t'ai menti, concéda Kiona. J'ai lu l'histoire de Jésus. J'avais volé le livre à l'école de Roberval. Je l'ai relu plusieurs fois, en cachette de maman. J'aime Jésus. Je crois que c'est lui qui m'a aidée, au pensionnat. Il était bien obligé, Mine, puisque les sœurs et les frères, ils s'en moquaient, de lui et de ses paroles. Ce ne sont pas de vrais religieux, mais des démons!

Ces mots singuliers troublèrent la jeune femme. Rien ne pouvait être simple ou ordinaire avec Kiona, qui était sûrement trop jeune pour maîtriser ses visions, ses presciences et sa surprenante intelligence. La petite affirmait des choses terribles avec une apparente impassibilité, ce qui mettait son entourage mal à l'aise.

— Les démons existent, Mine, ajouta-t-elle. Mon grand-père, celui qui est shaman, me l'a dit. Mais Jésus peut les repousser.

— Bien sûr, ma chérie, admit Hermine en l'attirant dans ses bras.

Elles ne discutèrent plus, trop occupées à savourer ce moment de tendresse. Akali accourait.

— Madame, j'ai vu un poisson sauter hors de l'eau! Viens te promener avec moi, Kiona. C'est si joli, les vagues!

— Non, je n'ai pas envie! Je préfère rester avec Mine.

De grosses larmes roulèrent sur les joues de la fillette. Elle les essuya d'un geste tremblant. À présent que le danger était passé, le chagrin la submergeait.

— Maman est morte, gémit-elle. Je voudrais tant la voir!

Cet aveu déchirant brisa le cœur d'Hermine. Devant ce petit visage torturé, elle oublia ses propres doutes, ses remords et ses regrets.

— Ma petite chérie, viens dans mes bras, viens! Pleure, tu as le droit de pleurer. Tu as perdu ta maman et j'en suis désolée. Moi aussi, je suis très malheureuse; j'aimais beaucoup Tala.

Akali observait la scène, honteuse de s'être montrée si gaie. Elle prit place sur le banc, les mains jointes sur ses genoux.

— Tu as été tellement courageuse, ma chérie! reprit la jeune femme. On t'a enlevée à ta mère pour t'enfermer dans un lieu d'épouvante et toi, tu n'as pensé qu'à aider les autres enfants. Jamais tu n'oublieras ta maman; elle te manquera longtemps, mais je serai là, je ne te quitterai plus. Tu vas retrouver Mukki, les jumelles et Louis! Ils feront tout pour te consoler. Nous sommes ta famille, ma Kiona.

Les yeux fermés, une joue plaquée sur la poitrine d'Hermine, la fillette sanglotait sans bruit. Elle se retenait de répondre, d'avouer ce qu'elle savait, ce qu'elle pressentait. « Tu vas me quitter quand même, Mine. Et celui qui est mon père, Jocelyn, il va souffrir à cause de moi. Louis aussi. Je voudrais être grande d'un seul coup pour retrouver Delsin et me baigner avec lui dans cette rivière, au soleil. Ce jour-là, je serai heureuse, mais pas avant. »

Val-Jalbert, même jour

L'automobile noire des Chardin, étincelante de propreté, ses chromes astiqués, roulait au ralenti sur la rue Saint-Georges. Laura avait envoyé leur voisin et ami Joseph Marois à Roberval afin de ramener Hermine et les fillettes. Akali, qui n'était jamais montée dans une voiture, gardait le nez collé à la vitre arrière. Elle avait hâte de découvrir la maison où elle allait habiter avec Kiona et d'autres enfants.

« Maman exagère, pensait la jeune femme en contemplant d'un œil attendri son cher village. Elle aurait pu se déplacer! Et papa? Je n'ai pas jugé bon de lui rendre visite à l'hôpital. Je crains qu'il ne soit choqué en voyant Kiona dans cet état. »

De nature plutôt taciturne, Joseph avait bavardé pendant tout le trajet, surtout pour vanter l'excellente initiative de Laura, à savoir la création de son cours privé.

— Mademoiselle Andréa, en voilà une enseignante qualifiée, s'était-il extasié. Une main de fer dans un gant de velours, comme disent les Français! Marie a fait des progrès depuis qu'elle suit ses leçons. Mais les enfants ont eu congé aujourd'hui pour qu'ils puissent vous accueillir, eux aussi.

Hermine avait expliqué à Akali qui était Marie.

—Tu vois, c'est la fille de ce monsieur! Elle porte le même prénom qu'une de mes jumelles. Aussi, Marie, la mienne, en a profité pour se faire appeler Marie-Nuttah. Puis Nuttah.

La voiture passa devant le couvent-école dont la majestueuse structure s'accordait à merveille avec le paysage environnant. Il faisait très beau temps et un soleil pourpre annonçant l'été indien incendiait les frondaisons des collines, semées d'épinettes et d'érables. L'instant crucial approchait.

—Nous passons chez mes parents, dit Hermine à Akali. Ensuite, nous irons chez nous! Kiona, est-ce que tu te sens bien?

Sa demi-sœur était livide; elle avait le regard sombre et la bouche pincée. Elle fit oui de la tête.

—Courage, ma chérie, insista Hermine. Sais-tu qu'il y a un poney, maintenant? Tu pourras le monter.

La nouvelle parut ranimer Kiona. Elle consentit à sourire.

Laura guettait l'arrivée de l'automobile. Debout près d'une fenêtre donnant sur la cour, elle se préparait à accueillir le plus gentiment possible Hermine et les deux fillettes. Dans la maisonnée, chacun avait reçu des consignes précises. Aux enfants, elle avait recommandé de ne pas poser de questions à Kiona et de ne pas sembler surpris de son apparence.

—Elle a le crâne rasé, des traces de coups et une côte fêlée. Il faut la ménager. Je ne veux entendre aucune remarque qui pourrait la peiner.

Mireille avait fait des crêpes pour le goûter et beaucoup de thé. Charlotte et Madeleine, quant à elles, devaient patienter dans l'ancienne nursery, en compagnie de mademoiselle Damasse.

—S'il y a trop de monde quand elles entreront, avait dit Laura, l'ambiance sera trop animée, et je ne veux pas affoler ces petites martyres!

Malgré son tempérament emporté, elle avait une

précieuse qualité, trop souvent masquée par ses caprices. Elle n'admettait pas qu'on touche à des innocents. Elle plaignait donc sincèrement Kiona. L'antipathie que lui avait inspirée l'étrange fillette ne tenait qu'à un point, capital à son avis: l'enfant était née d'une liaison entre Tala et Jocelyn. Fort jalouse, elle n'avait jamais vraiment pu accepter cet état de choses. Mais la belle Indienne était morte et la santé de Jocelyn la préoccupait. Aussi Laura baissait les armes.

— Tu es un ange, ma chérie, de m'avoir fait sortir de l'hôpital, fit une voix derrière elle.

— C'est bien normal, Joss! De toute façon, tu seras mieux soigné ici. Et Hermine sera contente que tu sois là.

— Si mon cœur tient le choc en présence de Kiona. Dire qu'elle a été battue et enfermée!

De plus en plus nerveuse, Laura se mordilla un ongle. Elle regarda son mari, apitoyée de le voir si fragile.

— Aie du cran, Joss! Je t'aime, je ne veux pas te perdre. La guerre ravage le monde entier. Nous devons faire régner la paix dans ce foyer. Ce sera déjà ça.

Un bruit de moteur la fit sursauter. Elle approcha son visage de la vitre.

— Seigneur, les voilà! Nous faisons comme prévu. Je vais les accueillir sur le perron, seule!

Jocelyn approuva en silence. Il avait la gorge nouée et se sentait transi.

Hermine descendit la première de la voiture. Tout de suite, elle aperçut sous l'auvent sa mère couronnée de ses boucles blond platine, vêtue d'une robe de laine grise fort modeste.

— Venez, mes chéries, dit doucement la jeune femme.

Elle marcha vers la maison en tenant les deux fillettes par la main. Joseph Marois ne les suivit pas immédiatement; il allumait sa pipe.

— Bienvenue à Val-Jalbert, dit Laura avec un sourire presque timide.

Elle ne pouvait rien ajouter, saisie d'une immense

pitié. Elle avait du mal à reconnaître Kiona dans cette petite fille au corps émacié, au teint blafard, les joues encore marbrées d'ecchymoses. Le foulard en cotonnade rose laissait deviner le crâne tondu. Akali avait meilleur aspect, avec ses cheveux noirs très raides qui lui arrivaient à la nuque. Les deux enfants portaient de jolies robes.

— Hermine, ma chérie, que tu as l'air fatiguée! dit-elle enfin en embrassant sa fille. Entrez! Bonsoir, Kiona, bonsoir, Akali. Allons au salon. Quelqu'un est pressé de vous voir.

Kiona ne répondit pas. Son cœur battait très vite. Elle avait imaginé Laura en ennemie cruelle et rien de mauvais n'émanait de cette femme. Akali murmura un bonsoir inaudible, fascinée par la beauté du lieu où elle pénétrait.

— Papa, tu es là? s'étonna Hermine dès qu'elle vit son père. Moi qui hésitais à passer à l'hôpital!

Jocelyn se leva de son fauteuil. Il portait une robe de chambre en laine écossaise, avec ses chaussons d'intérieur. La jeune femme eut l'impression qu'il avait vieilli de dix ans en une semaine à peine. Il la serra dans ses bras, bouleversé.

— Merci, ma grande fille, de l'avoir ramenée, dit-il tout bas en désignant Kiona du regard. Mon Dieu! la pauvre petite! Elle est méconnaissable.

Reprenant sa respiration, il se tourna vers l'enfant et lui fit signe d'approcher.

— Bonsoir, ma mignonne, viendras-tu faire la bise à ton parrain? demanda-t-il d'une voix mal assurée. Je t'attendais avec impatience, tu sais. Et je me suis beaucoup inquiété pour toi. Maintenant, tu es là, et nous allons tous veiller sur toi.

— Bonsoir, monsieur, répliqua l'enfant sans bouger d'un pas.

Elle le dévisageait d'un air dur et méfiant. Il se troubla sous cet examen impitoyable. Si une chose n'avait pas changé chez Kiona, c'était son regard d'ambre, parfois aussi énigmatique que celui des loups.

Surprise par la froideur de sa camarade, Akali adressa à Jocelyn un sourire timide. Mireille apparut, un plat chargé de crêpes entre les mains. Rieuse et les joues rouges, elle avait le don de détendre l'atmosphère.

— La collation est servie, mesdemoiselles, annonça-t-elle en faisant un clin d'œil aux deux fillettes. Maintenant que vous êtes là, on va pouvoir appeler les enfants qui n'en peuvent plus d'impatience. N'est-ce pas, madame?

— Oui, Mireille, répondit Laura doucement. Je m'en occupe.

Elle se dirigea vers le couloir, ce qui laissa le temps à Hermine d'embrasser la gouvernante.

— Ah! ma Mimine! s'exclama-t-elle. Tu as une mine de chien battu, toute pâle et les yeux cernés! Mais je te félicite, tu as fait ce qu'il fallait. Voyons, mes petites chéries, n'ayez pas peur, je veux bien des bécots, moé!

Kiona avait toujours eu de l'affection pour Mireille. Elle alla vers elle sans hésitation pour se blottir dans son giron, sous l'œil déconfit de Jocelyn qui aurait bien voulu bénéficier du même traitement. Akali dansait d'un pied sur l'autre en détaillant les bibelots, les beaux rideaux à fleurs, le lustre aux pendeloques de cristal, les tapis, les meubles ornés de sculptures. Le bruit d'une cavalcade dans l'escalier la tira de sa fervente contemplation. Elle vit débouler un garçon très brun au teint doré, robuste et élancé, qui poussa un cri de joie.

— Maman! Kiona!

Suivaient deux petites filles qui se ressemblaient beaucoup, avec leurs cheveux châtain clair ondulés et leurs yeux bleu gris.

— Mukki, Nuttah et Nadie, enfin, Laurence, dit Hermine en enlaçant ses trois enfants qu'elle présentait en même temps à Akali.

Ils lui posèrent de légers baisers sur les joues, puis, d'un seul élan, ils se précipitèrent vers Kiona. Se souvenant au dernier moment des recommandations de leur grand-mère, Mukki se calma aussitôt.

— Bonsoir, je suis très heureux que tu sois là, dit-il en lui adressant un lumineux sourire.

— Nuttah et moi aussi, ajouta Laurence. Nous allons bien veiller sur toi, Kiona.

La nature tendre et dévouée de Laurence devenait de plus en plus évidente. Et la fantasque Nuttah fondit de compassion devant Kiona, qu'elle considérait comme sa sœur.

— Je te protégerai, maintenant, affirma-t-elle. Plus personne ne te fera de mal.

Laura intervint, poussant son fils Louis vers la petite fille. Les deux enfants se regardèrent et se mirent à pleurer en même temps.

— Mon ange, tu es toute vilaine, s'étonna le garçon sur un ton plaintif.

Pour Louis, et cela datait de leur première rencontre, Kiona était un ange tissé d'or et de lumière. Son aspect, ce soir-là, le blessait si cruellement qu'il ne pouvait s'empêcher de sangloter, les bras ballants. Trop ému lui aussi, Jocelyn se détourna.

— Ben voyons donc! s'écria Mireille. Vous allez saler mes crêpes, avec toutes ces larmes. Monsieur, venez vous asseoir, je vous sers un petit verre de brandy.

Hermine cajola Kiona qui finit par sourire à Louis. À cet instant précis, Akali, qui ne savait plus où donner de la tête, aperçut une jeune femme de son peuple, en robe grise à col blanc, coiffée de deux lourdes tresses noires. C'était Madeleine. Avec Charlotte, elle était descendue sans bruit et se tenait à l'entrée du salon.

— Tu es Sokanon? osa interroger Akali en montagnais.

— Oui, tu as deviné, répliqua Madeleine gentiment. J'avais hâte de faire ta connaissance, Akali.

Toutes deux éprouvaient un sentiment bizarre, celui de se retrouver après une longue séparation. Pourtant, une chose était sûre : elles ne s'étaient jamais vues auparavant. Toute contente, Charlotte se rua vers Hermine.

— Bravo! J'étais sûre que tu réussirais ta mission! Ce soir, tu nous raconteras tout, promis? Et toi, Kiona, tu as une bien jolie robe!

La petite se laissa embrasser. Elle aimait bien Charlotte. Parmi cette agitation, personne ne nota l'absence d'Andréa Damasse. Soucieuse de prouver sa bonne éducation, elle avait jugé bon de ne pas se mêler à ces retrouvailles. Elle avait appris par Laura que sa classe comporterait deux nouvelles élèves et elle estimait avoir le temps de leur être présentée. Aussi avait-elle décidé de se promener dans la cour afin de profiter des derniers rayons du soleil.

Joseph Marois, qui venait de rallumer sa pipe, toujours appuyé à la voiture, la vit approcher. Elle le salua en inclinant la tête, un geste qu'elle pensait discret et élégant.

— Bonsoir, mademoiselle, dit-il assez fort. Vous prenez l'air? Ça doit être animé à l'intérieur! Moé, je n'ai pas voulu entrer pour ne pas déranger.

— J'ai eu la même idée que vous, monsieur, répliqua-t-elle. Mais, sans chercher à vous offenser, je vous exhorte à ne plus dire ce « moé » qui n'est pas correct. Votre fille Marie est ma meilleure élève. Elle souhaite devenir enseignante plus tard. Ne lui donnez pas le mauvais exemple.

Gêné et déconcerté, l'ancien ouvrier se gratta la barbe, qu'il avait drue et semée de quelques fils argentés. Andréa l'intimidait.

— Si cela peut vous faire plaisir, mademoiselle, je ferai des efforts. Ma défunte épouse, ma pauvre Betty, me regardait de travers quand je ne parlais pas comme il faut. Mais, depuis que je suis seul avec ma petite, ce n'est pas facile tous les jours.

Elle approuva d'un petit sourire compatissant. Joseph, qui ne la trouvait guère jolie à cause du nez trop long et de ses lèvres très minces, considéra soudain ses prunelles claires et ses boucles châtains. Puis il baissa les yeux sur la poitrine abondante de son interlocutrice, deux seins lourds qui tendaient le chemisier de satin blanc. Une chaleur lui vint, fort embarrassante. Il tapa le culot de sa pipe contre son talon et, là, ses yeux se posèrent sur la chute de reins de l'institutrice.

La jupe moulait des fesses fort rondes, elles aussi impressionnantes. Soudain, il s'imagina au lit avec cette femme et le désir le prit.

—Je crois que je vais aller à la maison, déclara-t-il d'une drôle de voix, le front moite. Marie prépare la soupe, et j'ai la vache à traire. À la revoyure, mademoiselle Andréa!

—Au revoir, monsieur Joseph, rétorqua-t-elle d'un ton malicieux. On dit au revoir! Et à demain matin, si vous accompagnez Marie jusqu'ici.

—Oui, j'y ai pris goût, reconnut-il. Ce n'est pas très loin. Ça me fait une petite marche et ça me met de bonne humeur.

Andréa Damasse s'éloigna. Elle avait perçu le trouble de cet homme et en était secrètement flattée. Encore vierge et fière de l'être, elle avait découragé d'éventuels prétendants pendant des années. Mais là, il s'était passé quelque chose d'insolite. «On aurait dit qu'il s'apprêtait à se jeter sur moi, pensa-t-elle. Mireille m'a dit qu'il avait cinquante-huit ans. Seigneur, il faut croire que, malgré son âge, son veuvage lui pèse. Il est encore bien, grand, robuste, pas trop grisonnant. Ce devait être un bel homme quand il était jeune!»

La gouvernante n'appréciait pas l'institutrice. Cependant, elle discutait volontiers avec elle, à l'heure du thé, surtout quand Laura n'était pas d'humeur bavarde. Il y avait si peu d'habitants à Val-Jalbert que les malheurs de la famille Marois revenaient souvent dans la conversation. Andréa savait tout, du décès brutal de la jolie Élisabeth, surnommée Betty, en mettant au monde un fils mort-né, jusqu'à la disparition tragique du cadet Armand quelques mois plus tôt. Quant à Edmond, le troisième garçon entré au séminaire, la gouvernante ne tarissait pas d'éloges à son sujet.

—Le portrait de sa mère, physiquement comme moralement, serinait-elle.

Forte de ces renseignements glanés au fil des jours, Andréa se montrait douce et patiente avec Marie Marois, même si ce n'était pas nécessaire, la fillette étant d'une nature studieuse et réservée. «Pauvre petite, c'est bien triste d'être privée de sa mère, songea-t-elle en revenant sur ses pas. Et cette Kiona, ma future élève, la voici orpheline également. Seigneur, que la vie est cruelle, parfois! »

Dans le salon, le goûter était terminé. Mukki n'avait plus qu'une idée : amener Kiona et Akali voir le poney.

— Grand-mère, est-ce que nous pouvons y aller? demandait-il pour la deuxième fois. Il faut que je vérifie s'il a de l'eau propre et du foin.

— Si ta maman est d'accord, répondit Laura.

— Mais oui, je n'y vois pas d'inconvénient, affirma Hermine.

— Surtout, faites attention, ne l'agacez pas en vous entassant dans le box, recommanda Jocelyn. On ne sait jamais, Basile pourrait décocher une ruade et blesser l'un de vous.

— Oui, grand-père, c'est promis, claironna Nuttah.

— Je les accompagne, proposa Madeleine. Ne vous inquiétez pas, monsieur, je les surveillerai.

— Papa! Enfin! protesta la jeune femme tout bas dès que les enfants furent sortis. Tu n'avais pas besoin de dire ça. Ce genre d'accident a coûté la vie à Tala.

— Mais Kiona l'ignore. Si je ne peux pas mettre en garde les petits!

— Elle sait que sa mère est morte et comment c'est arrivé. Je n'ai pas eu à le lui apprendre, elle a eu une vision dans le cachot où ces infâmes personnages l'enfermaient.

Effarée, Mireille se signa. Laura eut un léger soupir. Les dons de Kiona étaient à présent un fait acquis.

— Nous allons tellement la choyer qu'elle se rétablira vite, intervint Charlotte. Ma maison est fin prête! Et je suis ravie de te la prêter pour une durée indéterminée. Je n'ai pas envie d'y loger; chaque pièce me rappelle que j'étais si heureuse de me marier, et que tout est tombé à l'eau.

— Tu ne dois pas reprocher à Simon de s'être engagé, la gronda Jocelyn. Et c'était honnête de sa part, de te rendre ta liberté.

— Mais oui, je le sais, coupa Charlotte.

— Ce n'est pas la première fois que tu te lamentes à ce sujet, reprit-il. Tu devrais tourner la page. Et je n'aime pas quand tu me parles sur ce ton!

— Excuse-moi, papa Joss, soupira la jeune fille. J'ai du mal à oublier ma déception. Je te disais, donc, Mimine, que Madeleine et moi, nous avons travaillé dur depuis l'aube. Les chambres ont été aérées, les tapis, secoués et battus. Il ne reste plus une seule trace de poussière.

— Pis moé, j'ai porté des provisions là-bas, dit Mireille. Les placards sont pleins et nous avons allumé le poêle.

— Rien ne manque, ajouta Charlotte. Il y a du sel, du poivre, du sucre, du lait concentré que Laura a acheté en prévision de l'hiver... Nous avons aussi rangé les vêtements des enfants dans les armoires.

— Je vous remercie, vraiment, soupira Hermine. Nous ne pouvions pas tous habiter ici. Charlotte, tu n'as qu'à t'installer dans ma chambre pour de bon, puisque mademoiselle Damasse occupe la tienne.

— Ciel! s'écria Charlotte en mimant l'émerveillement. Quelle chance! J'hérite de la plus jolie chambre! J'en rêve depuis des années.

Laura se mit à rire, égayée par les mimiques de la jeune fille. L'arrangement lui convenait.

— Je garde mon joli petit clown, fit-elle remarquer, mon enfant de chœur. N'est-ce pas, Charlotte?

— Oui, maman Laura! Tu n'es pas au courant, Mimine, mais j'ai le droit d'appeler ta mère ainsi. Et ton père, c'est papa Joss!

— Tu aurais dû le faire depuis longtemps!

Sur ces mots, elle se leva et marcha jusqu'au piano dont elle effleura les touches d'un air songeur. «Je me sens bizarre, se dit-elle. J'ai du mal à ne pas penser à Ovide. Ce matin, nous avons à peine échangé quelques paroles avant le départ en bateau. Peut-être qu'il me juge frivole, que je l'ai déçu en me conduisant d'une façon aussi..., aussi audacieuse.»

Hermine se revit dans la pénombre, sa jupe relevée, ses seins dénudés. Elle croyait encore entendre la respiration rapide du jeune homme et sentir le velouté de sa peau sous ses doigts. De se remémorer leurs baisers lui fit monter le rouge aux joues.

—Au fait, ma chérie! Tu as reçu une lettre de Toshan, postée de Londres, annonça Laura. Elle est sur le guéridon.

—Je la lirai ce soir, répondit-elle sans entrain. Tu me connais, maman, j'aime être tranquille.

Sa mère la rejoignit et lui mit d'autorité l'enveloppe entre les mains.

—Tu ferais mieux de l'ouvrir tout de suite. Le courrier met longtemps à nous parvenir. Ton mari a pu te donner des informations très importantes. Et s'il avait une permission? S'il était blessé?

Le regard clair de Laura brillait de contrariété. Elle bougonna :

—Quand on revient d'une escapade de cinq jours en tête-à-tête avec un jeune veuf, on montre plus d'enthousiasme en recevant une missive de son époux, soldat de surcroît!

Mal à l'aise parce que la réprimande sonnait trop juste, Hermine décacheta l'enveloppe. Laura s'éloigna.

Ma chère petite femme coquillage,

Je t'écris de Londres, à la faveur d'une sortie sur laquelle je ne peux te donner de détails. Sache seulement qu'il se passe ici des choses intéressantes et que je ne tarderai pas à m'envoler pour d'autres horizons. Ce sera l'Italie ou l'Afrique, ou encore une destination plus proche. Je ne regrette pas mon engagement, puisqu'il me permet de me battre enfin pour la justice.

J'espère que tu es enfin à Val-Jalbert, chez tes parents, et que tu y séjourneras tout l'hiver. Dis à Mukki que son père a sauté en parachute après un entraînement intensif. Embrasse-le bien fort; il me manque beaucoup. Dis à Marie-Nuttah et à Laurence d'être très sages et de m'envoyer leurs dessins ou écharpes en tricot. Pour

Noël, un colis serait le bienvenu! Je le partagerai avec mes camarades, dont ce brave Gamelin qui est toujours dans mes pattes.

Mine chérie, donne-moi vite des nouvelles de ma mère, de Kiona et de toi aussi, bien sûr. Prends soin de toi, de ta voix si belle, de tout ce qui m'appartient et que j'adore.

Baisers à tous,
Toshan

Singulièrement déçue, Hermine replia la feuille de papier bleu. Elle devina que Toshan était pressé en écrivant, qu'il allait à l'essentiel, sans oublier de faire valoir ses droits de mari.

—Alors? interrogea Jocelyn.

—Il va bien, répondit-elle d'un ton neutre. Pas de permission en vue! Et moi, en guise de réponse, je dois lui apprendre la mort de sa mère. Quel choc ce sera! Mon Dieu, pourquoi est-il parti aussi loin? Rien ne l'obligeait à devenir soldat, à embarquer pour l'Europe! Sa place était ici, oui ici, près de sa famille! Toshan aurait pu éviter tout ce malheur, protéger sa mère et sa sœur! On peut se battre contre les tyrans dans son propre pays, sans s'exiler!

La jeune femme avait presque hurlé de colère, semant la stupeur. Mireille et Laura échangèrent un coup d'œil alarmé. Jocelyn en resta bouche bée, ainsi que Charlotte.

—Arrêtez de me regarder comme si j'étais folle. Depuis bientôt trois ans, je me raisonne, je me persuade que Toshan agit pour le mieux, mais au fond de mon cœur j'en doute. Il a trois enfants, une épouse et une sœur à défendre et à chérir. Vous avez tous vu Kiona! Jamais elle n'aurait dû vivre ces deux semaines de violence et de haine! Nous l'avons sauvée in extremis, Ovide et moi. Oui, in extremis! Pendant que Toshan se tourne les pouces en Angleterre!

Ses nerfs lâchèrent. Elle éclata en sanglots et prit la fuite.

—Où vas-tu? tempêta Laura. Ne sors pas dans cet état!

—Maman, par pitié, laisse-moi, supplia la jeune femme qui était déjà au bout du couloir. Je suis à bout...

Consterné, Jocelyn leva les bras au ciel.

—Pauvre Hermine, soupira-t-il. Il y a du vrai dans tout ça.

Personne n'osa le contredire.

La jeune femme se retrouva sur le perron, haletante. Son cœur cognait si fort qu'elle crut s'évanouir. Andréa Damasse gravissait les trois marches en bois au même instant.

—Est-ce que vous allez bien, madame? s'enquit-elle. Vous êtes si pâle!

—Ce n'est rien, juste de la fatigue, trancha Hermine en la toisant d'un air méfiant. Puisque je vous croise sans témoin, j'ai un conseil à vous donner, mademoiselle. Demain ou après-demain, vous aurez deux autres élèves, une jeune Montagnaise et la demi-sœur de mon mari. Je vous préviens. Vous avez grand intérêt à les traiter respectueusement, à ne pas les punir pour un oui ou pour un non! Ces enfants reviennent de l'enfer, où on les considérait comme des animaux à éliminer, à meurtrir, à humilier! Ne vous avisez pas de les tourmenter, sinon vous prendrez la porte, et vite!

Sidérée, Andréa dévisagea Hermine dont le regard bleu avait pris la froideur du saphir.

—Madame Delbeau, enfin, calmez-vous! Je veillerai à demeurer équitable et efficace, des qualités que madame votre mère apprécie chez moi.

—Il me semble que cela n'a pas toujours été le cas. Maintenant, vous êtes prévenue!

Secouée par l'incident, l'institutrice se précipita dans le hall. «Quelle furie! songeait-elle. Pas étonnant qu'elle se soit toquée d'un Métis. Malgré ses grands airs, le fameux rossignol que tout le monde idolâtre préfère les païens aux honnêtes catholiques.»

Encore tremblante de nervosité, Hermine se dirigea vers le cabanon aménagé en écurie pour le poney. Les enfants étaient regroupés devant la porte ouverte, à l'exception de Mukki qui étalait de la paille propre à l'intérieur. Basile se tenait sagement au fond du petit local.

— Mine, il est très gentil, ce poney! lui cria Kiona dès qu'elle l'aperçut. Je le monterai demain matin. Mukki marchera à côté de moi. Il a promis de m'apprendre à le guider avec les rênes.

La fillette rayonnait. Dans l'excitation du moment, elle avait perdu son foulard et exhibait son crâne nu, coloré par un léger duvet blond. Louis lui tenait la main, en apparence tout content.

— Mes chéris, il est temps de nous installer dans la maison de Charlotte, disons… dans notre maison. Basile a tout le nécessaire. Allons-y! Mais où est Madeleine?

— Ne t'inquiète pas, maman, répliqua Marie-Nuttah, elle vient juste de nous laisser, parce que Mireille l'appelait de la fenêtre de l'arrière-cuisine.

Hermine prit Akali par l'épaule, tandis que Laurence se pendait à son bras. Entourée de sa joyeuse petite troupe, elle éprouva un immense réconfort.

«Voici ma place, pensa-t-elle. Auprès des enfants, bercée par leurs rires, leur voix frêle, leur foi en l'avenir. Kiona aussi a besoin de ça, comme moi.»

Une demi-heure plus tard, Charlotte et Madeleine leur faisaient les honneurs de leur nouveau foyer. Tout était vraiment impeccable, les peintures des cloisons aussi bien que les parquets qui n'avaient jamais eu l'occasion d'être salis. Des bouquets de fleurs champêtres ornaient le buffet dressé entre les fenêtres que des rideaux en dentelle coupaient à mi-hauteur. Un compotier en porcelaine blanche, posé au milieu de la table, était garni de pommes et de poires.

Kiona observait le décor d'un œil satisfait. Akali gambadait sur les traces de Marie-Nuttah, avec laquelle elle avait sympathisé. Il y eut ensuite la visite des chambres dont l'attribution était déjà prévue. Il s'agissait de quatre pièces de dimension modeste.

— Madeleine se propose de prendre Akali avec

elle, expliqua Charlotte. Les jumelles seront ensemble. Mukki, qui est un grand garçon, sera seul dans la sienne. Toi, Mimine, dans les premiers temps, tu pourras dormir avec Kiona. Si elle le désire, un peu plus tard, elle rejoindra Laurence et Nuttah. Il suffira de déplacer son lit.

— C'est parfait, affirma Hermine. On se croirait dans une maison de poupée! Encore merci, Charlotte. Ce soir, tu restes souper, tu es notre première invitée! Et nous déboucherons une bouteille de vin de bleuets.

Val-Jalbert, lundi 5 octobre 1942

Il régnait un grand calme dans la petite maison où Hermine s'était installée, à deux cents mètres environ de la belle demeure de sa mère. La jeune femme pétrissait de la pâte, en vue de servir une tourtière aux enfants le soir. Les tâches ménagères ne l'avaient jamais dérangée. Tout en malaxant la farine et le saindoux, additionnés d'eau et d'un jaune d'œuf, le Rossignol de Val-Jalbert chantait.

Anges purs, anges radieux…
Venez à moi du fond des cieux!
Dieu juste, à toi je m'abandonne…
Dieu, tu es bon, pardonne!

Malgré les paroles solennelles qui s'échappaient de ses lèvres, Hermine surveillait d'un œil consciencieux la cuisson de la viande. Elle la faisait un peu rissoler avec du sel et du poivre.

— Bénissons Jo, notre fournisseur officiel, plaisanta-t-elle tout bas, entre deux couplets.

Joseph Marois, toujours âpre au gain, développait un petit élevage de poulets. Laura était sa meilleure cliente. Les mesures de rationnement se renforçaient, mais ici, dans la ville ouvrière désertée depuis une quinzaine d'années, les derniers résidants tiraient leur épingle du jeu. Les potagers avaient produit de beaux légumes. On continuait à engraisser un cochon et à veiller sur les vaches, garantes d'un beurre devenu rare et du lait quotidien.

Anges purs, anges radieux!

Hermine poussa sa voix. Elle était seule et elle en profita. Cela l'apaisait, de jouer avec les notes les plus hautes, de moduler un son, et même d'arborer les mines pathétiques de Marguerite. C'était un des rôles qu'elle avait préférés. «Ma première prestation en public à Québec!» se souvint-elle.

Vaguement émue, elle jeta un coup d'œil à la pendule. Le cours de mademoiselle Damasse se terminerait dans plus d'une heure. Quand on frappa à la porte, elle sursauta, se demandant qui cela pouvait bien être.

—Il bruine et le vent est glacial. Madeleine et Charlotte sont à Roberval avec maman. Ce n'est quand même pas mon père qui est sorti par ce temps!

Elle essuya ses mains en toute hâte, sur son tablier.

—J'arrive! Une seconde!

Agacée, elle tourna le verrou et découvrit Ovide Lafleur qui s'abritait de son mieux sous l'auvent dont chaque maison de Val-Jalbert était équipée. En ciré et casquette, ruisselant, il avait tout d'un voyageur égaré.

—Vous? Mais, entrez, dit-elle, très gênée. Que faites-vous par ici?

Elle recula pour le laisser frotter ses bottes sur le paillasson. Son cœur battait follement.

—J'ai ramené votre cheval, Chinook. Je suis désolé d'avoir autant tardé. Par chance, j'ai croisé monsieur Marois, votre voisin. Il a conduit sa bête à l'écurie, et la mienne aussi!

Ovide paraissait ému de la revoir et pas vraiment à son aise. En observant le cadre chaleureux autour de lui, il ajouta:

—Et ce monsieur a eu l'amabilité de m'indiquer où vous logez! Le village est très grand, et quel silence!

—C'est mon village fantôme, plaisanta Hermine. Je vous offre une tasse de café bien chaud?

—Non, merci, mais un thé serait le bienvenu, répondit-il en ôtant son vêtement de pluie. Je vais salir votre parquet!

Ils n'osaient pas se regarder dans les yeux. Le souvenir du moment de pure folie sensuelle qu'ils avaient partagé dressait une barrière entre eux.

—Je cuisinais, dit Hermine. Mais je dois lutter contre l'entêtement de Mireille, notre gouvernante, qui veut sans cesse préparer nos repas.

—Et comment se porte Kiona? Elle n'est pas là?

—Non, depuis mercredi dernier, Akali et elle suivent le cours de mademoiselle Damasse. Je crois que c'est une bonne chose. L'étude peut devenir un remède au chagrin. Et les enfants ne se séparent plus. Même Louis, mon petit frère, s'arrange pour venir ici sous n'importe quel prétexte.

Tout en discutant, Hermine fit du thé et couvrit le récipient qui contenait la pâte à tourtière. Elle apporta deux tasses, le sucrier et la boîte en fer où elle stockait des biscuits.

—Depuis mon retour, je n'ai pas beaucoup bougé. Dimanche, nous avons emménagé dans cette maison et j'ai consacré toute mon énergie à Kiona. Elle m'inquiétait, le soir de notre arrivée. Je la sentais dure, méfiante à l'égard de mon père, notamment. Et, vous n'allez pas me croire, Ovide, j'avais oublié que vous deviez ramener Chinook.

—Je ne vous crois pas, en effet, répliqua-t-il sur un ton grave. Cela signifierait que vous avez oublié le reste.

—Non, hélas! Je vous en prie, n'en parlons plus. Ainsi, d'après ce que j'ai compris, vous êtes venu sur votre cheval en amenant Chinook au bout d'une longe?

L'instituteur saisit la main d'Hermine. Il se pencha un peu en avant pour la fixer avec attention.

—Pitié! ne soyez pas comme ces femmes qui effacent d'un battement de cils leur prétendu instant d'égarement! Elles accordent un baiser et des caresses, ensuite il ne faut plus jamais y faire allusion. Je n'ai pas rêvé, je sais ce qui s'est passé. Nous avons cédé à une très forte attirance mutuelle. Certes, la magie a été de courte durée, mais je n'ai jamais ressenti ça de ma vie, un tel élan, une telle fièvre de bonheur, une extase avant l'extase!

Troublée, elle garda le silence. Cependant, quand il lui caressa la joue, elle protesta:

— Ovide, ce soir-là, j'étais dans un état d'exaltation anormal. Et oui, je ne vais pas le nier, j'étais attirée par vous. Mais si je ne veux pas en reparler, c'est pour une raison bien précise. Je suis mariée depuis dix ans à un homme que j'aime de toute mon âme. Sans déprécier ce que je ressens à votre égard, je tiens à respecter Toshan. Je l'ai déjà assez bafoué en me jetant dans vos bras et en le critiquant devant mes parents. Hier, j'ai enfin eu le courage de lui écrire et de poster la lettre. Bientôt, il va apprendre que sa mère est morte et dans quelles sinistres circonstances. Et je ne serai pas auprès de lui pour le consoler! Ovide, je tiens à votre amitié. Ne gâchez pas tout en exigeant de moi l'impossible.

— Je n'exige rien de vous, Hermine, juste de la sincérité.

— Je suis sincère en vous confiant ma décision. Je serai ravie de vous rencontrer en tant qu'ami. Nous sommes sûrement capables d'entretenir des relations sans ambiguïté!

L'instituteur but une gorgée de thé et reposa sa tasse.

— Pardonnez-moi si j'estime cette gageure très risquée. Tout au long du chemin qui m'a amené jusqu'ici, je vibrais d'impatience, pareil à un adolescent amoureux. Je vous imaginais me guettant par la fenêtre. Que voulez-vous, je suis un incorrigible romantique. Ce fameux soir, à l'auberge, je vous ai d'abord résisté. Et savez-vous pourquoi?

Elle fit non de la tête.

— Parce que je me connais bien et que je n'avais pas envie de souffrir! Hermine, je suis un rêveur, quelqu'un de passionné. On raconte que les hommes ont des besoins à assouvir. Moi, je m'en moque. C'est l'amour, que je recherche! Le véritable amour! J'ai cru qu'une femme telle que vous n'était pas du genre à s'offrir sans éprouver un sentiment égal au mien. Il faut que je vous le dise, Hermine, je ne devrais pas, mais il le faut, depuis trois ans, je vous aime. Oui, trois ans!

Hermine se leva et alla se poster à la fenêtre. C'était une manière de se protéger d'elle-même. Les aveux d'Ovide la touchaient en plein cœur et s'il la rejoignait pour l'enlacer, elle recommencerait à perdre toute maîtrise d'elle-même.

—Je vous en supplie, taisez-vous, ne dites plus rien. Vous êtes mon ami et cela me ferait plaisir que vous attendiez les enfants. Akali et Kiona se réjouiront de vous revoir. Ils ne vont pas tarder. Pourquoi ne pas jaser ensemble, boire encore du thé?

Confuse, elle peinait à lui expliquer ce qu'elle souhaitait.

—Nous avions prévu de lutter tous deux pour obtenir la fermeture de ces ignobles pensionnats, reprit-elle. Faut-il y renoncer à cause d'une erreur de ma part? Oui, c'était une erreur! Je vous ai fait du mal sans le vouloir.

—Ne vous excusez pas, Hermine! J'espérais sottement que vous m'aimiez. Sans chercher à me donner le beau rôle, je vous dirai que des rumeurs circulaient sur votre couple, à Péribonka.

Elle revint s'asseoir, alarmée, en l'interrogeant du regard. Il poursuivit:

—Il paraît que vous vous êtes séparés, votre mari et vous, il y a environ huit ans. Et, lors de notre première rencontre, vous sembliez très malheureuse que Toshan se soit engagé dans l'armée. J'ai conclu un peu vite que vous seriez prête à divorcer.

Totalement stupéfaite, elle reprit ses esprits et considéra Ovide avec une sorte de compassion toute féminine.

—Mon Dieu, je suis désolée! Moi, divorcer? Non, jamais! Certes, nous avons eu des périodes de crise, Toshan et moi, mais c'est fini.

Hermine n'était pas vraiment honnête en déclarant cela. Le caractère indépendant, presque égoïste de son mari, lui pesait souvent. Toshan chérissait sa liberté et, en la quittant au mois de mai pour s'embarquer, il n'avait pas semblé particulièrement triste. Ce qui la brisait, elle, ne faisait que l'agacer ou le rendre soucieux.

— Ovide, soyez mon ami, mon plus précieux ami, implora-t-elle. Je vous prêterai des livres, mes préférés, et nous en discuterons ensuite. Vous viendrez boire le thé ou dîner. J'ai tant besoin de vous!

Il la fixa longuement. Sans aucun maquillage, le teint laiteux, la bouche entrouverte, elle était d'une beauté bouleversante. Un bandeau en tissu bleu retenait ses cheveux en arrière.

— Si je vous aime autant que je le prétends, dit-il enfin, je dois accepter ce sacrifice. Après tout, au Moyen-Âge, les nobles dames faisaient languir leurs chevaliers servants. Dans les tournois, ils n'avaient le droit de porter leurs couleurs qu'au bout de plusieurs semaines seulement. Il fallait prouver sa bravoure et son amour. Le baiser était accordé après un an ou deux, et encore…

C'était là tout le charme si rare du jeune instituteur. Il avait l'art d'évoquer un passage de livre ou d'anciennes coutumes françaises avec éloquence et un brin d'humour. Hermine ne put s'empêcher de rire tout bas.

— Ma chaste amitié vous est acquise, conclut-il, récompensé par son éclat de gaîté. Mais je demande une faveur: si je vous rends visite, vous chanterez pour moi?

— Je vous le promets, dit-elle avec fougue.

Elle se sentait sauvée, délivrée de la tentation, certaine qu'Ovide deviendrait plus raisonnable. Des bruits de voix retentirent à l'extérieur. La porte s'ouvrit à la volée et Mukki entra, en pantalon d'équitation et bottes de caoutchouc. Les jumelles le bousculèrent, serrées l'une contre l'autre sous le même imperméable trop grand. Kiona et Akali se ruèrent à leur tour dans la pièce.

— Bonsoir, mes chéris! s'exclama la jeune femme. Nous avons un invité. Monsieur Lafleur.

— Bonsoir, monsieur, dit poliment Mukki. Je vous ai déjà vu chez ma grand-mère. Vous étiez avec Pierre Thibaut, le chum de mon père.

Ovide serra la main de ce grand garçon de dix ans, qui aurait pu passer pour un Montagnais de pure souche. Il s'étonna de lui trouver si peu de ressemblance avec Hermine. Laurence et Marie, elles, avaient hérité des yeux clairs de leur mère, de ses traits de madone aussi. Elles le saluèrent gracieusement. Kiona s'approcha sans hâte, coiffée d'un bonnet en laine verte, une écharpe assortie autour du cou. Ovide constata avec joie que la fillette avait bonne mine et que les ecchymoses sur son visage avaient disparu.

— Je suis contente de vous revoir, monsieur Lafleur, affirma-t-elle en lui souriant. Cet après-midi, nous avons eu un cours de géométrie et une leçon d'anglais. Mademoiselle Damasse m'a mis une très bonne note.

— En quelle matière? s'enquit-il.

— En anglais!

— Kiona a de bonnes notes en tout, intervint Mukki. C'est la fille la plus intelligente du monde. Maman, je repars seller Basile, Kiona veut le monter.

— Mais il pleut, protesta Hermine. Et il fait un peu froid.

«Elle est adorable!» se désola Ovide, fasciné par la jeune femme qui semblait désarmée devant son fils. Mais quelqu'un lui tapota l'épaule. Il se retourna et vit Akali, les yeux brillants.

— Bonsoir, gentil monsieur! s'écria la jolie petite Indienne. Vous avez vu la maison où j'habite, maintenant? Elle me plaît beaucoup.

L'enthousiasme fervent d'Akali, l'émotion heureuse dont elle témoignait, le merveilleux sourire de Kiona, tout cela conforta l'instituteur dans son renoncement. Il eut l'impression d'être neuf, joyeux et libéré de la passion qui couvait en lui pour une femme mariée.

— Je boirais bien un autre thé, ma chère amie.

J'avais oublié combien la compagnie des enfants nous rend meilleurs! Pourtant, je suis instituteur, hélas! sans poste!

— Vous en trouverez un rapidement, assura Hermine qui avait saisi l'allusion et se réjouissait. Je vais ouvrir un pot de confiture de bleuets, les délicieux bleuets du Lac-Saint-Jean! Mireille a cuit une brioche ce matin et m'en a donné la moitié.

Mukki et Kiona filèrent dehors sans même collationner. Laurence s'assit à une petite table et commença à dessiner. Elle faisait des progrès constants et consacrait tous ses loisirs à griffonner des animaux ou des personnages. Marie-Nuttah proposa une partie de dames à Akali. Ces deux-là s'entendaient très bien.

— Ovide, est-ce que vous repartirez ce soir vers Sainte-Hedwige? s'inquiéta Hermine en lui servant du thé.

— Je n'ai pas le choix, déplora-t-il. Dommage, votre maison est la plus chaleureuse que je connaisse. Je vous ai vue allumer les lampes, garnir le poêle de bois, et la confiture est divine! C'est un vrai petit paradis, ici, mais je dois m'en aller.

— Maman! s'égosilla Marie-Nuttah, monsieur Lafleur a trouvé le nom de la maison, nous l'appellerons le petit paradis!

— Ne hurle pas ainsi, ma chérie, la gronda sa mère. Tu peux dire la même chose d'une voix mesurée. Mais je suis de ton avis, nous baptisons notre modeste foyer le petit paradis.

— Je suis une sauvage, voilà, rétorqua la fillette, vexée d'avoir été réprimandée devant un visiteur.

Ovide éclata de rire. Un appel affolé en provenance de la rue le fit taire immédiatement. Cinq secondes plus tard, on tambourinait à la porte.

— Mimine, c'est Joseph! Faut que monsieur Lafleur vienne vite chez nous! Son cheval a des coliques!

Le jeune homme se rua dehors. Joseph Marois, trempé, paraissait pris de panique.

— J'ai dû sortir la vache et Chinook du bâtiment,

rugit-il. Votre bête se roule d'un côté et de l'autre, m'sieur! Venez!

Val-Jalbert, *même soir*

La nuit tombait. Multipliant les allées et venues, Ovide continuait de faire marcher son cheval qu'il tenait par le licol. Hermine l'escortait. Madeleine étant de retour, elle lui avait confié les enfants et la cuisson de la tourtière.

— Est-ce qu'il va mieux? interrogea-t-elle.

— Je le crois. Son ventre gargouille, c'est bon signe. Mon frère aîné rêvait d'élever des chevaux; il n'a pu acheter que celui-là. Mais c'est mon père qui nous a appris comment agir, en cas de coliques. Le fait de marcher détend les intestins et, surtout, empêche le cheval de se rouler sur le sol. Il pourrait se blesser ou provoquer une éventration.

— Mon Dieu! Je l'ignorais, répliqua-t-elle. Chinook n'a jamais eu de coliques; c'est une chance.

— En effet, c'est toujours impressionnant de voir un animal souffrir. Hermine, vous n'êtes pas obligée de rester avec moi. Vous allez prendre froid.

— Non, je vous tiens compagnie! J'ai vu à quel point vous étiez inquiet. Je veux être sûre qu'il ne risque plus rien et que vous êtes à l'abri chez Joseph. Tout s'arrange. Notre voisin vous héberge pour la nuit et votre cheval aura une stalle pour lui seul, dans mon étable, enfin, ce qui servait d'étable aux Lapointe jadis. Tout à l'heure, vous avez croisé Charlotte. Elle a reçu en héritage la maison où je loge. Ses parents possédaient une vache, mais ils l'ont revendue avant qu'elle n'ait un veau. Le père de mon amie n'était pas un personnage très recommandable.

Ovide l'écoutait, sensible à ses intonations harmonieuses, distrait de son souci par les anecdotes qu'elle lui contait.

— Si vous saviez comme Val-Jalbert était animé et peuplé, lorsque j'avais une dizaine d'années. À l'école, j'avais écrit une rédaction, après la fermeture de la pulperie. Je décrivais mon village, les commerces, la cascade, je citais le concours du plus beau terrain, les matchs de hockey sur la patinoire située derrière le magasin général, cette grande bâtisse, là-bas... J'avais eu une excellente note et la sœur avait lu mon travail en classe! Joseph et Betty étaient très fiers de moi.

—Pourquoi étaient-ils fiers de vous? s'étonna-t-il.

—Oh! à l'époque, je vivais chez eux. Les religieuses m'avaient confiée à Betty. Les Marois désiraient m'adopter, mais, finalement, cela ne s'est pas fait. Heureusement, puisque ma mère m'a retrouvée.

La jeune femme leva la tête et scruta le ciel. Il ne pleuvait plus, mais un épais manteau de nuages pesait sur les collines. Le cheval s'ébroua. Ovide s'arrêta et colla son oreille sur le ventre de l'animal.

—Nous pourrons bientôt le mettre à l'abri, dit-il. Il ne cherche plus à se coucher. La crise est passée. Un dernier tour et je serai complètement rassuré.

—Dans ce cas, marchons jusqu'au couvent-école, proposa Hermine. Mon destin s'est joué sur son perron.

Elle lui fit le récit de son abandon en accentuant le côté romanesque.

—Sœur Sainte-Madeleine m'a découverte en revenant du magasin général. J'étais enfouie dans un ballot de fourrures, brûlante de fièvre. La mère supérieure m'a couchée dans son lit, et le curé, alerté, s'est déplacé pour m'examiner. Les sœurs m'ont choyée, éduquée, et elles m'ont enseigné le chant. Je leur dois beaucoup.

Les jeunes gens contemplèrent du même regard songeur l'élégante façade du couvent-école, le clocheton dominant la toiture, les balcons et les hautes fenêtres.

—J'espère que cette magnifique construction défiera les années, dit Ovide. Et il faudrait une plaque en cuivre près de la porte, indiquant que le destin de la célèbre Hermine Delbeau a commencé ici.

—Vous me taquinez, protesta-t-elle. Pour votre punition, je vous invite à souper.

—Monsieur Marois aussi, fit-il remarquer. Il sera vexé.

—Vous avez raison. Alors, vous viendrez boire un thé et vérifier que le cheval va bien.

Ovide accepta d'un sourire. Ses yeux verts exprimaient une infinie tendresse.

— Je viendrai.

— Je vous attendrai.

*

Le lendemain matin, alors que les enfants étaient au cours de mademoiselle Damasse, Hermine eut la visite de sa mère. Laura, en manteau de fourrure, fit signe à Madeleine de les laisser seules. Cela n'échappa pas à la jeune femme.

— Maman, qu'est-ce que tu as? Tu peux me parler en présence de mon amie, je n'ai rien à lui cacher!

— Je préfère discuter en tête-à-tête avec toi. Toi seule!

Madeleine s'empressa de disparaître à l'étage. Elle avait soin de ne jamais contrarier l'irascible Laura Chardin.

— Je t'écoute, maman! Et je pourrais parier que tu vas me faire la morale. Bien, enlève ce manteau, nous allons boire un café.

Laura s'approcha de sa fille et lui dit à l'oreille :

— Je suis inquiète! Je t'ai vue hier soir avec Ovide Lafleur, quand vous déambuliez avec le cheval. Ma chérie, à quoi penses-tu? Tu as pris le bras de cet homme, tu te collais à lui. As-tu perdu le sens commun? Je te rappelle que tu es mariée, et l'épouse d'un soldat ne s'affiche pas dans la rue avec un autre homme. Voilà, c'est dit.

— Ovide est un frère spirituel, un ami très précieux. Tu as tort de douter de ma loyauté envers Toshan.

— Alors, explique-moi pourquoi Ovide Lafleur est ressorti de chez Joseph après souper, susurra Laura avec une mimique ironique. Ma chérie, je ne viens pas te sermonner, mais te mettre en garde! Jure-moi que tu n'as pas couché avec lui cette nuit!

— Mais, maman! Tu deviens folle! Ce n'était pas la peine de nous épier ni de surveiller ses faits et gestes.

Ovide voulait s'assurer que son cheval n'avait pas de nouvelles coliques. Je te l'accorde, il est resté ici jusqu'à minuit, Madeleine peut en témoigner. Tous les trois, nous avons travaillé sur des lettres destinées au gouvernement, aux agents des Affaires indiennes également. Nous voulons signaler ce qui se passe vraiment dans ces fameux pensionnats, créés pour détruire à petit feu le peuple montagnais. Enfin, maman, je vous l'ai expliqué, à papa et à toi. J'ai écrit une lettre à Badette, aussi, en lui demandant de rédiger un article. Je lui ai donné tous les renseignements nécessaires.

Elles s'affrontèrent du regard, l'une et l'autre sur la défensive. Laura scrutait le visage de sa fille, en quête des traces infimes que pouvait laisser une nuit d'amour, des lèvres gonflées, plus rouges, comme meurtries, ou des yeux cernés. Elle dut admettre qu'Hermine ne présentait aucun signe alarmant.

— Tu me crois vraiment capable de tromper Toshan, maman! Nous avons fait un serment d'amitié, Ovide et moi, tu n'as pas à t'inquiéter. Même pendant notre expédition à cheval, il ne s'est rien passé!

Elle mentait et une légère roseur monta à ses joues. Laura la prit dans ses bras, soudain radoucie.

— Ma petite chérie, je sais combien la chair est faible, parfois. Le cœur aussi... Je me suis retrouvée dans un état proche de la panique. J'ai eu peur que tu brises ton mariage sur un coup de folie. Ce serait terrible pour tes enfants, ne l'oublie jamais. Et Toshan t'aime passionnément, et tu l'aimes autant, j'en suis sûre, malgré ses défauts et ses erreurs passées. Je t'en prie, sois prudente à l'avenir. Je veux bien admettre que tu tiens à dénoncer les turpitudes dont se rendent coupables ces religieux, dans les pensionnats. Tu m'en as assez dit sur ce point, j'en ai fait des cauchemars. Mais les gens du coin ne comprendront pas ta relation amicale avec cet instituteur!

Laura avait insisté sur le mot *amicale.* Elle ajouta:

— On jasera, on placotera, ici et à Roberval, ainsi qu'à Sainte-Hedwige et, quand Toshan reviendra, même si ce n'est que pour une permission, des rumeurs peuvent l'atteindre, le blesser, le pousser à douter de ta fidélité. Ton mari est jaloux et possessif. Même si tu l'assures que tu n'as rien fait de mal, il te soupçonnera longtemps.

Hermine approuva d'un signe de tête. Les propos de sa mère étaient sensés, terriblement exacts. Vaincue par cette logique implacable, elle eut envie de pleurer. Bouleversée, Laura l'étreignit avec tendresse.

— Ma grande fille chérie, tu es si courageuse! Et si fragile! Tu dois élever Kiona, et ta générosité t'a poussée à prendre Akali sous ton aile. C'est beaucoup de responsabilités en l'absence de Toshan.

— Maman, cela me rend heureuse de choyer cette petite. Pour Kiona, c'est différent, elle devrait entrer dans notre famille officiellement. Si papa la légitimait, elle ne risquerait plus d'être traitée comme elle l'a été.

— En vivant avec toi, elle ne craint rien non plus, Hermine. C'est la demi-sœur de ton mari, coupa Laura en reculant, tout de suite méfiante. Pourquoi se précipiter? Plus tard, nous aviserons. Je suis bien disposée à l'égard de Kiona et, je te le répète, j'ai une vive compassion pour elle. Mais je ne vois pas l'utilité de rendre publique sa filiation avec ton père.

— Charlotte est au courant, maman, Madeleine aussi, et Mireille n'est pas dupe. C'est un secret de polichinelle. Et cela ferait plaisir à Louis d'apprendre que Kiona est sa demi-sœur. Tu vois comme il l'aime!

— Nous en rediscuterons, soupira la mère en se dirigeant vers la porte. Je ne peux pas rester, Jocelyn doit me conduire à Roberval. Au revoir, ma chérie.

Laura respira mieux quand elle se retrouva seule dehors, sous une pluie fine et glacée. Elle ouvrit son parapluie et rentra à pas lents chez elle. «Quelle idiote je fais! songeait-elle. Je tremble de voir ma fille pratiquer l'adultère, alors que je m'y suis abandonnée sans aucune excuse. Mon Dieu, aidez-moi, envoyez-moi un signe! Je ne saurai jamais qui est le véritable père de mon fils, mon Louis adoré! Joss ou bien Hans? Un jour, je suis certaine que c'est l'un, le lendemain, je crois que c'est l'autre. Dois-je dire à mon enfant que Kiona est sa demi-sœur, si ce n'est pas le cas? Seigneur, si seulement j'avais une preuve!»

Elle aperçut Jocelyn sous le large auvent protégeant le tout aussi vaste perron. Il lui souriait, son chapeau à la main, en costume de ville.

«Mon Joss, je t'aime, pensa Laura. Je t'aimais quand je t'ai trahi, il y a plus de huit ans. Et je ne veux pas que ma petite Hermine fasse la même sottise que moi! Ovide Lafleur ne s'approchera plus d'elle, j'y veillerai personnellement.»

9

Un père et ses filles

Val-Jalbert, lundi 19 octobre 1942

Deux semaines s'étaient écoulées depuis la visite d'Ovide Lafleur. Après des jours de pluie et de vent froid, qui avaient fait croire à tous les gens de la région que l'hiver arrivait, l'automne déployait ses dernières palettes de couleur. Autour de Val-Jalbert, c'était une symphonie de pourpre, d'or brun et de vert sombre. Mais la splendeur du paysage semblait chaque matin plus menacée. Du givre poudrait d'argent les herbes folles au bord des rues inhabitées et les nuits étaient très froides. Partout, des feuilles mortes jonchaient le sol.

Hermine se livrait avec frénésie aux tâches ménagères quotidiennes pour s'occuper, et surtout pour ne plus réfléchir! Elle n'avait eu aucune nouvelle du jeune instituteur et elle se répétait que c'était très bien ainsi. Elle songeait en versant de l'eau bouillante dans une bassine: «Pas même un baiser! Je ne lui ai pas accordé un seul baiser pour lui dire au revoir! Quand il a voulu s'assurer que son cheval ne souffrait plus de coliques, je l'ai accompagné dans l'étable. Nous étions si troublés d'être seuls que j'en tremblais, et lui aussi! Mais il ne s'est rien passé, rien!»

Elle avait décidé de laver tous ses torchons, qui pourraient encore sécher au grand air. Assise à la table, Madeleine écossait des haricots. La petite maison sentait bon le savon et le feu de bois.

—Akali lit de mieux en mieux, déclara brusquement Hermine. Hier, elle a déchiffré une page entière de *Robinson Crusoé*. C'est le roman préféré de Mukki. Il le lui a prêté.

— Oui, elle fait de grands progrès, répliqua Madeleine. Ma chère Mine, si tu savais quelles joies m'apporte cette enfant! Je n'ai pas encore pu t'en parler à cœur ouvert, mais j'ai l'étrange impression que nous sommes très proches, Akali et moi. À l'instant même où je l'ai vue le premier jour s'est créée une entente muette entre nous. Je ne pourrais plus me séparer d'elle. Je te dois ce grand bonheur.

Hermine brassait son linge à l'aide d'une vieille cuillère en bois. Elle leva les yeux et fixa d'un air rêveur un point invisible de l'espace.

— Tu ne me dois rien, Madeleine. Depuis des années, tu es à mes côtés, patiente, discrète, infatigable. Tu as nourri mes filles de ton lait, tu les as bercées et consolées quand, moi, je voyageais. Tu as tant d'amour à offrir! Akali le ressent. La pauvre petite, il lui a fallu du courage pour désobéir à la supérieure et me révéler où était cachée Kiona. Elle se sacrifiait et, de la part d'une fillette de douze ans, de faire preuve d'autant d'abnégation, c'était admirable. Jamais je n'aurais pu la laisser aux mains de ces gens. Je lui ai parlé de toi tout de suite, dans la remise où elle se terrait derrière une barrique.

— Je suis au courant, coupa la douce Indienne en riant. Akali me l'a raconté. Elle m'a caressé la joue et m'a dit qu'elle me consolerait d'avoir perdu ma fille, qui aurait son âge aujourd'hui.

Elles s'apprêtaient à en discuter plus longuement lorsque Mukki entra en trombe dans la pièce. Il cria, un peu essoufflé:

— Viens vite, maman, papa a téléphoné! Grand-mère a noté le numéro pour que tu le rappelles! Elle m'envoie te chercher!

— Oh! mon Dieu, j'arrive!

Elle s'enveloppa d'un châle et sortit en courant, suivie par son fils. Tout en marchant d'un pas rapide, elle interrogea Mukki.

— Qu'a dit ton père? Où était-il?

— Je ne sais pas, maman, j'étais en classe! Grand-mère m'a demandé de te prévenir. Dis, peut-être que papa va rentrer ici et que nous retournerons dans notre maison au bord de la Péribonka! Et il m'amènera à la chasse, comme avant!

—Je voudrais bien, mon chéri. Papa te manque beaucoup, n'est-ce pas?

—Oui, il n'est plus jamais là, avec nous.

—C'est à cause de la guerre! Ton père veut se battre contre l'injustice. En Europe, il y a des hommes qui ont décidé de conquérir le monde entier et de persécuter les Juifs. Je t'ai déjà expliqué la situation.

—Mademoiselle Damasse nous en a parlé aussi.

Ils étaient sur le perron de la demeure Chardin, comme la surnommaient les derniers résidants de Val-Jalbert. Mukki embrassa sa mère avant de frapper à la porte de la classe.

—Travaille bien, mon chéri, recommanda-t-elle.

Ses parents l'attendaient dans le salon. Ils affichaient une mine pathétique.

—Dépêche-toi de rappeler ton mari, conseilla son père. Tu devines la raison de son coup de fil. Il a reçu ta lettre.

—Et, bien sûr, Toshan est très secoué, ajouta Laura. Ce doit être affreux d'apprendre la mort de sa mère quand on est à l'étranger, loin des siens. Nous te laissons seule, ma chérie, et prends ton temps, essaie de le réconforter. Tout à l'heure, Joss a décroché et ils ont eu des mots... enfin, disons que la conversation m'a paru houleuse.

En proie à une violente émotion, Hermine fut incapable de poser la moindre question. Une fois ses parents sortis de la pièce, elle décrocha le combiné et composa les chiffres notés par Laura sur la page d'un calepin. Son cœur cognait comme un fou dans sa poitrine. Quand la voix de son mari résonna à son oreille, grave et infiniment familière, elle crut s'évanouir.

—Toshan? C'est Mine, ta Mine qui t'aime, articula-t-elle.

—Tu aurais pu m'envoyer un télégramme, coupa-t-il d'un ton dur. Maman est morte depuis plus d'un mois!

Tu aurais dû me prévenir aussitôt! J'avais le droit d'être au courant le plus vite possible. Je ne peux pas accepter de l'avoir perdue à jamais. Dis-moi que c'est faux, que vous vous êtes tous trompés!

Il se tut. Effarée, Hermine comprit qu'il pleurait. Ce constat la dévasta, tandis que tout l'amour qu'elle lui vouait déferlait à nouveau, ravageur, impérieux. Elle aurait donné dix ans de sa vie pour se retrouver près de lui et le serrer dans ses bras.

— Toshan, je t'en supplie, parle-moi! Je suis tellement désolée pour Tala! Je t'ai écrit ce qui s'est produit en détail afin que tu saches l'entière vérité. Je t'en prie, réponds!

— Je n'ai rien pressenti. Aucun rêve ne m'a préparé à sa mort. Tu devais la protéger, veiller sur Kiona. Encore une fois, tu as choisi ta carrière! Au lieu de signer ce contrat à Québec, tu aurais dû les rechercher toutes les deux et habiter avec elles au bord de la Péribonka.

Là, il se montrait injuste, presque cruel. Hermine se révolta.

— Je t'avais confié mon inquiétude à leur sujet, à Québec précisément, lui rappela-t-elle. Tu me rassurais en prétendant que ta mère agissait toujours au mieux! Toshan, comment oses-tu me reprocher sa mort? Je ne pouvais pas refuser ce contrat, nous avions besoin d'argent. Je pense nuit et jour à Tala, je la pleure en silence. Je l'aimais! Et j'ai sauvé Kiona. C'était une urgence, comprends-tu? J'espérais que tu téléphonerais, mais je ne pensais pas que tu me traiterais en coupable!

Les derniers mots prononcés eurent un écho sinistre dans son esprit, à cause de son coup de folie à l'auberge.

— Quand tu es malheureux, fit-elle remarquer, tu t'en prends à moi: tu transformes ton chagrin en colère et j'en fais les frais!

— Désolé! Tu me connais bien, répliqua-t-il plus gentiment. Ne m'en veux pas, j'ai eu ta lettre ce matin. Tu peux imaginer la journée que j'ai passée, assommé par cette nouvelle! La mort de maman me semble irréelle! Je ne l'avais pas revue depuis des mois! Je n'ai pas pu l'embrasser avec respect, alors qu'elle sombrait dans le grand sommeil. Je suis là, cantonné près de Londres. Mais, par chance, je ne resterai ici qu'une semaine. Ensuite…

— Ensuite? Tu reviens? Tu as obtenu une permission? Oh! Toshan, les enfants te réclament, ils seraient si contents de te revoir! Et moi, je voudrais apaiser ta peine, te toucher, te sentir tout proche.

— Je ne peux pas te dire où je pars. Une chose est sûre, je n'ai pas de permission et je ne reviens pas au pays. Si ton père s'intéresse toujours autant à l'actualité, il pourra sûrement t'éclairer. Dis-lui que je suis à Londres, là où Charles de Gaulle s'est établi pour organiser la lutte contre le gouvernement de Vichy. C'est le chef de la France libre. Il vaut mieux que je sois discret.

À cet instant précis, Hermine se moquait éperdument des arcanes de la guerre, de Vichy et de Charles de Gaulle. Son bel amour, son seigneur des forêts ne lui témoignait aucune vraie tendresse; il s'était contenté de l'accabler de sa rancune.

— Toshan, dis-moi que tu m'aimes. Dis-moi que je compte toujours pour toi! Tu es parti à la fin du mois de mai, nous sommes à la mi-octobre et je n'ai reçu que trois lettres. En plus, tu es froid et distant. Pourquoi? Qu'est-ce que je t'ai fait? Je dois vivre sans l'homme que j'ai épousé. Je suis privée de son soutien, de son amour! J'en souffre, voilà! Je suis à bout.

Il y eut encore un silence. Elle sanglotait, blessée au plus profond de son cœur, exaspérée par l'indifférence de son mari.

— Il me semble que notre amour est un fait acquis sur lequel il n'y a pas à discuter, décréta-t-il enfin. Je viens d'apprendre la mort de ma mère, je m'engage dans un nouveau combat qui peut m'être fatal et tu sombres dans le romantisme comme une jeune fille naïve! Je t'aime, Mine, et souvent, le soir, je donnerais cher pour te voir apparaître, pour que tu t'allonges à mes côtés. Mais je ne suis pas le seul dans ce cas, ici, et bien des femmes vivent la même épreuve que toi. Nous n'allons pas nous lamenter sans cesse. Sois courageuse, sois forte. Quant à moi, maintenant, je ferai tout ce qui est en mon pouvoir pour honorer la mémoire de Tala, Tala la louve, une femme de qualité, une personne exceptionnelle. Ce n'était pas son heure, j'en ai la conviction. Elle n'est pas morte, non, elle vivra en moi tant que j'aurai un souffle de vie. Je te dis au revoir, ma chérie, ou adieu. Embrasse très fort les enfants de ma part, dis-leur d'être sages et honnêtes, dis-leur de bien étudier. Et n'oublie pas que je t'aime, ma petite femme coquillage.

— Non, aie pitié, ne raccroche pas, Toshan! hurla-t-elle. Pas comme ça!

— Mine, je n'ai rien à t'offrir d'autre que mon amour pour toi et nos enfants. Accroche-toi à nos plus beaux souvenirs. Je t'embrasse.

Un déclic significatif se fit entendre. À demi folle de chagrin, Hermine garda le combiné entre ses mains et l'observa longtemps avec une fureur désespérée.

— Toshan, appela-t-elle en suffoquant, submergée par un flot de larmes amères.

Elle abandonna le combiné sans le remettre en place et se jeta sur le sofa voisin. Elle se sentait brisée, humiliée. Laura s'approcha sur la pointe des pieds et lui tapota l'épaule.

— Ma pauvre chérie! Pleure un bon coup, tu seras soulagée.

— Laisse-moi tranquille, maman. Toshan ne m'aime plus, j'en suis certaine. Il ne pense qu'à sa guerre, sa fichue guerre! Les hommes nous apprécient seulement quand ils n'ont rien d'autre en tête! Ils s'amusent avec nous, tout fiers ensuite d'avoir des enfants, et tant pis si cela peut nous tuer! Betty en est morte! Je hais Joseph. Il aurait pu se contenir et ne plus la mettre enceinte!

Jamais Hermine n'avait proféré de tels propos, à la fois crus et vibrants d'une sourde rébellion envers sa condition de mère et d'épouse.

— Calme-toi, voyons, gronda Laura, choquée. Si quelqu'un écoutait... Mademoiselle Damasse sort souvent de la classe et Mireille est toujours à l'affût de notre vie privée.

— Qu'elles écoutent, je dis ce que je pense! tempêta Hermine en se redressant.

— Ne juge pas durement ton mari, alors qu'il est bouleversé! Tu n'aurais pas réagi ainsi il y a quelques semaines. Mais, depuis que tu t'es entichée de cet instituteur, je ne te reconnais plus.

— Maman, laisse Ovide en dehors de ça. Lui, il est différent!

— Bien sûr, ironisa Laura. Je préfère ne pas entamer de discussion sur ce point épineux. Je vais m'occuper du repas avec Mireille. Il faut devenir ingénieux, nous manquons de tout.

Jocelyn intervint. Il avait suivi la scène depuis le couloir. L'étrange état d'exaltation de sa fille le navrait. Mais curieusement, il était plus apte à la comprendre que Laura.

— Viens, ma grande, nous allons marcher un peu dehors, tous les deux.

Hermine se leva et lui prit le bras. C'était bon de se réfugier près de son père, dont la haute stature et la voix affectueuse la réconfortaient. Ils sortirent à pas lents sous l'œil irrité de Laura.

— Regarde, ce doux soleil d'octobre, murmura Jocelyn en descendant le perron. Ce serait bon de ne pas avoir le cœur en peine, alors que la nature se prépare à affronter l'hiver. Ma pauvre enfant, tu as eu l'impression d'être rejetée par ton mari, n'est-ce pas?

— Oui, concéda-t-elle dans un sanglot. C'est même pire, j'ai l'impression de ne plus avoir de mari.

Jocelyn lui caressa la main en silence. Au bout d'un long moment, sa voix s'éleva à nouveau.

— Ta mère m'a fait des confidences. Elle a peur que tu fasses une grosse bêtise en t'attachant à Ovide Lafleur. C'est délicat; je n'ai pas l'habitude d'aborder ce genre de sujet avec toi. Cependant, si tu cédais à ce sentiment d'abandon dont tu souffres, vu l'éloignement de ton mari, cela pourrait arriver. Tu pourrais tomber enceinte et ce serait terrible!

Cette fois, Hermine ne se rebella pas. Le discours de son père la heurtait moins que les véhémentes mises en garde de sa mère.

« Si, à l'auberge, Akali n'avait pas fait un cauchemar, j'aurais fait l'amour avec Ovide. De là à concevoir un enfant, il n'y a qu'un pas. Folle que je suis! Sur le moment, je n'y songeais pas. Papa a raison, cela aurait été un drame épouvantable! »

— Moi aussi, je suis malheureux, ajouta Jocelyn. Je n'ai pas voulu te tracasser avec mes idées noires; tu as bien assez de soucis. Mais le comportement de Kiona me désespère. Souviens-toi, le soir de votre arrivée, il y a déjà deux semaines, elle refusait de m'adresser la parole. Pendant le souper, j'ai essayé de capter son regard, mais elle m'évitait. Si elle se décidait à me fixer, c'était pour me dévisager avec une sorte de haine. De la part d'une fillette de son âge, c'était effrayant. Seigneur, durant ces deux dernières années, quand je la voyais durant l'été, je me montrais d'une extrême gentillesse, j'étais affectueux, et elle me le rendait bien. Chaque jour, je guette la fin des leçons de mademoiselle Damasse pour tenter de bavarder un peu avec Kiona, mais elle s'enfuit. Je n'ai qu'une consolation: l'institutrice la juge d'une intelligence exceptionnelle et très douée pour l'étude. Hermine, si tu réussissais à lui demander ce qu'elle me reproche, cette petite?

Ils s'étaient aventurés, toujours bras dessus, bras dessous, jusqu'au cabanon où était logé le poney. L'enclos des chiens se situait à une vingtaine de mètres.

— Ces bêtes s'ennuient, fit remarquer Jocelyn. Avant d'avoir ce problème au cœur, je les promenais, mais je n'en ai guère la force, à présent. Mukki a proposé de le faire à ma place. Je n'ai pas confiance. S'il les laissait s'échapper...

— Papa, Mukki et les filles peuvent s'en occuper. Quant à Kiona, je suis aussi embarrassée que toi. Je n'ose pas l'interroger sur ce qu'elle a subi au pensionnat. Le problème est là, j'en suis sûre. Ils l'ont battue, mais il a pu se passer autre chose.

—Tu m'as dit qu'elle n'avait pas été violée, dit-il d'un ton gêné. Seigneur, employer ce terme pour une enfant de son âge, j'en suis malade! L'infirmière de Péribonka l'a examinée. Elle ne t'aurait pas menti sur un point aussi grave.

Peu accoutumée à aborder de tels sujets avec son père, Hermine devint toute rouge, mais il fallait bien en parler.

—C'est une personne sérieuse, commença-t-elle. Jamais elle ne m'aurait menti. Hélas! Akali m'a raconté des choses horribles, avec ses mots tout simples. Papa, comment te rapporter ce que je sais... Le frère Marcellin, celui qui a enfermé Kiona dans le cachot, imposait des actes dégoûtants aux enfants, même aux garçons.

Les joues en feu, elle chuchota quelques mots à l'oreille de Jocelyn, en lui précisant les pratiques favorites du frère. Ce fut au tour de cet homme mûr, riche en expériences diverses, de virer au cramoisi.

—Tabarnak! S'il a fait ça à ma fille, je vais lui rendre visite et le châtrer de mes mains! Il y a des lois, dans ce pays, quand même! Ce salaud qui se cache sous une soutane, il faut le foutre en prison! Hermine, pourquoi ne m'as-tu rien dit avant? Si Kiona a subi cet outrage-là, la pauvre mignonne doit être traumatisée.

—J'en ai parlé à maman. Elle était profondément choquée, et c'est là où je voulais en venir, papa. Peut-être que Kiona a peur des hommes, de tous les hommes qui pourraient exercer leur autorité sur elle, dont toi, son parrain!

Jocelyn alla s'asseoir sur un banc que Laura avait acheté pour pouvoir surveiller les enfants quand ils montaient le poney. Terrassé par ce qu'il venait d'entendre, il alluma un cigare.

—Les docteurs m'ont interdit de fumer, grogna-t-il, mais je m'en fiche! Dieu tout-puissant, quelle abomination! Tiens, l'autre soir, Mukki m'a annoncé que Kiona avait eu un dix sur dix en géographie. Pour la récompenser, j'ai voulu lui donner un billet de cinq dollars, mais elle a bondi en arrière. Je l'ai saisie par le poignet et elle s'est débattue, comme prête à hurler.

— Elle ne supporte pas le contact, soupira Hermine.

— Mon contact, rectifia son père. Jeudi matin, elle a croisé Joseph sur le perron. Il s'est penché pour lui faire une bise et elle lui a souri sans paraître effarouchée. Tu te trompes, ma chérie, c'est moi qu'elle déteste! Est-ce que par malheur je ressemble à ce frère Marcellin?

— Non! Il doit avoir une cinquantaine d'années, il est chauve et il souffre d'embonpoint. Il est assez grand, comme toi. C'est une brute! N'eût été l'intervention d'Ovide, il m'aurait frappée.

Le lendemain de son retour, Hermine avait raconté l'essentiel de leur expédition au pensionnat, mais en occultant certaines péripéties, dont son altercation avec le religieux.

— Je lui ai craché au visage, avoua-t-elle. Il exigeait que je lui témoigne du respect. Je n'ai pas pu me contenir. Papa, si je me suis rapprochée d'Ovide, c'est pour obtenir la fermeture de ces établissements, en dénonçant les abus qui ont lieu là-bas. Rien d'autre.

Elle mentait de nouveau, mais Jocelyn la crut sur parole. Il l'entoura d'un bras protecteur.

— Que puis-je faire, Hermine, pour gagner l'affection de Kiona? Je t'en supplie, aide-moi.

— La meilleure façon serait de lui dire que tu es son père. Nous ignorons tout des pensées qui lui font mal. Sa mère est morte et elle a pu subir des sévices honteux, ignobles. Si tu lui confies la vérité, il y a une chance pour que ce soit positif. Elle sera rassurée et se sentira acceptée dans notre famille. Papa, c'est le moment ou jamais. N'oublie pas les dons de Kiona. Elle peut percevoir ton trouble, ta gêne à son égard.

— Si elle a encore des presciences, pourquoi ne devine-t-elle pas le lien de sang qui nous unit, elle et moi?

— Je me suis posé la question, et cela reste un mystère. Si elle avait le moindre doute, je crois qu'elle agirait différemment.

— Je préférerais que ce soit toi qui le lui dises, ma chérie. Moi, elle refusera de m'écouter. Elle prendra la fuite.

— Et maman? Elle y est opposée pour l'instant. Je lui en ai parlé et elle désire attendre, de crainte que cela perturbe Louis et mes enfants.

— Mettons-la devant le fait accompli, trancha Jocelyn. Nous n'avons plus le choix. Hermine, j'aime Kiona de tout mon cœur. Je n'ai pas pu profiter de toi, fillette. Je voudrais passer les quelques années à venir dans la sérénité. J'ai commis tant d'erreurs! Je veux me rattraper.

— D'accord, papa, je le ferai, je te le promets!

Ils se turent, plongés dans leurs bien tristes réflexions.

Val-Jalbert, même jour, midi

Andréa Damasse venait de libérer ses élèves pour le dîner. Elle rangeait un de ses cahiers dans son pupitre lorsque Marie Marois revint sur ses pas, rose d'émotion. À dix ans, la fille de Betty était d'une extrême timidité.

— Vous devriez vous dépêcher, Marie, dit gentiment l'institutrice. Auriez-vous oublié quelque chose?

— Non, mademoiselle, mais mon père m'a demandé de vous transmettre une invitation. Il vous propose de venir manger chez nous, à midi. Il a tué un poulet hier soir et l'a fait rôtir. Si vous acceptez, je dois vous attendre.

Andréa fut bizarrement émue. Elle se remémora le regard avide de Joseph lors de leur dernière rencontre dans la cour. Depuis, ils s'étaient salués sur le perron, matin et soir, mais il n'y avait plus eu cette tension palpable chez l'ancien ouvrier, une tension nerveuse proche du désir. Pas dupe pour un sou, elle secoua la tête.

— Ma chère Marie, vous direz à votre père que je ne peux en aucun cas répondre à cette aimable invitation. La gouvernante de madame Chardin prépare un nombre exact de couverts et les plats en conséquence. Ce serait impoli de ma part de faire faux bond à ce rituel.

Marie fit oui d'un signe du menton. Certains mots la déroutaient, comme « conséquence » et « rituel ».

— Tant pis, mademoiselle, je me sauve, alors! Mais papa sera déçu. Il avait tué le poulet exprès pour vous.

Amusée, Andréa faillit rétorquer que la famille Chardin se nourrissait surtout des poulets de Joseph Marois et qu'elle s'en lassait, mais elle était trop bien éduquée.

— Une autre fois, peut-être, déclara-t-elle.

— Moi, ça me ferait bien plaisir, déclara Marie. Au revoir, mademoiselle!

Sur ces mots, la fillette sortit en courant, laissant Andréa perplexe. « Pauvre enfant! Évidemment, ce ne doit pas être drôle de vivre seule avec son père. Elle doit aussi beaucoup regretter sa mère qui était une femme très bien, selon Mireille et madame Laura. Mais est-ce correct de dîner chez Joseph Marois? »

Ce doute la tourmenta jusqu'au dessert, ce qui la rendit fort silencieuse à table. Jocelyn en fut soulagé, car il était souvent obligé de lui faire la conversation. Quand la gouvernante apporta le café, Andréa décida d'exposer son souci à ses patrons. Elle le fit à voix basse, avec une mine confuse.

— Chère madame, cher monsieur, je voudrais votre avis. Tout à l'heure, Marie, la petite Marois, m'a invitée à dîner chez elle. Son père avait tué un poulet à cette occasion. J'ai refusé, bien sûr, puisque mon couvert était mis ici.

— Il suffisait de nous prévenir, mademoiselle, ronchonna Jocelyn. C'était un effort louable de la part de Jo, qui se renferme trop sur lui-même!

— Oui, cela ne nous dérangeait en rien, renchérit Laura qui surveillait Louis.

Son fils s'amusait depuis quelques minutes avec de la mie de pain. Il avait façonné une boulette et la faisait rouler sur la nappe.

— Arrête tout de suite, trésor! s'écria-t-elle. La nourriture est sacrée, surtout actuellement. Mireille se lève à l'aube pour pétrir un bon pain de ménage. Tu n'as pas à gaspiller la mie.

Le petit garçon s'ennuyait ferme. Chaque jour,

il demandait en vain la permission de manger chez Hermine avec Mukki, les jumelles, Akali et Kiona.

—Je peux aller jouer du piano? demanda-t-il.

—Non et non! trancha sa mère. Tu as les mains sales et tu tapes sur les touches comme une petite brute! Cet après-midi, mademoiselle Damasse vous amène dans les bois ramasser des feuilles mortes. Monte te reposer dans ta chambre, tu seras plus apte à faire une bonne marche.

—Pas envie! hurla Louis. Je vais donner de l'eau à Basile.

—Non! s'indigna Laura, exaspérée. Tu n'as pas le droit d'entrer dans le box du poney sans Mukki. Louis, j'en ai assez, obéis, maintenant. Je te le répète, monte dans ta chambre.

Jocelyn ne pensa pas à exercer son autorité. Il déplora l'absence de Charlotte, partie à bicyclette à Roberval. Elle avait l'art d'amadouer l'enfant, très capricieux ces temps-là.

—Vous devriez être plus sage, Louis, crut bon de dire l'institutrice.

—Ne vous fatiguez pas, dit Laura en se levant. Il va finir par m'obéir.

Elle joignit le geste à la parole en prenant son fils par l'oreille pour le forcer à quitter sa chaise.

—Ayoye! s'égosilla-t-il. J'ai mal! Ayoye! T'es méchante, maman! Méchante!

Mireille faillit protester. Malgré son caractère bourru, elle ne supportait pas d'entendre un des petits pleurer.

—Mademoiselle Damasse t'a déjà puni pour tes écarts de langage! s'écria sa mère. On ne dit pas « ayoye »!

La gifle partit, sous le regard stupéfait de Jocelyn et de la gouvernante. Laura n'avait jamais frappé son fils. Elle avait même juré que cela ne se produirait pas. Cette promesse datait de l'hiver 1940, quand le petit garçon avait été kidnappé et qu'elle avait cru ne jamais le retrouver.

—Laura, qu'est-ce qui te prend? s'indigna son mari.

Il faut le comprendre, notre Louis. Tu le traites comme un bébé, à le couver sans cesse. Laisse-le s'occuper du poney ou jouer du piano.

— Oh toi, toi! cria sa femme. Tu ne te soucies même pas de l'éducation de ton fils.

Gênée d'être témoin de la querelle, Andréa s'apprêtait à quitter la pièce, quand Louis se mit à crier tout en frottant son oreille douloureuse.

— T'es trop méchante, maman, je t'aime plus! Tu es méchante avec tout le monde, même avec la pauvre Kiona! À cause de toi, papa peut pas lui dire que c'est sa fille! Moi, je le sais, Kiona, c'est la fille de papa. C'est ma sœur!

Un silence de mort suivit cette déclaration. Laura devint livide et considéra Louis avec une sorte d'effroi. Andréa s'empressa de regagner sa classe et Mireille s'éclipsa en direction de la cuisine. Jocelyn, ébahi, était comme paralysé.

— Très bien, dit enfin Laura. Joss, je constate que tu ne tiens aucun compte de mon opinion et que tu as ébruité ce secret, sûrement pour mieux m'humilier. C'est terminé, là, c'en est trop! Dresser mon fils contre moi, quelle cruauté!

— Chérie, protesta enfin son mari en se levant à son tour, que vas-tu imaginer? J'avais demandé ce matin à Hermine d'en parler à Kiona, mais elle n'a pas eu le temps de le faire. Et même si elle l'a fait aujourd'hui à l'heure du repas, comment Louis serait-il au courant?

Laura pleurait doucement en reniflant. Dans sa robe grise en velours de soie, ses épaules menues secouées par de petits sanglots presque enfantins, elle était pitoyable. Jocelyn voulut l'enlacer, mais elle se dégagea.

— Je le savais, que plus personne ne m'aimerait ici à cause de cette gamine. Je ne peux pas le supporter, ça non!

Consterné d'avoir semé une telle panique, Louis pleurait lui aussi. Il vit sa mère s'éloigner d'une allure rapide. Il guetta ses pas dans l'escalier.

— Tu as fait des dégâts, jeune idiot, grogna son père.

Tu as inventé ce que tu as dit ou quelqu'un t'en a parlé? Ne mens pas, Louis, je veux la vérité!

— C'est Kiona, reconnut le petit garçon. Elle nous a tout raconté, à moi et aux autres: Mukki, Laurence, Nuttah et Akali. On le sait tous que c'est ta fille. Et que tu as honte d'elle parce qu'elle est indienne!

— Oh! Seigneur! gémit Jocelyn en se rasseyant. C'était donc pour ça qu'elle était si méfiante, si dure avec moi! Louis, tu vas monter tout de suite demander pardon à maman. Elle est très malheureuse. Tu as eu tort de lui manquer de respect à ce point et de ne pas lui obéir. Va aussi dire à mademoiselle Damasse que Kiona ne viendra pas en classe cet après-midi. Dépêche-toi.

L'enfant sécha ses larmes du revers de la main et sortit de la pièce. Mireille s'y faufila aussitôt, une bouteille de sherry sous le bras.

— Monsieur, appela-t-elle à mi-voix, j'ai pensé qu'un verre d'alcool vous ferait du bien.

— Oh oui, ma brave Mireille! J'en ai besoin. Figuretoi que je t'ai soupçonnée un instant de n'avoir pas su tenir ta langue! C'est que je me doute que tu avais deviné la situation…

— Moé, monsieur, je ne me mêle pas de la vie de mes patrons et, même si j'avais su quelque chose, je n'aurais pas été jaser à droite et à gauche. Je vous souhaite ben du courage!

Jocelyn se retrouva seul, les coudes appuyés sur la table. Il avait beau se creuser la tête, il ne parvenait pas à comprendre la conduite de Kiona. «Elle sait donc que je suis son père et elle a l'air de me haïr! Pourquoi? Je ne suis pas responsable de la mort de Tala ni de son séjour dans ce maudit pensionnat! Je dois aller chez Hermine, et sans attendre. Allons, du cran! »

Il se servit un verre de sherry qu'il avala d'un trait.

Le petit paradis, Val-Jalbert, même jour

Hermine et Madeleine débarrassaient la table du dîner. Les cinq enfants avaient mangé de bon appétit une soupe bien épaisse, savoureux mélange de pommes de terre, d'oignons, de navets et de fèves. C'était une des recettes préférées d'Hermine, même si la cuisinière avait dû remplacer le jambon par un peu de lard.

—Pour la collation, je ferai des beignes façon Mireille. Ici, j'ai plaisir à cuisiner.

—Il n'y a presque plus de sucre, fit remarquer Madeleine, mais nous avons encore une bonne réserve de sirop d'érable.

Toutes les deux tendirent l'oreille. Un vrai vacarme retentissait à l'étage. La voix de Mukki dominait le chahut. Il reprochait à Marie-Nuttah de lui avoir pris un de ses tricots.

—Ne vous chamaillez pas! cria leur mère. Il vous reste une demi-heure avant de retourner en classe. Profitez-en.

On toqua à la porte au même instant. Hermine ouvrit, espérant contre toute logique qu'il s'agît d'Ovide.

—Papa! s'étonna-t-elle. J'espère que tu ne viens pas me consoler à nouveau pour ce matin! Ma chère Madeleine m'a rassurée, elle aussi. Toshan va me rappeler, j'en suis sûre. Et ne t'inquiète pas au sujet de Kiona, je lui parlerai ce soir, dans ma chambre.

Jocelyn entra et ôta son chapeau d'un geste las.

— Ce ne sera pas nécessaire. Où est-elle? Appelle Kiona, ma chérie, et envoie les enfants à la maison. Nous devons discuter longuement, tous les trois. Madeleine, sans vouloir te vexer, si tu pouvais nous laisser, je serais plus à mon aise.

—Bien sûr, monsieur, répondit-elle en souriant. Je monte remettre de l'ordre là-haut; les petits font du tapage. Je dirai à Kiona de descendre.

—Qu'est-ce que tu as, papa? s'inquiéta Hermine dès qu'ils furent seuls. Tu as l'air accablé.

—Elle sait, dit-il tristement. Kiona sait qui je suis et elle l'a dit à tes enfants et à Louis. Mon fils a jeté ça à la figure de Laura à la fin du repas, devant l'institutrice. Tu peux imaginer le résultat! Ta mère est montée en pleurant dans sa chambre, profondément blessée. En plus, Louis l'a accusée d'être méchante.

Hermine était stupéfaite. Elle n'eut pas le loisir de s'exprimer. Madeleine avait dévalé l'escalier et faisait irruption dans la cuisine.

— Kiona n'est pas à l'étage, déclara-t-elle. Mukki prétend qu'elle est allée se promener en sortant par la porte de l'arrière-cuisine. Je vais vite la chercher, monsieur, et je vous la ramène.

Elle se rua dehors. Jocelyn leva les bras au ciel.

— Elle a dû me voir arriver d'une fenêtre et déguerpir. Je ne peux quand même pas me cacher pour te rendre visite.

— Je leur permets de s'amuser à l'extérieur, tant qu'il fait encore beau temps, dit Hermine. Kiona a pu sortir sans arrière-pensée. Mon pauvre papa, quelle histoire! Cela signifie qu'elle est au courant de votre parenté depuis quelques jours et qu'elle s'est confiée aux enfants. Je ne peux pas le croire! Pourquoi ne m'en a-t-elle pas parlé, dans ce cas?

— Mais qui lui a révélé ce secret que nous gardions avec tant de soin? enragea Jocelyn. Elle l'a su grâce à ses dons de voyance; il n'y a pas d'autre hypothèse.

— Oh non! soupira Hermine. Je crois savoir comment elle l'a appris.

Les jambes tremblantes d'émotion, elle dut s'asseoir. « C'est sans aucun doute dans la carriole du pensionnat, quand nous faisions route vers Péribonka, Ovide et moi, songea-t-elle. Akali s'est endormie. Kiona, elle, n'avait pas repris connaissance depuis que nous l'avions trouvée dans le cachot. Du moins, je le croyais! J'ai raconté les circonstances de sa naissance, parce que j'étais certaine qu'elle ne pouvait pas entendre. Mais je peux me tromper. À force de côtoyer son vrai père, elle a pu avoir une vision. »

— Hermine, dis quelque chose, s'impatienta Jocelyn.

Elle confessa sa conversation avec l'instituteur.

— Je suis navrée, papa! J'étais tellement heureuse de l'avoir sauvée, mais aussi très choquée, bouleversée! Ce jour-là, j'avais besoin de dire la vérité, la vérité sur Kiona.

— Tabarnak! qu'est-ce qui t'a pris? Et tes enfants, mon

fils, quelle bande de cachottiers! Ils n'ont pas du tout changé de comportement à mon égard. Mon Dieu, je n'ai plus aucun espoir, maintenant. Ma petite fille me déteste.

Mukki et Akali descendirent à leur tour, suivis par Laurence et Marie-Nuttah.

—Encore bonjour, grand-père, claironna cette dernière.

Hermine perçut une note ironique dans sa voix bien timbrée. Elle bondit de sa chaise et se planta devant elle.

—Nuttah, ne bouge pas d'ici. Vous aussi, Mukki et Laurence. Pour employer votre vocabulaire, Louis a vendu la mèche! Je ne vous félicite pas, tous, excepté toi, Akali, qui n'est pas vraiment concernée.

—Ah! le traître! jeta Mukki avec mépris. Louis n'avait pas le droit de trahir le pacte! Il avait juré à Kiona de se taire.

—De mieux en mieux! s'écria Hermine. Vous avez intérêt à tout m'expliquer. Kiona aussi.

Jocelyn vint lui prêter main-forte. Il se dressa devant ses petits-enfants de toute sa haute taille. Ses yeux bruns brillaient autant de chagrin que de colère.

—Inutile de continuer à jouer la comédie, les enfants, dit-il sèchement. Grand-mère et moi, nous préférions attendre pour vous révéler un secret qui pesait sur toute la famille. Ce sont en fait des histoires d'adultes et cela ne vous regarde pas, mais je suis très déçu par votre attitude. Vraiment déçu. Surtout par toi, Mukki. Tu as dix ans et tu aurais dû te confier à ta mère, si tu n'avais pas envie de me parler.

Laurence s'avança la première, au bord des larmes.

—Pardon, grand-père, mais Kiona nous a demandé de prêter serment. La pauvre, elle nous fait tant de peine! On n'osait pas refuser.

—Et ce n'était pas très bien de l'abandonner dans ce pensionnat, ajouta Marie-Nuttah d'un air frondeur.

Furieuse, exaspérée, Hermine s'interposa. Elle toisa ses trois enfants froidement.

—Taisez-vous, je ne veux plus rien entendre! Toi, Nuttah, tu n'as pas à t'adresser sur ce ton à grand-père.

Il ne faut pas juger trop vite quand on n'a pas tous les éléments en sa possession. Mademoiselle Damasse vous attend. Filez! Je ne suis pas fière de vous.

Ils sortirent, penauds, tête basse. Jocelyn les observa, tandis qu'ils marchaient en direction de la rue Saint-Georges. Il les vit ainsi croiser Madeleine qui trottinait, la mine grave. Elle leur parla quelques instants, puis se mit à courir.

—Monsieur! cria-t-elle dès qu'elle fut en bas du petit perron. Je suis allée jusque chez vous. Kiona a pris le poney en cachette, sans le seller. Le licol manque. Mireille pense que la petite s'est enfuie avec Basile.

—Oh non! Seigneur, pas ça! gémit Hermine. Papa, il faut vite la chercher! Elle ne peut pas être loin. Elle n'est pas partie depuis très longtemps.

Elle l'entraîna dehors, cramponnée à son bras. Tous deux scrutèrent le paysage alentour. Madeleine les imita.

—Là-bas! s'exclama l'Indienne presque immédiatement. Je la vois! Sur le sentier qui longe la cascade, à l'endroit où il surplombe l'usine!

—Mais c'est dangereux! cria Jocelyn. J'y vais!

—Non, papa, protesta Hermine. Tu n'es pas assez solide pour la rattraper. Pense à ton cœur. Tu étais encore à l'hôpital il y a quinze jours. Je marche plus vite que toi.

Il lui saisit le poignet en la fixant avec une expression bizarre qu'elle ne lui avait encore jamais vue.

—Ma fille chérie, je dois rejoindre Kiona. Moi seul! Je le ressens en moi, comme si c'était ce qu'elle exigeait. Je tente ma chance, ma dernière chance. Mon vieux cœur tiendra le coup, ne crains rien. Rends-moi un service, va auprès de Laura et dis-lui que je ne suis pas en cause. Enfin, console-la. Fais ça pour ton père, Hermine, je t'en prie.

La jeune femme capitula. Elle embrassa Jocelyn sur la joue, pleine de compassion pour lui.

—Sois prudent, papa, je t'aime très fort, murmura-t-elle. Je m'occupe de maman.

Jocelyn Chardin s'éloigna d'un pas énergique, les yeux rivés à un point minuscule qui se déplaçait sur la colline voisine. Et ce point, la robe rose de Kiona, l'attirait irrésistiblement, lui redonnant la vigueur de sa jeunesse perdue. C'était son enfant adorée, trop souvent rejetée! Il devait la rejoindre et lui parler, apaiser l'immense douleur qui la torturait.

Val-Jalbert, même jour, maison des Chardin

Hermine frappa plusieurs fois à la chambre de ses parents sans obtenir de réponse. Enfin, elle appela:

— Maman, est-ce que je peux entrer? Maman, je t'en supplie, ne boude pas.

Elle tourna la poignée en vain. Laura avait fermé à clef. Après d'interminables minutes, elle s'affola.

— Maman, hurle, crie, insulte-moi, mais ouvre, insista-t-elle. Sinon je demande à Onésime d'enfoncer la porte. Nous devons discuter toutes les deux. Maman, ouvre, à la fin, ça devient ridicule!

Avec un infini soulagement, elle perçut un bruit de pas ténu, puis il y eut un déclic dans la serrure. Laura entrebâilla le battant. La pièce était plongée dans la pénombre.

— Je ne tiens pas à t'écouter, Hermine, déclara-t-elle. C'est trop tard, le mal est fait. Je voulais tellement empêcher ça!

— Je sais, maman, mais ce n'est pas si grave! Mon Dieu, quelle journée! Allons, laisse-moi entrer. Où est Louis?

— En classe, la classe de mon cours privé! Encore une joie futile, sans doute. Je ne suis bonne à rien. Je suis mauvaise, méchante.

Elle sanglotait. Avec douceur, Hermine fit reculer sa mère et la conduisit vers le lit. Un coussin gisait en travers, maculé de larmes.

— Ma pauvre maman, pourquoi as-tu tant de chagrin? Ne te rends pas malade pour les paroles stupides d'un enfant de huit ans. Louis t'aime et il t'aimera toujours. Il a eu tort de te provoquer et de révéler ce secret. Mais à présent nous pouvons respirer, les choses sont révélées au grand jour. Kiona continuera d'habiter chez moi. Quand Toshan reviendra, il se fera un devoir d'élever sa demi-sœur. Les enfants ont comploté dans notre dos et, eux, ils ne paraissent pas perturbés du tout. La vérité est précieuse, maman.

Ces mots censés calmer Laura lui firent pousser une plainte. Elle pleura de plus belle, ce qui sidéra Hermine. Se sentant impuissante à réconforter sa mère, elle la serra dans ses bras.

— Maman, as-tu parlé avec Louis? interrogea-t-elle.

— Oui! Il m'a présenté ses excuses, ce trésor, alors que je lui ai pincé l'oreille et que je l'ai giflé. Je ne vaux pas mieux que ces sœurs du pensionnat qui martyrisent des innocents! Mon Louis n'est pas coupable. À son âge, il n'a rien compris. Je lui ai donné une version des choses acceptable.

— Alors, tout s'arrange. Par pitié, maman, ne te compare pas à ces gens, ce groupe de prétendus religieux. Bien des enfants ont reçu des claques sans être des martyres!

Comme égarée, Laura lança soudain:

— Mais il voulait jouer du piano!

— Qui donc?

— Louis! Je le lui ai interdit et, ensuite, j'ai refusé qu'il aille voir le poney.

— Maman, tu as eu raison. Nous avons défendu à tous les petits de toucher au piano. Ils n'ont pas toujours les mains propres et je tiens à préserver cet instrument. Quant au poney, je suis de ton avis, Louis pouvait l'agacer et se faire mordre.

Elle songea à Kiona qui n'avait pas hésité à monter l'animal sans selle. Laura dénicha un mouchoir en batiste dans sa table de chevet et en tamponna ses paupières.

— Mademoiselle Andréa n'avait pas à être au courant. Je la connais peu! Si elle bavarde à tort et à travers, tout le monde saura bientôt que mon mari a eu une liaison avec une Indienne… Oh! Pardonne-moi, Hermine. Je m'en moque que ce soit une Indienne ou une Japonaise; je voulais dire avec une autre femme. Déjà, bien des personnes me jalousent à Roberval à cause de ma fortune. Je vais être la risée des honnêtes ménagères et, surtout, des mauvaises langues.

—Quelle importance cela a-t-il, maman? L'essentiel, c'est notre famille. Ici, à Val-Jalbert, nous sommes à l'abri de la guerre. Enfin, je l'espère. Malgré le rationnement, nous mangeons mieux que la plupart de nos voisins. Papa et toi, vous vous aimez. Tu as de la chance d'avoir ton mari à tes côtés nuit et jour! Tu sais, je t'envie, moi dont le mari est si loin! Kiona n'est pas une menace, juste une petite fille désorientée, privée de sa maman et qui a peut-être subi des actes abominables.

Les yeux secs, Laura se redressa. Elle considéra Hermine avec tendresse.

—Je n'en veux pas à Kiona, ma chérie. J'ai même des remords de l'avoir prise pour une redoutable ennemie. Tu es gentille d'être venue! Mais où est Joss?

La jeune femme se lança dans de nouvelles explications. Elle souhaitait rétablir l'harmonie en dépit du chaos qui régnait dans son propre cœur.

—Quelle étrange enfant! conclut Laura quand elle sut ce qui s'était passé. Pourvu qu'elle n'ait pas un accident, là-haut, près de la cascade! Cela tuerait ton père.

Elles se prirent la main, songeuses. Hermine se revoyait à quinze ans, prête à se jeter dans l'abîme bouillonnant de la Ouiatchouan. Une lettre de ses grands-parents qu'elle ne devait jamais connaître l'avait poussée au désespoir. Ceux-ci lui apprenaient sans ménagement que sa mère, Laura, l'énigmatique dame en noir du Château Roberval qu'elle était si heureuse d'avoir enfin retrouvée après des années de séparation, s'était prostituée!

—Dieu ne permettra pas ça, maman, affirma-t-elle.

*

Kiona était assise le plus près possible de la chute d'eau. Elle écoutait sa farouche chanson rauque, puissante, éternelle. La gigantesque cascade bondissait, se brisant au gré de sa course sur de gros rochers noirs, luisants d'humidité. Des éclaboussures atteignaient la fillette qui tendait ses mains vers les folles gouttelettes pareilles à des perles d'argent.

— Merci, Ouiatchouan! criait-elle à chaque fois. Tu es mon amie, merci!

Un témoin invisible n'aurait pu dire si le visage ruisselant de l'enfant était noyé de larmes ou d'eau limpide, mais il aurait discerné dans son regard doré un profond chagrin. Libéré de son licol, le poney errait sur la pente. Il croquait à pleines dents les feuilles racornies et les touffes d'herbe.

— Il arrive, se dit Kiona tout bas. Mon père arrive! Je devrais m'enfuir; j'ai encore le temps de m'enfuir. Il va me punir, parce que j'ai dit que j'étais sa fille! Et Laura le savait depuis longtemps. C'est pour ça qu'elle me déteste.

Le vertigineux abîme où s'engouffrait la rivière l'attirait autant que les bois d'épinettes, à hauteur du barrage. Elle bondit sur ses pieds et alla se poster sur une avancée de terre.

— Je dois chasser la peur de mon cœur. Maman, aide-moi! Tala la louve, aide-moi!

Les bras écartés du corps, paupières mi-closes, Kiona récita la prière que sa mère lui avait enseignée dès qu'elle avait eu l'âge d'en comprendre le sens. Sa voix frêle n'était qu'un souffle parmi les grondements de la cascade.

Ô, grand Esprit.
Dont je perçois la voix dans le vent.
Et dont le souffle donne vie à toute chose.
Entends-moi, moi qui suis petit et faible.
Donne-moi force et sagesse.

Jocelyn la vit ainsi, toute menue dans sa robe claire, perchée au bord des eaux folles et il l'appela, certain de ne pas arriver à temps pour l'empêcher de sauter.

— Non, Kiona, non! Ne fais pas ça! hurla-t-il en grimpant plus vite la côte raide parsemée d'embûches. Ma petite fille chérie, ne fais pas ça! Ta vie est trop précieuse! Si tu te jettes dans le vide, je te suivrai! Je mourrai avec toi! Tu entends? Je mourrai avec toi!

Il croyait vraiment qu'elle voulait se jeter dans la

Ouiatchouan dont le courant tumultueux la briserait, l'emporterait comme un fétu de paille. Terrifié, épouvanté même, il avait vraiment hurlé de toutes ses forces. Malgré le bruit assourdissant qui l'entourait, Kiona avait compris le sens de ses paroles.

«Je mourrai avec toi!» se répéta-t-elle en silence. Les mots retentissaient en fanfare joyeuse dans son cœur.

Elle demeura immobile en gardant la même position. Malade d'angoisse, Jocelyn déboula sur le terre-plein et la saisit par la taille. Avec une énergie surprenante, il la souleva et l'emporta ainsi à une bonne distance du gouffre.

— Merci, mon Dieu! Merci, Seigneur! gémit-il. Ma toute petite, mon enfant chérie, pourquoi? Pourquoi t'a-t-on fait autant de mal? Pardon, pardon, moi aussi, moi, ton père, je t'ai blessée!

Il se laissa tomber sur le sol sans lâcher Kiona. Elle ne se débattait pas, mais il ne le remarqua pas tout de suite, étourdi, trop soulagé aussi d'avoir pu éviter la plus atroce des tragédies. Tout en la serrant contre lui à l'étouffer, il embrassait ses joues et son front.

— Il ne faut pas mourir, petite, non! Une longue et belle vie t'attend et je suis là, moi, ton père, pour te protéger! Plus personne ne te touchera, plus personne ne te fera souffrir! J'ai promis à Tala de veiller sur toi, et, même sans cette promesse, je le ferais parce que je t'aime, ma petite enfant chérie. Seigneur, si je te perdais, crois-moi, je ne pourrais pas te survivre.

Un sanglot sec lui coupa le souffle. Il ajouta enfin:

— Dieu merci, je suis arrivé à temps!

— Mais je ne voulais pas mourir, répliqua la fillette d'un ton surpris. Je priais le grand Esprit, comme maman! Je lui demandais de me rendre forte et sage, ce que je ne suis pas. Je n'ai pas pu me défendre contre les religieuses, au pensionnat, et j'ai toujours envie de faire des bêtises. Parfois, je déteste tout le monde ici et ça me fait peur! Dis, c'est vrai que tu m'aimes?

— Si je t'aime! s'écria-t-il. Oh oui! Je n'ai pas su te le prouver, mais je t'aime de toute mon âme. Alors, c'est bien vrai, tu n'avais pas l'intention de sauter dans le vide?

— Non, pas du tout, affirma Kiona. Je dois devenir grande, ça, je le sais.

Ils osèrent se regarder dans les yeux en prenant un peu de recul, ce qui obligea Jocelyn à relâcher son étreinte. Il s'aperçut alors que sa fille le tenait encore par le cou. Cette marque de confiance, presque de tendresse, lui fit verser des larmes très douces.

— Qu'est-ce que tu as imaginé, petite? interrogea-t-il tout bas. Des sottises, je crois! Tu pensais que je ne voulais pas de toi parce que tu avais du sang indien? Tu croyais que j'avais honte de toi! Mais je sais pourquoi tu t'es trompée sur mon compte. Tu as su il n'y a pas longtemps que j'étais ton père et tu m'as jugé sur ma conduite passée. Cependant, combien de fois j'ai essayé de te faire plaisir! Quand Tala te conduisait à Roberval, je voulais te gâter, t'acheter des vêtements, des sucreries, et c'était ma façon à moi de te prouver mon affection. J'avais promis à Laura et à Tala de te dire la vérité seulement quand tu serais adulte. C'était une situation délicate, très compliquée, car ta mère aussi voulait garder le secret.

Kiona ignorait ce détail capital. Elle sonda les prunelles sombres de Jocelyn pour s'assurer qu'il ne mentait pas.

— Maman me racontait que mon père était mort, soupira-t-elle. Je suppliais le grand Esprit de me montrer qui était mon père, en rêve. Pourtant, je ne t'ai jamais vu, toi.

Elle dévisagea Jocelyn d'un œil curieux et se mit à sourire, d'abord timidement. Bientôt, une joie immense illumina son visage. Lui aussi la contemplait, totalement fasciné par l'éclat inouï de son regard ambré. Il la trouvait adorable avec son crâne rasé, d'une forme parfaite et déjà irisé de quelques millimètres de cheveux dorés, très fins, son nez mutin et sa peau couleur de miel.

— Ma fille, répéta-t-il. Ma petite chérie! Ma fierté, ma joie! Durant des années, j'ai été privé de ma douce Hermine. Je ne l'ai pas vue enfant et j'en souffre toujours. Je voudrais tant profiter de toi chaque jour!

— Il ne faut plus pleurer, maintenant, protesta

l'enfant. Tu as retrouvé Mine et moi, je veux bien que tu sois mon père.

—Je te plais quand même un peu? tenta-t-il de plaisanter. Je ne suis plus très jeune, j'ai des cheveux gris et des rides, mais je ferai de mon mieux pour te voir devenir une belle jeune femme.

—Oh! tu me verras, dit Kiona comme si c'était un fait acquis.

Bouleversé par la reddition pleine de douceur de la fillette, Jocelyn avait envie de l'embrasser encore et encore, mais il se retenait, craignant de provoquer chez elle un mouvement de recul. Elle consentait à rester près de lui, sur ses genoux. C'était déjà un petit miracle.

—Je voudrais tant te rendre heureuse, effacer ton chagrin, et surtout te faire oublier ce que tu as subi au pensionnat! dit-il avec conviction. Il faudrait m'expliquer tant de choses, Kiona! Comment as-tu su la vérité? Quand est-ce que tu en as parlé à Mukki, à Louis et aux filles? Et tu peux aussi me confier ce que t'a fait le frère Marcellin. Je le ferai envoyer en prison, par n'importe quel moyen. Et tu pourrais me dire également pourquoi tu t'es enfuie avec le poney!

Perdue dans ses pensées, Kiona baissa la tête et demeura silencieuse un instant.

—À midi, pendant le repas, j'ai vu ce qui se passait chez toi. Louis avait trahi le serment. J'ai eu peur d'être punie, surtout par Laura. J'ai décidé de retourner dans la forêt, chez grand-mère Odina et tante Aranck. Mais la Ouiatchouan m'a appelée. Elle chantait pour moi et je suis montée l'écouter. Et là, je ne savais plus si je devais partir loin d'ici. Je t'ai appelé, toi, parce que je sais que tu n'es pas méchant, au fond. Tu ne cries pas aussi fort que Laura. Et si j'avais retrouvé grand-mère Odina, peut-être qu'elle aurait demandé au shaman de me fabriquer d'autres amulettes. La supérieure, celle qui m'a tondu les cheveux, elle a arraché mon collier, et les visions sont revenues. Dès que je m'endormais un peu, je voyais ce qui s'était passé dans le cachot et c'était affreux. Là-bas, ils ont tué des enfants de mon peuple. Je n'ai plus mes amulettes magiques. Elles me protégeaient des images qui me viennent n'importe quand.

La voix fluette de Kiona chevrota, puis se brisa. Jocelyn la reprit contre lui et la berça.

—J'irai les chercher avec mon ami Joseph, mon voisin.

—Elle les a jetées dans le poêle. Avec ma tunique à franges brodée de perles rouges et bleues, et aussi mon pantalon. C'était maman qui les avait faits. Mine est très gentille et je ne veux pas lui faire de peine, mais elle m'habille en robe et, moi, je préférais mes vêtements en peau de cerf, ceux que maman cousait pour moi. Je suis une Indienne, pas une Blanche!

—Je comprends, va, je comprends…

Il réalisait à quel point la fillette était marquée par ce qu'elle venait de vivre en quelques semaines.

—Je leur ai dit hier, dimanche, ce que j'avais appris sur toi et moi. Aux jumelles, à Mukki et à Louis! Ils étaient tout étonnés. Louis m'a embrassée. Il était si content que je sois sa sœur! Avant de parler, je leur ai demandé de jurer de ne le répéter à personne. Ils m'ont crue, parce que j'avais entendu Mine tout raconter à monsieur Lafleur dans la carriole. Mine n'avait aucune raison de mentir.

Jocelyn déposa un baiser sur la joue veloutée de Kiona. Elle eut un léger rire cristallin, qui lui vrilla l'âme.

—Pauvre petite! Il ne faut plus nous faire peur ainsi en t'enfuyant. Demain, j'irai à Pointe-Bleue et je m'arrangerai pour te rapporter des vêtements de ton peuple. Pour remplacer tes amulettes, j'ai une idée.

Il fouilla dans la poche intérieure de sa veste et en sortit un étui en cuir qu'il vida dans la paume de sa main gauche.

—Te souviens-tu, Kiona, de ce pendentif en or, avec sa chaîne? J'ai voulu te les offrir, il y a environ deux ans, le jour des obsèques de Betty, notre voisine. Tu as refusé et tu as jeté mon cadeau dans l'herbe. Hermine l'a ramassé. Ce bijou, surtout le médaillon, appartenait à ton arrière-grand-mère, Aliette, celle qui a quitté la France pour s'installer ici. Dans son pays, là-bas, les gens la prenaient pour une sorcière. Mais c'était une femme généreuse, très bonne, d'une beauté particulière, avec des cheveux d'or roux et des yeux d'ambre, comme les tiens.

— Je m'en souviens. Tu avais parlé d'elle quand j'étais malade et que j'étais dans le grand lit d'Hermine! Mais pourquoi les gens la prenaient-ils pour une sorcière?

— Parce qu'elle aussi avait des visions de l'avenir et qu'elle savait soigner avec des plantes et surtout avec son cœur. Tu as hérité de sa bonté et de sa lumière, ma chérie, et pour cette raison je voudrais que tu acceptes de porter ce bijou. Et la dame, sur le pendentif, c'est Marie, la mère de Jésus. Fais-moi confiance, Kiona, je suis certain que si tu portes ce collier il te protégera.

Sans attendre de réponse, il attacha la chaîne au cou de sa fille. Elle caressa le médaillon, rayonnante de bonheur.

— Aujourd'hui, ton cadeau, je le garde, dit-elle d'une voix joyeuse. Est-ce que j'ai le droit de t'appeler papa?

— Oh oui, tu es obligée de le faire! Allez, dis-le, ça me fera grand plaisir!

Kiona souriait, éblouie, fascinée par ce qu'elle ressentait au fond de son cœur. C'était une chaleur bienfaisante, un infini soulagement.

— Papa?

— Oui?

— Papa, le frère Marcellin, il n'a rien pu me faire! Quand il a relevé sa soutane, j'ai vu... ce que j'avais vu dans mes mauvais rêves. J'ai prié Jésus très fort et il m'a emmenée dans un joli paysage, plein de fleurs et d'oiseaux. Après, je me suis réveillée dans la carriole, et Mine me caressait la joue.

— Me voilà rassuré, trancha Jocelyn.

«La fameuse crise d'épilepsie, selon la supérieure, songea-t-il. Confrontée à ce porc qui s'exhibait, la pauvrette a eu si peur qu'elle a perdu connaissance. Et si vraiment Jésus, Notre-Seigneur, outré des agissements de ces faux serviteurs de sa foi, était réellement venu à son secours? »

Troublé, en proie à une émotion intense, il se signa,

prêt à courir jusqu'à la première église pour louer le Christ et lui témoigner sa profonde gratitude.

— Papa?

— Oui, mon petit ange?

— Et Laura? Peut-être qu'elle sera tellement en colère que je n'aurai plus le droit d'aller à son cours privé?

— Tu n'as rien à craindre. Laura n'est pas méchante, mais elle a beaucoup de caractère. Elle apprendra à te connaître. Kiona, nous devons tous faire des efforts pour vivre en paix. Il n'y a plus de secret à présent. Il faudrait rentrer à la maison et ramener Basile. Regarde-le, il est devant l'usine.

— D'accord, papa! Dis, tu m'aimes vraiment?

— Vraiment! Viens, ma chère fille.

Jocelyn se leva et prit la main de Kiona. Il ne voulait plus se poser de questions. L'avenir lui donnerait des réponses dont il n'avait sans doute pas besoin. Ce jour-là, il était un homme comblé, un père digne de ce nom.

Hermine remontait la rue Saint-Georges après avoir quitté Laura qui s'était endormie, épuisée par trop de larmes. Un peu inquiète, elle avait décidé de marcher jusqu'à l'ancienne fabrique de pulpe. Son passé lui servait d'escorte. Elle observa la façade du magasin général où elle venait jadis acheter du sucre ou des chandelles pour les sœurs du couvent-école. L'imposante bâtisse présentait le même air d'abandon que les maisons alignées alentour. Son plus cher souvenir lui revint, celui d'un soir d'hiver où un refrain, sifflé par un énigmatique inconnu, l'avait attirée vers la patinoire. Là, elle avait rencontré Toshan. Il évoluait avec grâce et rapidité. Malgré toutes les recommandations des sœurs, elle n'avait pas pu s'éloigner, intriguée, émerveillée. Quand il s'était approché de la timide adolescente qu'elle était alors, ils avaient échangé quelques mots. Aussitôt, elle était tombée amoureuse de lui.

« Mon Dieu! Rendez-le-moi, implora-t-elle. Rendez-moi le beau et farouche Toshan de cette époque-là, avec ses longs cheveux noirs et son regard ardent. »

Elle pressa le pas en jetant un coup d'œil mélancolique sur le perron où, quinze ans auparavant, se tenait souvent une charmante vieille dame, la veuve Mélanie Douné, coiffée d'un chignon impeccable. «Je lui apportais des plantes séchées par les soins de sœur Victorienne, la converse. Et je lui préparais sa tisane. Je devais toujours lui chanter *Un Canadien errant*. Mais cette chanson lui donnait envie de pleurer, car son mari adorait cet air-là et j'étais triste de la voir en larmes.»

Cédant à la nostalgie de sa prime jeunesse, Hermine se mit à fredonner:

Un Canadien errant, banni de ses foyers,
Parcourait en pleurant des pays étrangers.
Un jour, triste et pensif,
Assis au bord des flots,
Au courant fugitif
Il adressa ces mots:
«Si tu vois mon pays,
Mon pays malheureux,
Va, dis à mes amis
Que je me souviens d'eux.»

Elle approchait de l'esplanade de l'usine et chantait toujours à voix basse. Soudain, deux silhouettes lui apparurent. Jocelyn et Kiona marchaient en se tenant par la main. Ils souriaient tous les deux et le poney les suivait docilement.

— Papa! Kiona! appela-t-elle.

— Mine, répondit l'enfant. Mine! Mon père m'a retrouvée!

À cet instant, la jeune femme comprit qu'une page de leur histoire se tournait. Elle courut vers eux, riant et pleurant à la fois. Jocelyn la reçut dans ses bras.

— Mes deux filles, s'extasia-t-il. Mes filles chéries!

10
Vertiges

Val-Jalbert, mercredi 11 novembre 1942

Il neigeait. Le front collé à la vitre, Hermine admirait le paysage noyé dans un blanc cotonneux. Elle éprouvait la même joie que lorsqu'elle était petite fille, quand les premiers flocons annonçaient pour elle de joyeuses parties dans la rue Saint-Georges, en compagnie de Simon, Armand et le petit Edmond. Élisabeth leur permettait de faire un énorme bonhomme de neige, dont l'élaboration s'achevait dans des rires et des plaisanteries.

« Nous empruntions un vieux chapeau de paille à Joseph et mettions une carotte pour le nez ! Une fois, Simon avait chipé la pipe de son père pour la planter dans la bouche de notre bonhomme, tracée au charbon de bois. Il ne faisait pas encore très froid et nous étions si heureux. »

Maintenant ses enfants prenaient la relève. Mukki, sûrement par souci d'imiter son père, avait demandé une paire de patins à glace pour Noël. Et il attendait les nuits de gel qui lui offriraient des patinoires improvisées autour de la rivière.

— Tout est arrangé, se dit-elle à mi-voix. Maman se montre d'excellente humeur et je l'ai vue sourire à Kiona bien souvent. Elle craignait les ragots, les placotages, mais les gens ont d'autres chats à fouetter.

— Tu parles toute seule, ma chère Mine ? se moqua Madeleine qui brodait un napperon, assise près du poêle.

— Oui ! Je réfléchissais à notre organisation familiale qui fonctionne parfaitement. Mademoiselle Damasse s'occupe avec efficacité des enfants. Ils deviennent même studieux. Papa et Kiona s'entendent à merveille.

Et, quand nous allons à Roberval, c'est un vrai bonheur de pouvoir présenter cette enfant comme ma demi-sœur. Au fond, ça ne change pas grand-chose; tout le monde savait qu'elle était de la famille de mon mari. Cela suffit à me rendre euphorique.

— En es-tu certaine? s'enquit son amie. Tu m'as l'air bien nerveuse depuis quelques jours.

— Toshan n'a pas rappelé ni écrit! J'ignore où il est et ce qu'il fait. Et je n'ai aucune nouvelle d'Ovide Lafleur. Je n'ai pas rêvé, pourtant: le matin de son départ, il y a plus d'un mois, il nous avait dit qu'il reviendrait très vite pour nous montrer les lettres que nous avions rédigées ensemble, mais tapées à la machine à écrire.

— C'est exact, je m'en souviens. Il voulait emprunter la machine à écrire du maire de Sainte-Hedwige. Ne t'inquiète pas, il a peut-être obtenu un poste et n'aura pas eu le temps de venir.

— Cela ne l'empêcherait pas de poster une lettre pour me tenir au courant, coupa Hermine. Je ne comprends pas, il me paraissait sérieux.

Madeleine baissa le nez sur son ouvrage, hésitant à entamer une conversation épineuse.

— Je le croyais mon ami, ajouta la jeune femme en s'éloignant de la fenêtre.

— Mine, tu peux te confier à moi, je sais me taire quand il le faut. Je crois qu'Ovide a des sentiments pour toi. Comme tu es mariée, il a pu décider de se tenir à l'écart. Je me suis demandé si ce n'était pas réciproque.

Hermine reprit sa tâche interrompue, à savoir l'épluchage laborieux d'un kilo de pommes tavelées, un peu flétries par leur séjour dans la remise à provisions. Elle avait prévu de faire une tarte pour la collation des enfants.

— J'avais simplement de l'estime pour lui, et de l'affection, répliqua-t-elle après un long silence. Mais c'est peut-être mieux ainsi. Maman se tourmentait, me voyant déjà au ban de la société en tant que femme adultère! Je suis pourtant incapable de trahir Toshan. Mais je suis l'épouse de ton cousin, tu as le droit de t'inquiéter.

Madeleine approuva d'un signe de tête, sans oser regarder Hermine qui eut honte, tout à coup. «Je ne devrais pas lui mentir, se dit-elle. Ce que j'ai vécu à l'auberge de Péribonka me hante et je ne peux me confier à personne. Je me revois sans cesse à ce moment-là. Je n'avais plus aucune maîtrise de mes sens. J'étais fébrile et égarée. Je voulais être nue dans les bras d'Ovide et qu'il me couvre de baisers. Plus rien ne comptait. Je bafouais mes vœux de fidélité éternelle à Toshan. J'étais aussi impudique qu'une chatte en chaleur.»

Elle eut beau se dénigrer et se flageller intérieurement, une onde de chaleur monta de son ventre à sa poitrine. Fermant les yeux, elle imagina l'accomplissement de cette étreinte, l'instant si particulier et tellement exaltant où l'homme pénètre une femme pour la faire sienne et l'amener à la jouissance. Ses seins se durcirent. Elle dut retenir une plainte.

— Mine, es-tu souffrante? s'alarma Madeleine.

— Non, je ne crois pas! Un peu de fièvre, peut-être, un début de migraine? Je vais me reposer une demi-heure.

— Tu as raison, c'est sûrement préférable, reconnut son amie.

Hermine fut soulagée de se retrouver enfermée dans la chambre qu'elle partageait avec Kiona. La pièce était tiède et sombre. Prise d'une sourde colère envers elle-même et ce corps qui lui jouait de tels tours, elle ôta ses vêtements avec des gestes rageurs. Une fois toute nue, elle s'observa dans le miroir de l'armoire. Ses cheveux retenus sur la nuque en chignon lui pesaient. Elle les dénoua et les éparpilla sur ses épaules.

— Toshan, murmura-t-elle. Tu dois revenir! Je te veux, là, près de moi.

Elle détailla son reflet, presque intriguée par la beauté de ses propres formes. Sa poitrine lui parut superbe, dense, ferme, deux belles pommes aux mamelons couleur de framboise et à la peau de satin. Ses mains effleurèrent l'arrondi de ses hanches, tandis que son regard bleu, dilaté, fixait sa taille fine et la toison dorée entre ses cuisses.

—J'en ai assez, geignit-elle. Toshan, reviens, fais-moi un bébé, viens. Je n'en peux plus, je deviens folle. Je ne sais pas ce que j'ai! Je ne suis qu'une catin, une traînée!

Elle se frappa l'estomac, puis le ventre tout en sanglotant de détresse. Le désir d'être prise par son mari ou par Ovide tourna à l'obsession, mais elle refusait de se donner du plaisir, une pratique dont elle usait certaines fois dans la salle de bain, le verrou soigneusement tourné.

—Je te déteste! cria-t-elle à son image. Je te méprise! Tu n'es qu'une chienne, une putain!

On tambourina à sa porte. C'était Madeleine, effrayée par ses vociférations.

—Mine! Mine, qu'est-ce que tu as? Je t'ai entendue crier et, là, tu hurles des choses affreuses. Mon amie, je t'en prie, dis-moi ce qui te tourmente autant?

Haletante, Hermine s'enveloppa dans un peignoir en satin et ouvrit la porte.

—Entre, dit-elle. Pardonne-moi, j'ai eu une sorte de crise de nerfs, je suis désolée. J'allais me mettre au lit.

Madeleine jeta un coup d'œil sur les habits éparpillés sur le parquet. Sans un mot, elle les ramassa et les rangea sur le dossier d'une chaise. Pendant ce temps, Hermine s'était glissée entre ses draps. En grelottant, elle tira l'édredon molletonné jusqu'à son menton.

—Comment fais-tu pour demeurer toujours calme et sereine? Je t'envie, Madeleine, de si bien supporter le célibat! Je dois t'avouer que Toshan me manque trop, ainsi que notre vie de couple. Toi, tu n'as jamais besoin des bras d'un homme autour de toi, de ses caresses? Oh! excuse-moi! Je sais que, même si tu n'es pas entrée au couvent, tu as voué ton existence à Dieu.

La jeune Montagnaise prit place au bord du lit, avec une expression songeuse. Elle joignit les mains sur ses genoux.

—À neuf ans, j'ai été violée! J'en ai conçu un profond dégoût. Ensuite, le mari que mes parents m'avaient choisi s'est conduit comme une brute, sans jamais me donner de tendresse. Et, quand j'ai mis ma fille au monde, il m'en a voulu parce que ce n'était pas un garçon. J'ai dû supporter à nouveau cet acte pénible qu'il m'imposait. Il espérait que je sois à nouveau enceinte très vite. Tala m'a sauvée en me conseillant de me réfugier chez les sœurs de Chicoutimi. Là-bas, j'ai appris à chérir Dieu le père et Jésus. Tu connais la suite : mon arrivée ici, mon rôle de nourrice et l'attachement que je ressens pour tes jumelles et pour toi. Un soir, Charlotte m'a posé les mêmes questions que toi. Elle se languit. Elle voudrait un mari et un bébé. Je ne ressens pas ce besoin ; je ne l'ai jamais ressenti. Mais je serai franche, pendant quelques semaines, il y a trois ans, mon cœur a battu pour votre ami Pierre Thibaut. Tu t'en étais aperçue ?

— Oui, et cela m'inquiétait, à l'époque. Je peux te le dire à présent, ce n'est pas un homme sérieux. Il trompe son épouse et tout le monde se régale de ses frasques.

Elle jugea inutile de révéler à Madeleine que, deux ans auparavant, Pierre avait essayé d'abuser d'elle, un jour qu'il était ivre. Depuis, il lui était devenu très antipathique et elle l'évitait soigneusement si le hasard les faisait se croiser à Roberval.

— Pourquoi as-tu dit ces choses affreuses, Mine, tout à l'heure ? insista son amie.

— J'ai honte de moi. Et j'ai peur de ce que j'éprouve, parfois. J'ai, j'ai…

— Parle sans crainte, cela t'aidera peut-être ! Si on les expose au grand jour, certains soucis perdent de leur force mauvaise.

— Je t'ai menti au sujet d'Ovide ! J'ai peur de l'attirance qui me pousse vers lui, peur d'une partie de moi dont j'ignorais tout !

Tout bas, elle lui raconta en pleurant ce qui s'était passé à l'auberge.

— Je l'ai provoqué, Madeleine, je l'ai supplié de me laisser entrer dans sa chambre. Il ne voulait pas ! Comment ai-je pu tomber aussi bas et avoir envie de recommencer, en plus ? Dès notre première rencontre, alors que Toshan venait de s'engager, j'ai pensé que j'aurais été plus heureuse avec un homme comme

Ovide. C'était déjà trahir mon mari, celui que j'adore! Mon Dieu, je croyais que cela ne m'arriverait jamais, de douter ainsi.

— Calme-toi, Mine chérie, ce n'est pas vraiment ta faute! Depuis le début de la guerre, ta vie a changé, tu es souvent seule, sans le soutien et l'amour de ton mari. Toshan s'est confié à moi avant de partir en Europe. Tu le connais, il est d'une jalousie presque féroce! Il redoutait précisément ce genre de situation et il m'a même demandé de te surveiller.

— Quel culot! lança Hermine, sidérée. Et tu as accepté?

— Non, je lui ai répondu: «Cousin, si tu veux garder ta femme, la plus belle et la plus merveilleuse femme du pays du Lac-Saint-Jean, tu n'as qu'à quitter l'armée et rester chez toi.»

Madeleine eut un sourire malicieux qui fit naître une fossette sur son menton dodu. Elle prenait de l'embonpoint, mais cela ajoutait à son charme.

— Tu as vraiment dit ça? Tu as bien fait! Il ne l'avait pas volé! Lui, il s'en va au bout du monde, et je dois fuir les autres hommes. Si seulement j'étais enceinte de lui, tout serait simple. Mais non, mon corps me refuse cette joie-là aussi.

Après avoir retrouvé un brin de gaîté, elle replongea dans la détresse.

— J'aimerais tant avoir un autre enfant! C'est la meilleure barrière contre les idées folles. Les femmes que j'ai connues à Val-Jalbert, du temps où le village était entièrement habité et pareil à une ruche, mettaient un bébé au monde tous les ans ou tous les dix-huit mois. À Roberval aussi, certaines familles s'enorgueillissaient de compter dix enfants ou plus. Je ne suis pas capable d'une telle prouesse. Mon pauvre petit Victor aurait trois ans ce mois-ci s'il avait survécu. Je pense à lui très souvent. À qui ressemblerait-il? À Toshan ou à moi? Sa présence me comblerait de bonheur.

— Dieu nous envoie des épreuves pour nous rendre plus forts ou meilleurs, Hermine, conclut Madeleine. La perte de Victor en était une et ton attirance pour Ovide en est sûrement une autre, bien moins cruelle. Si tu ne le revois pas, tu ne cours aucun danger. Et s'il revient, je ferai en sorte que tu ne sois jamais seule avec lui... Seigneur, qu'il fait froid dans ta chambre! J'allumerai le poêle ce soir. Maintenant, tu devrais te rhabiller et terminer cette tarte aux pommes. Nous serons mieux en bas.

Elles se sourirent. Bizarrement, Hermine se sentait soulagée. À l'avenir, elle se confierait à son amie sans retenue ni gêne. C'était en effet un excellent moyen d'exorciser ses démons intérieurs. Du moins, le croyait-elle.

— Merci, Madeleine, oublie ce que tu as entendu! Promets d'oublier les horreurs que je criais, implora-t-elle.

— Je te le promets. Et quand mon cousin reviendra de la guerre, tu pourras le regarder en face sans rougir ni trembler. Je serai la gardienne de ta moralité, mais avec ton accord, pas sur les ordres de Toshan.

Ferme de la famille Mann, Allemagne, région de la Hesse, samedi 14 novembre 1942

De son lit, Simon Marois observait le plafond de la pièce exiguë où il logeait. Le plâtre blanc lui faisait songer aux vastes étendues de neige de son pays. Il aurait donné cher pour se retrouver au bord du lac Saint-Jean et respirer le vent du nord, redoutable ambassadeur des terribles tempêtes hivernales. «Je trouve ça ben dur, d'être si loin de chez nous, songea-t-il, ému d'employer, même en pensée, la façon de parler de beaucoup de ses compatriotes. Je ne suis pas prêt de rentrer à la maison. »

Sa maison natale, il la revit, en bas de la rue Saint-Georges, entre le couvent-école et le magasin général où, petit garçon, il s'achetait des boules de gomme. Un peu plus loin se dressait la belle demeure des Chardin, construite pour l'agrément du surintendant Lapointe pendant l'âge d'or de Val-Jalbert.

«Que devient mon vieux père? Et mon frère, Edmond? Se plaît-il au séminaire? Marie doit être grande, à présent. Je ne l'ai revue qu'une fois depuis la mort de maman. Est-ce qu'ils ont eu de mes nouvelles, là-bas? Rien n'est moins sûr. La correspondance met parfois des mois à arriver, quand elle ne s'égare pas. »

Le fils aîné des Marois fouilla la poche de son pantalon et en sortit un paquet de tabac. Il se roula une cigarette et l'alluma.

« Il a fallu que je sois prisonnier de guerre en Allemagne, songea-t-il avec un rictus ironique. Quel paradoxe! J'étais affecté dans un camp d'internés à Montréal et, maintenant, je dois travailler pour des Boches. »

Il s'étira, un étrange sourire sur les lèvres. Il s'estimait chanceux, étant employé dans un élevage de vaches laitières. C'était un sort enviable, très enviable même, comparé à celui de ses compatriotes qui avaient trouvé la mort sur les côtes françaises pendant l'opération Jubilee [26] qui s'était soldée par un échec sanglant.

Simon avait quitté le port de Québec à la fin du mois de juillet, parmi un contingent de militaires canadiens. Il n'avait pas voulu en informer son père ni Hermine. Relevé de son affectation au camp de prisonniers de l'île Sainte-Hélène, il avait pu embarquer comme simple recrue, en raison de deux ans passés dans l'armée. Sur l'océan Atlantique, naïvement ravi de l'aventure, il s'imaginait déjà retrouvant l'adjudant Toshan Delbeau sur le sol anglais.

Mais il avait vite déchanté. Celui qu'il aimait d'une passion secrète, honteuse aux yeux de la société, n'était pas cantonné dans le même secteur que lui.

Une semaine plus tard, il participait à la première offensive amphibie déclenchée par les alliés de la France, britanniques et américains, qui projetaient un raid de grande envergure sur un des ports de la Manche.

---

26. Surnommée par la suite le raid de Dieppe, cette bataille a marqué les esprits par son intensité meurtrière. Plus de 6000 soldats ont débarqué, parmi lesquels 5000 Canadiens dont l'immense courage et l'héroïsme ont fait entrer le raid de Dieppe dans la légende.

Le choix s'était porté sur Dieppe, une agglomération de taille moyenne, dont la plage permettait un débarquement important et une couverture aérienne constante. Mais après des combats acharnés sur terre et dans les airs, la Wehrmacht avait gagné la partie. «Le chaos, l'horreur absolue», pensa Simon en se remémorant ces heures cauchemardesques dont il s'était miraculeusement sorti vivant, mais où il avait été fait prisonnier par les Allemands en même temps que deux mille de ses compagnons d'armes.

Le raid du 19 août 1942 s'était soldé par un bilan tragique. Près de mille huit cents personnes avaient perdu la vie dans un affrontement de moins de dix heures. On parlait de plus de neuf cents Canadiens tués sur la plage et dans le port, sans compter les blessés. Simon eut une pensée respectueuse pour ceux qui avaient lutté ce jour-là à ses côtés, avec un courage admirable et une détermination héroïque.

«J'étais un fichu imbécile, moi, de vouloir me pendre quand maman est morte! Heureusement, Hermine veillait sur moi. Tous ces soldats qui sont tombés, fauchés net! Tabarnouche, la vie est bien trop précieuse pour y mettre fin. Si Dieu m'a épargné, il avait sans doute ses raisons.»

Quelqu'un entra dans la pièce, un homme d'une trentaine d'années de taille moyenne, bien charpenté, aux traits harmonieux empreints de douceur, aux cheveux blonds très courts et aux yeux bleu gris. C'était Henryk, l'autre prisonnier, polonais celui-là, qui travaillait également sur l'exploitation.

— Simon, c'est l'heure de la traite, annonça-t-il dans un français correct. Lève-toi, sinon nous serons en retard et la patronne nous fera les gros yeux.

Ils rirent tous les deux en sourdine, en échangeant un clin d'œil complice. Aussitôt Henryk se jeta sur le lit et se coucha sur Simon. Ils s'embrassèrent avidement.

Le hasard avait tiré ses ficelles à bon escient. Il avait fallu les mesures du IIIe Reich, qui utilisait ses prisonniers de guerre en remplacement des innombrables citoyens allemands mobilisés, pour offrir à Simon une chance de connaître enfin une relation amoureuse assortie à ses penchants naturels. Quand il était arrivé à la ferme des Mann sous bonne escorte, Henryk s'y trouvait déjà depuis un mois et il n'avait qu'une idée, s'évader. Mais en voyant ce grand gaillard brun au regard rêveur, il avait eu un choc. Au début, ils étaient juste de bons camarades, heureux de pouvoir discuter le soir, après de rudes journées de labeur. Cependant, de conversations en entretiens plus sérieux, ils avaient compris qu'ils pouvaient aller plus loin.

— Ce qui va nous manquer, icitte, avait lancé Simon un matin, ce sont les blondes. Chez nous, on dit une blonde pour parler des belles filles, même si elles sont bien brunes!

C'était une bravade de sa part. Depuis son engagement dans l'armée canadienne, le fils Marois s'inventait de nombreuses conquêtes féminines afin de donner le change.

— Icitte, nous avons seulement de belles vaches, mais ce n'est pas de mon goût, avait rétorqué le Polonais.

L'accent québécois de son acolyte amusait beaucoup Henryk qui l'imitait souvent pour plaisanter. Plus bas, il avait ajouté d'un ton attristé:

— Tes blondes non plus ne sont pas de mon goût! Je suis homosexuel, Simon. J'espère que tu ne vas pas me traiter en chien galeux parce que je te dis la vérité! Plus jeune, j'ai enduré assez de mépris, de coups, même.

— Ah! D'accord, ça ne me pose pas de problème, avait répondu le jeune homme. J'ai une amie, presque une sœur, au pays. Hermine. Elle est chanteuse et il paraît que dans le milieu du spectacle les gens comme toi ne sont pas si mal jugés que ça. Ne t'inquiète pas, Henryk, je suis tolérant.

Cette attitude amicale les avait encore rapprochés. Mais Simon devait cacher ce qu'il éprouvait au fond de lui, littéralement obsédé par la fréquentation quotidienne du Polonais au demeurant très séduisant. Ils partageaient la même chambre aux murs chaulés, équipée de deux étroits lits en fer. C'était l'occasion pour eux de se jeter des regards discrets, le matin, lorsqu'ils se lavaient dans l'unique cuvette en zinc mise à leur disposition.

Ni l'un ni l'autre ne songeait plus à s'évader. Leur patron les surveillait et, chaque soir, ils devaient aller au village signer un registre, tenu à jour par un fonctionnaire du Reich qui attestait leur présence à la ferme.

Un mois plus tôt, à la mi-octobre, Simon avait cessé de jouer la comédie. Alors qu'ils finissaient de traire les vaches, Henryk avait reçu un coup de pied d'une des bêtes, la plus nerveuse. Il se pliait de douleur, atteint près de l'aine.

—Viens dans la chambre, je vais t'examiner! s'était aussitôt écrié Simon. Si tu saignes, je demanderai à ces gnochons de patrons d'appeler un docteur.

—Gnochons, avait gémi le Polonais en imitant son compagnon malgré la souffrance. Des rats, oui, des rats boches!

En grimaçant et en riant tout à la fois, Henryk s'était allongé sur son lit, le pantalon baissé. Un large hématome marbrait l'intérieur de sa cuisse.

—Bah, rien de grave, répétait Simon, tout son corps en feu, l'esprit confus. Je vais te masser un peu.

—Pas la peine, avait haleté son ami, lui aussi troublé. Tu n'as même pas de pommade à appliquer ni d'alcool. Tiens, si je pouvais boire un petit verre de vodka. On en fabrique, chez moi, et elle est meilleure que la russe.

Simon ne l'écoutait plus. Il venait d'oublier le beau Métis dont il avait tant rêvé et ses mains erraient sur la chair laiteuse d'Henryk, des cuisses aux genoux, puis au ventre.

—Je t'ai menti, avait-il lâché d'une voix tremblante. Je suis comme toi. J'ai failli en crever de honte il y a trois ans. Et mon père, un type en acier, un peu borné aussi, m'aurait étranglé s'il avait compris, ou alors fichu dehors.

Submergé par une joie incrédule, le Polonais avait guidé les doigts de Simon vers son sexe gonflé de désir.

Puis, impatient, il s'était redressé pour embrasser ce superbe amant qui lui tombait du ciel, dans une vallée perdue de l'Allemagne.

Depuis, les deux prisonniers entretenaient une idylle discrète. Simon n'avait jamais été aussi heureux et épanoui de sa vie. Là encore, en cette fin de journée pluvieuse, ils ne parvenaient pas à se séparer, bouche contre bouche.

— Lève-toi, paresseux! déclara une seconde fois Henryk. *Frau*[27] Mann fera un rapport déplorable à son vieux mari si tu me retiens au lit. Nous aurons tout notre temps cette nuit.

— Tabarnouche, au diable les vaches et le lait! Et faut pointer avec ce bouledogue, au village, qui semble prêt à nous fusiller en faisant le salut hitlérien. Un salaud de Boche première classe.

Simon bondit sur ses pieds après avoir repoussé Henryk. Il bomba le torse et tendit le bras droit en avant pour s'exclamer :

— *Heil, Hitler! Heil*, mon cochon de führer!

— Es-tu fou? Moins fort!

Mais le Polonais fut pris d'un véritable fou rire. Fier de son coup, le fils aîné des Marois martela le plancher vétuste de ses godillots. Henryk le rejoignit, fébrile, hilare, et l'enlaça pour un dernier baiser en lui caressant le bas du dos. *Frau* Mann, qui entrait sans frapper, les découvrit dans cette position sans équivoque.

— *Mein Gott*[28]*!* lança-t-elle tout bas avant de s'enfuir.

— Elle va en parler à son mari, s'inquiéta Simon, toute sa gaîté envolée. Tant pis, qu'est-ce qu'ils en ont à faire?

— Je ne sais pas, soupira Henryk. Viens, on descend.

Quarante-huit heures plus tard, une patrouille venait les chercher à la ferme des Mann. On ne leur donna aucune explication. Tandis qu'il grimpait dans le camion, Simon reçut un coup de crosse de fusil dans

---

27. *Madame*, en allemand.
28. *Mon Dieu*, en allemand.

le dos. Le soldat qui venait de le frapper scanda en bon français, avec un infini mépris :

— Tout homme qui se livre à des actes de débauche contre nature avec un autre homme est passible d'emprisonnement.

Henryk pleurait, terrifié, sous le regard impassible des fermiers. Il n'avait pas osé avouer à son amant comment étaient jugés les homosexuels par le régime nazi! À l'instar des Juifs et des Tziganes, ils n'étaient plus que des créatures infâmes dont il fallait débarrasser la société aryenne.

Les amants coupables furent déportés au camp de Buchenwald et affublés d'un triangle rose[29], cousu la pointe vers le bas sur la veste en coton rayé qu'ils devaient porter.

Simon Marois avait franchi le seuil de l'enfer la tête haute, avec une pensée émue pour la seule femme qui avait su se faire aimer de lui : Hermine, le Rossignol de Val-Jalbert.

Sainte-Hedwige, jeudi 19 novembre 1942

Hermine descendit de cheval devant la maison des Lafleur, située à un kilomètre de Sainte-Hedwige. Elle avait à nouveau emprunté le vieux Chinook à Joseph. Il neigeait par intermittence, la température frôlait les moins deux degrés, ce qui paraissait encore agréable à la jeune femme, accoutumée à des froids bien plus rigoureux.

« Qu'est-ce que je fais ici? se reprocha-t-elle. Je suis partie sur un coup de tête, parce que je ne supportais plus le silence d'Ovide. Mais il n'est peut-être même pas là. Que dira sa mère si je la dérange sans raison valable? »

Elle hésitait à frapper, quand la porte s'ouvrit sur l'instituteur. En l'apercevant, il devint livide.

— Hermine? Mais...

— Je voulais de vos nouvelles, confessa-t-elle. Pouvez-vous me recevoir quelques minutes?

---

29. C'était avec un triangle de tissu rose qu'on marquait les homosexuels dans les camps de concentration.

Il était vêtu d'un pull noir et d'un pantalon de velours. Apparemment, il se laissait pousser la barbe.

—Je vous rejoins à l'écurie, dit-il. Le temps d'enfiler des bottes. Vous connaissez le chemin…

Hermine jugea cet accueil un peu froid. Déçue, elle eut envie de remonter en selle et de s'en aller le plus vite possible.

«Trop tard, ironisa-t-elle intérieurement. Autant tirer les choses au clair, à présent que je suis là. »

Elle attacha Chinook dans la stalle vide. Le cheval d'Ovide poussa un hennissement strident, comme s'il reconnaissait son congénère. La jeune femme déboutonna sa veste en cuir, fourrée de laine de mouton, ôta son bonnet et secoua ses cheveux.

—J'ai eu tort, cent fois tort, se reprocha-t-elle.

Le jeune homme était déjà là, sur le seuil du bâtiment. Il fit deux pas vers elle.

—À quel propos avez-vous eu tort? s'enquit-il. En rendant visite à un ami? Je crois que vous avez bien fait. Je m'étais résigné à ne plus jamais revoir mon rêve incarné.

—Oh! pas de grands mots, Ovide! Je suis venue pour discuter de nos projets, qui paraissent ne plus vous intéresser du tout. J'ai attendu plus d'un mois les lettres que vous deviez taper à la machine et qui dénonçaient le sort des enfants indiens dans les pensionnats. Vous vous souvenez? Ce combat, nous voulions le mener ensemble!

Ovide baissa la tête. Hermine l'observa et le trouva amaigri, plus frêle qu'elle ne l'imaginait. Quand il la regarda à son tour de ses yeux verts si particuliers, elle perdit contenance.

—Je n'ai pas vraiment eu le choix, Hermine. Mais venez à la maison, je peux encore vous offrir une tasse de thé.

—Comment ça? s'inquiéta-t-elle. Je ne comprends pas ce que vous insinuez et vous êtes bizarre. Si je vous dérange, dites-le tout de suite.

Il ne répondit pas et la devança dans la cour. Elle fut obligée de le suivre.

—Votre mère se porte-t-elle bien? interrogea-t-elle.

—Disons qu'elle souffrait d'un mauvais rhume et j'ai dû la conduire chez ma sœur Régina, qui habite le village. Je m'absente souvent et, en cette saison, je préfère savoir ma mère en bonne compagnie.

L'intonation neutre, presque indifférente de l'instituteur, froissa Hermine.

—Je n'ai pas besoin de votre thé, protesta-t-elle. Je sens que vous n'avez aucune envie de me recevoir. J'ai eu tort, vraiment tort.

Il la retint par le poignet alors qu'elle reculait, prête à s'enfuir.

—Entrez, je vous en prie, insista-t-il. L'eau bout, ce ne sera pas long.

Ovide referma la porte et alla secouer les braises du poêle. Il s'affairait en silence. La jeune femme avait assez d'expérience pour deviner qu'il n'était pas dans son état normal.

—Qu'est-ce que je vous ai fait? hasarda-t-elle. Vous m'ignorez. Je ne comprends pas.

—Vos parents sont-ils au courant de votre présence ici? demanda-t-il sèchement.

—Non, je n'ai pas de comptes à leur rendre!

—J'aurais juré le contraire. Dans ce cas, pouvez-vous m'expliquer de quel droit votre mère, Laura Chardin, se permet de diriger mon existence et pourquoi elle a osé essayer de m'acheter? Acheter mon éloignement, mon silence? Si je le précise, c'est pour répondre à vos supplications!

Stupéfaite, Hermine ne sut que répondre. Elle considéra Ovide avec une expression ébahie.

—Maman a voulu vous acheter? dit-elle enfin. Quelle fable me racontez-vous là? Je ne vois pas de quoi vous parlez!

—J'ai eu du mal à refuser un pareil pactole. Mais je ne tolère pas qu'on fasse pression sur les pauvres, qu'on tente de les acheter avec des paquets de dollars! Tout ça afin de préserver votre vertu ou de ménager vos sens exacerbés!

Vexée, la jeune femme se leva. Elle luttait contre une terrible envie de pleurer.

— C'est donc à votre tour de me rejeter, de m'humilier! Vous, Ovide, me jeter mes sens exacerbés à la figure! Traitez-moi de catin, tant que vous y êtes! Moi qui vous croyais différent des autres hommes! Je me suis laissé duper par vos beaux discours! Adieu, monsieur Lafleur, et désolée de vous avoir imposé mon contact!

— Hermine, ne partez pas, implora-t-il. Pardon si je vous ai blessée!

— Oh oui, et je ne le méritais pas! J'étais triste et j'ai pensé à vous comme à un ami sûr et fidèle. Je me disais que vous seriez content de savoir comment allaient Akali et Kiona.

— Pourquoi étiez-vous triste?

— Ce n'est plus le propos, coupa-t-elle. Mais, avant que je sorte de cette maison, j'aimerais connaître le rôle de ma mère dans ce gâchis.

Ovide tira de sa poche une feuille de papier pliée en quatre. Il la tendit à Hermine, puis, se ravisant, il décida de lire lui-même la missive de Laura Chardin.

— *Monsieur Lafleur, je suis tenue de vous écrire, obéissant à la prière de ma fille Hermine, qui n'a pas le courage de le faire. Après avoir reçu ses confidences, il m'apparaît que vous tentez de la séduire par tous les moyens dont dispose un homme de votre âge, célibataire et instruit. Soumise du fait de la guerre à une solitude qui lui pèse, elle redoute de vous céder et mon devoir de mère est de la protéger d'elle-même et de vous. Je vous prie en conséquence de ne plus lui rendre visite à Val-Jalbert ni ailleurs. Vous ne devez ni lui écrire ni chercher à la revoir. Songez à sa réputation, à son honneur d'épouse, et épargnez mes petits-enfants, qui ont assez souffert du départ de leur père, soldat de Sa Majesté comme vous le savez. En dédommagement de votre silence, de votre renoncement à ma fille, je suis prête à vous verser la somme de mille dollars comptant. L'argent sera à votre disposition quand vous me retournerez la promesse par écrit de ne plus importuner ma chère enfant. J'espère de tout mon cœur de mère que vous verrez où est votre intérêt..., et celui d'Hermine. Laura Chardin.*

Hermine arracha la lettre des mains d'Ovide et la parcourut, afin de s'assurer qu'elle ne rêvait pas.

— C'est d'un mauvais goût total, glapit-il. Du mélodrame bon marché.

— Et vous avez pu croire un instant que j'étais à l'origine de ce torchon? s'offusqua Hermine. Mon Dieu, c'est un comble! Il a suffi de ces lignes stupides pour vous dresser contre moi? Si vous avez refusé l'argent, pourquoi ne pas m'avoir envoyé une lettre? Ovide, répondez! Ma mère a réussi son coup sans vous donner un sou?

Furieuse, Hermine sortit en claquant la porte. Elle courut jusqu'à l'écurie, en larmes, submergée par un sentiment de honte, d'injustice extrême. «Maman, je ne te pardonnerai jamais ça, jamais! Tu as dépassé les bornes!» Avec des gestes maladroits, elle resserra la sangle de la selle de Chinook. Ses doigts tremblaient.

— Hermine!

Ovide l'avait rejointe et la prenait dans ses bras. Il la serra si fort qu'elle suffoqua.

— La lettre de votre mère m'a seulement permis de mesurer l'amour que j'ai pour vous. Ce qu'elle me proposait était odieux, mais une chose était vraie: je n'avais pas le droit de vous salir, de nuire à vos enfants, de menacer votre couple. Ces lignes déplorables m'ont obligé à me reprendre! Les liens du mariage, civil ou religieux, sont sacrés à mes yeux. J'étais capable de les piétiner pour vous conquérir et cela ne me ressemble pas... Oui, j'ai sauté sur l'occasion! Je me disais chaque matin: «Ovide, oublie-la, raye-la de ta vie!» Quel choc j'ai eu en vous découvrant devant chez moi, près de votre cheval! Je me torturais pour vous renier et vous arrivez ici.

Secouée de gros sanglots, Hermine avait à peine conscience d'être blottie contre la poitrine du jeune homme.

— Joseph, notre voisin, a su ce matin que son fils Simon était porté disparu depuis le raid sur Dieppe qui a tué tant de nos compatriotes, débita-t-elle en hoquetant.

Presque trois mois dans l'ignorance avant d'apprendre une aussi horrible nouvelle! Disparu, une manière polie de dire qu'il est mort. Simon était un frère pour moi, je n'ai pas de souvenirs sans lui. Nous avons grandi à Val-Jalbert. Il était beau, jeune, tellement malheureux et tourmenté! Je l'ai même empêché de se suicider il y a deux ans et demi. Et pourquoi? La mort le guettait. Elle le voulait, lui qui n'a pas connu l'amour!

—Ma chère petite amie, calmez-vous, chuchota Ovide. Vous êtes venue chercher un peu de réconfort auprès de moi et je vous ai accablée de mes sarcasmes! Je suis navré.

Il déposa un baiser sur ses cheveux, puis sur son front. Hermine pleurait toujours, révoltée, ivre de chagrin.

—D'abord Armand au mois de mai, victime des torpilles allemandes, ensuite Simon. Ce pauvre Joseph ne tenait plus debout. Il se lamentait. C'était affreux.

—Je le plains de tout cœur. Perdre deux fils en quelques mois, c'est une tragédie. Je m'informe, malgré tout. Nous avons affaire à des ennemis implacables, mieux équipés, mieux entraînés. La marine de guerre allemande a encore augmenté sa force. On parle de deux cents U-Boot en service. Notre pays, lui, a perdu trois destroyers, dont deux en septembre[30]. Et, ces derniers jours, le *Saguenay* a été mis hors d'usage par un cargo qui l'a éperonné accidentellement, provoquant l'explosion des grenades sous-marines[31]. Mon frère cadet a eu une permission la semaine passée. Il est lieutenant et je tiens de lui certains renseignements précis.

—Quand cela finira-t-il? Combien d'hommes vont mourir? Mon père se fait un devoir de m'exposer la situation internationale, mais je n'y comprends rien! Il prétend qu'on nous cache beaucoup de choses, que la presse divulgue l'actualité de façon à ne pas affoler les gens. Qu'est-ce que ça change? Armand repose au fond

---

30. Il s'agit de l'*Ottawa*, coulé le 13 septembre 1942, et du *Sainte-Croix*, torpillé et coulé le 20 septembre.
31. L'accident a eu lieu le 15 novembre 1942.

du Saint-Laurent. Simon n'est peut-être plus qu'un corps déchiqueté que l'océan a dispersé. Et à moi on me reproche ma faiblesse de femme seule! Ma mère me ridiculise, sans se soucier de mes sentiments!

Ovide la berçait doucement, à présent. Il aurait voulu la garder ainsi des heures, des jours.

— Je vous demande pardon, dit-il à son oreille. Pardon de vous aimer autant, de vous avoir aimée immédiatement, le soir où je vous ai quittée, à Roberval. Ma toute blonde, toute pâle, si fragile et si forte. C'est le propre des femmes. On les croit à tort incapables de se défendre, on estime que notre rôle de mâle dominant est de les protéger; pourtant, elles sont souvent invincibles, hardies et courageuses. Je vous ai vue comme désarmée devant Mukki, désemparée de devoir lui imposer votre autorité, mais vous étiez prête à braver cet ignoble frère Marcellin, au nom de l'innocence bafouée. Je pourrais chanter vos louanges nuit et jour, Hermine. C'était un supplice de renoncer à notre amitié, de ne pas vous rendre visite dans votre village fantôme. Tout me plaisait, votre maison, la présence dévouée de Madeleine, le sourire de Kiona…

— Kiona! Ma Kiona chérie! Ce matin, pendant que mes parents s'occupaient de Joseph qui était venu leur annoncer la disparition de son fils et s'était effondré sur le sofa, ma petite sœur m'a pris la main. Elle m'a dit tout bas de ne pas pleurer, que je reverrai Simon. J'en ai conçu un peu d'espoir. Kiona se trompe rarement.

— Mais elle se trompe? interrogea l'instituteur.

— Une fois, elle a dit à Charlotte qu'elle la voyait en robe blanche, une robe de mariée, auprès de Simon, ce qui ne risquait pas de se produire et ne se produira jamais.

— Qu'en savez-vous? S'il n'est pas mort, mais prisonnier, il peut revenir et épouser votre amie!

— Non, Simon était un inverti, un homosexuel. Il a dissimulé sa vraie nature pendant des années, et cela le rongeait. Au moins, il est en paix, maintenant. Je vous en prie, lâchez-moi.

Hermine tenta de se dégager, bien à regret. Elle éprouvait une merveilleuse sensation de sécurité dans les bras d'Ovide, à percevoir la chaleur de son corps. Il l'avait encore embrassée sur la joue et dans le cou; c'était trop lui permettre.

—Je voulais vous dire aussi que tout s'est arrangé dans notre famille. Il n'y a plus de secrets, Kiona a un père, à présent, un papa gâteau qui lui passe tous ses caprices. Elle s'habille en Indienne montagnaise et prie le grand Esprit au milieu du salon de maman. Elle aura même son propre poney à Noël. Je me réjouis pour elle.

—Et ses cheveux? Ont-ils repoussé?

—Un peu, quand même! Vous vous en doutez bien.

—Je plaisantais, déclara-t-il en la fixant avec passion. Cela vous chagrinait tant qu'elle soit tondue! Mais vos cheveux à vous sont toujours aussi beaux et soyeux.

Le jeune homme plongea ses doigts dans la chevelure souple d'Hermine, d'un blond pur. Elle en profita pour lui échapper.

—Je vous interdis d'avoir ces gestes-là! Ce n'est pas en me cajolant que vous vous ferez pardonner! Je peux excuser votre colère, car la lettre de ma mère avait de quoi vous choquer, vous peiner aussi. Mais il ne fallait pas vous venger sur moi, je n'y étais pour rien et, si vous m'aimiez tant que ça, vous ne m'insulteriez pas! C'était ignoble, de parler de mes sens exacerbés! J'ai failli vous gifler!

Un léger sourire sur les lèvres, Ovide avança dans sa direction. Elle fit trois pas en arrière et trébucha sur une planche maintenue à la verticale qui retenait un gros tas de foin dans lequel elle tomba à la renverse.

—Oh non! s'indigna-t-elle. Vous l'avez fait exprès!

—Je n'ai rien fait du tout!

Plus Hermine tentait de se redresser, plus elle s'enfonçait dans l'épaisseur d'herbes sèches au parfum capiteux, à la fragrance printanière.

—Aidez-moi, supplia-t-elle. Décidément, je suis pitoyable!

Mais l'instituteur alla barrer la porte de l'écurie. Il fit

tout de suite plus sombre. Ensuite, il se coucha dans le foin à ses côtés, au grand désespoir de la jeune femme.

— Avez-vous remarqué comme il fait bon, près des chevaux? demanda-t-il à mi-voix. Hermine, laissez-moi vous consoler, vous redonner foi en la vie.

Elle secoua la tête pour signifier son refus. Ovide noua à nouveau ses bras autour d'elle.

— Les hommes adorent les femmes aux sens exacerbés, dit-il en riant. Vous n'êtes pas une vraie Canadienne du Lac-Saint-Jean, belle dame, vous qui arrachez vos vêtements pour faire l'amour. Je n'ai jamais vu mon épouse toute nue! La nuit d'été où j'ai essayé de lui enlever sa longue chemise, elle m'a traité de pervers. C'était une union convenue. J'étais très jeune, et fier de donner mon nom à une fille de chez nous. J'ai prêté serment de fidélité à l'église, car je croyais encore en Dieu. Quand j'ai mis en terre mes fils, des jumeaux de quelques jours, j'ai décidé de ne plus gober de fadaises, celles qu'on me serinait depuis l'enfance au sujet d'un Dieu juste, bon, tout-puissant. Il n'avait pas écouté mes prières. Catherine s'est éteinte en égrenant son chapelet, la pauvre. Vous, Hermine, j'ai senti dans vos baisers qu'en amour vous étiez libre, entière, et délicieusement impudique.

— C'est faux! Ce soir-là, j'avais bu, à l'auberge. Vous m'aviez fait boire de la bière.

En guise de réponse, il se pencha sur elle et l'embrassa à pleine bouche, mais si brièvement qu'elle n'eut même pas le temps de le repousser.

— C'était pour vous faire taire, Hermine. Maintenant, écoutez-moi. Vous devez m'accorder une permission, celle de vous chérir, de vous admirer, de réconforter votre adorable corps aussi triste que votre cœur. Laissez-moi faire, je vous promets que je serai respectueux et que vous ne courrez aucun risque.

Elle le fixa, éberluée. Déjà, il lui ôtait ses bottes.

— Mais… protesta-t-elle.

— Pas un mot, fermez vos beaux yeux, ils me font perdre la tête.

Elle renonça à réfléchir et obéit. Son esprit, lui, travaillait à sa perte. Elle crut entendre la voix dure de Toshan, tandis qu'il débitait des reproches acerbes, tellement injustifiés. Des images traversèrent son esprit, où son mari apparaissait hautain, toujours pressé de la quitter.

«Il a demandé à Madeleine de me surveiller. Il n'a pas du tout confiance en moi. Est-ce que je l'ai fait surveiller, moi, chaque fois qu'il disparaissait des semaines sans juger bon de me donner des nouvelles? Au téléphone, il m'a quasiment fait ses adieux sans paraître très affecté de ne jamais me revoir. Quand il est loin, je ne compte plus.»

Ces pensées défilaient, fugaces, pareilles à un refrain familier, pendant que les mains habiles d'Ovide faisaient glisser sur ses cuisses le pantalon en jersey qu'elle mettait pour monter à cheval.

— Mais non, vous ne pouvez pas, dit-elle tout bas.

— Si, vous en avez besoin.

Avec une infinie tendresse, l'instituteur déboutonna son gilet en laine, puis son corsage dont il écarta les pans.

— Pitié! Arrêtez, soupira-t-elle, toujours les paupières closes, alanguie dans le douillet matelas de foin.

Son soutien-gorge en satin rose fut dégrafé. Bizarrement, Hermine n'avait pas froid. Sa peau lui semblait brûlante, autant que les doigts caressants d'Ovide. Comme à la suite d'un tour de prestidigitation, elle se retrouva nue.

— C'est agréable et j'ai chaud, bien chaud, avoua-t-elle en sanglotant, car elle se souvenait de sa nuit de noces.

Toshan l'avait dévêtue également, après l'avoir couchée sur une peau d'ours près d'un gros feu allumé par ses soins au milieu d'un cercle de mélèzes centenaires. Il s'était déshabillé lui aussi et elle n'osait pas le regarder, malade de pudeur, de gêne... Mais, quand elle avait enfin levé les yeux, son jeune mari lui était apparu comme une magnifique statue de chair couleur de bronze. Il faisait très froid, c'était le début du mois de janvier. Pourtant, Hermine avait éprouvé la même sensation que ce jour de novembre, le plaisir d'être délivrée de la moindre pièce de tissu, offerte à la contemplation d'un homme amoureux.

À genoux, Ovide se rassasiait de la ravissante vision qu'elle lui présentait. Il s'extasiait en silence de la découvrir encore plus belle que dans son imagination. Elle avait des formes minces et rondes, une carnation de nacre, blanche et scintillante. Ses seins ronds à l'attache haute frémissaient au gré de sa respiration un peu rapide. C'était une merveille de la nature. «Ses jambes sont superbes, fuselées... Ses cuisses aussi! Et qu'elle a la taille fine! Un ventre parfait, à peine bombé!» Immobile, l'instituteur s'émerveilla également des pieds menus aux ongles roses, ainsi que de la courbure de ses épaules.

—Je suis un mage venu d'Orient en adoration devant vous, déclama-t-il sur un ton solennel.

—Oh! ne blasphémez pas, je vous en prie! s'écria-t-elle en se redressant. Pas un mage, non, mais un sorcier, un shaman blanc! Vous usez de vos maléfices pour me rendre docile! Je suis complètement folle de m'exhiber ainsi!

La jeune femme attrapa son corsage et sa lingerie, mais Ovide les lui reprit d'un geste rapide.

—Je n'ai pas fini. Si je faisais du mauvais esprit, je dirais que vous me devez mille dollars! J'ai cédé au chantage de votre mère sans empocher l'argent et c'est vous, Hermine, qui êtes venue me provoquer. Vous avez une dette envers moi.

—Mais, mais..., balbutia-t-elle, sidérée. J'espère que vous plaisantez encore?

Il éclata de rire et la prit à nouveau dans ses bras. Il enroba son sein gauche dans la paume de sa main droite, le pétrissant avec douceur, agaçant le mamelon d'un rose sombre qu'il ne tarda pas à mordiller, à embrasser, à sucer du bout des lèvres. Elle retint un gémissement puéril, envahie par une béatitude mêlée de honte.

—Non, non, il ne faut pas!

— Seulement des baisers, des caresses, rien d'autre, déclara-t-il en laissant errer sa bouche au creux de son cou, sur sa gorge palpitante d'émotion.

Ovide était semblable à l'officiant d'un culte éternel, celui que les premières civilisations rendaient à la déesse mère, la femme aux hanches larges, aux entrailles fécondes qui assuraient la survie de l'espèce.

Ses mains s'aventuraient sur chaque parcelle du corps d'Hermine, le dos, la chute des reins, les fesses qu'il osa pétrir comme une promesse d'exquise nourriture.

— Oh! vous, vous, répétait-elle sans pouvoir se débattre.

Elle reprenait vie sous ses attouchements subtils. Son sang circulait vite, des ondes d'un plaisir raffiné se répandaient dans son ventre, entre ses cuisses légèrement ouvertes sur une toison frisée et dorée. Quand le jeune homme posa sa joue contre son pubis, elle poussa un cri d'impatience. Il lui imposa alors un autre baiser bien plus intime qui la mena savamment à la limite extrême de la jouissance. Là, il se redressa pour observer son visage. Hermine haletait, les lèvres entrouvertes sur un sourire ineffable, les prunelles dilatées.

— Venez! Je le veux, j'en ai tellement envie.

Cependant, il demeura impassible. Sans se dévêtir, il la pénétra malgré tout, de trois doigts réunis pour la combler à la manière d'un sexe masculin. Emportée par une ivresse presque démentielle, elle s'abandonna, soulevant son bassin, s'agitant pour mieux jouir. Chacun de ses cris vrillait l'esprit exalté d'Ovide, pris à son tour d'une frénésie heureuse.

Enfin, le beau corps de la femme se raidit, secoué de longs tressaillements, puis il se détendit, apaisé.

— Seigneur, soupira Hermine par habitude, et non pour invoquer son créateur.

— Combien de splendides odalisques appellent Dieu dans ces moments-là! fit remarquer l'instituteur. Cela m'a toujours amusé d'entendre des *Mon Dieu* au moment de l'orgasme.

Confuse, elle se couvrit de son gilet en laine et de son pantalon pour ne plus exposer sa nudité.

— Si je comprends bien, vous êtes une sorte de libre-penseur depuis que vous avez renié votre foi... Tournez-vous, je voudrais me rhabiller.

Elle aurait voulu éprouver une honte dévorante, ou bien insulter Ovide, lui lancer des reproches cinglants. Mais ce qui venait de se dérouler dans le clair-obscur de l'écurie prenait déjà les allures d'un rêve éveillé dont elle émergeait infiniment reposée, sereine, ravie. La seule fausse note, c'était le mot *orgasme*, ce terme un peu barbare, selon elle, qu'elle avait lu dans un ou deux romans français sans l'avoir jamais entendu énoncer à haute voix.

— Et vous? interrogea-t-elle tout bas. Vous n'avez pas eu de plaisir? Enfin, peut-être, je n'en sais rien. Je veux dire que vous m'en avez donné beaucoup sans rien recevoir en échange.

— J'ai reçu ce que je voulais, répondit-il. L'acte sexuel en lui-même, la possession de la femme, la satisfaction qu'un homme en retire, je n'en avais pas besoin aujourd'hui. Si cela peut vous rassurer, j'aurai longtemps du plaisir en me souvenant de votre délicieux abandon.

Elle devint toute rouge. Elle baissa vite la tête pour ajouter sur un ton inquiet:

— Sommes-nous encore des amis?

— Bien sûr! Je viens de me conduire en ami dévoué, même si cela ne vous paraît pas évident. Les Indiens préconisent les jeux sexuels pour atteindre l'harmonie, entre adultes consentants, je tiens à le préciser. Par pitié, ne laissez pas la culpabilité vous ronger, ce soir ou demain. Il y avait deux solutions: satisfaire vos sens exacerbés ou vous saouler jusqu'à dormir des heures durant. Hermine, la mort frappe autour de nous et dans le monde entier. Mais n'oubliez jamais que vous êtes vivante, belle, généreuse, et que personne n'a le droit de vous aliéner. Ni votre mère ni votre mari!

— Ne parlez pas de lui maintenant! s'écria-t-elle. Toshan est vraiment un être à part, un homme excep-tionnel, mais avec ses défauts et ses qualités, comme nous! Je dirais aussi qu'il n'est pas de tout repos, avec ses sautes d'humeur, ses rages froides ou ses accès de gaîté inexpliqués. Il plaît aux femmes. J'en ai vu beaucoup se trémousser devant lui ou le suivre des yeux avec un intérêt qui me hérissait. Enfin, si vous le connaissiez, vous comprendriez mieux. Au fait, vous pouvez vous retourner, je suis prête.

Il lui fit face, les mains dans les poches de son pantalon, un sourire moqueur plissant ses joues.

— Il ne fallait pas parler de Toshan! Pourtant, vous l'avez fait! À ce propos, qui vous dit que je ne le connais pas?

Intriguée, Hermine haussa les épaules.

— Vous me l'auriez précisé, sans doute…

— Voyons, réfléchissez un peu! Qui ne connaît pas le beau Métis, Toshan Clément Delbeau? Je crois qu'un instituteur habitant Sainte-Hedwige, traînant ses bottes éculées autour du lac Saint-Jean, soupant parfois à l'auberge de Péribonka, serait aveugle et sourd s'il n'avait pas croisé votre mari! Nous avions un ami en commun, Pierre Thibaut. Cela dit, je n'ai jamais adressé la parole à Toshan.

— Quand il reviendra, je vous supplie de ne pas l'approcher! Il a un instinct de loup. Mon Dieu, il serait capable de vous tuer s'il savait ce que vous venez de faire!

Hermine secoua la tête, désemparée. À cet instant, elle prit conscience qu'elle avait soigneusement caché à son mari la tentative de viol dont elle avait été victime, trois ans plus tôt. Et c'était Pierre, l'ami fidèle, qui avait usé de sa force pour essayer de la contraindre. «Sans l'intervention de Simon, cet ivrogne doublé d'un coureur de jupons serait parvenu à ses fins. J'ai eu si peur, je me sentais sale, souillée par les gestes qu'il avait eus. Je devrais mépriser Ovide comme je méprise Pierre, mais je ne peux pas. Peut-être qu'il dit la vérité, qu'il a voulu me redonner confiance en moi, me consoler. »

Le jeune homme ouvrait la porte de l'écurie. Des flocons voltigeaient encore dans l'air, mais le ciel s'était éclairci.

—Hermine, accordez-moi une faveur. Apprenez à penser d'une façon plus originale que les autres femmes. Je ne vous pousse pas au dévergondage ni à une vie débridée, mais vous rendre malade de honte ou de crainte n'aidera personne à assumer ses tâches quotidiennes. L'hiver va bientôt peser sur nous, l'ennui aussi. Vous devez distraire vos enfants, leur cuisiner de bons plats revigorants, veiller sur leurs études... N'hésitez pas à lire de nouveaux romans, afin de vous ouvrir l'esprit à divers courants littéraires. J'aime mon pays. Cependant, les mentalités y sont souvent étriquées, tournées vers le passé, sans oublier la toute-puissance de la religion. Est-ce si grave de vous être laissée dorloter cet après-midi, d'avoir consenti à l'impudeur? Vous n'irez pas en enfer pour cela, je vous l'affirme. Nous savons tous les deux qui mériterait de brûler dans un feu purificateur, si cela existait. Des individus de la nature d'un frère Marcellin ou d'un Hitler! Je ne suis sûr de rien, mais il est question de rafles inquiétantes en Allemagne depuis son arrivée au pouvoir. Ceux qui ne correspondent pas à son idéal aryen disparaissent mystérieusement. En France, où j'ai un cousin, les Juifs sont arrêtés et emmenés dans des camps de travail. Comparés à de telles exactions, quelle importance ont ces quelques moments de libertinage?

—Vous êtes gentil de chercher à me disculper. Vus sous cet angle, je l'avoue, on peut admettre que le plaisir des sens, la tendresse, la douceur ne sont pas répréhensibles. Mais quand même, j'ai en partie trompé mon mari. Il est d'une telle jalousie!

Attristée, Hermine referma sa veste en cuir et remit son bonnet.

—Alors, vous partez, soupira l'instituteur.

—Oui, sinon je ferai la moitié du chemin à la nuit tombée. En novembre, les jours raccourcissent vite. Ovide, je vous en prie, ne m'abandonnez pas. Je parle à l'ami, là. Cela me réjouira de vous préparer du thé et de vous servir une part de tarte à la farlouche, que je réussis parfaitement. Laurence vous montrera ses dessins; elle est très douée. L'hiver sera trop long et trop sinistre à Val-Jalbert si vous ne l'égayez pas de votre présence. Mais, moi, je ne reviendrai pas ici.

Ovide prit une décision en imaginant Hermine seule sur la route régionale au crépuscule.

— Je vous raccompagne. Jacob a besoin d'exercice. Le temps de distribuer du foin à nos brebis ainsi que du grain aux poules, et je vous sers d'escorte. Si vous pouviez seller mon cheval?

Elle accepta en souriant, avec l'envie obsédante de se serrer contre lui et de l'embrasser.

— Ovide, vous m'avez fait tant de compliments, je peux vous rendre la pareille, dit-elle pour fuir cette obsession. Tala vous avait décrit comme un grand timide, peu bavard. Mais c'est faux, vous êtes éloquent, drôle, et si particulier! Je suis heureuse de vous avoir rencontré.

Il s'inclina avec une mimique flattée. Hermine réalisa alors pourquoi il lui plaisait. C'était un homme exceptionnel, à l'instar de Toshan.

Val-Jalbert, même jour

La nuit tombait sur le village. Charlotte, qui avait décidé de rendre visite à Madeleine, raccompagnait par la même occasion les cinq élèves de mademoiselle Damasse. Elle aimait marcher derrière eux en s'amusant de leurs bavardages. Akali s'était épanouie, fleur sauvage malmenée et à présent droite, gaie, gorgée de tendresse et de jeux innocents. Petite pour ses douze ans, elle avait hérité avec joie des robes que dédaignait Kiona, qui marchait en tête du groupe dans ses vêtements en peau de cerf ornés de franges et de perles colorées. Depuis qu'il neigeait, elle portait une toque en fourrure, ce qui accentuait son allure pittoresque.

Mukki exigeait de s'habiller en Indien lui aussi, mais Hermine refusait. Ce soir-là, il protestait à nouveau contre ce qu'il appelait une injustice flagrante. Le mot *flagrant* l'enchantait.

— Vivement que papa revienne! Lui, il voudra

bien que je montre à tout le monde que j'ai du sang montagnais. Et il me permettra aussi de laisser pousser mes cheveux. Grand-mère Laura les coupe trop court.

—Arrête de parler dans le vide, recommanda Charlotte. Je t'assure, Mukki, que tu es le portrait de ton père! Ton sang indien se voit tout de suite. Et les Montagnais de Pointe-Bleue sont vêtus comme toi et moi.

—Alors, pourquoi Kiona a le droit, elle, d'avoir ce genre d'habits?

—Parce que je suis la fille de Tala la louve et la petite-fille d'un puissant shaman, rétorqua la fillette. Je connais les prières de mon peuple et les légendes des anciens.

—Tu deviens surtout prétentieuse, coupa Laurence sur un ton de reproche. Si maman t'entendait te vanter ainsi, elle te gronderait.

—Mine ne me gronde jamais!

—Laurence, tu n'as pas honte! s'indigna Charlotte. Ce n'est pas de la prétention, elle a raison. Je crois que tu es jalouse, comme Mukki.

Marie-Nuttah chuchotait quelque chose à l'oreille d'Akali, devenue sa confidente de prédilection. Elles pouffèrent ensemble.

—Qu'est-ce qui vous fait rire? demanda la jeune fille.

—On vient de s'apercevoir que Kiona est ma tante, dit Marie-Nuttah. Oui, c'est la sœur de ma mère. Je trouve ça drôle d'avoir une tante de mon âge!

—Je l'admets, reconnut Charlotte.

Ils étaient arrivés en bas du perron. Les enfants tapèrent la semelle de leurs chaussures contre la première marche, pour faire tomber la neige fraîche qui y adhérait. Le bruit familier fit sortir Madeleine.

—Ah! vous voilà, dit-elle avec soulagement. Il fait si sombre! Tu as bien fait de les accompagner, Charlotte. J'ai préparé la collation, mais Hermine n'est pas rentrée.

La petite troupe se rua à l'intérieur, toute querelle oubliée. Le poêle ronronnait. Une suave odeur de miel et de fruits cuits flottait dans l'air chaud.

— Mettez vos chaussons et lavez-vous les mains, ordonna Madeleine de sa voix douce.

Elle caressa d'un geste attendri la joue de Charlotte, qui avait les traits tirés et les paupières meurtries.

— Tu as beaucoup pleuré, hein, à cause de la mauvaise nouvelle que nous avons apprise ce matin! J'ai prié pour Simon presque toute la journée.

— Je te remercie, Madeleine. D'abord, Armand, que j'ai rejeté sottement, puis Simon, que j'ai adoré en vain pendant des années, même fillette. Joseph fait peine à voir, lui aussi. Laura craint qu'il ne perde l'esprit, tant il est secoué par ce nouveau deuil.

Charlotte s'assit à la table, drapée d'une nappe à carreaux rouges et blancs. Elle ne pouvait pas admettre la mort de Simon et s'accrochait au terme officiel: porté disparu.

— Jocelyn prétend qu'il a pu être fait prisonnier et conduit dans un camp de travail en Allemagne, ajouta-t-elle. Dans ce cas, nous avons une chance de le revoir. Mais, au fait, où est allée Hermine, à cheval en plus?

— Elle était très malheureuse, répondit Madeleine. Je suppose qu'elle avait besoin de s'isoler. Ses nerfs la tourmentent, ces temps-ci. Je lui ai conseillé de se fatiguer, de ne pas rester enfermée ici. Comme ça, elle dormira mieux. J'espère qu'elle ne va pas tarder. J'ai eu un souci, tout à l'heure.

— Lequel? interrogea Charlotte, dans l'espoir de se changer les idées.

— Tu sais que je ne ferme pas à clef l'arrière-cuisine avant la nuit, vu qu'elle communique avec la remise à bois. Toutes nos provisions sont rangées sur des étagères et certaines denrées sont placées dans le garde-manger. Vers trois heures cet après-midi, j'ai cru entendre du bruit. Mais je priais et je n'ai pas jugé cela important. J'aurais dû m'inquiéter. Nous avons été volées, Charlotte! Un bout de lard, six boîtes de sardines et du pain sec que je gardais pour le poney.

— En es-tu sûre? Le coupable a dû laisser des empreintes dans la neige! As-tu vérifié?

— Avec le rationnement, je compte sans arrêt nos réserves de nourriture! Et j'avais trop peur pour m'aventurer dehors.

— Il s'agit sans doute d'un rôdeur, affamé de surcroît. Les gens manquent de tout, hélas! Il faudra fermer à clef plus tôt. Vous devriez aussi prendre un des chiens ici et le laisser dans l'enclos que Simon avait construit pour mettre des poules.

Madeleine approuva d'un air songeur. Kiona avait écouté et s'approcha de la table en souriant.

— Il n'y a aucun danger, affirma-t-elle.

— C'est une de vos blagues? s'offusqua Madeleine. Vous étiez tous en classe, pourtant... Tu as eu une vision?

— Non, je n'ai plus de visions, grâce au collier que mon père m'a offert, mentit la fillette. Mais ce n'est pas la peine d'avoir peur. Voilà!

Elle fixa Charlotte avec insistance, d'un regard pétillant de malice, puis elle s'éloigna à cloche-pied, son nouveau jeu.

— Cette petite se moque de nous, conclut Madeleine.

Mais Kiona ne se moquait jamais de personne. Elle rêvait de faire régner le bonheur et la paix dans le monde entier, et surtout là, à Val-Jalbert, le village fantôme si cher au cœur de sa Mine.

11
Scènes d'hiver

Val-Jalbert, jeudi 10 décembre 1942

Il n'était pas loin de midi. Mademoiselle Andréa Damasse était assise sous la lampe, dans la cuisine de Joseph Marois. Elle venait de ramener Marie chez son père, la fillette étant souffrante. La raison de sa démarche l'embarrassait au plus haut point.

— J'ai confié mes autres élèves à la nounou, dit-elle à voix basse. Madame et monsieur Chardin sont absents pour quatre jours, ils ont amené le petit Louis. Il paraît que chaque année ils vont à Chicoutimi, avant les Fêtes, faire leurs achats de Noël. Et mademoiselle Charlotte se trouve à Roberval, je ne sais pas pour quelle raison. Quant à madame Delbeau, je n'ai pas eu le temps d'aller la prévenir. Elle a de la visite, Laurence m'en a informée : un de mes collègues instituteurs, monsieur Lafleur.

Joseph opinait de la tête, tout aussi gêné.

— Un brave garçon, fit-il remarquer. Si mes fils avaient pu devenir enseignants, ils seraient mariés et installés ici. Mais, dites, qu'est-ce qu'elle a, Marie ? Vous êtes restée longtemps dans sa chambre ; je me tracassais. Elle n'a pas la guédille au nez[32], j'espère...

Andréa ôta ses lunettes et entreprit de les nettoyer avec son mouchoir. Cela avait deux avantages : elle voyait le père de la fillette dans un brouillard rassurant et elle se donnait une contenance.

— Marie est indisposée, jeta-t-elle d'un trait, bien décidée à ne plus employer ce mot-là ensuite.

_____

32. Avoir la guédille au nez : être enrhumé.

311

—Quoi? éructa l'ancien ouvrier. Elle est précoce! Dix ans et demi et elle a déjà ses... affaires?

—Parlez moins fort, monsieur Marois, le gronda Andréa. La pauvre petite était malade de honte. Elle ne comprenait pas ce qui lui arrivait. D'abord, nous sommes allées demander du secours à Mireille, qui lui a expliqué la chose. Mais j'ai préféré la dispenser du cours; elle a très mal au ventre.

Joseph passa brusquement de la stupeur à la consternation. Il détourna le visage pour étouffer une sorte de sanglot désespéré.

—Il lui faudrait sa mère, dans un moment pareil. Ma Betty aurait su quoi lui dire, elle l'aurait aidée à s'arranger. Tabarnak! Ça pouvait pas attendre encore trois ou quatre ans! Je n'y connais rien, moé. J'ai eu rien que des gars avant Marie.

L'institutrice fut bien obligée de remettre ses lunettes. Elle toussota et posa ses mains potelées à plat sur la toile cirée.

—Dès demain, madame Delbeau et sa gouvernante indienne sauront réconforter Marie. J'ai fait ce que je pouvais, monsieur Marois, et j'ai jugé indispensable de vous prévenir. Croyez que ce n'était pas facile pour moi! Je n'ai pas l'habitude d'aborder ce sujet avec un homme.

—Je vous remercie, mademoiselle, c'est très gentil de votre part, répondit-il. J'ai ben de la misère, depuis le début de la guerre. J'ai enterré ma femme, la meilleure femme du monde, et j'ai perdu deux fils. Le troisième, Edmond, je me demande ce qu'il me réserve. À sa dernière visite, il envisageait d'être missionnaire. J'aurais dû obéir à la volonté de ma Betty et me remarier. Sur son lit de mort, mon épouse m'a supplié de trouver une seconde mère pour Marie. Moé, ça ne me disait rien, je voulais lui rester fidèle.

Andréa Damasse approuva d'une voix inaudible. Les yeux sombres de Joseph la fixaient avec insistance.

—Vous êtes bien gracieuse sans vos verres. Sans vous manquer de respect, ça m'a frappé! Il n'y a pas de mal à dire un compliment quand on le pense?

—Non, évidemment! Je me passerais volontiers de lunettes, mais je suis myope. Que voulez-vous, monsieur Marois, Dieu ne distribue pas les mêmes cartes à tous, déclara-t-elle à sa propre surprise. Dame Nature n'a pas été plus généreuse avec moi.

C'était la première fois qu'Andréa se livrait à un tel aveu. Devant ce veuf au regard de braise, elle avait eu soudain besoin de se plaindre de son physique qu'elle savait ingrat. Pris au dépourvu, Joseph chercha une réplique aimable.

—Vous êtes une femme bien plantée[33]! Et savante, polie, correcte! Marie vous aime beaucoup. Dieu m'est témoin que si j'avais vingt ans de moins je vous ferais la cour!

Cette déclaration inattendue mit le feu aux joues de la vieille fille. Elle piqua du nez sur la tasse de thé que Joseph lui avait servie.

—Monsieur, je vous en prie! dit-elle d'un ton altéré. Je suis une personne qui tient à son nom. Ma vocation est d'instruire les enfants; je m'y consacre depuis longtemps. J'ai travaillé chez de grands bourgeois de Montréal, de Québec aussi, toujours précédée d'une réputation de conduite irréprochable.

—Où est le rapport? intervint l'ancien ouvrier.

Andréa aurait aimé s'évanouir, échapper à la présence de cet homme mûr et expérimenté qui occupait trop souvent ses pensées.

—Je n'ai aucune envie qu'on me fasse la cour. Ni vous ni un autre homme… Je dois vous laisser, monsieur Marois. Prenez soin de votre petite Marie.

Elle se leva et remit sa veste en tweed. Les mouvements que cela nécessitait agitèrent sa poitrine opulente sous le tissu de son gilet gris. Joseph en eut le souffle coupé. Il se vit empoignant ces seins-là, à pleines mains pour les presser et les pétrir. Des gouttes de sueur perlèrent à son front. Quand l'institutrice se pencha pour ramasser son sac, ce furent ses fesses imposantes qui tendirent la jupe noire.

« Torrieux! Faut que je la marie, celle-là! » décida-t-il.

---

33. Solide, robuste.

Val-Jalbert, demeure des Chardin, même jour

Chaudement emmitouflée, Madeleine frappait à la porte de l'arrière-cuisine des Chardin, qui servait de remise à provisions comme dans la plupart des maisons du pays. La température y demeurait fraîche, mais il n'y gelait pas.

Mireille s'empressa de lui ouvrir. La Montagnaise ôta ses raquettes qu'elle rangea avec soin le long du mur.

—Ce n'est pas souvent que tu me rends visite, s'étonna la gouvernante. Viens vite boire un café; le vent est rude. Nous avons eu encore une belle bordée de neige cette nuit.

—Hermine m'envoie vous demander du saindoux et de la farine, si vous en avez suffisamment, expliqua Madeleine en la suivant dans la cuisine où l'atmosphère lui parut suffocante.

—Doux Jésus, encore, protesta Mireille. Je sais que vous êtes sept à table, mais quand même, il faudrait économiser un peu ces denrées-là. Madame dit vrai, vous feriez mieux de venir souper icitte, en famille. Je me débrouille toujours pour faire des soupes et des ragoûts. Je vais voir si je peux vous dépanner. Assieds-toi et ne prends pas cet air coupable! Cancanons un peu, nous deux! Est-ce que Mimine compte bouder longtemps madame? Personne n'a su ce qui s'est passé entre elles, mais chacune reste sur ses positions. Et sais-tu ce qui est arrivé à la petite Marois?

La gouvernante ne perdait pas une occasion de bavarder. Elle répétait sans cesse à ses patrons qu'ils devraient déménager à Roberval, où il y aurait des boutiques et de l'agitation. Elle poursuivit:

—Marie a eu ses affaires! Mademoiselle Damasse donnait son cours d'anglais quand la pauvre mignonne a cru qu'elle urinait. Sa robe était pleine de sang sous ses fesses. Je la plains, à dix ans et demi, de devoir s'affubler de guenilles chaque mois! Les femmes ont ben de la misère avec ça!

Très pudique, Madeleine hocha la tête. Elle semblait vraiment soucieuse.

— Mireille, je suis désolée de vous déranger. Hermine voudrait faire des biscuits à la cannelle pour la collation. Monsieur Lafleur la partagera avec nous.

— Des biscuits! s'exclama la gouvernante. Mais je vous en ai fait porter deux boîtes avant-hier, ceux que je parfume à la fleur d'oranger.

— C'est bien là le problème! Ils ont disparu. Les boîtes aussi.

— Mes boîtes en fer décorées? Doux Jésus, j'y tenais, moé! Mais enfin, Madeleine, tu fermes bien l'arrière-cuisine à clef, depuis l'histoire du vol, au mois de novembre! Qu'un rôdeur réussisse à chiper du lard et du pain, une fois, je peux comprendre. Si c'est fermé, là, ça devient un tour de passe-passe! Les enfants jouent à l'étage, dans la chambre de Louis; tu devrais les interroger. Ces p'tits monstres vous feront tourner en bourrique. Je parie qu'ils font des réserves à leur manière! Fouille donc leurs placards ou sous leur lit, tu récupéreras tout ce qui manque.

— Nous avons déjà vérifié, Hermine et moi.

Mireille se servit une tasse de café. Elle prit place pesamment sur une chaise.

— Je grossis encore, moé! Plus le gouvernement nous ôte le pain de la bouche, plus j'engraisse. Alors, il est encore là, ce monsieur Lafleur? Hermine joue avec le feu.

— Ils sont amis, rien d'autre, déclara l'Indienne sèchement. Ovide nous prête des romans français ou traduits de l'anglais. Je peux vous assurer qu'il n'est jamais seul avec Mine. Nous constituons un dossier pour la journaliste de Québec, cette charmante dame Badette. Le courrier circule lentement, mais, dans sa dernière lettre, elle nous a promis d'écrire un article retentissant sur les pensionnats où on torture les enfants de mon peuple.

— Jamais seuls, jamais seuls, ronchonna Mireille. Ils le sont bien, présentement, puisque tu es icitte. Jasons d'autre chose. Vos provisions s'envolent! C'est grave, ça! Charlotte a raison, attachez un des chiens derrière le bâtiment, Madeleine. Une rangée de crocs, ça décourage les voleurs.

— Kiona pense que c'est inutile. Ne vous inquiétez pas, Mine et moi, nous irons à Roberval samedi et nous achèterons ce qu'il faut avec les tickets qui nous restent.

— La petite se fiche de vous, renchérit Mireille. Et d'abord, ce n'est pas à elle de décider! Si elle vous déconseille de prendre un des chiens, ça prouve ce que j'avance. Elle protège le responsable, et je pencherais pour Mukki, gourmand comme il est.

Mademoiselle Damasse entra dans la cuisine au même instant. Elle avait une expression égarée et les joues rouges.

— Bonjour, Madeleine. Mireille, inutile de mettre mon couvert, je ne dînerai pas ici à midi. Mon entretien avec monsieur Marois m'a bouleversée. Il a regretté l'absence de sa défunte épouse, et c'est bien normal. Je plains surtout Marie. Elle s'est confiée à moi, dans sa chambre, à propos des guenilles: «Comment je vais faire pour les laver sans que papa les voie!» Mon Dieu, c'était pathétique.

Sur ces mots prononcés d'une voix tremblante, Andréa s'éclipsa, laissant la gouvernante perplexe.

— Viens, Madeleine, je vais te donner la farine et le saindoux. Si tu veux mon avis, Joseph ferait mieux de se remarier. J'en ai connu un à Tadoussac, un veuf, j'étais encore toute jeune, qui s'est mis à courir la galipote au point d'en perdre le sommeil. Ma mère nous recommandait de l'éviter, à mes cousines et à moé. Il a fini par violer une fille de treize ans.

— Monsieur Marois n'est pas comme ça, coupa la nourrice. Je le crois honnête homme.

Mireille fit la moue. Un châle sur les épaules, elle inspectait ses bocaux rangés par catégorie, les pâtés, les poissons à l'huile, les haricots, les pois... Des sacs en toile de jute, stockés sur des claies en bois, contenaient du riz et des pommes de terre. Sur l'étagère la plus haute s'alignaient les confitures et les bouteilles de sirop d'érable.

— Doux Jésus! J'avais trente pots de confiture de bleuets et il n'en reste que vingt-cinq! hurla la pétulante sexagénaire. Et mes compotes de pommes que j'ai stérilisées le mois dernier, il en manque deux pots!

—Ça n'arrive donc pas que chez Mine, constata Madeleine. Quelqu'un se nourrit à nos dépens!

—J'ai compris, gronda la gouvernante. Ce sont les Lapointe, enfin, ce bandit d'Onésime. Madame le paie pour couper du bois l'été, le fendre et le ranger dans la remise. Il peut accéder tranquillement à nos provisions. Et il fait de même chez vous!

—En effet, Onésime se charge de notre bois de chauffage, admit Madeleine. Monsieur Jocelyn ne le peut pas, avec son cœur fragile. Mais nous ne pouvons pas accuser sans preuve un voisin serviable. Et puis Onésime me semble loyal.

—Avec toi, malheureuse, naïve comme tu es, tous ces messieurs sont honnêtes. Marois, Lafleur, Lapointe... Je ferai un rapport à madame dès son retour. En tout cas, les chiens n'aboient jamais, ces jours-ci. C'est donc quelqu'un de connaissance. Tu as de la chance, le voleur n'a pas touché à la farine ni au saindoux.

—Merci beaucoup, Mireille. Rentrez vite au chaud.

—À la revoyure, Madeleine, et fais attention! C'est le désert icitte.

Kiona avait suivi la conversation depuis la cuisine. Elle recula prestement, se glissa dans le couloir et eut un soupir de dépit.

«Je dois arrêter, pensa-t-elle. Au début, ça ne se voyait pas, mais là, ils sont capables d'appeler la police.»

Elle regagna l'étage sur la pointe des pieds, aussi silencieuse que son demi-frère Toshan.

«Ce n'est pas grave, il a assez à manger maintenant!» se dit-elle encore.

Mukki jouait avec ses billes sur le tapis de la chambre. Laurence, Marie-Nuttah et Akali disputaient une partie de nain jaune[34].

---

34. Le nain jaune date du dix-huitième siècle. C'est un jeu de cartes utilisant un tableau composé de cinq cases. C'est un jeu familial très répandu, car les règles sont simples; on peut apprendre à jouer aux enfants dès l'âge de six ans.

—Où étais-tu, Kiona? interrogea Louis. Je t'ai gagné une très belle agate.

—J'avais besoin d'aller aux toilettes, répondit-elle. Montre-moi la bille.

Kiona contempla la minuscule sphère de verre coloré avec un sourire rêveur. Personne ne la soupçonnait et c'était très bien ainsi.

Le petit paradis, même jour

Hermine et Ovide consultaient la pile de documents qu'ils avaient réussi à amasser en deux semaines. Ils s'étaient installés à la table de la cuisine, la pièce où la jeune femme passait la majeure partie de son temps. Une suspension en opaline rose les éclairait. Il faisait chaud et un fumet alléchant s'échappait d'une marmite en fonte.

—Cette odeur me monte à la tête, affirma l'instituteur. Je ne parviens pas à déterminer ce qui mijote sur votre cuisinière.

—C'est du lièvre, d'abord rissolé en morceaux, puis agrémenté d'un bouillon aux herbes sauvages qui attendrit la viande. Une recette de Madeleine, qu'elle tient de sa mère. Ne me demandez pas d'où vient le lièvre, je n'ai pas le droit de le dire. Les gens du Lac-Saint-Jean ont ressorti leurs fusils de chasse et il se vend du gibier en cachette.

—Intéressant, ironisa Ovide. Je viendrai plus souvent. Tant que votre mère ne me tire pas à vue, comme si j'étais une sorte de lièvre géant!

Elle éclata de rire avant de reprendre son sérieux. Elle examinait un cliché avec attention.

—Vous avez fait bon usage de mon appareil photographique, admit-elle.

—J'ai dû ruser pour obtenir cette image. Je me suis déguisé, oui! Une casquette à oreillettes et des lunettes de soleil. J'ai rôdé le long du mur d'enceinte du pensionnat à l'heure exacte où les garçons fendaient du bois avec la drôle de mécanique raboudinée à partir d'un vieux moteur stationnaire hors d'usage. Je suis certain qu'il y a fréquemment des blessés : l'engin n'est absolument pas sécuritaire. Regardez, ils font peine à voir, ces pauvres enfants.

— Oui, si ce cliché paraît dans *La Presse*, nous aurons marqué un point.

Hermine ne pouvait détacher ses yeux des maigres silhouettes qui se tenaient debout autour du fendoir, pieds nus dans de mauvaises chaussures, le crâne tondu.

— Les pavés luisent, il y a des flaques d'eau, dit Ovide. C'est certainement qu'il pleut. Les pensionnaires ne devraient pas travailler dehors par ce temps. Sur cette autre photographie, on voit les filles en rang, le regard absent, mal vêtues. Rien ne laisse deviner les sévices que nous dénonçons, mais il faut avoir un cœur de pierre pour ne pas être touché par le désespoir qu'expriment leurs visages à tous.

— Mon amie Badette y sera sensible. Le soir où je l'ai rencontrée, elle se disait l'amie des enfants et de tous ceux qui souffrent. C'était le long de la voie ferrée, un peu avant la gare de Lac-Édouard. La locomotive avait eu une avarie et tous les voyageurs avaient dû quitter le train. J'étais en route pour Québec avec Charlotte et Mukki qui n'était qu'un bébé.

— Racontez encore, supplia-t-il. Votre vie est palpitante!

— J'avais décidé de passer une audition au Capitole, mais seule Mireille, notre gouvernante, était au courant de mon escapade. Comme j'étais jeune, timide et naïve! On nous a hébergés au sanatorium et j'ai chanté pour les malades dans le réfectoire. J'ai fait là la connaissance de Badette, qui adorait ma voix, car, encore un hasard, elle m'avait entendue chanter à la messe de minuit, à Chambord. Elle s'est présentée dans le traîneau qui nous conduisait en lieu sûr.

— Et l'audition à Québec? Vous les avez épatés, ces gens du spectacle?

— Non, pour la simple raison que le lendemain j'ai préféré rentrer au bercail. Mais la panne du train, mon idée folle de partir en cachette, tout ça devait arriver. Si j'avais sagement obéi à…, à mon mari, je n'aurais sans doute jamais retrouvé mon père. C'est une si longue histoire! Je ne peux pas tout vous raconter aujourd'hui!

— Résumez, implora Ovide avec un sourire.

— Papa était considéré comme mort, cela, je vous l'ai déjà dit, je crois. Mais il était dans ce sanatorium, atteint de phtisie. Il se faisait appeler Elzéar Nolet, du nom de son grand-père. Bien sûr, il a compris que j'étais sa fille. Il a essayé de me parler, mais il m'effrayait. Je vous assure, cet homme émacié, blafard, en larmes... Seigneur, il a bien changé depuis cette époque. Le lendemain, il s'est enfui. Je vous ai expliqué tout ça dans la carriole du pensionnat. Le destin est si particulier! Sans cette mésaventure, mon père serait peut-être mort actuellement et Kiona ne serait pas née. Vous la verrez lors de la collation, elle est transfigurée! Gaie, radieuse et si belle! Ses cheveux ont repoussé.

— Si j'ai bien compris, votre mari vous empêchait de passer des auditions.

— Toshan avait ses raisons. Il me jugeait très jeune et j'avais un bébé de quelques mois. C'était l'hiver. J'ai été punie de ma sottise, le trajet du retour a provoqué une fausse couche. Mon Dieu, comme j'ai regretté ce voyage!

Elle se tut, plongée dans ses souvenirs. Madeleine entra, son capuchon constellé de flocons.

— J'ai ce que tu voulais, Mine. De la farine et du saindoux.

La nourrice se débarrassa de son manteau pour vite nouer un tablier autour de sa taille.

— Je m'occupe de pétrir la pâte pour les biscuits. Vous deux, continuez à travailler. Et surtout, mon récit, il faut le signer Sokanon, pas Madeleine!

— Ne t'inquiète pas, la rassura Hermine. Tu as fait un gros effort en écrivant ton témoignage. Ce que tu as vécu quand tu étais petite fille aura certainement un impact sur les lecteurs du journal.

Ovide adressa un clin d'œil amical à la Montagnaise. Ils devenaient tous les trois de bons camarades tout en œuvrant pour une cause qui leur tenait à cœur.

« Que nous sommes bien, aujourd'hui, dans notre petit paradis! songea Hermine. C'est vraiment bizarre, depuis ce qui s'est passé dans l'écurie chez Ovide, je me sens libérée du désir qu'il m'inspirait. J'ai l'impression d'avoir été soignée par un médecin, un drôle de médecin, alors que toute personne soucieuse des convenances jugerait que je me suis conduite comme une dévergondée. Mais ça m'est égal. Qui le saura? Maintenant, nous sommes de vrais amis! »

Avec son aisance à discuter de n'importe quel sujet, ses plaisanteries, son ouverture d'esprit et son côté anarchiste, Ovide Lafleur avait apporté dans l'existence de la jeune femme un élément essentiel. Elle avait appris à être plus tolérante envers ses propres faiblesses et à réfléchir par elle-même sans céder à l'influence des uns et des autres. Grâce à lui, elle se montrait plus optimiste et refusait de se plier à l'opinion générale. Sa nature profonde se révélait et cela enchantait l'instituteur.

— Est-ce que vous boudez encore votre mère?

— Oui. Je ferai la paix avec elle la veille de Noël, sinon les enfants seraient tristes. Maman a mérité une punition. Mais papa se demande bien ce qu'elle a fait! Je n'ai pas proclamé sa faute devant la famille, vu que c'était m'incriminer aussi. Seule Madeleine est au courant.

— Madame Laura a écrit cette lettre pour te protéger, Mine, intervint l'Indienne. C'est le devoir d'une mère. Au fait, je dois te dire que des choses disparaissent aussi dans l'arrière-cuisine de tes parents! Mireille en était ébahie. Il manquait des pots de confiture et des compotes en bocaux. Elle accuse Onésime Lapointe, parce que les chiens le connaissent bien.

— Onésime! Non, c'est impossible. Il faudrait éclaircir ce mystère rapidement! Nous serons bien ennuyées cet hiver si on continue à piller nos réserves. Ce n'est quand même pas un ours!

— Un ours ferait des dégâts sur place, nota Ovide. Cette affaire m'intrigue. S'il s'agit d'un rôdeur, le mieux est de suivre ses traces. Il en laisse forcément dans la neige!

J'ai pensé à un déserteur caché dans les bois, sur la colline, qui se prépare à affronter les mois d'hiver. Il a pu élire domicile dans une cabane à sucre ou un abri de bûcheron.

—Kiona prétend qu'il n'y a pas de danger, dit Hermine. Je lui fais confiance.

—La foi que vous avez en cette enfant m'émerveille. Et toi, Madeleine, tu te fies aussi à Kiona?

—Oui. Je pense que les coupables sont Mukki, les jumelles et elle. Nous ne les surveillons pas constamment, et ils peuvent nous duper sans peine. Mireille est du même avis. Mais si tel est le cas, c'est vrai qu'il n'y a pas de danger.

Elle était loin de la vérité, mais Hermine se rangea à son opinion.

—Ils auront inventé un jeu. En ce moment, ils se passionnent pour les aventures de Robinson Crusoé. Je suppose qu'ils ont caché leurs larcins quelque part pour des réunions secrètes. Heureusement, aujourd'hui, ils déjeunent avec Mireille. Cela nous évite de les interroger. Je m'en chargerai ce soir ou lors de la collation.

Ovide rangea les papiers étalés sur la table. L'odeur du ragoût de lièvre le tenaillait. Un quart d'heure plus tard, ils mangeaient tous les trois de bon appétit.

À une bonne centaine de mètres, Kiona finissait de dévorer son flan à la vanille. Elle ferma brusquement les yeux, sa cuillère à la main, immobile. Mademoiselle Damasse, qui était descendue de sa chambre pour boire un café, observa l'enfant d'un air surpris.

—Qu'est-ce que vous avez? s'étonna-t-elle.

—Chut, recommanda Mukki. Ne la dérangez pas! Elle doit prier, faire des incantations de notre peuple.

Témoin de la scène, Mireille s'approcha du garçon et lui tira l'oreille.

—Ne dis pas d'âneries!

Mais Kiona ne les entendait pas. Une vision avait traversé sa pensée et elle cherchait à en déchiffrer le sens. Son demi-frère bien-aimé, Toshan, volait dans le ciel. Il planait comme un aigle au sein d'une nuit obscure. «Je sais, se dit-elle. Il a dû sauter en parachute! Mine m'a expliqué comment ça marche... et parfois comment ça ne marche pas!»

Son petit cœur farouche se serra. Elle n'osait pas rouvrir les yeux, espérant voir autre chose. Laurence lui caressa la main.

—Kiona, il faut aller en classe. On va dessiner et peindre à la gouache. Tu n'as pas oublié?

—Non, je viens!

Cet après-midi-là, Kiona représenta d'un trait maladroit sur sa feuille blanche un grand oiseau aux ailes déployées; elle n'était pas aussi douée que la douce Laurence. Andréa Damasse étudia longuement le dessin afin de comprendre pourquoi l'oiseau avait un visage humain.

—Voudriez-vous m'expliquer, Kiona? finit-elle par demander.

—C'est Toshan, mon frère, le fils de Tala la louve. Il sautait en parachute, mais je ne sais pas où il s'est posé.

Mukki et les jumelles échangèrent un regard alarmé. Il était question de leur père.

—Dis-nous où il est, insista aussitôt Marie-Nuttah. Kiona, dis-le!

—Mais je n'en sais rien!

L'institutrice se signa, affolée. Enfin, en se reprochant de s'être laissé impressionner par des enfants en mal d'autorité, elle frappa dans ses mains.

—Rangez vos dessins et prenez votre porte-plume. Nous allons faire une dictée, et dans le calme, je vous prie.

Kiona se promit d'être prudente à l'avenir. Elle raconterait en sortant du cours qu'elle avait inventé l'histoire de Toshan et du parachute. «C'est leur papa. Ils ont peur pour lui. Moi aussi, je serais triste si mon père était à la guerre!» Pour préserver ceux qu'elle aimait, l'étrange enfant devenait experte dans l'art du mensonge. Avant de dormir, elle implorait Jésus de lui pardonner et elle était sûre qu'il le faisait.

Pendant que les élèves de mademoiselle Damasse écrivaient dans leur cahier, l'adjudant Delbeau touchait le sol français après une chute vertigineuse. Un vieux chêne lui avait sauvé la vie en emprisonnant la toile de son parachute qui s'était ouvert in extremis. Mais l'arbre, poussé en terre limousine, avait pris son dû. Le sang du beau Métis souillait l'écorce grise. Profondément touché à l'aine par une branche qui s'était brisée sous son poids, Toshan croyait sa dernière heure venue.

Val-Jalbert, même jour

Charlotte était de retour. Onésime l'avait ramenée de Roberval dans son camion équipé de chaînes pour toute la durée de l'hiver. La jeune fille tenait absolument à cette sortie. Elle était allée prier dans l'église Saint-Jean-de-Brébeuf pour le repos éternel de Simon et d'Armand Marois. La mort de ces deux jeunes gens, à quelques mois d'intervalle, la désespérait. Vêtue de gris, elle avait allumé un cierge en pleurant à sa guise.

À peine arrivée, débarrassée de son manteau et de son écharpe, elle rendit visite dans la cuisine à Mireille qui l'accueillit joyeusement.

— Ah! Te voilà, ma mignonne! Je suis ben contente. Sans madame et monsieur, cette grande baraque sonne le vide! On n'entend même pas les enfants, tellement mademoiselle Damasse fait preuve d'autorité, ces derniers jours. Veux-tu un bon thé bien chaud?

— Oui, je suis gelée!

Mireille remarqua les paupières meurtries de Charlotte et le bout de son nez un peu rose, mais elle ne fit aucun commentaire. Dans le but de la distraire, elle aborda la question qui la préoccupait.

— Doux Jésus! Sais-tu qu'on a pillé la réserve? Comme chez Hermine! Il faut trouver le voleur ou la voleuse! Les petits ne quitteront pas la maison sans que je leur tire les vers du nez!

— Qu'est-ce qui te manque, ma pauvre Mireille? demanda Charlotte.

— Des confitures, des compotes et du savon. Je m'en suis aperçue après le départ de Madeleine, qui est venue emprunter de la farine et du saindoux. Un pain de savon! Ce n'est pas pour manger, ça! Il s'en passe, de drôles de choses, icitte!

Au même instant, Mukki fit irruption dans la pièce, suivi de ses sœurs et d'Akali.

—Vous tombez bien, vous trois. Avant de filer, je veux des réponses à ce qui me tracasse! Et où est Kiona?

—Elle voulait faire son tour de poney comme tous les soirs après la classe, dit Laurence. Mais nous, Mireille, on est venus te dire bonsoir.

— C'est louche, ça encore, tant de gentillesse. Vous êtes au courant que des provisions disparaissent de mon arrière-cuisine? Figurez-vous qu'on s'attaque à mes conserves aussi! Je suis sûre que vous savez qui est le coupable. Et ne venez pas me raconter que c'est le Windigo[35]!

Les jumelles échangèrent un regard ébahi, tandis que Mukki éclatait de rire.

—Le Windigo? Qu'est-ce que c'est?

—Voyez ce petit ignorant. Je peux t'en parler, moé, du Windigo! Quand j'avais ton âge, je ne sortais pas à la nuit tombée de peur de le croiser! Ma mère nous avait mises en garde, ma sœur et moi. Du côté de Saint-Adelphe-de-Champlain où habitaient mes grands-parents maternels, tout le monde le connaît, le Windigo! C'est un animal invisible qui court plus vite que le vent et qui peut filer sur l'eau d'un lac sans couler! Une bête énorme, immense, toujours affamée! Pour vivre, elle a besoin de manger sept fois le volume de son corps par jour! Elle dérobe le gibier dans les pièges des chasseurs, quand elle ne rôde pas autour des granges pour voler des œufs et même des poules!

—Il n'existe pas, ton Windigo, Mireille, protesta Mukki. Mais quand Louis reviendra de Chicoutimi, je lui ferai peur! Lui, il y croira, à ta bête invisible!

Charlotte s'en mêla:

—Je t'interdis d'effrayer Louis, surtout avant le temps des Fêtes! Tu es le plus grand, Mukki, tu devrais

---

35. D'après *Légendes des villages* de Jean-Claude Dupont, le Windigo appartient à la tradition orale de Saint-Adelphe-de-Champlain.

montrer l'exemple. D'abord, réponds à Mireille. Qui vole des confitures? Et du savon?

—Le Windigo, pouffa Marie-Nuttah. Il a gobé le savon et, dès qu'il boira de l'eau, il fera des bulles!

Akali éclata de rire, ainsi que Laurence. Furibonde, Mireille menaça les quatre enfants de la louche qu'elle venait d'empoigner.

—Fichez le camp, petits monstres! hurla-t-elle. Mais ce n'est pas ben malin de nous faire enrager deux semaines avant Noël! Je voulais vous faire des beignes demain, mais j'ai changé d'avis. Tant pis pour vous.

Cela ne parut pas affecter la petite troupe, qui fit demi-tour en chuchotant et en ricanant. Charlotte jeta un coup d'œil par la fenêtre surplombant l'évier.

—Mireille, je viens d'avoir une idée! As-tu entendu Laurence quand elle a dit que Kiona faisait un tour de poney comme chaque soir! Je n'étais pas au courant. Je me demande si Mimine lui a donné la permission, ou papa Joss!

—Mais monsieur marcherait sur les mains pour Kiona! Elle a tous les droits, icitte, maintenant. J'ai prévenu Hermine: ils vont rendre cette enfant capricieuse et orgueilleuse.

—Je sors quelques minutes.

—Et où vas-tu, astheure?

—Je vais suivre Kiona! Je suis certaine qu'elle nous cache quelque chose. La neige est ferme, un peu tassée par le gel. Je n'ai pas quitté mes chaussures à crampons. J'en aurai le cœur net, ma brave Mireille.

Elle fut soulagée de se retrouver dehors, dans le silence ouaté du soir. La lumière déclinante du crépuscule bleuissait la neige et le vent s'était calmé. Elle contempla ce décor qui lui était si familier, et dont elle connaissait le moindre détail. Tout était à sa place: les arbres, le couvent-école, imposante masse sombre couronnée de son clocheton chapeauté de blanc. Pleine de mélancolie, elle se revit courant vers la maison des Marois, de ses douze ans à ses vingt ans, toujours avec l'espoir de croiser le beau Simon.

«Je finirai vieille fille, comme Andréa Damasse, songea-t-elle. Je n'ai vraiment pas de chance, ou je suis trop stupide!»

Elle se décida à contourner l'angle de la demeure des Chardin et se dirigea vers le cabanon attribué au poney. Il manquait la selle et le bridon. «À trois mois près, Kiona a l'âge de Louis et elle peut se promener seule sur Basile! Que Marie-Nuttah ou Mukki y soient autorisés, je peux l'admettre, mais pas Kiona!»

Les sabots du poney avaient laissé des traces bien visibles. De toute évidence, la fillette empruntait chaque fois le même itinéraire. «Elle ne passe pas par la rue Saint-Georges. Kiona suit l'ancien chemin qui rejoignait l'usine et qui arrivait sur la rue Sainte-Anne.»

Déjà, du temps où les sœurs du Bon-Conseil enseignaient à Val-Jalbert, elles interdisaient à leurs élèves, filles et garçons, de s'aventurer dans cette partie de la cité ouvrière, une sorte de vaste terrain embroussaillé où on pouvait faire de mauvaises rencontres. Malgré la vigilance et les sermons de l'abbé Degagnon, on y voyait quand même de fortes têtes, portées à boire, parmi les employés de la pulperie.

Ce soir-là, il se dégageait du lieu une telle impression d'abandon, il y faisait déjà si sombre, que Charlotte en conçut une sourde angoisse. Il fallait une bonne dose de courage à une enfant de huit ans et demi pour déambuler là, surtout en hiver. «Des loups pourraient très bien rôder derrière les maisons. Si je continue à m'affoler, je vais craindre de croiser le Windigo de Mireille! Mon Dieu, quelle étrange légende!»

Soudain, il lui sembla entendre un hennissement. Elle pressa le pas, mal à l'aise, oppressée. «Je me demande si maman Laura n'est pas dans le vrai, pensait-elle en courant presque. Mimine oublie tout dès qu'elle est en compagnie d'Ovide Lafleur! Encore un homme assez séduisant qui fait comme si je n'existais pas! Tiens, à ses yeux, je suis aussi invisible que le Windigo de Mireille! J'aurais dû naître blonde aux yeux bleus.» La gorge nouée par tant de chagrins enfouis, de vexations et de regrets, Charlotte poussa un cri en voyant Kiona devant elle. La petite était descendue du poney et le tenait par les rênes.

— Mon Dieu, que tu m'as fait peur! gémit-elle. Je te cherchais, Kiona! En cette saison, tu ne devrais pas monter Basile, pas si tard, en plus. Ce n'est pas prudent. Je le dirai à Mimine.

— Promis, je ne le ferai plus, dit l'enfant en souriant. C'était mon dernier tour.

Exaspérée, Charlotte observa l'animal sous tous les angles sans rien voir d'anormal. Puis ce fut le tour de Kiona d'être soumise à son inspection.

— Tu n'as pas de sac?

— Non, pourquoi aurais-je un sac? s'étonna la petite.

— Tu vas m'écouter bien sagement, Kiona. J'ai la conviction que tu dérobes des provisions à Mireille, donc à Laura et à ton père, comme tu le fais chez Hermine. J'exige une explication immédiatement! Peut-être que toi et les autres, car je pense que Mukki et les jumelles sont tes complices, vous stockez tous vos larcins quelque part dans le village? Ensuite, vous jouerez à je ne sais quoi dans votre cachette!

— Tu te trompes, répondit Kiona d'une petite voix douce. Ce n'est pas un jeu. Je veux bien te dire mon secret, rien qu'à toi, mais tu dois jurer de n'en parler à personne! Je t'en prie, c'est très grave.

Il y avait un accent de profonde sincérité dans l'intonation de l'enfant. Cependant, Charlotte prit tout ça à la légère, sans tenir compte du fait qu'il s'agissait de Kiona.

— Ce n'est pas bien de jurer, mais si tu te confies à moi je te promets que cela restera entre nous.

— Je sauve un malheureux, déclara la petite. Jésus l'aurait sauvé aussi. Il avait si faim…

Tout de suite alarmée, Charlotte scruta les alentours. Son imagination s'emballa. Un rôdeur avait pu s'attirer la sympathie de Kiona et la pousser à voler sa propre famille. Ce genre d'individu pouvait finir par abuser de l'innocence de la fillette. Mais elle se ravisa. Après ce qu'elle avait enduré au pensionnat, Kiona se serait sûrement montrée méfiante envers un homme d'âge mûr, à l'aspect sans doute inquiétant.

—Viens, je vais te le montrer. Ne fais pas de bruit, je t'en supplie. S'il te voyait, il se sauverait et ce serait terrible pour lui. Ici, il est à l'abri.

Avec des gestes rapides et habiles, Kiona attacha le poney à un piquet qui émergeait d'un buisson à demi couché par la neige. Elle désigna une maison à Charlotte qui la reconnut aussitôt. C'était une belle bâtisse, construite pour un des contremaîtres de l'usine, au bout de la rue Sainte-Anne.

Elles approchèrent en silence avant de longer le mur dont les planches étaient délavées par les intempéries.

—Accroupis-toi, recommanda Kiona. Tu peux regarder par là.

Charlotte distingua au ras du sol un minuscule morceau de vitre, englué de toiles d'araignée, derrière lequel on devinait une vague lueur.

—Il s'est installé au sous-sol, là où on faisait marcher la chaudière, chuchota l'enfant.

Intriguée et néanmoins de plus en plus soucieuse, Charlotte aperçut une silhouette masculine un peu courbée et qui, manifestement, allumait une cigarette.

—Je t'en ai pris, hier, souffla la petite.

L'inconnu se redressa. Sa tête touchait le plafond. Son allure et sa façon de bouger trahissaient sa jeunesse, autant que ses cheveux blonds, très clairs, qui bouclaient.

—Qui est-ce, Kiona? Tu es totalement inconsciente d'aider cet homme à se cacher.

—Chut! Pas si fort!

Elles reculèrent et coururent se réfugier derrière la remise à bois qui jouxtait chaque maison du village.

—Est-ce qu'il t'a dit son nom? Il a déserté? Je suis désolée, Kiona, je ne peux pas tenir ma promesse. Il faut signaler sa présence aux autorités. Et toi, ne t'avise plus de lui apporter à manger, encore moins de lui donner mes cigarettes!

— Tu avais promis, protesta l'enfant. Et moi aussi, je lui ai promis de le protéger. J'ai craché par terre!

— Pas de ça, Kiona! On rentre vite et je préviens Hermine, puisque papa Joss est absent.

— Non, je t'en prie, Charlotte! C'est un Allemand, un soldat allemand! Si tu parles de lui, il retournera au camp et on lui fera du mal.

Charlotte crut que le sol allait s'effondrer sous ses pieds. Horrifiée, elle tremblait de tout son corps.

— Quoi? s'écria-t-elle. Cette fois, c'est grave, vraiment très grave! Mais tu es folle, ma pauvre petite! Un Allemand! Un ennemi… Ils ont causé la mort d'Armand en torpillant le cargo sur lequel il avait embarqué, et celle de Simon, à Dieppe! Et tu espères que je vais me taire?

— Lui, il n'a rien fait, répliqua Kiona. Il n'a pas tué de gens.

— Comment le sais-tu? Pourquoi est-il venu ici, à Val-Jalbert? Papa Joss prétend que les nazis envoient des espions sur les côtes du Québec et peut-être à l'intérieur des terres.

Prise d'une véritable panique, Charlotte saisit la fillette par le poignet et l'entraîna en arrière, vers le poney qui ne bronchait pas.

— Il faut téléphoner à la police pour qu'on vienne arrêter ce sale Boche, dit-elle encore entre ses dents. En France, on les appelle comme ça, les Boches!

Kiona refusa de suivre Charlotte, qu'elle retenait par son manteau.

— Tu ne peux pas le dénoncer, insista-t-elle tout bas. Il s'appelle Ludwig. Il ne voulait pas faire la guerre, lui! On l'a amené au Canada en bateau, parce qu'il était prisonnier. Mais il s'est enfui!

— Ah! Et il t'a raconté tout ça en allemand, bien sûr, et toi tu comprends cette langue! Même s'il parle français, il t'a menti.

— Il parle anglais, un peu, et montagnais aussi. Charlotte, il y a des choses que j'apprends autrement, tu le sais, ça!

— Grâce à tes fameuses visions, tempêta la jeune fille, hors d'elle. Tu m'avais vue en robe blanche, avec un voile, au bras de Simon! C'était faux, le mariage n'aura jamais lieu! Elles ne valent pas cher, tes visions, petite prétentieuse! Viens, obéis, tu es insupportable et idiote. Tu mériterais d'être punie!

Contre toute attente, Kiona lâcha Charlotte qui, déséquilibrée, tituba. Ivre de colère et de peur, elle fixa la fillette en pointant un index menaçant dans sa direction.

— Viens, sinon…

Mais il se passa une chose étrange. Les yeux d'ambre de l'enfant parurent d'or pur, son visage aussi resplendissait, infiniment serein. Elle paraissait plus grande qu'elle ne l'était en réalité, plus âgée aussi.

— Tu ne peux pas le dénoncer, Charlotte, dit-elle encore. Pas ce soir. Accorde-lui une journée, au nom de Notre-Seigneur Jésus-Christ. Ludwig doit rester ici, à Val-Jalbert. Cela te porterait malheur de le trahir!

Sur ces mots énigmatiques, Kiona prit la fuite. Vive comme l'éclair, elle détacha le poney, sauta sur son dos et le lança au galop. Complètement désemparée, Charlotte demeura au même endroit, les bras ballants.

— Elle est folle! Mon Dieu, comme elle était bizarre, tantôt! On aurait dit… quelqu'un d'autre!

Un frisson lui parcourut le dos. En pleine confusion, indécise sur ce qu'elle devait faire, elle retourna vers la maison afin d'observer une dernière fois l'intrus, l'ennemi de son pays. Elle se mit à genoux et colla son nez au minuscule carreau. Derrière la vitre se dessinait un visage, tout proche du sien.

Charlotte cria de surprise, sans oser bouger. Jamais elle n'avait vu une telle expression de désespoir, ni des yeux aussi clairs, pareils à l'eau de la Ouiatchouan en été, sur les galets. Le redoutable Ludwig avait même l'audace de lui présenter des traits d'une pureté angélique, sous une couronne de boucles blondes. Il semblait si jeune, si fragile, qu'elle en eut le cœur serré. Alors, elle comprit Kiona.

Cet examen n'avait duré qu'une dizaine de secondes. Elle se redressa, ne sachant pas ce qui allait se passer ensuite. Il n'y avait plus personne de l'autre côté de la vitre.

— Mon Dieu! gémit-elle.

Saisie d'une impulsion irraisonnée, elle contourna la maison et grimpa les marches menant à la cuisine. Chaque habitation de Val-Jalbert avait été construite sur le même plan. Si Kiona pouvait entrer, elle le pourrait également. Sans bruit, elle pénétra dans le logement glacial, mais en assez bon état.

« Qu'est-ce que je fais? se demanda-t-elle. Je perds l'esprit! Je ne vais pas lui parler! »

Mais elle ouvrit la porte menant au sous-sol, située près de l'escalier. Son cœur battait à tout rompre. Elle avait la bouche sèche.

« Je lui dirai de s'en aller cette nuit, que c'est sa seule chance! » décida-t-elle.

L'année précédente, Hermine avait fini par lui parler de ces camps disséminés sur le territoire canadien, où étaient enfermés les prisonniers de guerre allemands, officiers ou simples soldats que le gouvernement anglais avait expédiés outre-Atlantique. Toshan lui-même s'était confié à ce sujet, lors d'un souper à Québec. « Il affirmait que certains prisonniers réussissaient à s'évader, quitte à mourir de froid dans la forêt! » se souvint la jeune fille.

Ses dents claquaient, elle craignait de s'évanouir. Cependant, elle descendit. Ludwig se tenait au milieu de la chaufferie, les mains levées à hauteur de sa poitrine, comme pour signifier qu'il n'était pas armé.

— Vous, pas avoir peur, lança-t-il. *Sorry*[36], *sorry*! Moi partir!

Il la regardait d'un air hébété tout en paraissant soulagé que ce soit bien elle. Quand il l'avait vue par l'étroite fenêtre, jadis équipée d'un treillis métallique, il s'était d'abord cru victime d'une hallucination. L'image l'obsédait encore, alors qu'il avait la vraie personne devant lui. Aussi terrifié que Charlotte, il ferma les yeux,

---

36. *Désolé*, en anglais.

juste pour retrouver l'ovale du visage, la jolie bouche rose en forme de cœur, le nez retroussé, les mèches brunes ondulées qui encadraient les joues et le front. Elle avait un air de candeur et d'impatience tout à la fois.

— Oui, il faut partir! Vous, partir loin d'ici, ordonna-t-elle.

— Oui, moi vite partir, *Fräulein*[37], répondit-il en clignant des paupières.

Un peu rassurée, Charlotte jeta un coup d'œil rapide autour d'elle. Dans un des angles du local, elle vit une épaisse litière de paille, ainsi qu'une couverture. Des caisses servaient d'étagère, et là s'empilaient les conserves de Madeleine et de Mireille, des boîtes de sardines et du pain.

— L'enfant donner tout ça à moi, articula Ludwig qui avait suivi son regard.

— Je sais, je l'ai suivie ce soir, dit-elle trop vite, car il eut un geste d'incompréhension.

Elle se désigna d'un geste de la main en répétant la même chose plus lentement. Il hocha la tête, toujours figé sur place.

— Moi, Allemand, déclara-t-il. Mais pas ennemi!

Fascinée, Charlotte approuva. Un être humain lui faisait face. Il respirait à petits coups, affolé d'être découvert. Et il pleurait, sans le savoir peut-être, puisqu'il n'essuyait même pas les larmes qui coulaient sur ses joues. Un jeune homme de son âge, loin de chez lui!

— Cigarette? proposa-t-elle en sortant son paquet de la poche de son manteau.

Le petit paradis, même soir

Kiona poussa la porte avec appréhension. Dans certaines circonstances, son don de prescience ne se manifestait pas et ses intuitions pouvaient se révéler fausses. Aussi ignorait-elle ce qui l'attendait. Charlotte avait pu la devancer chez Hermine et tout raconter. Elle en doutait, mais le doute en lui-même la rendait nerveuse.

---

37. *Mademoiselle*, en allemand.

—Ah! ma petite sœur chérie! s'écria la jeune femme en la voyant entrer.

Sa Mine lui tendait les bras, l'air bouleversée. Madeleine n'était pas là, ni Mukki, ni les jumelles, ni Akali.

—Pourquoi es-tu seule? s'étonna la fillette.

—Ovide vient de partir. Il espérait te dire au revoir, mais il ne pouvait pas s'attarder. Madeleine est là-haut avec Nuttah et Laurence. Elle leur explique ce qui est arrivé à Marie Marois, ce matin, et je tenais à t'en parler sans témoin. Mireille et votre institutrice n'ont pas jugé que cela vous ferait peur et j'ai décidé d'en discuter avec toi. C'est au sujet de la tache de sang sur la robe de Marie.

Gênée, Hermine attira Kiona vers une chaise. Elle s'y assit en prenant l'enfant sur ses genoux.

—Moi, je sais ce que c'est, la coupa-t-elle assez sec. Maman me l'avait dit, cet été. Et je ne suis pas aveugle!

Ce n'était pas la première fois que la petite fille usait d'un ton cassant, agacé. Contrariée, la jeune femme renonça pourtant à la gronder.

—Si tu es au courant, laissons ça de côté. Mukki m'a avoué ce qui s'est passé aujourd'hui durant le cours de dessin. Kiona, ma chérie, je suppose que tu as eu une vision, tu as vu Toshan qui volait grâce à un parachute! Je t'en prie, donne-moi des précisions, un détail, n'importe quoi! Je suis si inquiète pour lui!

—J'ai tout inventé, Mine, soupira la fillette. Quand j'ai fermé les yeux, à table, c'était pour me moquer de mademoiselle Damasse. Elle ferme souvent les yeux en mangeant! Et c'est toi qui m'as expliqué comment on saute en parachute. J'ai fait un dessin en pensant à ça.

—Nuttah et Laurence, ainsi que Mukki, sont persuadés que tu as eu une vision de leur père et que tu n'oses pas nous dire la vérité!

Hermine voulut cajoler sa demi-sœur, mais Kiona se dégagea, au bord des larmes, avant de protester:

—Toshan va très bien. Je n'ai rien vu! Je suis normale depuis que mon père m'a mis ce collier autour du cou. Le collier de mon ancêtre, Aliette Chardin. Je peux m'amuser comme les autres, à dessiner un oiseau qui a une tête d'homme!

—D'accord, je te crois, concéda Hermine sans conviction. Je n'ai plus qu'une petite question et tu pourras monter te changer. Tu connais les règles, durant les mois d'hiver? Tout le monde en chemise de nuit, chaussons et robe de chambre pour le souper, et vite au lit, avec le droit de lire une demi-heure.

Kiona guettait la porte principale, redoutant l'irruption de Charlotte escortée de son colosse de frère, Onésime. Plus les minutes s'écoulaient, plus l'enfant s'interrogeait avec anxiété sur le bien-fondé de ce qu'elle avait fait. «Et si je n'avais pas le droit de protéger un soldat allemand? Non, ce n'est pas un vrai soldat! J'ai senti dans mon cœur qu'il était gentil et très triste.»

—Ma petite chérie, tu es bizarre ce soir, s'inquiéta Hermine. Madeleine et Mireille te soupçonnent d'avoir dérobé des provisions. Moi, je ne crois pas que ce soit toi. Tu n'as aucune raison de voler de la nourriture, mais nous devons trouver le coupable. Et si vraiment tu es mêlée à cette histoire, dis-le tout de suite, je ne te ferai pas de reproches.

Prise au piège, Kiona pleura pour de bon.

—Je suis trop fatiguée, Mine, se plaignit-elle. Je veux me coucher. J'ai eu froid en me promenant avec Basile.

Hermine serra l'enfant contre elle en lui murmurant des excuses à l'oreille. Souvent, elle avait tendance à oublier ce qu'avait vécu Kiona au pensionnat et, une fois de plus, elle se reprochait de l'avoir malmenée, même en paroles.

—Il fera bientôt très froid. La neige sera trop abondante pour tes sorties en poney. C'est bien naturel que tu sois épuisée, ma chérie. Viens, je vais te mettre au lit et je te monterai un bol de soupe.

Elle poussa la sollicitude jusqu'à porter la petite à l'étage. Ravie de s'être aussi bien tirée d'un mauvais pas, Kiona chantonna:

—N'aie pas peur, ma Mine! Toshan est vivant, bien vivant! S'il était mort, je le saurais! Et s'il était en danger, je le sentirais aussi! Je sens encore des choses, moins qu'avant, mais encore un peu!

—Oh! que je suis soulagée! Merci, mon petit cœur!

Kiona se laissa dorloter, déshabiller et laver. Elle se glissa en souriant entre les draps, sous deux couvertures et un gros édredon rose. La lampe de chevet dispensait une lumière réconfortante. Le poêle en fonte ronronnait.

—Dis, Mine, tu crois que Charlotte viendra ce soir? s'enquit la fillette d'une voix hésitante.

—Sûrement, oui... Notre Lolotte apprécie nos bavardages autour d'une tasse de thé! Elle montera t'embrasser si tu n'es pas endormie. Je t'apporte vite ton repas.

Hermine sortit, légère et gracieuse. Kiona poussa un gros soupir. Elle était presque certaine que Charlotte ne dénoncerait pas Ludwig, car il ne pouvait en être autrement. «Si elle m'a suivie aujourd'hui, elle et personne d'autre, c'était ce qui devait se passer!» Jamais elle n'aurait montré la minuscule fenêtre à Madeleine, ni même à sa Mine, et encore moins à Mukki ou aux jumelles. Seule Charlotte avait le droit de voir le jeune Allemand.

«Demain, je saurai, se dit-elle en touchant le médaillon en or qui reposait sur sa poitrine. Demain.»

Pendant ce temps, Charlotte entrait dans la luxueuse demeure des Chardin. Mademoiselle Damasse jouait du piano dans le salon et la musique s'accordait à l'humeur rêveuse de la jeune fille. Elle se dirigea vers la cuisine en réprimant une timide envie de danser. La gouvernante lui lança un coup d'œil fâché et grogna.

—Qu'est-ce que tu as fabriqué dehors? Je me faisais du souci, moé! Kiona est rentrée il y a plus d'une heure. Sans passer me dire bonsoir! J'espère qu'elle a bien refermé la porte du cabanon.

—Oui, j'ai vérifié. Basile a de l'eau en suffisance et du foin. Je dois te parler, Mireille. Mais je préférerais, par la suite, que tu restes discrète.

—Doux Jésus! Tu en fais des mystères! Arrête de cancaner et dis-moi ce que tu as à dire!

— C'était bien Kiona qui volait nos réserves, avoua Charlotte tout bas.

— Ah! Mais pourquoi donc?

— J'en suis tout émue, ma pauvre Mireille! Elle voulait préparer un colis pour sa grand-mère Odina et sa tante Aranck. Les Montagnais manquent de tout, eux aussi. La petite m'a expliqué que Tala veillait à partager ses provisions avec les siens quand elle habitait au bord de la Péribonka. Enfin, Kiona avait tout organisé. Elle cachait ce qu'elle dérobait dans une remise à bois d'une rue avoisinante. Elle y avait aussi mis une caisse en bois et du papier d'emballage! J'ai dû lui expliquer que ce ne serait pas possible de l'expédier, et qu'elle n'aurait pas pu la porter seule au bureau de poste. D'autant moins qu'elle ne serait jamais parvenue à destination, les facteurs ne s'aventurant pas en pleine forêt! J'irai tout récupérer demain. Et j'en parlerai à Hermine, mais cela va la rendre triste, elle aussi.

La gouvernante se laissa tomber sur un tabouret.

— Ben, voyons donc! Il en trotte des gentillesses dans la tête de cette petite! J'en ai la larme à l'œil. Elle a plus de cœur que nous autres! Je vais te donner une idée, Charlotte. Puisque ces provisions sont sorties de chez nous, tu devrais demander à ton frère de te conduire à Roberval et de distribuer tout ça aux nécessiteux de la ville. Kiona, ça la consolera de sa déception! De toute façon, madame va rapporter de petites douceurs à volonté de son voyage à Chicoutimi. Je la connais, elle va s'arranger pour acheter ce qui lui fait envie, même au marché noir, comme disent les Français!

— Je voudrais avoir l'avis de Mimine, répondit Charlotte.

— Ta Mimine, en ce moment, elle ne se soucie pas de nos placards! Ovide Lafleur par-ci, Ovide Lafleur par-là! Madame a raison de se tracasser, mais tu as vu le résultat. Elle a dû donner son opinion sur monsieur l'instituteur et Hermine ne lui adresse plus un mot, rien.

Une odeur caractéristique de brûlé fit se lever la

sexagénaire. Elle se précipita vers la cuisinière en criant au désastre.

— Doux Jésus, mes haricots! J'avais pas mis le bouillon! Ils ont collé au fond de la marmite!

La gouvernante s'activa pour sauver le repas du soir, honteuse de sa négligence. Mademoiselle Damasse continuait de jouer un air mélancolique qui plongea Charlotte dans une douce songerie. Elle revoyait le sourire enfantin de Ludwig quand ils avaient fumé une dernière cigarette, assis face à face sur la litière de paille. Ils avaient réussi à se comprendre en mêlant le français et l'anglais. « Dans son pays, il est menuisier, il travaille le bois! Il m'a montré le savon en m'indiquant par gestes qu'il se lavait en faisant fondre un peu de neige avec le réchaud à alcool que Kiona lui a donné. Sacrée Kiona! Quelle petite cachottière! Une vraie souris, à courir partout sans attirer notre attention! »

— Qu'est-ce que tu as à rire toute seule? ronchonna Mireille. On dirait que tu as vu l'enfant Jésus dans ses langes! Aide-moi donc à mettre le couvert!

— Je pensais à Kiona. Elle m'a promis de ne plus rien voler.

Charlotte brassa les assiettes avec entrain. Ludwig était beau, sa voix était grave et douce. Il était allemand, mais cela ne comptait plus. « Demain soir, je l'emmène dans les ruines du moulin Ouellet. Il y sera davantage en sécurité… Demain soir, je le revois. Demain! »

12
La mission de Laura

Val-Jalbert, lundi 14 décembre 1942

Laura, Louis et Jocelyn Chardin étaient enfin de retour. Ils avaient retardé leur départ de Chicoutimi sans donner d'explication précise. Tout le monde était réuni dans le salon, sous la lumière étincelante du lustre aux pendeloques de cristal.

—C'est un tel bonheur de se promener dans une vraie ville! dit Laura en s'asseyant sur le sofa, satisfaite d'avoir un auditoire attentif. Là-bas, les restrictions se font moins sentir, surtout si on s'arrange pour dénicher les bonnes adresses. Guerre ou pas, nous fêterons dignement Noël. N'est-ce pas, Louis, mon trésor?

Le trésor approuva avec un sourire forcé, proche de la grimace. Entre ses deux parents, l'enfant s'était ennuyé et n'avait eu qu'une hâte: retrouver sa vie quotidienne, les cours de mademoiselle Damasse, les parties de billes avec Mukki et bien sûr la compagnie de l'exquise Kiona. Depuis qu'il avait appris leur lien de parenté, il abusait du vocable ma sœur quand ce n'était pas ma petite sœur chérie, ce qui avait le don d'exaspérer Laura.

—Pour ma part, je suis bien content d'être enfin à la maison, soupira Jocelyn. J'ai marché dix fois plus qu'ici! Je ne sais combien de fois j'ai arpenté la rue Racine de long en large et en travers! Je n'ai jamais vu autant de vitrines ni visité autant de boutiques. Certains de nos achats seront acheminés par le train, c'est vous dire les folies qu'a faites mon épouse!

Cela fit rire Laura, radieuse, vêtue d'une nouvelle robe en velours rouge, avec des épaulettes selon la mode parisienne. Son visage fardé était couronné de frisettes très courtes, toujours de ce blond platine qu'elle affectionnait.

— Je suis allée me faire couper les cheveux chez une coiffeuse réputée et les faire colorer à nouveau. Cela tiendra au moins six mois. Et cette robe, avouez qu'elle est sublime! Je l'ai trouvée dans le grand magasin Pierre Abraham, rue Racine, évidemment. Joss avait besoin d'un nouveau costume et je l'ai traîné chez Laflamme. C'est un magasin très chic où le choix est vaste! Pendant les essayages, monsieur était grognon, mais je voulais qu'il me fasse honneur. Figurez-vous que, tous les soirs, nous allions au Café de Paris siroter un petit verre de sherry! Ah! Paris...

Hermine retint un sourire mi-triste, mi-amusé. Elle avait consenti à venir saluer ses parents! Elle s'était même décidée à faire la paix avec sa mère ce soir-là, soit dix jours plus tôt que prévu, ce que Laura ignorait. Ses enfants l'entouraient, Laurence et Marie-Nuttah en robe de coton rayé et les cheveux nattés, Mukki en costume de tweed et chemise blanche.

Dans sa tenue d'Indienne, Kiona s'était ruée vers son père. Jocelyn l'avait soulevée pour mieux l'embrasser.

— Papa, dit-elle en riant, toute joyeuse. J'ai été très sage, j'ai eu de bonnes notes dans toutes les matières et j'obéis bien à Mine!

— Je suis fier de toi, ma fille! Chaque jour de plus en plus!

Charlotte assistait aux retrouvailles, sa poitrine arrogante moulée par un pull en laine fine, une ceinture soulignant sa taille de guêpe, tandis qu'une jupe ample en drap brun dévoilait ses mollets gainés de soie.

— Mais tu es ravissante! dit Jocelyn en la regardant de la tête aux pieds. Tu rayonnes, Charlotte!

— Merci du compliment, papa Joss!

Elle se leva pour déposer un timide baiser sur sa joue barbue. Akali se tenait sagement à l'écart, par discrétion et aussi pour mieux admirer les beautés du grand salon, ce dont elle ne se lassait pas. Madeleine venait de lui confier à l'oreille que, très bientôt, Laura demanderait à leur voisin Onésime Lapointe de couper un sapin dans les bois.

—Tu verras, ce sera magnifique! Madame Laura possède deux caisses de décorations pailletées et de guirlandes argentées. Elle met aussi de petites lampes multicolores dans l'arbre de Noël.

La promesse d'un tel prodige laissait rêveuse l'ancienne petite pensionnaire. Elle remerciait chaque soir le Dieu que vénérait Madeleine, à qui elle vouait une adoration totale.

—Voici le thé, madame, annonça Mireille, rouge d'excitation. Et de la tarte aux pommes, ainsi que des beignes! Je suis ben contente de vous revoir, madame! La maison était trop calme sans vous! Personne pour me renvoyer à mes fourneaux... Je n'étais pas à mon aise!

—Oh! Mireille, es-tu sotte parfois! s'esclaffa sa patronne en minaudant. Tu te plains de mes humeurs, mais si je m'en vais tu te lamentes également!

Malgré cette remarque, Laura et sa gouvernante échangèrent un coup d'œil complice.

—Où est mademoiselle Andréa? s'enquit Jocelyn qui s'était installé dans son fauteuil en cuir, Kiona sur ses genoux.

—Mademoiselle Damasse a raccompagné Marie Marois chez elle, s'empressa de dire la domestique sur un ton insistant. C'est comme ça depuis quelques jours. Ce pauvre Joseph souffrirait de sa jambe gauche, et aussi de son dos. Il n'a pas sorti de la semaine.

—Joss, il faudra lui rendre visite. Il doit se morfondre! s'écria Laura. Bien, à présent, puisque nous sommes tous réunis, j'ai quelque chose à vous dire. Rassurez-vous, ce n'est rien de grave. Dans le train, j'ai eu tout mon temps pour organiser la veillée de Noël. J'étais tellement soulagée d'avoir pu dénicher ce que je voulais chez Gagnon et Frères! Seigneur, dans ce magasin, il y a tout ce dont on peut rêver, même en cette période de crise. Mireille, j'ai du saumon fumé, du sucre blanc et aussi des asperges en conserve, un produit français ruineux. Ah! une fois encore, tu vas pouvoir montrer tes talents de pâtissière et les enfants t'aideront. Tu sais que je suis de plus en plus attirée par tout ce qui est anglais? J'ai pu acheter un cake, oui, un cake déjà cuit, parfumé avec plusieurs épices, garni de fruits confits, avec des écorces d'orange, des cerises et des raisins.

—Avant la guerre, je faisais déjà ce genre de gâteau, s'offusqua Mireille.

—Il y a une différence. Ce cake qui vient de Londres, dans une boîte en fer-blanc, il faut l'enrober de pâte d'amandes et j'ai pu en trouver. Ensuite, il faut le napper d'un glaçage qui se prépare avec des blancs d'œufs et beaucoup de sucre. Au final, cela ressemble à de la neige fraîche et on décore la surface avec des petits personnages et des perles sucrées. Vous verrez ça demain, les enfants! Je suis si heureuse de pouvoir présenter un *Christmas cake*[38] à mes invités!

—Quels invités, maman? s'étonna Hermine. Nous sommes déjà assez nombreux! Douze convives en comptant Mireille et tous les enfants...

—Tu m'adresses la parole, maintenant! Mais c'est un petit miracle, persifla sa mère. Tu n'es plus en colère?

—Je respecte la trêve de Noël avant l'heure, annonça l'interpellée en souriant malicieusement. Il faut donner l'exemple. Pour remplacer papa, j'ai écouté la radio et appris que la situation en Europe ne fait que se dégrader. En France, les Allemands ont envahi la zone libre le mois dernier.

—Oui, hélas! admit Jocelyn. Cela n'augure rien de bon.

—Qu'est-ce que c'est, la zone libre? interrogea Kiona.

—Ce sont des histoires très compliquées pour une enfant de ton âge, répliqua-t-il. Comment te résumer la chose? Les Allemands avaient pris possession d'une partie de la France, dont la capitale, Paris. Mais, en

---

38. Le *Christmas cake* est la pâtisserie traditionnelle que l'on prépare pour Noël en Angleterre.

accord avec le gouvernement de Vichy dirigé par le maréchal Pétain, ils avaient laissé une zone du pays qui demeurait libre, libre comme avant la guerre. Et il y avait une ligne de démarcation, surveillée, je suppose, par des patrouilles. Maintenant, tout le pays est occupé par nos ennemis, les Allemands. Comprends-tu?

— Je crois, papa, dit la fillette en jetant un regard de côté à Charlotte, dont les joues s'étaient teintées de rose.

— Ne parlons pas de la guerre, protesta Laura. Pour ma part, j'ai tenu à honorer nos chers défunts. Comme je suis allée visiter la cathédrale Saint-François-Xavier, j'ai allumé quatre cierges à la mémoire de nos disparus : notre Betty, il y a plus de deux ans déjà, Armand et Simon, et aussi Tala.

— Merci pour ma tante, madame, murmura Madeleine!

Jocelyn serra plus fort Kiona dans ses bras. La fillette lui adressa un petit sourire ému.

— Ah! cette cathédrale, quel beau monument! continua Laura. Je l'admirais à chacun de mes séjours, mais je n'y étais jamais entrée. Nous avions choisi notre heure, n'est-ce pas, Joss? Le soleil se couchait et dorait les pierres blanches sur le fronton et ses sculptures superbes. Je me sentais toute petite en contemplant les deux grands clochers qui se dessinaient sur le ciel presque mauve.

— Mais, maman, tu deviens poète! s'exclama Hermine avec une pointe de malice.

— Moque-toi, va, vilaine fille. Tu peux interroger ton père! En la regardant, j'étais dans un état second et, une fois à l'intérieur, ce fut encore pire! J'ai ressenti une étrange émotion, comme si je pénétrais dans un lieu vraiment inspiré, où la présence divine était palpable. La lumière semblait surnaturelle, les vitraux de la coupole étincelaient et toutes ces colonnes d'un jaune tendre scintillaient elles aussi. Quelqu'un jouait de l'orgue, c'était magnifique! Ah! ma chérie, si un jour tu pouvais chanter là-bas, ce serait merveilleux, exceptionnel. J'ai parlé de toi à un prêtre que nous avons rencontré, Joss et moi. Un homme fort érudit! Il nous a fait un vrai cours d'histoire!

—Je m'en serais bien passé, ronchonna Jocelyn. Moi, j'avais mal aux pieds et hâte de rentrer à l'hôtel.

—Je suis une incomprise, dit Laura en levant les yeux au ciel. C'était très intéressant, les enfants pourraient en tirer profit. J'ai appris que la première cathédrale, construite en 1878, avait brûlé en 1912! La seconde, édifiée au même endroit et inaugurée en 1915, brûla elle aussi quatre ans plus tard. Dieu merci, le monument actuel, qui a été achevé dans les années 20, n'a pas été détruit par les flammes. Ce prêtre m'a parlé du style. Joss, tu te souviens de quel style est l'architecture?

—Un mélange d'art roman et de Renaissance italienne, quelque chose de très classique, lui répondit-il sans enthousiasme.

—Et il y a une anecdote touchante au sujet des fresques de la coupole, qui sont vraiment magnifiques. À la suite d'un grave accident, le peintre qui les a réalisées a eu les deux jambes paralysées. Chaque matin, il fallait le hisser à l'aide d'un système de poulies pour qu'il puisse mener son œuvre à bien! J'en ai eu des frissons. Ensuite cet aimable religieux m'a montré une devise en latin, gravée sur l'arc au-dessus de l'autel. Il a eu la bonté de la traduire. «Venez à moi, vous tous qui peinez et ployez sous le fardeau, et moi, je vous soulagerai.» Et là, j'ai eu comme une illumination, une idée de génie! Je vous préviens, vous avez intérêt à tous participer!

—Quel dictateur en jupons tu fais, maman! plaisanta Hermine. Nous t'écoutons, mais j'espère que tu ne veux pas nous amener à Chicoutimi?

—Pas du tout, protesta Laura. Il s'agit d'un projet qui ne pourra que vous plaire à tous! Nous avons beaucoup souffert, cette année, cette triste et longue année 1942 où nous avons pleuré des amis, et déploré l'absence de Toshan, notre gendre bien-aimé. J'ai eu une sorte d'intuition et j'ai décidé que cette année devait finir en beauté, dans le rêve et la gaîté. J'ai donc décidé de faire une crèche vivante. C'est une tradition du sud de l'Europe. Ce sera si amusant!

Malgré son enthousiasme, elle se heurta à l'incompréhension générale. Seuls Jocelyn et Louis se montrèrent indifférents, voire résignés, puisqu'ils étaient dans la confidence.

—De quoi s'agit-il, madame? s'informa Madeleine.

—Toi, si pieuse, tu devrais le savoir, lui reprocha-t-elle. Les mots sont pourtant explicites. Dans la crèche, il y a un âne, un bœuf, des moutons, Joseph et Marie, le petit Jésus, sans oublier les rois mages. J'ai déjà attribué les rôles! Basile fera l'âne. Évidemment, la vache Eugénie passera pour le bœuf. Les moutons? Laurence les dessinera sur du carton et les peindra, avant de coller de la laine dessus. Un vieux matelas traîne dans le grenier. Nous l'ouvrirons pour récupérer la garniture.

Enchantées de ce divertissement inattendu, les jumelles battirent des mains en riant.

—Grand-mère, quelle bonne idée! s'enthousiasma Mukki. Mais qui sera Joseph?

—Toi, mon grand, répondit Laura. Je vais passer les journées qui viennent à coudre vos déguisements. Si Madeleine et Charlotte veulent m'aider, ce ne sera pas de refus.

—Oh oui, madame, je travaillerai même le soir! s'enflamma l'Indienne. Votre crèche vivante doit être réussie.

Sans songer à contrarier sa mère, Hermine posa une question gênante.

—Mais, maman, tu ne vas pas faire entrer le poney et la vache de Joseph dans le salon! Où veux-tu installer ton décor, avec le froid qu'il fait dehors?

—C'est exactement ce que je lui ai dit, intervint Jocelyn. Mais ta mère prétend trouver la solution très vite.

—Effectivement, dit Laura en se levant, les mains sur les hanches.

La tête haute, elle virevolta dans sa robe rouge aux reflets moirés, avec une attitude affectée.

—Comme vous êtes belle, madame! ne put s'empêcher de dire Akali.

—Merci, mon enfant! J'espère être encore belle à
cent ans!

La boutade les fit tous sourire. Hermine elle-même
eut envie de prendre sa mère dans ses bras et de
respirer son parfum. C'était une femme imprévisible,
insupportable souvent, mais infiniment séduisante et
touchante.

—J'ai la solution, répéta Laura. Et elle est formidable! J'aurai besoin d'Onésime, mais je le paierai
en conséquence. Il fera une piste avec son camion
jusqu'aux ruines du moulin Ouellet. S'il le faut, nous y
transporterons de la paille et des lanternes. Imaginez un
peu! Avant le souper, nous irons là-bas en procession et les
personnages se mettront en place! Hermine chantera un
ou deux cantiques de Noël et ensuite nous reviendrons
ici pour un délicieux repas! Cela servira de messe de
minuit. Nous pourrons aller à l'église le lendemain.

—Bien sûr, grand-mère! hurla Mukki, enthousiaste.
Et Marie, qui jouera Marie? Pas une de mes sœurs, sinon
ce serait bizarre.

—Marie Marois sera tout indiquée, répondit Laura.
C'est la plus sage et la plus sérieuse de vous tous!

Charlotte était livide. Elle dut cacher le tremblement
de ses mains dans les plis de sa jupe. Kiona la fixait avec
insistance, comme pour l'exhorter à réagir.

—Je pense que cela posera un problème, maman
Laura, dit enfin la jeune fille. Le moulin Ouellet est
un vieux bâtiment et le toit est à demi effondré[39].
L'intérieur est envahi par les broussailles. J'y suis allée
un soir d'automne en me promenant. Les enfants
pourraient avoir un accident, là-bas. Si le but est de faire
une marche agréable avant le souper, pourquoi ne pas

---

39. Les fondations de ce moulin à farine sont encore apparentes
aujourd'hui et elles sont considérées comme le plus vieux bâtiment de Val-Jalbert, qui daterait de 1868 environ. Le nom vient
de son propriétaire de l'époque, François-Xavier Ouellet.

installer la crèche dans l'un des hangars de l'usine? Les structures sont en métal et il n'y a aucun danger.

L'assentiment de la maîtresse de maison se fit attendre. Laura s'apprêtait à donner son avis quand Hermine, sans s'en douter, vint au secours de Charlotte.

—Et je serais trop mélancolique de retourner au moulin Ouellet. Mon premier rendez-vous avec Toshan a eu lieu dans la prairie alentour.

—Bravo, Charlotte! s'extasia Laura. Un des hangars, celui qui abrite la voie ferrée, fera l'affaire. C'est aussi plus facile d'accès. Maintenant, les Rois mages! Akali sera Balthazar, car elle a la peau dorée comme lui. Il avait de la myrrhe en cadeau. C'était une sorte de résine aromatique. Louis deviendra Gaspard, qui offre l'encens. Marie-Nuttah aura une longue barbe blanche pour jouer Melchior, le plus âgé, qui apporte l'or à Jésus.

—Et moi, grand-mère? demanda Laurence. Ce n'est pas juste si je ne suis pas un des personnages!

—Ne t'inquiète pas, Kiona et toi, vous serez des bergers! Eux aussi sont venus adorer Jésus.

Les fillettes parurent satisfaites. La mine réjouie, Laura joignit les mains.

—Mon Dieu, que je suis contente! Il faudra faire des photographies, Hermine!

La jeune femme avait prêté son appareil à Ovide Lafleur. Elle répondit cependant par l'affirmative, certaine de revoir son ami l'instituteur avant les Fêtes. Elle concéda:

—Cela nous distraira, maman, de travailler tous ensemble à ta crèche vivante. Mais tu ne m'as pas répondu. Qui inviteras-tu?

Laura parut embarrassée. Elle se posta près de Jocelyn à la manière d'une petite fille cherchant un soutien.

—Mademoiselle Andréa ne peut pas rentrer dans sa famille pour le temps des Fêtes. Je lui ai proposé de rester ici, avec nous. J'ai prévu convier Joseph; le malheureux supporte mal son veuvage.

—Pitié, gémit son mari. Pas Andréa Damasse! Je ne

vois pas ce qui la retient loin des siens. Sûrement pas ses finances, vu la rétribution que tu lui donnes! Et les enfants ont droit à des vacances!

— Mais, Joss, ils seront en congé! Depuis Chicoutimi, j'ai aussi téléphoné à notre chère Badette. Elle va essayer de venir, d'autant plus qu'elle souhaite s'entretenir avec toi, Hermine, au sujet des dossiers que tu lui as envoyés.

— Badette! Quelle chance si elle peut se libérer et passer Noël avec nous! Maman, tu n'as que des idées de génie!

Pour le coup, elle embrassa sa mère en l'étreignant quelques secondes. C'était l'occasion idéale pour lui glisser à l'oreille :

— Je te pardonne pour l'affreuse lettre que tu as écrite à Ovide. Cela partait de bonnes intentions, tu sais, celles dont le sol de l'enfer est pavé.

— Que dois-je retenir de ces derniers mots?

— Rien, maman, je plaisantais!

Hermine s'éloigna et reprit son manteau et son bonnet. Son vrai foyer, à présent, c'était le petit paradis, et elle avait hâte de s'y retrouver.

— Venez, les enfants, dit-elle. Vos grands-parents ont besoin d'un peu de calme après leur voyage.

Madeleine s'équipa à son tour. Les deux femmes sortirent, suivies de Mukki, d'Akali et des jumelles. Kiona s'attarda dans le salon, au grand bonheur de Jocelyn. Il l'admirait sans retenue, la jugeant adorable dans ses habits en peau de cerf, brodés de perles colorées.

— Tes cheveux repoussent de plus en plus vite, remarqua-t-il en caressant les courtes boucles qui chatoyaient sous la lumière du lustre. Tu as l'air d'un ange, ma chérie! Mais j'y songe, Laura! Kiona pourrait être costumée en ange, l'ange Gabriel! Ce n'est pas gentil de la changer en berger!

— Joss, déplora sa femme allongée sur le sofa, j'ai évité de mettre un ange dans ma crèche! As-tu réfléchi à la difficulté de fabriquer des ailes? Je ne vais pas plumer tous les poulets de Joseph!

— Je m'en charge. Pas de plumer les poulets,

mais de confectionner des ailes. Ma fille sera l'ange annonciateur et personne d'autre.

Charlotte en profita pour se retirer dans sa chambre. Elle était encore sous le choc. Jamais elle n'avait éprouvé une peur aussi intense qu'en entendant Laura parler du moulin Ouellet. «Dieu merci, j'ai su la dissuader. Ludwig aurait dû se cacher ailleurs, alors qu'il est bien installé là-bas.» Elle avait encore de la peine à s'apaiser.

On gratta à sa porte, un signal familier. Kiona apparut, vive et souriante. D'un bond, elle fut sur le lit de Charlotte.

— On l'a échappé belle, murmura l'enfant d'un ton enjoué.

— Ce n'est pas drôle du tout, Kiona. Tu ne mesures pas la gravité de ce que je fais. Si quelqu'un découvrait Ludwig, ce serait dramatique pour lui et pour moi.

— Mais il t'a promis de ne pas donner ton nom, même si on l'arrête!

— Parle moins fort, je t'en supplie. Kiona, je voudrais que tu oublies cette histoire, que tu ne t'en occupes plus du tout.

— Mais j'ai eu raison de l'aider, dis? Il est gentil. Tu le connais un peu maintenant?

— Oui, c'est un jeune homme un peu plus âgé que moi, qui est devenu soldat contre sa volonté! Les combats l'ont terrifié. Il m'a avoué qu'il pleurait, les yeux fermés, en priant pour ne tuer personne. Très vite, il a été fait prisonnier et envoyé au Canada. J'ai bien pitié de lui. Il paraît que, dans le camp où il était, on le traitait comme un chien parce que la nuit il réclamait sa mère. Je ferai de mon mieux pour lui apporter de la nourriture tout l'hiver.

Charlotte se tut, émue. Kiona lui prit la main.

— N'aie pas peur, il est en sécurité au moulin.

— Je l'espère!

Elles gardèrent le silence, impressionnées par le terrible secret qu'elles partageaient depuis quelques jours. Kiona avait vite compris que Charlotte n'avait pas dénoncé Ludwig. Le lendemain du soir où elles s'étaient affrontées près de la maison de la rue Sainte-Anne, l'enfant avait guetté le moindre bruit de pas sur le perron, mais il ne s'était rien passé. «Charlotte est venue me voir à la sortie de la classe et m'a entraînée ici, dans sa chambre. Elle m'a expliqué tout bas ce qu'elle avait décidé. Elle me remplaçait pour ravitailler Ludwig et elle le conduirait au moulin.» Kiona avait aussi appris le mensonge servi par Charlotte à Mireille et à Hermine, au sujet des vols. Depuis, elle dormait beaucoup mieux et ne montait plus le poney en fin de journée.

— Tu vas le voir, ce soir? demanda l'enfant.

— Non, il a tout ce qu'il faut. Je ne peux pas courir ce risque trop souvent. Le plus gros problème, c'est le feu! Il ne fait pas encore très froid, mais, si la température baisse et qu'il y a des tempêtes, il ne résistera pas.

— Il doit allumer un feu la nuit, quand tout le monde dort, et, le jour, garder seulement des braises. Maman faisait comme ça. Les braises bien rouges ne donnent pas de fumée, mais elles tiennent chaud.

— D'accord, je lui conseillerai ta méthode, mais redescends, Kiona. Ça peut sembler bizarre que nous discutions toutes les deux, surtout aussi longtemps.

— Bizarre! Mais non, pas du tout, s'indigna la petite. Pourquoi ce serait bizarre? Tant pis, je m'en vais, puisque tu en as assez de moi.

Le pétillement de ses yeux d'ambre démentait ses paroles. Kiona jouissait d'une liberté totale. Elle soupait soit chez son père, soit chez Hermine. Jocelyn avait instauré cette règle. Il ne fallait pas contrarier sa fille cadette.

Là encore, il l'accueillit en bas des marches à bras ouverts.

— Mon enfant chérie, tu peux rester ici ce soir. Je te raccompagnerai jusqu'au petit paradis. Je voulais te parler en tête-à-tête.

— Oui, papa! Je t'écoute, répliqua-t-elle en tendant vers lui son beau visage couleur de miel sauvage.

— Je suis désolé, mais j'ai dû renoncer à t'offrir un poney pour Noël. Ce serait préférable d'attendre le printemps. Le foin est rare et nous avons à peine de quoi nourrir Basile cet hiver. On va me livrer du grain pour lui. Seulement, si nous devions entretenir un autre animal, ce serait difficile. Ne sois pas déçue, ce n'est que partie remise.

—Je comprends, papa, affirma-t-elle avec un de ses ineffables sourires. Je patienterai et, si tu ne peux pas acheter mon poney au printemps, je ne serai pas triste non plus. Je suis si heureuse d'avoir un père aussi gentil que toi.

Jocelyn aurait pu fondre en larmes. Il se contint, rempli d'orgueil en voyant Kiona pourvue de tant de qualités.

—Tu es vraiment un ange, murmura-t-il en lui embrassant le front.

Dissimulée derrière la porte vitrée séparant le salon du couloir, Laura observait la scène. Agacée, elle pinça les lèvres.

«Et Louis? songea-t-elle. Mon pauvre Joss, pendant tout notre séjour à Chicoutimi, tu n'as pas eu un seul geste de tendresse à l'égard de ton fils. Tu le grondais pour des vétilles, tu le sermonnais sans cesse. Mon Dieu, est-ce là ma punition?»

Le cœur serré, elle recula, envahie par un grand froid.

Val-Jalbert, même soir

La demeure des Chardin était plongée dans le plus parfait silence. En retenant son souffle, Charlotte sortit de sa chambre sur la pointe des pieds, ses chaussures à la main. Elle avança avec d'infinies précautions, sur le qui-vive.

«Papa Joss ronfle comme d'habitude, se dit-elle. Et maman Laura a dû mettre du coton dans ses oreilles pour pouvoir dormir. Tout est éteint au rez-de-chaussée, la voie est libre.»

Elle s'était équipée chaudement en prévision de son excursion nocturne: un pantalon en lainage, un épais gilet à col roulé, une veste imperméable doublée. Un bonnet lui cachait le front. Elle descendit l'escalier le plus doucement possible, car certaines marches

351

grinçaient. «Je sortirai par l'arrière-cuisine, le verrou ne fait aucun bruit! Mon Dieu, pourvu qu'il neige encore et encore, qu'on ne voie pas mes empreintes!»

Elle se retrouva enfin dehors, munie de la lampe-tempête de Jocelyn dont elle avait rempli le réservoir de pétrole le matin même. N'étant pas d'une nature très hardie, Charlotte s'effrayait facilement, surtout la nuit. Mais pour revoir Ludwig, elle se sentait prête à braver l'obscurité, le vent et ses propres peurs. Tout en avançant d'un bon pas vers la prairie qui entourait le moulin Ouellet, elle concentrait ses pensées sur le jeune soldat allemand. Ainsi, elle s'enfermait dans une bulle protectrice qui la rendait indifférente aux détails du paysage que le faisceau lumineux balayait.

«Quand il sourit, une petite fossette se creuse dans sa joue droite! Chaque fois qu'il parle de sa mère, il se met à pleurer. *Frau* Bauer, *Frau* Gerda Bauer. C'est pour elle qu'il porte son second prénom, Ludwig, car son père, lui, préfère le premier, Hainer. Et il a un accent si particulier! Au fond, les filles ont de la chance : à moins d'être volontaires, elles ne sont pas engagées de force dans l'armée. Lui, il ne voulait pas quitter son village. Il travaillait dans une menuiserie. Il habitait encore chez sa mère, avec sa petite sœur, et il a dû partir du jour au lendemain. Je ne peux pas le considérer comme un ennemi, non, je ne peux pas. C'est une victime de la guerre, au même titre que Simon et Armand. Mais lui, il est vivant, et je dois l'aider à n'importe quel prix.»

Plongée dans ses méditations, obsédée par le visage de Ludwig, Charlotte trébucha dans un fossé. Elle faillit laisser choir la lampe, poussa un petit cri et réussit à sortir d'une épaisse couche de neige accumulée là.

— Quelle idiote je suis! enragea-t-elle.

L'instant suivant, elle avait déjà oublié l'incident. La masse sombre du moulin en ruine se dressait toute proche. Le cœur battant trop vite, trop fort, elle dut s'arrêter. «Seigneur, je suis folle! Si mon frère me voyait ici à cette heure, et Mimine! Depuis ce matin, je n'ai qu'une envie, parcourir ce chemin pour revoir Ludwig!»

Afin de se calmer, elle s'obligea à respirer profondément, puis elle franchit les derniers mètres. L'endroit paraissait désert. Aucune clarté ne filtrait et aucune odeur de fumée ne trahissait une présence.

«Et s'il était parti? s'alarma-t-elle. Non... Pourquoi s'en irait-il?»

Une silhouette surgit brusquement à ses côtés. Une main se posa sur son bras.

— Charlotte? J'ai vu vous arriver, déclara lentement le jeune homme dans son français maladroit. Pas danger sortir tard?

— Non, aucun danger, dit-elle, haletante. Tout le monde dort.

— Venez, alors, répliqua-t-il sur un ton joyeux. Moi bien installé!

Il la guida vers une des pièces du moulin qu'un pan de toit couvrait entièrement. Elle fut toute surprise de découvrir un cadre agréable et elle se demanda comment Ludwig avait réussi à égayer un lieu aussi sinistre. Le sol de terre battue était nettoyé avec soin et un bout de chandelle se consumait dans une niche du mur. Dans un angle, une couverture était étendue sur un grossier matelas de vieux foin et de paille. Des braises rougeoyaient au creux d'une bassine en fer. Les conserves et les bocaux étaient alignés le long d'un mur.

— Mon chez-moi canadien! lança-t-il en riant sans bruit. Moi vous dire encore merci, Charlotte. Si jolie Charlotte!

Rouge de confusion, mais cependant flattée, elle n'osa pas relever le compliment ni protester. Elle avait conscience d'être seule avec un garçon de son âge, la nuit, à l'écart du village. Autant de conditions inavouables qui la classaient parmi les dévergondées.

— Je vous ai apporté des cigarettes, dit-elle sans le regarder. Et du chocolat. Je l'avais acheté il y a deux semaines à Roberval. Je suis contente de vous le donner. J'ai un peu de pain, aussi, que j'ai pris après le repas familial. Les enfants le gaspillent souvent.

Ludwig prit le paquet de cigarettes américaines et la tablette de chocolat. Il semblait en extase.

— Merci, Charlotte, vous êtes gentille, beaucoup.

— Vous n'avez pas trop froid? s'inquiéta-t-elle.

— Non, ça va bien!

— Il fait bon, ici, mais je vous trouverai d'autres couvertures et un vieux manteau de mon frère. Mon frère est très fort, très grand!

Charlotte mima un personnage colossal en indiquant des mesures dans l'espace. Ludwig éclata de rire, ce qui accentua son charme, sa jeunesse éclatante.

— Je dois m'en aller, dit-elle, troublée par la beauté de son protégé.

— Pas encore, vous fumer cigarette avec moi.

— Mais, après, je rentrerai, souffla-t-elle, tout heureuse de pouvoir s'attarder.

Il lui proposa un siège de fortune, en l'occurrence une souche d'arbre de dimension moyenne.

— Ma table, précisa-t-il.

Elle s'assit avec précaution, cédant au besoin lancinant de s'amuser un peu, de ne plus réfléchir à l'insolite de la situation. Ils se mirent à bavarder, malgré l'obstacle que posaient les lacunes de Ludwig en français et la manie de Charlotte de parler avec un débit trop rapide. Ils se comprenaient malgré tout par gestes, en faisant des efforts réciproques.

— Vous trouverez le temps long, seul du matin au soir, conclut-elle en se levant. Je peux vous prêter des livres.

— Pas de livres, un couteau, répondit-il. Pour faire cadeau à vous, *Fräulein* Charlotte!

— Un couteau, d'accord, mais un petit!

Ludwig hocha la tête. Elle secoua ses boucles brunes avant de remettre son bonnet et son écharpe.

— Au revoir. Faites très attention. Pas bouger, la journée. Jamais!

Il la contemplait, séduit par ses traits exquis, ses cheveux souples, son regard vif et sombre. Au sein de son isolement de fugitif, elle était pour lui l'image radieuse de la féminité et de la compassion. Leurs visages étaient dangereusement proches. «Je voudrais qu'il m'embrasse, pensa Charlotte. Non, pas question, il ne doit pas le faire, non!»

Prudente, elle recula d'un pas, il recula aussi. Mais leurs jeunes corps frustrés de plaisir, gorgés d'une sève encore neuve, frémissaient de la même fièvre.

—Je m'en vais! Si je peux, je viendrai avant la nuit, demain ou après-demain.

—Je vous attends toujours, avoua-t-il.

Voulait-il dire exactement cela? Charlotte n'en était pas sûre. Elle le regarda dans les yeux, indécise. Depuis des années, elle se languissait d'un vrai baiser, celui qui scelle le désir d'amour. Muette, immobile, elle avait envie de pleurer. Si Ludwig avait prononcé à ce moment-là le moindre mot ou fait un simple sourire, elle aurait pu sortir et rentrer sagement. Mais il la fixait lui aussi, et avec une telle admiration qu'une digue se brisa en elle.

—Je reviens demain, lança-t-elle. Oui, demain!

Elle ne saurait jamais ce qui l'avait poussée en avant. Une force étrange, l'intime certitude qu'elle n'avait pas le choix. Comme une somnambule, elle plaqua ses lèvres sur celles du jeune homme. Il sursauta, sidéré, sans pour autant dédaigner la délicieuse offrande qu'elle lui faisait. Pendant d'interminables secondes, leurs bouches un peu timides s'apprivoisèrent. C'étaient des jeux subtils, des audaces esquissées. Puis ils s'abandonnèrent à la griserie de leurs sens. Ludwig glissa sa langue entre les dents de Charlotte, qui sut répondre à cette invite exaltante. Ils ne pouvaient plus s'arrêter, se tenant par les mains sans en avoir conscience.

Des aboiements retentirent dans le village. Ramenée sur terre, Charlotte recula à nouveau.

—Mon Dieu, je dois partir, gémit-elle. Peut-être qu'on me cherche!

—*Ja!* Pars, vite! s'exclama-t-il, très inquiet.

Elle s'enfuit en courant, oubliant la lampe-tempête. Le ciel s'était dégagé et ses traces se voyaient nettement. Terrifiée et en larmes, elle suivit le même itinéraire en cherchant quelle excuse inventer si on avait découvert son absence.

Lorsqu'elle arriva près de l'enclos des chiens de Toshan, une forme grisâtre détala en direction des bois. Cela expliquait l'agitation de la meute. «Un renard, un louveteau, un lièvre? s'interrogea-t-elle, essoufflée. Au moins, si papa Joss s'est levé, j'aurai un argument. Je lui dirai que je suis sortie faire taire les bêtes!»

Cependant, la maisonnée était toujours endormie. Pas une lumière ne se devinait derrière les rideaux tirés. Charlotte échoua enfin dans sa chambre, sur son lit. Alors, elle put se souvenir de ce merveilleux baiser échangé dans les ruines du moulin Ouellet, le revivre, le chérir comme un trésor. Son premier baiser d'amour!

Val-Jalbert, le lendemain matin

Laura tambourinait à la porte de Charlotte, étonnée de ne pas avoir vu la demoiselle au déjeuner. Celle-ci se leva, tout ensommeillée, et tourna la clef.

— En voilà des manières! Depuis quand t'enfermes-tu et dors-tu habillée? Serais-tu sortie de bonne heure ce matin?

— Euh... oui, maman Laura, vers quatre heures! Les chiens faisaient un de ces tapages! J'ai aperçu une bestiole qui s'enfuyait.

— Nous ne saurons jamais ce que c'était. Il a neigé en abondance, sûrement durant les dernières heures de la nuit. Nous sommes presque engloutis!

— Quelle chance!

— De la chance? J'aurais préféré que cela se produise après les Fêtes. Onésime devra rouler plusieurs fois sur la rue Saint-Georges pour nous faire une piste jusqu'à l'usine. Tu n'as pas oublié ma crèche vivante?

— Non, bien sûr. Excuse-moi, je suis mal réveillée.

— Il reste du thé. Dépêche-toi, l'atelier de couture commence aujourd'hui. Tu sais, pour la crèche!

Charlotte approuva en souriant. Laura s'éloigna en martelant le couloir de l'étage de ses talons. Une fois seule, la jeune fille ôta son gilet de laine et son pantalon.

Puis elle passa ses doigts sur ses lèvres qui lui parurent plus charnues et plus douces. «Je n'ai pas rêvé, il y a eu ce baiser!» pensa-t-elle, éblouie.

Son corps aussi lui semblait différent. Elle percevait des frissons, des ondes de joie. Alanguie, ivre de bonheur, elle s'allongea en travers de son lit. «Comme ce doit être bon de faire l'amour! Appartenir à l'homme qu'on désire, s'offrir à lui... Sa langue dans ma bouche, c'était déjà si exquis, alors, le reste...» Elle posa ses paumes sur son ventre, là où une toison brune et frisée naissait, au ras de sa petite culotte en satin. Le souffle court, elle imagina l'acte en lui-même, le sexe viril pénétrant son intimité et la possédant. «Je suis vierge, mais j'ai l'impression de savoir l'effet qu'on ressent. J'en ai assez d'être seule, d'ignorer ce plaisir-là. Je me moque du monde entier et, si Ludwig me le demande, je le ferai, oui, oui. Je ne savais même pas qu'il existait il y a une semaine, mais à présent je le connais et je ne pense qu'à lui! Il est beau, fragile, charmant et, au moins, lui, il s'intéresse à moi. Il dit que je suis jolie!»

—Charlotte, appela-t-on devant sa porte. Es-tu malade astheure? Madame m'envoie te secouer les puces!

C'était Mireille. Excédée, elle hurla qu'elle allait descendre après sa toilette.

Mais elle se prélassa encore, bercée par la houle de sa rêverie. Ses préoccupations n'étaient pas qu'amoureuses; elle échafaudait aussi des plans pour fournir à Ludwig des draps et d'autres couvertures. Subtiliser ça dans les malles des combles ne poserait pas de problème, mais ce serait plus difficile d'acheminer des paquets volumineux sans éveiller l'attention. Quant à la nourriture, elle se faisait fort de réussir à en subtiliser, mais plus discrètement que Kiona et en quantité moindre.

—Je n'ai pas le choix, je n'irai que la nuit, décida-t-elle à mi-voix.

Débordante d'idées, elle entra dans la cuisine une trentaine de minutes plus tard. La gouvernante lui décocha un coup d'œil méfiant.

—Si tu deviens paresseuse, madame va perdre patience!

—Pour une fois que je lambine, protesta la jeune fille en se servant du thé.

—Tu es bien la seule dans la maison! Les petits sont en cours d'arithmétique, madame a déjà tracé le patron de la tunique de Melchior, pis moé, j'ai écossé trois livres de pois.

—Et papa Joss, que fait-il?

—Monsieur est parti en visite chez ce pauvre Joseph.

Depuis que leur voisin était veuf et qu'il avait perdu deux fils à la guerre, elle ne parlait plus de lui sans ajouter un qualificatif apitoyé. C'était «ce malheureux Joseph», ou bien «ce pauvre Joseph», ou encore «monsieur Joseph a le cadran dérangé». Occupée à se couper une tranche de pain qu'elle comptait napper de confiture, Charlotte hocha la tête avec compassion.

—Tiens, dit la gouvernante, goûte donc les biscuits anglais que madame a pu acheter à Chicoutimi. Une pleine boîte!

—J'en ai déjà mangé trois, Mireille. Ils sont délicieux.

Elle eut un sourire angélique. Les biscuits étaient cachés dans la poche de sa jupe. Ludwig se régalerait.

À une centaine de mètres de là, sous le toit des Marois, Jocelyn et Joseph sirotaient un verre de caribou. Les deux hommes entretenaient une solide amitié dont ils faisaient preuve surtout sans témoin féminin. Ils étaient contents de pouvoir discuter en paix, sans être repris ou critiqués si leurs propos dépassaient les limites de la décence.

—Il est tombé une belle bordée de neige ce matin, disait l'ancien ouvrier. Encore un hiver à passer!

—Vous n'avez pas le moral, on dirait, déplora Jocelyn. Et votre dos, votre jambe? Je suis venu aux nouvelles quand j'ai appris que vous étiez quasiment infirme.

—Infirme, le mot est fort quand même! Il a beaucoup plu cet automne. Je dois avoir des rhumatismes. Enfin, je suis ben content de vous retrouver! Vous êtes restés assez de jours à Chicoutimi!

— Mon épouse a ses caprices. Je n'ai rien à dire, c'est elle qui détient une fortune; moi, je suis pauvre!

— Vous avez une femme, vous, au moins. Riche en plus, et ben jolie. Sans vous manquer de respect, Laura est ce qu'on appelle une beauté, mon cher Jocelyn!

— Je vous l'accorde, renchérit son interlocuteur, flatté. Mais, dites, qu'est-ce qui vous empêche de vous remarier, Jo?

— Eh! Il faudrait trouver l'oiseau rare! Qui voudra d'un vieux grincheux comme moi, encombré d'une fille de dix ans? Pourtant, j'y pense, ça oui, j'y pense!

Joseph se tut, le temps de bourrer sa pipe et de l'allumer. Il gardait la tête baissée, brûlant d'aborder ce qui le tracassait. En patriarche comblé, les mains croisées sur son ventre, Jocelyn regardait par la fenêtre. Il neigeait dru.

— Il y a ben quelqu'un, hasarda l'ouvrier. Je voulais votre avis à son sujet.

— Ah! fit Jocelyn en riant. Vous tourniez autour du pot, mon vieux Jo! C'est une dame de Roberval, veuve elle aussi? Attendez, je cherche son nom, elle a votre âge.

— Ne vous fatiguez pas, elle habite icitte, à Val-Jalbert! Je n'en dors plus à force de la croiser.

— Ici! Vous blaguez! Je ne connais pas de femme célibataire!

— Mademoiselle Andréa, lâcha Joseph presque timidement. Ne vous moquez pas, hein? Voilà une personne sérieuse, instruite et pour qui Marie a de l'affection. Hier, elles ont changé les rideaux ensemble. Je leur avais permis de fouiller dans le placard à linge de ma Betty.

— Andréa Damasse! s'étonna Jocelyn. Seigneur, mais elle a vingt ans de moins que vous! Et elle est affreuse! Sans chercher à vous décourager, Jo, je comprends qu'elle soit vieille fille.

Joseph ne se vexa pas. Il but un deuxième verre de caribou, suivi d'un troisième. L'alcool lui délia la langue.

—Jocelyn, nous sommes seuls, entre hommes. Je peux jaser à mon aise! Torrieux! Andréa Damasse a les plus beaux seins que j'aie jamais vus. Et des fesses à damner un saint! Cela dit, tout dépend de ce qu'on aime chez une femme. La vôtre est un peu maigre, Betty non plus n'avait pas de gras sous la peau. Moé, rien qu'à l'idée de toucher sa poitrine, à Andréa, j'en perds la carte.

Vaguement gêné, mais néanmoins amusé, Jocelyn se contenta de faire la moue. Échauffé par le caribou, il tenta d'imaginer l'institutrice toute nue. Cela lui fut impossible, car il la voyait quotidiennement armée d'un corsage à col haut, d'une blouse et d'une jupe assez ample. Ce qui dépassait, le visage ingrat et les chevilles épaisses, ne l'inspirait guère.

—Et elle? s'enquit-il. Vous a-t-elle donné l'impression d'en pincer pour vous?

—Je n'en sais rien, admit Joseph. Mais, l'autre matin, je l'ai sentie troublée quand je l'ai aidée à porter une caisse de livres sur votre perron. Mon coude a frôlé son bras et elle a rougi. C'est un signe, ça?

—Le signe qu'elle finira au couvent, oui, ironisa Jocelyn. Aucun homme n'a dû l'effleurer avant vous. Bien sûr, elle a eu des vapeurs! Je suis méchant, mon vieux Jo, mais c'est pour votre bien. Ne vous entichez pas de cette bonne femme revêche et autoritaire!

—Je la veux dans mon lit, Joss, coupa l'ouvrier, éméché. Faut ben que je l'épouse pour en arriver là! Et si elle consent, ce sera une mère de valeur pour ma fille. Si vous pouviez parler de moé en termes avantageux, pendant le souper, lui dire que je suis honnête comme du bois franc, que je peux vivre sur le vieux bien gagné. Mais l'air de rien, qu'elle ne soupçonne pas mes sentiments!

—Vos sentiments pour ses rondeurs, oui, pouffa son ami. Si vous y tenez tant que ça, je veux bien jouer les entremetteurs.

Joseph se frotta la barbe avant de déclarer:

—Je la marierai en avril si elle accepte!

Jocelyn prit congé en songeant que la noce n'aurait

pas lieu. Cependant, apitoyé par la solitude de son voisin, il se garda bien de le lui dire.

Val-Jalbert, samedi 19 décembre 1942
Depuis le début de la semaine, il tombait des averses de flocons duveteux dont le ruissellement paisible et ténu semblait dispenser une étrange sérénité dans le cœur des quelques habitants du village fantôme. Postée près d'une fenêtre, Hermine se disait que cette neige si douce, sans grand froid ni tempête, semblait destinée à embellir le paysage dont elle connaissait chaque détail. Les nuées blanches et scintillantes dissimulaient les toitures éventrées, de même que les palissades cassées, redonnant à Val-Jalbert presque son allure de jadis. Il manquait les panaches de fumée qui s'élevaient des cheminées, ainsi que les lumières derrière les rideaux.

En pleine couture, Madeleine chantonnait une complainte de son peuple sur un rythme lent et monocorde. Assise à ses côtés, Akali maniait l'aiguille, elle aussi. Mukki et ses sœurs étaient partis à Roberval avec Charlotte, dans le camion rutilant d'Onésime Lapointe, toujours content de rendre service.

Hermine joignit les mains, les doigts crispés. Elle tentait de vaincre sa nervosité et son impatience. C'était le dernier jour où elle pouvait encore espérer la visite d'Ovide. «Demain, dimanche, il part avec sa mère chez l'une de ses sœurs, à Saint-Stanislas, pour y passer le temps des Fêtes. J'ai besoin de le voir, de discuter avec lui. Je ne veux pas le faire sentir aux enfants, mais je suis vraiment très inquiète pour Toshan. Je n'ai plus de nouvelles de lui et Ovide est le seul qui parvient à me rassurer.»

Un soupir lui échappa. Madeleine leva le nez de son ouvrage.

— Mine, qu'est-ce que tu as? demanda l'Indienne.

— Je m'ennuie un peu, rien d'autre, mentit-elle.

— Tu voulais répéter les cantiques que tu chanteras près de la crèche vivante. Madame Laura a fait son choix. Moi, cela me plairait de t'écouter et je suis sûre qu'Akali serait ravie.

Hermine n'avait plus envie de chanter. Cela datait du départ de son mari pour l'Europe. Elle avait honoré son contrat avec le Capitole en se produisant dans deux opérettes, mais elle avait l'étrange impression d'avoir perdu le feu sacré. « C'est une année de deuil, songea-t-elle. Suis-je la seule à m'en souvenir? Armand, puis Tala, puis Simon… Toshan est peut-être mort, lui aussi, dans un pays étranger! Alors, chanter… »

— Ouvre au moins la lettre de monsieur Duplessis, dit Madeleine d'un ton réprobateur. Cet été, tu t'interrogeais sur son sort et, maintenant qu'il t'a écrit, tu te contentes de regarder l'enveloppe.

— Il doit m'envoyer ses vœux. J'ai été si déçue en lisant son nom au dos! Je croyais de toute mon âme que c'était une lettre de Toshan. Mais non!

Elle déambula dans la pièce qui servait de cuisine et de salle à manger. Le petit salon contigu était le plus souvent inutilisé, mais un poêle le chauffait. Madeleine y faisait sécher du linge qu'elle repassait ensuite avec soin.

Akali observait Hermine discrètement. C'était à ses yeux une personne hors du commun. Ce jour-là, vêtue d'un pantalon noir et d'un pull en laine rose, ses cheveux blonds relevés en chignon, elle ressemblait pour la petite Montagnaise aux si jolies femmes qu'elle contemplait dans les magazines de mode de Laura.

— Ouvre donc cette enveloppe, insista Madeleine. Ensuite, tu auras une occupation, tu répondras à monsieur Duplessis. Cela donnera le temps à Ovide d'arriver!

— Oh toi! ronchonna Hermine.

Elle se décida à décacheter l'enveloppe, qui avait traversé l'océan pour échouer à Val-Jalbert. C'était bien une carte postale, présentant au recto un décor hivernal orné de faux givre. Par défi, elle la lut à haute voix.

— *Mon cher rossignol, je n'ai qu'une chose à vous dire: Paris vous attend! Je n'ai pas décroché pour vous un contrat au Palais Garnier*[40], *mais dans une salle plus modeste. Mes*

---

40. Nom donné à l'Opéra de Paris, en mémoire de son architecte, Charles Garnier.

compatriotes seraient enchantés de vous écouter enfin! Je vous enverrai un billet d'avion. Il vous faudra décoller de New York. Vous ne pouvez pas me refuser ça! Et c'est dans votre intérêt, autant professionnel que personnel. J'espère que vous me comprenez! Votre affectionné, Octave.

Après, un court silence, Hermine s'écria :

— Mais il est complètement fou! Aller à Paris, moi! Jamais! C'est stupide! Tu as entendu, Madeleine, Octave a perdu la tête! Paris est occupé. Il n'est pas question que je chante là-bas, encore moins que je prenne l'avion! Les vols civils ne sont pas fiables du tout; il y a souvent des accidents. Et c'est très cher! Tu vois, j'avais raison de laisser cette lettre de côté.

Un hennissement retentit à l'extérieur, dans la rue. Après avoir enfilé une veste, Hermine se précipita dehors. Ovide descendait de cheval. Elle courut vers lui en s'enfonçant dans la neige jusqu'à mi-mollet.

— Enfin, vous êtes là! dit-elle, essoufflée. J'avais peur que vous ne veniez plus! Ovide, je n'en peux plus, aidez-moi encore, aidez-moi toujours.

Elle se blottit contre lui sans se soucier des convenances. Il portait une lourde veste en cuir, des mitaines, une casquette et une écharpe. Hermine n'avait aperçu que son regard émeraude et un sourire ému.

— Calmez-vous, murmura-t-il en la repoussant gentiment. Je suis désolé, mon amie, mais, si quelqu'un nous a vus, votre réputation est fichue.

Elle prit les rênes du cheval et se dirigea vers le bâtiment où ils abritaient l'animal. Les mâchoires tendues, ses yeux bleus voilés de larmes, elle se sentait de nouveau prête à tout fouler aux pieds, y compris sa fameuse réputation et son amour pour Toshan. L'instituteur la suivit et referma lui-même le lourd battant de la porte. Il faisait sombre dans le local, mais Hermine l'illuminait de sa blondeur et de sa carnation laiteuse.

— Ovide, serrez-moi dans vos bras, implora-t-elle. Jour après jour, je fais des efforts surhumains, mais je suis démoralisée. Je n'ai plus envie de chanter, plus envie de cuisiner, plus envie de rien, sauf d'être près de vous. Le silence de mon mari me donne l'effet affreux d'être déjà veuve.

Il ouvrit sa veste et l'attira doucement contre sa poitrine. Elle glissa ses mains le long de son torse mince et frotta sa joue contre la sienne.

—Hermine, dans un avenir proche, je ne pourrai plus vous consoler à ma manière, surtout pas ici, et nulle part ailleurs. Je resterai votre ami, c'est promis, mais j'ai décidé de me remarier.

—Comment? s'écria-t-elle en bondissant en arrière, stupéfaite. Et pourquoi? Vous aussi, vous allez m'abandonner?

—Non, pas du tout, affirma-t-il. Mais ce qui s'est passé chez moi, dans l'écurie, ne doit plus se reproduire. Si vous étiez libre, je vous épouserais. J'apprécie votre compagnie, je suis même très heureux chaque fois que je viens à Val-Jalbert, mais je veux mettre entre nous une barrière solide, infranchissable. J'ai tant philosophé que j'en suis arrivé à cette conclusion. Je dois me remarier. Les fiançailles auront lieu le jour de l'An.

—Alors, vous ne m'aimez pas! lança-t-elle. Toutes vos grandes déclarations n'avaient aucune valeur, aucun sens!

Brisée, Hermine se réfugia près du cheval. Terrassée par la nouvelle, elle tremblait de tout son corps. Ovide la fixait avec acuité. Elle lui parut d'une beauté différente, sublimée par la fragilité qui émanait d'elle.

—Qui est-ce? demanda-t-elle durement. Vous prôniez les agréments du célibat, la liberté, et tout à coup vous trouvez l'âme sœur, la perle rare!

—C'est une fille intelligente qui partage mes idées! Je la connais depuis longtemps. Une amie de ma sœur, veuve comme moi et maman d'un petit garçon de six ans. Vous n'êtes quand même pas jalouse?

Ovide n'obtint en réponse qu'un sanglot étouffé. Hermine pleurait, appuyée à la cloison. Elle le dévisageait en silence, l'air si perdu et si désespéré qu'il se mit en colère.

—Mais que puis-je faire pour vous, à la fin? s'exclama-t-il. Je compte sur cette union pour trouver la paix, en apprenant à aimer ma femme. Est-ce que vous consentez à divorcer? Non! On ne divorce pas d'un soldat qui se bat loin de son pays! Me préférez-vous à votre mari? Non, je ne crois pas. Et si un jour je pouvais vous épouser, cela signifierait que le beau Métis, votre Toshan, serait mort! Quel rôle aurais-je dans ce cas-là? Celui de tenir dans mes bras une Hermine détruite par cette perte, de coucher avec elle alors que son âme, son cœur et son corps appelleraient sans cesse celui qu'elle aimait, le seul homme qu'elle aimait! Je vous assure que votre mari n'aurait qu'à apparaître, maintenant, pour que je n'existe plus. Mais avouez-le! Je ne suis qu'une roue de secours, une bouée à laquelle vous vous accrochez!

Il se rua vers elle et la secoua par les épaules.

— Hermine, c'est un ultimatum! Si mes projets de mariage vous blessent à ce point, dites-le franchement. Nous serons amants et, quand Toshan reviendra, vous divorcerez!

Elle se débattit, égarée, furieuse à son tour.

— Non, je l'aime, c'est lui que j'aime, bien sûr! hurla-t-elle en sanglotant plus fort. Mais je suis jalouse de cette fille dont vous parlez, parce qu'elle aura un vrai foyer, un homme à ses côtés nuit et jour, quelqu'un de formidable, de tendre et de drôle. Elle vous aura, Ovide, et peu à peu vous ne viendrez plus ici.

Il l'avait lâchée et la considérait avec perplexité.

— Je viendrai quand même. Notre amitié m'est précieuse, même indispensable. Me remarier, c'est également le meilleur moyen de ne jamais vous perdre, Hermine. Si je cédais au désir que vous m'inspirez, à l'amour que j'ai pour vous bien qu'il soit condamné d'avance, cela nous séparerait. Allons, cessez de pleurer! Nous ferions mieux de rentrer au chaud et de boire un thé.

— Je n'avais déjà pas envie de fêter Noël. À cause de vous, ce sera pire! Ce n'était pas urgent de m'annoncer votre remariage! Vous êtes cruel, sans pitié! L'idée que vous m'aimiez, même en vain, que vous me chérissiez…, cela me réconfortait.

— Et c'est moi qui suis cruel, ironisa-t-il.

— Vous me décevez, Ovide. Votre femme sera-t-elle parfaitement heureuse avec vous, puisque vous dites m'aimer encore et me désirer?

— Je suppose que oui! Elle souhaite la même chose que vous, un foyer stable, un père pour son fils, un homme dans son lit.

Hermine faillit le gifler. Mais il avait raison. Elle capitula brusquement, consciente d'une évidence. Ovide venait de la libérer d'un doute oppressant. Personne ne prendrait la place de Toshan. À cet instant précis, elle sut qu'elle irait à Paris. Franchir l'océan, atterrir en Europe, c'était se rapprocher de son amour, son bel amour que le vent âpre de la guerre lui avait volé.

— Venez, cher ami. Madeleine a dû préparer du thé. J'espère que vous n'avez pas oublié de me rapporter mon appareil photographique?

— Bien sûr que non, répondit Ovide sur le même ton neutre.

Elle le précéda, vive et gracieuse. Il eut la tentation de la saisir par la taille et de la prendre, de la faire sienne là, sur le sol, mais il jugea cela ridicule. Son instinct lui soufflait qu'Hermine venait de lui échapper à jamais.

Dans le camion de son frère, à un kilomètre du petit paradis, Charlotte rêvait, indifférente aux secousses du véhicule et aux cris joyeux de Mukki et des jumelles assis à l'arrière. Onésime avait eu un souci de moteur, ce qui les avait retardés, et ils n'étaient pas encore arrivés à Roberval.

Les yeux fermés, Charlotte revivait chaque minute de ses visites au moulin Ouellet. La neige avait agi telle une complice en effaçant ses empreintes durant la nuit. « J'y suis allée mardi soir, jeudi soir et hier aussi. J'ai pu lui rapporter deux couvertures, des draps et un couvre-lit molletonné. Et des biscuits, du pain frais, du café chaud! Mon Dieu, qu'il était content de boire du café! Mireille avait relégué au fond d'un placard une bouteille thermos trop petite à son idée, mais elle m'a bien servi, à moi. Ludwig était si surpris! »

—Charlotte, tu dors? brailla Onésime. Tu pourrais placoter un peu avec ton frère. Je ne te vois pas si souvent!

—Excuse-moi, répondit-elle en entrouvrant les paupières. L'odeur de l'essence me donne la migraine.

—Mon engin roulerait pas sans essence! Et t'as de la chance que j'en trouve encore! D'après le gouvernement, faut pas le gaspiller, mais, madame Laura et toi, vous avez toujours besoin de bouger, une fois à Roberval, l'autre fois à Chambord!

Charlotte soupira, une main sur son front. Onésime n'insista pas.

«J'irai ce soir, oui, parce que je veux qu'il m'embrasse encore. C'est si bon un baiser sur les lèvres!» pensait-elle, rose de joie.

Tous deux timides et novices en amour, ils se montraient sérieux. Ludwig accueillait Charlotte avec un large sourire qui la comblait de bonheur, mais le baiser était réservé au moment où ils se disaient au revoir. Entre-temps, ils se contentaient de discuter, et cela demeurait fastidieux. «Dès que je me lève pour rentrer à la maison, il devient nerveux, il me dévore des yeux. Il n'ose pas faire le premier pas. C'est moi qui m'approche. Oh! je l'aime! Comme je l'aime!»

Soudain, Onésime klaxonna, à la satisfaction de Mukki qui adorait ce bruit pourtant désagréable. Le garçon se cramponna au dossier du siège avant.

—Il y a un orignal sur la route? interrogea-t-il en scrutant la piste blanche qui bordait le lac.

—Pas du tout! J'veux réveiller ma sœur. Elle arrête pas de soupirer, comme une blonde en mal d'amour.

Marie-Nuttah et Laurence éclatèrent de rire. Vexée, Charlotte se redressa.

—Je ne dormais pas! J'ai mal à la tête et vous en profitez pour faire du chahut. Et toi, Onésime, tu es niaiseux de dire des choses pareilles devant les enfants.

—Ne sois pas fâchée, Lolotte, supplia Mukki, taquin.

—Tu m'appelles encore une fois comme ça et on fait demi-tour, menaça-t-elle. Ta grand-mère a besoin de fil, de rubans et de percale bleue! Si je lui dis que tu n'as pas été sage et que je n'ai pas acheté ce qu'elle voulait à cause de toi, tu seras puni!

Mukki se pencha davantage et lui plaqua un petit baiser sur la joue.

— Pardon, chuchota-t-il à son oreille.

— Petit monstre, répliqua-t-elle en riant.

Charlotte était trop heureuse pour feindre plus longtemps la colère. Jamais elle n'avait attendu Noël avec tant de douce fièvre, d'exaltation. Les heures noires de son passé s'étaient envolées.

Val-Jalbert, dimanche 20 décembre 1942

Laura n'avait jamais autant cousu de sa vie. Elle regrettait amèrement de ne pas avoir acheté de machine à coudre, malgré l'insistance de Mireille qui prétendait que toute femme au foyer devait posséder cet engin miraculeux.

— Vous achetez des vêtements tout faits même aux enfants, madame, disait la gouvernante quand la discussion revenait.

— Je serais bien sotte de ne pas profiter de ma fortune! J'ai assez cousu dans mon enfance. Je devais raccommoder les draps de mes frères...

Prise au piège de son ambitieux projet de crèche vivante, elle se retrouvait souvent les doigts ankylosés, ce qui l'obligeait à poser son aiguille pour les dégourdir. Si chacun s'évertuait à participer aux préparatifs de la fête, seule Madeleine était assez habile pour seconder son instigatrice dans la confection des vêtements.

— Je donnerais ben un coup de main, déplora la gouvernante quand elle vit sa patronne penchée sur son ouvrage, à l'heure où elle faisait habituellement la sieste. Mais, avec les repas et le ménage, je n'ai guère le temps.

— Ce n'est pas grave, Mireille, j'aurai fini à temps.

Charlotte et Hermine étaient parties aménager le hangar de l'usine, toujours avec l'aide d'Onésime et de son indispensable camion équipé pour la neige. Elles avaient emporté divers accessoires: de vieux rideaux bleu foncé qui dissimuleraient les murs de briques et les tôles du toit, ainsi qu'une grosse quantité de paille destinée à couvrir le sol.

Jocelyn, lui, avait décidé d'organiser une répétition. Tous les jeunes acteurs devaient se réunir costumés dans l'ancienne nursery, devenue la chambre de Louis. Madeleine était montée pour aider les enfants à enfiler leur déguisement, étant donné que certaines parties n'étaient que faufilées et qu'il fallait les manipuler avec précaution.

— Tout le monde s'amuse, là-haut, ronchonna Laura en tendant l'oreille.

Des rires, des éclats de voix résonnaient à l'étage. Exaspérée par le délicat travail qu'elle exécutait, elle soupira, avant de relever la tête et d'ôter ses lunettes. Ce fut ainsi qu'elle découvrit Kiona, debout près de son fauteuil.

— Ah! tu es là, toi, dit-elle, surprise et gênée.

La fillette l'évitait dans la mesure du possible, ce qui arrangeait Laura.

— Pourquoi n'es-tu pas avec les autres?

Kiona ne répondit pas, une lueur amusée dans son regard perspicace.

— Ah! je sais! s'écria Laura. Je n'ai pas terminé ton costume d'ange! J'y suis pourtant depuis hier matin. Il me manquait des rubans et de la percale bleue. Je veux qu'il soit beau, comprends-tu! Ton père s'est donné beaucoup de mal pour fabriquer les ailes.

C'était en dessous de la vérité. Jocelyn, qui n'était pas un très bon bricoleur, avait réussi à fabriquer une paire d'ailes assez jolies en tordant du fil de fer et en l'encollant de papier d'emballage. Faute de plumes, il avait conseillé à Laura de tendre un tissu brillant sur cette armature.

— Je me dépêche, dit-elle encore à l'enfant immobile.

Dans sa précipitation, elle se piqua le doigt. Du sang perla et tacha le voile couleur de l'azur.

— Zut et zut! pesta Laura à mi-voix, tandis que de grosses larmes coulaient sur ses joues.

— Ne pleure pas, supplia Kiona. Tu as mal?

— Un peu, mais ce n'est pas ça! Je tiens à réussir ton costume, sinon ton père croira que j'ai fait exprès de le rater. Le tissu est très dur à travailler, je t'assure; il glisse et m'échappe des mains. Et maintenant, je l'ai sali!

— Mais non, ça ne se verra pas, insista la fillette. Regarde, c'est à l'endroit où les ailes sont attachées dans mon dos. Tu sais, Laura, moi, ça me plaisait d'être habillée en berger. Tu aurais eu moins de peine.

— Oh oui! reconnut-elle. Et c'était plus pratique. J'avais décidé qu'il y aurait deux bergers, Laurence et toi, parce que cela permettait de bien vous couvrir sous les houppelandes en feutre. Tu vas geler, dans ce déguisement! Joss n'a pas pensé à ce détail. Il savait pourtant que ma crèche serait forcément à l'extérieur ou dans un bâtiment impossible à chauffer. Mais nous trouverons une solution, Hermine et moi. Il suffira que tu portes un gilet fin en lainage sous ta robe.

Elle parlait vite, d'un ton persuasif, tandis que de nouvelles larmes ruisselaient sur ses joues et coulaient le long de son nez. Kiona sortit son mouchoir, un carré de calicot bordé de dentelle et tamponna doucement le visage de Laura.

— Ne sois pas triste, chuchota l'enfant. Ce sera très beau, le soir de Noël, la crèche, les chansons… Tu avais oublié le petit Jésus dans ses langes. Laurence te prête sa poupée. Madeleine l'enveloppera dans un châle blanc.

— Mon Dieu, tu as raison, où avais-je la tête?

Sur ces mots, Laura regarda Kiona, ce qu'elle ne prenait jamais le temps de faire. Elle considéra d'un air surpris ses traits ravissants qui n'étaient pas sans rappeler ceux d'Hermine, ses lèvres bien dessinées, son nez fin, son teint de miel et ses larges yeux mystérieux aux reflets d'or pur. Les courtes boucles d'un blond chaud conféraient à la petite l'allure d'un ange, mais un ange bien différent de ceux qui étaient représentés dans les tableaux. Ni rose ni dodu, il était plutôt fait de lumière et de gravité. Pour la première fois aussi, Laura prit vraiment conscience des liens de sang qui unissaient

Kiona à Hermine, et peut-être à Louis. « Comment ai-je pu la détester, la maudire, souhaiter la voir disparaître à jamais? » s'effraya-t-elle.

— Pardon, murmura-t-elle dans un élan spontané. Je te demande pardon, Kiona! Tu es si jeune et tu as tellement souffert! Tu as dû me trouver bien méchante, bien dure!

— Oui, souvent, dit la fillette sans chercher à mentir. Mais tu étais en colère et je sais ce que c'est. Moi aussi, je peux être méchante quand je suis en colère. Je t'aime bien, Laura, je t'aime bien quand même.

Kiona souligna ces paroles d'un immense sourire confiant, plein de sérénité et de tendresse. Bouleversée, son ancienne ennemie lui caressa les cheveux, puis elle déposa un timide baiser sur son front.

— Chère petite, tu n'auras plus rien à craindre de moi, dit-elle encore tout bas. Je suis heureuse que tu passes Noël avec nous, vraiment heureuse.

Laura reprit son ouvrage. Elle se sentait meilleure, comme lavée de ses fautes. Kiona gambada jusqu'à l'escalier, si légère qu'elle aurait pu s'envoler, avec ou sans ailes.

13
Le Noël de Charlotte

Val-Jalbert, jeudi 24 décembre 1942

Tout était en place. Malade d'appréhension et d'excitation, Laura retenait son souffle. Sa crèche vivante lui semblait très réussie, mais elle craignait l'avis de ses invités et des personnes qu'elle avait conviées au spectacle. Elle passa rapidement en revue ceux qui, au même instant, devaient remonter la rue Saint-Georges en direction de l'usine.

«Monsieur le maire et son épouse, le postier, ce brave Onésime et sa famille, mademoiselle Damasse, Mireille, Joseph Marois et Badette, cette chère Badette qui a pu faire le voyage.»

La venue de la journaliste avait contribué à la bonne humeur générale. Hermine surtout s'était réjouie, car elle comptait lui poser de nombreuses questions sur son pays natal, la France. Elle était déterminée à partir pour Paris à la date souhaitée par son impresario. Ce n'était ni un caprice ni même la tentation de chanter sur une petite scène. Elle avait pu joindre Octave Duplessis par téléphone et il lui avait fait comprendre qu'il avait de sérieuses raisons d'exiger sa présence dans la capitale et que c'était en rapport avec son mari.

—Vous reverrez en France quelqu'un qui vous est très cher, Hermine! avait-il dit d'un ton persuasif. Sinon, je ne vous aurais pas demandé de faire un tel voyage.

— Vous parlez de Toshan? s'était-elle écriée.

— Mais oui, bien sûr! Je vous recontacte…

Depuis, Hermine aurait voulu abolir les semaines et les mois qui la séparaient du jour du départ.

—Pourvu que le vent ne se lève pas, chuchota Laura à Jocelyn.

Son mari surveillait la stabilité des dizaines de bougies disposées entre la crèche et l'emplacement réservé au public.

—Ma chérie, ne crains rien, le temps est calme. Regarde comme les enfants sont sages! Tu as fait des prodiges avec les costumes!

Il s'adressa à Hermine.

—Il faudrait prendre des photographies dès maintenant. Badette t'a prêté son appareil, celui qui est équipé d'une lampe au magnésium.

—Oui, papa, j'étais en train de m'en occuper. Recommande bien aux petits de ne plus bouger, sinon ce sera flou.

Ses parents lui sourirent. L'air impatient, ils se tenaient par le bras, tous les deux très élégants.

—Tu es divinement jolie, déclara sa mère. Charlotte a vraiment l'art de te coiffer! Ces nattes relevées autour de ton front et piquées de perles, c'est adorable!

—Je me répète, ajouta Jocelyn, mais on dirait une vedette de cinéma!

—Oh! Papa!

En dépit de ses protestations, elle était flattée. Elle portait la robe de velours noir que Toshan aimait tant et une veste de fourrure en zibeline. Mais, neige obligeant, elle avait mis des bottes fourrées comme tout le monde.

—Maman, appela Mukki, ma barbe se détache!

Madeleine se précipita et remit le postiche en place. Akali en profita pour poser le coussin sur lequel était cousu un flacon censé contenir la myrrhe.

—J'ai envie d'aller aux toilettes, gémit la petite Indienne.

—Nous ne pouvons pas retourner à la maison. Viens, je t'amène derrière le hangar, proposa Charlotte.

Marie-Nuttah éclata de rire derrière sa moustache et sa longue barbe blanche. Assise dans la paille, Laurence jeta un coup d'œil réprobateur à sa jumelle.

Les plus impassibles étaient sans conteste Marie Marois et Kiona. Conscientes d'incarner des personnages importants, les fillettes guettaient l'arrivée des invités. L'une en robe bleue sous son voile blanc se tenait penchée vers le poupon niché dans une corbeille. Jouer la Sainte Vierge n'était pas rien! Quant à l'ange annonciateur, il avait fière allure avec ses grandes ailes aux reflets d'azur, sa tunique de soie ivoire et son auréole en papier doré, fixée par un bandeau sur ses courtes bouclettes blondes.

—J'entends des voix! s'exclama Laura. Joss, prends ton harmonica qu'il y ait un peu de musique! Mukki, prends la pose, joins les mains. Laurence, caresse ton agneau. N'oublie pas: tu es un berger et cette petite bête est ton offrande.

Il s'agissait d'une forme de mouton en carton, dessinée et peinte par l'intéressée et engluée de gros paquets de laine. Cela faisait illusion. Akali revint juste à temps, émue à en pleurer.

L'écho de plusieurs discussions mêlées se rapprochait. Avec l'aide de Joseph, Jocelyn s'empressa d'allumer les six lampes à pétrole suspendues aux cloisons du hangar. Mais son agitation déplut à Eugénie qui poussa un meuglement inquiet. La vache des Marois, d'un âge plus que respectable, semblait se demander pourquoi on l'avait sortie de son étable à une heure aussi inhabituelle. Du coup, le poney, affublé de fausses oreilles d'âne en papier, lança un hennissement et tira un peu sur la longe qui l'attachait à un râtelier bricolé par Onésime.

—Sois sage, Basile, intervint Kiona.

—Oh oui, si les bêtes perdent leur calme, tout sera fichu! se lamenta Laura.

Hermine aperçut des silhouettes qui approchaient à pas lents. Elle respira profondément et entonna *Les Anges dans nos campagnes*, le cantique choisi par sa mère pour accueillir le public tant attendu.

Les anges dans nos campagnes
Ont entonné des chants joyeux

Et l'écho de nos montagnes
Redit ce chant mélodieux
Gloria, gloria...

Badette fut la première à découvrir la charmante mise en scène élaborée par Laura. Après une nuit dans le train, puis une heure d'attente entre la gare de Lac-Bouchette et celle de Chambord-Jonction, la locomotive ayant heurté un orignal mâle d'une taille impressionnante, la journaliste était épuisée, mais infiniment heureuse de se retrouver à Val-Jalbert.

— C'est magnifique, dit-elle à Mireille.

La gouvernante, endimanchée, approuva d'un signe de tête. Elle sortait rarement, surtout lorsque la nature était enneigée, et la marche jusqu'à l'esplanade de la pulperie lui avait paru interminable.

— C'est vraiment formidable, fit la grosse voix d'Onésime. Tu as vu ça, Yvette? On croirait la vraie crèche.

— Mon pauvre cabochon, répliqua sa femme, réputée pour son sale caractère. Tu penses ben que le Joseph et la Marie, ils étaient plus grands que ça.

La remarque fit sourire le maire, qui s'empressa de fuir le voisinage des Lapointe.

Prenant leur rôle très au sérieux, les petits acteurs d'un soir suivaient à la lettre les conseils de Laura et de Jocelyn. Louis affichait une mine extasiée, se prenant vraiment pour le roi mage Balthazar. Mais il éternua et faillit lâcher la timbale en cuivre contenant l'encens.

Hermine ne voyait que les personnages de la crèche et cela l'encourageait à chanter de tout son cœur. Elle avait enchaîné sur *Il est né le divin enfant*, même s'il n'était pas encore minuit, loin de là.

Il est né le divin enfant
Jouez hautbois, résonnez musette
Il est né le divin enfant
Chantons tous son avènement
Depuis plus de quatre mille ans
Nous le promettaient les prophètes

Depuis plus de quatre mille ans
Nous attendions cet heureux temps
Une étable est son logement
Un peu de paille est sa couchette
Une étable est son logement
Pour un dieu quel abaissement
Ô Jésus, ô roi tout-puissant
Tout petit enfant que vous êtes
Ô Jésus, ô roi tout-puissant
Régnez sur nous entièrement...

Les mains croisées sur sa poitrine, Kiona écoutait religieusement. En cet instant, elle adorait Jésus, le roi tout-puissant, le tout petit enfant né pour le salut des hommes. La voix limpide et puissante d'Hermine la transportait d'un bonheur étrange. Cette voix de cristal rivalisait ce soir-là avec le grondement sourd de la Ouiatchouan. Personne n'avait songé à ce détail d'importance. Le hangar se trouvait assez éloigné de la cascade, mais on entendait le souffle dément de la chute d'eau, comme l'accompagnement d'un orgue sauvage, édifié par la nature pour défier la frêle humanité rassemblée devant la crèche.

Ô Jésus, ô roi tout-puissant
Régnez sur nous entièrement...

La jeune femme se tut, mais Jocelyn joua *Douce nuit* sur son harmonica. C'était le tour des apprentis comédiens. Mukki se pencha un peu vers le panier où reposait la poupée et dit gravement:
— Ô visiteurs, voici notre fils, Jésus!
Marie inclina la tête avant de tendre une main maternelle vers le nouveau-né en celluloïd et de caresser son front. Laura avait jugé que la Vierge, par modestie, se devait de garder le silence. Akali s'avança en tremblant et s'agenouilla.
— J'apporte la myrrhe, dit-elle trop bas.
Louis l'imita en annonçant qu'il offrait l'encens.

Melchior eut plus de panache, ce qui tenait de la personnalité de Marie-Nuttah. La fillette secoua ses amples manches brodées de galons dorés, réajusta d'un geste vif le turban rouge qui la coiffait et menaçait de tomber, puis elle dit bien haut:

— Je suis le roi Melchior et j'apporte de l'or!

Les spectateurs, debout, commençaient à sentir le froid de la nuit, mais ils appréciaient le tableau et l'assurance des petits acteurs. Joseph osa chuchoter à l'oreille d'Andréa Damasse:

— Avez-vous vu, chère demoiselle, comme Marie est jolie dans ces vêtements?

— Un amour, répliqua l'institutrice sans réfléchir, émue par les cantiques qu'elle venait d'entendre.

Elle constata cependant que Joseph était très proche d'elle. Au moindre mouvement, il l'effleurerait. Mais elle ne s'écarta pas. Ce fut à cet instant que Kiona se mit à gambader entre les protagonistes de la crèche, qui feignaient le plus parfait recueillement. L'enfant levait un peu les bras, pour donner à ses ailes l'occasion de s'agiter.

— C'est la belle nuit de Noël, déclama-t-elle d'un timbre sonore et joyeux. Gloire à Dieu au plus haut des cieux!

Dans son exubérance d'ange, elle flatta l'encolure du poney et gratta le museau de la vache. Il y eut quelques rires discrets parmi l'assistance. Hermine fondait de tendresse devant les enfants qui, prenant leur rôle très au sérieux, étaient fort émouvants. De les voir tous les cinq aussi sérieusement investis dans cette crèche lui apportait du baume au cœur.

Charlotte lui tapota l'épaule. Elle sursauta. Elle en oubliait d'interpréter le dernier cantique.

À toi la gloire, ô Ressuscité!
À toi la victoire pour l'éternité!
Brillant de lumière, l'ange est descendu,
Il roule la pierre du tombeau vaincu.
À toi la gloire, ô Ressuscité!
À toi la victoire pour l'éternité!

Vois-le paraître: c'est lui, c'est Jésus,
Ton Sauveur, ton Maître, oh! ne doute plus!
Sois dans l'allégresse, peuple du Seigneur,
Et redis sans cesse: Le Christ est vainqueur!
À toi la gloire, ô Ressuscité!
À toi la victoire pour l'éternité!

Blottie contre Jocelyn, Laura se laissait griser par la voix sublime de sa fille. Chaque mot trouvait une résonance dans son cœur. Elle se promettait d'aller plus souvent à la messe, de prier, de vénérer Dieu qui l'avait comblée de tant de bienfaits, elle, la pécheresse. Quand la jeune chanteuse salua, ce fut un concert d'applaudissements. Basile prit peur et, n'eût été l'intervention de Mukki, le poney aurait dévasté le fragile décor.

— Merci beaucoup! s'écria Laura, merci, mes chers amis, d'être venus! Je suis si contente d'avoir pu vous présenter notre crèche vivante pour fêter cette fin d'année 1942, en espérant de tout cœur un horizon plus serein pour bientôt. Bien sûr, vous êtes tous conviés à venir trinquer à la maison. Je crois bien que Mireille a préparé du vin chaud à la cannelle, une recette de notre amie Badette, qui nous honore de sa présence pour Noël.

Tous les regards convergèrent vers celle qui était un peu une étrangère et qui, intimidée d'être le centre de l'attention générale, souriait avec une expression d'enfant perdue. Un béret noir sur ses cheveux d'un châtain blond qui lui arrivaient aux épaules, vêtue d'une gabardine cintrée d'une élégance toute citadine, elle apportait à Val-Jalbert un brin d'originalité.

Soulagés d'être de nouveau libres de courir, de rire et de bavarder, les enfants reçurent les félicitations des uns et des autres. Madeleine se chargea de souffler les chandelles. Munie d'un panier, Charlotte la suivait et les ramassait. Discrètement, une partie des bougies échoua au fond des poches de son manteau.

— Nous reviendrons demain enlever les tentures, dit Hermine en prenant affectueusement le bras de Badette.

Jocelyn distribua les lampes à pétrole aux invités.

— Le retour aura ainsi des allures de procession, dit-il sur un ton jovial. Monsieur le maire, à vous l'honneur! Onésime, Mireille, Joseph, mademoiselle Andréa...

Débarrassé de sa fausse barbe, Mukki mena le poney en le tenant par sa longe. Marie-Nuttah voulut absolument guider la vache en lui piquant la croupe à l'aide d'un bâton.

— Ne martyrise pas cette pauvre bête, gronda Joseph. Elle connaît le chemin. Elle sera sûrement rentrée au bercail avant nous.

Ils déambulèrent en cortège le long de la rue Saint-Georges. Kiona marchait entre Laura et Jocelyn. Incrédule, Hermine constata que la fillette tenait la main de son père, mais aussi celle de Laura. «C'est un miracle! Dieu merci, je n'ai pas bu, je ne rêve pas! Maman et Kiona... Maintenant, elles se sourient, elles placotent comme deux amies! »

Badette nota son regard ébahi. La journaliste la serra de plus près pour murmurer :

— Qu'est-ce qui vous étonne, Hermine?

— Je vous le dirai plus tard, Badette. J'ai à peine eu le temps de vous parler, de vous remercier d'avoir fait le déplacement.

— Mais je n'aurais refusé l'invitation pour rien au monde, affirma la journaliste de son ton enjôleur. Un Noël dans le village fantôme! Avouez que l'atmosphère de ce lieu est vraiment particulière. Peut-être sommes-nous tous suivis des yeux par ceux qui ont vécu ici et qui y sont morts? Derrière toutes ces fenêtres noires, j'imagine des visages!

— Oh non, vous me donnez des frissons!

— J'en suis navrée, ma chère petite amie, mais ces maisons vides, abandonnées, ne sont guère rassurantes. Heureusement que votre père nous a équipés de lampes à pétrole! Et les enfants font assez de tapage pour chasser les esprits!

Soudain attristée, Hermine approuva. «Est-ce que Simon et Armand nous observent de l'au-delà? s'interrogea-t-elle. Tala assistait-elle au spectacle? Et Betty? Je ne peux pas croire que les défunts rôdent autour de nous comme des âmes en peine, peut-être jalouses de nous qui continuons à vivre, à manger et à aimer. »

Elle fut soulagée de retrouver la chaleur et la clarté de la demeure des Chardin. L'auvent du perron était illuminé par une guirlande d'ampoules électriques, une folie selon Jocelyn, mais qui ravissait Laura. Dans le salon se dressait le traditionnel sapin décoré d'or et d'argent. Les branches ployaient sous les friandises que Charlotte y avait accrochées avant le départ, en prenant soin, une fois encore, d'en dérober quelques-unes. Celle-là, elle avait la ferme intention de rendre visite à Ludwig, même au milieu de la nuit. Le jeune Allemand lui avait promis de veiller. « Il m'attendra! Mon amoureux m'attendra! » fredonnait-elle en son for intérieur, transportée de joie.

Laura exultait. Plus d'une quinzaine de personnes se tenaient là, en admiration devant le cadre enchanteur qui les entourait. La cheminée s'ornait de branches d'épinettes enrubannées de satin rouge. Des guirlandes en forme d'étoiles couraient le long des murs. Une kyrielle de miroirs reflétaient le moindre éclat de lumière, tandis qu'un délicieux fumet s'échappait de la cuisine.

— Joss, le champagne! s'écria la maîtresse des lieux.

Elle ôta son lourd manteau de renard argenté pour apparaître en robe de velours bleu nuit, une magnifique parure de saphirs autour du cou. Certains jugèrent cet étalage de luxe de très mauvais goût, notamment Yvette Lapointe et mademoiselle Damasse. « Du champagne, rien que ça, pensait l'institutrice. Mon Dieu, madame Chardin ne devrait pas se montrer si dépensière ni si exubérante. Acheter du champagne français en pleine guerre, alors que notre pays est privé du nécessaire! Je me demande quand même comment elle peut disposer d'une telle fortune! Je n'ai pas à m'en plaindre, vu le salaire qu'elle me verse, ce qui me permet d'aider mes parents. Mais, à sa place, je serais plus discrète. Du vin de bleuets aurait suffi, ou bien de la bière. » Néanmoins, elle accepta la coupe de champagne que lui tendait Mireille.

« Ces gens, les Chardin, ils n'ont pas honte, se disait Yvette Lapointe. Ils ne les emporteront pas au paradis, toutes leurs piasses! Et puis l'autre, là, madame Laura, elle n'a pas voulu que mon Lambert entre dans son cours privé! Ce n'est guère charitable. »

Yvette arbora une mine boudeuse. Fille unique d'Eusèbe, l'ancien charron de Val-Jalbert du temps où la cité ouvrière grouillait de véhicules à cheval – calèches, carrioles, charrettes –, elle avait eu bien des amants avant d'épouser Onésime. D'une nature envieuse et coléreuse, elle menait à présent une vie rangée et on ne pouvait pas lui reprocher d'être une mauvaise mère.

— Onésime, appela Charlotte, lâche donc mes neveux, qu'ils viennent prendre des bonbons dans le sapin. Enfin, Lambert, n'aie pas peur!

Rouge de confusion, le garçon âgé de huit ans et demi se dirigea tête basse vers sa jeune tante. Il tenait son petit frère par le poignet. Tous deux reçurent un bâtonnet de sucre en forme de canne, à rayures rouges et blanches.

Adultes et enfants admirèrent ensuite le fameux *Christmas cake* qui trônait sur la commode située à proximité de la cheminée. Le gâteau fit pousser des oh! et des ah! ravis aux petits et aux grands. Nappé d'un glaçage d'un blanc de neige, qui était travaillé à la fourchette pour donner l'illusion de piques et de creux, il s'ornait de perles d'argent dont l'intérieur était du sucre et de personnages miniatures, des lutins rouges et verts, des sapins, et un père Noël en tenue traditionnelle.

— C'est adorable, affirma Andréa Damasse. Quel dommage de le manger!

— Pourtant, il faudra bien le découper, et surtout le savourer, répondit Laura, enchantée du succès remporté par la pâtisserie.

Badette s'était installée dans un confortable fauteuil en cuir. La journaliste se reposait tout en observant ceux qui étaient rassemblés là. L'être humain, sous toutes ses facettes, la fascinait. Elle se régalait à étudier les visages, les mimiques et les gestes. Elle s'évertuait à saisir des bribes de conversations. Pour l'instant, elle comparait Laura et Hermine. «Comme c'est étrange! Elles se ressemblent, mais on perçoit leur différence de caractère à leur manière de parler et de bouger. Laura paraît forte, elle semble une femme de tête qu'on croirait en acier, mais moi, j'ai l'impression qu'un rien pourrait la briser. Elle est trop gaie ce soir. Mais quelle beauté, à son âge! Hermine a quelque chose de plus doux; son corps lui-même est plus rond, plus tendre. Je la sens tendue. Elle veut s'accorder à la bonne humeur générale. Cependant, elle est anxieuse et insatisfaite, cela saute aux yeux. Elle non plus, je ne l'ai jamais vue aussi belle! Ses traits se sont affinés, sublimés. Quand je l'ai rencontrée à Lac-Édouard, elle avait une allure plus juvénile, un sourire moins mélancolique. Comme chacun de nous, la vie lui a imposé des épreuves qui l'ont façonnée en la rendant plus séduisante encore. Quel homme lui résisterait?»

Elle songea aux brèves confidences que lui avait faites Laura dès son arrivée. Les deux femmes avaient bu un thé dans le salon, en tête-à-tête.

— Ma chère Badette, disait son hôtesse, merci d'être venue. Je vous en supplie, vous me donnerez votre avis sur Hermine. Elle a tant changé ces derniers mois! Je crains le pire. Ma fille s'est entichée d'un jeune instituteur, Ovide Lafleur. Seigneur, ce garçon n'a rien d'exceptionnel. Un physique banal, excepté des yeux assez impressionnants et très verts. Essayez d'en savoir plus, mon amie! J'ai fait de mon mieux pour les empêcher de se voir! Résultat, Hermine m'a boudée plusieurs jours.

La journaliste doutait de la chose. En grande romantique, elle n'imaginait pas la jeune chanteuse trahissant l'amour passionné que lui inspirait Toshan, le seigneur des forêts. Badette avait surnommé ainsi le beau Métis le soir où s'il était montré dans les salons du Capitole, à Québec, en costume noir, ses cheveux de jais attachés sur la nuque. « Il était superbe, insolite, sidérant, se souvint-elle. Malgré ses vêtements de citadin, on percevait en lui un côté farouche, indomptable. Aucun homme ne pouvait rivaliser avec lui. »

Badette soupira, à la fois comblée d'être à Val-Jalbert en si brillante compagnie et inquiète au sujet d'Hermine. « Nous aurons bien l'occasion de discuter. Mais pas ce soir. Mon Dieu, ce champagne est excellent! »

Kiona passa devant elle, suivie par Akali. Les fillettes riaient en brandissant la sucrerie qu'elles avaient décrochée elles-mêmes du sapin. « Les petites martyres du pensionnat, nota la journaliste. Elles ont l'air si contentes! J'ai eu du mal à croire à toutes ces horreurs qui figuraient dans le dossier qu'Hermine m'a envoyé. Pauvres enfants! Demain, je les photographierai. J'ai une idée pour mon article. »

Jocelyn vint vers leur invitée lui proposer des toasts au saumon fumé.

—Je vous les conseille, chère Badette, déclara-t-il avec amabilité. Il faut grignoter, cela empêche le vin de vous tourner la tête.

Ils échangèrent quelques politesses qui s'ajoutèrent aux autres conversations. Hermine s'entretenait avec le maire. Laura et Madeleine écoutaient les jérémiades d'Yvette dont la langue se déliait à mesure que coulait le champagne. Akali fut accaparée par Mukki, qui voulait lui faire goûter du caviar.

Personne ne vit Kiona tituber. La petite fille, une main sur le front, se réfugia derrière un des rideaux en velours qui encadraient les fenêtres. Son cœur battait à grands coups et elle avait soudain très soif.

—Qu'est-ce que j'ai? chuchota-t-elle. Oh non, non, je ne veux pas… Pas maintenant!

Mais ses jambes fléchirent. Elle tomba à genoux et s'allongea, prise d'un vertige insoutenable.

Rouffignac, France, même jour
Toshan cligna des paupières avant d'ouvrir tout

à fait les yeux. D'abord, la flammèche d'une lampe à pétrole attira son attention. Il la fixa, hébété, avant de regarder le mur alentour, tapissé d'un papier à fleurs. Enfin, il examina le plafond dont le plâtre portait de larges taches ocre.

« Mais où suis-je? » se demanda-t-il en pensée.

Une odeur désagréable le dérangeait, mais il l'analysa assez vite. Cela tenait du désinfectant à base de phénol et d'autre chose, peut-être de l'antimite. Il voulut se redresser, mais son corps refusa d'obéir. « De l'air, je voudrais de l'air, se dit-il. Il faut ouvrir une fenêtre. »

Son regard de velours noir erra dans la pièce. Il vit très vite une petite silhouette debout dans un angle et crut à une hallucination. Un ange se tenait là, couronné de bouclettes d'or pur, en tunique bleu ciel, des ailes aux reflets d'argent dépassant ses épaules menues. Il fallut quelques secondes à Toshan pour reconnaître les traits exquis de l'apparition.

— Kiona! hurla-t-il. Kiona!

La fillette eut un sourire plein de tendresse, de soulagement aussi, avant de se volatiliser. Une porte s'ouvrit peu de temps après. Une jeune femme aux formes rondes et au teint pâle entra. Sa chevelure d'ébène, très frisée, était retenue en arrière par des peignes.

— Que Dieu soit loué, murmura-t-elle. Vous avez enfin repris connaissance! Monsieur, est-ce que vous me comprenez?

— Oui, souffla-t-il, stupéfait.

— Je m'en doutais. Parfois, vous avez déliré et vous parliez en français.

Elle approcha du lit et toucha le front de Toshan d'un geste simple et direct digne d'une infirmière. Il y avait dans son attitude une espèce de familiarité qui le troubla.

— Vous n'avez plus de fièvre! Voilà une bonne nouvelle. Maintenant, il ne vous reste plus qu'à reprendre des forces. Je me présente : Simhona Sternberg! Je vous ai soigné ces dernières semaines. Une amie m'héberge depuis deux ans. Nous vous avons caché dans cette chambre sous les toits. Par prudence, nous avons obturé le vasistas et j'ai besoin d'une lampe pour vous soigner, même pendant la journée. En principe, vous ne risquez rien ici.

Elle parlait vite et très bas. Toshan tenta de rassembler ses idées. Il se revit suspendu à un parachute, au sein d'une nuit très noire. Ensuite, il s'était retrouvé prisonnier des branches d'un arbre. « L'arbre... Je me suis blessé, je saignais, j'avais mal! J'ignore ce qui s'est passé ensuite », songea-t-il.

— Nous étions prévenues, mon amie Brigitte et moi, que des Alliés devaient être parachutés dans ce secteur. Quelqu'un nous a indiqué le lieu où vous étiez tombé. Je ne cite pas trop de noms, il faut être prudent. Moins on en sait...

— Je vous remercie, coupa Toshan. Je suis bien en France?

— Oui, répondit Simhona avec un sourire triste, en Dordogne, un département qui se trouvait en zone libre il y a encore deux mois. Mais c'est terminé. Je vous en prie, ne vous agitez pas, vous êtes encore très faible. Vous avez perdu tellement de sang! Vous êtes resté entre la vie et la mort pendant des jours!

Toshan acquiesça. Reprendre connaissance signifiait aussi un brusque afflux de souvenirs, anciens ou récents. Il les égrena, envahi par une sorte de désespoir. « J'étais à Londres quand j'ai su que ma mère était morte. Tala la louve, fière et belle! Je me suis montré bien injuste à l'égard de Mine. Mine chérie. Et mes petits, comment vont-ils? »

— Quel jour sommes-nous? demanda-t-il en scrutant le joli visage de Simhona.

— Le 24 décembre 1942. Pour les chrétiens, c'est la veille de Noël. Brigitte et son mari iront à la messe ce soir.

— Le 24 décembre! s'étonna-t-il, effaré de constater le temps écoulé. Et vous? Ne vous privez pas de la messe à cause de moi.

— Je suis juive, répliqua la jeune femme. J'évite de

sortir quand il y a trop de monde dans le village. Brigitte craint pour ma sécurité et celle de mon fils Nathan, qui a six ans.

—J'ai un garçon de dix ans, au pays, soupira Toshan. Et deux filles, des jumelles de neuf ans.

—Vous n'êtes pas américain ni anglais? hasarda-t-elle.

—Je suis canadien, précisa-t-il.

Simhona s'assit sur une chaise, près du lit. Elle observait l'homme qu'elle avait soigné durant des semaines, désemparée devant l'intensité de son regard sombre. Certes, elle connaissait ses traits, et même tout son corps, mais le feu ardent de ses yeux l'intimidait un peu. Brigitte et elle s'étaient posé de nombreuses questions sur la nationalité de ce parachutiste, dont la peau cuivrée les avait intriguées. Réveillé, il semblait encore plus étrange à la jeune femme. Toshan devina ce qui la préoccupait.

—Je suis un drôle de Canadien, n'est-ce pas! dit-il avec une pointe d'ironie. Mon père était irlandais et ma mère, une Indienne de la nation montagnaise. Pour résumer, je suis un Métis.

—Mais cela n'a aucune importance! Vous êtes surtout un soldat des forces alliées qui a failli mourir au cours d'une mission. Avez-vous faim? Je vais descendre vous chercher un bol de soupe.

—Je veux bien, avoua Toshan.

Simhona sortit sans bruit. Il considéra l'étroite porte qu'elle venait de refermer. On la devinait à peine, car elle n'avait ni cadre ni chambranle et elle était tapissée du même papier que les murs.

—J'ai vu Kiona, se souvint-il brusquement. Elle était déguisée en ange! Ou bien elle est devenue un ange? Non, c'est absurde. Hermine l'a sortie du pensionnat où on maltraite les enfants de mon peuple, ainsi qu'une autre fillette, Akali... Oui, c'est bien ce nom-là. Ma femme me racontait tout ça dans sa dernière lettre, oui...

Il ne pouvait pas deviner que Laura avait organisé une crèche vivante et il renonça à comprendre le sens de sa vision. Il souleva le drap et les deux couvertures qui pesaient sur lui. En se tournant sur le côté, il provoqua une douleur sourde au niveau de l'aine.

—Je suis en pyjama, constata-t-il à mi-voix. J'étais blessé en haut de la cuisse.

Ses doigts tâtonnèrent et sentirent un épais pansement, à dix centimètres de son sexe. Il comprit alors que Simhona, et sans doute son amie, avaient dû le voir nu bien souvent. Il en fut très gêné. «Enfin, elles n'avaient pas le choix et elles m'ont sauvé la vie!» Une profonde gratitude le submergea. Lorsque Simhona fut de retour, un bol fumant dans la main droite, il lui saisit sa main gauche et y déposa un léger baiser.

—Je vous remercie, madame, dit-il de sa voix grave. J'ai une dette envers vous. Je m'en acquitterais à n'importe quel prix.

Sidérée par ce geste d'une extrême galanterie, la jeune femme ne sut que répondre. Elle se mit à sourire, ses joues se teintant d'un peu de rose.

Val-Jalbert, même soir

Les convives de Laura étaient tous à table. Le maire et son épouse avaient pris congé, car ils tenaient à souper en famille avant d'aller à la messe à Roberval. Onésime et Yvette étaient partis également. Cela n'empêchait pas Mireille d'être débordée.

—Quatorze couverts, ronchonnait-elle dans sa cuisine. Ça fait ben trois ans que je n'ai pas eu autant de gens à servir! Madame se moque de mes vieilles jambes. En plus, je dois m'asseoir avec eux. Je ne pourrai rien avaler; c'est ben du cinéma pour rien!

Madeleine et Charlotte la rejoignirent à l'instant précis où elle garnissait un plat en porcelaine d'un buisson d'asperges.

—Nous allons t'aider, Mimi, plaisanta Charlotte. Tu as droit à ton souper de fête, toi aussi!

—Oui, madame, je peux servir à votre place, renchérit la nourrice.

—Quand vas-tu cesser de m'appeler madame,

Madeleine? protesta la gouvernante. On se fréquente depuis neuf ans! Ne fais donc pas tant de manières!

— D'accord, madame.

— Fichez-moi le camp, toutes les deux. Je m'y perds si on me tourne autour. Enfin, tu peux emporter les asperges, Lolotte... Si tu me donnes du Mimi, tu auras du Lolotte, ma fille! Toi, Madeleine, porte la saucière. Je dois sortir les tourtières du four.

En offrant son aide, Charlotte n'était pas vraiment désintéressée. Au fil du service, elle espérait glaner une part du festin pour Ludwig. Dans ce but, elle avait caché une panière à couvercle sous une table qui servait de plan de travail à Mireille et dans laquelle serait stocké tout ce qu'elle réussirait à dérober.

La pendule du couloir, une imposante composition en bronze, sonna neuf coups. «Il faudrait que je puisse partir avant minuit!» se dit Charlotte. Elle échafauda divers plans sans trouver de solution.

Une joyeuse ambiance régnait à table. Laura avait décidé que le repas se déroulerait dans la salle à manger, car ils étaient trop nombreux pour souper près du sapin, comme les autres années.

— Nous prendrons le dessert et les digestifs au salon, avait-elle annoncé.

Les enfants se montraient d'une sagesse exemplaire, tant ils avaient hâte d'ouvrir leurs cadeaux. Akali pouvait à peine avaler, revoyant sans cesse les paquets entassés sous l'arbre de Noël. Elle se demandait avec un peu d'angoisse si l'un d'eux lui était destiné.

Chacun dégusta les asperges, agrémentées d'une sauce blanche vinaigrée. Fidèle à la tradition, Mireille avait exigé de sa patronne que figurent au menu les savoureux cretons que les Québécois appréciaient tant l'hiver.

— Quel festin! minauda Andréa Damasse.

Assis à sa gauche, Joseph s'adressa à elle.

— Vous n'êtes pas au bout de vos surprises, mademoiselle. Mireille est une cuisinière hors pair.

L'ancien ouvrier surveillait son langage afin de ne

pas heurter les oreilles sensibles de la vieille fille, ni sa bonne éducation. «Paraît que Jocelyn lui a parlé de moi en termes avantageux. Ça a dû faire effet, elle me semble moins distante.»

Il détailla discrètement la toilette d'Andréa, une robe grise à col de dentelle, peu décolletée, mais assez moulante. Une fois encore, l'opulente poitrine qui frémissait sous le tissu eut le don de l'exciter. Le front moite, il but une rasade de vin. En plus du champagne, les Chardin possédaient une cave de qualité, bien garnie de crus français de renom.

Hermine affichait une gaîté surprenante. Elle n'était plus tout à fait la même qu'en début de soirée. Laura ne comprenait pas bien ce qui avait transfiguré sa fille, mais elle en profitait, tout heureuse de l'entendre plaisanter et de la voir manger de bon appétit.

Kiona savait, elle. Après son malaise, qui n'avait duré qu'une trentaine de secondes, elle s'était relevée, empêtrée de ses fausses ailes, et s'était dirigée vers sa demi-sœur qu'elle avait suppliée.

— Mine, je voudrais remettre mes habits d'Indien. Ils sont dans la chambre de Louis.

— Allons-y, je vais te débarrasser de ton déguisement, ma chérie. Tu as raison, ce n'est pas pratique pour jouer.

Kiona n'avait pas pu attendre. Au milieu de l'escalier, elle avait déclaré sur un ton fébrile :

— Mine, tout à l'heure, je me suis déplacée, je suis partie loin et j'ai vu Toshan! Il est vivant! Je t'assure que je l'ai vu, et il m'a vue lui aussi! Il a crié mon nom, mais je n'ai pas pu rester là-bas! C'était une petite pièce; il y avait une lampe à pétrole et un lit en fer. Toshan a dû être malade, il était couché, en pyjama.

— Mais où est-il? avait insisté Hermine, infiniment soulagée. Dans quel pays? En France! Je suis sûre qu'il est en France.

— Je ne sais pas, moi!

— Si, j'ai des raisons de le penser, ma chérie! Oh! merci, merci mille fois! Tu m'as ôté un gros poids du cœur! Toshan est vivant. Viens dans mes bras, mon ange!

Elle avait étreint tendrement la petite fille. Avant de redescendre, elles avaient encore discuté dans la chambre, toutes deux joyeuses et complices.

Le repas se poursuivait. Mireille et Madeleine apportèrent chacune une tourtière à la croûte dorée. Une odeur potagère se répandit dans la salle à manger, doublée d'un fumet de viande mijotée.

— J'ai œuvré avec les moyens du bord, blagua la gouvernante. De la graisse de porc au lieu de beurre, et plus de poulet que de porc, au lieu du bœuf! Mais les patates ont bien poussé, icitte, à Val-Jalbert!

— Ce sera excellent, Mireille, coupa Laura. Maintenant, arrête de déambuler et assieds-toi avec nous.

— Bien, madame! Doux Jésus, mes pauvres jambes! Mais j'ai oublié le plat de patates sautées.

Charlotte bondit de sa chaise et fila à la cuisine. C'était l'occasion tant espérée. En un temps record, elle parvint à mettre dans sa panière des tranches de pain de mie et un pot de caviar pratiquement vide. Elle s'était levée en emportant sa coupe de champagne, comme par étourderie! Elle usait de ce stratagème pour la troisième fois, ce qui lui permettait de vider le vin dans une bouteille de limonade équipée d'un système de fermeture efficace.

— Charlotte! appela Laura. Dépêche-toi, nous t'attendons.

Elle revint au pas de course avec les pommes de terre. Jocelyn la contempla. Il n'avait jamais remarqué à quel point elle était jolie, sensuelle et gracieuse. «Seigneur! Il lui faudrait un mari, à cette petite, songea-t-il. À son âge, Hermine avait trois enfants. Je me demande pourquoi Ovide Lafleur ne l'a pas courtisée, elle! D'après Laura, il n'avait d'yeux que pour notre fille.»

Badette s'efforçait de faire honneur au repas, trop copieux à son goût. Elle n'était pas la seule à déclarer forfait, les tourtières étant fort nourrissantes. Mademoiselle Damasse laissa les deux tiers de sa part.

— Je suis désolée, Mireille, dit-elle en souriant. J'ai dû abuser des toasts au saumon et au caviar. C'était nouveau pour moi, je n'en avais jamais mangé. Là, je ne peux plus rien avaler.

Joseph, qui aurait volontiers terminé l'assiette de sa voisine, crut bon de l'imiter. Il ne voulait pas passer pour un goinfre.

— Au risque de vous choquer, mes chers amis, dit alors Laura, les restes iront aux chiens. Ils ont droit à leur Noël eux aussi. Je sais qu'en cette période de rationnement nous devons être économes, mais ces braves bêtes ont maigri. Les enfants leur porteront leur repas tout à l'heure.

Nul n'osa protester ni donner son avis. Badette tiqua en pensant aux miséreux des bas quartiers de Québec, mais elle préféra se taire.

— Maman, si nous allions au salon? suggéra Hermine. Ce soir, j'ai envie de chanter. Mais pas des cantiques, plutôt des succès français. Badette ne m'a pas encore entendue chanter la môme Piaf!

— Ne l'appelle pas ainsi! s'insurgea sa mère. Il faut dire Édith Piaf. La môme, c'est d'un vulgaire!

— Si tu veux, maman, concéda-t-elle avec gentillesse.

Charlotte poussa la gouvernante en direction du salon. Elle comptait débarrasser la table sans témoins.

— Mimine va chanter. Ne rate pas ça, Mireille! C'est mon cadeau de Noël, je fais le café et le thé, je prépare ce qu'il faut. Toi, tu te reposes. Toi aussi, Madeleine, je n'ai pas besoin de ton aide. Je ne suis pas trop bien; je préfère m'agiter que rester assise. Si je m'active, j'oublie que je souffre.

Elle désigna son ventre d'un geste significatif que seules les femmes comprenaient tout de suite. C'était faux. Elle n'était pas indisposée, mais sa ruse fonctionna à merveille.

Avec une rapidité digne d'un prestidigitateur, Charlotte recoupa les parts de tourtières entamées et les rangea dans un bol, puis elle prit du pain frais, pétri le matin même par Mireille. À pas de loup, Kiona la rejoignit, portant une assiette garnie de gâteau. Elle chuchota:

— Tu vas porter toutes ces bonnes choses à Ludwig. Tiens, donne-lui aussi du *Christmas cake*. Je n'en veux pas, moi. Et viens vite, Mireille ne tient pas en place. Elle dit que tu ne feras pas le café comme elle, parce que c'est du très bon café, que Laura a pu acheter à Chicoutimi.

— Oh! zut à la fin! Je me débrouillerai aussi bien qu'elle. Maintenant, Kiona, tu es mignonne, mais je t'en prie, laisse-moi. Tu ne dois plus être mêlée à cette histoire. C'est trop grave. Merci pour le gâteau, je lui dirai que c'est de ta part.

— Pas la peine, soupira l'enfant. Je voudrais tant, moi, pouvoir apporter un peu du repas de Noël à Delsin!

Depuis qu'elle habitait Val-Jalbert, jamais encore ce prénom n'avait franchi ses lèvres. Elle dut se retenir pour ne pas pleurer.

— Qui est ce Delsin? interrogea Charlotte en versant l'eau bouillante sur la poudre de café.

— Un garçon du pensionnat. Chaque matin, je demande à Jésus de le protéger. Il s'est enfui, mais je ne sais pas s'il a pu retrouver ses parents. Ne parle de lui à personne, je t'en supplie.

Charlotte regarda Kiona avec une profonde compassion en se demandant ce que leur cachait encore cette étrange fillette d'une beauté si particulière.

— Promis, dit-elle. Nous avons chacune notre secret. Oh! écoute, Hermine t'appelle. Juste le temps de prendre un plateau pour le café et le thé, et je te suis.

Dans le salon, Andréa Damasse s'était mise au piano. Elle expliquait que toute institutrice digne de ce nom avait des notions de solfège, afin d'accompagner les cours de chant, si les parents de ses élèves désiraient inculquer des bases musicales à leur progéniture.

— Savez-vous déchiffrer une partition, mademoiselle? demanda Hermine. Voyez, j'en ai plusieurs. Je vais improviser un petit récital, en votre honneur à tous et pour mon mari aussi. Mon cœur me dit qu'il est vivant et que je le reverrai.

Ces propos intriguèrent Laura. Jocelyn lui confia à l'oreille ce qui s'était passé.

— Notre fille m'a mis au courant, à l'instant. Kiona a subi ce phénomène de bilocation et elle a vu Toshan, sain et sauf.

— Mon Dieu! C'était donc ça! Je m'étonnais de voir Hermine si radieuse! Merci de m'avertir, Joss.

— Tu ne mets pas en doute le récit de Kiona?

— Non! Pourquoi douterais-je?

Très digne, Laura le planta là. Mademoiselle Damasse laissait ses doigts courts et boudinés effleurer les touches du piano. Hermine fredonnait devant les invités et les enfants qui attendaient en silence. Enfin, la voix du Rossignol de Val-Jalbert s'éleva, toujours aussi limpide, nette, envoûtante.

Insensiblement vous vous êtes glissée dans ma vie,
Insensiblement vous vous êtes logée dans mon cœur,
Vous étiez d'abord comme une amie, comme une sœur
Nous faisions de l'ironie
Sur le bonheur
Insensiblement nous nous sommes tous deux laissé prendre,
Insensiblement tous mes rêves m'ont parlé de vous
Nous avons dit des mots tendres et fous,
Et nous avons vu naître en nous
Insensiblement, insensiblement l'amour[41]...

Le texte parut équivoque à Madeleine et à Laura. Hermine aurait très bien pu chanter cela à Ovide Lafleur. Mais quand elle annonça le nom de l'auteur et précisa que c'était un succès en France, elles estimèrent que c'était un hasard.

— À présent, madame Delbeau va interpréter *L'Accordéoniste*, déclara la pianiste occasionnelle, flattée de son importance. Une chanson qui a rendu Édith Piaf célèbre.

Les titres se succédèrent, pour la plus grande joie de Badette, des parents de l'artiste, de Mireille et de Joseph.

---

41. *Insensiblement,* chanson de Jean Sablon qui obtint un grand succès en 1941.

Rassemblés près du sapin, les enfants ne saisissaient pas le sens de certaines paroles. Mais ils étaient presque en extase, fascinés par le spectacle de la jeune chanteuse, superbe dans sa robe de velours noir, ses cheveux blonds scintillant sous la clarté du lustre. D'abord ravie, Charlotte s'inquiétait de l'heure. La cérémonie des cadeaux n'avait pas commencé. Par chance, Louis bâilla en se frottant les yeux.

— Je crois qu'il est temps d'ouvrir les paquets, dit Laura. Nos petits comédiens ont sommeil.

— Pas moi, je suis grand, protesta Mukki. Encore une chanson, maman, je t'en prie.

— Demain, coupa Hermine en riant. Grand-mère a raison, vous êtes fatigués.

Kiona se glissa à côté de Charlotte et, faisant mine de la cajoler, lui conseilla très bas :

— Tu devrais aller te coucher, dire que tu as mal à la tête, et sortir par le sous-sol. Je peux t'apporter la panière en bas de l'escalier.

— Mais non, c'est bien trop risqué !

— Que complotez-vous, toutes les deux ? s'enquit Laura. Ce n'est pas poli de tenir les autres personnes à l'écart.

— Pardon, maman Laura, s'empressa de répondre la jeune fille. Je me plaignais seulement d'une affreuse migraine et Kiona me consolait.

— Bon, alors je comprends ! Vite, venez ouvrir vos cadeaux !

Contrairement à ce que laissaient entendre les remarques alarmées de Jocelyn à leur retour de Chicoutimi, son épouse n'avait pas fait autant de folies qu'il le prétendait.

— J'ai choisi des gourmandises et de quoi occuper les longues soirées d'hiver, expliqua-t-elle.

Les adultes découvrirent de grandes boîtes de chocolats fins de marque anglaise et des romans reliés en cuir. Quant aux enfants, ils reçurent des livres de la comtesse de Ségur, des éditions illustrées. Laura indiqua :

—Vous avez toute la collection; vous pourrez vous les prêter.

Louis et Mukki eurent chacun un sac de billes en verre, car ils les collectionnaient et y jouaient souvent. Laurence reçut une mallette de couleurs, avec des pinceaux. Elle courut embrasser sa mère.

—Merci, maman chérie, merci, dit-elle, au bord des larmes.

Marie-Nuttah admirait le nécessaire de couture dont elle rêvait. En dépit de son caractère aventureux et un peu rebelle, elle adorait broder et coudre. Akali caressait son livre de la comtesse de Ségur, *Les Mémoires d'un âne*. La petite Indienne avait plié le beau papier d'emballage et le ruban brillant pour les ranger dans sa poche. Elle eut aussi une poupée de taille modeste au visage de porcelaine, avec sa garde-robe. Jamais elle n'aurait cru posséder un jouet aussi magnifique et, trop émue, elle pleura de joie dans les bras de Madeleine. Hormis son livre, Kiona avait sorti d'un carton rose une statuette en jade représentant un cheval. C'était un objet de valeur, choisi par Jocelyn pour symboliser le poney dont il avait différé l'acquisition.

—Je suis si contente! s'écria-t-elle. J'aime les chevaux, même si maman est morte d'avoir reçu des coups de sabot. Mais ce n'était pas la faute du cheval, c'est parce que le policier qui m'emmenait le frappait. Il avait peur de tout et maman était juste derrière lui.

—Quel idiot tu fais! dit Laura tout bas à son mari. Tu aurais pu y penser!

—Mais elle rêvait d'un poney bien à elle! Il n'y a pas une grande différence entre un cheval et un poney.

—Merci, papa! ajouta Kiona en se jetant sur Jocelyn. Je garderai ton cadeau toute ma vie! Avec lui, je n'aurai plus peur de rien.

Bouleversé par son élan d'affection, il étreignit sa fille. Hermine en aurait pleuré. Heureusement, il y eut une diversion. Tout le monde avait un dernier paquet de forme cylindrique à découvrir, les grands comme les petits. Ce fut un concert de cris ébahis et de rires. Laura avait offert à chacun un kaléidoscope. L'objet assez particulier remporta un franc succès. Pendant plusieurs minutes, le salon devint silencieux. On n'y entendit plus que des soupirs enchantés, tandis qu'on regardait à l'intérieur du tube.

—Je trouve cette invention extraordinaire, déclara Andréa Damasse. Je donnerai un cours aux enfants pour leur en expliquer le principe.

Charlotte pensa que c'était le meilleur moment pour quitter la joyeuse assemblée sans éveiller de soupçons.

—Maman Laura, Mimine, je ne tiens plus debout, dit-elle en les prenant à témoin. La migraine et autre chose... Je monte me coucher. Je serai mieux dans mon lit. Excusez-moi! Je vous souhaite à tous un joyeux Noël. J'ai résisté, mais là, je capitule. Un cachet, une bonne nuit de sommeil, et il n'y paraîtra plus.

Elle se retira après avoir eu droit à des sourires compatissants. Mireille, qui avait un peu trop bu et mangé, restait assise sur le sofa, son kaléidoscope entre les mains. «Vite, vite, je n'ai pas une minute à perdre!» pensa Charlotte en montant dans sa chambre. Elle se remaquilla et enfila un pantalon chaud sur ses bas tout en gardant sa jupe. «Des bottillons, une veste... Je vais sortir par l'arrière-cuisine. Si je ne fais aucun bruit, personne ne me verra du salon! J'ai éteint la lumière du couloir.»

Elle sortit sans encombre, récupéra la lourde panière et se retrouva enfin dehors. Le froid la saisit un instant, mais elle s'en moqua. Dans sa hâte de rejoindre Ludwig, et concentrée sur ce seul but, elle devenait insensible. «Vite, mon Dieu, vite, se répétait-elle. J'étouffais dans la maison, je n'arrivais pas à participer à la fête! Je n'avais qu'une envie: le voir! Lui, lui...»

La veille, il n'avait pas beaucoup neigé, et elle pouvait marcher assez facilement. Cela ne l'empêcha pas de regretter ses raquettes. «Tant pis, rien ne m'arrêtera! C'est la nuit de Noël et, lui, il est seul, sans ses parents, sans sa petite sœur! Mais j'arrive, Ludwig, j'arrive!»

Plus elle avançait, plus elle se réchauffait. Son corps semblait se gorger d'un sang vigoureux, d'une énergie anormale. Jamais ses seins ne lui avaient paru si durs ni si gonflés, son ventre, aussi doux. Elle n'était plus qu'impatience, désir inavoué.

—Je vois le moulin! s'écria-t-elle. Mon Dieu, vite!

Elle avait l'étrange impression d'être investie par une autre Charlotte, dont la perception était aiguisée. Le parfum des sapins, si ténu fût-il, la grisait. Le vent lui paraissait riche de mille senteurs nouvelles qu'il rapportait rien que pour elle des contrées sauvages du Grand Nord.

Parvenue près d'un pan de mur, elle dut s'arrêter. Alors, elle constata comme la panière pesait lourd. Cela la fit sourire.

« J'étais en transe! » se dit-elle, certaine de voir surgir Ludwig de la ruine, selon son habitude.

Mais elle dut avancer, car il ne se montrait pas. Le cœur battant à tout rompre, elle émit deux hypothèses : ou il dormait, ou il s'était enfui. « Et si quelqu'un l'avait découvert? » s'affola-t-elle.

Prise d'une angoisse intolérable, Charlotte se glissa dans le premier bâtiment où la neige s'était accumulée, le toit étant à demi effondré. De là, elle s'approcha de la porte branlante qui s'ouvrait sur le repaire du jeune Allemand. D'abord, elle éprouva un immense soulagement; il était toujours là. Mais ses joues et tout son joli visage s'enflammèrent aussitôt. Malgré sa confusion, elle ne put ni fermer les yeux ni reculer.

Entièrement nu, Ludwig se lavait. Il était debout dans un vestige de cuvette et s'aspergeait d'eau à l'aide d'une boîte de conserve. Son corps mince et très blanc laissait voir par endroits des plaques de mousse savonneuse. Les paupières mi-closes, il avait l'air de savourer cette toilette rudimentaire.

« Je vais ressortir et attendre un peu qu'il ait fini, qu'il se rhabille, se disait Charlotte. Sinon, il sera trop gêné! »

Mais elle fixait avec un étonnement curieux le sexe de Ludwig, cette partie de l'anatomie masculine qui demeurait un total mystère pour elle. La bouche sèche, tremblante, elle laissait une houle de sensations l'envahir. «J'ai envie de l'embrasser, de poser mes lèvres sur son dos, sur son ventre… Moi aussi, je voudrais être nue, toute nue!»

Ces deux mots lui parurent contenir en eux-mêmes une audace inouïe, une délicieuse note d'interdit. Les femmes qui ne craignaient pas d'être toutes nues passaient pour des dévergondées, des catins.

À présent, Ludwig se frictionnait avec un des torchons que Charlotte lui avait donnés. Enfin, il enfila un caleçon long en coton prélevé sur le linge d'hiver de Jocelyn, puis un gilet de corps sans manches.

«Tant pis, je me montre!» décida-t-elle.

Cependant, elle soigna son entrée en faisant quelques pas en arrière ponctués d'une toux volontaire.

— Charlotte? appela Ludwig.

— Oui, c'est moi, répondit-elle sans franchir la porte.

— Vous attendre encore! s'écria-t-il. *Ich bitte Sie darum*[42]!

Elle patienta avec un sourire malicieux. Après tout, la situation avait quelque chose d'amusant. Elle cédait à ce brin de folie joyeuse propre à la jeunesse, elle qui avait tant pleuré par le passé.

— Venez, dit-il enfin, une fois habillé.

Elle entra en s'efforçant d'afficher un air sérieux. Vite, elle posa la panière.

— Joyeux Noël, Ludwig, murmura-t-elle. Je vous ai apporté de quoi faire un vrai réveillon!

— Réveillon? répéta-t-il.

Pour se donner une contenance, Charlotte lui montra tout ce qu'elle avait apporté.

— Un réveillon, c'est un très, très bon repas. Dans cette bouteille de limonade, il y a du champagne. Voici aussi de la tourtière, du pain, une bouchée de caviar, du gâteau. Et du chocolat, du café chaud…

— Merci, vous êtes si gentille! C'est un beau Noël pour moi. Regardez…

---

42. *Je vous en prie*, en allemand.

Il lui prit la main et lui fit faire deux pas vers un angle de la pièce où elle découvrit un petit sapin décoré de nœuds en tissu blanc et d'une étoile argentée. Trois chandelles presque consumées étaient alignées au pied de l'arbre.

— Que c'est joli! s'exclama-t-elle.

— Vous, jolie encore plus, répondit-il.

Il lâcha sa main pour accrocher une couverture devant la porte. Le lit de braises qu'il entretenait avec soin dégageait une douce chaleur et une luminosité réconfortante. « Comment fait-il pour rendre cet endroit délabré aussi accueillant? » se demanda-t-elle.

Maintenant, Charlotte avait envie de pleurer. Ludwig possédait des qualités qu'elle jugeait rares chez les hommes, et cela la touchait beaucoup. Elle alla admirer le sapin de plus près. Le jeune Allemand avait dû découper des lanières de drap pour confectionner les décorations. Quant à l'étoile, elle avait sûrement été fabriquée avec le papier brillant d'une tablette de chocolat.

— Vous avez un cadeau, articula-t-il lentement.

La jeune fille se retourna. Il lui tendait un paquet, emballé avec du papier journal. Elle le prit, les yeux embués de larmes.

— Pourquoi pleurer? demanda-t-il en caressant son visage avec une infinie douceur.

— Oh! Parce que je t'aime, je t'aime trop, chuchota-t-elle en se jetant à son cou. Ludwig, embrasse-moi, là, tout de suite.

Il se pencha pour cueillir sa bouche offerte. Elle plaqua ses paumes sur son dos pour mieux l'attirer contre elle. Leur baiser n'en finit pas. Tous deux s'exaltaient en osant des caresses qu'ils ne s'étaient pas encore autorisées. Avec timidité, Ludwig toucha les seins de Charlotte, puis sa taille et le creux de ses reins. Tout à coup, le souffle court, il recula.

— Il faut ouvrir le cadeau, dit-il tout bas.

— Oui, bien sûr, répliqua-t-elle en déchirant le papier.

Elle déballa une figurine en bois représentant un oiseau.

— Mais c'est très beau! s'extasia-t-elle, sans comprendre comment il avait pu se procurer cet objet.

— J'ai fait pour vous! Avec le couteau! Je veux le couteau pour ça. Travaillé tous les jours, pour vous.

S'il progressait en français, il se trompait souvent. Charlotte s'en moquait bien. Elle lança un regard d'adoration au jeune Allemand.

— Merci, c'est très beau!

— Vous pas contente? s'inquiéta-t-il.

— Oh! si! Je suis tellement heureuse que ça me donne envie de pleurer. Tu es un vrai artiste! Je ne le savais pas.

Elle l'embrassa encore, avant de l'entraîner vers la panière.

— Tu dois avoir faim! Plus de vous entre nous! Allons, essaie! Dis-moi : Charlotte, je t'aime!

Elle riait, ivre de bonheur, défaillante de désir aussi. Il devait éprouver la même chose, car il la reprit dans ses bras et chuchota à son oreille :

— *Ich liebe dich* [43] *!*

Certains mots n'avaient pas besoin d'être traduits, comme si l'intonation suffisait à les rendre clairs. Charlotte devina le sens de ceux-là, et elle les répéta plusieurs fois. Elle ignorait à quel point elle était séduisante, ce soir-là, son buste arrogant moulé par un gilet en lainage rouge, son visage fin et éveillé, embelli par une joie délirante. Ses lèvres humides, un peu meurtries, brillaient d'un vif éclat, ses yeux bruns se faisaient éloquents.

Assis autour de la bassine remplie de grosses braises orangées, ils burent du champagne au même gobelet en étain que Charlotte avait apporté. Ludwig mangea un peu de pain et goûta le *Christmas cake*, mais il paraissait n'avoir aucun appétit.

— Qu'est-ce que tu as? demanda-t-elle.

Il la dévisagea avec insistance. Elle lut dans son regard bleu gris l'immense désir qu'elle éveillait en lui. Cependant, c'était tendre et respectueux. Jamais il ne la forcerait, elle le devinait.

---

43. *Je t'aime*, en allemand.

Pareille à une somnambule, elle fit oui d'un signe de tête et lui tendit les bras. Ludwig l'aida à se lever et la conduisit vers son lit de fortune. Charlotte refusait de réfléchir, d'avoir peur. Elle se retrouva allongée près de celui que les caprices du destin lui avaient envoyé ici, à Val-Jalbert.

— Belle, si belle, chuchota-t-il à son oreille.

Déjà, il avait déboutonné son gilet rouge et son corsage. Pour la première fois, des mains d'homme prenaient possession de ses seins, les enrobaient, les pétrissaient. Puis ce fut une bouche brûlante qui s'empara des mamelons bruns pour les embrasser et les téter. Elle en perdit l'esprit, affolée. De petits cris lui échappaient, tandis qu'une vague de plaisir irradiait son corps. Tout devint confus. La seule chose qui lui fut encore perceptible, ce fut le front chaud de Ludwig contre sa poitrine. Il l'avait en partie dévêtue et elle n'avait qu'une hâte : le toucher également, éprouver le contact de sa peau.

— Je t'aime, je t'aime, balbutiait-elle. Je t'en prie, embrasse-moi !

Il obéissait ; il abandonnait ses seins pour dévorer sa bouche. Ses baisers étaient de plus en plus fébriles, passionnés. Soudain, Charlotte le repoussa pour ôter elle-même ses bottes et son pantalon. Haletant, il se mit à genoux pour contempler le ravissant spectacle qu'elle lui offrait, avec ses jambes gainées de bas gris sous l'ample jupe qu'elle avait relevée. D'un air de défi, elle fit glisser sa culotte en soie. Il effleura d'un doigt la parcelle de chair satinée, barrée du porte-jarretelles rose, qui l'attirait irrésistiblement.

Ils ne parlaient plus, terrassés par la force de cette tempête sensuelle qui les rendait presque hagards, sourds et aveugles au monde extérieur.

Charlotte s'allongea de nouveau, les cuisses entrouvertes. Elle avait tant attendu ce moment. Depuis ses quinze ans, sa nature ardente la tourmentait. S'il n'y avait eu l'amour obstiné que lui avait inspiré Simon Marois, elle se serait sans doute jetée dans les bras du premier beau parleur venu. Mais, en cette nuit de Noël, malgré le délire qui embrumait ses pensées, elle était soulagée d'être encore neuve pour Ludwig.

Il la caressait au seuil de son intimité préservée. Toujours délicat et patient, il usait de ses mains et de ses lèvres pour honorer ce joli corps dont il vénérait la douceur, le velouté et la chaleur. Quand il agaça avec habileté le petit bouton d'amour que toute femme possède, niché au cœur d'un précieux calice, Charlotte crut qu'elle allait devenir folle. Jamais elle n'aurait imaginé qu'on pouvait éprouver autant de plaisir, et ce plaisir même lui semblait d'une nature inhumaine, proche du divin, du mystérieux. Enfin, elle eut l'impression de s'envoler, d'être détachée de tout, avant de prendre conscience d'un vide terrifiant que seul Ludwig était capable de combler.

— Viens, viens, implora-t-elle. Oh viens!

Ramenée à la réalité par ce besoin viscéral de lui, elle osa l'observer. Il était presque nu lui aussi. Il ne lui restait que sa chemise. Elle aperçut son sexe durci et s'effara. Cela n'avait rien à voir avec ce qu'elle avait surpris pendant que le jeune homme se lavait.

— Je suis vierge, gémit-elle.

— Alors, non, déplora-t-il d'une voix attendrie. Non, il ne faut pas. Pas correct, alors…

— Oh! si, je veux, moi, je t'en prie! Viens!

Charlotte le saisit par les épaules, pour l'obliger à se coucher sur elle. Timidement, sa main droite chercha le contact de ce membre viril dont elle ignorait tout. Ludwig laissa échapper une plainte lorsque ses doigts menus le touchèrent. Il renonça à lutter et, très vite, il tenta de la pénétrer. Mais ce fut en vain. Il se heurta à des chairs neuves contractées, qui refusaient de céder le passage.

— N'aie pas peur, dit-il. Tu as mal?

— Oui, un peu, mais viens quand même, supplia-t-elle.

Il la désirait à en crier et il n'était plus en mesure de couper court à l'acte dont l'urgence lui vrillait les reins.

Mais Charlotte, privée de la griserie merveilleuse du plaisir, souhaitait surtout se débarrasser de sa virginité, quitte à souffrir. « Il paraît que c'est douloureux, songeait-elle. Mes collègues de l'usine, à Montréal, en ont discuté une fois. Je les ai écoutées sans rien dire, moi qui étais novice en la matière. Ce n'est qu'un mauvais moment à passer ! »

Ludwig se penchait sur son ventre. Sidérée, Charlotte faillit l'en dissuader d'un geste. Elle sursauta quand il se mit à embrasser son sexe, comme s'il s'agissait d'une autre bouche. Les joues en feu, malade de gêne, elle cacha son visage sous son avant-bras. D'exquises sensations l'envahirent, affolantes, subtiles. Le plaisir revenait, le désir aussi.

— Oui, oui, oui, psalmodiait-elle comme une prière.

Dès qu'elle se cambra, offerte, le regard voilé, il changea de position en guidant son sexe entre ses cuisses. Cette fois, il s'entêta malgré le cri qu'elle poussa. Sa volonté, doublée d'une frénésie de possession, eut raison du seuil fragile qu'il devait franchir.

— Pardon, pardon, petite chérie ! lança-t-il en plongeant en elle.

Ensuite, il ne bougea plus, les yeux fermés, la respiration saccadée. Charlotte sanglotait, blessée, déçue. Elle avait trop mal à présent pour espérer la moindre jouissance. Ludwig se retira et s'étendit à ses côtés.

— Pas pleurer, répéta-t-il. Moi désolé.

Il lui fallut de longues minutes avant de se calmer. Petit à petit, elle se rapprocha de lui, dans un besoin puéril d'être consolée. Ludwig la cajola en couvrant de baisers légers son front, ses paupières humides, ses joues et ses cheveux.

— Pardon, dit-il à nouveau.

— Ce n'est pas ta faute, soupira-t-elle. Mais je croyais…, je croyais que c'était différent, que je serais heureuse à en mourir.

Il ne répondit pas, soucieux de l'apaiser et de la rassurer. Les mots lui manquaient, si bien qu'il finit par parler en allemand. Charlotte ne comprenait rien, mais la voix suave et tendre de son amant endormait sa peine. Soudain, il reprit ses lèvres, et elle retrouva l'ivresse de cette union plus discrète, moins violente. Ludwig s'enflamma encore. Il réitéra chaque caresse, avide de ses seins un peu lourds, de son ventre, du goût sucré de sa chair. Quelques instants plus tard, il s'enfonçait en elle avec un cri rauque. Sans chercher à l'en empêcher, résignée, Charlotte constata que ce n'était plus désagréable. Les mouvements lents et réguliers de ce sexe dur et brûlant eurent bientôt un pouvoir étrange sur son corps. Elle les accepta, attentive, docile. Lui, il scrutait son visage, à l'affût de la moindre de ses réactions. Quand elle se mit à haleter, le regard perdu, il se domina pour ne pas précipiter sa propre extase.

— Oh! Oh! disait-elle avec étonnement.

— Pas mal? interrogea-t-il, le souffle court.

— Non, non, continue… Encore, oui, encore!

Après cet aveu, Charlotte se donna tout entière. Elle posa ses mains sur les hanches de son amant pour encourager ses allées et venues amples et de plus en plus profondes. Comme ivre, elle tournait la tête de gauche à droite, puis de droite à gauche, émerveillée des vagues de plaisir qui ne cessaient de croître et sublimaient sa féminité. Elle avait l'impression de se disperser dans l'espace, tout en ayant une conscience aiguë de chaque fibre de son être. Ses seins lui paraissaient vivants, gorgés de sève amoureuse. Ses jambes tremblaient. Et tout à coup, emportée dans un tourbillon de joie digne du paradis, elle perdit presque connaissance.

Ludwig perçut l'état de transe dans lequel elle exultait et criait, bouche entrouverte. Il s'abattit brusquement sur elle, secoué de longs frissons de jouissance. Ils demeurèrent longtemps ainsi, étroitement unis, sans penser à s'écarter l'un de l'autre.

« C'était ça dont je rêvais! » pensa Charlotte un peu plus tard. Elle pressentit aussi qu'elle ne pourrait plus vivre sans cette communion fantasque des corps et des cœurs. L'amour qui la submergeait était au-delà des normes, elle en était persuadée. Bien qu'elle fût devenue femme, elle ignorait encore tout de la puissance des liens charnels, de l'attachement instinctif qui naissait du plaisir partagé.

—Je t'aime, dit-elle à nouveau. Je n'ai jamais aimé comme ça.

—Moi, je t'aime encore plus, coupa Ludwig en l'embrassant.

Charlotte le contempla, ivre de bonheur. Elle détailla ses traits fins, ses cheveux clairs, ses lèvres au dessin harmonieux. Pour elle, il n'y avait plus que lui sur la terre.

—C'est Noël, chuchota-t-elle. Mon plus beau Noël!

14
Si loin de la terre natale

Val-Jalbert, vendredi 25 décembre 1942
Partagée entre son bonheur tout neuf et une angoisse légitime, Charlotte marchait vers le village. Il était six heures du matin. Le jour ne tarderait pas à se lever. Elle avançait presque à l'aveuglette, car il neigeait en abondance; de véritables rideaux de flocons drus et serrés dont se jouait un vent violent.

« Si j'ai un peu de chance, Mireille dormira encore, se disait-elle. J'aurais dû partir bien plus tôt, mais je ne pouvais pas. » Elle eut un sourire très doux en se souvenant comme c'était délicieux de demeurer blottie contre Ludwig, dans un nid douillet de couvertures. Ils avaient parlé longtemps, par petites phrases courtes, en mêlant parfois le français à l'anglais. Malgré ses craintes d'être surprise par la gouvernante, Charlotte se demandait comment retourner le plus vite possible auprès de son amant.

« Il a raison. Je ferais mieux de lui rendre visite durant la journée. Je dois inventer quelque chose, un travail à Chambord ou à Roberval. Et je voudrais passer une nuit entière avec lui! »

À chacun de ses pas freinés par la neige fraîche, son corps lui rappelait la réalité des ébats passionnés auxquels elle s'était livrée. Ses jambes étaient comme endolories et courbaturées.

— Mon Dieu, pardonnez-moi, mais je l'aime, je l'aime tant. Laissez-le-moi, je vous en prie!

Charlotte s'arrêta un instant, épuisée. Une soudaine colère la prit. L'hiver ne faisait que commencer et elle redoutait les grands froids, les nuits de gel impitoyable.

«Je ne pourrai pas toujours rejoindre Ludwig. Je n'aurais jamais dû prêter ma maison à Hermine. J'ai un logement qui m'appartient et je ne peux plus en profiter. Si seulement j'habitais seule le petit paradis, comme l'ont baptisé les enfants, je pourrais y cacher mon amour et le protéger.»

Elle en aurait pleuré de dépit. Tout aurait été plus simple si le jeune Allemand s'était installé chez elle. «Il aurait une chambre à lui, bien chauffée! Personne ne soupçonnerait sa présence. Le jour, je l'enfermerais à clef et, le soir, nous pourrions souper ensemble et dormir dans un bon lit. Comment faire? Hermine ne comprendra pas si je change d'idée et que j'exige de reprendre ma maison pour y habiter seule.»

Il n'y avait pas de solution, Charlotte dut l'admettre. Elle se consola en évoquant les baisers de Ludwig et sa tendresse. Il savait se montrer câlin, l'étourdir de mots charmants. Grâce à lui, elle se sentait belle et désirable.

«Je ne regrette rien, ça non! J'ai eu très mal, mais ensuite…, ça a été magique, oui! La troisième fois, je me suis presque évanouie de plaisir.» Certains détails de leur dernière étreinte la firent rougir. Il pouvait geler, elle avait tellement chaud qu'elle se moquait de la température extérieure.

— Mon amour, mon chéri, mon homme! murmura-t-elle. La plus terrible des épreuves, ce serait de ne pas me retrouver ce soir, nue dans tes bras.

Charlotte reprit son chemin, bien déterminée à duper le monde entier. Mais lorsqu'elle atteignit enfin la demeure des Chardin une mauvaise surprise l'attendait. La porte de l'arrière-cuisine était fermée à clef. Elle s'affola.

«Pourquoi, mon Dieu? Oh non, non!»

Elle payait le prix de sa hâte de s'enfuir, la veille. D'ordinaire, elle partait quand toute la maisonnée dormait profondément, en laissant ouvert, si bien qu'à son retour personne n'avait pu donner un tour de clef. «Mireille a dû fermer avant de se coucher, se dit-elle, saisie de panique. Doux Jésus, je suis perdue!»

Au même moment, elle crut entendre un bruit de casserole dans la cuisine, accompagné d'une toux sèche. «Mireille vient de se lever, déjà! Qu'est-ce que je vais devenir, moi?»

Tout à fait terrifiée, Charlotte jeta un regard anxieux à la panière qu'elle tenait. «Je pourrais frapper et prétendre que je suis sortie distribuer des restes aux chiens! Non, les enfants ont dû s'en charger hier soir, avant de monter se mettre au lit... Dans ce cas, je dis à Mireille que j'ai un amoureux, que je lui avais donné rendez-vous dans le box du poney! Mais non, c'est ridicule! Elle refusera de me couvrir. Elle dira à Laura et à Jocelyn que je me suis absentée toute la nuit.»

De grosses larmes coulaient sur son visage. La bienfaisante chaleur qui l'avait préservée du temps glacial pendant le pénible trajet du moulin au village céda la place à une sensation de froid intense. Elle fut transie en quelques secondes. «Mon Dieu, faites un miracle, ayez pitié de moi, de ceux qui s'aiment! La porte principale, celle du perron! Peut-être qu'elle n'est pas verrouillée?»

Sans cesser d'implorer Dieu et secouée de sanglots, elle contourna l'imposante demeure avec l'espoir insensé d'entrer en passant inaperçue. Mais elle en fut quitte pour une nouvelle déception. Cette poignée-là aussi lui résista. «Que faire, Seigneur, que faire?»

La suite des événements l'épouvantait. Elle n'avait plus le choix, elle devait demander à la gouvernante de lui ouvrir et ce serait la honte, les questions outragées de Laura sur son escapade nocturne.

«Il faut avant tout que je protège Ludwig, songea-t-elle. Tant pis pour ma réputation, tant pis si on me juge mal, je n'ai qu'à inventer un amoureux qui serait venu me chercher en voiture et qui m'aurait conduite dans un hôtel de Roberval. Je m'en fiche, de mon honneur!»

L'honneur, cela signifiait se priver des joies délirantes qu'offrait l'amour physique. Charlotte avait assez souffert de sa chasteté pour jeter principes et convenances au vent d'hiver. Elle respira à fond pour se donner du courage et

409

s'apprêta à faire demi-tour pour frapper à la porte de l'arrière-cuisine. Avec un peu de chance, elle pourrait apitoyer Mireille, la supplier de ne pas la trahir.

Un déclic significatif la figea sur place. Quelqu'un tournait le verrou. «Oh! Je dois vite me sauver! Si c'est papa Joss, je suis vraiment fichue!»

— Charlotte, attends, fit une voix étouffée.

Le battant s'entrouvrit à peine sur le minois inquiet de Kiona. La fillette s'était empêtrée dans le rideau en drap de laine qui coupait les courants d'air.

— Monte vite dans ta chambre. Moi, je cours à la cuisine. Je vais dire à Mireille que j'ai envie de vomir.

Le miracle avait eu lieu. Charlotte renonça à savoir ce que Kiona faisait là, elle qui dormait toujours chez Hermine.

— Merci, ma chérie, merci, chuchota-t-elle sans parvenir à croire qu'elle était pratiquement hors de danger.

— Chut! Tant que je ne suis pas à la cuisine, ne bouge pas.

L'enfant paraissait affolée elle aussi. Charlotte l'aida à refermer. Elle la suivit des yeux le long du couloir, puis elle l'écouta pousser des plaintes lamentables.

— Mireille, j'ai mal au ventre, j'ai soif!

Après avoir ôté ses bottes, Charlotte se précipita vers l'escalier. Ce fut avec une sorte d'intense étonnement qu'elle se retrouva dans sa chambre, hors de danger.

— Cher petit ange! Kiona, j'en fais le serment, ma vie durant, j'aurai une dette sacrée envers toi.

Hébétée, incapable de croire que tout se terminait bien, elle s'assit au bord de son lit. Puis la raison lui revint et elle s'empressa de se déshabiller pour enfiler un pyjama et se glisser entre ses draps. Bizarrement, obsédée par Kiona, elle oublia Ludwig de longues minutes. Il y avait quelque chose d'anormal, de magique aussi dans la conduite de l'enfant. Depuis trois ans, Charlotte ne s'était jamais interrogée sur les prétendus pouvoirs de la fillette. Hermine lui en avait parlé souvent, cependant. «Je doutais, en fait. J'ai même cru parfois que tout ça n'était dû qu'au hasard, qu'elle ne pouvait en aucun cas se déplacer dans l'espace, être à deux endroits à la fois! Qui accepterait un tel prodige? »

Plus Charlotte y réfléchissait, plus elle avait la certitude que Kiona était vraiment investie de dons inouïs, dont la nature échappait à toute logique. « On dirait une fée, comme celles des contes que je lisais quand j'étais petite. Toujours là au bon moment, au bon endroit! Et belle, lumineuse, soucieuse du bonheur de ses protégés. Dieu, je suis folle! Les fées n'existent pas, hélas! Mais comment Kiona a-t-elle su que j'étais à la porte? Hermine et Madeleine affirment qu'elle a des visions et des prémonitions... Est-ce que cela veut dire qu'elle aurait senti ma détresse et qu'elle s'est réveillée pour m'aider? J'ai l'impression aussi que ce petit ange m'a poussée vers Ludwig, qu'elle serait prête à toutes les ruses pour que je sois avec lui. Pourquoi? »

La fatigue vint à bout des interrogations qui se bousculaient dans sa tête. En manque de sommeil, terrassée par toutes les émotions de la nuit, elle s'endormit d'un coup.

Dans la cuisine, Mireille, en robe de chambre, considérait Kiona d'un œil perplexe. Elle avait donné à la petite un verre d'eau additionnée de sirop d'érable.

— Te sens-tu mieux? Maintenant, je ne retourne pas me coucher. Je m'étais levée pour boire, moi aussi! Je n'ai plus qu'à reprendre mon service avec une heure d'avance, le jour de Noël, en plus.

— Je suis désolée, Mireille! Pardon, dit Kiona d'un air dolent. J'avais si mal au ventre! Et Louis faisait des bruits en dormant; ça me faisait un peu peur.

— Tu n'avais qu'à écouter Hermine et rentrer avec elle au petit paradis! Tu as tes affaires là-bas, tes habitudes. Icitte, tu n'étais pas à ton aise.

— Je sais. Mais ça faisait plaisir à mon père que je passe la nuit sous son toit.

— Rien que ça, ironisa la gouvernante. Mademoiselle placote comme une princesse! Sous le toit de madame, oui! File te remettre au lit astheure!

D'une docilité exemplaire, Kiona sortit en la remerciant encore. Attendrie, Mireille se prépara un café bien noir. « Pauvre mignonne! Je me demande ben où monsieur et notre Mimine vont chercher ces histoires de dons, de visions et tout ça. Leur Kiona, ce n'est qu'une gentille enfant avec un beau sourire. »

Loin de soupçonner qu'elle venait d'être bernée, Mireille haussa les épaules. Quant à la gentille enfant, elle montait l'escalier, un peu lasse, ensommeillée. C'était épuisant de jouer les bonnes fées.

Camp de Buchenwald, même jour

Simon ignorait l'heure, mais il estimait qu'il était minuit passé. Même là, dans l'enfer du camp, tout le monde savait que c'était Noël. Le fils aîné des Marois observa son poignet, là où il avait porté une montre-bracelet naguère, dans un autre monde et un autre temps. Ses os saillaient. En un mois, il avait dû perdre dix kilos.

« Crisse de câlisse! J'en ai assez de cette misère, calvaire! » jura-t-il en son for intérieur, pour le misérable plaisir de prononcer les jurons de son pays.

Il n'aurait jamais cru qu'il aimait autant son Québec natal. Allongé sur la couchette en planches qui lui servait de lit, une couverture trop mince sur son corps émacié, il gardait les yeux fermés, avide de se souvenir. Cette nuit, il n'aurait que cela comme cadeau, des images d'un passé dont il chérissait à présent même les moments les plus pénibles. « Quand je me revois, prêt à me pendre, ce jour affreux où maman est morte, je me dis que j'étais un pauvre niaiseux, un imbécile, mais j'aurais évité tout ça! Mon Dieu, si j'avais su! Seigneur tout-puissant, aidez-moi, sortez-moi de là! »

Des larmes qu'il essuya rageusement perlèrent à ses paupières. Le triangle rose cousu sur sa veste rayée l'avait désigné dès son arrivée à Buchenwald comme une créature dépravée, la lie du genre humain. Ses codétenus le méprisaient et ne se gênaient pas pour le lui faire comprendre. Mais cela, Simon aurait tout de même pu l'endurer.

Dans un effort désespéré pour oublier le baraquement puant, le froid et la faim, il crispa les mâchoires. « Je suis à Val-Jalbert ! Pas icitte, non ! Icitte, même la neige est sale. Pas chez moi ! En cette saison, le clocheton du couvent-école qu'on voit de notre fenêtre de cuisine est sûrement couvert de son chapeau blanc. Et le père ? Qu'est-ce qu'il fait, astheure ? Tabarnouche, il doit me croire mort comme Armand. Non, papa, je ne suis pas encore crevé, mais ça ne va pas tarder. »

Dans le camion où les soldats allemands les avaient fait monter, Henryk s'était empressé de lui parler tout bas. Avant de prendre un coup de crosse en pleine figure, le jeune Polonais l'avait averti.

« Himmler a décrété que les homosexuels étaient une peste qu'il fallait exterminer. Avant la guerre, on nous mettait en prison pour des années. Maintenant, je crois qu'on va être abattus comme des bêtes malades. »

Simon en doutait, même après avoir été séparé d'Henryk, dans le train qui le conduisait au camp de Buchenwald, au milieu d'autres prisonniers entassés dans un wagon. Mais, dès son arrivée, il avait compris. Un kapo s'était chargé de le diriger avec des gestes et des intonations rudes vers une bâtisse en planches. À gauche de la porte, il y avait un tas de cadavres décharnés, en tenue rayée, veste et pantalon de toile. Personne ne semblait y prêter attention.

« Saleté de kapo ! Maudit kapo ! » se répéta-t-il, incapable de contenir un sanglot horrifié. On appelait ainsi un détenu qui avait tout pouvoir sur les autres et qui ne pouvait se soustraire aux responsabilités qu'on lui imposait qu'au prix de sa propre survie. Les kapos bénéficiaient de légers avantages, mais ils finissaient souvent par être abattus à leur tour.

« Mon pauvre papa ! Moi qui te détestais parfois parce que tu étais dur et sévère ! Seigneur, tu étais un agneau, comparé aux chiens enragés qui nous surveillent : les contremaîtres de la carrière de pierres et ces fichus gardes SS ! Si je te racontais ce que j'ai vu depuis que je suis ici, avec mon triangle rose sur la poitrine, je ne sais même pas si tu me croirais. Personne ne peut imaginer ce qui se passe icitte! »

Il avait tout de suite constaté que les conditions de travail étaient inhumaines. Des accidents se produisaient, qui causaient des blessures mortelles. Chaque jour, un ou plusieurs prisonniers étaient abattus avant de rentrer au baraquement, le kapo ayant transmis aux soldats de faction la liste de ceux qui devaient être exécutés.

« Aujourd'hui, ils ont abattu Marcel, ce malheureux type qui avait à peu près l'âge de mon père. Parce qu'il s'était évanoui, de faiblesse! » Simon ne pouvait chasser de son esprit l'image du détenu baignant dans son sang. Il était à deux mètres de lui à peine lorsqu'on l'avait assassiné et il gardait l'impression étrange d'avoir ressenti l'impact des balles dans sa chair à lui. Après quelques secondes d'un sursaut dérisoire, l'existence de Marcel, un Français marqué lui aussi du triangle infamant, s'était arrêtée là, à Buchenwald. Un visage ravagé par l'épuisement, un visage parmi tant d'autres… « Quelqu'un de bien, ce type! Un poète! Hier, il m'a parlé de son épouse, de son fils et de sa petite-fille Noémie qui allait avoir cinq ans le jour de l'An. »

Les alignements de grillages et de barbelés, de même que les miradors dressés contre le ciel gris, décourageaient toute tentative d'évasion. Simon s'accrochait à sa vie. Il avait si peur de mourir qu'il en faisait des cauchemars. Il ne connaissait qu'un moyen de s'enfuir le plus loin possible : rêver, évoquer son pays et les êtres chers qui lui manquaient tant.

Un magnifique regard bleu azur vint disperser la pénombre oppressante, puis des joues roses et un sourire de femme plein de compassion, une vision précieuse à la trame de douceur et de tendresse. « Mimine, ma petite sœur, mon amie chérie! Est-ce que tu penses à moi? C'est la nuit de Noël, tu vas te réveiller, là-bas, à Val-Jalbert, notre village fantôme. Mireille va te préparer du café ou du thé. Tes parents seront dans le salon, autour de ce grand sapin qui brille, tout illuminé. Qu'est-ce que vous devenez, vous tous, chez nous? »

De grosses larmes inondaient la face émaciée de Simon. Il crut entendre le rire timide de sa petite sœur, Marie, une enfant dont il n'avait jamais été très proche.

«Et toi, Edmond, mon p'tit Ed! J'espère que tu es bien à l'abri dans un séminaire, ou au fond d'un collège, de l'autre côté de ce fichu océan. D'accord, si tu portes la soutane, tu ne perpétueras pas la lignée des Marois, mais au moins tu vivras, toi! Mon p'tit Ed, que tu étais beau garçon! Le vrai portrait de maman, avec tes cheveux frisés, du même blond que les siens, et ta fossette au menton. Maman, ma chère maman! Maman!»

Il se mordit le dos de la main. Betty lui apparut, toute jeune, du temps où Joseph travaillait à l'usine. À cette époque, la maison de la rue Saint-Georges était toujours bien propre, bien chaude, comme imprégnée de l'odeur des soupes de légumes et des beignes tièdes saupoudrés de sucre.

«Oh! Qu'il était beau ce Noël où nous avons offert un électrophone à Mimine! Ed ne tenait pas en place. Maman avait cuisiné depuis le matin. Mimine s'installait pour de bon chez nous. Pour elle, on avait aménagé le salon en chambre. Elle a été très surprise de recevoir un tel cadeau. Après le souper, nous avons écouté des disques avec des chants de Noël.»

Il poussa un gémissement. Une voix rauque s'éleva.

— Hé! la tapette canadienne, tu chiales? Un peu plus et tu vas réclamer ta mère! Tu veux que je vienne te consoler, ma poulette?

C'était Gustave, un Bavarois marqué du triangle vert[44]. Il parlait couramment français, car il avait grandi près de Strasbourg. Il n'avait qu'une obsession: gagner le statut de kapo afin de sauver sa peau. Parfaite incarnation de la brute, il affichait à la moindre occasion sa haine des pédérastes, comme il appelait les homosexuels. Son instinct de survie aiguisé par les rumeurs qui circulaient

---

44. Le triangle vert, dans les camps, était porté par les prisonniers de droit commun comme les criminels ou les voleurs.

de baraquement en baraquement, Simon avait tenté de se protéger en prétextant qu'il était victime d'une erreur. Dès le deuxième jour suivant son arrivée, il avait déclaré bien haut à ses codétenus qu'il n'aurait jamais dû porter le triangle rose.

— Les Boches se sont trompés, je vous dis, avait-il affirmé. J'aime les filles, moi, les belles filles avec des rondeurs là où il faut, et je m'en suis offert quelques-unes!

Certains s'étaient montrés sceptiques, même perplexes, devant ce grand gaillard brun à la stature d'athlète. Mais pas Gustave qui le traitait sans relâche de tapette canadienne, quand il n'imitait pas son accent.

— Peut-être que tu pleurniches sur Marcel, ce vieux pédé? insista le Bavarois. Il te donnait du plaisir, ma petite chatte?

Simon bondit brusquement de son lit. Il faisait noir, mais il était habitué à l'obscurité. Il perçut de la musique venant de loin. Les médecins et les commandants du camp devaient fêter Noël sans aucune mauvaise conscience, eux, les bourreaux, les démons.

— Ferme ta gueule, sans dessein, menaça l'aîné des Marois. Et laisse-moi tranquille, sinon je m'arrangerai pour te faire taire un de ces soirs. Ça te suffit pas qu'on soit tous condamnés à crever ici, un par un, dix par dix, cent par cent! Au nom de quoi? Je me demande, moé, ce qui t'a valu ton triangle vert? Si je suis une tapette, toé, t'as pu violer une gamine ou tuer ta femme?

— Moins fort, conseilla un autre détenu en polonais.

Gustave s'était levé sans bruit. Simon devina une silhouette massive qui fondait sur lui. Il reçut un coup, puis deux, puis il en rendit à l'aveuglette. On les sépara dans l'unique souci d'éviter une visite du kapo et de son adjoint.

« L'enfer sur la terre, pensa le jeune homme en s'allongeant à nouveau. Maman, j'suis en enfer. Prie pour moi, maman... »

Val-Jalbert, *même jour*
La famille Chardin était partie à Roberval pour assister

à la messe. Jocelyn avait amené son épouse et son fils Louis, la gouvernante, ainsi que mademoiselle Damasse, soucieuse du salut de son âme.

Mais Hermine avait refusé d'aller à l'office, de même que Badette. Pourtant croyante, la journaliste préférait rester bien au chaud dans le grand salon dont la décoration rutilante lui plaisait infiniment.

En l'absence des maîtres des lieux et de la pétulante Mireille, la belle demeure semblait somnoler, tout comme Charlotte qui dormait encore si profondément que Laura l'avait supposée bien malade.

—Que c'est gentil, ma chère amie, d'être venue prendre le thé avec moi! dit Badette à Hermine. Et vos enfants?

—Madeleine s'en occupe à merveille! Et ils sont déjà tous plongés dans les livres de la comtesse de Ségur. Je voulais vous parler sans oreilles indiscrètes. C'est le moment idéal.

Elles s'étaient assises face à face autour d'un guéridon. Le sapin embaumait; ses guirlandes lumineuses dispensaient une clarté chatoyante. Le bec de la théière laissait échapper un filet de vapeur parfumée.

—J'ai rapporté des biscuits de la cuisine, dit encore Hermine. Quel calme!

—Nous sommes délicieusement bien! Alors, que vouliez-vous me demander ou me raconter? Je parie qu'il s'agit de mon futur article sur ces horribles pensionnats!

—Pas du tout! Nous y viendrons, mais plus tard. Badette, vous en serez la seconde informée, mon amie Madeleine étant déjà au courant. Au mois d'avril ou peut-être bien avant, je vais partir pour la France. Octave Duplessis, mon impresario à Québec, m'a sommée de faire le voyage!

—Comment ça, sommée? Mais c'est de la folie! Paris et la France entière sont aux mains des Allemands. Hermine, vous êtes maman de trois enfants, vous n'allez pas quitter ce précieux refuge pour vous jeter dans la gueule du loup, pardonnez-moi l'expression? Et aucun bateau ne naviguera avant le printemps!

417

—Je prendrai l'avion à New York. Badette, je peux vous faire confiance?

—Oui, évidemment!

—J'ai pu joindre mon ancien impresario, Octave Duplessis, en téléphonant au numéro qu'il avait noté au dos de sa carte de vœux. Une carte en apparence banale, mais quelque chose clochait qui m'intriguait. J'avais raison, car il m'a fait comprendre à mots couverts que je devais à tout prix le rejoindre à Paris. Ce serait en rapport avec Toshan. Vous savez qu'en France la Résistance s'organise grâce au soutien de Londres et à l'instigation de Charles de Gaulle. Selon mon père, ce militaire est un homme de grande valeur qui lutte pour sauver sa patrie. Enfin, le fait est là, je dois partir et je voudrais que vous m'accompagniez là-bas. Bien entendu, je paierai tous vos frais. Je me sentirai moins seule. Et vous êtes française, cela m'aidera.

Sidérée, la journaliste se versa du thé. Sa quiétude venait de voler en éclats.

—Je maintiens que tout ceci est absurde, Hermine. Réfléchissez, le Canada est en guerre contre l'Allemagne. Vous serez considérée comme une ennemie des nazis si votre identité est dévoilée. J'aimerais vraiment vous rendre service, vous soutenir, mais je ne peux pas accepter. Et il y a mon travail. Le directeur de *La Presse* ne va pas me donner un congé, surtout ces temps-ci. Ma chère petite, renoncez, je vous en conjure! C'est de la folie, je vous le répète.

Hermine s'attendait à ce refus. Elle ne se vexa pas. Ce départ lui paraissait à la fois proche et lointain, un peu irréel aussi.

—Dans ce cas, puisque vous séjournez ici jusqu'au jour de l'An, donnez-moi tous les conseils possibles pour ce voyage. Comment parler à vos compatriotes, où loger à Paris...

—Sur ce point, je vous aiderai de grand cœur. Mais, quand vos parents connaîtront votre projet, ils vous empêcheront de partir et ils auront raison. Et ce Duplessis, est-il fiable au moins? Pourquoi serait-il en contact avec votre mari?

Hermine fit la moue. Elle se basait sur des paroles ambiguës, prononcées par l'impresario avec une intonation insistante, bizarre.

— Octave a su éveiller ma curiosité et me prévenir en même temps, expliqua-t-elle avant de croquer dans un des biscuits au goût suave de miel. Il disait que les forêts françaises abritent de drôles d'oiseaux et que mon chant saurait les apprivoiser.

— Mon Dieu, c'est totalement hermétique!

— Pas pour moi. Les forêts autour de la Péribonka étaient le domaine de Toshan, qui m'appelait son oiseau chanteur. Quant au terme *apprivoiser*, il me pose un problème, je l'admets.

Elles se turent, toutes deux songeuses. Le bois crépitait dans le gros poêle en fonte noire. Derrière les vitres, des flocons voltigeaient, très fins. Le froid était devenu si vif au petit matin que la neige se faisait légère et cristalline.

— Je vais en discuter avec mes parents après le repas de midi, annonça Hermine. J'ai besoin qu'ils me prêtent de l'argent. Maman va hurler et gémir encore et encore, mais elle finira par consentir à cette folie, comme vous dites.

Badette lissa ses cheveux châtain clair du bout des doigts. Vêtue d'une robe en laine aux motifs chamarrés, elle semblait cependant frileuse, et surtout très ennuyée.

— Mon amie, par pitié, n'entreprenez pas cette expédition insensée, reprit-elle d'un ton persuasif. Et si vous ne reveniez jamais! Que deviendraient vos enfants et la petite Kiona que vous aimez si fort, si tendrement? S'il était au courant, Toshan lui-même vous interdirait de franchir l'océan! La France vit des heures sombres, les persécutions contre les Juifs ne font que s'intensifier, le gouvernement de Vichy rampe sous la botte allemande. Seigneur, si je vous sais à Paris, je vais en tomber malade!

— Une artiste peut bien voyager sans être soupçonnée, dit la jeune femme, exaspérée. Octave Duplessis a dû évaluer les risques. Il ne me demanderait pas de le rejoindre si cela me mettait en danger!

—Je vois que vous ne changerez pas d'avis. Que Dieu vous protège!

—Je suis prête à tout pour revoir Toshan. Il me manque tant. J'ai l'intuition que, dès que je serai en France, je le retrouverai très vite.

—Si toutes les épouses de soldat vous imitaient, Hitler aurait à craindre un débarquement féminin peut-être redoutable, voulut plaisanter la journaliste. Ma chère petite amie, comme vous me faites de la peine! Vous lancer dans une pareille aventure!

Hermine eut un sourire rêveur. Au fond de son cœur, elle avait l'impression de s'engager sur une voie semée d'embûches dont il lui faudrait triompher afin de mériter l'amour de son mari. «Je me rachèterai en volant vers lui, en bravant tous les périls, s'enflamma-t-elle en pensée. J'ai eu tort de m'enticher d'Ovide, selon l'expression de maman. J'ai trahi Toshan quand j'ai crié de plaisir sous d'autres caresses que les siennes. Mais je lui prouverai que nous sommes inséparables, qu'il est mon époux pour l'éternité.»

Badette l'observait, fascinée par sa beauté blonde et la grâce de ses gestes. Un bruit métallique venant de la cuisine la fit sursauter.

—Avez-vous entendu, Hermine? Qu'est-ce que c'est? Il n'y a pourtant personne au rez-de-chaussée!

—Ne bougez pas, je vais voir.

—Je vous en prie, soyez prudente! Votre gouvernante ne ferme jamais à clef pendant la journée. N'importe qui a pu entrer!

Mais elle était déjà dans le couloir. Le tintement résonna à nouveau, caractéristique d'un ustensile en fer cogné contre un autre.

—Charlotte? s'étonna Hermine. Depuis combien de temps es-tu descendue? En voilà des manières. Tu aurais pu venir nous saluer dans le salon.

—Non, j'ai une mine affreuse. J'ai été souffrante cette nuit. Regarde, je suis en robe de chambre et j'ai les yeux cernés. Je ne voulais pas que ton amie Badette me voie dans cet état! J'avais envie d'une boisson chaude, mais je ne voulais ni thé ni café. Je me préparais du cocoa[45].

— C'est vrai que tu n'as pas l'air bien! Il fallait m'appeler, je t'aurais monté ce que tu désirais.

Charlotte s'affairait, tremblante et échevelée. Sans oser faire face à Hermine, l'air affolé, elle déclara soudain :

— Je te préviens, ne me demande pas de t'accompagner en France. Je ne monterai jamais dans un avion, et je suis de l'avis de Badette, on est plus en sécurité icitte, à Val-Jalbert!

— Tu écoutes aux portes maintenant?

— Je n'ai pas fait exprès! Tu parlais assez fort et, même de l'escalier, je pouvais t'entendre. Mimine, je n'allais pas me boucher les oreilles!

— Que tu es sotte! Je n'avais pas l'intention de t'amener, petite fille! Quant à Badette, c'est différent, je lui ai proposé de venir parce qu'elle est française, et journaliste.

— Je ne suis pas une fillette, gémit Charlotte. Doux Jésus, je ne peux pas être tranquille un instant. J'ai mal au ventre, j'ai de la fièvre et je n'ai pas de cuisine bien à moi où me préparer du cocoa. Oh! Quelle plaie de vivre chez les autres!

Cette exclamation plaintive stupéfia Hermine. Elle se sentit tout de suite fautive du fait qu'elle habitait la maison de son amie.

— Mais qu'est-ce que tu as ce matin! C'est Noël, Charlotte, et tu es d'une humeur massacrante! Tu as tort de récriminer, c'est toi qui tenais à loger ici, chez ma mère. Rassure-toi, dans ce cas, mon prochain départ va t'arranger. Viens donc boire ton cocoa au salon que nous causions un peu!

Intriguée, Charlotte se laissa entraîner. En fait, elle avait honte d'avoir été aussi désagréable. Cependant, à peine réveillée, elle s'était languie de Ludwig. Avec amertume, elle l'avait imaginé couché à ses côtés, nu, brûlant, câlin.

---

45. Terme anglais désignant une boisson à base de chocolat en poudre, préparée avec de l'eau bouillante.

—Oui, en prévision de mon absence, poursuivit Hermine, j'ai cherché des solutions. Je pense rester en France jusqu'à la fin de l'été. Je décrocherai d'autres contrats. Aussi, je préfère que les enfants ne soient pas isolés avec Madeleine. Maman sera ravie de les héberger.

Exaltée, Hermine installa Charlotte sur le sofa. L'air soucieux, Badette suivait attentivement son discours.

—J'ai tout prévu. Mukki et Louis pourraient prendre la chambre de mademoiselle Damasse. Les quatre filles seraient très bien dans l'ancienne nursery, avec Madeleine. Et toi, Charlotte, si tu désires récupérer le petit paradis, c'est possible. Dans ce cas, l'institutrice disposera de ma chambre rose, que tu occupes en ce moment.

—Vraiment? s'écria Charlotte, qui avait repris des couleurs et qui ne tremblait plus du tout. Je n'osais pas t'en parler, Mimine, mais je regrettais notre accord. Ici, je suis de moins en moins à mon aise. Je ne peux pas garder mes neveux ni inviter mon frère à souper.

—Mais, mademoiselle Charlotte, vous n'auriez pas peur, seule dans une maison, en plein hiver? interrogea la journaliste. Ou bien vous avez un amoureux, peut-être un fiancé?

—Enfin, Badette! s'exclama Hermine. Même si Charlotte fréquentait quelqu'un, elle ne le recevrait pas en tête-à-tête!

—Bien sûr que non, confirma l'intéressée avec le plus d'aplomb possible. Justement, j'ai cru que je serais mieux chez maman Laura, en famille. Hélas! Je me suis trompée. J'ai besoin d'un peu d'indépendance. De toute façon, mon frère est dans le voisinage, et je pourrais prendre le vieux Malo. Je l'aime, ce chien. Si ça ne te dérange pas, Mimine?

—C'est une excellente idée, et cela ferait plaisir à Toshan, qui l'a jugé très intelligent et bon gardien. Nous avons du travail en perspective, mais si tu es contente ça m'enlève déjà un souci. Je ne sais comment vous l'expliquer, mais je voudrais partir pour Paris dès demain si c'était possible. Je ressens comme un appel, une attirance impossible à raisonner. Et cela me donne l'impression d'être vraiment adulte, d'échapper à la protection parfois pesante de mes parents. Quant à mes enfants, je sais qu'ils seront en bonnes mains.

— Et Kiona? demanda Charlotte. Elle dort dans ton lit. Elle va être très triste sans toi!

— D'abord, elle a son père, maintenant, et maman semble lui témoigner de l'affection. Ensuite, c'est elle, Kiona, qui m'a dit de m'en aller, de rejoindre Toshan…

Rouffignac, même jour

Toshan était seul dans la petite chambre mansardée où on le cachait. Il faisait déjà nuit, comme en attestait le carré de ciel bleu sombre dessiné par le vasistas à l'armature rouillée.

« Il n'y a pas un bruit dans cette maison, songea-t-il. J'ai du mal à croire que Simhona et son fils habitent ici, et aussi la famille de son amie, Brigitte. Ou je suis perché à je ne sais quel étage, ou bien elle me ment. »

Il trouvait assez étrange de ne rien savoir du lieu où on l'avait conduit grièvement blessé, entre la vie et la mort, selon Simhona. Le Métis était sûr d'une chose, il avait été parachuté au-dessus de la France.

« Je voudrais sortir, respirer à pleins poumons. Comment est le village? Ou la campagne? »

Depuis qu'il avait repris connaissance, il souffrait d'être enfermé. Sa vigueur naturelle hâterait sa guérison, il le pressentait. Une fois rétabli, il n'aurait qu'une hâte, se retrouver dehors, dans la forêt.

« Je devais contacter le chef d'un réseau de la Résistance! Je me souviens des indications, mais il me faudrait une carte, de quoi me repérer. » De plus en plus nerveux, il ferma les yeux pour ne plus voir le plafond grisâtre maculé de taches brunes et éclairé par la flamme de la lampe à pétrole.

— Rien n'est très différent d'un pays à l'autre, chuchota-t-il, presque surpris d'entendre sa voix dans le silence.

Il avait déjà fait le même constat en se promenant dans la ville de Londres, durement éprouvée par les bombardements ennemis. Les maisons disloquées laissaient voir des murs brisés et des pierres en suspens. Partout, les hommes construisaient leurs logements sur un modèle ordinaire. «De la pierre taillée, du béton, des poutres, des planches, énuméra-t-il en son for intérieur. Mais le bois est une matière noble. Ce sont mes frères, les arbres, qui nous offrent leur chair pour qu'on fabrique des meubles et des charpentes.»

Son âme indienne le dominait. Il se languissait du parfum de la terre humide, de la végétation et du ciel immense. Oppressé par une montée de mélancolie, il eut envie d'une cigarette. Mais il n'en avait pas. Bizarrement, dans cet espace clos où il était livré à lui-même, ce qui le faisait le plus souffrir, c'était la mort de Tala. Il avait rêvé d'elle en s'assoupissant quelques minutes. «Ma mère... J'ai quitté le Québec sans imaginer un instant que je ne la reverrais jamais. Et ça a été odieux d'apprendre son décès par une lettre. Toute une existence réduite à quelques lignes! Hermine essayait de me ménager, mais chaque mot me brisait le cœur un peu plus.»

Exaspéré, il crispa les mâchoires pour évoquer le visage altier de Tala la louve. Pareil à un enfant naïf, il l'avait crue invincible, capable de surmonter la maladie, et aussi la mort. Des images du passé lui revinrent. Son père, Henri Delbeau, un colosse de sang irlandais, tamisait le sable de la Péribonka. Il faisait chaud, le soleil rendait la surface de l'eau étincelante. Lui, Toshan, devait avoir six ans environ et il jouait à pêcher avec un bâton au bout duquel il avait noué une ficelle.

— Mon fils, tu vas nous sortir un saumon géant de la rivière, disait Tala en riant.

Elle était très jeune et si belle, avec sa peau satinée couleur de cuivre doré et ses longues nattes d'un noir d'encre. Elle attisait un petit feu sur la berge pour faire griller des tranches de lard.

«Mon père, ma mère! Tous les deux plongés dans le grand sommeil, à des années d'intervalle. Sont-ils réunis, au moins?» La question l'obséda quelques minutes, puis il se concentra sur ses enfants afin d'échapper à la douleur qui vrillait son âme.

« C'est le jour de Noël. Mukki et ses sœurs doivent jouer sous le sapin, dans le salon de Laura. Comme je voudrais les revoir, les écouter bavarder! Mes petits me manquent. Laurence, si douce, toujours penchée sur une feuille pour dessiner, avec cette manie qu'elle a de mordiller le bout de son crayon! Et ma farouche Marie-Nuttah, elle a dû être une fière guerrière dans une vie antérieure! Dans son avant-dernière lettre, Hermine m'a raconté que notre fille s'était teint les cheveux au brou de noix, et qu'elle s'était peinturluré le visage avec de l'ocre. Et Mukki, mon grand garçon! Dix ans, il a déjà dix ans! Mine affirme qu'il me ressemble beaucoup. Mine... »

Depuis le matin, Toshan s'était interdit de penser à sa petite femme coquillage. Il l'avait surnommée ainsi peu après leur nuit de noces, dans le cercle des mélèzes, afin de rendre hommage à sa chair nacrée, lisse, fraîche et soyeuse.

— Mine chérie, gémit-il.

Il avait l'impression de ne pas l'avoir vue depuis des années, et non des mois. Au prix d'un réel effort, il s'attacha à certains détails. Il revit la manière dont Hermine relevait sa chevelure blonde le matin, en la nouant d'un ruban. Elle avait un sourire tendre, lumineux, et un corps somptueux de miel et de lait.

Un léger déclic coupa court à des souvenirs de plus en plus intimes. De son allure feutrée, Simhona entra. D'une main, elle portait un plateau rond, garni d'une théière, d'une tasse et d'un gâteau.

— Bonsoir, monsieur, dit-elle à voix basse. Je suis désolée de vous avoir abandonné presque toute la journée, mais Nathan était nerveux. Il a eu un jouet pour Noël et il faisait tellement le fou que je ne pouvais pas le quitter un instant. Et je n'ai pas osé laisser Brigitte seule avec autant de vaisselle sur les bras après le repas de midi.

— Ne vous justifiez pas, la rassura Toshan. De toute façon, je n'ai eu besoin de rien.

Simhona approcha du lit, l'air embarrassé. Elle avait soigné un homme gravement blessé sans aucune gêne, alors qu'il n'était pas en mesure de s'en rendre compte, mais tout était différent maintenant qu'il était lucide.

— Avez-vous de la fièvre? s'enquit-elle. Je le vérifiais en touchant votre front. Là je n'ose plus. C'est idiot, je sais.

— Il y a certaines choses que je peux faire seul, sans votre aide. J'ai découvert un petit cabinet de toilette, là, derrière cette porte. Vous n'aurez plus ce souci. Et autant être franc, puisque j'ai repris connaissance, je n'accepterai pas que vous me traitiez en infirme.

Il désigna un panneau tapissé, pratiquement indiscernable.

— Quoi? murmura Simhona avec des yeux effarés. Vous vous êtes levé? C'était très imprudent. Si vous étiez tombé, vous pouviez rouvrir votre plaie et aussi trahir votre présence en faisant du bruit!

— Mais votre amie et son époux sont au courant… je veux dire… ils savent que je suis caché dans cette pièce. Et rassurez-vous, je me suis appuyé au mur par précaution. J'ai eu un peu le vertige, rien d'autre.

Tremblante, Simhona dut s'asseoir sur la chaise où elle avait passé des heures, immobile, à veiller cet étranger d'une beauté si particulière.

— Vous avez pris un risque inutile, dit-elle tout bas d'une voix plaintive. Je crois que vous ne vous rendez pas compte de votre état. Quand on vous a amené ici de nuit, je vous pensais condamné. Votre blessure s'était infectée et vous aviez perdu beaucoup de sang. J'ai lutté pendant des jours pour vous sauver et vous, vous…, dès que j'ai le dos tourné, vous vous levez!

Elle paraissait au bord des larmes. Toshan scruta ses traits délicats. C'était une jolie femme. Elle avait les lèvres fines, d'un rouge prononcé. Son teint couleur ivoire mettait en valeur des yeux très noirs en amande. Il remarqua surtout ses cheveux noirs qui frisaient autour de son front et frôlaient ses épaules.

— Je suis navré de vous avoir causé autant de tracas. Mais dites-moi, pourquoi vous? Pourquoi cette maison?

— Je suis infirmière de métier. J'étais la plus qualifiée pour tenter de vous sauver. Je dois avouer aussi que le médecin du bourg sympathise avec l'occupant; c'était impossible d'avoir recours à ses services. Et à quoi bon vous en dire plus? La règle est de garder ce qu'on sait pour soi. Cela évite de mettre en danger d'autres personnes si on est arrêté. La Gestapo emploie des méthodes affreuses pour arracher des informations à ceux qui ont le malheur d'être soupçonnés.

— Et votre mari, où est-il?

— Je l'ignore, hélas! Isaac a disparu. Il nous avait envoyés en zone libre, Nathan et moi, chez Brigitte qui est une amie de longue date. Je l'ai connue au pensionnat, dans la région d'Orléans. Mais mon époux tenait à rester à Paris. Un de ses confrères, inquiet de ne plus le voir, s'est rendu à notre appartement. Il était sous scellé. Plus récemment, des inconnus s'y sont installés au mépris de toute loi, mais la loi d'avant n'existe plus!

Elle se leva brusquement en joignant les mains d'un geste nerveux.

— Je vous avais préparé du thé et apporté une part de gâteau. Vous devez reprendre des forces, et moi je perds du temps à vous raconter tout ceci.

Elle eut un sourire d'excuse avant de le servir. Toshan se redressa un peu, à la force des bras. Simhona se précipita pour arranger son oreiller.

— Faites attention, je vous en prie, souffla-t-elle. Ce soir, quand mon fils dormira, je viendrai changer votre pansement, que cela vous plaise ou non. Je le répète, je suis infirmière et j'assistais Isaac, qui est docteur. Tant pis pour votre pudeur, je dois juger des progrès de la cicatrisation. La plaie était très vilaine.

Elle l'observa d'un regard songeur, tandis qu'il buvait du thé et mangeait la pâtisserie.

— Vous n'appréciez pas? demanda-t-elle, l'air égayé. J'ai surpris une petite grimace!

— C'est très gras. Trop sucré, aussi…

— Brigitte serait vexée si elle vous entendait. Vous critiquez son délice aux noix, comme elle le nomme.

Plaignez-vous, nous avons pu acheter du beurre à un métayer de nos voisins. Demain, Brigitte viendra faire votre connaissance. Elle s'est réjouie en apprenant que vous étiez enfin sorti de votre léthargie. Mais, comme c'est Noël, elle avait de la visite.

Une fois détendue et souriante, Simhona n'était plus la même personne. Toshan eut de la peine pour cette charmante femme qui avait vu sa vie de famille interrompue par la guerre. Il y avait de fortes chances que son mari ait été victime d'une rafle à Paris. Ce que devenaient les milliers de Juifs arrêtés par la police française sur les ordres allemands, nul ne le savait encore.

—Je m'en irai dès que possible, affirma-t-il. Ce serait trop grave pour vous et vos amis si on découvrait que vous m'avez sauvé et caché. Au fait, je me présente, adjudant Toshan Clément Delbeau.

—Toshan, dit-elle d'un air songeur. Quel drôle de prénom. C'est indien?

—Oui, ma mère a dû me baptiser Clément, car à l'église elle avait épousé un chercheur d'or irlandais, mon père, Henri. Il projetait de la convertir au catholicisme, mais en secret elle m'appelait Toshan, ce qui voudrait dire « satisfaction », selon elle.

Simhona approuva sans rien ajouter et le débarrassa du plateau.

—Je dois redescendre, monsieur. Nathan est si turbulent que j'ai toujours des appréhensions quand je le laisse à mes amis. Reposez-vous, tant que vous en avez le loisir. Je reviendrai après le dîner.

—Cette maison est-elle équipée d'un téléphone?

—Oh non! Il faut utiliser la cabine de la poste. L'électricité est arrivée jusqu'ici depuis peu de temps, alors, le téléphone…

—Bien sûr! Mais si cela avait été le cas, j'aurais bien aimé que vous transmettiez un message à mon épouse. Elle vit au Québec, dans la région du Lac-Saint-Jean. Il faudrait obtenir les Chardin à Val-Jalbert. Hermine est sans nouvelles depuis deux mois, je crois.

—Vous êtes marié, dit tout bas Simhona. Hermine, encore un prénom particulier.

—J'ai trois enfants, annonça-t-il d'une voix fière. Un garçon et deux filles, des jumelles.

—Mais, dans ce cas, que faites-vous ici?

—Je me suis engagé de mon plein gré, affirma le Métis en relevant le front. Par soif de justice et souci de rendre le monde meilleur. Mais vous avez le droit de me traiter d'idéaliste ou de sombre abruti!

Elle haussa les épaules, une main sur la poignée de la porte.

—Ce serait bien trop dangereux de téléphoner au Canada. Et je vous considère comme un très courageux idéaliste.

Toshan ne put s'empêcher de lui sourire. Simhona détourna vite la tête, comme éblouie.

Val-Jalbert, même jour

—Je vais mourir, je vous assure que je vais mourir! Je le sens, là, dans mon cœur, mon pauvre cœur de mère!

Laura joignit le geste à la parole en posant une main sur sa poitrine. Elle était vraiment très pâle et Jocelyn, inquiet, se précipita pour la guider vers le sofa. Tous les témoins de la scène, enfants et adultes, retenaient leur souffle.

—Tu ne peux pas me faire ça, Hermine, ajouta Laura une fois allongée. Et tu m'annonces cette chose affreuse le jour de Noël, au retour de la messe! C'est cruel! Par le passé, j'ai eu des torts envers toi, mais si tu m'aimais un peu, tu me ménagerais.

—Maman, ne te mets pas dans un état pareil. Comme nous sommes tous réunis, j'ai cru que c'était le bon moment de vous parler de mon départ pour la France.

Jocelyn adressa un regard de reproche à sa fille aînée. Lui aussi désapprouvait sa décision et la manière dont elle leur avait asséné la nouvelle.

—Ta mère est glacée et elle respire mal! Seigneur, elle va peut-être faire une attaque!

— Je ne crois pas que ce soit le cas, monsieur, protesta Badette. Vous devriez le savoir. En principe, les attaques sont foudroyantes; elles ne préviennent pas. Je pense que Laura est surtout bouleversée et très choquée.

La gouvernante servit un verre de whisky à sa patronne.

— Il y a de quoi s'évanouir, madame, maugréa-t-elle assez fort pour être entendue. Doux Jésus, faut être fou pour aller à Paris, côtoyer les Boches!

— Ah! tu es d'accord avec moi, ma brave Mireille. Joss, par pitié, use de ton autorité paternelle pour dissuader notre chère petite Hermine de nous quitter sans espoir de retour!

— Maman, franchement, là, tu exagères! s'indigna la jeune femme. Dire ça devant les petits! Ils vont me prendre pour une mère indigne, qui se moque bien de les revoir. Tu peux me faire confiance, quand même! Il n'y a pas de quoi s'affoler. Je chanterai à Paris, et Octave Duplessis veillera sur moi. C'est un ami sûr. Sans lui, je ne serais jamais devenue célèbre. La guerre ne ralentit pas les activités artistiques; des films se tournent, les théâtres donnent des représentations... Les acteurs, les actrices, les chanteurs et autres artistes voyagent sans grand souci, enfin je crois...

— Si tu n'as pas l'intention de changer d'idée, il vaudrait mieux que je t'accompagne, proposa Jocelyn. Certes, les Allemands occupent la France et la capitale, mais il n'y a pas de combats, tout est calme là-bas. Un père peut escorter sa fille, une artiste de renom, sans que cela paraisse bizarre.

Revigorée par l'alcool, Laura se redressa, furieuse.

— Alors ça, jamais! hurla-t-elle d'une voix suraiguë. Joss, tu oserais nous abandonner en pleine guerre? Les U-Boot font des ravages dans les eaux de l'Atlantique Nord et, à ce sujet, l'avion civil d'Hermine peut très bien être la cible d'un avion militaire ennemi. Il paraît que des espions nazis rôdent au Québec et toi, Joss, tu t'en irais, laissant de faibles femmes isolées ici, au bout du monde! Mais enfin, nous sommes tous menacés!

Charlotte baissa la tête, un peu gênée. Laura aurait

perdu connaissance pour de bon si elle avait su qu'un soldat allemand vivait dans les ruines du moulin Ouellet. « Mais Ludwig n'est plus un soldat, songea-t-elle. Et, sans la guerre, je ne l'aurais pas rencontré. »

Les bras croisés sur sa poitrine, Hermine faisait les cent pas dans le salon. Mince et vive dans une robe moulante en lainage, elle paraissait à bout de nerfs.

— Maman, je voudrais que tu me comprennes. Si je t'ai parlé de mon départ aujourd'hui, après le repas de fête, c'est que je n'avais pas le choix. Il vous manque une information. Octave Duplessis m'a clairement laissé entendre que je reverrais Toshan. Il n'a pas pu me donner de précisions, mais je sens que c'est important, peut-être grave. Je voudrais donc tout organiser au mieux et décoller de New York fin février. Mais je suis de ton avis, il vaut mieux que papa reste là, avec vous. Je saurai me débrouiller seule.

Badette soupira, aussi ennuyée pour Hermine que pour Laura qu'elle appréciait sincèrement.

— Personne n'empêchera notre rossignol de s'envoler, déclara la journaliste par souci de détendre l'atmosphère. Et, si cela peut vous réconforter, ma chère Laura, j'accepte d'être du voyage. Hermine me l'a proposé ce matin. D'abord, j'ai refusé, mais je crois que je regretterai toute ma vie de ne pas la suivre.

— Oh! merci, Badette! s'écria Hermine. Avec une charmante Française comme vous, il ne m'arrivera rien de fâcheux.

En se gardant bien d'intervenir, Andréa Damasse assistait elle aussi à la discussion. L'institutrice s'estimait intelligente et sensée. Une fois de plus, elle se permit de juger la famille qui l'hébergeait comme peu conventionnelle, bruyante, voire extravagante.

— Tiens, on frappe à la porte principale, constata Mireille. Je me demande qui c'est! En plus, j'entends la bouilloire siffler dans la cuisine. Ayoye, mes pauvres jambes!

— Je vais ouvrir, proposa Andréa. Je crois que c'est la petite Marie Marois qui vient jouer avec ses camarades.

La vieille fille se leva de sa chaise avec un air pincé et se dirigea vers le couloir de sa démarche chaloupée, due à ses formes généreuses. Elle ne s'était pas trompée.

— Bonjour, mademoiselle, claironna l'enfant. Mukki et les jumelles m'ont invitée.

— Tu tombes un peu mal. Monsieur et madame Chardin sont en grande conversation avec madame Delbeau, mais tu peux entrer. Ce serait dommage que tu te sois dérangée pour rien.

— Merci, mademoiselle Damasse, dit doucement l'enfant en ôtant ses bottes pleines de neige fraîche. J'ai apporté mes chaussons. Comme ça, je ne salirai pas!

Andréa jugea ce détail fort correct. Elle sortit une pièce de monnaie de sa poche de gilet et la tendit à la fillette.

— Tiens, c'est Noël et tu le mérites. Tu es une très bonne élève, sage, studieuse, disciplinée. Ta maman doit être fière de toi, là-haut.

Marie remercia d'une voix presque inaudible avant d'ajouter un peu plus fort:

— Elle me manque, ma mère! Je voudrais tant avoir une seconde maman à la maison! Ce serait moins triste en rentrant après la classe. Mon père est si malheureux, lui aussi, tout seul!

L'institutrice retint un soupir. Ce petit discours ressemblait à une leçon apprise par cœur. Elle soupçonna Joseph Marois d'avoir conseillé à Marie de se plaindre. Elle répliqua avec douceur:

— Tu seras bientôt grande. Dans cinq ou six ans, tu te marieras et tu fonderas une famille. Ta vie changera, aie confiance.

— Non, je veux être maîtresse d'école comme vous, déclara Marie sur un ton plus ferme. Je ne veux pas de mari ni de bébés. Et c'est maintenant que je voudrais une seconde maman. Au fait, mademoiselle, mon père m'a dit de vous inviter à prendre le thé. Il a un cadeau pour vous, parce que j'ai fait des progrès. Vous savez, il est gentil, mon père! Je l'ai aidé à mettre une jolie nappe sur la table.

«Nous y voilà, il veut me rencontrer en tête-à-tête!» pensa Andréa Damasse, partagée entre l'émotion et la contrariété. Elle coupa un peu sèchement:

—Va rejoindre tes amis! Et amuse-toi, c'est Noël. Je dois réfléchir et changer de chaussures si je sors.

L'enfant s'éloigna, rouge de confusion. Elle espérait de tout cœur que l'institutrice et son père finiraient par se marier. Mukki courut vers elle dès qu'il l'aperçut. Ils avaient le même âge et s'entendaient bien.

—Viens vite, Marie, on fait une partie de nain jaune. Mireille a préparé des crêpes pour la collation. Grand-mère est malade, mais on a le droit de rester dans le salon.

Laurence et sa sœur embrassèrent affectueusement leur voisine. Tous les quatre s'installèrent à une petite table. Kiona et Akali jouaient à l'écart, dissimulées derrière les branches basses du sapin. Elles essayaient toute sa garde-robe à la merveilleuse poupée que la petite Montagnaise avait reçue de Madeleine.

Du côté des adultes, la conversation se poursuivait, mais en sourdine. Laura continuait à pleurer dans les bras de Jocelyn. Apitoyée par la détresse de sa mère, Hermine s'était assise près d'elle et la consolait de son mieux.

—Maman, allons, pour le moment, je suis encore là! Tu ne vas pas te lamenter pendant les deux mois à venir.

—Non, tu n'es plus vraiment là comme avant, puisque tu m'as délaissée pour ton petit paradis! Je ne te vois plus. Si tu dois donner un récital à Paris ou interpréter une opérette, il faudrait que tu travailles ta voix. Andréa Damasse joue assez bien du piano. Elle pourrait faciliter tes exercices, tes gammes, je ne sais pas, moi. Si seulement tu revenais ici, sous mon toit! Il y a sûrement moyen de s'arranger.

Charlotte écoutait avec une attention passionnée. Elle crut bon d'ajouter:

—Ma chère maman Laura, si cela te fait tellement plaisir, je peux reprendre ma maison très vite. Explique-lui, Mimine, ce que nous avons décidé ce matin!

Mireille se campa près du sofa pour ne rien perdre de toutes ces palabres. Dès qu'elle apprit ce qu'avaient comploté les deux jeunes femmes, Laura retrouva sa bonne humeur comme par enchantement.

—Alors, il faut procéder, déclara-t-elle en jubilant. Si je peux profiter de ma fille chérie encore deux mois, je veux bien la laisser s'envoler, comme disait tout à l'heure notre chère Badette, notre irremplaçable Badette! Tiens, où est Andréa Damasse? Cela la concerne.

—Je crois qu'elle est sortie, affirma Charlotte dont le sourire aurait pu trahir son intense satisfaction.

—Voyons comment gérer le déménagement, commença Laura, radieuse. Hermine, tu reprends ta chambre, évidemment. Kiona dormira avec toi. Notre institutrice restera dans l'ancien domaine de Charlotte. Mais il y a encore Madeleine, Akali et tes trois enfants! Je ne vois qu'une solution, utiliser la chambre que nous gardons fermée pour les garçons. Mukki et Louis seront très contents d'être ensemble. Si Madeleine veut bien coucher à nouveau dans la plus grande pièce, la nursery, avec les trois filles, Akali, Laurence et Marie-Nuttah…

—Oh oui, madame! Tant que je suis avec Akali, tout me plaît, répliqua la nourrice.

—Nous avons de la chance que tu sois si riche, Laura chérie, dit Jocelyn avec un sourire. Sinon nous n'aurions pas fait installer le chauffage central. N'empêche, nous allons consommer toute la réserve de bois!

—Peu m'importe! Ici, c'était trop calme ces dernières semaines. Je suis si heureuse!

Charlotte dut se retenir de frapper dans ses mains. Un excès de joie aurait pu se révéler trop insolite et éveiller des soupçons. Cependant, Laura avait l'œil. Elle lut sur le joli visage de la jeune fille une exaltation sans rapport avec le fait d'habiter seule une maison à l'écart de la rue Saint-Georges.

—Dis-moi, Charlotte, tu es certaine de vouloir loger au petit paradis, loin de nous tous? Tu auras peur, le soir!

—Non, maman Laura, je t'assure! Je rêve de cuisiner, de faire mon ménage. Et j'aurai un chien, le vieux Malo. Enfin, demande à Mimine, je lui ai confié mon envie d'être un peu indépendante. Et je viendrai souvent vous voir.

L'ambiance ne tarda pas à être beaucoup plus agréable. Mireille servit le thé, agrémenté d'une pile de crêpes sucrées au sirop d'érable. Badette était soulagée. La soirée serait belle, surtout si le Rossignol de Val-Jalbert consentait à chanter de nouveau.

La journaliste songea encore qu'elle s'était sacrifiée pour le bonheur général, mais cela lui plaisait. Maintenant, elle avait l'impression de faire un peu partie de la fantasque famille Chardin-Delbeau.

*

Andréa Damasse se félicitait d'échapper à la querelle générale qui devait battre son plein dans la riche demeure de Laura Chardin. Vêtue d'un manteau écossais ainsi que d'une toque assortie et chaussée de lourdes bottines à la semelle ferrée, elle marchait lentement vers le couvent-école. Le froid ne la dérangeait pas, elle qui avait souvent prôné les bienfaits d'une vie rude à ses élèves.

C'était la première fois qu'un représentant du sexe masculin lui portait de l'intérêt et elle se laissait aller à une rêverie un brin romantique. Joseph Marois aurait pu être son père, mais il était encore bel homme. « Il se tient droit, mais ses cheveux grisonnent. Cependant, il n'a pas beaucoup de rides. C'est son regard qui m'intrigue. Dieu, quel regard intense et éloquent! Pourquoi me dévisage-t-il toujours avec autant d'insistance! »

Les battements de son cœur s'accéléraient, ce qui la gênait. Elle reconnaissait là les signes d'un intérêt certain pour l'ancien ouvrier, car Andréa avait quand même été amoureuse, l'année de ses dix-huit ans.

« Quelle sotte je suis! Je dois rester de marbre, comme on dit. Cet homme me ferait perdre mon sang-froid. Et, Seigneur, pourquoi se sert-il de sa fille pour m'attendrir? »

Une rafale glacée la fit frémir. Elle pinça les lèvres et remonta son écharpe jusqu'au milieu du nez. Chaque hiver, entre la maison des Chardin et celle des Marois se creusait dans la neige un sentier facilement praticable sans raquettes. Le fond en était tassé et durci.

— Mais qu'est-ce que je lui répondrai s'il s'avise de me faire la cour, de dire des choses équivoques? se demanda-t-elle tout bas.

Un frisson d'angoisse parcourut son dos. La température extérieure n'était pas en cause. Andréa constatait que Joseph occupait son esprit depuis quelques jours. Il faisait en sorte de la croiser le plus souvent possible, de lui parler après la classe.

— Bon, un peu de cran! Je vais le remettre à sa place!

L'institutrice ralentit le pas. Elle approchait du but et faillit renoncer. La voix frêle de Marie Marois résonna alors en elle.: «Je voudrais bien une seconde maman!» «Pauvre petite! pensa Andréa. Elle réclame la tendresse d'une femme. Ce ne doit pas être drôle tous les jours de vivre seule avec son père.»

Pleine de doutes et d'idées confuses, mademoiselle Damasse considéra d'un œil méfiant la façade des Marois. «Et si je faisais fausse route! Joseph peut très bien vouloir discuter devant une tasse de thé et m'offrir une bricole parce que c'est Noël! J'y vais par politesse, par pure politesse. Il faut être correct.»

Enseveli sous une nouvelle couche de neige immaculée, le village lui parut sinistre. Des bourrasques déferlaient du lac Saint-Jean avec des sifflements de bête féroce. Vite, Andréa grimpa les marches menant sous l'auvent. Elle allait frapper quand elle entendit parler haut et fort. Elle songea, vaguement déçue: «Il a de la visite! Eh bien, tant mieux, ce sera plus simple, bonjour, bonsoir, et je repars!»

Mais elle perçut alors l'écho d'allées et venues à l'intérieur du logement, et ces mots qui la figèrent sur place:

— Ma très chère Andréa! Non, c'est trop audacieux. Ma chère mademoiselle… Non, j'aurai l'air d'un vieux.

Chère Andréa, je n'irai pas par quatre chemins, je voudrais vous épouser... C'est pas mal trop direct, ça.

Elle colla son oreille au battant. Joseph Marois était bien seul, sinon il n'aurait pas débité toutes ces entrées en matière. Amusée et choquée à la fois, elle voulut en savoir plus.

—Je recommence. Un sourire accueillant et je lui dis donc, sans juron : Chère Andréa. Merci d'être venue. Comme vous le savez, la vie ne m'a pas gâté ces derniers temps! J'ai perdu ma femme en couches et la guerre m'a pris deux fils. Si je vous ai invitée, c'est pour vous demander d'avoir pitié de ma petite Marie, qui croit avoir trouvé une mère en vous. Tabarnak, j'serai ridicule! Je ne parle pas si ben, au quotidien. Bon, si je jouais cartes sur table! Ma chère Andréa, voilà, vous me plaisez. Une personne de qualité de votre genre, instruite et convenable, ce n'est pas commun. Aussi, je voudrais vous parler mariage. Nous sommes des adultes, tous les deux, et je sais que j'ai vingt ans de plus que vous, mais je peux vous offrir une existence honnête. J'ai des économies, la maison m'appartient et j'ai des terres aussi. La petite et moi, on ne manque de rien, sauf de l'affection d'une mère et d'une épouse.

Dehors, Andréa Damasse, complètement transie, avait envie de pleurer et de rire. À présent, elle n'osait plus frapper et elle craignait d'être surprise si elle s'éloignait.

—Ma chère Andréa, poursuivit Joseph, vous n'auriez que des avantages à m'épouser. Je vous promets de ne plus toucher à une bouteille de caribou. On boit pour oublier son chagrin, mais, si je suis marié à une belle femme comme vous, je n'aurai plus besoin de boire. Et j'ai réfléchi. J'achèterai une vache qui peut encore donner un veau et du lait. Le beurre est une denrée rare, ces temps-ci, avec cette maudite guerre. Je n'ose pas me débarrasser de la vieille Eugénie, mais elle ne sert plus à grand-chose. Torrieux! Quel calvaire... J'ferais mieux de lui écrire une lettre, mais faudrait que Marie corrige les fautes. Elle doit être pointue en orthographe, mademoiselle Andréa! Et je crois ben qu'elle viendra pas, avec ce gros vent et ce froid!

Dépité, Joseph se tut un long moment. Andréa profita de ce silence pour taper deux coups à la porte. Elle s'annonça tout de suite, comme quelqu'un qui vient d'arriver. D'un geste affolé, l'ancien ouvrier lissa ses cheveux et ajusta le col de sa chemise.

—Entrez! cria-t-il.

Il ignorait que ses monologues secrets, plus ou moins judicieux, avaient atteint leur objectif. L'institutrice en savait assez. Joseph n'avait pas pu tricher, puisqu'il se croyait seul.

—Joyeux Noël, dit-elle en souriant.

—Oui, joyeux Noël! Asseyez-vous, mademoiselle, le thé est prêt. Alors, Marie vous a transmis mon invitation?

—Je ne serais pas là dans le cas contraire, minauda l'institutrice.

—Nous devons discuter, ma chère Andréa, soupira l'ancien ouvrier en surveillant son langage. C'est au sujet de ma fille. Je serais bien fier qu'elle devienne maîtresse d'école. Mais je crois que l'an prochain il faudra qu'elle entre au collège.

Joseph débita des questions, sans oser regarder en face l'objet de son désir. Andréa l'écoutait et répondait avec une étrange expression de tendresse. Enfin, elle se décida à l'interrompre.

—Monsieur Marois, vous vouliez vraiment me parler de ça? interrogea-t-elle d'un ton surpris.

—Oui et non. Ma chère Andréa, je pense à vous du matin au soir. Si vous vouliez m'épouser, je serais sacrément heureux!

C'était dit. Joseph poussa un gros soupir et se gratta la barbe.

—Si je m'attendais à ça! répondit-elle d'un air étonné.

15

Le petit paradis

Val-Jalbert, dimanche 27 décembre 1942

Il était trois heures de l'après-midi. Équipée de raquettes, un sac en bandoulière et un bâton ferré à la main droite, Charlotte avançait le plus vite possible vers le moulin Ouellet. Elle n'avait pas rendu visite à Ludwig depuis la nuit de Noël, nuit qui resterait à jamais gravée dans sa mémoire, celle où elle était devenue une femme.

«J'espère qu'il va bien, qu'il n'a pas eu trop faim et qu'il n'a pas souffert du froid!» s'alarmait-elle en silence, son regard d'or brun rivé aux ruines qu'on distinguait à peine dans le paysage. Personne n'aurait pu soupçonner les allées et venues précédentes de Charlotte, tant il avait neigé.

«Merci, mon Dieu, merci, pensa encore la jeune amoureuse. Par quel tour du destin Hermine a-t-elle décidé de partir en France, d'avancer la date de son voyage et de libérer le petit paradis, ma maison, mon bien propre! C'est un signe. Cela veut dire que Dieu est avec nous, que notre amour est béni, protégé, que nous ne faisons rien de mal. J'arrive, mon Ludwig, mon chéri. Ça a été si long, ce samedi sans te voir! Je n'ai pensé qu'à toi hier soir en me couchant et dès mon réveil.»

Elle approchait, le cœur pris de folie, ivre de joie à l'idée de le retrouver, de le serrer dans ses bras et, surtout, de lui annoncer la merveilleuse nouvelle: il allait s'installer dans une vraie maison bien chauffée où plus rien ne les séparerait. Encore quelques dizaines de mètres et elle serait arrivée.

— Oh non, qu'est-ce que c'est? se demanda Charlotte.

Des coups de feu venaient d'éclater dans les bois

439

d'épinettes qui entouraient la vaste prairie noyée de blanc. Tout de suite, elle imagina le pire. On avait découvert Ludwig, il avait tenté de s'échapper et maintenant il était pris en chasse.

— Mais non, non, non, gémit-elle en scrutant les alentours.

Il y avait bien des hommes dans la forêt. Des éclats de voix et des appels résonnaient dans l'air glacial. Folle d'angoisse, Charlotte se mordit les lèvres.

«Est-ce que je dois me sauver? se demanda-t-elle. Si la police montée me trouve ici, on me posera des questions! Et ils peuvent fouiller mon sac.»

Plus morte que vive, elle restait figée sur place, quand une bête brune de bonne taille sortit du couvert des arbres et trottina vers la rivière que le gel commençait à capturer patiemment, en pétrifiant d'abord l'eau des berges qu'il changeait en amas de glace.

— Un jeune orignal, chuchota Charlotte. Ce ne sont pas des agents, mais des braconniers. Ils veulent sûrement abattre ce pauvre animal pour avoir de la viande gratuite.

En partie rassurée, elle se faufila dans la ruine. Tout danger n'était pas écarté. Elle ne savait pas à qui elle aurait affaire si ces individus avaient l'idée de s'abriter dans le moulin. Mais elle préféra rejoindre Ludwig, qui devait être très inquiet lui aussi. Un silence étrange l'accueillit, comme si le lieu était désert. La bassine qui servait de truie ne contenait que des cendres, jonchées de morceaux de charbon de bois. Il faisait très froid. Malgré la pénombre, car la nuit tombait très tôt à cette période, elle devina le lit sur lequel s'entassaient plusieurs couvertures. Il lui sembla distinguer la forme d'un corps.

— Ludwig? dit-elle tout bas.

Vite, elle ôta ses raquettes et posa son sac, puis elle se mit à genoux près de la litière de paille. Seuls les cheveux blonds de son amant dépassaient d'un carré de drap, tellement il s'était emmitouflé.

— Ludwig, je suis là! C'est Charlotte.

Il devait dormir profondément. Elle se pencha davantage et l'embrassa sur le front après avoir rabattu le tissu.

« Mon Dieu, il est brûlant! La fièvre, il a de la fièvre. Je n'avais pas pensé à ça! »

Rien ne se déroulait comme elle l'avait prévu. Mais elle ne s'apitoya pas sur sa déconvenue. Avec passion, elle étudia les traits pâles de son amant tout neuf.

— On dirait un ange! Je le soignerai s'il est en état de marcher cette nuit.

Ludwig dut enfin avoir conscience d'une présence, car il entrouvrit les yeux.

— Charlotte, *liebe Fräulein*[46]*!* soupira-t-il.

— Qu'est-ce que tu as? demanda-t-elle. Tu tousses, tu as mal à la tête?

— *Nein, nein,* coupa-t-il en essayant de s'asseoir.

— Je t'en prie, ne parle pas allemand, supplia-t-elle. Il y avait des hommes, dans le bois, je ne sais pas s'ils sont partis. Tu n'es pas en sécurité ici.

— Très froid dans la nuit et matin aussi, articula-t-il d'un air épuisé. Plus de bois sec, tout brûlé pour Noël. Alors, moi couché depuis hier, un peu au chaud, comme ça.

— De toute façon, dans cette ruine, tu ne survivrais pas à l'hiver. J'ai tellement hâte de te le dire : j'ai récupéré ma maison. Je vais t'expliquer.

Charlotte se glissa contre lui, sous les couvertures. Elle nicha son front au creux de l'épaule de Ludwig et c'était délicieux de sentir son corps si près du sien. La prairie semblait replongée dans le silence.

— Les chasseurs ont dû s'éloigner! Tu dois m'écouter, c'est très important.

Il fit oui d'un signe, mais, l'instant suivant, il l'embrassa. Leurs lèvres se retrouvèrent, complices et tendres.

— Comme tu es chaud! s'alarma-t-elle de nouveau.

Cela ne l'empêcha pas de laisser errer ses mains

---

46. *Chère demoiselle,* en allemand familier.

fraîches sous le pull de son amant, en quête de sa peau. Il tressaillit avec un petit rire.

—J'ai fièvre d'amour, lui dit-il à l'oreille. Je meurs sans toi, tes baisers, tes seins.

Il lui rendit ses caresses en commençant à la déshabiller. Bien à regret, Charlotte dut refuser.

—Pas maintenant! Ludwig, au milieu de la nuit, je viendrai te chercher. Je vais te cacher dans ma maison. Tu seras à l'abri et personne ne le saura. Nous serons ensemble très souvent et nous dormirons l'un contre l'autre. Si j'ai de la visite, tu iras dans le grenier.

Elle parlait rapidement et assez bas, si bien qu'il avait du mal à la comprendre. Quand elle se tut après lui avoir raconté comment ils s'arrangeraient pour ne courir aucun risque, il la dévisagea avec désespoir.

—Non, pas possible, Charlotte. Trop mauvais pour toi, tes amis, si la police vient. Il ne faut pas, non. Je peux rester là.

—Mais l'hiver est terrible chez nous! Je suis sûre que tu as pris froid, tu es vraiment fiévreux. Je te promets d'être très prudente. Et réfléchis : je ne pourrai pas venir souvent, il va neiger et geler de plus en plus. Pourtant, je viendrais, oui, pour t'apporter de la nourriture et de l'eau, même du bois s'il le fallait. Et ça, c'est dangereux pour moi! Si tu habites dans ma maison, bien caché, je n'aurai plus besoin de faire tout ce chemin.

Il la regarda d'un air hésitant, admiratif aussi. Elle avait tant fait pour lui déjà!

—Oui, tu as raison. Je veux bien.

—Oh! Ludwig, que je suis contente! s'écria Charlotte en se blottissant dans ses bras. Alors, je ne traîne pas, j'ai tant de choses à préparer! Je me coucherai tôt et je mettrai mon réveil. Attends, j'ai du thé dans la bouteille thermos. Je l'ai sucré. Grâce aux œufs donnés par un voisin, Mireille a pétri de la brioche. Je t'en ai apporté deux tranches. Mais chez moi tu ne manqueras plus de rien. Je t'invite dans mon petit paradis!

—Petit paradis? répéta-t-il.

—C'est le nom de ma maison, précisa-t-elle en souriant.

Saisie par le froid, elle se leva, ramena le sac et se réfugia de nouveau sous les couvertures.

— Dieu est avec nous. Tu mourrais de froid, ici. Je suis si pressée de te voir bien installé dans mon lit.

Ludwig lui lança un regard brillant d'une joie incrédule.

— Mon ange gardien, toi!

— Non, c'est toi, mon ange, tu es si beau!

— Pas beau, moi, mais toi très belle!

Il avala une gorgée de thé. Charlotte en profita pour prendre la fuite. Si elle s'attardait sous les couvertures, jamais elle ne résisterait à l'envie qui la dévorait de faire l'amour, de ressentir encore une fois ce bouleversement de tout son être.

— Il y a encore du monde chez les Chardin, les gens dont je t'ai parlé l'autre nuit. Je suis partie en cachette. Je dois rentrer. Je reviens vite; il faudra faire tout disparaître ici, pour qu'il ne reste plus aucune trace de ton passage.

Le jeune Allemand approuva en silence et ajouta:

— Nous laisserons des traces dans la neige! Quelqu'un peut les voir.

— Je dirai que ce sont ces hommes qui traquaient un orignal!

— Je connais orignal! Ils sont grands, forts. Je les évitais dans la forêt.

La jeune fille rechaussait ses raquettes. Elle se demanda pour la première fois comment Ludwig avait vécu, avant d'arriver à Val-Jalbert et de se cacher dans le sous-sol de la maison d'un ancien contremaître, rue Sainte-Anne. «Il aura le temps de tout me raconter quand nous serons chez moi. Je lui apprendrai le français, dans notre chambre, le soir. Seigneur, je ne peux pas croire que nous allons être tous les deux, comme un vrai couple!»

— Au revoir, mon chéri, lui dit-il.

— Il faut dire à la revoyure et «ma» chérie, pas mon chéri, rectifia-t-elle, tout attendrie. Ne bouge pas, prends des forces pour plus tard.

Charlotte sortit, délestée de son sac qui lui servirait pendant la nuit. Elle avança avec une telle énergie que la distance lui parut courte cette fois-ci. Mais, à l'entrée du village, Onésime guettait son retour. Un bonnet rouge enfoncé jusqu'aux sourcils, encore épaissi par une grosse veste fourrée, son frère lui fit l'effet d'un géant surgi de nulle part pour la terrasser.

— Torrieux, d'où tu viens astheure? aboya-t-il. J'étais ben inquiet, moé! J'suis allé chez les Chardin pour t'inviter à souper ce soir, parce qu'Yvette avait dans l'idée de jaser avec toi, et ils t'ont pas trouvée là-bas. Ni dans ta chambre ni ailleurs. Tu viendrais pas du vieux moulin?

Elle crut s'évanouir. Heureusement, son écharpe remontée au-dessus du nez et sa capuche rabattue sur le front dissimulèrent à Onésime la rougeur subite de son visage.

— J'ai quand même le droit de me promener! Seigneur, je n'en peux plus, moi, d'être surveillée, de n'être jamais libre de mes gestes. Tu es comme Laura ou Jocelyn, à me traiter comme si j'avais dix ans! C'est agité, en ce moment, chez les Chardin. Il y a Badette, la journaliste, qui reste pour le temps des Fêtes, et Joseph Marois a déjeuné avec nous tous. Tu ne connais pas la nouvelle? Lui et mademoiselle Damasse ont annoncé leurs fiançailles, oui! J'en ai eu mal au cœur, Onésime, parce que cette vieille fille, qui n'est pas jolie, va se marier, alors que je suis toujours célibataire. J'ai eu envie de prendre l'air, même s'il est glacé aujourd'hui.

Gêné, son frère hocha la tête. Il n'était guère sentimental, mais il pouvait comprendre sa sœur, qui ne trouvait pas de mari.

— T'es pourtant belle, déclara-t-il. Eh bien, le Jo va épouser l'institutrice! Il a de l'audace, celui-là! C'est qu'il est plus très jeune.

— N'empêche, ils ont l'air de bien s'accorder, eux, au moins, déplora Charlotte avec une certaine exagération. Je t'assure, j'avais les larmes aux yeux. J'ai pris mes raquettes et je me suis dit: Tiens, si j'allais jusqu'au moulin Ouellet, ça me calmera les nerfs! Et il s'est passé quelque chose de bizarre, Onésime. Il y a eu des coups de fusil et j'ai vu un orignal, un jeune, qui détalait.

—Ah! faut pas s'en mêler! éructa-t-il. T'as ben fait de revenir, Charlotte. Moé, j'veux pas savoir ce qu'y trafiquent, ces gars-là. Je gagne assez de piasses entre mon salaire à la gare de Roberval et mon job de chauffeur pour madame Laura. Je peux acheter du lard à mes p'tits monstres!

—Je rentre vite, Onésime, à la revoyure! Dis à Yvette que je viens souper dans deux heures et fais bien chauffer le poêle, je suis gelée.

Afin de parfaire son rôle de jeune fille dépitée, Charlotte embrassa son frère. Un peu ému, il lui tapota la joue. Ils se quittèrent non loin du couvent-école.

« Ce que j'ai eu peur! songeait-elle. J'ai cru qu'il avait des doutes. Je crois que je l'ai bien embobiné. »

Cela la fit sourire. Pour Ludwig, elle se battrait avec ses armes de femme : un brin de mensonge, de l'innocence blessée et une bonne foi à toute épreuve, si par malheur on osait se mettre en travers de son chemin. Sa véritable nature se révélait. Charlotte Lapointe était avant tout une grande amoureuse.

Val-Jalbert, même jour

Dans le salon de la belle demeure des Chardin, Laura et Jocelyn discutaient encore avec Andréa Damasse de ses fiançailles avec Joseph Marois. Ce dernier venait de prendre congé, transfiguré par la promesse que lui avait faite l'institutrice. Ils seraient mariés avant la fin du mois d'avril.

—Quelle nouvelle! Je suis encore sous le coup de la surprise, déclara la maîtresse de maison du ton le plus aimable possible. Maintenant que Jo est parti, j'aimerais savoir si vous avez l'intention de continuer les cours. J'avoue que je serais très déçue si vous m'abandonniez. Les enfants ont fait de réels progrès. Mukki aura onze ans en septembre prochain. Il pourra entrer au collège Notre-Dame, à Roberval, chez les clercs de Saint-Viateur.

445

Votre future belle-fille ira aussi au collège, puisqu'elle souhaite devenir enseignante.

—Marie obtiendra son diplôme sans difficulté, dit Andréa d'un air orgueilleux.

—Cela ne répond pas à ma question, mademoiselle.

Hermine assistait à l'entretien en se gardant d'intervenir. «Que les années passent vite! se disait-elle. C'est vrai, Mukki va sur ses onze ans. J'ai l'impression de ne pas avoir profité de lui quand il était petit. Pourtant, je ne le quittais guère. Laurence et Marie-Nuttah aussi ont grandi. Elles seront vite des jeunes filles. Mon Dieu, je voudrais tant avoir un autre bébé! Mais pour cela je dois retrouver Toshan, le rejoindre où qu'il soit. Seigneur, peut-être suis-je folle, comme dit Badette, de croire qu'une fois en France je le reverrai.»

Elle contempla son alliance, un simple anneau en or. Elle l'avait acheté à Québec en mai, avant le départ de son mari. Il portait la même. C'était une façon pour eux de se jurer à nouveau leur foi mutuelle.

«Si je téléphonais à Octave Duplessis! S'il sait quelque chose, il pourrait m'en dire plus, même en déguisant la vérité. Quand je l'ai appelé, il avait l'air soucieux. Enfin, il n'était pas naturel.»

Mireille passa à côté d'elle et lui caressa les cheveux d'un geste digne d'une grand-mère. Elle annonça:

—Le thé à la bergamote. Et une tarte aux bleuets; j'ai ouvert un bocal. C'est bien utile de faire des conserves. Les bleuets, même au sirop, sont savoureux.

—Merci, soupira Hermine. Tu sais que j'adore ça.

Mademoiselle Damasse, affamée, répondit enfin à Laura.

—Je n'ai aucunement l'intention de ne plus faire la classe, madame Chardin. Je serais bien ingrate si je rompais le contrat moral que nous avons passé ensemble. À ce propos, j'aurais une requête à vous soumettre. Pourquoi ne pas accepter le fils aîné d'Onésime Lapointe dans votre cours privé? Au moins pendant les mois d'hiver! Ce garçon me paraît assez turbulent, je m'en suis aperçue en l'observant la veille de Noël,

446

mais il a besoin de s'instruire et d'apprendre à parler correctement. Son père vous rend bien des services. J'ai pensé que...

— Vous avez pensé que j'étais ingrate, la coupa Laura, furieuse. Onésime ne fait rien gratuitement, mademoiselle! Tout comme vous, je le paie. Néanmoins, si cela vous amuse d'éduquer un garnement pareil, je suis d'accord. Maintenant, buvons le thé, je l'aime bien chaud et non tiède.

Jocelyn n'avait pas pipé mot de toute la conversation. Il jubilait cependant, car son ami Joseph était parvenu à ses fins. « La nuit de noces sera un morceau de bravoure, pensa-t-il avec un sourire malicieux. Jo va pouvoir mettre cette vieille fille dans son lit. Je me demande s'il patientera jusqu'au printemps! »

— Qu'est-ce qui t'amuse donc tant, Joss? questionna sa femme sèchement. Je n'aime pas ton expression moqueuse.

— Rien, rien, marmonna-t-il dans sa barbe.

Hermine scruta le regard de son père et sourit à son tour. Elle supposait, à juste titre, que les fiançailles de Joseph et d'Andréa Damasse lui paraissaient cocasses. Au même instant, Charlotte entra, le teint ravivé par le froid. Elle salua tout le monde avec un rire délicieux.

— Oh! De la tarte aux bleuets! s'écria-t-elle. Mon régal. Tu me donneras la recette, Mimi, je veux apprendre à la faire moi-même.

— Ce n'est pas compliqué, Lolotte, ironisa la gouvernante. De la pâte brisée et, si tu n'as pas de beurre, tu te débrouilles avec du saindoux, mais il faut sucrer davantage. Un œuf, de l'eau, et tu pétris. Attention, pas trop longtemps. Ensuite, tu garnis de bleuets, nos beaux bleuets du Lac-Saint-Jean, bien sucrés aussi. Moé, sous les fruits, j'étale un peu de crème quand ce n'est pas la guerre. Il faut la payer cher, la crème, ces temps-ci!

— Je m'en souviendrai, promit Charlotte en s'asseyant à la petite table réservée aux goûters dans le salon. Mais où est Badette?

— Elle se repose dans sa chambre, répondit Hermine.

Disons la future chambre de Louis et de Mukki. Tu aurais pu attendre que notre amie reparte pour Québec, Charlotte, avant de t'installer au petit paradis! Madeleine est obligée de dormir avec les deux garçons et les trois filles. Heureusement que je partage mon lit avec Kiona.

— Mais maman Laura a voulu que tu reviennes ici tout de suite! Toi-même, tu disais hier soir que tu étais bien contente de retrouver cette maison-là.

Hermine eut un léger mouvement d'humeur. Certes, elle appréciait la facilité du quotidien sous ce toit où elle avait vécu tant de moments merveilleux, et d'autres plus chaotiques. Mireille veillait au moindre détail. Les enfants disposeraient de plus de place pour jouer et, après le jour de l'An, ils pourraient aller en classe en chaussons, sans mettre le nez dehors. Mais Hermine regrettait un peu la sensation de liberté qu'elle éprouvait dans ce petit paradis où Ovide lui avait rendu visite si souvent. Elle n'avait aucune nouvelle de l'instituteur. « Il doit préparer son mariage, pensa-t-elle tristement. Nous ne serons même plus amis, j'en suis sûre. Vaut mieux que je sois là, près de mes parents. »

Boudeuse, Charlotte ne desserra plus les lèvres. Laura lui pinça une joue.

— Que tu es belle, toi! De plus en plus jolie! N'est-ce pas, Joss?

— Oui, évidemment.

— Je te parie, ma petite Charlotte, que toi aussi, tu seras fiancée avant l'été, renchérit Laura. Tu as raison d'avoir repris ton logement. J'ai des travaux de couture à te confier, du tricot également. Cela te fera un petit revenu. Je tiens à soutenir nos soldats et à leur expédier des gilets, des écharpes, des chaussettes par le biais de la Croix-Rouge. Hélas! Ma vue baisse. Il me faudra retourner à Chicoutimi consulter un opticien. N'est-ce pas, Joss?

Oui, bien sûr, répondit distraitement son mari qui venait de jeter des coups d'œil intrigués aux énormes seins d'Andréa Damasse.

Il commençait à comprendre le désir obsessionnel de Joseph de dénuder cette poitrine phénoménale.

— C'est très gentil, maman Laura, s'enthousiasma Charlotte. J'ai aussi décidé d'étudier un peu l'anglais. Enfin, j'ai plein de projets. Au fait, je vais souper chez Onésime, Yvette m'a invitée. Je rentrerai directement au petit paradis pour ma deuxième nuit dans ma maison. J'ai vraiment bien dormi hier soir! Mais je n'ai pas eu le cœur d'enfermer le vieux Malo dans la remise. Ce brave chien a élu domicile sous l'escalier. Je lui ai mis une vieille couverture pliée en quatre. Il avait l'air satisfait.

— Ce n'est pas étonnant que tu aies bien dormi, fit remarquer Hermine. Tu t'es démenée comme un diable pour nous aider à tout déménager! Ma garde-robe, les vêtements des enfants, les livres… Mais je reconnais que c'était distrayant. Pardonne-moi, Charlotte, pour tout à l'heure. Je suis très heureuse, ici. Je compte étudier le piano avec Andréa! Et faire mes gammes! Je ne veux pas décevoir les Parisiens.

Sa voix traîna sur ces derniers mots. Il sembla évident à tous qu'elle rêvait de son futur voyage.

— Je t'accompagnerai à New York, annonça Laura. J'aime tant cette ville! Au retour, je passerai par Montréal vérifier les comptes de mon usine avec le régisseur. À présent, nous fabriquons du matériel d'armée. J'en conclus qu'à ma manière je soutiens l'effort de guerre de notre pays.

— Chère maman, dit Hermine tendrement, je serai ravie que tu viennes jusqu'à New York, mais ne t'avise pas, au dernier moment, de me suivre en France.

Elles se mirent à rire. Andréa Damasse retint un soupir. Après qu'elle eut été l'attraction de ce dimanche, on ne faisait plus attention à elle, hormis Jocelyn qui la regardait trop souvent à son goût.

«Doux Jésus, qu'ai-je fait? songea-t-elle. Ai-je besoin de me marier? Je ne suis pas la seule célibataire, même ici. L'amie de madame Chardin, Badette, approche les quarante-cinq ans et, de son propre aveu, elle n'a pas jugé bon de convoler. L'Indienne, celle qu'ils appellent

Madeleine, refuse de lier sa vie à un homme et elle désirait même prendre le voile. Mireille me l'a dit. Mon Dieu! C'était bien embarrassant d'être à table près de Joseph, à midi, comme si nous étions un couple. Enfin, madame Chardin a débouché un vin français en notre honneur. Et la joie de Marie faisait plaisir à voir. Ma belle-fille… J'aimerais bien qu'elle m'appelle maman. C'est doux, c'est joli, maman. »

Charlotte se leva la première. Elle planta un baiser sonore sur la joue poudrée de Mireille.

— Merci pour la tarte, je monte voir les enfants! Ils font un peu trop de bruit. Pourtant, Madeleine est avec eux.

— File, ma belle. Je peux pas être au four et au moulin, comme on dit.

Elle grimpa les marches à toute vitesse. Sur le palier, elle fut bousculée par Louis qui poursuivait Mukki. Les deux garçons tenaient chacun une règle en bois entre leurs dents, ce qui les empêchait de crier.

— Mais vous êtes fous, protesta-t-elle.

— On joue aux pirates, expliqua Mukki. Ils attaquent les navires un couteau entre les dents, comme ça. J'ai lu un livre d'aventures avec des pirates. Chez toi, au petit paradis, le couloir était moins long, on pouvait pas courir.

— Après tout, amusez-vous, dit-elle en poussant la porte de la nursery.

L'ambiance était beaucoup plus calme à cet endroit. Madeleine brodait un énième napperon, Laurence dessinait et Nuttah tricotait avec un air concentré. Assise sur son lit, Akali était en pleine lecture.

— Bonsoir. Que vous êtes silencieuses! Où est Kiona?

— Dans la chambre d'Hermine; elle était fatiguée, dit Laurence. Il ne faut pas la déranger.

— Tant pis, je dois lui parler, répliqua Charlotte.

Elle découvrit la fillette à genoux, en train de prier, les mains jointes et les yeux fermés. Ses doigts serraient un crucifix. D'abord sidérée, Charlotte l'appela gentiment. L'enfant tourna la tête et lui adressa un regard fâché.

— Qu'est-ce que tu veux? Je priais Jésus!

—Et cela te rend impolie et hargneuse! Je crois me souvenir que Jésus prêchait la charité, la bonté, la douceur... Kiona, j'ai quelque chose à te dire; ça ne pouvait pas attendre. Viens là!

Elle prit la petite par l'épaule et se pencha un peu.

—Je t'en supplie, écoute bien. Cette nuit, je vais conduire Ludwig chez moi, au petit paradis. Il fait de plus en plus froid et il ne peut pas rester dans les ruines du moulin. J'espère que tu ne le trahiras pas, Kiona, toi qui l'as protégé la première. J'aurai peut-être besoin de ton aide. Ce ne sera pas simple de tromper tout le monde. J'avais envie de te mentir, de te dire qu'il était reparti, mais tu mérites de savoir la vérité. J'ai tout prévu. Quand on me rendra visite, il se cachera dans le grenier. Je vais aménager un endroit commode où il pourra s'allonger et patienter. Pour donner le change, je viendrai ici fréquemment. Dis, tu n'as rien vu de triste qui concernerait Ludwig? Il n'est pas en danger? Il ne va pas lui arriver malheur?

Kiona fixait Charlotte de ses prunelles ambrées, et jamais ces yeux d'or n'avaient autant ressemblé à ceux des loups. La jeune fille en eut un frisson.

—Je te remercie de me faire confiance, répondit-elle d'un ton qui n'avait rien d'enfantin. Je n'ai plus de visions, Charlotte, enfin, très peu. Tu as raison de faire ça, sinon, il mourrait de froid, sans doute.

—Pourquoi priais-tu, toute seule dans cette pièce? murmura Charlotte, intriguée.

—On peut prier n'importe où. Mais je te demande pardon, je n'aurais pas dû te parler sur ce ton. Ce n'est pas toujours ma faute. Je deviens méchante quand ma mère me manque trop ou quand je pense au pensionnat.

Attendrie, Charlotte prit place dans un fauteuil et attira l'enfant sur ses genoux.

—Pauvre chérie, dit-elle d'une voix caressante. Nous oublions sans cesse à quel point tu as souffert il n'y a même pas trois mois. J'avais presque ton âge lorsque ma mère est morte. Elle s'appelait Aglaé et je l'aimais très fort. Pendant plus d'un an, elle est restée couchée, les jambes toutes gonflées. Moi j'étais quasiment aveugle et je ne pouvais pas aider au ménage. Je me souviens encore du terrible chagrin que j'ai eu quand Onésime m'a annoncé que notre maman était au ciel. Pour ne pas me choquer, il a choisi ces mots, le malheureux. Ensuite Betty Marois m'a hébergée et Hermine veillait sur moi. Mais ça n'a pas empêché mon père, qui buvait beaucoup trop, de me faire du mal.

— Il t'a battue? interrogea Kiona.

— Non, bien pire! Il a voulu se comporter avec moi comme si j'étais sa femme, tu comprends? Comme ces frères du pensionnat qu'il faudrait jeter en prison! Mais Hermine m'a sauvée in extremis... Mon père me touchait à un endroit défendu, il m'embrassait sur la bouche...

— Ah bon? balbutia la fillette. Ton père?

Charlotte hocha la tête en serrant Kiona contre elle. Il lui venait au cœur une immense compassion pour cette si étrange enfant, déconcertante, parfois même inquiétante. Mais, au fond, ce n'était encore qu'une petite personne malmenée par la vie, notamment à cause de ses fameux dons qui la perturbaient.

— Il faut chérir ceux qui ont disparu et que nous aimerons toujours, et essayer de balayer les mauvais souvenirs, de les chasser comme on fait des mouches, l'été. Tu me promets d'essayer?

— Oui, mais c'est souvent ce que je fais, soupira Kiona. Et si j'ai peur, je prie Jésus de toutes mes forces.

— De quoi as-tu peur? Tu es en sécurité, maintenant. Tu as un papa qui t'adore et toute une famille prête à te défendre.

— J'ai peur des choses invisibles, Charlotte! Elles viennent la nuit quand je dors. Mine dit que je fais des cauchemars, mais moi, je sais que des gens souffrent, partout. Ils ont peur, eux aussi, ils ont faim et froid. Il y en a beaucoup qui meurent et leurs âmes volent au-dessus de la terre. Dans ces moments-là, je supplie Jésus de m'aider à être une petite fille normale, comme Nuttah et Laurence, ou comme Akali et Marie Marois. Si j'avais mes amulettes, je ne verrais pas tout ça.

Totalement désemparée, Charlotte ne put qu'embrasser Kiona sur le front.

— Je suis désolée pour toi, ma petite. Si je te dis un joli secret, cela te consolera un peu? Ludwig et moi, nous sommes amoureux! Pour Noël, il m'a offert un oiseau qu'il a sculpté dans du bois. Il est si gentil... et je le trouve très beau.

— J'en étais sûre, chuchota l'enfant, soudain joyeuse.

— Si tu me racontais comment tu as découvert qu'il se cachait à Val-Jalbert!

— Un soir, quand je me promenais avec Basile, je suis allée jusqu'à la cascade. Je l'aime tant, la Ouiatchouan! Au retour, j'ai pris la rue Sainte-Anne et, de loin, j'ai vu quelqu'un qui se jetait dans la neige, derrière une palissade. J'aurais dû m'en aller, mais je n'ai pas pu. J'ai senti qu'il était terrifié. J'ai fait galoper le poney et je me suis arrêtée à côté de lui. Il avait l'air perdu et très triste. Je lui ai souri. Après, nous avons discuté tous les deux. Je lui ai juré de garder le secret et j'ai promis de l'aider, de lui apporter à manger. Le pauvre, au début, il répétait: « Non, non, pas dire à tes parents! »

Le regard dans le vague, Kiona semblait revivre la rencontre. Elle se blottit contre Charlotte qui l'étreignit encore.

— Si j'ai connu Ludwig, c'est grâce à toi! Merci, ma chérie. Tu as bien fait d'avoir confiance en moi et de me montrer où il se cachait.

On frappa à la porte. C'était Hermine. Elle parut surprise de les voir pelotonnées dans le même siège et apparemment très complices.

— Eh bien, que se passe-t-il?

— Nous jasions tranquillement. Mais je vous laisse, je rentre chez moi, sinon le poêle sera éteint.

Elle confia Kiona à son amie en les embrassant toutes les deux.

Rouffignac, France, même jour

Toshan reprenait des forces à une rapidité qui déconcertait Simhona. Elle lui avait fourni une canne, puisqu'il insistait pour se lever. Depuis le jour de Noël, il pouvait se rendre seul dans le cabinet de toilette sans crainte d'avoir un malaise. C'était cependant une installation très sommaire. Il n'osait pas s'en plaindre, trop reconnaissant envers ces gens qui lui avaient sauvé la vie et prenaient de grands risques en le cachant.

L'église du bourg sonna dix coups au son profond, qui se répercutaient en écho dans la mansarde où le Métis se morfondait. Il guettait la venue de son infirmière avec une impatience accrue. « Il me faut des cigarettes et de la lecture, songeait-il. Sinon, je vais m'enfuir tel que je suis, blessé ou pas. »

Un grattement caractéristique se fit entendre, comme si un rongeur attaquait le bois de la porte. C'était la manière de s'annoncer de Simhona. Elle jugeait plus poli d'avertir son malade qu'elle allait entrer.

— Bonjour, dit-elle avec un sourire charmant. Brigitte et son mari sont partis à la messe. Ils ont amené Nathan, que nous avons appelé Jean pour ne pas éveiller de soupçons.

Elle paraissait soulagée et toute fière de lui apporter du lait chaud à la chicorée. Affamé, Toshan s'empressa de s'asseoir.

— Regardez, vous avez droit à des croissants. Le boulanger se débrouille pour en vendre le dimanche. Il doit acheter du beurre au marché noir. J'en ai mangé un et j'ai eu l'impression de me retrouver à Paris avant la guerre. Ah! les croissants de Paris, quel délice! J'ai mis un pot de confitures et un verre d'eau.

— Merci, vous vous donnez beaucoup de mal pour moi, reconnut Toshan d'une voix douce. Simhona, combien de temps vais-je rester ici? Je veux un avis médical. Je dois remplir la mission qu'on m'a confiée à Londres. Sans ce stupide accident, je serais loin… Je suppose qu'on me croit mort ou prisonnier en Allemagne.

— Je ne peux rien vous dire; depuis vendredi, vous refusez que j'examine votre plaie. J'ai laissé à votre disposition le désinfectant, la pommade et des pansements propres, mais je ne sais pas si pouvez juger de l'état de la blessure. Et il n'y a pas que ça. Je crois que vous avez été aussi victime d'un traumatisme crânien. On vous a trouvé en bas du chêne, face contre terre. Cela représente, m'a-t-on dit, une chute de cinq mètres. Toshan, soyez raisonnable et laissez-vous le temps de bien guérir. Vous étiez comateux, exsangue et dévoré par la fièvre. Dieu m'est témoin que je ne comprends pas comment vous avez survécu!

— Grâce à vos soins, affirma aussitôt le Métis.

Ils avaient vite sympathisé et usaient de leurs prénoms respectifs. Passé un premier contact plutôt prudent, Simhona s'était révélée une femme d'un caractère enjoué et simple. Elle ne s'embarrassait pas des convenances, elle parlait beaucoup et sans détour. Sa franchise, sa familiarité, même, apaisaient les nerfs de Toshan.

— J'ai une surprise, dit-elle. Je vous la donne si vous me permettez de nettoyer votre plaie.

— Il n'en est pas question. Je sais, vous allez me répéter que pendant un mois j'étais livré à vos mains expertes et que je ne me rendais compte de rien. Et que vous en avez vu d'autres en assistant votre époux. Mais je peux me prendre en charge. Sachez que la blessure me semble propre et en bonne voie de guérison. Néanmoins, quand je marche, c'est très douloureux.

Simhona hocha la tête avec une mimique perplexe. Enfin, comme à regret, elle sortit de sa poche un paquet de tabac à rouler et des feuilles de papier à cigarettes.

— Je n'ai pas déniché de blondes américaines, dit-elle d'un ton navré. Vous m'en préparez une?

Toshan avait savouré les deux croissants et le lait, mais il goûtait la confiture à la cuillère. Il faillit s'étrangler en voyant le tabac.

— Décidément, vous êtes un ange!

— Chut, moins fort!

— Mais il n'y a personne dans la maison!

— On ne sait jamais. Il faut être prudents. Et vous devez garder l'habitude de parler le plus bas possible. Alors, cette cigarette?

Elle avait posé le nécessaire sur le couvre-lit. Toshan hésita un instant.

—Vous fumez? Ma femme n'a jamais essayé et j'en suis ravi. C'est pour les hommes, surtout le tabac gris!

Tout de suite, Simhona se mit à fredonner, paupières mi-closes:

Du gris, que l'on prend dans ses doigts
Et qu'on roule
C'est fort, c'est âcre, comme du bois,
Ça vous soûle.
C'est bon et ça vous laisse un goût
Presque louche
De sang, d'amour et de dégoût
Dans la bouche.

—D'où sortez-vous cette chanson? demanda Toshan d'un air réprobateur. C'est d'assez mauvais goût!

—Je ne connais que le refrain. Mais, à Paris, elle a eu du succès. Je n'ai pas la voix de Berthe Sylva; dommage! Vous n'êtes pas drôle, Toshan. Avec vous, les dames n'ont pas le droit de fumer ni de chanter!

Il se décida à lui rouler une cigarette tout en pensant à Hermine.

—Ne croyez pas ça! Ma femme est chanteuse. Elle a joué dans plusieurs opéras, à Québec, à Montréal et même à New York. Au pays, on l'a surnommée le Rossignol de Val-Jalbert. C'est le village où elle a grandi. Certains, plus poètes, préfèrent le Rossignol des neiges. Au fait, il a dû neiger! Quelle épaisseur?

Stupéfaite par ce qu'elle venait d'apprendre et par sa question, Simhona ouvrit de grands yeux.

—Il n'est pas tombé un seul flocon... Ainsi, votre épouse est cantatrice! Chanteuse. A-t-elle enregistré des disques?

—Non, c'était en projet avant la guerre! Elle a une voix exceptionnelle. Des journalistes la comparent à la sonorité du cristal, mais il y a autre chose dans sa façon de chanter. Mine interprète les textes, elle offre un peu de son âme à ses rôles.

Toshan se tut, la gorge nouée. Il alluma sa cigarette, furieux de s'être abandonné à un trop-plein d'émotion.

—Je suis stupide! C'est comme pour la neige. Je suppose qu'en France vous n'avez pas les mêmes hivers qu'au Canada.

—Peut-être qu'il neigera en janvier ou en février, hasarda Simhona. Je suis désolée, vous avez l'air si triste! J'ai eu la sottise de fredonner ce refrain et je vous ai fait souvenir de votre femme, de votre famille.

—Je n'ai pas besoin d'un refrain pour penser à eux, coupa-t-il sèchement.

Elle devint très pâle et fit mine de se lever.

—Non, restez, supplia-t-il. Excusez-moi, Simhona! Vous me gâtez avec des croissants, vous m'apportez du tabac et je me comporte en rustre. Hermine m'a reproché assez souvent d'être sujet à une mauvaise humeur très déplaisante pour les autres. Mais je ne supporte pas d'être enfermé ici. Vous ne savez rien de ma vie passée et c'est normal. Chez moi, au pays, je suis une sorte de coureur des bois. J'ai du mal à demeurer à la maison une journée entière. L'hiver, je saute sur le premier prétexte venu pour atteler mes chiens et partir en traîneau. Je peux parcourir des milles ainsi. J'aime la morsure du froid sur mon visage, aussi bien que le vent cinglant. J'ai besoin d'espace, d'immensité.

Fascinée par l'expression que Toshan avait en lui parlant de sa terre natale, l'infirmière se rassit et l'écouta.

—Mon père, un chercheur d'or irlandais, avait acheté une concession au bord de la Péribonka, notre rivière. Ce nom signifie à peu près *bordée de sable*. J'ai hérité de la cabane qu'il avait construite pour ma mère et moi. Ma mère est morte en septembre, pendant que j'étais caserné près de Londres. Un accident. Elle était belle! Tala la louve, fière, hautaine, mais sage et généreuse. Dites-moi si je vous ennuie…

—Pas du tout, continuez. J'ai l'impression de m'évader de ces quatre murs. Au siècle dernier, c'était une chambre mansardée au mobilier d'époque, réservée à la domestique.

Machinalement, il approuva, obsédé par la nécessité de faire revivre tous ceux qu'il chérissait et qui étaient loin. Simhona était suspendue à ses lèvres. Toshan lui dépeignit sa grand-mère Odina, ronde et bavarde, qui buvait beaucoup en période de grand froid, parce que cela la réchauffait. Il évoqua son cousin Chogan, dont le sang de guerrier lui faisait commettre quelques entorses à la loi des Blancs.

— Les Montagnais sont de plus en plus enclins à boire. Ils doivent renoncer à leur mode de vie ancestrale, la chasse, la pêche, les campements en forêt, pour prétendument se civiliser! Quand j'entends de beaux esprits débiter de pareilles fadaises, ça me hérisse!

— Des Montagnais, c'est un drôle de nom, fit-elle remarquer.

— C'est celui de mon peuple. Jadis, ils s'appelaient les Innus. Mais tout change, n'est-ce pas? On m'a souvent traité de sauvage, de païen, à cause de la couleur de ma peau ou de mes idées. Mes convictions religieuses, en effet, sont celles de ma mère et de mes ancêtres indiens. En quoi est-ce répréhensible, de vivre dans la nature, de considérer les arbres et les animaux comme des frères, de prêter une âme aux nuages ou à l'eau des fleuves? Le racisme est partout et il est très dangereux. Vous êtes bien placée pour le savoir!

— Oui, Hitler et sa meute de chiens enragés ont décrété que les Juifs étaient des sous-hommes. De quel droit nous jugent-ils? Depuis le mois de mars, nous devons porter une étoile jaune, cousue bien en évidence sur nos vêtements. Je ne l'ai pas fait, étant donné que personne au village ne sait que je suis juive. Brigitte a pris soin de me présenter comme une cousine. En public, elle m'appelle Simone. Autre chose, Roger, son mari, m'a confié qu'à la préfecture de Périgueux les nazis ont monté une exposition afin d'apprendre aux gens d'ici à identifier un Juif! Il paraît qu'on peut nous reconnaître à la taille de notre visage, à un triangle de lignes invisibles du nez à l'oreille ou aux sourcils, caractéristiques de notre race. La propagande antisémite est odieuse. C'est une honte! Je ne comprends pas. Mon mari n'était pas pratiquant et je ne le suis pas non plus. Nous n'avons jamais gardé les objets de culte de nos parents. Pas de ménorah chez nous, le chandelier à sept branches, et Isaac n'a jamais porté la kippa, une espèce de calotte que les hommes mettent sur la tête pour la prière.

— Et vous n'avez aucune nouvelle de votre époux? interrogea Toshan. Je sais qu'il y a eu de nombreuses rafles à Paris et dans d'autres villes, mais où vont tous ces gens qu'on arrête?

— Dans des camps de travail ou sur des chantiers, dit-on. Tous les Allemands sont au front; Hitler exige de dénicher de la main-d'œuvre en contrepartie. Un des jeunes frères de mon amie Martine a dû partir pour le STO, le service de travail obligatoire. En fait, personne ne sait au juste ce qui se trame. Vous ne trouvez pas ça étrange? Nous discutons tous les deux, dans ce village de Dordogne, nous qui avions une existence ailleurs tellement différente avant cette guerre. Je suis née à Paris et j'aime la capitale, les cafés, les boulevards, les quais de la Seine... Je voudrais tant me retrouver là-bas, où j'avais des amis et un appartement confortable! Mais Isaac tenait à nous envoyer ici, Nathan et moi. J'ai de l'argent. Martine va essayer de nous procurer de faux papiers pour que je puisse aller en Angleterre ou en Suisse.

— Votre mari doit vous manquer.

Elle hésita un peu avant de répondre. Elle eut un sourire mélancolique.

— Je ne l'ai pas vu depuis bientôt deux ans. Cela me donne parfois l'impression d'être veuve. Isaac est plus âgé que moi de quinze ans. Je l'ai épousé parce que je l'admirais et que je le respectais. C'est un excellent médecin.

L'air gêné, Simhona se leva et déambula dans la petite pièce. Toshan l'observait. Elle avait des épaules menues, un buste assez court et des hanches larges. Son corps dégageait une sensualité indéniable. Cela tenait à ses mouvements lents, à sa démarche, ainsi qu'à sa voix basse et grave. Il songea alors qu'elle l'avait vu nu, qu'elle avait dû le laver et le changer. Pour soigner sa plaie, située à l'aine droite, elle avait sans doute effleuré son sexe. À cette idée, il ressentit bien malgré lui une chaleur au bas de son ventre.

— Je vais dormir un peu, murmura-t-il.

— Je vous laisse, dit-elle sans le regarder.

Val-Jalbert, même jour

Charlotte jeta un dernier regard autour d'elle. Au petit paradis, tout était prêt pour accueillir Ludwig. Elle avait cependant l'impression de se tenir au bord d'un gouffre, qu'elle allait franchir sans espoir de retour. Si par malheur ou malchance on découvrait qu'elle cachait un soldat allemand prisonnier, les conséquences seraient terribles pour elle.

— Tant pis, se dit-elle d'une voix tremblante. Je n'ai pas peur, non!

Malo, un des plus vieux chiens de traîneau de Toshan, la regarda en remuant la queue.

— Je suis bien contente de t'avoir ici, toi, murmura-t-elle. J'espère que tu continueras à aboyer dès que quelqu'un rôdera près de la maison. Sois sage, je reviens.

Elle sortit et prit soin de fermer à clef. Quand Hermine avait décidé d'habiter ce logement un peu isolé, le village étant quasiment désert, Jocelyn avait tenu à faire installer une serrure solide et même un verrou.

Elle rabattit son capuchon pour se protéger du vent qui soufflait en longues rafales glacées, chargées de cristaux de neige. Elle songeait: «Il y a vingt ans, le soir, je n'aurais pas pu déambuler à ma guise, il y avait trop de voisins. Mais, il y a vingt ans, je ne pensais pas encore à l'amour. J'étais une toute petite fille, déjà à moitié aveugle.»

Pleine de courage, Charlotte se mit en chemin, encombrée d'une paire de raquettes supplémentaires pour Ludwig et d'un bâton à bout ferré. Elle s'était aussi munie d'une lanterne à pétrole. Il lui fallait beaucoup de détermination pour affronter le froid et le blizzard. «Je dois avancer sans me dire que c'est impossible. Celui que j'aime a besoin de moi, de chaleur et de tendresse! Ces mots me plaisent: celui que j'aime! Mon amant, mon amoureux! Comme nous serons bien dans mon lit, nus tous les deux, à nous embrasser! Le matin, je lui ferai chauffer du lait et je lui préparerai des tartines de confiture de bleuets. »

Elle se berça de douces rêveries jusqu'au moulin Ouellet. L'effort accompli l'avait épuisée, mais la seule idée de revoir Ludwig, de le ramener à l'abri, lui redonna de l'énergie. Dès qu'il vit le faisceau lumineux balayer l'obscurité de son refuge, le jeune Allemand poussa une plainte.

—Charlotte? appela-t-il ensuite. J'ai fièvre, beaucoup!

Il respirait fort et avait le teint blafard. Elle toucha son front.

—Seigneur, tu es encore plus brûlant que cet aprèsmidi! Il faut pourtant que tu viennes avec moi. J'ai de l'aspirine à la maison, cela te soulagera. Qu'est-ce que tu as?

—Je sais pas, balbutia-t-il. Pas pouvoir marcher.

Des frissons le secouaient. Affolée, Charlotte éclata en sanglots.

—Je t'en supplie, tu dois te lever! J'étais si heureuse! Tu seras tellement mieux chez moi! Ce n'est pas très loin, mentit-elle. Tu vas bien te couvrir. Je voulais emporter tes provisions pour que personne ne sache qu'il y avait quelqu'un ici, mais tant pis, je reviendrai les chercher demain. Ludwig, par pitié, lève-toi.

Il semblait ne plus l'entendre. Désespérée, elle repoussa les couvertures qui le protégeaient du froid. Le jeune homme n'avait pas quitté ses chaussures, en fort mauvais état. Après l'avoir forcé à s'allonger sur le côté, Charlotte réussit à lui mettre les raquettes.

—Tu t'appuieras sur moi! s'écria-t-elle. Je suis sûre que tu peux le faire, mon chéri, mon amour. Si tu restes là encore une journée, tu vas mourir. Le froid empire.

—Oui, je veux essayer, souffla-t-il.

Elle l'aida à se redresser en usant de toutes ses forces.

Tout ce bonheur qu'elle s'était promis ne pouvait pas lui échapper. Enfin, Ludwig fut debout, hébété. Ses dents claquaient contre sa volonté.

—J'ai une petite gourde de caribou. Bois-en une bonne gorgée, ça ne peut pas te faire de mal!

Il s'exécuta, pareil à un automate. Charlotte l'obligea à enfiler le vieux manteau d'Onésime qu'il avait accroché à un clou. Puis elle lui enfonça un bonnet de laine jusqu'au milieu du front.

—Tu vois, tu n'es pas tombé, tu résistes, c'est bien, fit-elle remarquer d'une voix ferme. Nous allons y arriver, je le sens. Fais-le pour moi, pour ta Charlotte.

Malade d'inquiétude, elle s'exhortait elle-même. Ils couraient peut-être à la catastrophe. Ludwig pouvait s'effondrer en cours de route et jamais elle ne parviendrait à le relever ni à le porter.

—Prends mon bâton comme appui. Je vais camoufler ce qui traîne.

La lanterne éclairait suffisamment. Presque en sueur, elle entassa les conserves et les bocaux sous la paille moisie de la couchette. Enfin, elle plia les couvertures et les dissimula au même endroit. Quant à la bassine en fer remplie de cendres, elle la poussa dans un coin. N'importe qui avait pu s'abriter dans les ruines et allumer un feu. Ludwig vacillait de temps en temps, mais il gardait à peu près l'équilibre.

—Partons vite, dit-elle enfin. Tiens-moi par l'épaule, mon chéri.

Elle se délectait de l'appeler ainsi, malgré tout. Trop souvent, son cœur s'était serré en écoutant Hermine et Toshan échanger ce genre de termes propres aux amoureux. «Quand je me croyais la fiancée de Simon, je lui ai dit une fois mon chéri, et il m'a récompensée d'un regard noir! J'aurais dû comprendre bien avant qu'il n'éprouvait rien pour moi.»

Ludwig la dépassait presque d'une tête. Il pesait sur elle et, dès les premiers mètres, Charlotte fut prise de panique, car le vent les heurtait de plein fouet. Chaque pas devenait un défi.

— Courage! hurla-t-elle. Je t'en prie, courage.

Le jeune homme se cramponnait à elle. Ils avançaient en titubant, étroitement liés.

— Mon Dieu, aidez-nous, implora-t-elle tout haut.

Elle se repérait aux traces qu'elle avait laissées à l'aller, mais la neige fine et gelée tissait des voiles scintillants qui l'aveuglaient. Cela lui donnait l'impression d'être perdue au sein de nuées cristallines glaciales, venues du Grand Nord pour mieux les perdre, pour les anéantir.

« C'est la pire épreuve de ma vie, pensa Charlotte. Si nous atteignons la maison, elle méritera vraiment son surnom de petit paradis. Et nous devons y arriver pour avoir notre part de joie sur terre, lui et moi! Ce sera notre récompense. »

— Loin encore? demanda soudain Ludwig.

— Non, je ne crois pas, répondit-elle, incapable d'estimer la distance qu'ils avaient parcourue. Est-ce que ça va?

— Un peu mieux, avoua-t-il.

Rassérénée par la nouvelle, elle lui fit boire une autre gorgée de caribou. Cette fois, il s'étrangla et se mit à tousser. Mais il ôta son bras de ses épaules. Charlotte se sentit plus vaillante.

— Le bâton suffit, ajouta-t-il. Pauvre petite *Fräulein*!

— Peut-être que tu as moins de fièvre, dit-elle assez fort.

Elle pensait à Mireille. La gouvernante prétendait qu'en cas de forte fièvre il fallait refroidir le malade, soit en ouvrant la fenêtre, soit en le frictionnant avec de l'eau fraîche. Laura et Hermine jugeaient la méthode barbare.

« Qui sait? Le grand air et l'alcool ont pu le revigorer et, oui, faire baisser la fièvre. Nous allons réussir, il le faut! Seigneur, merci. »

Certaine de toucher au but, Charlotte cherchait à distinguer la forme d'un bâtiment, d'une construction qui annoncerait le village, mais rien ne se profilait dans le halo faiblissant de la lanterne. Elle se tourna vers Ludwig, mais il n'était plus à ses côtés.

463

— Oh non! Ludwig?

Le jeune Allemand venait de tomber dans un fossé rempli de neige. Dans sa chute, il avait saisi un piquet qui émergeait d'une masse blanchâtre, accumulée contre un mur de planches.

— Ludwig, chuchota-t-elle en le saisissant à bras-le-corps. Mon Dieu, quelle chance! Je m'écartais de la bonne direction, mais je reconnais ce piquet et ce mur. Il faut aller sur la droite et on sera chez moi.

— Peux plus, haleta-t-il.

— Mais si, tu peux, gémit-elle, prête à pleurer de lassitude et de nervosité. Encore quelques minutes et c'est fini.

Elle dut le soutenir à nouveau sur une cinquantaine de mètres. En voyant les trois marches de son perron et la porte de sa demeure, elle craqua et sanglota tout haut. À l'intérieur, Malo lançait de brefs aboiements.

— Tais-toi, le chien, dit-elle.

Ses mitaines la gênaient pour se servir de la clef. Elle les enleva et, les doigts gourds, elle put ouvrir la porte du petit paradis. La chaleur qui régnait dans la pièce principale la suffoqua.

— Ludwig, ça y est! Tu es sauvé. Sauvé!

Elle referma et mit le verrou. Le jeune Allemand s'était assis lourdement sur un banc. Malo s'approcha et renifla les jambes du nouveau venu, plus intrigué que méfiant.

— Je te débarrasse des raquettes et je t'aide à monter dans ma chambre, dit-elle sur un ton exalté. Il n'y a plus de danger. Regarde, les rideaux sont bien tirés, ils sont doubles, on ne voit pas à travers. Et il est près de cinq heures du matin. Tout le monde dort à Val-Jalbert. Mais, par précaution, je n'utilise pas l'électricité.

Charlotte savourait sa victoire sur les éléments et sur sa propre faiblesse de femme. Chacun de ses gestes prenait des allures de rite, de cérémonial: éteindre la lanterne, allumer une bougie, frotter entre les siennes les mains glacées de son amant, lui faire prendre deux cachets d'aspirine... Il clignait souvent les paupières, comme s'il somnolait.

— Tu es si fatigué! Viens te coucher, il faut encore monter l'escalier.

En se penchant sur lui, elle constata que des larmes coulaient le long de son nez. Ludwig pleurait en silence.

— Mon chéri, mon amour, murmura-t-elle.

Il ouvrit grand ses yeux clairs et la fixa avec émerveillement.

— Merci, Charlotte! *Ich liebe dich!* Si joli, ton petit paradis, tu offres moi une belle maison, et toi, toi.

Débordante d'une immense tendresse, la jeune fille l'enlaça et le couvrit de baisers, sur le front, les joues et les lèvres.

— Viens, répéta-t-elle. Je vais t'aimer si fort que tu béniras le ciel d'être ici, à Val-Jalbert.

Un quart d'heure plus tard, Ludwig était au lit, vêtu d'une chemise en flanelle qui avait appartenu naguère à Onésime. Charlotte l'avait déshabillé et il s'était allongé avec délices entre des draps qu'une bouillotte en caoutchouc avait maintenus tièdes. Sans aucune gêne, elle l'avait frictionné sur tout le corps avec un mélange d'eau chaude et de vinaigre.

— Ma mère faisait ça quand je rentrais de l'école frigorifiée, dit-elle en souriant.

Le poêle ronflait avec de menus crépitements. Il faisait bon dans la chambre aux cloisons peintes d'un beige rosé, la couleur favorite de Charlotte. Il y avait des coussins, un fauteuil couvert d'un plaid rouge et des tableaux représentant des paysages du Lac-Saint-Jean.

— Bonne prison ici, déclara Ludwig qui semblait se rétablir à une vitesse surprenante.

— Oui, admit-elle en riant. Regarde, cette porte aussi ferme à clef. Si j'ai de la visite, tu donneras un tour.

Sur ces mots, debout près du lit, elle fit glisser son pantalon et déboutonna son gilet. Bientôt, elle lui apparut en culotte et soutien-gorge, sa chair neuve dorée par la flamme de la bougie. Elle oubliait toute pudeur dans sa frénésie d'être nue sous son regard brillant de joie. Ce fut vite le cas.

— Trop belle, souffla-t-il.

Ludwig contemplait les pommes rondes et nacrées de sa poitrine, le délié de sa taille, la courbe de ses hanches et la toison brune, frisée, qui dessinait un triangle charmant sur son pubis. Elle le rejoignit et se lova dans le nid douillet des oreillers, de la literie immaculée et des couvertures molletonnées.

— Comme j'avais hâte que tu sois là, avec moi, dit-elle à son oreille.

— Je suis là. Et c'est mon vrai paradis après l'enfer.

Ils étaient trop heureux, trop épuisés pour céder au désir qui montait en eux. C'était déjà un miracle d'être ensemble, chair contre chair, bouche contre bouche, d'avoir chaud et de penser qu'ils se réveilleraient ainsi, libres de s'aimer, même s'il fallait pour cela mentir et tricher, vivre sur la défensive jour après jour. Ils auraient les nuits pour apprendre à se connaître, pour conjuguer les mille verbes de la passion partagée, en allemand, en français et dans le langage immuable et éternel des gestes et des caresses.

Comme par jeu, les hasards de la guerre qui endeuillait le monde les avaient réunis.

16
L'air de Paris

Val-Jalbert, jeudi 25 février 1943
Laura et Hermine étaient presque prêtes. Le lendemain, elles prenaient le train à la gare de Chambord-Jonction. La fille n'avait pris qu'une valise, sa mère ayant prévu de lui acheter de nouvelles toilettes à New York.

— Tu dois être très élégante à Paris, répétait Laura avec dans les yeux le regret de ne pas pouvoir visiter la célèbre capitale française. Et là-bas, au mois de mars, il fera déjà doux. Tu auras surtout besoin de jolies robes printanières.

Ce voyage mettait la demeure des Chardin sens dessus dessous. Les enfants étaient insupportables. Mireille n'arrêtait pas de pleurer.

— Doux Jésus! je ne te reverrai peut-être jamais, ma chère Mimine.

Jocelyn n'était pas en reste et se montrait d'une humeur exécrable. Il ronchonnait depuis une semaine. Selon lui, Laura n'avait pas à entreprendre une pareille expédition.

— Tu vas être absente au moins quinze jours, reprochait-il à son épouse. J'aurais pu accompagner notre fille à New York et, moi, je serais rentré aussitôt. Je te connais: tu vas encore jeter l'argent par les fenêtres. Hôtel de luxe, restaurants, boutiques… Une véritable hémorragie de piasses en perspective! Et je me méfie. Qui sait si tu ne vas pas monter dans ce maudit avion! S'il s'abîme dans les eaux de l'Atlantique, je perdrai ma femme et ma fille aînée. Quel malheur!

Hermine se souciait peu des récriminations de son père. Elle était dans un état second, uniquement concentrée sur cet avenir tout proche où elle foulerait le sol de la France. Kiona avait fait un rêve très étrange. Elle avait assisté à une scène entre Toshan et une femme aux cheveux noirs, qui se passait dans une petite pièce sombre.

—Ils parlaient comme nous, Mine, avait assuré l'enfant. Toshan semblait fâché. Il disait qu'il devait rejoindre le maquis.

Cette révélation avait frappé Hermine en plein cœur. Elle avait immédiatement téléphoné à Octave Duplessis, qui s'était contenté d'expliquer ce que signifiait le terme *maquis*. On désignait ainsi la Résistance, ce réseau secret d'opposants au régime de Vichy qui, de plus, tentaient de saboter les installations allemandes ou de mener des opérations punitives. Prendre le maquis, c'était entrer dans la clandestinité. Bien sûr, l'impresario avait parlé à mots couverts, de façon évasive.

Hermine s'était adressée à ses parents.

—Kiona n'a pas pu inventer ce mot, avait déclaré Hermine à ses parents. Ce qu'elle a vu en rêve, c'est la réalité. Toshan a dû être parachuté quelque part en France, où son avion a été abattu. Il s'est caché, sans doute avec l'aide de cette femme aux cheveux noirs. Mais il est vivant et je le retrouverai.

—Mais enfin, ma chérie, s'il intègre la Résistance, comment sauras-tu où il est? lui avait objecté Jocelyn.

—Papa, une fois à Paris, je serai plus près de lui qu'ici. Je pense même qu'il m'attend là-bas avec Duplessis!

—Je l'espère! Sinon autant chercher une aiguille dans une botte de foin! s'était écriée Laura. Hermine, promets-moi de rentrer au Québec avant l'hiver, en octobre!

—Mais oui, maman! Je n'ai pas envie d'être séparée des enfants trop longtemps.

Cependant, en cette veille de grand départ, Hermine éprouvait une anxiété de tous les instants. Elle avait longuement discuté avec ses enfants pour leur demander d'être d'une sagesse exemplaire avec leurs grands-parents, tout en leur précisant à nouveau les causes de sa décision.

—D'abord, j'ai un contrat intéressant à honorer

dans un théâtre parisien. Ensuite, je veux revoir votre père. C'est peut-être de la folie, mais j'ai l'intuition que je dois le sauver d'un danger, d'une menace. Kiona m'a encouragée à partir; vous savez que j'ai confiance en elle.

Ils l'avaient écoutée en silence et s'étaient blottis tous les trois contre elle.

—Mes chéris, mes enfants adorés...

C'était une heure plus tôt. Maintenant, assise au piano, elle luttait contre la peur indicible qui l'oppressait. «Je suppose que c'est naturel de céder à la panique, pensait-elle. Je n'ai jamais quitté le continent américain. Et je ne sais pas du tout à quoi m'attendre, en France. Hitler a proclamé la guerre totale[47] au mois de janvier. Paris est aux mains de nos ennemis. Il se peut même que je chante pour des officiers nazis... Non, Octave m'aurait prévenue.»

Elle en était là de ses tristes méditations, quand Charlotte entra dans le salon. Bien équipée pour le froid, elle ne montrait que le bout de son nez et ses yeux bruns, un peu fardés.

—Tu as de la visite, Mimine. Ovide Lafleur! Il ne savait pas que j'avais repris mon logement et il est d'abord passé au petit paradis. Je repars, j'ai un ragoût sur le feu.

L'instituteur devait patienter dans le couloir. L'air embarrassé, il s'approcha en saluant Charlotte qui ressortait. Stupéfaite, Hermine se leva prestement.

—Ovide! Quelle surprise! s'exclama-t-elle d'un ton amical. Je suis contente de vous revoir.

Il la dévisageait avec insistance, comme s'il voulait reprendre possession de ses traits, de son sourire, de sa beauté toujours aussi émouvante.

—Je vais demander à Mireille de préparer du thé.

---

47. Proclamation du 13 janvier 1943. La guerre totale qualifie un conflit armé qui mobilise toutes les ressources disponibles de l'État. Pour anéantir la totalité des ressources des belligérants, elle provoque des destructions combinées, c'est-à-dire civiles autant que militaires.

Les enfants sont en classe avec mademoiselle Damasse et mes parents font la sieste. Vous êtes venu à cheval?

— Oui, je n'ai pas d'autre moyen de locomotion. Votre amie Charlotte m'a appris que vous partez demain? Et pour la France! J'ai bien fait de me décider à venir vous voir. Est-ce trop tard pour vous empêcher de commettre une telle idiotie? Hermine, l'Europe est à feu et à sang.

— N'exagérez rien, dit-elle d'un ton agacé. Il n'y a aucun conflit armé à Paris ni dans le reste du pays. Je vous en prie, Ovide, venez vous asseoir près du poêle, je reviens.

Elle était soulagée de fuir quelques instants le regard vert et plein de tendresse de l'instituteur. « Mon Dieu, quel choc d'être en face de lui! Je ne croyais pas que je serais aussi bouleversée. » Elle pénétra sans hâte dans la cuisine où la gouvernante, la mine sombre, épluchait des pommes de terre.

— Peux-tu apporter un plateau avec du thé et des biscuits, Mireille? Pour deux personnes. Ovide Lafleur est de passage.

— Ah! grogna Mireille. Si madame le trouve sous ce toit, elle va encore s'imaginer des choses.

— Tant pis si cela déplaît à maman! Vu le froid qu'il fait, je n'allais pas le recevoir dehors!

Sur ces mots, elle tourna les talons et rejoignit Ovide. Il observait d'un air songeur le cadre luxueux, de très bon goût, qui l'entourait.

— Pourquoi habitez-vous chez votre mère? s'enquit-il. J'ai eu la nette impression de déranger votre amie en frappant à la porte du petit paradis. Elle ne m'a même pas fait entrer.

— Charlotte apprécie tant son indépendance qu'elle joue un peu les ermites. Et maman lui donne beaucoup de travail: du tricot et de la couture. Je l'envie parfois d'être seule avec le vieux Malo, un si bon chien! Et mon père lui a acheté un poste de radio. Mais, pour répondre à votre question, j'ai simplement cédé aux prières de ma mère. Quand elle a su que je partais en Europe, elle m'a suppliée de revenir m'installer ici. Je ne pouvais pas refuser, c'est elle qui finance mon voyage. Et les enfants étaient ravis. Ils s'accommodent de tout, pourvu qu'ils soient ensemble. Akali s'est épanouie, savez-vous! Elle étudie bien et chaque fois que je l'entends rire je nous félicite d'avoir réussi à l'amener loin du pensionnat. Au fait, je vous ai envoyé l'article paru dans *La Presse*, signé par notre chère amie Badette. Qu'en avez-vous pensé?

—Vraiment remarquable, un exposé précis de la situation! Et touchant, aussi, mais cela ne servira à rien, je crois. Cette abomination continue. Non pas que je baisse les bras, mais que faire?

Mireille leur apporta le plateau du thé. Hermine effleura d'un doigt une des tasses en fine porcelaine de Chine. C'était son service préféré et elle remercia la gouvernante d'un sourire.

—Très joli, nota l'instituteur. Un décor idyllique, ces fleurs rouges, les pagodes, les branches tortueuses des arbres! Mais cela me fait penser au Japon qui s'est allié à Hitler. L'issue de la guerre devient bien improbable. Il y a une semaine, le 18 du mois, Joseph Goebbels[48] a prononcé un discours au Sportpalast de Berlin devant plus de quinze mille personnes enthousiastes. Il prônait la guerre totale pour une guerre victorieuse. Il a terminé par cette phrase: «Maintenant, levez-vous, et que la tempête se déchaîne!» Voilà le contexte en France et, vous qui m'êtes si précieuse, vous décidez de chanter à Paris qui tremble sous les bottes des SS!

—Oui, concéda dignement Hermine, qui commençait à regretter d'avoir entrepris une telle aventure.

—Vous n'avez que ça comme argument, un oui mal assuré.

---

48. Paul Joseph Goebbels (1897-1945) était un homme politique allemand, membre du Parti national-socialiste et ami proche d'Hitler. Il était ministre du Reich à l'Éducation du Peuple et à la Propagande. Il s'est donné la mort à Berlin le 1er mai 1945 avec son épouse Magda, après qu'ils eurent empoisonné leurs six enfants.

—Je ne supporte plus d'être séparée de Toshan. Prenez-moi pour une idéaliste, mais j'espère le retrouver là-bas. Et vous, je suppose que vous êtes marié?

—Pas du tout! J'ai rompu mes fiançailles. Je n'aurais jamais pu offrir à une épouse ce qu'elle est en droit de désirer: de l'amour, de la dévotion, des enfants… Je suis incapable de tricher. J'ai essayé en vain et j'ai vite renoncé. Il n'y a que vous, Hermine, qui comptez dans ma vie.

Elle but une gorgée de thé en pensant qu'elle aurait aimé entendre cet aveu au mois de décembre, quand le lien entre Toshan et elle lui paraissait mystérieusement brisé. Tout avait changé depuis. Un sentiment d'urgence la taraudait.

—Je suis désolée pour vous! Pour ma part, j'avais fait le deuil de notre si douce amitié. Mais je pars le cœur moins lourd, parce que j'aurai eu le plaisir de vous revoir.

—Ne jouez pas sur les mots, c'est un autre plaisir que je tenais à vous donner aujourd'hui, n'importe où, dit-il tout bas, presque à son oreille.

Hermine jeta un coup d'œil inquiet du côté du couloir. Mireille ne devait pas être loin. Elle se leva, affolée, et se posta près d'une fenêtre. Ovide ne fut pas long à la rejoindre. Il osa poser une main sur son épaule et chuchota:

—Cette robe en velours bleu vous va à ravir. Et j'adore quand vous laissez tomber vos cheveux dans le dos, comme ça! Ils sont magnifiques et si blonds. On les dirait animés d'une vie propre. Hermine, je suis venu avec la rage de vous posséder enfin. Acceptez, car demain vous serez partie. Sortons, je vous en prie!

Elle se dégagea et le toisa avec un brin de mépris.

—Mais avez-vous perdu la tête? dit-elle le plus bas possible. Ovide, ça ne vous ressemble pas de me parler ainsi! Qu'est-ce que vous imaginez? Que je vais vous suivre docilement dans la première remise à bois du village et me coucher par terre?

Douché par son regard glacial, il recula.

—Bien sûr que non! J'ai eu l'orgueil de croire que vous m'espériez vous aussi, que vous éprouviez la même chose que moi. Je suis un incorrigible imbécile! Eh bien, je n'ai plus qu'à me remettre en selle et à regagner Sainte-Hedwige. Au revoir, Hermine. Au fond, je vous envie de visiter Paris. Faites bien attention à vous, surtout. Qui sait, après la guerre, si elle se termine un jour, peut-être serons-nous amis, tous les trois, Toshan, vous et moi?

Hermine retenait ses larmes. Ovide lui plaisait toujours autant. Il portait une courte barbe châtain. Ses yeux verts, de la couleur des feuilles toutes neuves, possédaient un charme inouï. Elle se revit nue contre lui, dans l'écurie des Lafleur. Cet homme l'avait aidée à surmonter son chagrin, il lui avait aussi appris à réfléchir, à conquérir son libre arbitre.

—À la revoyure, balbutia-t-elle, la gorge nouée.

—Vous parlez québécois maintenant, ironisa-t-il. Pas de ça avec les Allemands. Ils sauront que vous êtes canadienne, une redoutable ennemie.

—Donnez-moi le temps d'enfiler des bottes et un manteau. Je vous accompagne un bout de chemin.

Elle s'enveloppa également d'un châle qui protégeait sa tête et le bas de son visage. Elle mit des gants en cuir noir.

—Je ne suis pas sortie depuis deux jours. Quelle honte! Comme si j'avais peur du froid!

Ovide marchait à pas lents, heureux malgré tout de la sentir près de lui.

—Mon cheval est dans la vieille étable du petit paradis, cet obscur local qui fut témoin de votre colère. Je me réjouissais de vous voir dans cet état, parce que j'allais me marier. Je pensais que vous étiez malade de jalousie.

—C'était un peu vrai, admit-elle en riant. Même maintenant, je suis soulagée de vous savoir célibataire. Vous avez eu raison de me rendre visite, je suis enfin dehors. J'en profiterai pour me faire offrir un autre thé par Charlotte. Il va geler dur cette nuit, mais cela facilitera le trajet. Onésime, notre chauffeur attitré, est bien équipé. Il investit chaque année dans une invention pour rouler à tout prix l'hiver.

Au moment d'entrer dans le bâtiment où régnait une pénombre propice à un dernier baiser, elle hésita.

— Ne craignez rien, dit aussitôt Ovide. Je ne vais pas abuser de notre solitude. Et c'est bien dommage.

Le cheval noir les salua d'un bref hennissement. Hermine le caressa, attendrie.

— Je chéris les souvenirs que nous partageons. Notre expédition jusqu'au campement indien, notre soirée à l'auberge de Péribonka et tout le reste. Vous avez une place dans mon cœur, Ovide.

— Une petite place, mais c'est déjà bien, je m'en satisferai, ma chère amie.

Elle se jeta dans ses bras. Il l'étreignit de toutes ses forces.

— Je vous en supplie, revenez, Hermine! Que je puisse au moins vous croiser à Roberval et entendre votre voix! Sachez aussi que j'admire votre courage.

Elle sanglotait, vaincue par le réconfort immense qu'il lui apportait par sa seule présence. C'était si bon de se réfugier dans ses bras, de percevoir le désir infini qu'il avait d'elle. Leurs lèvres s'effleurèrent, mais Ovide n'insista pas.

— Je m'en vais! Envoyez-moi une carte postale de Paris.

Avec un empressement qui cachait son émotion, l'instituteur conduisit son cheval à l'extérieur et se mit en selle. Hermine lui adressa un signe de la main. Quelques minutes plus tard, il avait disparu.

— Ovide, gémit-elle, frustrée de ne même pas avoir eu droit à un ultime baiser.

D'une démarche de bête blessée, elle se dirigea vers le perron du petit paradis. Elle frappa trois petits coups en appelant.

— Charlotte, je t'en prie, ouvre vite!

— Oui, j'arrive! cria la jeune fille. Une minute!

La minute parut interminable à Hermine. Enfin, elle perçut le déclic de la clef, puis le bruit du verrou.

— Tu en as mis, du temps! Je suis gelée.

— J'avais les mains dans l'eau savonneuse et j'ai dû les essuyer. Va te réchauffer près du poêle. Dis donc, Ovide ne s'est pas attardé!

— C'est mieux ainsi, reconnut Hermine. Il avait à faire à Roberval et il a décidé de venir prendre de mes nouvelles. Par ce froid, il préfère se remettre en chemin avant la nuit.

— Tu peux me parler sans gêne, Mimine! Ovide ferait des milles pour passer un instant en ta compagnie. Cela crève les yeux qu'il est amoureux de toi.

Le chien vint renifler les bottes de la visiteuse. Elle lui gratta le front entre les oreilles.

— Tu es comme un roi, ici, mon vieux Malo, dit-elle d'une petite voix triste. Toi qui vivais toute l'année dehors! C'est vrai, Charlotte, ils ont un abri, dans l'enclos, mais ça ne les protège pas du vent et du froid. Toshan désapprouverait de voir une bête s'habituer au confort. Il a grossi, on dirait.

— Je ne lui donne que des restes, pourtant, répliqua la jeune fille sèchement. Bon, je te prépare du thé. Mais j'étais en pleine vaisselle.

— Pour une personne seule, ce n'est pas une tâche trop pénible, fit remarquer Hermine. Tu as de la chance que l'eau ne soit pas gelée, vu les températures que nous avons. Mais la compagnie de pulpe avait vraiment veillé aux installations d'eau courante. C'est un miracle qu'il n'y ait pas plus de dégâts l'hiver.

Hermine aurait pu discuter des heures de bana-lités, afin d'oublier son départ qui se rapprochait inexorablement et de ne plus penser à Ovide, à la douceur de ses lèvres et au refuge de ses bras d'homme. Charlotte, elle, demeurait sur le qui-vive. Les coups frappés à sa porte par l'instituteur les avaient surpris, Ludwig et elle. Il y aurait bientôt deux mois qu'elle cachait le jeune soldat allemand et, bien souvent, même durant la journée, il se trouvait au rez-de-chaussée de la maison. Il suffisait d'être vigilants. Et, précisément, ils s'embrassaient à l'abri des rideaux tirés quand Hermine avait toqué.

« Heureusement, Ludwig marche en chaussettes; il ne fait aucun bruit. Il est remonté et il a dû se coucher dans notre lit, notre cher lit!» songeait Charlotte en cherchant la boîte de thé.

Les joues un peu roses, car le lit en question était témoin de joutes amoureuses de plus en plus audacieuses, elle se hâta de servir son invitée.

—Voilà, je t'ai mis un peu de lait dans un pichet. Mais je n'ai pas de gâteau.

—Je m'en moque, ma chérie, répliqua distraitement Hermine. Tu viendras souper ce soir?

—Mais oui, Laura me l'a déjà demandé. Regarde l'écharpe que je suis en train de tricoter. J'ai réussi un point compliqué et ça donne ce motif. Je voudrais la finir avant demain.

—Tu peux la continuer, j'ai juste envie de parler un peu avec toi; nous n'en avons plus beaucoup l'occasion. Je suis très angoissée à l'idée de monter dans un avion. Papa a fini par me terrifier, à force de me raconter des histoires d'accidents épouvantables. S'il m'arrivait malheur, Charlotte, tu veilleras sur les enfants, tu aideras maman à les élever.

Hermine semblait tout à fait désespérée. Ses prunelles bleues exprimaient une peur irraisonnée.

—Tu peux encore annuler ton voyage, dit Charlotte. Personne ne t'oblige à partir.

—Non, non, je ne peux pas! Si seulement Badette m'avait accompagnée comme prévu. Mais il a fallu qu'elle se casse une jambe sur la terrasse Dufferin, à Québec.

—Ce sont les dangers du verglas!

Assis en bas de l'escalier, le vieux Malo se mit à gémir. Le chien fixait les marches en remuant la queue. Son manège étonna Hermine.

—Qu'est-ce qu'il a? Tu ne lui permets pas de monter à l'étage, quand même!

—Doux Jésus, non, protesta Charlotte. Peut-être que le poêle de ma chambre marche trop fort, j'ai mis une bûche bien sèche tout à l'heure. Malo s'agite dès que les feux ronflent. Ne bouge pas, bois ton thé, je vais vérifier.

Elle bondit de sa chaise, donna une tape à l'animal et grimpa au premier. Elle riait, à la fois tendue et excitée par la situation. Vite, elle se glissa dans la pièce où Ludwig lisait, étendu sur le lit. Il la considéra d'un air inquiet, car elle avait un doigt devant la bouche pour lui intimer l'ordre de garder le silence. Mais, après avoir manipulé le système de tirage du poêle, elle courut l'embrasser. Le risque encouru et le frisson de l'interdit bravé pimentaient leur relation.

—Alors? interrogea Hermine en la voyant redescendre.

—C'était bien ça! Avec Malo, je suis à l'abri d'un incendie. J'ai eu assez peur il y a trois ans!

—Mon Dieu, quel dommage si tu avais fait brûler le petit paradis! Je dois te laisser, ma chérie. Je suis sortie sans prévenir personne. La classe doit être terminée et je veux passer le maximum de temps avec les enfants.

Hermine s'en alla sans soupçonner une seconde qu'elle s'était trouvée à quelques mètres d'un prisonnier allemand.

« Que Charlotte devient belle! pensait-elle en longeant la rue Saint-Georges. Un vrai bijou de femme! Les hommes sont-ils aveugles ou idiots? Je voudrais qu'elle soit aimée comme elle le mérite. »

Son souhait s'était réalisé, mais elle ne le saurait que bien plus tard et dans des circonstances dramatiques.

Rouffignac, France, samedi 27 février 1943

Simhona était couchée depuis une heure à peine. Le cœur lourd, elle contemplait un quartier de lune qui brillait derrière un des carreaux de la fenêtre. Située au premier étage, sa chambre donnait sur le jardin. Elle soupira, aux prises avec un poignant sentiment de solitude.

Son fils dormait dans la même pièce. Brigitte avait installé pour lui un vieux lit d'enfant en bois, descendu du grenier. L'aimable Périgourdine se serait coupée en quatre pour offrir un peu de confort à son amie et à l'enfant, car elle jugeait la politique antisémite des nazis tout à fait odieuse.

«Où est Toshan? se demanda Simhona. Je ne le reverrai sans doute jamais. J'espère que l'homme qui devait le conduire jusqu'à un groupe de résistants était quelqu'un de confiance.»

Son blessé, comme elle le surnommait, avait quitté le village à la fin du mois de janvier. «Il s'estimait rétabli, mais moi je le trouvais encore faible. Ou bien je refusais de le laisser partir…» Elle se posait souvent cette question, surtout le soir, dans son lit. Les jours qu'elle avait passés à soigner Toshan et à lui préparer des repas revigorants gardaient pour elle une note exaltante. Ils avaient beaucoup discuté et échangé des confidences, ce qui leur avait permis de mieux se connaître.

«C'était un personnage étrange, doux et patient un moment, puis dur, cassant même, l'instant d'après! Rien ne pouvait l'arrêter quand il avait pris une décision. Mais nous avons beaucoup ri en sourdine. Peu à peu, nous avons veillé tard dans la nuit. La maison était calme. Je n'avais pas envie de l'abandonner dans sa mansarde.»

Simhona s'aperçut qu'elle pleurait. Du bout des doigts, elle essuya les quelques larmes qui mouillaient ses joues en se reprochant cet accès de faiblesse.

«Je dois être courageuse pour mon fils. J'aurai bientôt mes faux papiers et quelqu'un me conduira en Suisse. Brigitte prétend que je ne suis plus en sécurité ici», pensa-t-elle, son regard noir rivé sur la lune.

Une semaine auparavant, la Gestapo avait arrêté une jeune fille de Rouffignac soupçonnée d'être une résistante. Une rumeur avait circulé ensuite, comme quoi la malheureuse avait été torturée à mort. Cela s'était passé à Périgueux, le chef-lieu du département. Simhona avait l'impression que les nazis jetaient des filets un peu partout et que son fils et elle pouvaient être dénoncés. On les emmènerait dans un camp, en France ou en Allemagne, comme cela avait été le cas à Marseille. Une rafle s'était déroulée dans le Vieux-Port il y avait un mois environ. Les Allemands, accompagnés de la police nationale dirigée par René Bousquet, avaient arrêté quatre mille Juifs avant de détruire tout un quartier sur les consignes de Himmler.

«Je ne veux pas qu'on fasse du mal à Nathan, non et non!» Le sort de son enfant comptait plus que tout, mais cela ne l'empêchait pas de déplorer l'absence de Toshan. Elle s'était attachée à lui. Peut-être même qu'elle éprouvait des sentiments à son égard. Brigitte lui avait ouvert les yeux à ce sujet quand elle avait enfin été présentée au blessé entre Noël et le premier de l'An.

— Quel beau gars! avait-elle murmuré à l'oreille de son amie dans l'étroit escalier menant aux combles. Et un sourire à damner une sainte! Je n'avais pas fait attention, la nuit où on l'a ramené. Il était tellement mal en point! Si j'étais plus jeune, si je n'étais pas mariée... Je comprends que tu passes tant de temps à son chevet! Veinarde, va!

Elles avaient ri, complices. Brigitte approchait des quarante-deux ans et elle adorait son époux.

«Au fond, ça vaut mieux qu'il soit parti!» se raisonna l'infirmière, troublée par un souvenir précis. Elle revoyait Toshan, debout devant elle, habillé en honnête villageois, un chapeau sur la tête, prêt à se fondre dans la forêt alentour, prêt à disparaître de sa vie. Il lui avait pris les mains et les avait embrassées.

— Vous m'avez sauvé, je vous en remercie, ma chère Simhona! Je ne vous oublierai pas.

Elle tremblait d'émotion; alors, il avait caressé son visage d'un air attendri. Elle s'était contenue pour ne pas se jeter dans ses bras. Maintenant, elle regrettait sa réserve.

Un bruit la tira de ses songeries mélancoliques. Quelque chose avait heurté une des vitres. Alarmée, elle se leva et trottina jusqu'à la fenêtre dont elle écarta un rideau. Elle crut deviner une silhouette dans la pénombre d'une haie de lauriers.

— Mais qui est-ce? souffla-t-elle.

On avait dû l'apercevoir. Une main s'agita, puis il y eut un mouvement. C'était Toshan. Simhona le reconnut dès qu'il s'aventura hors du couvert des arbustes. Vite, elle enfila des chaussons et descendit dans le plus parfait silence. Son cœur battait à un rythme insensé.

«Dieu tout-puissant! Que fait-il ici?» s'interrogeaitelle. Affolée, elle ouvrit la porte-fenêtre de la cuisine et lui fit signe. Toshan se rua à l'intérieur, tenant son bras gauche contre sa poitrine.

—Vous êtes blessé? chuchota-t-elle.

—Rien de grave, répliqua-t-il. Un peu de désinfectant et un pansement suffiront.

Malgré le clair-obscur qui régnait dans la pièce, elle vit qu'il était épuisé et anxieux. Son visage semblait grisâtre. Du sang avait séché sur son front.

—On ne vous a pas suivi au moins? s'inquiéta-t-elle. Ce serait terrible pour mes amis!

—Je vous assure que non. J'aurais préféré mourir plutôt que de vous mettre tous en danger.

—Venez, nous n'avons pas le choix, il faut aller tout là-haut, dans la mansarde. Vous me parlerez plus tard.

Ils se déplacèrent avec lenteur, pareils à des fantômes qui auraient hanté les lieux. Toshan poussa un bref soupir en se retrouvant entre les quatre murs de la chambre de bonne où il s'était morfondu cinq interminables semaines, avec comme seule distraction les visites de Simhona.

—Vous avez de la chance. Je ne dormais pas et j'ai laissé ma mallette de pharmacie dans ce placard. Que s'est-il passé?

Elle était si bouleversée que sa voix chevrotait. La joie se mêlait à une peur affreuse.

—Une opération de sabotage a mal tourné. Une patrouille nous a surpris. Une balle m'a effleuré l'épaule. Je suis peut-être le seul rescapé. Je ne vous dirai pas pourquoi ni comment. C'était hier soir. Je me suis planqué dans les bois et, dès qu'il a fait nuit, je suis venu jusqu'ici.

—Vous avez bien fait, affirma Simhona.

Toshan s'était assis sur le lit de camp, à même le matelas, la literie ayant été pliée sur une chaise.

—Vous êtes blanc comme un linge, dit-elle, inquiète.

—C'est bien la première fois qu'on me dit que je suis blanc, voulut-il plaisanter.

Il avait chaud et froid, et des myriades de taches

brunes dansaient devant ses yeux. L'infirmière le retint alors qu'il s'effondrait en avant.

—Fou que vous êtes, murmura-t-elle en l'allongeant.

C'était un bonheur amer de le revoir évanoui, livré à ses mains expertes. Simhona alluma la lampe à pétrole, puis elle lui enleva péniblement sa veste pour ouvrir sa chemise maculée de sang. Par instants, elle contemplait ses traits hautains, émaciés, et sa bouche aux lèvres pleines, au dessin arrogant.

«Mon bel Indien, osa-t-elle penser en lui effleurant le menton. Tu es revenu!»

Mais l'étourdissement de Toshan fut de courte durée. Il reprit connaissance alors que des doigts doux et frais parcouraient son torse et son visage. Ce n'était pas un examen médical, il le devina et garda les yeux fermés. Simhona respirait un peu trop vite et marmonnait des paroles ambiguës.

—Enfin, tu es là, comme avant. Toi, enfin!

Il connaissait son pouvoir de séduction. Plus jeune, il en avait même abusé avant de rencontrer Hermine et d'en tomber amoureux.

Là, gêné pour celle qu'il considérait comme une amie dévouée, il hésita cependant à lui montrer qu'il était réveillé. C'était si agréable, ces caresses sur son corps privé de la joie des sens depuis de longs mois. Il se sentit flotter à la dérive, au sein d'un univers cotonneux où la flamme du désir se ranimait et grandissait.

«Bouge un peu, ne la laisse pas continuer, se disait-il. Elle aussi est privée de son mari, mais ce n'est pas une raison. Je n'ai pas le droit, je ne devrais pas tricher.»

Les arguments qu'il cherchait à rassembler en guise de garde-fou s'évanouissaient aussitôt. En larmes, Simhona se pencha et posa un baiser sur ses lèvres.

—Je vais te soigner encore, Toshan. Hélas! Tu t'en iras ensuite.

Il toussa et cligna les paupières. Tout de suite, elle recula et lui tourna le dos pour imbiber de désinfectant un gros morceau de coton. Elle lui parlait tout bas.

—J'attendais que vous ayez repris vos esprits pour

inspecter votre plaie. Elle ne saigne plus. Je ne sais pas si c'est bon ou mauvais signe.

—Je suis désolé. Je n'ai rien mangé aujourd'hui. Vos bons petits plats me manquaient.

—Quand vous serez pansé, j'irai voir ce qui reste à la cuisine. Heureusement, à la campagne, nous pouvons avoir de la viande et des légumes.

Toshan la regarda attentivement. En un mois, elle avait minci, et sa chemise de nuit blanche dévoilait par transparence la courbe de son ventre et de ses fesses. Ses seins pointaient sous le tissu. Il en eut la bouche sèche, tandis que son sexe durcissait.

—Vous devez m'écouter, dit-il d'un ton sec. Ma blessure n'est pas le plus important. La balle n'a fait que déchirer les chairs. Il n'y aura pas à l'extraire. Mais vos amis, Brigitte et son mari, vont être arrêtés. Je ne sais pas quand, peut-être demain. Ils ont été dénoncés. Vous m'aviez caché qu'ils imprimaient et distribuaient des tracts hostiles à l'occupant.

Elle lui adressa un regard soucieux et prit le temps de réfléchir avant de répondre.

—Oui, je vous l'ai caché, parce qu'il faut procéder ainsi, au cloisonnement des informations. Moins il y a de gens au courant des activités d'un réseau, moins il y a de danger pour chacun d'entre nous. Toshan, vous êtes sûr de ce que vous me dites?

—Une missive a été interceptée par le facteur[49]. Ce genre de lettre donne envie de vomir quand on la lit. Quelqu'un prévenait la Gestapo des agissements clandestins de Roger Pressignac, l'époux de votre amie Brigitte. Celui qui a écrit ce torchon va prévenir les Boches d'une autre façon. Il ne faut pas prendre le risque d'attendre.

—Dieu tout-puissant! Je dois les prévenir. Ils ont le temps de s'enfuir. Et moi, et mon fils?

—Le mieux est de partir cette nuit. Tous! Avez-vous vos faux papiers?

---

49. De nombreux facteurs entraient dans la Résistance.

—Non, pas encore! Le policier qui avait promis de me les procurer a été arrêté il y a trois semaines. Brigitte cherchait une solution.

Simhona fut secouée d'un long frisson. Elle se hâta de nettoyer la plaie de Toshan et lui banda l'épaule.

—Dépêchez-vous! Et ne prenez que le nécessaire; ne vous chargez pas.

Elle approuva d'un signe de tête désemparé et sortit de la chambre. Il la suivit après avoir remis sa veste qui dissimulait un revolver passé dans sa ceinture.

—Dieu merci, vous êtes armé! Je l'ai constaté en vous auscultant.

Malgré l'extrême gravité de la situation, Toshan esquissa un vague sourire.

Rouffignac, France, dimanche 28 février 1943, 0 h 20

Simhona avait rempli une valise du strict nécessaire sous le regard anxieux de Toshan. Elle hésitait maintenant à réveiller son fils.

—Il dort si bien! Le pauvre, il ne va rien comprendre! Le tirer de son lit bien chaud, l'emmener dans la nuit... Il fait encore froid. Et où irons-nous?

—Le plus important est de quitter cette maison et ce village. Il serait temps aussi de prévenir vos amis. Où se trouve leur chambre?

L'infirmière parut soudain très embarrassée. Puis elle se décida à parler.

—Je pense qu'à cette heure-là ils sont dans la cave. Roger imprime des tracts la nuit et quelqu'un vient les chercher avant l'aube. Je ne les ai jamais dérangés. Brigitte préférait que j'en sache le moins possible.

—Ce n'est plus le moment de tergiverser, Simhona, coupa-t-il. Conduisez-moi, je leur expliquerai la situation moi-même. Ces gens ont accepté de me cacher sous leur toit, ils me feront confiance et...

Toshan ne termina pas sa phrase. Des bruits de moteur résonnaient dans le silence du bourg endormi. Des portières claquèrent presque aussitôt et on frappa violemment à la porte du rez-de-chaussée. Simhona se tordit les mains, terrifiée. Tout se déroula ensuite à une vitesse effroyable. Ils entendirent l'écho d'un pas rapide dans l'escalier et Brigitte fit irruption dans la pièce.

— La Gestapo, souffla-t-elle. Simhona, vite, va te planquer dans le grenier avec Nathan. J'ai raconté partout que tu étais partie, ils ne viennent pas pour toi.

Elle avait vu Toshan, mais elle ne prit pas la peine de se demander ce qu'il faisait là.

— Sauvez-les, monsieur! lança-t-elle en ressortant.

La dernière vision qu'ils eurent de Brigitte, ce fut le tableau de ses cheveux roux irisés par la lumière du couloir et de sa robe à fleurs qui dévoilait des mollets un peu trop ronds. La voix de Roger s'éleva. Il laissait entrer les sinistres visiteurs. Toshan souleva Nathan en lui plaquant une main sur la bouche. Il fit signe à Simhona de le suivre. Chacun de leurs mouvements, le moindre de leurs pas avaient ce côté immatériel des actes accomplis au sein d'un rêve. Ils avaient l'impression de se déplacer avec une lenteur étrange, tandis que leur cœur cognait à tout rompre.

Des cris et des chocs sourds retentissaient dans la maison. Il y eut même un coup de feu.

Tous ses sens en alerte, Toshan fit entrer Simhona dans le cabinet de toilette de la mansarde dont il poussa la targette. Comme le petit garçon qu'il maintenait de force sur sa poitrine se débattait en ouvrant des yeux affolés, il le rendit à sa mère.

— Chut, Nathan, lui enjoignit celle-ci d'une voix à peine audible. Ne pleure pas, je t'en prie.

L'enfant hocha la tête et se blottit contre elle. Toshan, lui, tenait son revolver à bout de bras. Il savait que la porte de ce réduit était pratiquement indiscernable et que la mansarde ne disposait pas d'un éclairage électrique. Mais il ne donnait pas cher de leur peau si quelqu'un fouillait le grenier. Simhona pensait la même chose. Elle avait laissé sur le lit un morceau de ouate ensanglantée. Une peur immonde la paralysait, ainsi qu'une angoisse extrême quant au sort de ses amis. Ils restèrent plusieurs minutes figés à retenir leur respiration.

«Qu'ils partent! Qu'ils fichent le camp et vite!» se répétait Toshan tout en se préparant au pire.

Il aurait beau utiliser son arme, Simhona et son fils seraient arrêtés ou tués sur place. Une sueur froide mouilla son front. Une cavalcade ébranlait les marches.

«Ils sont montés au premier étage, déduisit-il, envahi par une sorte de résignation malsaine. C'était de la folie de nous réfugier ici; nous sommes piégés. Il fallait sortir par la cuisine, s'enfuir dans le jardin...»

Simhona avait fermé les yeux, les lèvres posées sur le front de Nathan. Elle serrait son fils de toutes ses forces, certaine qu'elle avait causé sa perte.

«Mon petit, pardonne-moi!» priait-elle, hagarde.

Mais des vociférations éclatèrent au rez-de-chaussée. Il y eut un second coup de feu, puis des ordres aboyés. L'homme qui inspectait les chambres dévala l'escalier. Peu de temps après, les portières claquèrent encore et les moteurs grondèrent. Enfin, le silence revint, oppressant, atroce. Sans relâcher son attention, Toshan baissa son revolver. Il patienta encore dix minutes, n'osant pas croire que le danger était écarté. Simhona sanglotait, recroquevillée dans l'angle du cabinet.

— Ne bougez pas, je descends voir si la voie est libre, lui dit-il.

— Non, pitié, ne me quittez pas!

— Je vous en prie, soyez courageuse, je reviens très vite.

Sans attendre sa réponse, Toshan tira la targette et entrouvrit le battant. Il se glissa dans la mansarde, franchit l'autre porte et se retrouva en haut de la cage d'escalier.

La maison était plongée dans le noir. Une odeur de poudre montait vers lui. Il parcourut le couloir de l'étage, aussi discret qu'un chat en maraude. Tous ses sens en éveil, il eut bientôt la certitude que les lieux étaient déserts. Brigitte et Roger avaient été arrêtés. «Ils vont les emmener à Périgueux et les torturer!» songea-t-il, malade d'une révolte impuissante.

Il aurait voulu visiter la cave, mais la prudence le fit renoncer. Il n'était pas question d'allumer la lumière et il n'avait pas de lampe à piles. Il remontait au grenier lorsqu'il se heurta à Simhona, Nathan cramponné à son cou.

— Je vous avais demandé de ne pas bouger, murmura-t-il. Tant pis, venez, il faut partir. Où est votre valise? Avez-vous pris de l'argent?

— Ma valise est restée là-haut, mais je dois me changer, dit-elle d'une petite voix malheureuse. Je retourne dans ma chambre. Je me dépêche.

Toshan comprit ce qui lui était arrivé. La frayeur extrême influait sur les mécanismes naturels du corps.

— Allez-y, répliqua-t-il sur un ton neutre. Je m'occupe de votre valise. Prenez aussi un manteau pour votre fils et de bonnes chaussures. Je sais où nous réfugier jusqu'à demain soir.

Un quart d'heure plus tard, ils marchaient sur un chemin de terre. Le Métis avait juché l'enfant de Simhona sur ses épaules. Pareille à un automate, la femme avançait sans dire un mot. Enfin, ils pénétrèrent sous le couvert des bois où régnait une nuit profonde, opaque, qui sembla les engloutir et les rayer du monde des vivants.

Val-Jalbert, même jour

Jocelyn Chardin écoutait la radio, mais le signal était de si mauvaise qualité ce matin-là qu'il éteignit le poste d'un geste rageur. Assise sur le tapis, Kiona lui jeta un coup d'œil songeur.

— Tu n'es pas content, papa? demanda-t-elle.

— Mais si, ma petite, ne t'inquiète pas, répliqua-t-il avec un soupir qui démentait son affirmation.

— Laura et Hermine te manquent? insista l'enfant. Elles ont téléphoné hier soir. Pourquoi?

— Pour me dire qu'elles étaient arrivées à Québec! Rien d'autre.

Kiona se leva et vint se planter près du fauteuil de son père. Elle le fixa de ses yeux dorés d'un air grave. Jocelyn finit par en éprouver un malaise.

— Qu'est-ce que tu as à me dévisager?

— Je sais que tu as peur, papa. Hier soir, pendant le

souper, tu disais à Mireille que c'était très risqué de se rendre en France, à cause de la guerre.

Il haussa les épaules et ralluma sa pipe. Laura n'était plus là pour l'empêcher de fumer et il en profitait.

—Puisque nous sommes tous les deux, autant que je t'explique la situation, Kiona! L'armée allemande possède des sous-marins et des avions de guerre bien équipés. Ni l'océan ni le ciel ne sont des zones sécurisées actuellement. Oui, je suis malade de peur. Hermine n'aurait pas dû entreprendre ce voyage! Je souhaite même qu'elle ne trouve aucun moyen d'atteindre Paris. Les paquebots sont réquisitionnés pour le transport des troupes et ils évitent les eaux de l'Atlantique Nord. Pour ce qui concerne les avions civils, je suppose que les aéroports français sont aux mains des ennemis.

—Mais elle réussira, papa, affirma la petite en souriant.

—Je prie matin et soir pour qu'elle nous revienne en vie. À ce propos, Kiona, il paraît que tu as encouragé Hermine dans son projet. Ne fronce pas le nez, je l'ai su par Charlotte. Quelle mouche t'a piquée d'envoyer ta demi-sœur dans un pays soumis à la loi allemande, aux nazis?

—C'était nécessaire. Sinon…

—Sinon quoi?

—Mine doit aider Toshan, papa, je l'ai su en rêve. Et n'aie pas peur, elle reviendra, parce que Jésus est bon. Il ne peut pas me prendre ma mère et ma grande sœur que j'aime tant!

Bouleversé, Jocelyn attira sa fille sur ses genoux. Il avait l'impression d'être confronté chaque jour à un être d'une essence surnaturelle, pourtant né de sa chair et de son sang.

—Les rêves n'ont pas forcément un sens précis. Ils peuvent même nous pousser à commettre des erreurs. Toshan lui-même serait furieux de savoir Hermine engagée dans une aventure aussi stupide. Mais tu as raison d'avoir foi en Notre-Seigneur Jésus.

Sans répondre, Kiona nicha sa joue contre lui. Dans

les bras de son père, elle se sentait à l'abri de tout. Il déposa un baiser sur son front.

— Nous sommes bien tranquilles, là, tous les deux, avoua-t-il très bas. La maison aussi est tranquille!

C'était une plaisanterie innocente, qui mettait l'accent sur le calme insolite qui régnait dans la demeure en l'absence de Laura. Malgré ses sautes d'humeur, Mireille ne parvenait pas à égaler sa patronne en récriminations.

Madeleine se trouvait à l'étage en compagnie de Louis et de Mukki. Comme chaque dimanche d'hiver, les deux garçons jouaient aux soldats de plomb en prenant le grand tapis d'Orient pour un champ de bataille. Les jumelles et Akali étaient parties jouer chez Marie Marois. Kiona avait refusé de les suivre, sachant qu'elle serait seule avec son père.

Charlotte, qui était entrée par l'arrière-cuisine, rompit leur délicieux tête-à-tête.

— Bonjour! s'écria-t-elle. Désolée de vous déranger! Je vois que c'est l'heure des câlins.

— Que nous vaut l'honneur de ta visite? ironisa Jocelyn. Tu te fais si rare! J'espère que tu resteras pour le repas de midi!

— Oh non! Je voulais juste emprunter quelques livres dans la bibliothèque. Quand il neige autant, j'adore lire bien au chaud…

— Tu auras bientôt lu tous les ouvrages qui sont ici, ma chère enfant.

Depuis son refuge, Kiona adressa à Charlotte un fin sourire entre complicité et malice; en grand secret, elle demandait souvent des nouvelles de Ludwig.

— L'après-midi, je lui fais la lecture, ça l'aide à mieux parler le français! lui avait confié sa complice. Nous sommes si heureux d'être ensemble! Il a promis de m'épouser dès que la guerre sera terminée. Je suis prête à vivre en Allemagne s'il le faut.

Charlotte était intarissable sur ce sujet. Elle interrogeait aussi Kiona dans le but inavoué d'obtenir une certitude.

— Dis-moi, Kiona, tu n'as pas eu une vision de nous deux, plus tard? Tu ne m'as pas vue en robe blanche?

L'enfant prétendait que non, en ajoutant qu'elle n'avait presque plus jamais de visions.

— Papa Joss, tu ne peux pas me reprocher de m'instruire, quand même, soupira Charlotte en inspectant les rayons d'un meuble en bois sombre vitré, plus haut que large. Conseille-moi plutôt un roman palpitant!

— Tu ferais mieux d'attendre Laura. Moi, les journaux et la radio me suffisent. Kiona, va donc à la cuisine dire à Mireille que pour midi j'ai envie d'une omelette avec du lard et des oignons frits.

Dès qu'elle fut sortie du salon, Jocelyn se leva et s'approcha de Charlotte. Il la scruta d'un air inquisiteur. Elle joua les étonnées.

— Qu'est-ce que j'ai?

— Je commence à juger ton besoin d'isolement un petit peu bizarre. Tu as bien changé en deux mois! Charlotte, j'espère que tu es sérieuse, que tu ne vois pas quelqu'un en cachette. Ce serait regrettable et tu me décevrais grandement.

Au prix d'un terrible effort, elle parvint à garder un air innocent, mais à l'intérieur elle tremblait d'angoisse.

— Papa Joss, là tu me vexes! Je tiens à mon honneur autant qu'une autre. Et ce n'est pas ma faute si j'apprécie d'être maîtresse chez moi, sans personne à qui rendre des comptes. Je suis encore célibataire à vingt-deux ans. En attendant l'homme idéal, je profite de ma liberté, mais je ne suis pas une dévergondée! À la revoyure.

Le visage durci et le regard noir, elle s'en alla sans choisir de livres. Jocelyn renonça à la suivre. Il avait cru bien faire en la mettant en garde.

« Les femmes sont bien susceptibles! » songea-t-il en se rasseyant.

Mireille et Kiona virent Charlotte faire irruption dans la cuisine, les joues en feu et la bouche pincée. Elle remit sa veste fourrée et ses bottes sans desserrer les lèvres.

— Tu pourrais boire un bon thé, protesta la gouvernante.

— Non, je retourne au petit paradis, répondit-elle d'un ton rogue.

Kiona observa la scène en silence, mais elle escorta Charlotte jusqu'à la porte de l'arrière-cuisine. L'air hautain de la jeune fille s'était mué en une expression de pure détresse.

— Papa Joss a des soupçons, je crois, souffla-t-elle à l'oreille de l'enfant. Seigneur, si jamais on découvre la vérité, je n'aurai plus qu'à mourir!

— Ne dis pas ça, je t'en prie! Rentre vite, une tempête arrive.

— Dieu merci! Au moins, on ne viendra pas me déranger! Kiona, tu m'aideras? Promets-le!

— Oui, je promets.

La fillette ponctua ces mots d'un sourire lumineux. Après avoir chaussé ses raquettes, Charlotte s'éloigna. Elle fut bientôt dans la rue Saint-Georges où déferlait un vent violent, chargé de cristaux de neige. « Oh! Protège-moi, tempête, implora-t-elle. Mon pays de froidure, ne me trahis pas! Je ne veux pas perdre mon amour, mon chéri! Je ne savais pas qu'on pouvait aimer si fort, de toute son âme, de tout son être! »

Elle devait avancer courbée en deux, le visage meurtri par les bourrasques de flocons gelés. Mais elle ne pensait qu'à l'instant béni où les bras de Ludwig se refermeraient sur sa taille, à l'heure exquise où ils se coucheraient dans leur lit, nus, dévorés de désir.

« Je reviens vers toi, mon ange, mon amour, s'exhortait-elle en pleurant. Personne ne te fera de mal, personne ne nous séparera. »

Elle tomba à genoux sur la première marche de son perron. Avec des gestes malhabiles, elle réussit à tourner la clef, puis la poignée. Tout de suite une bienfaisante vague de chaleur l'enveloppa. À bout de force, elle mit les verrous.

— Ma jolie petite femme, appela Ludwig tout bas. Enfin tu es là.

Il garnissait le poêle, mais d'un élan il fut à ses côtés et lui ôta bonnet, écharpe et veste.

—J'ai eu tellement peur, dit-elle en se jetant à son cou. Serre-moi fort, embrasse-moi.

—Qu'est-ce qui se passe? Des ennuis?

—Non, je ne sais pas, mais j'imaginais que tu partais, que la police montée venait te chercher et j'ai cru devenir folle! Ludwig, jure de m'amener avec toi si tu es obligé de t'enfuir! Jure-le!

Il la regarda d'un air soucieux en cédant immédiatement à l'émotion. Il la trouvait ravissante et, surtout, il était amoureux comme il ne l'avait jamais été.

—Charlotte, ne me demande pas ça. Mais je jure de t'aimer jusqu'à ma mort.

Blottie contre lui, elle sanglota, tandis qu'il caressait ses cheveux bruns soyeux.

—Je te connais si bien maintenant. Tu es bon, honnête, tendre! Je refuse qu'on te punisse parce que tu es né en Allemagne et que le monde fait la guerre! Tu n'y es pour rien, toi, pas plus que moi, Ludwig, mon amour!

Il la berça en lui chuchotant des paroles de réconfort.

—Il n'y a pas de danger, les rideaux sont tirés et le vent gronde, répétait-il. Pour aujourd'hui, pas de danger. Et nous sommes tous les deux.

En larmes, Charlotte chercha sa bouche et se grisa d'un doux baiser voluptueux. Des rafales démentes secouèrent soudain la maison, ébranlant la cheminée sur le toit.

—Viens, nous serons mieux au lit, supplia-t-elle. Toi et moi, rien que toi et moi dans notre chambre.

Elle recula d'un pas pour le contempler. Avec ses grands yeux bleu gris et l'harmonie surprenante de ses traits auréolés de courtes boucles d'un blond pâle, Ludwig lui parut d'une beauté céleste. Ils se sourirent, prêts à oublier l'univers entier sur les rives d'un plaisir qu'ils excellaient à se donner.

La journée serait à l'image de beaucoup d'autres, tissée de folles étreintes et de discussions à mi-voix sous les couvertures. Le bonhomme hiver veillait sur leur bonheur.

Aéroport du Bourget, samedi 6 mars 1943

Hermine posa les pieds sur le sol français avec un infini soulagement. Elle venait de quitter l'avion, de descendre l'escalier métallique et cela seul comptait. Il pouvait se passer n'importe quoi à présent, elle se sentait prête à tout affronter, hormis un autre vol.

Très pâle, elle jeta un regard circulaire sur les personnes rassemblées autour de l'appareil. Un homme d'une rare élégance agita la main. Octave Duplessis était au rendez-vous. Il se précipita vers elle, un bouquet de roses à la main.

— Ma chère, déclara-t-il bien fort, quelle joie d'accueillir une artiste comme vous! Paris vous attend! Que dis-je, il vous espère!

La jeune chanteuse joua le jeu prévu. De son hôtel à New York, elle avait pu joindre Octave et il lui avait donné ses ultimes consignes, toujours de manière déguisée.

— Je vous vois déjà le jour de votre arrivée, disait-il avec emphase. Une star lumineuse, parée de tous ses charmes, votre blondeur, votre beauté angélique, ce chic qui vous caractérise!

Cela signifiait sans conteste qu'Hermine devait être l'image même d'une vraie vedette, à l'instar des gloires féminines du cinéma, Greta Garbo, Rita Hayworth ou la regrettée Carole Lombard, morte l'année précédente.

Elle ne se sentait pas à la hauteur de ce défi, mais elle avait fait de son mieux. Elle portait une robe bleu ciel très décolletée sous son manteau de fourrure en renard argenté. Ses cheveux qui ondulaient sans artifice aucun croulaient sur ses épaules, irisés par le soleil. Son teint laiteux servait d'écrin à ses larges prunelles d'azur, savamment maquillées.

— Vous êtes superbe, exquise, ajouta Octave en baisant ses doigts gantés.

Hermine eut un sourire un peu las. Elle le dévisageait et peinait à le reconnaître tout à fait. Il se dégageait de lui une sorte de fébrilité déconcertante. Elle le trouva amaigri, vieilli aussi. Mais une chose n'avait pas changé :

son allure d'homme aisé, sûr de lui, accoutumé au luxe et pétri d'une excellente éducation.

—J'ai un *Ausweis* pour vous, chuchota-t-il. Un laissez-passer, si vous préférez. Ne soyez surprise par rien de ce que je pourrai dire ou faire, je vous en prie! Vous allez croiser vos premiers Allemands; montrez-vous aimable. Je vous expliquerai en temps voulu.

Sidérée et terriblement anxieuse, elle approuva d'un léger signe de tête.

—L'aéroport est sous le contrôle de la Wehrmacht, bien sûr!

Duplessis la prit par la taille et la conduisit vers le hall. Un groupe de soldats en uniforme vert-de-gris, ornés d'un brassard rouge portant une croix gammée noire, se tenaient près de la porte. Ils étaient coiffés d'une casquette rigide. Octave serra la main de l'un d'eux, manifestement le plus haut gradé, un geste qui consterna Hermine.

—Colonel Riber von Leebe, je suis heureux de vous présenter la radieuse Elsa de mon *Lohengrin*, déclara l'impresario. Richard Wagner[50] aurait apprécié sa beauté, n'est-ce pas?

—Je n'ai pas de mots pour le dire, rétorqua le militaire avec un accent scandé, qui parut très particulier à Hermine. Madame, je suis enchanté de faire votre connaissance et de pouvoir vous applaudir bientôt. Monsieur Duplessis m'a montré des photographies de vous et j'espérais vous rencontrer. Je suis comblé.

Il s'inclina pour la saluer. Plus morte que vive, elle resta muette de saisissement. Octave salua à son tour et discuta quelques minutes avec l'officier allemand. Un peu plus tard, Hermine put enfin se réfugier dans une somptueuse automobile à la carrosserie beige et aux chromes étincelants. Là, elle libéra son trop-plein d'émotion et sa colère.

—Je vous ai obéi, Octave, commença-t-elle. Je

---

50. Richard Wagner (1813-1883): célèbre compositeur allemand qui créa notamment l'opéra *Lohengrin*.

n'ai pas réagi, mais je suis furieuse. Que signifie cette mascarade? Jamais je ne serais venue en France si j'avais su que vous aviez ce projet abject et déshonorant de me faire chanter pour des soldats allemands! Je refuse. Il est hors de question que je me prête à une pareille traîtrise et, le pire, c'est que j'ai de sérieux doutes à présent sur votre intégrité morale. J'espère que vous allez vite me conduire auprès de Toshan, au moins...

— Pas dans l'immédiat et j'en suis navré.

Duplessis alluma un cigare dont la forte odeur acheva d'irriter sa passagère.

— Oh! J'avais oublié votre sale manie de fumer des havanes sans souci de m'incommoder, persifla-t-elle. Où est Toshan? Je vous en prie, répondez!

— Et vous, chère enfant, allez-vous m'écouter et cesser de me foudroyer avec vos beaux yeux bleus? Baissez donc votre vitre et respirez la douceur de l'air! Nous entrerons dans Paris très vite. Profitez du spectacle, ma petite Canadienne!

— Pour l'instant, il n'y a rien à voir d'exceptionnel, trancha-t-elle d'un ton colérique. Mais il fait doux, je le reconnais. Cela m'a étonnée en sortant de cet ignoble engin.

— L'avion vous a déplu? ironisa-t-il.

— Déplu! Le mot est faible, j'ai cru mourir cent fois, j'avais mal aux oreilles et des nausées. Nous n'étions qu'une dizaine de personnes dans l'appareil et j'étais la seule à découvrir ce mode de transport que j'estime inhumain, épouvantable. Je n'ai fait que prier; cela m'aidait. J'avais la conviction d'être condamnée, je songeais à mes enfants et à mes parents. Mon Dieu, c'était vraiment horrible. Je repars en bateau dès que possible. J'ai commis une erreur en vous faisant aveuglément confiance et je m'en veux, si vous saviez à quel point! En plus, vous ne dites rien au sujet de mon mari...

Hermine éclata en sanglots. Le séjour à New York avec sa mère s'était révélé pénible, terni par leur peur commune du départ par voie aérienne. Laura s'était chargée de trouver un vol, ce qui n'avait pas été simple non plus.

«Tout ça pour ce résultat, pensa Hermine. Octave pactise avec nos ennemis et il compte m'impliquer dans ses honteux agissements. Non et non, je veux rentrer chez moi. Je suis sûre qu'il m'a menti pour Toshan!»

— Hermine, dit enfin Duplessis, ne vous basez pas sur ce que vous avez cru comprendre. Il y a différentes façons de faire la guerre. J'aurais aimé ne pas m'étendre sur le sujet, mais je crois que je ne peux pas faire autrement. J'ai besoin de vous. Je serai donc franc et direct. Je suis un farouche opposant au régime de Vichy, qui soutient la propagande antisémite d'Hitler. Pour moi, c'est intolérable, abominable. Ma grand-mère appartenait à une très riche famille juive. C'était une femme merveilleuse et, en son nom, en sa mémoire, je tiens à lutter contre les nazis. Des rumeurs atroces courent en Europe sur le sort réservé aux déportés. Je me bats dans le plus grand secret en feignant d'être dévoué aux occupants. Vous débarquez de votre Canada et vous ne pouvez pas concevoir tout ce qui se trame ici. Pour être bref, je vous dirai que mon rôle de directeur d'un théâtre me permet bien des choses. D'autant plus que les Allemands prônent le maintien des divertissements publics, dont les spectacles de cabaret; ils financent la production cinématographique du pays. C'est une tactique comme une autre, de laisser croire aux vaincus qu'ils peuvent s'amuser et vivre comme avant la guerre! La chanson connaît même de belles heures. Parfois, des messages se dissimulent au fil des couplets… Ce colonel Riber von Leebe, que je vous ai présenté, m'a fourni plusieurs *Ausweis* et il est tellement porté sur les jolies femmes, notamment les chanteuses, qu'il me mange dans la main. J'avais deux raisons de vous demander de venir en France. Des officiers allemands à subjuguer, pour que je puisse avoir les mains libres, certains soirs, et votre mari à soutenir. Regardez, belle enfant! Là-bas, notre tour Eiffel!

Elle aperçut le célèbre monument parisien dont la silhouette élancée se découpait sur le ciel bleu tendre, semé de nuages cotonneux. Elle fut bizarrement émue.

— Mais elle est assez petite, hasarda-t-elle.

— Parce que nous sommes un peu loin encore.

Elle baissa la glace et tendit le bras à l'extérieur de la voiture. Des arbres couverts d'une fragile floraison rose s'alignaient le long des trottoirs.

— On dirait que c'est déjà le printemps!

— Eh oui! Mais à Val-Jalbert, je parie qu'il y a un bon mètre de neige et de la glace un peu partout, supposa Octave.

Elle lui décocha un regard mélancolique avant de faire son mea culpa.

— Pardonnez-moi, cher ami, dit-elle gravement. Je suis sotte d'avoir douté de vous. J'étais dans un tel état de panique en sortant de l'avion et en me trouvant confrontée à ces soldats! Il faut m'en dire davantage, afin d'éviter des maladresses de ma part. Quant à votre colonel, j'espère que son admiration ne dépassera pas les limites. Ne comptez pas sur moi pour me laisser séduire par cet homme! Si j'ai bien compris, Octave, vous êtes un résistant? Mon père m'a parlé de ceux qui s'étaient ralliés au général de Gaulle, à la France libre.

Duplessis eut un frisson involontaire. Il tapota amicalement le poignet de la jeune chanteuse.

— À l'avenir, ne prononcez plus ce nom, Hermine. Je vous l'assure, il faut être d'une prudence infinie. Oui, je fais partie d'un important réseau de la Résistance, j'en suis même un des chefs, mais, par pitié, oubliez tout. Si les choses tournaient mal, et nous ne sommes jamais à l'abri d'un problème, il vaut mieux que vous en sachiez le moins possible. Je peux cependant vous préciser tout de suite en quoi vous allez m'aider. Je ne vous ai pas fait traverser l'océan par caprice, je vous le répète. J'ai une mission à remplir en province; je voudrais donc organiser une tournée, à la suite de quelques représentations qui auront lieu dans la capitale. Il me fallait dans ce but une véritable artiste lyrique, capable de convaincre dans un opéra de Richard Wagner. Les Allemands vouent un culte à ce compositeur de génie, qui était un grand ami du roi Louis II de Bavière. Il paraît que ce souverain, émerveillé par la poésie et la magie de *Lohengrin*, a fait construire un château digne des contes de fées, Neuschwanstein, ce qui signifierait le nouveau rocher du cygne. Enfin, vous lirez le livret de l'opéra, cela vous donnera une idée.

— Comparée à vous, je me sens totalement inculte, reconnut Hermine. Pourtant, je me suis intéressée à beaucoup de compositeurs et de musiciens, mais pas à Wagner. Octave, je serai à vos côtés, je veux lutter moi aussi et, si ma voix peut vous être utile, tant mieux. Et Toshan?

— Un peu de patience!

Il lui adressa un coup d'œil plein de gratitude, mais un peu surpris aussi. Hermine avait mûri; elle semblait plus déterminée et moins impressionnable que jadis.

— Vous êtes une femme formidable! Maintenant, si nous prenions le thé dans une excellente pâtisserie? Je tiens à vous faire découvrir Paris. Ne prêtez pas attention aux drapeaux nazis ni aux camions militaires. Regardez! Je vous présente la Seine dans toute sa splendeur, miroitante sous le soleil. Là-bas, les tours de Notre-Dame et, sur votre gauche, le jardin des Tuileries et le palais du Louvre.

Hermine n'était plus que contemplation. Elle n'avait jamais vu une ville aussi belle. L'abondance des monuments anciens, les ponts en enfilade, les réverbères ouvragés, tout la fascinait. D'un mouvement gracieux, elle tendit son ravissant visage à la portière. L'air était doux, pareil à une caresse.

— L'air de Paris, murmura-t-elle. Je ne l'oublierai jamais...

17
À chacun sa guerre

Dordogne, France, samedi 6 mars 1943

—Mais où sommes-nous? avait demandé Simhona quand la lune s'était levée pour éclairer d'une luminosité fantomatique des ruines étranges qui les enfermaient dans une vaste cour semée de ronces.

—Dans une planque que l'on m'a indiquée, bien connue des résistants de la région, avait répondu Toshan. Vous avez pu le constater, c'est un vieux château abandonné, ainsi que la ferme voisine. Il paraît qu'il s'appelle l'Herm et qu'il y a eu bien des crimes commis ici par le passé.

Elle avait frissonné. Ce décor lugubre s'accordait trop bien à son désespoir. Le petit Nathan s'était réveillé au même instant en hurlant.

—Calmez-le, par pitié, avait ordonné le Métis. Cet enfant doit apprendre à se taire, sinon, tôt ou tard, il causera notre perte.

—Ce n'est qu'un enfant et il a peur, avait protesté Simhona. Moi aussi, j'ai peur.

Toshan avait haussé les épaules. Il était épuisé, mais cela ne l'avait pas empêché de les installer le plus confortablement possible dans une pièce dont l'entrée était dissimulée par un sureau envahi par le lierre. La flamme de son briquet avait révélé des murs taillés dans le rocher, un sol de terre battue et une voûte solide.

—Il y a de la paille propre. D'autres que nous se cachent là en cas de besoin. Reposez-vous, Simhona. Demain matin, nous déciderons de la suite des événements.

Ces paroles dataient d'une semaine. Ils n'avaient pas encore quitté les ruines du château, comme si ce lieu paisible les retenait prisonniers. Assise au soleil, Simhona luttait contre cette impression. Son fils jouait à deux mètres d'elle, avec un simple bout de bois qu'il lançait et rattrapait au vol.

Il faisait très doux. Des lézards gris couraient sur le mur le plus proche. Toshan était parti à l'aube en quête de nourriture, les quelques provisions emportées le soir de leur fuite étant épuisées.

«Que compte-t-il rapporter en cette saison? s'interrogeait la jeune femme. Même s'il attrape du gibier ou du poisson, nous ne pourrons pas le faire cuire!»

Cependant, elle lui faisait confiance. Durant ces jours passés ensemble, le Métis s'était montré un compagnon agréable. Dans la grange de la ferme, il avait trouvé des sacs en jute qui leur avaient servi de couverture et, afin de les distraire, le soir, il racontait de très anciennes légendes de son peuple. Nathan s'endormait en écoutant des fables où les castors parlaient, où un corbeau géant créait le monde d'un coup d'aile.

En observant Toshan, Simhona avait découvert une autre facette de sa personnalité. C'était un homme de la nature, fait pour l'espace, l'air libre, la forêt. Même dans ce pays qui lui était inconnu, il identifiait des plantes aux vertus médicinales ou pressentait l'approche d'un renard. Elle percevait le bonheur farouche qu'il éprouvait à marcher entre les arbres le soir, à cueillir une petite fleur juste éclose, à toucher la terre ou les pierres.

«C'est son sang indien, pensait-elle, désemparée et charmée par sa singularité. On dirait qu'il est partout chez lui. Je n'avais jamais entendu parler de ce château en ruine, mais il nous y a emmenés sans s'égarer, comme s'il connaissait par cœur le chemin.»

Elle n'avait pas envie de reprendre la route. Un rythme de vie quasiment primitif s'était imposé pour eux et cela lui convenait. Pour le moment, elle offrait son visage au soleil en songeant: «Le matin, nous allons au ruisseau chacun notre tour pour nous laver. Tant qu'il y a eu du lait concentré, Nathan en a bu un gobelet. Toshan inspecte les environs en grimpant dans une des tours. L'après-midi, nous veillons à tout ranger en vue d'un départ précipité. Le soir, après avoir grignoté le pain qui nous reste, nous nous couchons et lui, il parle, il parle beaucoup; sa voix me réconforte et me rassure. »

Bien sûr, quand Nathan dormait profondément, ils discutaient de la guerre. Le sort de Brigitte et de Roger la préoccupait au plus haut point. La première nuit, elle n'avait fait que pleurer en silence, puis elle s'était raisonnée.

—À chacun sa guerre, murmurait Toshan dans le noir. Vos amis ont choisi de lutter contre l'ennemi, contre les nazis. Tous les Allemands ne partagent pas les idées d'Hitler. Ce monstre n'est qu'un tyran rusé et retors. Il a fait exécuter tous ceux qui s'opposaient à lui. Son accession au pouvoir tient du prodige, un prodige orchestré par les démons, selon moi, selon les croyances de mon peuple. J'ai appris récemment que parmi les réseaux de la Résistance il y avait des Allemands, ici, en France. Soit des soldats qui ont déserté, effrayés par l'ampleur des crimes commis par les SS, soit des civils désireux de se ranger du côté des opprimés, de se battre avec eux. Cela m'a donné à réfléchir. Il faut juger chaque individu pour ses actes et sa valeur, non pas sur son uniforme ou la couleur de sa peau.

Simhona ne pouvait qu'approuver, même si certains propos du Métis, le trop séduisant adjudant Toshan Clément Delbeau, la rendaient malade d'angoisse ou de pure terreur. Un soir où elle le pressait de rentrer à Rouffignac, dans l'hypothèse où Brigitte au moins serait de retour au bercail, il lui avait avoué ce qu'il savait.

—Vous êtes en danger, vous et votre fils! Peut-être croyez-vous que la Gestapo se contentera de vous expédier dans un camp français, à Drancy? Les Juifs n'y sont que de passage. On les envoie vite en Allemagne par convois entiers dans des trains à bestiaux. Que deviennent-ils, là-bas? Ceux que j'ai pu contacter m'ont affirmé que la déportation pourrait bien se changer en extermination massive. Je sais, cela paraît insensé, impensable, et pourtant... Les Alliés sont au courant de certaines choses, mais ils hésitent à agir, ils doutent eux aussi. Je me suis promis de vous sauver, vous et Nathan.

Toshan devait estimer qu'ils étaient en sécurité dans ces ruines. Les bois autour du château, de grands chênes et d'immenses châtaigniers, le masquaient en partie. Le chemin qui y menait était envahi par des herbes jaunes; les ornières boueuses ne permettaient pas l'accès à un véhicule à moteur. Des douves vaseuses laissaient proliférer des roseaux et des ajoncs, et l'unique porte de l'édifice disparaissait sous un épais rideau de lierre.

— C'est un lieu maudit, avait déclaré le Métis le deuxième soir. Mais je ne crains pas les maléfices. Quand on est traqué et menacé, les endroits comme celui-ci peuvent servir d'asile. Nous dormons dans ce qui devait servir d'étable, à l'abri de la pluie et du vent. Tout est bien.

Simhona finissait par s'en convaincre. Nathan ne se plaignait pas de cette existence au grand air. Les mollets égratignés par les ronces, les joues bien roses, le petit garçon s'amusait d'un rien.

En plein jour, il régnait dans la cour une paix surprenante. L'infirmière ne se lassait pas de contempler les cheminées en pierre blanche aux sculptures harmonieuses qui ornaient le mur nord du château. Elles paraissaient suspendues dans le vide, dérisoires, et Simhona avait mis un peu de temps avant de comprendre qu'en fait elles signalaient l'emplacement des planchers de jadis. Elle n'osait pas s'aventurer dans les tours, mais Toshan les avait explorées. Il prétendait qu'un puits s'ouvrait dans l'une d'elles, parmi les gravats jonchant le sol, et il avait défendu à Nathan de s'en approcher.

« Nous serons bien obligés de repartir, se dit Simhona en regardant l'heure à sa montre-bracelet. Que fait Toshan ? Il est plus de midi. »

Au même instant, Nathan courut vers elle.

— Maman, j'ai faim !

— J'ai gardé des biscuits pour toi, dit-elle avec douceur. Viens, je vais t'en donner un. Mais rien qu'un !

— Tu n'as qu'à aller chez tata Brigitte chercher à manger ! s'exclama l'enfant.

— Chut, moins fort. Il ne faut pas faire de bruit, tu le sais.

Une buse survola les ruines en lançant un cri aigu. Simhona céda à une frayeur subite. C'était la première fois que Toshan s'absentait aussi longtemps. Elle se vit seule avec Nathan, en butte à l'intrusion d'une patrouille allemande.

— Nous allons attendre Toshan dans l'étable! Suis-moi, et vite.

Le petit, alarmé par l'expression affolée de sa mère, obéit sans discuter. La jeune femme rabattit consciencieusement les lianes de lierre, dont elle bénit la végétation toujours verte. Son cœur cognait dans sa poitrine. « Mon Dieu, protégez-nous! Que deviendrions-nous, Nathan et moi, si un malheur arrivait à Toshan? »

Tremblante, elle s'allongea sur leur couche de fortune et serra son fils dans ses bras après avoir étendu sur eux les sacs à la faible odeur de poussière et de grain.

— Dis, maman, tu me chantes une chanson? demanda le garçonnet.

— Non, je ne peux pas, Nathan. Je t'en supplie, sois sage! J'ai cru entendre des voix, au loin. Tu sais ce que je t'ai dit: nous devons éviter les gens du pays et les soldats.

Elle n'avait rien entendu, hormis le cri lancinant du rapace, mais elle voulait absolument faire tenir son fils tranquille. La journée s'écoula ainsi. Ils demeurèrent immobiles, plongés dans un état de peur viscérale. Au crépuscule, rongée par l'anxiété, Simhona fit avaler de l'eau et les derniers biscuits à l'enfant. Elle le cajola de son mieux, comme si on allait le lui arracher d'un moment à l'autre.

— Il faut dormir, mon chéri. Je t'en prie, dors sagement. Maman ne te quitte pas. Elle ne te quittera jamais.

À la nuit tombée, Simhona se hasarda dans la cour. Le clair de lune jetait des reflets blafards sur les murailles dentelées par l'érosion. Le château reprenait son allure menaçante.

— Dieu tout-puissant, faites que Toshan revienne, implora-t-elle très bas.

Nathan s'était enfin endormi. L'infirmière se décida à franchir la porte ronde qui débouchait sur un pont étroit bâti au-dessus des douves. Les grands arbres, à peine feuillus, étendaient vers le ciel de longues branches tortueuses. Une chouette hululait, perchée quelque part, invisible. Elle étudia d'un œil inquiet la masse sombre de la ferme voisine. Elle éprouvait un atroce sentiment de solitude. Soudain, des pas retentirent, ainsi que des bruissements sur le tapis d'herbes folles. Cela ne ressemblait pas à la démarche d'un homme, mais peut-être à celle d'une troupe.

— Oh non, non!

Mais elle distingua bientôt une harde de sangliers, six lourdes bêtes brunes qui trottinaient, la hure au ras de la terre. Simhona avait grandi à Paris, la campagne était pour elle un monde étranger. Elle recula, épouvantée, prête à hurler. Des bras la ceinturèrent et une main se posa sur sa bouche. Tout son corps se révulsa, tétanisé.

— Je suis là, c'est fini, je suis là, fit la voix grave de Toshan à son oreille. Excusez-moi, je suis en retard.

Elle se retourna dans un élan passionné, tellement soulagée que de grosses larmes jaillissaient de ses yeux. Il la tenait toujours contre lui et elle se cramponna à son cou, haletante.

— Ah! J'ai eu peur, tellement peur! sanglota-t-elle. Je croyais que vous m'aviez abandonnée, enfin, mon fils et moi, ou que vous étiez mort! Que Dieu soit loué, vous êtes là!

— Comment avez-vous pu penser une chose pareille? s'indigna-t-il. Moi, vous laisser seule avec votre enfant!

— Il aurait pu vous arriver malheur, ajouta-t-elle dans une plainte.

Ce fut plus fort que sa pudeur et sa morale, elle baisa ses lèvres d'homme, chaudes et charnues, en caressant son visage. Rien n'aurait pu la détacher de lui, son sauveur, son protecteur. Il se mêlait à sa gratitude proche du délire la fièvre du désir, contenue durant des semaines.

Toshan tenta d'abord de résister, mais il percevait le

contact doux et tendre de ses seins et de son ventre. La bouche de Simhona se faisait savante, offerte, humide et tiède. Il répondit à l'invite explicite et leur baiser s'éternisa, annonciateur d'une étreinte plus audacieuse, révélateur aussi de leur faim de plaisir.

—Viens, dit-il enfin, le souffle court.

Le tutoiement scellait l'intimité imminente. Grisée, elle avança en titubant, littéralement collée à Toshan, avide de lui, de sa présence retrouvée. Il la guida vers l'entrée d'une des tours encore illuminée par le clair de lune. C'était un besoin chez le beau Métis de jouir du spectacle subtil qu'offrait une femme nue, dont la chair dévoilée se préparait à l'amour.

—Je veux te voir.

Il se débarrassa d'une sacoche en cuir et de son revolver et il commença à la déshabiller sans hâte. Simhona comprit aussitôt que cela faisait partie de son plaisir et elle se montra passive, malgré la tempête sensuelle qui la ravageait. Toshan lui ôta son gilet gris et son corsage blanc, puis il fit glisser les bretelles de sa combinaison en soie. Ses mains frôlaient sa chair drue et mate au passage, ses doigts dispensaient des caresses légères comme un battement d'aile. Enfin, il dégrafa habilement son soutien-gorge pour s'emparer tout de suite de ses seins, lourds et tendres, aux mamelons très bruns. Il ne put s'empêcher de penser dans un éclair à la poitrine d'Hermine, plus haute, plus ferme et dont les bouts charmants, même durcis par l'extase, gardaient la couleur alléchante d'une framboise mûre. Mais Hermine était loin, très loin de là, de l'autre côté de l'Atlantique. Le désir qu'il ressentait à cet instant n'entamait en rien l'amour inconditionnel qu'il portait à son épouse.

«Je ne sais pas si je la reverrai, songea-t-il fugacement. Demain ou après-demain, je peux mourir! Seul compte ce moment, cette nuit et cette femme qui se languit d'un homme.»

Simhona poussait de petites plaintes, car il la débarrassait de sa jupe et de sa culotte en satin. Maintenant il respirait vite, se réjouissant de l'acte à venir, tout proche.

—Tu es belle! Très belle! haleta-t-il, les yeux rivés à l'ombre entre ses cuisses, longues et rondes, d'une pâleur d'ivoire. As-tu aussi envie que moi?

—Oh oui! Depuis des semaines, je pense à toi, Toshan.

Il glissa l'index dans son intimité chaude et humide et l'explora avec délicatesse. Un sourd grognement de fauve en rut lui échappa, tandis que le feu se déchaînait au creux de ses reins et dans son ventre. Rien ne se déroulait comme il l'avait imaginé, mais il était incapable de reculer. Plus tard, ils parleraient, ils prendraient une décision. Plus tard...

Elle se tendit vers lui, impudique, offerte, la tête renversée en arrière, présentant son cou à la manière d'une victime prête à être égorgée. Son corps tout entier frémissait, dans l'attente de la possession. Elle ne voulait plus que ça, le recevoir en elle, lui appartenir. Toshan sut se contenir. Il baisa ses seins et ses épaules sans renoncer à l'exciter davantage, toujours d'un doigt expert et insistant. Simhona dut se mordre les lèvres pour ne pas crier.

—Je t'en prie, viens, chuchota-t-elle à son oreille. Si jamais Nathan se réveillait. Nous n'avons guère le temps!

Ce rappel brusque de la réalité ne dégrisa pas le Métis. Il eut un sourire moqueur avant de répliquer:

—Ton fils est un vrai petit diable la journée, mais il dort très profondément. Ne t'inquiète pas.

Elle approuva d'un clignement de paupières, le regard voilé par d'exquises vagues de jouissance. Toshan capitula et la pénétra avec une lenteur calculée, afin de mieux savourer la joie infinie qui le transportait. Les yeux fermés, il s'enfonça encore, bouche bée. Il n'y avait rien de meilleur au monde que l'acte d'amour, il s'en souvenait, à présent. Après la violence, le sang versé, l'angoisse, la solitude, il renouait avec l'essence même de la vie. Il aurait pu rester ainsi jusqu'à l'aube, son sexe captif des chairs secrètes de cette femme, douces et brûlantes. En pleine ivresse, il alternait les mouvements rapides et les plus lents, il se retirait pour la prendre à nouveau. Simhona, l'avant-bras sur sa bouche pour ne pas hurler sa jouissance proche du délire, s'agitait savamment, en quête de lui, inlassable.

Ils partagèrent un plaisir ardent, tous deux fiévreux, hébétés. Enlacés, tremblants, ils demeurèrent l'un contre l'autre plusieurs minutes.

— J'ai un peu froid, dit-elle enfin.

Toshan se redressa et l'aida à se rhabiller. Il paraissait gêné, mais il se montrait prévenant, ce qui la toucha beaucoup.

— Est-ce que tu regrettes? s'enquit-il d'un ton anxieux.

— Non, pas du tout, affirma Simhona. J'avais eu si peur et c'était tellement bon de te revoir!

Elle lui sourit, radieuse dans la douce lumière du clair de lune. Les cheveux noirs en désordre, les yeux brillants, elle était très jolie. Il lui caressa la joue, ému.

— Nous n'avons trahi personne, dit-il. Quand l'existence tient à un fil, que le danger rôde, il faut savoir dépasser certaines limites et certains engagements.

Elle devina qu'il faisait allusion à leur conjoint respectif. Elle s'étonna d'avoir bien peu de remords vis-à-vis d'Isaac, son mari.

— Je crois qu'il me pardonnerait, énonça-t-elle tout haut. Isaac m'a souvent conseillé de suivre mon instinct, de ne pas me juger coupable. Il me connaissait par cœur et ma nature sensuelle l'amusait.

Ces propos surprirent Toshan. Il s'interrogea sur le sort du médecin juif, avec la quasi-certitude que le malheureux avait été déporté en Allemagne.

— Tu es sensuelle et adorable, murmura-t-il en embrassant Simhona sur les lèvres.

Il chassa de son esprit l'image d'Hermine qui venait de s'imposer à lui. S'il avait la chance de la retrouver un jour, il aviserait de la conduite à tenir. « Mais à quoi bon la faire souffrir en lui révélant ce qui vient de se passer? Quand je serai là-bas, au pays, et que je la prendrai contre moi, cette nuit ne comptera plus. »

— Simhona, je dois te parler, déclara-t-il gravement.

Viens, rapprochons-nous de Nathan. J'ai rapporté de quoi nous réchauffer.

Elle le suivit, impatiente et curieuse, mais oppressée aussi, car il avait eu une expression tourmentée qui n'annonçait rien de bon. Ils s'installèrent sous le sureau, près de l'entrée de l'étable où dormait l'enfant.

—J'ai pu rencontrer un homme de notre réseau, le facteur de Rouffignac. Il m'a mis du café dans une bouteille thermos. J'ai du fromage, du pain frais et du pâté. Tu dois avoir faim!

—As-tu eu des nouvelles de mes amis? coupa-t-elle.

—Ils ne sont pas revenus au village. Sans doute les a-t-on mis en prison.

—Toshan, sois franc avec moi! Tu baisses la tête. Dis la vérité!

—Je suis navré, Simhona! La nuit où ils ont été arrêtés, tu te souviens, je t'ai expliqué que nous avions tenté de saboter un convoi de wagons, sur la voie ferrée. Cela a mal tourné, et les Allemands ont pris des otages qu'ils ont exécutés. Roger en faisait partie. Quant à Brigitte, nous ne savons pas où elle est.

—Dieu tout-puissant! Pauvre Roger, lui qui était si généreux, si courageux! Pourquoi avoir provoqué la colère des nazis? Les résistants ne devraient pas se lancer dans des actions que d'autres paient à leur place, des innocents la plupart du temps. Ces luttes clandestines ne mènent à rien! J'avais mis mes amis en garde, mais ils répliquaient qu'il fallait lutter à tout prix contre l'occupant.

Sa voix se brisa. Le visage entre les mains, Simhona pleurait, malade de révolte autant que de chagrin.

—Tu dis ça maintenant, protesta Toshan. Cependant quand j'ai repris connaissance, dans la mansarde où vous me cachiez, tu as tenu des propos bien en accord avec la Résistance. Tu semblais même rodée à ce genre d'opération à haut risque.

—Je sais, et tu n'étais pas le premier que je soignais. Je soutenais Brigitte et Roger à ma façon, en leur rendant service. Cela ne m'empêchait pas de vivre dans la terreur que nous finissions tous entre les griffes de la Gestapo!

Il lui servit un gobelet de café. Elle le but en reniflant, presque enfantine dans sa détresse.

— Qu'allons-nous faire? demanda-t-elle. Je n'aurai jamais de faux papiers et nous ne pouvons pas nous terrer ici pendant des mois!

— Je vais te conduire à Bordeaux, c'est le port le plus proche. Nous voyagerons de nuit, par la campagne. Le facteur m'a fourni une carte et l'adresse d'un fonctionnaire, un opposant au régime de Vichy. Cet homme délivre des documents officiels qui permettent aux Juifs de s'embarquer pour l'Amérique ou l'Angleterre. Je me ferai passer pour ton mari. Je dois regagner Londres. Nous nous séparerons à Bordeaux.

— Mais je ne connais personne aux États-Unis! Je préfère rester en France ou gagner la Suisse, comme me le conseillait Roger.

— Tu ferais mieux de m'écouter. Le plus important est de survivre, de protéger Nathan. Nous mettrions des semaines à atteindre la Suisse, sans garantie de pouvoir franchir la frontière, tandis que nous serons à Bordeaux dans une dizaine de jours.

Il lui prit les mains et les étreignit tendrement. Simhona secoua la tête, désemparée.

— Nous n'arriverons nulle part sans faux papiers! Il faut s'en procurer. Je suis sûre que le facteur nous aidera; je peux lui donner de l'argent ou mes bijoux.

— Ils te seront utiles à l'étranger, trancha le Métis. Ne t'accroche pas à cette histoire de faux papiers.

— Roger prétendait que c'était l'unique moyen d'affronter les contrôles en cas de déplacement à l'intérieur de la France. Toshan, je te fais confiance, mais j'ai si peur!

Il l'attira dans ses bras. Elle s'y réfugia, en larmes. Ni l'un ni l'autre ne pensèrent à ce qui avait précédé, cette folle étreinte au clair de lune, dans l'exaltation et le désir éperdu. Le plaisir, la joie des sens, leurs baisers gourmands, tout ça se diluait, balayé par l'amère réalité.

La guerre reprenait ses droits, son atroce pouvoir de destruction.

— Nous partirons après-demain... Allons dormir.

Ils s'allongèrent près de l'enfant, étroitement enlacés. Toshan entendit une chouette hululer dans un des arbres entourant les ruines. «Je pourrais très bien être au bord de la Péribonka, dans ma forêt, se dit-il. Mère! Aide-moi! Tala la louve, ma belle et indomptable louve, guide-moi. Peut-être que ce château délabré compose lui aussi un cercle de pierres magiques, dont nous ne devrions pas sortir. Mère, j'ai une mission sacrée: sauver cette femme et son petit. Mais je crains de me tromper, de les condamner! Tala, réponds, aie pitié.»

Sa supplique muette lui arracha un sourire nostalgique. La terre natale était bien loin et sa mère était morte. Le cœur serré, Toshan demeura éveillé jusqu'à l'aube.

Paris, dimanche 7 mars 1943

En ouvrant les yeux après une bonne nuit de sommeil, Hermine fut surprise de se retrouver dans une chambre inconnue, au décor charmant, mais qui lui était totalement étranger. Elle avait dormi en laissant sa fenêtre entrouverte et les bruits de la capitale lui parvenaient: la rumeur de quelque discussion, des klaxons et le roucoulement des pigeons sur les toits. «C'est vrai, je suis à Paris, en France. Mais aujourd'hui, je me repose, ordre de mon impresario. Hier soir, je n'ai même pas pu sortir pour souper, j'étais trop fatiguée.»

Bizarrement exaltée, elle se leva et marcha pieds nus jusqu'à la fenêtre qui donnait sur un petit balcon en fer forgé. Sa chambre était perchée au troisième étage et la vue lui parut sublime. Elle s'avança un peu. La Seine coulait entre les berges pavées des quais. Le soleil du matin dorait les clochers de Notre-Dame, la majestueuse cathédrale à la façade abondamment sculptée.

— Quelle beauté! Tout à l'heure, j'irai prier pour tous ceux que j'aime, les vivants et les morts.

Un vent tiède vint la caresser. La douceur du climat

français stupéfiait Hermine. Elle avait du mal à imaginer qu'à cette même date il faisait un froid glacial à Val-Jalbert.

—Que je suis loin de chez moi! pensa-t-elle avec une pointe de mélancolie. J'espère que je pourrai téléphoner à la maison.

Elle évoqua ses enfants, ses parents, sa chère petite Kiona, sans oublier Madeleine et Akali, ainsi que la pétulante Charlotte. En essayant de se représenter la distance qui les séparait, elle eut presque le vertige.

On frappa à sa porte.

—Oui, un instant! cria-t-elle.

Vite, elle enfila un peignoir en satin bleu ciel et chaussa ses mules pour aller ouvrir. Une femme de chambre en robe noire et tablier blanc lui apportait le plateau du déjeuner. Elle le disposa sur une table ronde située dans un angle de la pièce et assortie de trois chaises. Octave Duplessis la suivait de près. Dès que l'employée fut sortie, il referma à clef.

—Hermine, je suis venu vous saluer et déguster un café en votre radieuse compagnie, déclara-t-il tout haut avec son emphase habituelle. Alors, êtes-vous bien installée?

—Tout à fait! Cette chambre est ravissante et spacieuse. Je ne m'attendais pas à un tel confort. Mais les Français ont du goût, maman me le répète souvent.

Elle balaya du regard les meubles en bois sombre, les rideaux roses, les tableaux ornant les murs tapissés d'un papier à motifs floraux de teinte pastel.

—C'est une bonne idée, de me tenir compagnie pour mon premier déjeuner parisien, dit-elle enfin, un peu gênée cependant de recevoir Octave en déshabillé.

—Pour ma part, je suis vraiment heureux de vous avoir à mes côtés. Et j'ai hâte de vous écouter de nouveau. Ah! mon cher rossignol! Jamais je n'oublierai ce lointain Noël où j'ai entendu votre merveilleuse voix pour la première fois, dans l'église de Chambord. J'étais là-bas par le plus grand des hasards et vous m'êtes apparue, frêle, blonde et si jolie! Un visage d'ange et ces yeux d'azur! Je guettais une fausse note, une maladresse, mais non, vous montiez dans les aigus sans faiblir ni hésiter, vous touchiez au sublime avec une facilité inouïe. J'ai beaucoup de projets pour vous; les Parisiens vont vous applaudir, ils seront aussi enthousiastes que je l'étais ce Noël-là!

Duplessis poussa un soupir d'extase rétrospective et se versa une tasse de café tout en étudiant sa vedette.

—Même au réveil, vous êtes radieuse, émouvante et d'une beauté rare. Mais je m'égare! Avez-vous bien dormi?

—Oui, et j'ai eu le plaisir de contempler la cathédrale qui est vraiment magnifique. J'aurais pu rester des heures à la fenêtre. Cet hôtel est bien situé; je vous en remercie. Le cœur de Paris, comme vous le disiez hier!

—Je vous ai commandé du thé. Cela vous convient? Et des croissants, les délicieux croissants de Paris que certains boulangers vendent encore, malgré le rationnement dont tant de gens souffrent. Vous avez aussi de la confiture et du lait. Je tiens à vous dorloter, ma chère!

Amusée, Hermine prit le parti de ne pas se formaliser de son intimité avec Duplessis. Quand elle répétait *Faust* au Capitole de Québec, huit ans auparavant, elle avait dû s'adapter très rapidement au milieu particulier des artistes et du spectacle. Souvent, Lizzie, qui faisait office de régisseur en jupons, entrait dans sa loge et la voyait à demi nue. Quant à Octave, il n'avait pas hésité à l'embrasser à pleine bouche dans les coulisses, afin de l'aider à vaincre son trac.

—Je vous autorise à me dorloter, rétorqua-t-elle en souriant, à une condition.

—Laquelle?

—Je veux savoir la vérité sur les raisons de ma présence ici. Chaque fois que nous discutions au téléphone, j'avais une drôle d'impression. J'étais trop lasse hier soir pour vous interroger, mais ce matin je vous supplie d'être honnête. Voilà, j'avais cru comprendre que vous saviez où était mon mari et vous éludez la question!

—Je vous en prie, parlez moins fort, Hermine. Les murs ont parfois des oreilles, même dans cet établissement qui est un peu mon quartier général. Bon, quant à votre mari, oui, j'ai su où il était, mais j'ai perdu sa trace! Et, je l'avoue, je vous ai un peu menti pour vous appâter!

— J'avais donc raison! J'avais le sentiment, au fond, que vous me dupiez! Je vous en supplie, dites-moi au moins ce que vous savez sur Toshan! Jamais je n'aurais fait ce voyage si je n'avais pas eu l'espoir de le revoir. Dans l'avion, je me suis répété qu'il m'attendrait à Paris, avec vous.

— C'était impossible, Hermine! Je crois que vous n'avez pas une idée précise de la situation qui prévaut en France. Mais hier je vous ai promis de vous fournir quelques explications. Mangez un croissant, ma chère, vous êtes toute pâle!

La jeune femme secoua la tête. Elle ne pourrait rien avaler tant qu'elle ne saurait pas ce qu'il était advenu de Toshan. Octave se résigna. Il se fit grave soudain, lui qui cultivait l'art de la plaisanterie fine, quand il ne jouait pas les pince-sans-rire. Il était doté d'un humour assez particulier. Hermine en avait déjà fait les frais au début de leur collaboration. C'était un homme étonnant, imprévisible. Il darda sur elle ses yeux de chat d'un vert doré. Elle le dévisagea, impatiente, tout en notant qu'il semblait avoir vieilli. Ses cheveux châtain foncé arboraient quelques touches de gris aux tempes, et de petites rides marquaient les commissures de ses lèvres. Le nez fort et les mâchoires carrées, il était plus séduisant que beau garçon.

— Bon, je vais vous dire l'essentiel, commença-t-il d'un ton sec. J'ai rencontré votre mari à Londres, où sont établis les chefs de la France libre. Son colonel nous l'a présenté comme un excellent élément. Comme j'ai reconnu immédiatement votre seigneur des forêts, j'ai appuyé les propos de son supérieur et cela m'a permis d'intégrer l'adjudant Delbeau dans mon réseau. Dix jours plus tard, il s'est acquitté d'une mission extrêmement délicate où il s'est conduit en héros. Je ne vous confierai pas le nom de la personnalité qu'il a sauvée au cours de l'opération. Les noms sont proscrits en ces temps de guerre et de suspicion permanente. En novembre, Toshan s'est porté volontaire pour une nouvelle mission, plus périlleuse encore. Et là, nous l'avons cru disparu, mort ou fait prisonnier. Mais, grâce à nos services de renseignements, aux environs de Noël, j'ai appris qu'il avait été grièvement blessé lors de son parachutage dans la zone voulue. Des résistants le cachaient chez eux, en Dordogne. Ils l'ont soigné. Je vous avais déjà posté la carte de vœux, car j'avais décidé qu'il était préférable que vous aussi, Hermine, veniez en France, pour être à ses côtés si nous avions une chance de le rapatrier vivant au Canada. En effet, notre hiérarchie a jugé nécessaire de lui octroyer une longue permission, puisqu'il a trois enfants et une femme. Ensuite, il aurait dû être nommé lieutenant à la Citadelle de Québec. Mais pour cela il faut le retrouver. Et vous serez la seule capable de le faire renoncer à la lutte. C'est un acharné, paraît-il…

Hermine retenait ses larmes. Le récit de Duplessis l'affolait tout en la réjouissant.

— Dieu soit loué, Toshan est vivant! Et il pourrait rentrer au pays, notre pays de neige. Ce ne serait que justice. Sa mère est morte en septembre de l'an dernier. Il n'a pas pu la pleurer ni faire son deuil. Je connais mon mari : il a besoin de fouler sa terre natale, de retrouver ses forêts et notre maison au bord de la Péribonka. Il me manque tant, Octave!

Un sanglot étouffé la fit taire. L'impresario, embarrassé, agita une main.

— Allons, du cran, Hermine! Vous n'êtes pas la seule femme dans ce cas! Actuellement, il y en a des milliers. Le service de travail obligatoire en Allemagne a vidé les foyers. Des mères, privées de leurs fils, se lamentent et des épouses déplorent l'absence de leur homme, d'où le succès de la chanson *Je suis seule ce soir*. Léo Marjane l'a interprétée avec un tel talent que certains considèrent ce titre comme le parfait symbole de cette sinistre période, l'Occupation.

—Je l'ai entendue une fois à la radio…
Duplessis se mit à fredonner, le regard dans le vague.

Je viens de fermer ma fenêtre
Le brouillard qui tombe est glacé
Jusque dans ma chambre, il pénètre
Notre chambre pleure le passé
Je suis seule ce soir
Avec mes rêves
Je suis seule ce soir
Sans ton amour
Le jour tombe
Ma joie s'achève
Tout se brise
Dans mon cœur lourd
Je suis seule ce soir
Avec ma peine
J'ai perdu l'espoir de ton retour
Et pourtant je t'aime encore et pour toujours
Ne me laisse pas seule sans ton amour.

—*Je suis seule ce soir avec ma peine,* chantonna Hermine
à son tour. *J'ai perdu l'espoir de ton retour.* Oh! Octave, c'est
si touchant! Simple et vrai à la fois.

—Vous la chanterez dans un cabaret, et vous aurez
une foule d'admirateurs pressés de vous consoler,
ironisa-t-il. Hermine, j'avais besoin de vous, d'une artiste
si belle qu'elle attirerait une nombreuse clientèle,
parfois allemande, et c'est là que vous me serez utile.
Quand messieurs les SS viennent applaudir une jolie
femme, comme je vous l'ai déjà dit hier, nous pouvons
mener certaines actions dans leur dos.

—Et Toshan? Comment ferons-nous pour le rejoindre?

—On peut espérer qu'il soit encore en Dordogne.
Je voudrais, idéalement, organiser une tournée en
province, je vous l'ai dit hier. Cela me permettrait
de rencontrer certains contacts sous une couverture
plausible! J'ai un autre homme à récupérer et à mettre
au vert. Maintenant, Hermine, parlons travail. M'assister

grâce à votre voix et à votre beauté sera le meilleur moyen de revoir votre mari. Croquez donc un croissant, au lieu de verser des larmes.

— D'accord, cher ami! Je me fie entièrement à vous et je vais chanter de toute mon âme, c'est promis! Octave, merci d'avoir été honnête avec moi. J'ai quand même l'impression que vous avez abusé de ma confiance... Je devrais vous en vouloir, mais je n'y parviens pas, étant donné que votre but initial était de nous réunir, mon mari et moi, et de le rapatrier.

Elle se leva et contourna la table. Penchée en avant dans un élan de gratitude, elle embrassa son impresario sur les deux joues, si bien qu'il aperçut ses seins dans l'entrebâillement du peignoir, sa chemise de nuit étant très décolletée. Bien que troublé, il n'en montra rien et s'empressa de revenir à ses préoccupations artistiques.

— Je vous ai apporté le livret de *Lohengrin*. Mais j'ai bien réfléchi cette nuit et je pense changer de tactique. Je dois exploiter au mieux votre présence à Paris. Plutôt que de monter cet opéra de Wagner, ce qui serait très coûteux, pourquoi ne pas proposer un récital des grands arias du lyrique, avec un extrait de *Lohengrin*, néanmoins? Nous en discuterons aujourd'hui. Je vous sors, petit rossignol. Faites-vous très belle, très chic. Et demain, au boulot, comme on dit ici. J'espère que nous ferons des rencontres, même si bien des artistes ont déserté la capitale. Même Fernandel a été mobilisé, mais il continue à tourner des films. Connaissez-vous Fernandel, Hermine?

— De nom seulement. Je sais que c'est un acteur et un chansonnier très populaire chez vous. Ma mère, elle, apprécie beaucoup Maurice Chevalier. Elle a acheté un de ses disques.

— Il est à Paris, mais il ne se produit plus en ce moment. En 1939, il a chanté pour nos troupes du front de l'Est, un titre de qualité, *D'excellents Français*. Monsieur Chevalier se fait discret, sa compagne est juive. Il la cache, ainsi que ses parents. Certains le croient favorable au régime de Vichy; ce sont des conneries. C'est un grand artiste, un homme intègre.

Cela m'aurait plu de vous le présenter, mais, hélas! ce ne sera pas possible! Je dois vous laisser, ma chère, je reviens vous chercher à midi.

Il lui fit le baisemain et sortit. Hermine se retrouva seule, dans un état d'exaltation qui lui vrillait les nerfs.

— Toshan est en France, lui aussi, dit-elle tout bas, le regard rivé à la théière en porcelaine blanche. Mais je vais devoir patienter plusieurs semaines avant le départ en tournée. Il peut lui arriver malheur, d'ici là. Mon Dieu, protégez-le, rendez-le-moi! Si nous sommes réunis dans notre refuge au fond des bois, tous les deux, avec nos enfants, plus jamais je n'exigerai quoi que ce soit de la vie. Jusqu'à ma mort, je bénirai le ciel de m'avoir accordé ce bonheur.

Elle respira profondément et se leva de sa chaise, résolue à s'habiller et à aller prier à la cathédrale Notre-Dame de Paris. «Je n'ai pas envie de me faire remarquer. Je vais mettre une robe et un gilet, et nouer un foulard sur mes cheveux!»

Dix minutes plus tard, elle rendait sa clef à la réception de l'hôtel. L'employé la salua avec amabilité.

— Je reviens vite, dit-elle. Je suppose que la cathédrale est ouverte à cette heure-ci.

L'homme la dévisagea en souriant. Il paraissait amusé et cela l'intrigua.

— Est-ce que j'ai dit une sottise? s'inquiéta-t-elle.

— Non, madame, mais vous avez un accent particulier, sans vouloir vous offenser.

— Ah! fit-elle. Chez moi, on estime que je n'ai pas d'accent! Je suis canadienne-française.

— Une célèbre chanteuse! Monsieur Duplessis m'a parlé de vous. Bonne promenade, madame!

Un peu vexée, Hermine sortit sans répondre et traversa la rue pour s'appuyer au parapet qui surplombait la Seine. Elle admira les reflets du soleil sur l'eau et les hautes maisons qui se dressaient sur la rive d'en face.

«Est-ce que je suis vraiment en France, à Paris? se disait-elle, à la fois exaltée et angoissée. J'ai l'impression que je rêve et que je vais me réveiller à Val-Jalbert.»

Un camion vert kaki approchait, suivi d'une automobile de même couleur, sûrement une patrouille allemande. Le cœur serré, elle marcha d'un pas rapide vers le parvis de Notre-Dame. Elle déplora de découvrir Paris dans de telles conditions. La ville l'enchantait, même si elle n'en avait presque rien vu. « Je reviendrai un jour, plus tard, quand la guerre sera finie, si elle se termine… Avec Toshan et les enfants ! »

Une émotion immense l'envahit lorsqu'elle se trouva au pied du sublime monument, bâti des siècles auparavant par des centaines d'artisans et d'ouvriers. Le travail considérable qui avait dû être fourni inspira à la jeune femme un profond respect. Elle garda la tête levée vers les clochers, observant les gargouilles aux formes étranges, ainsi que le vol des corbeaux dont les noires silhouettes se dessinaient sur l'azur pâle. Enfin, encore plus émue, elle entra après avoir poussé une lourde porte tapissée de cuir.

« Mon Dieu ! Quelle beauté ! » s'émerveilla-t-elle aussitôt.

Les proportions harmonieuses, mais gigantesques des colonnes, des vitraux et du chœur la stupéfiaient. Il régnait là un silence solennel, comme si les bruits de l'extérieur se mouraient au sein de ce magnifique sanctuaire. Bouleversée, elle se signa et alla timidement s'asseoir sur un banc. Elle avait remarqué deux femmes sur sa droite, mais, par souci de discrétion, elle ne leur jeta qu'un bref coup d'œil. Elle se mit à prier.

« Dieu tout-puissant, Seigneur bien-aimé, protégez ceux que j'aime. Je ne suis pas une fidèle exemplaire, je ne vais pas souvent à la messe et je le regrette. Petite fille, je Vous ai tant imploré ! Je Vous suppliais de me ramener mes parents et, bien des années plus tard, Vous m'avez exaucée. Je Vous remercie, mon Dieu, pour tout le bonheur que j'ai reçu. Et pour ce don que Vous m'avez offert, ma voix… Que cette voix puisse servir une juste cause désormais ! J'ai le devoir d'offrir un peu de réconfort aux opprimés, même si pour cela je dois chanter devant nos ennemis, devant ceux qui servent un tyran assoiffé de destruction. Seigneur, je m'en remets à Vous, moi qui ne suis qu'une pauvre pécheresse! Oh oui, j'ai péché, j'ai trahi la foi jurée à mon époux. Notre union a été bénie dans une petite chapelle de mon pays de neige, mon Dieu, et Vous le savez sans doute. J'ai honte d'avoir cédé à la séduction d'un autre homme que mon mari, oui, j'ai honte. Je voudrais me racheter et je le ferai! Dieu tout-puissant, Dieu d'amour, si je pouvais, je chanterais ici, maintenant, pour votre gloire.»

Hermine se retenait de sangloter, entièrement abandonnée à la prière la plus sincère de son existence. Elle songeait à sa chère Betty morte en couches et à ses fils Armand et Simon que la guerre avait fauchés. «J'aimais Betty comme une seconde mère et ces beaux garçons disparus étaient un peu mes frères. Mon Dieu, prenez-les en votre sainte garde, ainsi que mon fils Victor, mon tout petit ange! Je Vous confie aussi l'âme de Tala, ma belle-mère.»

Un frisson lui parcourut le dos. Il faisait très frais dans la cathédrale. Elle quitta son siège. Le plus doucement possible, gênée par le bruit de ses talons sur les larges dalles noires et blanches, elle se dirigea vers un présentoir en fer où brûlait une dizaine de cierges. «J'en allume six! Un pour revoir Toshan sain et sauf, les autres pour Betty, Tala, Victor, Armand et Simon.»

Elle pria encore en contemplant les flammes mouvantes dont le frêle chatoiement était chargé de son amour et de sa détresse. Après de longues minutes de recueillement, elle se décida à sortir. Les femmes qui se trouvaient là l'imitèrent, si bien qu'elles marchèrent ensemble vers la grande porte. Toutes deux lui parurent de très petite taille, à elle qui n'était pourtant pas grande.

—Viens, Simone, murmura l'une. La petite Thérèse veille sur ma pauvre Marcelle, je le sais, je le sens.

Hermine détailla mieux les traits de l'inconnue qui lui parurent familiers, comme la voix un peu rauque, éraillée. Elle dut s'arrêter pour réfléchir, indécise. Au même instant, l'entrée d'un officier allemand escorté de trois soldats l'obligea à reculer. Saisie d'être confrontée à l'ennemi en chair et en os, elle cessa de s'interroger.

Le gradé la salua poliment, non sans un regard admiratif insistant. «Je ne supporterai pas ça, se dit-elle, affolée. Ils se croient tout permis, ces nazis!»

Son retour à l'hôtel prit des allures de fuite. Elle ignorait qu'elle avait croisé Édith Piaf en personne, venue prier elle aussi à Notre-Dame, en compagnie de son amie Simone.

Une fois dans sa chambre, Hermine se plongea dans un bain chaud, toujours en proie à une sourde angoisse. «Je dois me montrer forte et courageuse, je ne peux pas décevoir Octave. Si je retrouve Toshan, ce sera grâce à lui! Toshan, mon tendre amour, j'ai l'impression que je ne t'ai pas vu ni touché depuis des siècles. Garde-toi en vie, par pitié, il y a eu assez de morts autour de nous!»

Camp de Buchenwald, même jour

Simon Marois était loin de penser qu'à Paris Hermine avait allumé un cierge pour la paix de son âme. Il attendait le kapo qui devait l'amener à l'infirmerie. En partant pour le chantier situé à l'intérieur de l'enceinte, ses compagnons du baraquement l'avaient regardé d'un œil plein de compassion. Même Gustave qui avait témoigné tant de mépris à la tapette canadienne, comme il disait, s'était fendu d'un signe de croix.

Les déportés s'épuisaient à des besognes inutiles en elles-mêmes; elles étaient destinées à les éreinter. Ainsi, la veille, on leur avait fait déplacer un énorme monticule de pierres à une cinquantaine de mètres, sans but précis. Leurs geôliers avaient le souci constant d'éliminer les plus faibles d'une rafale de balles ou de récupérer les blessés qui serviraient de sujets d'expérimentation entre les mains des médecins du camp.

Malgré l'avilissement qu'ils subissaient, les prisonniers parvenaient à faire circuler des rumeurs et ce qui se racontait à Buchenwald atteignait les limites de l'horreur.

— C'est aujourd'hui, murmura Simon en observant ses mains décharnées.

Les gens de Val-Jalbert et de Roberval n'auraient pas

reconnu le fils aîné des Marois, réputé beau garçon et taillé en athlète, s'ils avaient pu le voir ce jour-là. Depuis son arrivée au camp, qui datait de la fin de décembre, il avait terriblement maigri, sans avoir encore l'allure squelettique de ceux qui étaient là depuis quelques mois de plus. Le crâne tondu, livide, les yeux cernés, une expression hagarde sur le visage, il n'était plus que l'ombre du Simon de jadis. Pourtant, ces dernières semaines, il avait lutté afin de garder la tête haute et de rester un homme digne de ce nom. Les nazis ne manquaient pas d'idées pour avilir les êtres humains qu'ils parquaient comme du bétail, mais quelque chose l'avait fait basculer dans le renoncement.

Quatre jours auparavant, il avait cru reconnaître Henryk parmi les silhouettes courbées sur le sol, au centre de la carrière où on les obligeait à casser des blocs de rocher, puis à les transporter à mains nues d'un point à un autre. Rien n'était moins sûr, en dépit du triangle rose sur la veste et d'une similitude des traits. Mais Simon avait essayé de se rapprocher, le cœur serré à cause de ces fameuses rumeurs qui semaient l'épouvante. Il se disait que les homosexuels étaient fréquemment castrés ou bien qu'on leur ouvrait le cerveau pour découvrir ce qu'ils avaient de différent des autres. On racontait aussi que les chiens des SS étaient dressés à attaquer sur un ordre très bref et qu'ils avaient déjà tué des prisonniers.

Et puis tous les déportés arboraient la même physionomie blafarde, cadavérique, le même regard hébété. Cependant, c'était bien Henryk. Le jeune Polonais l'avait aperçu et il l'avait dévoré des yeux en esquissant un sourire. Que s'était-il passé, ensuite? Simon n'arrêtait pas d'y réfléchir, de tenter en vain de ralentir les images atroces qui l'empêchaient de dormir. «Je crois qu'il a osé me faire signe, qu'il a marché dans ma direction. Il m'a appelé et moi j'hésitais encore. Il avait tant changé que je ne parvenais pas à voir en lui mon amant, mon premier et unique amant, sûrement.»

Il évoqua Henryk, tel qu'il lui était apparu dans la cour de la ferme des Mann, l'automne d'avant, robuste, le teint vif sous des cheveux blond très clair, les prunelles d'un bleu gris, un visage doux et rêveur. Ils avaient été si heureux, ces nuits tièdes d'octobre où ils pouvaient s'embrasser et s'aimer dans la pénombre complice.

«Je n'aurai peut-être eu que ces jours-là de vrai bonheur, sur terre!» pensa Simon sans amertume.

C'était ainsi. Il avait refusé d'épouser Charlotte au début de la guerre et il avait fini par s'engager, toujours à la poursuite d'une fantasmagorie qui avait pour nom Toshan. Très vite, le destin s'en était mêlé et avait disposé de lui, Simon Marois, comme d'une marionnette. Jeté dans le cauchemar de la bataille de Dieppe, il avait atterri ensuite en enfer. «Y a pas d'autre mot, l'enfer! Et même, ce n'est pas assez fort. Icitte, c'est le règne des monstres et des fous.»

De grosses larmes roulèrent sur ses joues. Il n'avait que peu de temps et il lui fallait ordonner ce chaos qui tonnait dans son esprit.

«Henryk m'a appelé, il a levé la main, et aussitôt un des gardes a hurlé un ordre en allemand. Les types autour de moi se sont couchés au sol, j'ai fait pareil, mais pas Henryk. J'ai entendu aboyer, et crier. Ils étaient où, ces fichus chiens? Ces maudits chiens... Trois, il y en avait trois et ils se sont jetés sur Henryk. Ce bruit, ce bruit-là, je ne veux plus jamais y penser.» Cependant, le sinistre concert de plaintes terrifiées et de cris de douleur, assourdi par des grognements et des claquements de dents, retentissait en lui avec la puissance d'un orage.

— Non, non, gémit Simon, les mains sur ses oreilles. Non.

Le soir, un kapo avait expliqué qu'un des chiens s'attaquait précisément aux testicules, un juste châtiment quand on a des mœurs contre nature.

— Et je n'ai rien fait, se reprocha-t-il à mi-voix. J'aurais dû me lever et courir vers Henryk. Sans doute qu'un de ces sales Boches m'aurait tiré dessus, mais c'était mieux, ça, oui! J'suis qu'un lâche!

Il se revit la face plaquée au sol, frappé d'horreur par

les hurlements d'agonie du jeune Polonais. Un des soldats riait. Et Simon avait compris que cela ne servait à rien de rester en vie quelques jours de plus ou quelques semaines. Il avait espéré en réchapper afin de pouvoir témoigner des crimes affreux, innommables que perpétraient les nazis, mais c'était fini. Certains détenus réussissaient à se pendre; lui, il avait eu une autre idée.

«Hermine, si tu savais, se dit-il, soudain apaisé. Si tu apprenais un dixième de ce qui se passe dans ce camp, ton âme belle et douce serait ternie à jamais. Ma petite Mimine, j'espère que tu es bien à l'abri au bord de notre lac Saint-Jean et que tu penses à moi de temps en temps. Je te dis adieu, ma petite sœur de cœur, mais, Dieu, je n'y crois plus. Il ne peut pas laisser faire ça. Comment un homme peut-il rire pendant que des chiens mettent à mort un autre homme? De quel droit nous traite-t-on ainsi? Si tu savais, papa. Ils envoient des femmes et des enfants à la douche, mais c'est pas de l'eau qui coule; on les gaze et après il y a des tas de corps à brûler. J'ai senti l'odeur, un matin, et je ne l'oublierai jamais!»

Simon toucha sa jambe à travers le tissu maculé de sang. La veille, à demi fou de révolte, il s'était mutilé avec un caillou pointu, jusqu'à mettre la chair à vif. Le kapo, la pire crapule du camp, lui avait annoncé qu'il irait à l'infirmerie le lendemain.

«C'est aujourd'hui, conclut l'aîné des Marois. Mais ils ne me toucheront pas, je ne serai pas un rat de laboratoire dans leurs sales pattes!» Il tremblait de tout son corps.

Avec application, paupières closes, il fit défiler les visages de tous ceux qu'il chérissait. «Adieu, le père, je te décevrai pas! Adieu, mon brave Edmond, futur curé; au moins tu ne viendras pas crever par icitte. Adieu, Marie, ma petite sœur, adieu, ma Mimine, et adieu à toi aussi, Charlotte. J'espère que tu trouveras un bon mari au pays.»

Le kapo venait d'entrer dans le baraquement désert. C'était convenu entre eux. Simon n'était pas allé sur le chantier.

—Viens, ordonna l'homme en allemand.

—Je viens!

Gelé à l'intérieur, le cœur ralenti par l'imminence de son ultime acte de bravoure, Simon Marois se leva et se dirigea vers la porte. Il contempla le ciel cotonneux opaque et le sol boueux que parsemaient encore des plaques de neige grisâtre. «Ils n'ont pas de la belle neige, icitte, tabarnouche, songea-t-il, la gorge nouée. Où est-elle, la neige toute blanche et toute pure de mon pays? Où est-elle, la Ouiatchouan qui chante si bien au printemps?»

Dehors, il jeta un coup d'œil vers la ligne funeste des barbelés, rempart infranchissable d'épines métalliques et de fils tendus, superposés. Il avisa aussi deux soldats armés postés dans un des miradors. Tout était en place. Son plan devait fonctionner. Son corps lui sembla léger, immatériel. Son énergie refluait en entier au fond de son âme. Il crut percevoir le sublime rugissement de la cascade qui avait rythmé ses années d'enfance et il se persuada que son souffle glacé et innocent caressait son front.

—Avance, grogna le kapo, en français cette fois.

Simon s'écarta d'un mouvement brusque, les bras en croix.

—Non, espèce de salaud, j'te suivrai pas! Moé, j'suis un maudit triangle rose et j'te crache à la figure. J'm'en crisse, de toé!

Il exagérait l'accent du pays perdu, de la terre qui l'avait vu naître. D'abord interloqué, le kapo regarda autour de lui. Simon se tenait bien droit, l'air arrogant, et il continuait à clamer tout ce qui l'indignait.

—Vous êtes tous des bourreaux! Des démons! Torrieux! J'en peux plus, moé, le Québécois, de vivre parmi vous autres! Salauds de SS, maudits nazis! Je m'appelle Simon Marois, j'suis un p'tit gars de Val-Jalbert, un enfant du Lac-Saint-Jean!

Sur ces mots, il se mit à courir vers les rangs de barbelés comme s'il s'apprêtait à les escalader. Les détonations qu'il attendait éclatèrent, des rafales de balles. Durant une seconde, Simon s'interrogea sur ce qu'il allait ressentir quand les projectiles déchireraient sa chair, puis ce furent les impacts, si nombreux et si violents qu'il sombra immédiatement dans un noir absolu, intense, où plus rien ne subsistait de la souffrance, du chagrin ou de l'amour.

Un groupe de détenus assistait à la scène. Ils eurent l'ordre de laisser le cadavre du rebelle bien visible le reste de la journée.

— Il l'a fait exprès, chuchota l'un d'eux.

— Vaut mieux ça que de se retrouver aux mains des docteurs, souffla son voisin.

Les yeux noirs fixés sur le ciel, Simon avait gagné son pari. Il avait mené sa propre guerre et s'était évadé de l'enfer avant d'être déchu de son statut d'homme, à l'heure précise où Hermine priait pour lui, sous la voûte séculaire de Notre-Dame de Paris.

Paris, même jour

Hermine observa une dernière fois son reflet dans le grand miroir de l'armoire. Elle portait une robe bleue, sa couleur fétiche, d'une coupe parfaite. Elle avait un gilet blanc sur le bras droit et un foulard en soie sur les épaules. Son image lui parut convenable. Discrètement maquillée, son collier de perles au cou, elle avait laissé ses cheveux dénoués, retenus par des peignes de chaque côté du visage.

— J'espère qu'Octave sera satisfait, murmura-t-elle avec un sourire songeur. Je voudrais profiter de cette journée sans me ronger le cœur. Je lui demanderai de m'amener voir l'opéra et le Palais Garnier. J'aurais bien aimé y chanter, mais ça n'a pas l'air d'être possible.

Elle prit un petit sac à main en lézard et sortit de la chambre. Elle avait décidé d'attendre son impresario dans le salon de l'hôtel et, surtout, de téléphoner à Val-Jalbert. «Je ne serai pas tranquille si je n'ai pas de nouvelles des enfants. Le réceptionniste va encore se moquer de mon accent. Tant pis, je suis fière d'être canadienne-française.»

En descendant l'escalier aux marches tapissées

de velours rouge, elle s'efforça de prendre une mine hautaine pour jouer les vedettes. Mais, à peine arrivée au rez-de-chaussée, cela lui parut stupide. «Autant être naturelle!» décida-t-elle.

L'homme lui indiqua la cabine téléphonique installée dans un renfoncement du hall. Quelques minutes plus tard, Hermine demandait le numéro des Chardin au Canada. Elle dut patienter longtemps avant d'obtenir la communication. Enfin, la voix de son père résonna au creux de son oreille.

— Papa! Oh! je suis si contente de t'entendre! Je voulais appeler hier soir, mais je me suis couchée très tôt.

— Il est très tôt ici aussi, ma chérie. Quelle idée de téléphoner à cette heure-là! Je dormais et tout le monde également dans la maison. Enfin, ce n'est pas grave. Tu es arrivée saine et sauve à Paris?

— Oui, papa! Dis-moi vite comment vont les petits. Mukki, Laurence, Nuttah... Et Kiona, Akali...

— Les enfants sont très sages et je n'ai pas eu à les gronder. Entre mademoiselle Damasse, qui sera bientôt madame Marois, et Madeleine, qui s'en occupe du matin au soir, la petite troupe file doux. Ne te tracasse pas pour eux, ma grande fille, ma Parisienne.

Hermine avait envie de pleurer. Elle se sentait bien loin de la belle demeure de Val-Jalbert qui devait crouler sous la neige.

— Ici, il fait chaud, papa, déclara-t-elle en dominant son émotion. C'est incroyable, l'air tiède, les oiseaux... Certains arbres sont en fleurs. C'est très beau, Paris. Et maman, tu as eu de ses nouvelles?

— Oui, Laura passe une semaine à Québec, au chevet de cette pauvre Badette qui est si contrariée de s'être cassé la jambe! Crois-moi, notre amie journaliste regrette de ne pas t'avoir accompagnée.

Jocelyn toussota, tandis qu'une autre voix s'élevait près de lui.

— Doux Jésus! Qu'est-ce que vous faites debout, monsieur? s'étonnait Mireille. Il n'y a rien de grave au moins? C'est notre Mimine?

Cette fois, Hermine essuya une larme du bout des doigts. La vie quotidienne se poursuivait dans son cher village fantôme.

—Embrasse Mireille, papa. Et embrasse bien les enfants aussi, et Charlotte! Je vais vous envoyer des cartes postales et une lettre le plus vite possible.

—D'accord, sois prudente, ma chérie, et à la revoyure! voulut plaisanter son père. Je pense à toi.

—Merci, papa! Je rappelle bientôt, dit-elle en raccrochant.

Une main masculine venait de se poser sur son épaule. Octave Duplessis la regardait d'un air mi-attendri, mi-moqueur.

—Alors, chère amie, prête pour le repas? Tout votre petit monde va bien au Québec?

—Oui. Maintenant que je suis rassurée, je vous suis. J'ai hâte de visiter Paris.

Son visage s'illumina d'un sourire conquérant. Elle se forçait un peu, mais sa guerre personnelle commençait, avec sa voix d'or en guise d'arme.

18
Actes d'amour

Paris, dimanche 7 mars 1943
Octave Duplessis et Hermine avaient déjeuné chez
Maxim's, au 3 de la rue Royale. C'était un des plus
célèbres restaurants de la capitale, un des plus chers
aussi, qui attirait une clientèle fortunée et de nombreux
artistes. Malgré les restrictions en tous genres et les
règles strictes auxquelles les commerces étaient soumis,
on y mangeait très bien. L'élégance du lieu et de la
clientèle intimidait beaucoup Hermine, qui se sentait
perdue et qui ne s'estimait pas du tout à sa place.

— Pourquoi m'avoir invitée ici? demanda-t-elle très
bas à l'impresario. En plus, il y a plusieurs officiers
allemands au fond de la salle. L'un d'eux vous a salué.
Cela me gêne. Je préférerais des endroits plus modestes
à l'avenir.

— Allons, ma chère, ne faites pas tant de manières.
Vous êtes très bien, un peu trop discrète, mais pas une
seule fausse note dans votre tenue ou vos façons. Tout
se passe au mieux, Hermine! Je dois vous montrer; ne
cherchez pas à comprendre. Un petit café?

— Volontiers, répliqua-t-elle un peu froidement.

— C'est le luxe suprême, de déguster un café, poursuivit Octave avec une mimique moqueuse. Réjouissez-
vous, mon amie! Les Parisiens se débattent avec leur carte
d'alimentation et leurs tickets pour le tissu, l'essence, les
œufs, le beurre, et vous me faites grise mine.

— Ce n'est pas très chrétien de profiter des bonnes
choses qui manquent à tant de gens, aux enfants et aux
vieillards!

— Ciel! je ne sais pas si vous le faites exprès, mais

votre accent québécois m'écorche les oreilles. Je n'avais pas cette impression, là-bas, dans votre beau pays!

— Doux Jésus, je suis navrée! Je vous donne ben de la misère, cher monsieur, plaisanta-t-elle tout bas. Est-ce un secret, mon lieu de naissance?

Octave lui décocha un regard menaçant, puis il se détendit. La beauté blonde d'Hermine attirait l'attention, et c'était le but recherché. Il voulait être vu le plus souvent possible en sa compagnie, notamment des haut gradés de l'armée allemande, avant de la faire monter sur scène.

— Vous êtes exquise, déclara-t-il en allumant un cigare. Et drôle, aussi. J'adore vos yeux si bleus, vos cils immenses et dorés, votre bouche qui rendrait fou n'importe quel homme. Ma chère, vous êtes à Paris, chez Maxim's! Si vous saviez le nombre de personnalités qui ont défilé à ces tables en un demi-siècle. La belle Otero, Sacha Guitry, un excellent auteur de théâtre, l'écrivain Marcel Proust, sans oublier Mistinguett, le grand amour de Maurice Chevalier, et tant d'autres. Il faudra l'écrire à votre mère, cela la fera rêver. Savez-vous que j'admire Laura? C'est une femme moderne, toujours à la pointe de la mode, passionnée de cinéma et de musique. Dommage qu'elle ait retrouvé votre père, sinon je l'aurais épousée! Mais je vous ai conquise; je ne perds pas au change.

Hermine eut un petit rire ébahi. Duplessis se comportait soudain comme un fiancé ou un amant. Cela aurait pu être le cas si elle l'avait connu dans une vie où Toshan Delbeau n'aurait pas existé, car il était séduisant; il était grand et mince, avec un visage émacié qui ne manquait pas de noblesse. Elle se garda de le contrarier. Il l'avait prévenue. Elle ne devait s'étonner de rien pour ne pas risquer de les mettre en danger tous les deux, en raison de ses activités de résistant. Mais elle se demanda s'il ne profitait pas de la situation pour lui faire un peu la cour.

— Maman serait flattée de vos propos. Mais je ne sais toujours pas où vous m'amenez cet après-midi. Vous m'avez promis une surprise!

— Vous l'aurez, je n'ai qu'une parole, répliqua-t-il sur un ton malicieux. Ah! ce cigare, quelle merveille! Je bénis ma chance! Les rations de tabac sont si rares que les Français fument tout ce qui pousse : de l'armoise, une plante très amère de la famille de la redoutable absinthe, des feuilles de topinambour ou du tilleul.

Hermine se contenta d'approuver d'un petit signe de tête. L'attitude d'Octave la déroutait et un doute qui la mettait mal à l'aise pointait dans son esprit. Au fond, ces dernières années, elle n'avait guère eu de contacts avec son ancien impresario, même s'ils s'écrivaient de temps en temps. «Que sais-je de lui? songea-t-elle. Il pourrait très bien me mentir. Je n'ai aucune preuve de ce qu'il avance. Depuis hier, je le vois faire des courbettes aux Allemands. Est-il vraiment le chef d'un réseau clandestin? Toute cette histoire me paraît bizarre. J'ai beau l'interroger, il répond toujours de manière évasive.»

À présent, elle avait hâte de sortir de chez Maxim's. Pendant que Duplessis réglait la note, elle se rendit dans les toilettes de l'établissement, aussi luxueuses que la salle principale. Agacée par les idées qui la tourmentaient, elle se remaquilla cependant avec soin. Le miroir lui renvoya un reflet flatteur, mais elle ne se reconnaissait pas tout à fait.

«Toshan, mon amour, tu me manques trop, pensa-t-elle, le cœur serré. Je me trompe sûrement, mais si c'était toi, la surprise promise, comme je serais heureuse! Entendre ta voix, pouvoir enfin t'embrasser, te toucher...»

Elle s'avoua qu'elle avait besoin de son mari pour vaincre les souvenirs obsédants qui la rattachaient à Ovide Lafleur. «Mon Dieu! Comment ai-je pu me laisser aller à de tels actes? Est-ce moi, Hermine, cette fille toute nue offerte, impudique dans l'écurie des Lafleur? Toshan ne doit jamais savoir ça, non et non. Il me quitterait.»

Elle rejoignit Duplessis de sa démarche légère et gracieuse. Encore une fois, un officier allemand lui adressa un regard ébloui, suivi d'un sourire équivoque. Elle baissa les yeux et s'accrocha au bras de l'impresario. Ils franchirent le seuil ainsi et se dirigèrent vers l'automobile sans s'écarter l'un de l'autre. Il se passa alors une chose singulière qui confirma les soupçons d'Hermine. Un des serveurs jaillit du restaurant, son tablier blanc à la main. Il les doubla au pas de course en lançant à Octave, d'un ton bas et haineux:

— Sale collabo, on aura ta peau!

Il disparut presque aussitôt en se ruant à l'intérieur d'une maison voisine.

— Qu'est-ce que ça signifie? interrogea-t-elle doucement.

— Il faut comprendre « sale collaborateur », ma chère, répliqua Octave en la faisant asseoir dans la voiture. Les collabos font ami-ami avec l'occupant, ils cherchent à s'attirer ses bonnes grâces. Ce sont aussi les sympathisants du régime de Vichy, ceux qui pour un peu remercieraient les nazis de nettoyer la France des Juifs et qui vénèrent le maréchal Pétain parce qu'il aurait sauvé la France.

Sur ces mots, il se mit au volant après avoir démarré le moteur. D'abord, il roula à une allure très lente, l'air soucieux. Elle aussi contrariée, Hermine gardait le silence.

— Vous n'avez plus confiance, mon cher rossignol? hasarda-t-il. Pendant tout le repas, j'ai deviné votre malaise. Vous êtes bien une femme. Au lieu de profiter de cette promenade dans la capitale en ma compagnie, vous vous posez des questions à mon sujet. En fin de matinée, j'ai fait de mon mieux pour vous présenter une des plus belles villes du monde. Nous avons longé les quais, je vous ai montré les monuments les plus renommés, le Louvre, le palais des Tuileries, le Pont-Neuf qui est en fait le plus ancien de Paris, le pont des Arts, le pont de la Concorde et j'en passe.

— Je vous en remercie, Octave, dit-elle sans le regarder. Mais que feriez-vous à ma place? Puis-je franchement vous avouer ce qui me choque ou me tracasse? Dans l'hypothèse où vous seriez un collabo, comme vous l'a jeté ce garçon avec mépris, je n'ai pas intérêt à vous faire part de mes doutes.

— Trop tard, vous avez lâché le morceau, triompha-t-il. Malgré tout ce que je vous ai expliqué, vous croyez encore avoir un traître à vos côtés, un type sans foi ni loi. Bon sang, Hermine, je ne fais que ruser pour amadouer l'ennemi et mieux le frapper ensuite par diverses actions que je préfère garder secrètes. Mais sachez que j'ai sauvé plusieurs familles juives et que je mets au point des sabotages de certains convois de matériel allemand, du matériel de guerre. Cela vous suffit-il? Et si vous étiez certaine de ma noirceur, vous n'auriez rien dit par peur de possibles représailles. Ma chère petite Canadienne, admirez Paris! Il n'y a pratiquement aucun autre véhicule que le mien, hormis les vélos qui fleurissent par magie. L'essence est rationnée de façon stricte. Les Parisiens vont à pied ou ils pédalent. Le dimanche, c'est encore plus tranquille.

Duplessis exposait la situation avec justesse. Les rues de la capitale étaient bizarrement calmes depuis le début de la guerre. L'immense cité retrouvait un peu son allure médiévale, celle de l'époque où le moteur à explosion était inconnu et où seuls quelques carrosses parcouraient le pavé.

— Mais il faut se méfier des Allemands, ajouta-t-il. Ils conduisent à toute vitesse et c'est plus prudent de leur céder le passage.

Ils avaient remonté la rue Royale jusqu'à proximité de la paroisse Sainte-Marie-Madeleine. Octave tourna sur le boulevard de la Madeleine, qui paraissait s'étendre à l'infini; c'est du moins l'impression qu'Hermine en eut.

— Où cela mène-t-il? demanda-t-elle.

— Surprise, ironisa-t-il. Je vais vous livrer à la kommandantur en tant qu'épouse d'un soldat canadien.

— Vous n'êtes pas drôle du tout! Qu'est-ce que c'est, la kommandantur?

— Le commandement allemand, si vous préférez, place de l'Opéra! Dommage, nous aurions pu visiter le Palais Garnier!

Hermine s'illumina, comprenant soudain qu'il la taquinait.

—Oh! Je vais voir l'Opéra de Paris! Octave, merci. Excusez-moi, je suis sotte. Mais je me disais que je ne vous connaissais pas trop, en fait.

Il lui décocha un coup d'œil amusé, puis déclara d'un ton faussement dur :

—Hélas! madame, la kommandantur est située place de l'Opéra; je ne blaguais pas. Et une personne avisée qui viendrait fréquemment au Palais Garnier pourrait surveiller les faits et gestes de ces maudits nazis. Je conçois votre perplexité à mon égard, mais je suis un homme de spectacle qui jouit d'une solide renommée en France et à l'étranger. Cela me sert de couverture, ne l'oubliez jamais. Les Parisiens comme les Allemands sont avides de divertissements. Je m'entête à leur en proposer et, je vous le répète, vous serez un atout de choix pour moi. Hermine, ce matin, j'ai téléphoné à Jacques Rouché. Il souhaite vous rencontrer. C'est l'administrateur général de l'Opéra, un homme exceptionnel. Il a dû licencier à contrecœur une trentaine de ses employés à l'automne 1940, à cause de la loi d'exclusion des Juifs, mais il a maintenu à son poste un décorateur hongrois, Ernest Klausz. Jacques programme surtout des ballets, qui sont moins coûteux, mais il a envie de monter *Faust*. Aussi, dès que j'ai dit votre nom au fil de la conversation, il a songé à vous pour Marguerite, car je lui ai soufflé qu'à Québec vous aviez remporté un succès fou dans le rôle.

Elle n'en croyait pas ses oreilles. Elle lança un regard éperdu sur les hautes maisons qui bordaient le boulevard, puis droit devant elle, dans l'espoir d'apercevoir le Palais Garnier.

—Rejouer Marguerite, ce serait un rêve! Je me souviens très bien de la partition et de mes airs. Octave, si c'était vrai! Mais cela retardera le début de votre tournée! Et Toshan? Nous devons le retrouver en province…

—Rien ne presse, j'attends des renseignements sur lui; j'ai quelqu'un de confiance là-bas, en Dordogne.

C'est l'affaire de quelques semaines. Nous verrons. Je vous préviens, vous allez travailler dur, Hermine. Il y aura vos prestations dans le théâtre que je loue, et peut-être *Faust*, à l'Opéra, deux représentations, je pense.

— Je ne demande que ça, répondit-elle avec conviction. Il y a longtemps que je n'ai pas chanté comme professionnelle. Mon Dieu, Octave, et si ma voix me trahissait? Je l'ai si peu exercée ces derniers mois.

— Balivernes! Je n'ai entendu dire que du bien de vous, au sujet des deux opérettes de Franz Léhar, au Capitole. Et j'ai un professeur à ma disposition, une dame charmante.

Il lui tapota gentiment le genou, un geste familier qui gêna de nouveau Hermine, mais elle n'osa pas le lui faire remarquer. Elle se répéta qu'elle devait se montrer plus détendue, moins sur la défensive, comme jadis au Capitole de Québec. «Hélas! à cette époque, il y avait l'adorable Lizzie qui veillait sur moi, et Charlotte était à mes côtés. Nous étions si gaies, les jours de répétition. Maintenant je suis seule!» pensa-t-elle en déplorant de ne pas avoir une présence complice à ses côtés.

Octave Duplessis roulait assez vite. Tout à coup, il ralentit en désignant un édifice à sa passagère.

— L'Opéra de Paris, cher rossignol, dans toute sa splendeur. Le soleil illumine la coupole et les statues en bronze des toitures! Tout l'art de ce jeune architecte, Charles Garnier, qui a décroché le contrat pour la création de ce sublime temple de la danse et de l'art lyrique! Cela se passait vers 1860 sous Napoléon III, un empereur français.

— Quand même, Octave, je connais un peu l'histoire de votre pays, protesta Hermine, fascinée par la beauté du monument.

— Garnier s'est inspiré du style de la Renaissance italienne, qui avait dû le marquer. Il avait décroché le Prix de Rome quelques années auparavant, si bien qu'il avait séjourné là-bas. Est-ce que cela vous plaît? Descendons de voiture, nous marcherons un peu.

Elle s'empressa de suivre son conseil, sans quitter des

yeux l'élégante façade de l'Opéra avec ses hautes fenêtres ouvertes sur une galerie, à l'étage, ses sculptures et ses frises. L'ensemble dégageait une grâce majestueuse, tout en harmonie. Duplessis la prit par la taille.

—Les statues représentent les dieux anciens de la danse et de la musique. Il y a des muses, aussi, ainsi que des allégories. Au sommet préside Apollon, le dieu des arts, avec sa lyre qui abrite un paratonnerre. C'est admirable, n'est-ce pas? Charles Garnier a choisi les matériaux avec soin. Il désirait donner de la couleur à son œuvre. Il y a de la pierre blonde, des marbres, de l'or, des cuivres. Mais l'intérieur est encore plus beau. Dommage, les drapeaux rouges à croix gammée, sur l'autre trottoir, gâchent tout.

Hermine observa l'impresario. Son regard de fauve s'était durci, il avait les lèvres pincées. Alors, elle ne douta plus de lui. Sous ses allures mondaines et son ton léger, il cachait l'âme d'un guerrier. En cela, il lui fit songer à Toshan.

—Monsieur Rouché nous attend. Venez.

—Je suis très émue, avoua-t-elle. C'était mieux qu'une surprise, Octave, c'est un merveilleux cadeau. Chanter ici, à Paris, je ne peux pas y croire.

—Avez-vous une robe de soirée? interrogea-t-il subitement. Mardi soir, nous assisterons à la première du ballet *Le Chevalier et la Demoiselle*, à l'instigation de Philippe Gaubert qui dirige l'Opéra-Comique. La salle sera pleine de soldats allemands, des gradés, surtout. Ils adorent contempler les danseuses.

—Ne parlons pas d'eux, je vous en prie. Place à l'art, à l'opéra! Est-ce que je vais passer une sorte d'audition?

—Je n'en sais rien, soupira son compagnon dont l'humeur avait changé.

Elle n'y prit pas garde. Quelques minutes plus tard, guidée par l'impresario devenu taciturne, elle découvrait le grand escalier d'honneur dont la volée de marches se divisait en deux pour monter aux foyers et aux loges.

—Mon Dieu, c'est immense, splendide, murmura-t-elle.

Des larmes lui piquèrent les yeux. Jamais elle n'avait vu un lieu aussi beau. Les coupoles peintes, les colonnes élancées, les lustres, les dorures, tout lui donnait l'impression d'être dans un décor de conte de fées.

—J'espère que tout ça ne sera pas bombardé un jour prochain, dit Octave avec une intonation lugubre. Désolé, ma chère, j'aurais tant voulu vous amener à l'Opéra en temps de paix. Allons, je ne vais pas gâcher votre joie. Suivez-moi, le bureau de Rouché est par là.

Hermine céda au trac et, afin de reprendre son calme, elle évoqua Val-Jalbert, perdu au fin fond des terres canadiennes, sûrement enseveli sous de rudes accumulations de neige. Le visage de sa mère, la fière et fantasque Laura, traversa son esprit. «Maman, ce soir, je t'écrirai une longue lettre, et tant pis si tu es vexée de ne pas m'avoir accompagnée. Je veux que tu saches combien je te suis reconnaissante d'avoir permis ce voyage.»

L'instant d'après, Duplessis la présentait à Jacques Rouché.

—Madame, je suis enchanté de vous rencontrer, déclara-t-il. Octave, qui est un vieil ami, m'avait déjà parlé de vous. J'ai lu aussi des coupures de presse très flatteuses sur votre talent et votre voix.

—Je vous remercie de me porter autant d'intérêt, dit Hermine en souriant et en s'appliquant à ne pas trop montrer son accent.

Elle se sentit observée, détaillée, examinée sous toutes les coutures.

—Qui d'autre que vous pourrait être la Marguerite du *Faust* de Gounod? admit enfin l'administrateur. De toute façon, je n'ai pas le choix. Je parie que Duplessis a omis de vous dire que la cantatrice pressentie m'a laissé en plan! Je gagnerai peut-être au change si vous vous montrez à la hauteur. Pouvez-vous faire un essai? Sur la scène? Des danseuses répètent, mais elles vous serviront de public.

—Bien sûr, affirma-t-elle, déroutée par les manières abruptes de cet homme.

— Sans même échauffer votre voix, Hermine? Ce n'est pas prudent, trancha l'impresario.

— Mais, par la même occasion, je visiterai la salle, rétorqua-t-elle d'un air décidé.

Sans être orgueilleuse, elle avait envie de prouver ce qu'elle valait, certaine de réussir. Sa voix ne l'avait jamais trahie. Jacques Rouché et Octave Duplessis s'installèrent dans des fauteuils situés au parterre, après avoir donné des consignes aux musiciens de l'orchestre. Les danseuses se regroupèrent près des coulisses dans un concert de rumeurs intriguées et des bruits ténus de petits pas pressés. Leur spectacle ravit Hermine, qui les jugea toutes gracieuses, sveltes, aériennes. Elles ne portaient pas de tutus, mais des collants noirs et des maillots moulants.

« Où suis-je? se demanda-t-elle. Dans un paradis étrange, dont j'ai souvent rêvé! Quel décor grandiose! »

En s'avançant sur la scène, elle embrassa d'un seul regard ébloui la vaste salle à l'italienne qui comportait plusieurs étages de loges. C'était une symphonie de velours rouge, de dorures et de tentures en damas. Les frises ornant les balustrades étincelaient, même si le lustre colossal du plafond était éteint.

« Moi, le timide petit Rossignol de Val-Jalbert, je vais chanter dans ce cadre exceptionnel, songea Hermine. Tant pis si je ne conviens pas comme remplaçante, ma voix aura résonné ici au moins une fois. »

Elle ôta son foulard blanc et le jeta sur les planches. Octave avait indiqué aux musiciens quel air jouer et les accords du chant final de Marguerite retentirent dans la fosse. Hermine commença à chanter, sans forcer, mais avec une rare sensibilité. Les danseuses retenaient leur souffle, captivées par la présence de cette belle inconnue dont la chevelure blonde captait le moindre reflet de lumière. Enfin arriva le moment de bravoure, qui exigeait de pousser sa voix dans les aigus et de donner toute la puissance à l'appel désespéré du personnage.

Anges purs! Anges radieux!
Portez mon âme au sein des cieux!
Dieu juste, à toi je m'abandonne!
Dieu bon, je suis à toi! Pardonne!

Hermine reprit deux fois la supplique à un Dieu de bonté, et jamais elle n'avait été aussi sincère dans le désir de convaincre Jacques Rouché tout en se libérant du poids de ses fautes. Oui, elle voulait redevenir la pure épouse de Toshan, capable de l'adorer envers et contre tout, de le servir, de se dévouer à lui corps et âme sa vie durant. Duplessis en avait des frissons. Il jeta un coup d'œil curieux à l'administrateur, assis à ses côtés. Entièrement captivé par la performance de l'interprète, il frémissait d'exaltation. Le timbre du Rossignol de Val-Jalbert aux sonorités cristallines témoignait également d'une fermeté inouïe, d'une assurance stupéfiante.

— Formidable, chuchota-t-il à l'impresario, conscient d'être observé. Et elle prétend ne pas avoir travaillé sa voix depuis des mois! Si c'est le cas, cette jeune dame est un phénomène!

— Je vous l'avais dit depuis longtemps! Maintenant, elle est là, à Paris, dans votre opéra.

Hermine avait terminé. Elle salua discrètement son public du jour, le corps de ballet et les musiciens, ainsi que les deux hommes assis au parterre.

— Voulez-vous entendre autre chose? interrogea-t-elle.

Rouché se leva pour répondre.

— Je n'ai pas le temps, hélas! Soyez là demain après-midi, madame. Vous êtes engagée!

Les jambes tremblantes, Hermine reprit sa respiration. Elle exultait, transportée d'un bonheur intime qui ne concernait qu'elle. Pratiquer son art lui apportait toujours une sensation d'ivresse exquise, proche de la béatitude qu'elle éprouvait après l'amour. Duplessis la rejoignit et lui saisit les deux mains.

— Bravo! Je n'ai qu'un mot, bravo! Vous ne m'avez pas déçu et je vous en suis profondément reconnaissant.

À présent, il faut laisser ces jolies demoiselles répéter leurs entrechats et leurs arabesques.

—Monsieur Rouché est déjà parti?

—C'est un homme vraiment très occupé. Venez, je vous offre un thé au bar, il faut que nous causions.

Elle le suivit dans le superbe dédale de l'Opéra, sidérée par la magnificence des lieux. «Le Palais Garnier, songea-t-elle. Oui, il n'y a pas d'autre mot, c'est un palais! Tout est gigantesque, doré et d'un tel luxe! On pourrait s'y perdre.»

Ce fut avec soulagement qu'elle prit place sur une banquette tapissée de velours rouge, devant une table garnie d'une nappe blanche damassée. Hormis le serveur, ils étaient seuls.

—Tout s'est passé si vite, murmura-t-elle. Peut-être que j'ai eu le rôle parce que l'artiste prévue s'est désistée. Octave, soyez franc. Vous m'avez félicitée, mais ai-je bien chanté?

—Sincèrement, à la perfection, et cela tient du prodige! Ma chère Hermine, si en plus de votre don naturel vous développiez encore vos capacités en travaillant, le monde serait à vos pieds! Une soprano aussi ravissante que vous! Une grande carrière vous serait offerte.

—Le monde dont vous parlez est en guerre. Je refuse d'envisager mon avenir professionnel à long terme tant que Toshan ne sera pas de retour au Québec avec moi!

—Et si cela se produit, susurra-t-il sur le ton de la confidence, vous disparaîtrez au fond des bois, sur les traces de votre époux retrouvé. Il vous fera un enfant de plus et le rossignol n'enchantera plus les foules. Hermine, ce serait du gâchis!

—Pour l'instant, je suis contente, tellement contente! Mon ami, laissez-moi me réjouir sans arrière-pensée. Je suis sûre que plus tard j'aurai mon heure de gloire, comme on dit!

Hermine se tut, pensive. Elle revivait son passage sur la scène de l'Opéra et la griserie qu'elle avait ressentie en chantant. Son imagination s'emballa. «Et si Octave avait raison! Pourquoi ne pas décrocher d'autres contrats à l'étranger! Je voyagerais avec les enfants, Madeleine et maman. Nous visiterions les capitales de l'Europe. Ce serait passionnant. La Scala de Milan, le Covent Garden à Londres... Mais il faudrait que cette guerre finisse, et qui sait combien d'années elle va se poursuivre?»

— Ma chère, à quoi rêvez-vous?

— À rien de précis, mentit-elle. Je savoure mon thé.

— Je me ferai un plaisir de vous guider dans ce labyrinthe que sont les coulisses et les étages de l'Opéra, mais pas aujourd'hui. Demain soir, j'aurai plus de temps à vous consacrer. Cet endroit me fascine autant que vous. Il a même inspiré un auteur de chez nous, Gaston Leroux, qui a écrit un roman à succès, *Le Fantôme de l'Opéra*. Je l'ai lu deux fois et je vous le recommande. L'ouvrage évoque un lac souterrain dans les profondeurs des fondations, et il raconte l'histoire d'une jeune cantatrice orpheline, Christine Daaé, qui a pour professeur de chant l'ange de la musique, un étrange personnage masqué. Elle seule le voit et elle seule aperçoit un fantôme dans les immenses couloirs de ce bâtiment. Des phénomènes bizarres se produisent: le grand lustre de la salle s'effondre pendant une représentation, un machiniste est découvert pendu...

— Si vous me révélez l'histoire, je n'aurai plus envie de le lire, protesta Hermine.

— Au fait, est-ce un hasard? ajouta l'impresario non sans malice. Christine, Hermine, ça sonne un peu pareil. Et vous étiez orpheline, dans votre enfance. Mon Dieu, peut-être allez-vous croiser un fantôme qui tombera amoureux de vous! Et savez-vous ce que chante Christine? *Faust*! Eh oui!

Satisfait de lui voir une expression troublée, Duplessis sirota une gorgée de thé.

— Ou bien vous êtes cruel, ou bien vous tentez de m'effrayer pour que j'implore votre protection.

— Votre seconde hypothèse est plus plausible. Bien, mon petit rossignol, je vais vous raccompagner à votre hôtel et ensuite je vaquerai à mes affaires. Ce soir, nous dînerons sur le boulevard Saint-Germain. Votre vie parisienne commence!

Hermine eut un timide sourire. Si loin de son pays, elle devait apprendre à voler de ses propres ailes. Mais l'aventure la tentait et elle se promit de ne pas céder à la tristesse. «Je reviendrai, mes enfants chéris, mes chers parents! Je vous reverrai tous, Madeleine, Akali, Charlotte, Mireille... et toi aussi, ma Kiona, ma petite sœur chérie.»

Val-Jalbert, le petit paradis, jeudi 18 mars 1943

Charlotte et Ludwig étaient enlacés sur leur lit, dans l'intimité complice de la chambre où il faisait bien chaud. Dehors, le vent soufflait en tempête et la neige ruisselait. Les deux amoureux avaient appris à aimer les jours où les éléments se déchaînaient. Dans ces moments-là, ils se sentaient protégés et coupés du monde, à savoir des derniers habitants de Val-Jalbert, dont les familles Chardin et Lapointe.

—Je voudrais que l'hiver dure toujours, dit Charlotte en riant.

—Pourtant, c'est beau, le printemps, et moi, j'aime l'été, répliqua son amant.

Après avoir passé des semaines enfermé à apprendre du vocabulaire et des phrases simples, Ludwig maîtrisait beaucoup mieux la langue française. Et Charlotte était si bavarde qu'il enregistrait sans effort une foule de mots. Cela leur permettait d'avoir de longues conversations. Ludwig avait surtout parlé de son pays, cette Allemagne qui, pour lui, demeurait avant tout la terre natale, la patrie, le berceau de ses ancêtres. Il vantait souvent les beautés de sa région, où s'étendait une forêt de grands sapins d'un vert sombre. Ce soir-là, il céda à l'envie de raconter son arrivée au Canada. Par pudeur, ils n'avaient pas encore abordé ce sujet-là.

—J'ai été fait prisonnier dès le début de la guerre et, d'abord, j'ai été soulagé parce que je n'aurais plus à me battre. L'idée de tuer un homme me répugnait, même si on nous disait que c'était un ennemi. La traversée en bateau a été affreuse; j'avais le mal de mer. Nous, les simples soldats, nous étions entassés dans la cale. Je ne faisais que vomir et je ne pouvais pas dormir vraiment.

Attendrie, Charlotte l'embrassa sur la joue en se blottissant davantage contre lui.

— Est-ce que tu savais où on vous conduisait?

— Oui, au Canada! Je me demandais comment il était, ce pays! Je pensais à mes leçons de géographie de l'école; à propos de cette contrée, je n'avais retenu que deux choses: la neige et les grands froids.

Ludwig soupira, ému. Il se tourna vers la jeune fille et la contempla.

— Maintenant, pour moi, tu es le visage du Canada. J'ai trouvé le grand bonheur avec toi. Alors, je ne regrette rien.

— Comme c'est gentil de me dire ça! s'extasia-t-elle en l'embrassant encore.

— Le bateau s'est enfin arrêté dans le port de Québec. Avec les autres prisonniers, j'ai regardé par les hublots. Il y avait des gens sur le quai, plein de gens, et ça a commencé. On nous criait des insultes et des hommes nous montraient le poing. J'ai eu peur, Charlotte. J'ai croyais qu'on allait nous tuer et...

— «J'ai cru», mon chéri, rectifia-t-elle doucement.

— J'ai cru qu'on allait nous fusiller tout de suite! Mais un officier est venu nous expliquer que nous irions dans un camp pour travailler. J'étais rassuré. J'aurais dû comprendre que ce n'était pas la peine de nous emmener si loin pour nous fusiller.

— À ta place, moi aussi, j'aurais eu peur. Tu n'avais que vingt-deux ans. Mon pauvre amour, elle est tellement injuste, leur guerre. Je voudrais le crier à tout le monde ici que beaucoup d'Allemands ont été mobilisés, qu'ils n'avaient pas le choix et que vous n'êtes pas tous des nazis! Je leur raconterais que ta mère a pleuré en te serrant dans ses bras quand tu as dû quitter la maison, que ton grand-père t'a supplié de revenir sain et sauf... Cela m'a aidée à mûrir et à réfléchir, de t'avoir rencontré, Ludwig. Te souviens-tu comme je me méfiais de toi, la première fois, dans le sous-sol de la rue Sainte-Anne? Grâce à Kiona, à cause de ce qu'elle m'a dit, des mots tout simples, je ne t'ai pas dénoncé. Doux Jésus, quel malheur, si je l'avais fait!

Effarée à l'idée qu'ils auraient pu ne jamais se connaître ni s'aimer, elle l'étreignit avec passion. Il lui caressa les cheveux.

—Cette petite fille a beaucoup de cœur, affirma Ludwig. Dès qu'elle m'approchait, elle me souriait et je me sentais consolé.

—Ce n'est pas une enfant ordinaire, je te l'accorde, admit Charlotte qui avait vaguement évoqué les dons de Kiona.

Le jeune couple passait beaucoup de temps au lit à se cajoler, à épuiser les mille délices de l'amour charnel. Ensuite, s'ils discutaient, c'était surtout de leurs sentiments de plus en plus forts et cela les poussait à envisager un avenir merveilleux, dont ils étaient les héros comblés. Sans cesse ils imaginaient leur mariage en Allemagne ou au Québec. Rien n'était oublié, ni les détails de la robe de Charlotte ni les plats du banquet. C'était un jeu dont ils ne se lassaient pas. Mais ce soir-là, Ludwig tenait à se confier et peut-être à justifier son évasion et sa cavale.

—Quand nous sommes descendus du bateau, ceux qui étaient là, ils nous traitaient de sales Boches. Jusqu'à la gare, ça a duré. J'avais honte. Pour ces gens, j'étais un ennemi, un nazi.

—N'y pense plus, mon chéri! Le destin t'a conduit vers moi.

—Il faut le croire. Dans le train, je me suis mis à prier, et un groupe de prisonniers se sont moqués de moi. Ils m'imitaient. J'étais perdu, je me disais que je ne reverrais jamais ma famille et j'ai pleuré. On m'a crié que j'étais un lâche, un moins que rien, que je salissais l'image du IIIe Reich. Après des heures dans ce train et des heures encore en camion, nous sommes arrivés au camp. J'ai vu les montagnes au loin, les collines et une rivière... Tout était très grand, tout était vaste.

— Oui, vaste est le bon mot.

— Le camp de la rivière Alex, articula Ludwig. Des baraques en bois et le désert autour. Les soldats anglais nous ont dit qu'il fallait couper du bois pour l'hiver, beaucoup de bois, et nettoyer le terrain. J'étais presque content. Ça me plaisait d'être dehors et de travailler. Quand tu travailles du matin au soir, tu ne penses plus. Mais la nuit je ne pouvais pas m'empêcher de pleurer. Ma mère me manquait et mon père. Ma sœur aussi. Je craignais de ne plus jamais les revoir. Le groupe du train, ils en avaient après moi. Ils ont décidé de m'humilier. J'ai dû faire des corvées *dégoûtrantes*.

— « Dégoûtantes », corrigea encore Charlotte.

— Ces soldats, ils souillaient exprès les latrines pour que je sois obligé de tout laver. Une fois, j'ai vomi et ils m'ont pris par les bras et ils m'ont mis la tête dans ce que j'avais rejeté. Un me tenait, l'autre me frappait. Je n'en pouvais plus, j'ai eu l'idée de me pendre. En cachette des soldats canadiens, toute la journée ils m'insultaient, ils me traitaient de lavette, de pédé...

Charlotte sursauta; cela lui faisait penser à Simon. Elle se décida à aborder le sujet.

— Tu te souviens, un jour, je t'ai parlé d'un garçon que j'ai aimé pendant des années, Simon Marois. On devait même se marier.

— Oui, je sais.

— Eh bien, il était vraiment comme ça, lui, il préférait les hommes. Je ne comprenais pas pourquoi il refusait souvent de m'embrasser et de coucher avec moi, même si je le provoquais. Enfin, j'ai su la vérité. Mon Dieu, j'ai beaucoup pleuré, et il me répugnait au début. Maintenant, il est mort, disons porté disparu à la bataille de Dieppe. Mais lui aussi il a essayé de se suicider, en juin 1940, sa mère venait de mourir en couches. Pauvre Simon, il n'aura jamais été heureux!

— En Allemagne, une loi punit sévèrement les homosexuels et je n'avais pas envie de passer pour l'un d'eux. C'était très dur, la vie dans le camp. Il faisait froid la nuit, je n'avais qu'une couverture et, dès que j'étais couché, j'avais peur qu'on vienne me chercher des ennuis.

—Quels ennuis?

—Tous ces hommes privés de femmes, ils s'en prennent parfois aux plus jeunes, aux plus faibles, mais en secret, en les menaçant de les tuer s'ils les dénoncent. J'étais trop malheureux! J'ai décidé d'essayer de m'enfuir. Quand on allait chercher du bois, on se retrouvait parfois dans la forêt, enfin, au bord de la forêt. Dès que j'ai pu, je me suis évadé. J'ai couru, couru… J'avais pris un briquet et ma veste de militaire. Un garde a tiré; j'ai entendu un coup de feu, mais il m'a raté et j'ai couru encore plus vite entre les arbres. Je me disais qu'ils ne me rattraperaient jamais, que si je tenais jusqu'à la nuit je serais sauvé.

Ludwig reprit son souffle. Charlotte avait l'impression qu'il revivait son évasion. Bouleversée, elle posa ses lèvres sur les siennes. Leur baiser fut très doux, presque chaste.

—Si je nous préparais du thé, mon amour? Il reste des beignes sur le coin du poêle. J'ai un peu faim.

—Tu as faim beaucoup, toi, en ce moment, s'étonna-t-il.

—C'est le froid dehors, et la gourmandise, répliqua-t-elle en souriant.

—Fais à ton idée, admit-il. Mais reviens vite, on est si bien au lit.

Charlotte descendit sur la pointe des pieds. Elle n'avait plus son air épanoui et comblé, mais une expression soucieuse. Dans la cuisine, appuyée des deux mains au dossier d'une chaise, elle respira profondément, comme pour lutter contre une terrible angoisse. Elle avait du retard, trois semaines de retard et, oui, son appétit était aussi capricieux que son estomac qui passait des crampes aux nausées.

«Mon Dieu, je ne peux pas être enceinte! Pas déjà! Jamais je n'oserai l'avouer à Ludwig. Pourquoi si vite?

Si seulement nous avions le droit de nous marier et de vivre au grand jour, ce serait différent, je serais même contente, oui, trop contente ! »

Lucide, elle mesurait l'étendue de la catastrophe, car c'en était une à ses yeux. « Et il a fallu que mon chéri me parle ce soir de son passé de prisonnier de guerre, un passé tout proche, hélas ! J'avais un peu oublié, moi, qu'il était un ennemi de mon pays. Un ennemi, lui, mon amour, mon Ludwig... »

Perdue dans ses pensées, elle ne parvenait pas à trouver de solution à son problème. Elle le nia carrément. « Ce n'est qu'un simple retard, songea-t-elle en fixant la bouilloire qui sifflait. Je vais être bientôt indisposée, et voilà. De toute façon, même si j'étais enceinte, ce qui est impossible, ça ne se verra pas avant trois ou quatre mois. Hermine restait mince longtemps pendant ses grossesses. Si je confie mes craintes à Ludwig, il va se rendre malade. »

Tout allait bien jusqu'à présent. Charlotte avait réussi à donner le change à son frère et aux Chardin. Elle invitait Onésime, Yvette, qui attendait un troisième bébé, et leurs deux fils chaque dimanche midi. Ludwig montait dans le grenier où ils avaient aménagé une cachette. Il s'agissait d'un sommier inutilisé, dressé contre le mur et recouvert de vieux draps. Cela laissait au sol un espace exigu où s'allongeait le jeune Allemand, nanti d'un édredon et d'un coussin. Il lisait en s'éclairant d'une petite lampe à pétrole, plusieurs heures si nécessaire. La porte était fermée à clef afin de prévenir le moindre risque. Laura et Jocelyn venaient également dîner, le jeudi, avec les enfants.

Charlotte avait jugé ces repas indispensables pour montrer à tous qu'elle était une excellente ménagère et que sa solitude lui permettait de lire, d'étudier et de tricoter, Laura continuant à expédier aux troupes canadiennes des vêtements chauds : gants, écharpes, gilets et chaussettes. Au fil des semaines, pas un des convives n'avait eu de doutes quant à la sagesse et à la conduite exemplaire de la jeune fille. Son intérieur était entretenu de façon impeccable et elle les recevait avec gentillesse, toujours soucieuse du bien-être de chacun.

— Notre Charlotte est vraiment charmante, répétait Jocelyn. Et il faut un sacré caractère pour supporter cette existence confinée, sans guère de distractions!

Bien sûr, les Lapointe et les Chardin l'invitaient à leur tour et elle se rendait de bonne grâce chez eux. L'essentiel était de préserver son merveilleux amour, de garder Ludwig à l'abri dans le petit paradis. À chaque séparation, même courte, leurs retrouvailles n'en étaient que plus délicieuses et ils s'étreignaient, éblouis d'être ensemble au fil des jours et des nuits.

— Je ne suis pas enceinte, murmura Charlotte en versant l'eau bouillante dans la théière. Je rêve d'avoir des enfants de Ludwig, mais pas tout de suite, plus tard.

Une main lui étreignit l'épaule au même instant. Elle sursauta avec un petit cri de contrariété.

— Charlotte? chuchota Ludwig en l'obligeant à se retourner. Qu'est-ce que tu disais?

— Tu aurais dû m'attendre là-haut!

— Mais j'étais inquiet, tu ne revenais pas. Charlotte, toi attendre bébé?

L'émotion le terrassait au point qu'il en oubliait son français fraîchement acquis. D'un geste affolé, il la prit contre lui.

— Tu avais peur, je te sentais bazar, non bizarre, hier et ce matin aussi. C'est ma faute, je ne fais pas souvent attention, je t'aime tant!

Prise de panique, elle éclata en sanglots.

— Serre-moi fort, je t'en prie, Ludwig. Qu'est-ce que nous allons faire si c'est ça?

— Calme-toi, supplia-t-il. Il faut réfléchir, c'est le mot, dis, réfléchir?

— Oui, mais réfléchir à quoi? J'ai compté; le bébé devrait naître en octobre ou en novembre, je ne sais plus trop.

Elle tremblait de tout son corps, soulagée cependant de ne pas être la seule à affronter cette éventualité. Ludwig lui caressa la joue tendrement.

— S'il n'y avait pas la guerre, que toi et moi on puisse se marier ou qu'on soit mariés, déjà, ce serait un beau jour pour moi! Regarde, ça me fait des larmes aux yeux et j'ai envie de te soulever jusqu'au ciel, de te dire merci pour cette grosse joie!

Ludwig balbutiait, haletant, partagé entre la joie dont il parlait et la conscience qu'il avait du côté dramatique de l'événement.

— Viens, ma chérie, on va discuter dans notre lit, avec le thé et les beignes, déclara-t-il. *Mein Gott!* Je voudrais annoncer la nouvelle à ma mère et à mon père! Je vais être papa!

Cédant à l'enthousiasme de son âge, il saisit Charlotte par la taille et la fit danser sur quelques mètres en fredonnant un air de valse. Elle finit par rire sans cesser de pleurer.

— Tu es fou, toi, fou!

— Fou d'amour! Un bébé de toi, trop beau cadeau!

Le jeune Allemand se mit brusquement à genoux et plaqua sa joue sur le ventre de Charlotte. Il souleva sa jupe et se mit à l'embrasser autour du nombril et un peu plus bas, avec des petits rires éblouis.

— Moi, je sais que tu as un bébé, déclara-t-il.

— Moi aussi, je le sais. J'ai des nausées et des vertiges depuis dimanche.

— Viens là-haut, dit-il. Je porte le plateau; toi tu ne dois plus te fatiguer.

Malo les observa en remuant la queue, tandis qu'ils regagnaient le premier étage. Le vieux chien leur témoignait à tous deux une affection discrète, que les amoureux lui rendaient bien. L'animal était une sorte d'alibi, le protecteur de Charlotte. Sans lui, ni Onésime ni Jocelyn n'auraient accepté de la laisser habiter seule.

— Repose-toi, Charlotte, conseilla Ludwig en l'installant dans le lit assise, le dos calé par les oreillers. Je vais m'occuper de toi; tu es ma femme, mon épouse, même si tu n'as pas eu de bague ni de robe blanche. Je ne veux pas que tu pleures.

— D'abord, je n'ai pas compris, raconta-t-elle. Puis

je me suis dit que ça devait être ça, mais je n'osais pas te l'annoncer.

Il la dévisagea avec passion et respect, et il était très beau ainsi, illuminé par la révélation qu'il venait d'avoir. Elle effleura son front et la ligne de ses mâchoires en se noyant dans ses yeux d'un bleu pâle.

— Je ne croyais pas qu'on pouvait aimer autant, dit-elle d'une petite voix émue. Je t'aime de tout mon être, Ludwig. Tu n'as pas de défauts, ni physiques ni moraux. Ou alors tu les caches bien! Parfois, je me dis que Dieu m'a envoyé un ange, un ange rien que pour moi.

Il prit un mouchoir et sécha les larmes qui coulaient sur les joues de Charlotte. Tout bas, il déclara d'un ton câlin:

— Ma chérie, tu portes un peu de nos deux vies en toi! La vie est un trésor, un cadeau! Il nous faut nous réjouir, pas être tristes.

— C'est vrai, tu as raison.

Ludwig la rejoignit dans le nid douillet de leur lit. Il attrapa le plateau sur la table de chevet et servit le thé.

— Combien de temps l'hiver va durer? interrogea-t-il.

— Je n'en sais rien. Souvent, à cette époque du mois de mars, il y a une dernière grosse tempête et, en avril, le froid recule. Avec un peu de chance, nous avons de la pluie en mai.

— Et ton état? Tu auras quand un peu de ventre? Excuse-moi, je suis si content que je parle mal ta langue.

— Ce n'est pas grave, mon amour. J'espérais que tu puisses passer pour un Allié un jour, mais c'était de la folie. Tu as trop l'accent allemand.

Charlotte soupira. Parmi tous leurs projets insensés, elle avait celui de présenter Ludwig sous un faux nom en lui attribuant une nationalité danoise ou suédoise, vu son type nordique. Mais elle avait renoncé, certaine que la vérité éclaterait tôt ou tard.

— Le mieux, c'est de partir d'ici dès le printemps, décida-t-elle tout à coup. Je trouverai un prétexte pour m'en aller et tu viendras avec moi. Promets-le-moi, promets que tu me suivras?

— Mais où, Charlotte? s'alarma-t-il.

— On prétend que j'ai beaucoup d'imagination. J'aurai forcément une idée. Je ne peux demander de l'aide à personne de la famille. Si Hermine était là, elle m'accablerait sans doute de reproches, mais elle ferait tout pour me sauver la mise.

Il fronça les sourcils, intrigué par ces derniers mots qui lui étaient difficilement compréhensibles. Charlotte lui avait souvent parlé d'Hermine en termes flatteurs. Ils avaient même passé un après-midi à étudier l'album de photographies des Chardin. Ludwig connaissait les traits de Laura, de Jocelyn et, bien sûr, de la blonde et belle Hermine.

— Oh! je sais! reprit-elle. Nous pourrions nous réfugier au bord de la Péribonka, dans la maison de Toshan, le mari d'Hermine, le père des enfants, celui qui s'est engagé dès le début de la guerre. Il est devenu adjudant l'année dernière. Papa Joss était fier de son gendre. Il répétait: «Adjudant Toshan Delbeau»!

— Delbeau? demanda Ludwig. Et tu m'as bien dit que c'était un Métis?

— Mais oui!

— Alors, il m'a sauvé la vie, cet homme. Tout à l'heure, je n'ai pas fini de te raconter toute mon histoire. Quand je me suis évadé, je n'ai pas eu de chance. Le lendemain, j'ai trébuché dans un fossé et, après, j'avais de la peine à marcher. Des soldats anglais m'ont retrouvé et ils m'ont ramené au camp de la rivière Alex. L'infirmier m'a soigné et, ensuite, j'ai été enfermé une semaine dans ce qu'ils nommaient la prison, un cabanon avec des barreaux. Mais, quand je suis sorti, j'ai eu la paix. On ne se moquait plus de moi. Et j'ai su ce qui était arrivé. Un soldat québécois, un certain Delbeau, avait dévié le tir du garde pendant que je m'enfuyais.

Charlotte était stupéfaite. Elle vit là un signe du destin. Elle dit gravement:

— La mère de Toshan, Tala, était une Indienne montagnaise. Elle pensait que les choses obéissent à un ordre supérieur, dicté par un dieu qu'elle appelait Manitou.

Plus jeune, je n'accordais pas trop d'importance à ses paroles, mais, au fond, c'est quand même étrange tout ça. Toshan que je connais bien depuis des années t'a sauvé la vie et tu as fini par venir ici, à Val-Jalbert! Mais alors, tu t'es évadé une seconde fois?

— Oui, écoute…

Ludwig lui prit la main et, le regard dans le vague, il acheva son récit.

— J'ai recommencé à épier la meilleure occasion de m'enfuir et, à la fin de l'automne, j'ai pu grimper à l'arrière d'un camion qui transportait du ravitaillement et qui repartait à vide. Je me suis caché sous des bâches et, à plusieurs kilomètres du camp, j'ai sauté sur la piste. Je ne savais pas du tout où j'étais, mais je savais que j'étais libre. J'ai marché longtemps dans la forêt. Je portais un manteau et, dessous, mon uniforme. Il faisait déjà froid; je ne pouvais pas changer de vêtements. Après une semaine, je suis tombé sur un campement d'Indiens. C'était un vieux couple qui habitait là. J'étais affamé. Ils l'ont deviné et m'ont offert une part de leur repas. On communiquait par gestes. Je suis resté avec eux. Je ramassais du bois et je chassais. J'ai appris des mots de leur langue et ils m'appelaient leur fils.

— Je comprends maintenant pourquoi Kiona disait que tu parlais montagnais, le soir où je t'ai découvert! s'exclama Charlotte. Je m'en souviens! J'avais oublié.

Elle le considéra avec un air ébahi et admiratif. Sous ses allures angéliques et réservées, Ludwig dissimulait une âme de héros, du moins pour elle.

— J'avais l'idée de vivre comme ça, dans les bois, reprit-il. Cela a duré plusieurs mois, plus d'un an. Mais au printemps suivant j'ai dû m'enfuir encore, car la police devait les conduire dans une réserve. Ils m'ont averti à temps. C'étaient de braves gens, ces Indiens. Après, j'ai voyagé en me déplaçant la nuit, avec toujours la peur dans le ventre. Le jour, je dormais où je pouvais, dans des cabanes en ruine ou sous des buissons.

— Et que mangeais-tu? s'enquit Charlotte, apitoyée.

— Tout ce qui s'avalait: des feuilles, des racines,

des graines! Un soir, d'une colline, j'ai vu un grand village désert. Il n'y avait presque aucune lumière et les cheminées ne fumaient pas, sauf quelques-unes. Il neigeait. C'était ici. Je me suis abrité dans la cave d'une maison. Et puis Kiona m'a vu par le carreau, elle m'a souri et, le lendemain, elle a commencé à m'apporter de la bonne nourriture. J'avais prévu repartir, mais tu es venue, toi, ma chérie, toi, ma femme.

Charlotte se blottit contre lui, merveilleusement heureuse de le sentir là, tout proche.

—Plus tard, bien plus tard, nous raconterons ton aventure et notre rencontre à nos enfants. Rien ne doit nous séparer, mon amour. Je t'en prie, il faut te débarrasser de ton uniforme. Il faut le brûler. J'aurais dû y penser avant. Nous avons tort de le garder dans le grenier.

Épuisé par sa longue confession, Ludwig ôta le plateau du lit et s'allongea. Charlotte l'imita. Ils demeurèrent silencieux un moment.

—Je ne veux pas gâcher notre joie, notre précieux bonheur, chuchota-t-elle d'une voix douce. Il y a beaucoup de neige et de vent dehors, mais nous sommes bien au chaud. Mon chéri, accordons-nous un mois ou deux sans nous soucier de l'avenir. Profitons de chaque minute, de chaque heure ensemble.

—Oui, peut-être que c'est bien de faire ça! Pour l'instant, il n'y a pas de danger.

Sa main droite se glissa sous le drap et se posa entre les cuisses de Charlotte, pour remonter, légère, effleurer son ventre. Ils s'embrassèrent à perdre haleine, ranimant la flamme du désir partagé. Bientôt, ils furent nus, étroitement enlacés, concentrés sur les houles de plaisir qui les envahissaient au fil des caresses et des baisers.

—Pas mauvais pour le bébé ce qu'on fait? interrogea soudain Ludwig.

—Non, pas encore, il est minuscule ou il n'existe pas, dit-elle, fébrile. Viens, j'ai besoin de toi dans moi. Oh! Viens, mon amour.

Il la pénétra avec précaution en savourant la plénitude de l'acte. Tous deux s'abandonnèrent à cette jouissance dont ils savaient si bien s'étourdir et s'enivrer. C'était le meilleur rempart contre le monde extérieur, un îlot de béatitude et d'extase où plus rien ne pouvait les atteindre, où ils puisaient la force d'espérer.

Dordogne, France, même jour

Toshan ne tenait plus en place. Depuis une semaine, lui, Simhona et son fils se cachaient dans la grange d'une ferme en partie dévastée par un incendie. Qui l'avait allumé? C'était un mystère, mais il paraissait évident que les habitants ne reviendraient pas. Pendant une marche nocturne en forêt, Simhona s'était blessée assez grièvement. Une repousse d'arbuste taillée en pointe s'était enfoncée dans la plante de son pied gauche, déchirant la chair. Cela les avait obligés à chercher en cours de route une autre planque, à trente kilomètres à peine du château de l'Herm. Pour le Métis, l'incident prenait des proportions effarantes.

La jeune femme avait d'abord désinfecté sa plaie avec de l'eau de Cologne, dont elle avait un petit flacon dans sa valise. Mais la blessure s'était enflammée et était devenue purulente. Elle souffrait le martyre au moindre pas.

—Fabrique-moi des sortes de béquilles, avait-elle dit. Je ne veux pas nous retarder.

Mais il s'était avéré difficile, voire impossible, de progresser rapidement dans l'obscurité et, le jour, quand ils faisaient halte dans les bois, Simhona pleurait en silence de souffrance et de contrariété. Pris de compassion, Toshan avait fini par découvrir cette grange jouxtant la ferme aux murs noircis. Le chemin qui y conduisait était envahi par de hautes herbes jaunies qui, selon lui, dataient de l'année précédente.

—Nous y serons en sécurité, avait-il assuré. Je n'ai pas l'intention de te torturer en te forçant à marcher.

Il avait attendu la nuit pour porter sa compagne sur son dos. Nathan suivait en ronchonnant, en sanglotant de peur et de fatigue.

«Quand la malchance s'en mêle! pensait Toshan six jours plus tard, assis sur les brancards d'une charrette. Je n'aime pas ça. On dirait que le destin ne joue pas en notre faveur.»

Nerveux, il aurait donné cher pour fumer une cigarette, mais il était à court de tabac, comme ils étaient à court de provisions. Heureusement, en explorant les décombres de la maison, il avait trouvé des bocaux de haricots, ainsi que du lard desséché couvert de sel brillant.

«Je dois les sauver!» se répétait-il en son for intérieur.

Son regard de velours noir se posa sur Simhona qui dormait, son fils blotti contre elle. Il la savait fiévreuse et dolente, mais il la désirait. Depuis leur étreinte dans la cour du château, ils n'avaient pas eu l'opportunité de se rapprocher, ou bien ils n'osaient pas recommencer à cause du petit garçon de plus en plus inquiet et capricieux, toujours affamé et dont le sommeil était très agité.

«Grâce à maman, j'ai pu la soulager un peu aujourd'hui, songea-t-il. Tala m'a enseigné les vertus des plantes et, même ici, j'ai su reconnaître celles qui apaisent et cicatrisent.»

Avec un bref soupir, il scruta le pan de ciel découpé par la porte double du bâtiment. La lune n'était qu'un mince croissant argenté. L'air était d'une douceur suave et la terre elle-même embaumait la sève nouvelle, la vigueur du printemps si précoce en France.

«Chez nous, au pays du Lac-Saint-Jean, il doit encore y avoir de la neige, beaucoup de neige. Hermine et les enfants sont loin d'imaginer comme il fait bon, ici.»

Il se mit à rêver en évoquant les jeux de son fils, Mukki, devant la belle demeure des Chardin. Peut-être faisait-il une bataille de boules de neige avec Laurence et Marie-Nuttah, sans oublier Louis, Kiona et la petite Montagnaise, Akali, à qui il prêtait le visage de Tala enfant.

«Mine chérie! Est-ce que je te reverrai sur cette terre?» pensa-t-il, surpris de l'intensité avec laquelle le visage de son épouse adorée s'imposait soudain à lui. Il ferma les yeux, fasciné, prêt à tendre les mains pour toucher sa bouche sensuelle et douce, ainsi que ses joues que le froid rosissait facilement. Il crut voir ses larges prunelles d'un bleu de saphir qui le fixaient malgré les kilomètres qui les séparaient.

Bouleversé, il trouva étrange de l'avoir trompée, alors qu'il l'aimait autant, elle seule, à jamais.

«Hélas! Je ne suis pas de bois! Quand une jolie femme se jette à mon cou après des mois d'abstinence, comment résister? Mais ça ne compte pas. Nous en avions besoin, Simhona et moi, pour ne pas crever de peur et de solitude!» Ses prétextes, il le savait, n'étaient pas vraiment exempts de mauvaise foi.

— Toshan, appela la jeune infirmière tout bas, peux-tu m'aider à me lever?

— Bien sûr, mais est-ce indispensable?

— Oui, j'étouffe, Nathan s'est tourné de l'autre côté et il dort profondément. Je voudrais en profiter pour prendre le frais de la nuit. J'ai soif aussi.

Il la redressa en la soulevant par la taille. Elle s'appuya à lui pour sautiller sur son pied valide.

— Souffres-tu encore? s'inquiéta-t-il. Tu es brûlante!

— C'est supportable, avoua-t-elle. Mais pourrais-tu me rendre un service? Je n'ai pas pu me laver à mon aise depuis que je me suis blessée. Si tu tirais de l'eau au puits! Il me reste un petit morceau de savonnette. J'ai l'impression que je guérirai mieux une fois toute propre. Et je changerai de robe.

C'était une supplique bien féminine. Toshan le comprit. Il prépara un baquet de fortune, en l'occurrence une bassine en zinc aux bords cabossés. Pendant qu'il la remplissait d'eau, Simhona se déshabillait, appuyée à la margelle du puits. Sans la regarder, il savourait la proximité de son corps dénudé, exposé au vent tiède, à la clarté mourante de la lune.

— Je te laverai, moi, souffla-t-il d'une voix rauque.

— Si tu veux, répondit-elle très bas.

Toshan se retourna et la contempla. Elle frissonnait, mais son visage avait une expression d'impatience, de pure tendresse. Ses yeux sombres étincelaient, sa peau avait des reflets d'argent. Les boucles noires de sa chevelure la paraient comme autant de bijoux insolites.

— Tu es belle, dit-il.

Il tendit les mains et suivit du bout des doigts la ligne de ses formes, les seins, la taille, l'arrondi des hanches. Elle avait des attaches fines, mais une poitrine lourde et un ventre bombé, de même que des cuisses un peu fortes.

— Tu trembles, fit-il remarquer. Dépêchons-nous.

Il l'aida à se mettre debout dans le baquet à demi rempli d'eau. Elle prit garde de ne pas poser son pied gauche.

— Tiens, la savonnette. Enfin, ce qu'il en reste. Et j'ai un gant de toilette.

Toshan acquiesça en souriant. Il mouilla le morceau de tissu, passa le savon dessus et commença à frotter doucement la nuque de Simhona, puis le creux de son dos et ses épaules. Il s'attarda sur les fesses bien rebondies et sur les mamelons. C'était un acte d'amour. Pas l'amour d'un vrai couple, lié par des années de vie commune et la naissance des enfants. L'amour instinctif de l'homme pour celle qu'il protège et qui lui a donné du plaisir.

— C'est agréable, soupira-t-elle. Si tu savais comme j'en rêvais!

— De te laver ou que je te lave? plaisanta-t-il.

— Juste me laver; je ne pensais pas que tu aurais la bonté de jouer ce rôle-là, dit-elle tristement.

— Ce n'est pas de la bonté, tu me plais, Simhona. Je te désire et je te respecte. Tu m'as sauvé la vie par ton dévouement. Je t'en suis infiniment reconnaissant. Nous sommes des intimes! Au fond, quand tu me soignais, j'étais livré à toi sans défense, et ce soir c'est ton tour. Dis, si tu as la fièvre, ce n'est guère prudent, ces ablutions à l'eau glacée.

— Si, c'est un bon moyen de faire baisser la température et je ne risque rien de plus.

— Comment ça? s'étonna-t-il.

— J'ai le pressentiment que je vais mourir bientôt;

je ne peux pas me défaire de cette idée. Dans un mois? Dans un jour? Je n'en sais rien, mais je suis condamnée, parce que je suis juive. Toshan, tu ferais mieux d'emmener Nathan à Bordeaux et de le confier à la Croix-Rouge. Il vivra, lui, il sera un homme digne de son père qui était un grand médecin. Isaac m'est apparu dans un cauchemar, pareil à un squelette. J'ai senti en me réveillant qu'il n'était plus de ce monde.

Ces paroles amères et tragiques déconcertèrent le Métis et le dégrisèrent un peu. Il secoua la tête.

— Tais-toi, ne tiens plus ce genre de discours qui te rend faible. Je vais vous sauver, j'en ai fait le serment! Simhona, tu ne dois pas baisser les bras. Tu es jeune, tu as de belles années devant toi. Ne sois pas pessimiste, chaque heure est précieuse.

Dans un geste impudique, il passa le gant humide entre ses cuisses, qu'elle écarta tout de suite. Toshan insista et reprit de l'eau pour la rincer. Ensuite il se débarrassa du bout de tissu trempé et souleva la jeune femme.

— Aie foi en ton Dieu, chuchota-t-il à son oreille avant de l'embrasser à pleine bouche.

Elle lui rendit son baiser avec fougue et l'étreignit, folle de joie de retrouver son contact, l'odeur de sa peau et de sa chemise. Ainsi assuré qu'elle le désirait également, Toshan la fit s'appuyer à la margelle du puits et se plaça derrière elle pour la caresser de la nuque au bas des reins.

— Tu ressembles à une statue de marbre blanc que j'ai vue dans un musée à Londres, dit-il. Ta chair est drue et ferme.

Simhona poussa un gémissement langoureux; il venait de prendre ses seins dans ses paumes et il les massait. L'instant d'après, il pétrissait ses fesses juste avant de la pénétrer.

— Mais… protesta-t-elle sans grande énergie. Que fais-tu?

— Je te fais l'amour comme un sauvage! Cela ne t'est jamais arrivé? Dans les bois, debout contre un arbre?

— Non, j'ai toujours fait ça dans un lit, couchée sur le

dos, répliqua-t-elle entre deux petits cris de jouissance. Continue, j'aime bien, oh oui!

Toshan perdit très vite la maîtrise de sa jouissance, trop excité pour prendre des précautions. Simhona se mordit les lèvres pour ne pas hurler, quand une vague de plaisir inouïe la terrassa. Elle allait se retourner pour l'embrasser à nouveau, quand il recula d'un bond, sur le qui-vive.

—Rentrons, jeta-t-il. Vite... Écoute!

Des bruits de moteur résonnaient dans le silence de la campagne, plusieurs moteurs, ce qui signifiait des camions ou des tanks.

—Mon Dieu! Je suis toute nue, geignit-elle.

Toshan renversa l'eau du baquet qu'il lança le plus loin possible dans les orties longeant le mur. Il ramassa le gant, la savonnette et les habits de Simhona qui trottinait déjà vers la porte de la grange.

—Nous devons nous cacher sous la paille, vite, vite, ordonna-t-il.

Son cœur battait si fort qu'il en avait le souffle coupé. Une terreur viscérale l'envahissait. Ce fut alors qu'il vit nettement Kiona dans la pénombre, pareille à une flamme rousse et or. La fillette désignait d'un air affolé et grave à la fois l'échelle qui menait au fenil.

—Simhona, donne-moi Nathan, dit-il tout bas. Il faut monter là-haut. Ne discute pas.

Les moteurs pétaradaient maintenant, de plus en plus proches. En quelques secondes, Toshan réussit à grimper l'échelle, encombré d'un sac et d'une valise, derrière la mère et son enfant. Il y avait un énorme monticule de foin grisâtre et, une minute plus tard, ils étaient tous les trois dissimulés sous le tas d'herbes. Des éclats de voix retentirent dans la cour et des portières claquèrent.

«Des soldats allemands, constata le Métis. Merci, Kiona, si tu m'as dit de nous cacher ici, c'est sans doute l'unique échappatoire.»

Et, pour la première fois depuis de longues années, Toshan se mit à prier.

19
Du côté des anges

Dordogne, jeudi 18 mars 1943, 23 heures
Toshan avait les doigts crispés sur la crosse de son revolver. Il retenait en même temps sa respiration pour ne pas trop inhaler de poussière, ce qui aurait risqué de le faire tousser. Il en allait sûrement de même pour Simhona et son fils. Il ne voyait pas du tout l'infirmière, mais il supposait qu'elle tenait Nathan dans ses bras et que tous deux souffraient aussi du manque d'air.

Les soldats allemands avaient investi le bas de la grange. Ils parlaient fort, avec cet accent scandé et lourd, caractéristique de leur langue.

« Il y a sans aucun doute un officier ou un lieutenant avec eux, peut-être même des types de la Gestapo, pensa-t-il. Qu'est-ce qu'ils sont venus foutre ici? Quelqu'un du coin a pu nous voir et nous a dénoncés! » Il était pétrifié par une frayeur innommable. Ce n'était pas pour lui qu'il avait peur. Depuis qu'il était dans la Résistance, il s'était préparé à une mort violente. Mais il refusait de concevoir l'arrestation de Simhona et de Nathan.

« Pourquoi Kiona m'est-elle apparue? Par quel prodige a-t-elle perçu la situation, ce soir précisément? » se demanda-t-il encore malgré l'état de panique qui lui nouait les entrailles. En dépit de tout, Toshan voulait croire que sa demi-sœur tentait de les sauver. Il écouta mieux les bruits juste au-dessous d'eux et discerna qu'on brassait la paille et qu'on renversait les trois vieilles barriques rangées le long du mur.

— *Hier ist niemand*[51], fit une voix.

Toshan serra les dents. Il souhaitait de toutes ses forces que la patrouille vide les lieux, que ce cauchemar se termine. Mais il crut entendre le grincement du premier barreau de l'échelle. C'était évident, des militaires consciencieux, qu'il comparait en son for intérieur à des fauves en quête de proies, se devaient d'inspecter le fenil. Il sentit au même instant une main froide menue se cramponner à son poignet. Simhona avait cherché son contact à tâtons, dans le fragile espoir d'un peu de réconfort. « Ou pour me dire adieu si nous sommes découverts, songea-t-il. Je peux tirer trois balles, mais cela provoquera une riposte immédiate et ces Boches sont mieux armés que moi. Nous serons tous tués en quelques secondes. »

Mais un craquement significatif s'éleva, suivi d'un *scheisse*[52] sonore. Trois barreaux venaient de se briser sous le poids du soldat. Cependant, il insista et termina son ascension, jusqu'à avoir le nez à la hauteur des planches. Une fouine traversa alors l'espace encombré de foin, avant de se jeter dehors par une lucarne. L'homme eut un petit rire moqueur.

Le cœur de Toshan cognait si fort qu'il avait l'impression que les Allemands allaient l'entendre et les extirper de leur cachette. Mais le soldat redescendit. Peu de temps après, les véhicules redémarraient et s'éloignaient.

Simhona ne broncha pas. Son fils non plus. Le Métis patienta encore, incapable de croire au miracle. « Nous avions forcément oublié quelque chose par terre, se disait-il. La paille a dû garder la forme de nos corps, cela fait une semaine que nous dormons là. Mais il faut partir d'ici, ils peuvent revenir vérifier si le lieu est bel et bien désert. »

La femme se dégagea avant lui en redressant Nathan qui éclata en sanglots aussitôt. Toshan les devinait plus

---

51. En allemand : *Il n'y a personne ici.*
52. Signifie *merde*, en allemand.

qu'il ne les voyait dans la pénombre. Simhona était toujours nue.

— Pourquoi t'as pas d'habits, maman? interrogea le petit garçon.

— Je me lavais dehors quand les soldats sont arrivés. Cela n'a aucune importance, Nathan. Nous sommes sains et saufs. Merci, mon Dieu!

Elle avait une expression douloureuse, un pli amer au coin de la bouche. Toshan lui caressa la joue pour la rassurer.

— C'est fini, Simhona. Nous l'avons échappé belle. Je vais faire un pansement bien épais à ton pied et nous allons reprendre notre chemin. Le salut se trouve à Bordeaux; nous ne pouvons plus attendre maintenant.

— Arrête de rêver, coupa-t-elle durement. Nous serons pris en cours de route. Comment veux-tu éviter les patrouilles? Il y aura des villages à traverser. Si seulement nous avions de faux papiers, Nathan et moi. Nous pourrions prendre le train. J'ai suffisamment d'argent pour voyager dans de bonnes conditions et prendre un bateau. Mais nous serons contrôlés, et impossible de cacher notre statut de Juifs.

— Je suis désolé. Je reconnais que des faux papiers seraient indispensables. Simhona, nous devons continuer à marcher de nuit vers Bordeaux. Je porterai Nathan sur mon dos et, toi, tu t'aideras d'un bâton.

— Cela va prendre un mois. Et nous n'avons plus rien à manger.

— Je sais, concéda Toshan, désemparé, car elle avait raison.

— Enfin, nous sommes encore libres, grâce à ton idée de monter ici. J'ai vraiment cru que ce soldat allait fouiller le tas de foin.

— Ce n'était pas mon idée.

— Disons plutôt ton instinct de survie, rectifia-t-elle.

Il renonça à lui parler de Kiona. Cela aurait nécessité un long récit ponctué de surnaturel et de mysticisme, et elle n'aurait pas été réceptive, dans l'état de colère et de terreur où elle se trouvait.

— Peu importe, trancha-t-il. Prépare-toi. Je crois que tu voulais changer de robe; tu as ta valise à portée de la main. Viens, Nathan, nous descendons tous les deux.

L'enfant témoignait à Toshan une sorte d'hostilité mitigée d'indifférence. Mais, au fil des jours, il sombrait dans une réserve inquiétante. Il n'était plus du tout turbulent ni capricieux; il se contenait de se plaindre tout bas et de jeter des coups d'œil déçus à sa mère.

— Non! hurla-t-il soudain. Moi, je veux retourner habiter chez tata Brigitte!

Après ce cri du cœur, il éclata en gros sanglots désespérés. Toshan le saisit à bras-le-corps. L'enfant se débattait et il eut du mal à le maîtriser.

— Ne le brutalise pas, implora Simhona qui s'habillait plus vite qu'elle ne l'avait jamais fait.

— Je n'ai pas l'habitude de brutaliser les enfants, répondit le Métis. Mais ton fils doit comprendre ce qui se passe.

Une fois sur la terre ferme, Toshan conduisit le garçon dehors. Il se mit à genoux pour être à sa hauteur.

— Tu vas m'écouter, Nathan. Je me doute que tu ne m'aimes pas et je suis un étranger pour toi. Moi aussi, j'ai un fils dans mon pays, au Canada. Il s'appelle Mukki et il a dix ans, donc quelques années de plus que toi. Je crois qu'il m'obéirait si je lui ordonnais d'être sage et silencieux, si je lui demandais de ne pas discuter. Je l'admets, tout à l'heure, dans le foin, tu n'as pas fait de bruit et je t'en félicite. C'est dur à entendre, petit, mais les soldats allemands, s'ils nous prennent, ils nous feront beaucoup de mal. Je sais que c'est pénible de marcher la nuit et de dormir dans des endroits comme celui-ci, mais nous n'avons pas le choix. Et moi, je fais ce que je peux pour vous sauver, ta mère et toi! Tu n'as pas envie de perdre ta mère?

— Non, j'veux pas ça.

— Bien, alors, tu dois être courageux! Je vous conduis à Bordeaux, une grande ville où il y a un port. Là-bas, vous monterez dans un bateau et il n'y aura plus de danger. Tu auras à manger et un lit pour te coucher. Et ta mère sera près de toi!

L'enfant hocha la tête. Des larmes brillaient encore sur ses joues amaigries. Attendri, Toshan les essuya du bout des doigts.

—Allons, mon bonhomme, il faut partir.

Simhona les rejoignit dans une robe en jersey bleu foncé à col blanc. Elle avait roulé ses cheveux en chignon sur sa nuque et enfilé sa veste.

—Je suis prête, déclara-t-elle.

—Alors, ne perdons plus de temps. Et demain soir nous nous arrêterons près d'un village et j'irai seul acheter de la nourriture. J'ai un faux passeport en cas de contrôle.

—Je l'avais vu dans tes affaires, quand tu étais blessé. Tu serais loin et en sécurité, si tu ne t'étais pas encombré de nous deux.

—Ne dis pas de sottises, Simhona! Ceux qui entrent dans la Résistance se font un devoir sacré de lutter contre les nazis, par n'importe quel moyen, des sabotages et de la propagande, sans doute, mais aussi en sauvant le maximum de Juifs de leurs griffes. Je ne vous ai pas ménagés, ton fils et toi. Il y a sûrement une autre solution que ces expéditions nocturnes épuisantes.

—Laquelle, Toshan?

—Nous offrir une nuit dans un hôtel et tenter d'atteindre Bordeaux en car. J'ai bien étudié la carte. Nous avons à peine quatre-vingts kilomètres à parcourir. Fais-moi confiance, un ange veille sur nous.

Simhona haussa les épaules. Elle ne croyait plus aux anges depuis des mois.

Val-Jalbert, même jour

En attendant l'heure du souper, Jocelyn et Laura lisaient dans le salon. La maison était très calme; les enfants s'amusaient à l'étage, et Mireille, enrhumée, ne fredonnait plus ses refrains de prédilection en cuisinant. Le cri aigu qui résonna dans une des chambres brisa ce paisible silence.

—As-tu entendu, Joss? s'écria Laura. Un petit s'est blessé!

— C'est Kiona, j'en suis sûr, répliqua-t-il en se levant de son fauteuil. Je reconnais le timbre de sa voix. Je monte voir ce qui se passe!

— Madeleine est là-haut. Ce n'est sans doute pas grave.

Comme pour détromper sa grand-mère, Laurence dévala l'escalier au même instant, l'air affolé.

— Grand-père, viens vite, Kiona a eu un malaise! Elle s'est évanouie, puis elle s'est réveillée tout de suite en hurlant. Madeleine essaie de la consoler.

— Seigneur! s'exclama Jocelyn en se ruant à l'étage. Qu'est-ce qui se passe encore?

— Elle est toute blanche, ajouta Laurence qui le suivait.

Madeleine accueillit Jocelyn comme un sauveur. Elle avait un linge humide à la main.

— Je lui ai frictionné les tempes avec de l'eau fraîche, mais elle sanglote au point de suffoquer.

Marie-Nuttah et Akali entouraient la fillette en larmes, tandis que Mukki et Louis se tenaient à distance, très inquiets.

— N'ayez pas peur, mes petits, déclara Jocelyn.

Il prit aussitôt Kiona dans ses bras et la serra contre lui. Son cœur de père lui faisait mal devant la pâleur alarmante de son enfant. Elle n'avait pas eu ce genre de malaise depuis des mois et il craignait une révélation fatale qui concernerait Hermine. Sa fille aînée donnait peu de nouvelles, accaparée qu'elle était par les répétitions de *Faust*.

— Ma chérie, ma Kiona, papa est là, chuchota-t-il à son oreille en l'embrassant sur le front. Je t'en supplie, calme-toi!

Il la contempla, toujours étonné de sa beauté si particulière. Ses cheveux d'un blond roux ondulaient autour de son visage à l'ovale parfait, effleurant à peine ses épaules. Les paupières closes sur sa terreur, elle ressemblait beaucoup à Hermine par la grâce de son nez fin et le dessin de ses lèvres pleines et roses.

— Kiona, papa est là. Tu entends, papa est là, répéta-t-il.

La fillette ouvrit enfin les yeux, bouche bée, l'air totalement hébétée, les joues luisantes de larmes. En reconnaissant Jocelyn, elle eut un pauvre sourire d'excuse.

— Pardon, papa! Je le fais pas exprès.

— Mais je le sais, ma petite chérie. Je n'ai rien à te pardonner. Reprends tes esprits et respire bien.

— Je prie Jésus le matin et le soir de me rendre normale, je te l'assure. Je vois des choses, la nuit, et le jour aussi, et moi, je ne veux plus.

De nature sensible, Laurence pleura à son tour. Madeleine se signa sans oser poser de questions.

— Qu'est-ce que tu as vu? interrogea Marie-Nuttah. Quand tu es comme ça, je sais que tu as des visions. C'est maman? Elle est morte?

— Non, c'est Toshan, avoua l'étrange petite fille d'une voix faible. Mon frère Toshan! Il avait tellement peur que j'ai dû le rejoindre là-bas, en France. Des soldats allemands arrivaient et, lui, il devait se cacher avec la dame et son petit garçon!

Jocelyn éprouva un vrai choc. On ignorait ce qu'était devenu l'adjudant Toshan Delbeau. Hermine elle-même, sur une carte postale représentant la tour Eiffel, avait écrit un message codé: «Je n'ai pas croisé la piste du petit de la louve.» Laura et Jocelyn avaient compris que leur fille faisait allusion à son mari. Ils supposaient cependant que leur gendre était vivant et menait des activités clandestines.

On frappa discrètement à la porte de la chambre. Andréa Damasse et Laura entrèrent à leur tour.

— Alors? interrogea Laura. C'était bien Kiona? Qu'est-ce que tu as vu, ma petite?

— Doux Jésus! J'ai cru qu'une des filles s'était blessée gravement, renchérit l'institutrice dont les rondeurs spectaculaires étaient moulées par un peignoir en flanelle rose.

— Il ne fallait pas vous déranger, mademoiselle Damasse, dit Jocelyn qui la jugeait indiscrète, un peu à tort. Kiona est malade; ma femme et moi allons la coucher dans notre chambre. Madeleine, soyez aimable de conduire les enfants dans la salle à manger et dites à Mireille de les faire souper maintenant.

— Bien, monsieur!

Tout rentra dans l'ordre rapidement. Kiona se retrouva assise dans le lit conjugal de Laura et de Jocelyn, entre les murs de cette belle chambre aux tentures fleuries, aux meubles laqués de blanc et ornés de dorures. Elle observait ce décor magnifique de ses prunelles couleur d'ambre où se lisait encore le reflet d'une vive anxiété.

— Maintenant, mon enfant, essaie de nous en dire davantage, intervint Laura sur un ton assez autoritaire. Ton père m'a dit ce que tu as vu, mais, si tu te souviens de certains détails, cela pourrait aider Hermine à rejoindre son mari. Il y a peu de gens sur terre qui ont la chance de vivre aux côtés d'une fillette comme toi, dotée de pouvoirs extraordinaires.

— Oh non, Laura! Tu ne vas pas l'ennuyer avec ça! Elle est bouleversée. De plus, nous étions d'accord pour ne plus parler de ses dons particuliers. Kiona n'a qu'une envie: être pareille aux autres enfants.

— Mais je ne suis pas pareille, protesta la petite. Tu le sais bien, papa. Mine veut revoir Toshan; si je peux l'aider…

— Fais un effort, dans ce cas, insista Laura en l'entourant d'un bras protecteur. Qu'as-tu vu exactement?

Jocelyn considéra sa précieuse Kiona avec passion. Il aurait donné beaucoup pour lui épargner le moindre tourment.

— C'était dans un bâtiment sombre, il y avait de la paille par terre. Toshan a pris un petit garçon à son cou et une dame était là aussi. Ils avaient très peur, à cause des soldats allemands.

— Comment sais-tu qu'il s'agissait de soldats allemands? demanda son père. Tu n'en as jamais vu, ma chérie.

— Ils parlaient fort dans une langue que je ne connais pas et ils étaient armés.

— Joss, ne sois pas idiot! Toshan n'aurait pas eu

peur s'il ne s'était pas agi de soldats allemands. Et ne l'interromps plus!

Kiona réfléchissait. Devait-elle dire que la femme qu'elle avait aperçue était nue, entièrement nue? Son instinct lui conseilla de passer la chose sous silence. Elle poursuivit:

— Dehors, la lune éclairait de l'herbe verte et il n'y avait pas de neige. J'ai montré l'échelle à Toshan, parce qu'il pouvait les cacher là-haut, la dame et le garçon. C'était une impression. Après j'ai eu peur moi aussi, peur des soldats. Je suis revenue ici et j'ai hurlé.

— Crois-tu que les soldats t'ont vue? interrogea Laura avec fébrilité.

— Je ne sais pas, mais Toshan m'a regardée!

— Bon, ça suffit, protesta Jocelyn. Tu dois te reposer, à présent, ma petite; tu n'as plus de couleur sur le visage ni sur les lèvres. Ce genre de phénomène te secoue trop. Nous en savons suffisamment. Je crois que notre gendre est en France, quelque part dans la campagne. Il faisait nuit, ce qui est normal en raison du décalage horaire. Reste à espérer que Toshan n'est pas en danger.

— Et pourquoi est-il en compagnie d'une femme et d'un enfant? s'étonna Laura.

— Il ne faut pas être devin pour comprendre que ce sont des Juifs. Beaucoup de résistants français tentent de les sauver en leur faisant passer les frontières.

— D'où tiens-tu tes informations? C'est prodigieux. Sans bouger de Val-Jalbert, tu es au courant de choses dont je n'ai jamais entendu parler ou presque.

— Onésime me rapporte des journaux de Roberval et j'écoute la radio, Laura. Demain, je préviendrai Hermine, mais avec prudence. Le mieux, c'est qu'elle nous appelle. Si elle est absente, je laisserai un message à son hôtel.

— Elle sera absente, Joss. La première représentation de *Faust* a lieu samedi soir! Notre fille chante à l'Opéra de Paris et je n'y serai pas! Mon Dieu, j'aurais tellement voulu y être!

Sur ces paroles dites sur un ton tragique, Laura

caressa le front de Kiona qui se réfugia contre elle comme un petit animal avide d'affection.

—Tout à l'heure, je te monterai un plateau, ma petite. Veux-tu dormir un peu?

—Non, je ne veux pas dormir. Papa, est-ce que tu peux rester avec moi?

—Mais oui, et je souperai ici en ta compagnie. Fais le nécessaire, Laura!

Son épouse sortit de la pièce sans discuter. Une question la taraudait. Qui était cette femme cachée dans une grange, la nuit, avec Toshan?

Paris, vendredi 19 mars 1943

Hermine sortit de la bouche de métro Châtelet au pas de course. Elle avait hâte de se retrouver dans sa chambre d'hôtel, seule, loin des regards, des compliments et surtout des attentions gênantes d'un officier allemand qui la guettait depuis une semaine à la sortie des artistes de l'Opéra. Vêtue d'un imperméable gris, un foulard bleu sur les cheveux, elle aurait pu passer pour une jeune Parisienne parmi tant d'autres, soucieuse de se mettre à l'abri de la pluie fine qui tombait sur la capitale.

«Et Octave qui ne donne pas de nouvelles depuis trois jours! pensait-elle en jetant un coup d'œil inquiet aux tours de Notre-Dame. Je serais totalement perdue s'il ne revenait pas, s'il avait été arrêté.»

Cette éventualité l'oppressait. Depuis son arrivée en France, elle avait appris à mieux connaître son impresario, un personnage singulier, habile à dispenser le chaud et le froid, l'humour et la gravité. Une chose était sûre, elle ne doutait plus de ses activités secrètes de chef de réseau. Il l'avait même présentée à l'un de ses lieutenants, un certain Xavier Dubois, propriétaire du cabaret où elle chantait le jeudi soir.

—En cas de malheur, chère amie, vous pouvez lui faire entièrement confiance. Je veux dire s'il m'arrivait malheur, ce qui n'est pas exclu. Il vous aidera.

Hermine espérait qu'elle n'aurait pas à s'en remettre

à cet homme taciturne et froid, tout à fait à l'opposé de Duplessis. Malgré ce caractère rebutant, Xavier Dubois dirigeait avec finesse et intelligence son cabaret. Sans le montrer, il appréciait beaucoup la Canadienne et il admirait son talent. Deux fois par semaine, elle interprétait, non plus des airs du répertoire lyrique, mais des chansons populaires, sur une scène étroite, accompagnée par un pianiste.

« Quel soulagement! Je vais pouvoir me reposer ce soir! » songeait-elle en longeant le parapet du pont surplombant la Seine.

Elle n'avait guère le temps de s'ennuyer et elle se couchait tôt pour résister à un rythme de travail harassant. Ses nerfs étaient mis à rude épreuve par cette vie trépidante, mais, comme à Québec huit ans auparavant, Hermine éprouvait une joie intense à exercer son art.

« Si seulement il y avait moins de soldats allemands dans le public, ce serait encore mieux! Ils sont partout et se comportent vraiment en maîtres du monde! »

Mais chanter pouvait être aussi une forme de combat. Avant de s'en aller, Octave lui avait expliqué le secret du succès persistant d'une chanson *Mon amant de Saint-Jean.*

— Saint-Jean, c'est un quartier de Marseille que les nazis ont rasé avant d'effectuer une grande rafle destinée à arrêter des milliers de Juifs. Bien sûr, la chanson a été créée l'année dernière, la musique est marquante et les paroles touchent les femmes, mais, à présent, ceux qui l'écoutent se souviennent de cet acte de barbarie. Un parmi tant d'autres, hélas!

— Je croyais qu'il s'agissait de la fête de la Saint-Jean!

— Non, Saint-Jean, c'était près du Vieux-Port! avait dit Duplessis. Ah! j'aime autant Marseille que Paris. J'aimerais vous y emmener...

Hermine tenait maintenant à inclure cette chanson dans son répertoire. Elle la fredonna en esprit, juste avant de franchir la porte de son hôtel.

Je ne sais pourquoi
J'allais danser à Saint-Jean

Au Musette
Mais quand un gars m'a pris un baiser
J'ai frissonné
J'étais chipée
Comment ne pas perdre la tête
Serrée par des bras audacieux,
Car l'on croit toujours
Aux doux mots d'amour
Quand ils sont dits avec les yeux
Moi qui l'aimais tant
Je le trouvais le plus beau de Saint-Jean
Je restais grisée
Sans volonté
Sous ses baisers...

—Madame Delbeau, appela le réceptionniste, debout derrière son bureau. Vous avez un message de monsieur Chardin, qui a appelé dans l'après-midi.

—Ah! fit-elle, immédiatement prise d'une peur affreuse. Rien de grave?

—Je l'ignore, madame! Ce monsieur souhaiterait que vous téléphoniez à son domicile.

Son air perplexe indiquait de façon explicite qu'il jugeait les communications de sa cliente à l'étranger un peu bizarres et fort coûteuses. Il en avait déduit en quelques jours que cette belle jeune femme était assez fortunée, comme le prouvaient aussi ses toilettes et ses bijoux.

—Merci, je vais rappeler si la cabine est libre, dit Hermine, la voix altérée par l'émotion.

—Elle l'est, madame!

Ses doigts tremblaient en décrochant le combiné en bakélite noire. Elle imaginait le pire. Un des enfants était malade ou victime d'un grave accident et il lui serait impossible d'être auprès de lui. L'océan la séparait de sa famille, de son pays du Lac-Saint-Jean, de Val-Jalbert. Quitte à se ruiner, elle resterait en ligne le temps indispensable pour réconforter Mukki, ou l'une des jumelles, Kiona, Akali ou Louis. Son cœur lui faisait mal tandis qu'elle attendait d'être mise en contact avec ses parents.

« Mon Dieu, ayez pitié! Faites que tout le monde aille bien, qu'il n'y ait aucun drame, aucun malheur! Je me reprocherais toute ma vie d'être partie en quête d'un mari qui me semble loin, aussi loin que mes petits! »

Elle luttait pour ne pas pleurer quand la voix de son père résonna à son oreille.

— Hermine?

— Oui, papa, dis-moi vite ce qui se passe!

— Rien de bien grave, ma grande fille. Sois tranquille, les enfants sont en parfaite santé, maman aussi. Toute la maisonnée, en fait. Mais Kiona a eu un petit malaise.

Elle comprit tout de suite. Octave lui avait recommandé de s'exprimer à mots déguisés, de ne jamais citer de noms précis ou de choses suspectes. On prétendait que par le biais des radios et des émetteurs une conversation téléphonique pouvait être écoutée et causer la perte des combattants de l'ombre, comme on nommait les résistants.

— Toujours ces vertiges? hasarda-t-elle. Embrasse-la très fort de ma part. Elle me manque. Vous me manquez tous.

— Des vertiges et des cauchemars, la pauvre. Elle a beaucoup pleuré, elle a cru voir son grand frère en France, menacé par une meute de loups. Tu lui enverras une jolie carte postale pour la consoler. N'est-ce pas, Mimine?

Jocelyn n'utilisait jamais ce diminutif. Elle chercha pourquoi il le faisait, affolée par ce qu'elle venait d'apprendre. De toute évidence, Kiona avait eu une vision de Toshan confronté à une patrouille allemande.

— Et ces vilains loups n'ont pas fait de mal à son frère?

— Non, mais ce cauchemar l'a effrayée, renchérit Jocelyn, qui paraissait gêné. Tu connais les petits! Kiona a cru voir aussi une chatte et son chaton dans cette grange. Enfin, excuse-moi de t'avoir dérangée pour si peu… Je te passe maman, elle tient à te parler une minute ou deux.

Laura s'empressa de dire tout ce qu'elle pouvait, avec un débit si rapide qu'Hermine peinait à la suivre.

— Ma chérie, tu es si loin! Je pense à toi de toutes mes forces pour la première de *Faust*! Tu dois éblouir Paris; promets-le! Je suis très fière de toi, mais bien malheureuse de ne pas être dans la salle. Ma fille chérie, sois forte, sois la meilleure! Mon Dieu, je t'aime, Hermine. Est-ce qu'il fait beau là-bas? Ici, il neige encore.

— Oui, l'air est très doux en France, je t'assure. Donne-moi plutôt des nouvelles de la famille, maman.

— Ne t'inquiète pas! Charlotte joue toujours les ermites dans son petit paradis, Madeleine me seconde à merveille, Mireille a un gros rhume. Et Jo épouse mademoiselle Damasse à la mi-avril. Je leur offre une nuit au Château Roberval, en cadeau de noces. Et je…

La communication venait d'être coupée, après une série de grésillements assourdissants. Toute tremblante, Hermine dut raccrocher. Elle quitta la cabine, les jambes en coton, et demanda sa clef au réceptionniste qui faisait mine d'étudier le registre de la clientèle.

— Est-ce que tout va bien, madame?

— Mais oui, merci!

Elle ne respira à son aise qu'une fois dans sa chambre. Cependant, des sanglots de détresse la secouèrent.

— Toshan! Mon amour, où es-tu?

Allongée sur son lit, elle se concentra sur chaque mot de son père. Il s'était bien débrouillé pour l'informer sans user de termes précis.

«Nous sommes tous les deux en France, Toshan, mais je n'ai aucun moyen de te retrouver, déplora-t-elle. Et cette chatte et son chaton, ce doit être une femme et son fils. En somme, cela correspond aux suppositions d'Octave.»

Elle regarda sa montre, tentée de rappeler ses parents. Eux, de leur côté, essayaient en vain d'obtenir son hôtel. Ils avaient omis volontairement de lui dire que Kiona ne s'était pas remise de sa vision.

Val-Jalbert, même jour

Kiona était seule dans la chambre de Laura et de Jocelyn. Ils la croyaient endormie et étaient sortis sur la pointe des pieds. Confortablement installée au milieu du lit double, la fillette fixait un détail de l'armoire, une fleur sculptée dans le bois. Dehors, le vent rugissait et secouait les arbres nappés de neige.

« Si j'étais un oiseau, je serais dans mon nid, bien à l'abri, songeait-elle. Ou un renardeau dans sa tanière. Mais je voudrais être une petite fille normale, et que maman revienne! »

Elle consentit à pleurer sans bruit, son joli visage crispé par le chagrin. Sa main droite se posa sur la médaille de la Sainte Vierge que son père lui avait offerte et qui avait appartenu à son arrière-grand-mère Aliette. Le bijou ne la protégeait pas aussi bien que les amulettes jetées au feu par la supérieure de cet horrible pensionnat d'où l'avait arrachée Hermine. « Maman avait demandé au vieux shaman de notre peuple de mettre beaucoup de magie dans les amulettes! Il me les faudrait, pour ne plus rien voir! » se dit-elle, entre colère et peine.

Ce n'était pas facile pour Kiona d'être en communication avec l'univers et les esprits errants des humains, morts ou vivants. Les dieux qui lui avaient fait ces dons inouïs de prescience et de bilocation semblaient cependant l'épargner. L'enfant n'avait pas accès à des scènes qui l'auraient brisée pour toujours et l'auraient peut-être rendue folle. Ainsi, elle ne pouvait assister à l'extermination massive de milliers de Juifs et de Tziganes dans les camps établis en Allemagne et en Pologne, mais sa jeune âme innocente percevait des ondes de souffrance et de désespoir qui l'affaiblissaient et l'empêchaient d'éprouver la moindre joie.

Personne parmi les enfants et les adultes qui l'entouraient ne devinait qu'elle feignait du matin au soir de s'amuser, de jouer, d'avoir de l'appétit. Louis était le seul à soupçonner qu'elle était malheureuse. Il pensait que c'était bien naturel, puisque son ange, comme il l'appelait encore, avait perdu sa mère.

Madeleine s'efforçait de l'interroger et de la cajoler, mais elle consacrait la majeure partie de son temps à Akali, qu'elle considérait comme sa fille.

« Il faut que ça s'arrête, se répétait Kiona en remontant le drap jusqu'à son nez. Moi, je voudrais que Mine soit là, avec Toshan.» Le sort de son demi-frère la préoccupait beaucoup. Elle se reprochait de n'avoir rien vu de précis ni d'important. D'une rare et précoce intelligence, elle savait ce qui était nécessaire : le nom d'une ville ou d'un village français. Mais, pour avoir ce genre de renseignement, elle devrait se concentrer dans le but de rejoindre Toshan. «Je n'en ai pas envie. Ces soldats m'ont fait trop peur! Ils portaient la mort en eux.»

Bizarrement, cela lui fit penser à Ludwig. Il avait endossé le même uniforme, celui de l'armée allemande. Pourtant, il était différent. Elle avait reconnu en lui un être d'une grande bonté, d'une infinie gentillesse.

—Pauvre Ludwig, pauvre Charlotte, dit-elle à mi-voix. Et pauvre Simon...

Le fils aîné des Marois lui était apparu un soir, alors qu'elle faisait ses prières dans la classe déserte. Kiona priait beaucoup, sans témoins. La pièce où mademoiselle Damasse leur donnait des cours était son lieu de prédilection. Elle aimait y entrer en cachette, effleurer son pupitre du bout des doigts, respirer les odeurs tenaces et particulières de la craie, de l'encre, des livres rangés sur une étagère. Une semaine auparavant, pendant qu'elle récitait avec ferveur son *Notre Père*, l'intuition d'une présence l'avait poussée à tourner la tête. Et Simon était là, debout près du bureau de l'institutrice. Il la regardait avec un sourire ineffable, plein d'amour et de sérénité. Jamais il n'avait été aussi beau; il avait les cheveux brillants et le teint lumineux, comme si une flamme blanche brûlait à l'intérieur de lui.

Kiona l'avait dévisagé attentivement, à la fois ravie et triste, parce qu'il était mort et ne pouvait pas se montrer à d'autres gens. Il s'était bientôt volatilisé, mais en laissant à la fillette un merveilleux message. Il était en paix, libre et heureux.

Elle s'était promis de le dire à Hermine, mais rien qu'à elle. Cette visite de l'au-delà la hantait pour une raison précise. « Et maman? se demandait-elle depuis ce soir-là. Pourquoi maman ne vient-elle pas me voir? »

La question la tourmentait encore, au creux de ce grand lit. Laura avait laissé allumée une veilleuse dont la clarté rose conférait au décor charmant une subtile atmosphère.

— Maman? appela tout bas Kiona. Tala?

Mais l'âme immortelle de la belle Indienne ne daigna pas se manifester. La fillette renifla, très déçue. Contre sa volonté, ses paupières se fermèrent, pesantes. Un sommeil implacable la terrassa.

Quand elle se réveilla, Jocelyn était à son chevet, l'air anxieux.

— Papa, je sais maintenant. J'ai vu une borne en pierre et dessus il y avait écrit un nom en bleu foncé. Montpon! Toshan est là-bas, en France... Montpon, dans un hôtel.

— En es-tu sûre? Montpon!

— Oui, papa, et il va se passer une chose terrible, ajouta Kiona, ses yeux dorés emplis de chagrin.

Paris, samedi 20 mars 1943

Hermine observait son reflet dans le miroir de sa loge. Sa maquilleuse, Janine, une jeune fille brune qui lui faisait un peu penser à Charlotte, achevait de lui poudrer le visage en lui faisant la conversation.

— Vous êtes vraiment une très belle Marguerite. Est-ce que vos nattes vous plaisent? Je ne les ai pas trop serrées pour qu'elles aient du volume.

— C'est parfait, Janine, ne vous inquiétez pas.

Elle était déjà en proie à un trac insurmontable. Les battements de son cœur lui paraissaient ralentis. Elle avait froid et chaud, et elle craignait de s'évanouir.

— Mon Dieu, je suis morte de peur. Si vous saviez comme je rêvais de chanter à l'Opéra de Paris. Mais, une fois au pied du mur, j'ai envie de m'enfuir.

Janine approuva avec un sourire mélancolique

tout en lui passant un peu de rouge sur les lèvres. La tenue d'Hermine était superbe, composée d'une large jupe rouge brodée, d'un corsage en soie blanche au décolleté vertigineux et d'un corselet en velours noir qui lui soulevait les seins.

—Je me sens toute nue. Le costume que je portais au Capitole de Québec était moins beau, mais plus pudique.

—Le thème même de cet opéra est scandaleux, répliqua Janine, égayée. Ce vieux docteur qui fait un pacte avec le diable pour rajeunir et séduire une jolie fille très sage, cela m'a toujours choquée. Il faut bien que vous puissiez rendre fou le fameux Faust, et aussi le public parisien!

—Sans compter tous les officiers allemands qui viennent en compagnie de leurs maîtresses ou en quête d'une aventure galante...

Au fil des répétitions, dont la générale qui avait eu lieu au cours de l'après-midi, elle s'était liée de sympathie avec Janine, ainsi qu'avec certaines danseuses du corps de ballet. C'était un vrai plaisir pour elle de parcourir les couloirs du Palais Garnier ou de monter au foyer de la danse pour assister à l'entraînement des ballerines. Le spectacle avait pour Hermine quelque chose de féerique, grâce à la musique, au petit bruit sec des pointes sur le plancher et aux évolutions aériennes d'une nuée de gracieuses jeunes personnes minces et musclées.

Jamais elle n'oublierait le soir où Octave l'avait invitée à la représentation unique du *Lac des Cygnes*, de Tchaïkovski. Ils étaient assis dans une loge à gauche de la scène, et Hermine avait vécu des heures enchanteresses.

Transportée par les mélodies romantiques du compositeur russe, subjuguée par les costumes neigeux des danseuses, elle s'était abandonnée tout entière à la magie du ballet. Il s'y était ajouté le plaisir d'être en robe du soir, une merveille en taffetas bleu nuit, parée de ses bijoux préférés, sa chevelure blonde relevée en chignon. Duplessis, en smoking, semblait parader à ses côtés, jouant les amants chanceux.

«Quel comédien! songea la jeune femme qui évoquait avec nostalgie ces instants mémorables. Mais où est-il donc?»

Comme si Janine lisait dans ses pensées, elle demanda peu de temps après:

—Vous n'avez aucune nouvelle de monsieur Octave?

—Hélas! Aucune, et je ne comprends pas. J'espère qu'il va arriver. Il sait que je chante dans *Faust* et il tenait à être présent. Il n'a plus que trois quarts d'heure pour entrer dans ma loge et m'encourager. Je me souviens, à Québec, il m'offrait des roses, des fleurs de serre hors de prix. Cela m'apaisait.

La maquilleuse hocha la tête. Hermine scruta son expression dans le miroir et comprit enfin qu'il y avait un détail qui clochait.

—Janine, vous êtes proche d'Octave?

—Puis-je avoir confiance en vous? Totalement?

—Totalement. Je suis au courant de ce qu'il fait en dehors du domaine artistique.

—Alors, écoutez... Nous sommes ensemble, lui et moi, depuis un an. Et là, j'ai un mauvais pressentiment. Il prend de tels risques! Je sais où il allait, mais il devrait être revenu.

—Dans ce cas, vous êtes mieux informée que moi. Il ne m'a rien dit.

—Moins on en sait..., chuchota la maquilleuse. Les méthodes de la Gestapo feraient parler un sourd et muet. Sous la torture, des gars très courageux ont trahi leurs compagnons. Pour mourir ensuite, le plus souvent.

Ces paroles firent frissonner Hermine. Elle jeta un regard inquiet vers la porte, comme si des hommes de la Milice se tenaient derrière le battant. Il s'agissait de Français, mais ils se montraient parfois plus féroces avec leurs compatriotes que les soldats nazis.

—Mon Dieu, Octave aurait pu être dénoncé?

—Son retard me laisse présager le pire, chuchota Janine en se penchant à l'oreille de la chanteuse. Il conduisait l'épouse et les deux enfants de Xavier

Dubois en lieu sûr, dans le Morbihan, pour les confier à mère Yvonne-Aimée. Ils sont juifs; pas Dubois, mais son épouse, si. Quant à la religieuse, j'ai eu le bonheur de la rencontrer et j'ai vraiment cru me trouver en présence d'une sainte. Figurez-vous qu'au mois de février elle était à Paris et la Gestapo l'avait arrêtée, parce qu'on la soupçonnait de cacher des Juifs dans son couvent, en Bretagne, à Malestroit. Elle allait partir avec un convoi de déportés, mais un ange l'a ramenée dans son bureau de Notre-Dame de la Consolation, dans le VIIIe arrondissement. Un jeune prêtre qui était un peu son fils spirituel se rongeait les sangs en priant, certain qu'il ne la reverrait jamais, quand il a entendu un bruit sourd. C'était mère Yvonne-Aimée, l'air affolé, qui se débattait, se croyant encore aux prises avec ses bourreaux. Elle a fini par comprendre qu'elle était sauvée et elle a dit que son ange gardien l'avait transportée là, hors de danger. Un vrai miracle! Elle s'est allongée pour se reposer et, lorsque le prêtre et une autre sœur sont allés la voir, elle dormait, entourée de fleurs blanches. Son lit en était couvert: des lilas, des arums, des tulipes! En plein hiver! La pièce embaumait[53]. Une sainte, je vous dis!

Hermine songea à Kiona. Sa petite sœur adorée était aussi sujette à des manifestations quasiment miraculeuses et, d'après Jocelyn, elle priait de plus en plus Jésus. « Serait-elle destinée à la vie religieuse? Nous le saurons bien assez tôt. Moi, cela me ferait beaucoup de peine si elle décidait de consacrer son existence à Dieu, car nous serions séparées. »

Cette pensée la rendit encore plus nerveuse. Au même instant, on tambourina à la porte. Janine ouvrit en espérant de tout son cœur découvrir Octave sur le seuil. Mais un militaire allemand, d'une stature impressionnante, la salua. Il avait un bouquet de roses rouges dans sa main droite gantée de blanc.

---

53. Fait authentique. Mère Yvonne-Aimée, personnage réel, a été faite Chevalier de la Légion d'honneur par le général de Gaulle et on la considère comme une héroïne de la Résistance.

— Colonel Riber von Leeb, clama-t-il. Je viens souhaiter bonne chance à madame Delbeau, la plus belle femme de Paris.

Consternée, Hermine reconnut l'homme qui la guettait du matin au soir, du moins dans le quartier de l'Opéra. Par chance, il ne l'avait jamais suivie jusqu'à son hôtel. Elle se leva, en apparence fort calme, mais intérieurement elle bouillonnait de colère et d'angoisse.

— Ce n'est pas très galant de me surprendre en tenue de scène, dit-elle d'une voix posée, en souriant néanmoins.

Elle obéissait en cela aux consignes de Duplessis, qui lui avait conseillé, même ordonné de se montrer aimable, à la limite de l'ambiguïté, avec les haut gradés nazis. Ce rôle la révulsait. Cependant, elle s'efforça de le tenir vaillamment.

— Vous êtes ravissante, scanda le colonel en la dévorant de ses yeux gris. Après le spectacle, je voudrais vous inviter à boire du champagne, l'excellent champagne français !

L'accent typiquement germanique de Riber von Leeb la hérissait autant que ses œillades enflammées. Il lui tendit le bouquet et recula en faisant claquer les talons de ses bottes.

— Peut-être, avança-t-elle d'un ton mondain.

— Bien, très bien ! Je ne vous importune pas davantage, chère Marguerite.

Janine referma la porte précipitamment. Elle adressa un regard perplexe à Hermine.

— Vous avez été exemplaire, avoua la maquilleuse tout bas. Et ce gros porc de Boche n'a rien perdu de votre décolleté.

Elle couvrit d'un châle en laine les épaules d'Hermine, qui s'était mise à trembler.

— Je ne supporte plus tout ça. Au cabaret, c'est la même chose. Dès que j'interprète une chanson d'amour, les soldats allemands ne se tiennent plus, ils essaient d'obtenir un rendez-vous. Janine, à votre avis, est-ce que des Françaises couchent avec l'ennemi ?

—Bien sûr! Ils ont le pouvoir, les fritz! C'est un bon moyen de se procurer des cigarettes ou des cartes d'alimentation. Il y a aussi sans doute de vraies histoires d'amour. Le cœur ignore les lois terrestres!

Hermine perçut de la musique un peu étouffée. Les musiciens de l'orchestre commençaient à accorder leurs instruments. Elle se mordilla un ongle, malade d'anxiété. Le sort de son mari la préoccupait plus que celui de son impresario, mais elle ne pouvait s'empêcher de prier pour les deux hommes, des résistants qui se battaient au nom de la justice et de la liberté.

—Je vous laisse, dit Janine en lui tapotant le bras. Je vais tenter d'observer la salle depuis les coulisses. Octave a pu s'installer directement.

—D'accord! Faites attention au fantôme de l'Opéra, voulut plaisanter la chanteuse.

—Ah! Vous connaissez le livre! Il y a eu un film aussi! Je l'ai vu, gamine. J'en ai eu la chair de poule!

—Il paraît qu'un réalisateur américain, Arthur Lubin, en tourne un cette année, répondit Hermine. Moi, j'ai acheté le roman de Gaston Leroux sur les quais. Je l'ai lu le soir à l'hôtel. C'est une tragique histoire d'amour, ça aussi. Ce pauvre homme défiguré dans l'incendie du Bazar de la charité, et qui a un tel don pour la musique! J'ai adoré le personnage de Christine. Ce soir, je penserai à elle en jouant Marguerite. Octave m'a comparée à elle; je ne sais pas si je suis aussi douée.

Janine tiqua, un peu jalouse. Mais elle avait de l'affection pour Hermine et sortit en lui faisant un clin d'œil amical.

« Mon Dieu, aidez-moi, pria la jeune femme une fois seule. Je dois être brillante, éblouir le public! Je dois réussir pour tous ceux que j'aime. Le troisième acte sera mon morceau de bravoure, le célèbre air des bijoux, surchargé de trilles. »

Elle chercha fébrilement quelque chose dans son sac à main. C'était sa médaille de baptême, celle que les sœurs de Notre-Dame-du-Bon-Conseil lui avaient offerte au couvent-école de Val-Jalbert. Les doigts crispés sur le modeste bijou en argent, elle se mit à prier de toute son âme.

Une heure plus tard, Hermine semblait faire le même geste, les mains plongées dans un coffret débordant de colliers de perles et de faux diamants. C'était le moment où la jeune Marguerite, grisée par les compliments de Siebel, un ami de son frère, admire son reflet.

Ah! je ris de me voir
Si belle en ce miroir...
Est-ce toi, Marguerite, est-ce toi?
Réponds-moi..., réponds-moi vite!
Non! non! ce n'est plus toi!... Non..., non
Ce n'est plus ton visage;
C'est la fille d'un roi...
Ce n'est plus toi...
C'est la fille d'un roi
Qu'on salue au passage!
Ah! s'il était ici!
S'il me voyait ainsi!
Comme une demoiselle
Il me trouverait belle...

Les spectateurs du parterre comme ceux des loges étaient sous le charme. La beauté de la soprano était évidente et les habitués de l'Opéra n'avaient jamais vu une Marguerite aussi séduisante. L'éclat de son magnifique regard bleu se devinait de loin, tandis que depuis les loges des messieurs réjouis se délectaient des frémissements d'une gorge laiteuse, qu'on pressentait ronde et ferme. Mais les connaisseurs, eux, cédaient à la pureté et à la puissance de sa voix exceptionnelle.

Hermine montait dans les aigus sans se départir d'un grand sourire, radieuse, interprétant avec talent une jeune fille qui cédait à la coquetterie et qui était donc prête à se rendre à d'autres tentations.

Ici, à Paris, on ignorait ses surnoms québécois, le Rossignol des neiges ou le Rossignol de Val-Jalbert, sauf Jacques Rouché, qui, de sa loge, comprenait enfin la comparaison. Il envisageait déjà de lui faire signer un contrat, guerre ou pas guerre, afin de remplir la salle durant la saison d'été.

Des coulisses, Janine succombait également à la limpidité inouïe du timbre chaud de cette Marguerite-là.

—Des voix comme ça, confia-t-elle à un machiniste, on n'en entend pas souvent. Si j'étais à sa place, je serais fière comme tout, mais elle, elle est simple, pas prétentieuse pour un sou.

—C'est surtout une sacrée belle nana! Paraît qu'elle fricote avec un Boche, un colonel?

—Pauvre con! Te fie pas aux ragots ni aux apparences. Cette fille, c'est du cristal des pieds à la tête. Et dedans aussi!

Sur la scène, Hermine achevait avec brio l'aria périlleuse qu'elle redoutait. Un tonnerre d'applaudissements éclata, alors qu'une autre chanteuse, dans le rôle d'une voisine, faisait son entrée. D'ordinaire, le public attendait la fin de l'acte. Le colonel Riber von Leeb avait bousculé l'ordre des choses en frappant des mains en premier et beaucoup l'avaient imité. Mais le calme revint vite et dura jusqu'à l'entracte.

Hermine vit les lourds rideaux de velours rouge se refermer avec soulagement. Elle se détendit un peu, à la fois heureuse et à bout de nerfs. Janine l'attendait dans sa loge.

—Je vous ai préparé du thé, mais si vous préférez une boisson fraîche j'irai en chercher. Dites, je peux vous embrasser? Vous avez une voix, une voix... d'or, d'ange, je ne sais pas comment la décrire.

—Je vous remercie, Janine. J'avais un trac inexprimable, mais ça va mieux. J'espère que monsieur Rouché est content!

—Il serait difficile s'il ne l'était pas. Dommage, Octave a manqué ça! Je vous assure que ce n'est pas normal.

Janine secoua ses cheveux bruns ondulés et coiffés à la mode, retenus par deux peignes à hauteur des tempes avec une grosse boucle au-dessus du front. Les Parisiennes ne capitulaient pas devant l'adversité et elles redoublaient d'efforts pour être élégantes, fardées, fidèles à leur réputation de jolies femmes. En jupe droite et pull moulant, un foulard rouge noué autour de son cou, la maquilleuse ne dérogeait pas à la règle.

— Ne vous inquiétez pas trop, affirma Hermine, pleine de compassion. Nous vivons une drôle d'époque, où les hommes que nous aimons prennent des risques énormes. Il faut essayer de se montrer courageuses, comme eux!

— Oui, vous avez raison! Dites, je peux vous appeler par votre prénom? Madame, ça sonne faux; on a le même âge, même si vous êtes une grande artiste et moi une petite employée.

— Mais bien sûr! J'ai besoin d'amitié, je suis tellement seule en France. Mes enfants me manquent, mon mari aussi!

Il y eut alors un léger coup à la porte et Octave Duplessis fit irruption, en costume trois pièces et chapeau de feutre. Il semblait bouleversé. Janine se rua sur lui, mais il la freina d'un geste.

— Je n'ai pas le temps pour des effusions. Xavier vient d'être arrêté. Nous devons partir dès la fin de l'opéra et encore, c'est jouer gros. Hermine, restez calme, chantez magnifiquement comme vous savez le faire, mais, dès que le rideau tombe, habillez-vous et sortez en douce. Tu viens aussi, Janine. On file en province, d'autant que j'ai eu un renseignement capital. Delbeau est localisé; il tente de rejoindre Bordeaux pour faire embarquer une femme juive et son fils.

— Mon Dieu, murmura Hermine. Il est vivant!

— Bon sang, s'il était mort, je n'en parlerais pas au présent, enragea l'impresario. Hermine, par pitié, ne tremblez pas comme ça. Vous devez paraître sereine, normale, ne pas éveiller de soupçons. C'est simple, si Dubois cite mon nom, vous êtes en danger aussi. Avez-vous envie d'être torturée? Non! Alors, faites ce que je vous demande et sans état d'âme. J'ai tout prévu dès votre venue en France, en cas de grabuge. Nous avons tous les trois de faux papiers et j'ai pris de l'argent. Je suis passé à votre hôtel et j'ai pris votre valise. Désolé si j'ai oublié des bricoles. Contre quelques billets de banque, le type de la réception m'a donné votre clef et ce télégramme, que vos parents ont envoyé en début d'après-midi.

Hermine se saisit vivement du rectangle de papier bleu et le décacheta. Le texte lui parut d'abord incompréhensible. Elle lut assez bas : « Si tu pars en tournée, Mine, passe dire bonjour au cousin de Montpon. »

Janine alluma une cigarette, tandis que Duplessis grimaçait, exaspéré.

— Vous auriez pu me parler de ce cousin!

— Nous n'avons aucun cousin en France, enfin pas à ma connaissance, protesta Hermine. Où se trouve Montpon?

— En Dordogne, près de Coutras. Ce n'est pas très loin de Bordeaux.

Elle darda ses prunelles d'azur sur le message, puis fixa l'impresario d'un air déterminé.

— Alors, mon mari est là-bas, annonça-t-elle. Nous savons où le rejoindre. Seigneur, je voudrais partir maintenant.

— Voyons, Hermine, vous délirez, lança-t-il à mi-voix. Comment votre famille, à Val-Jalbert, aurait-elle pu obtenir ce renseignement?

— Grâce à Kiona, répliqua-t-elle. Ne me posez pas de questions, je n'ai pas le temps d'y répondre. L'entracte se termine. Je dois retourner dans les coulisses.

Elle sortit, tout à fait survoltée. Immédiatement, elle croisa le colonel allemand. Il avait dû boire de l'alcool dans le grand foyer où les hommes fumaient et discutaient, car il s'exprimait moins bien en français. Il fut aussi plus entreprenant.

— Chère madame, vous immense artiste et très belle femme! Vous devez partager une table avec moi ce soir, chez Maxim's. Vous aurez des cadeaux, des bijoux!

— Je suis navrée, monsieur, j'entre en scène dans cinq minutes! Je vous en prie, laissez-moi passer! Oui, je souperai avec vous, oui, dit-elle avec un sourire étrange qu'il prit pour une promesse.

Il s'empressa de retourner dans sa loge, certain d'avoir fait la conquête d'Hermine qui, de son côté, crut qu'elle allait avoir un malaise. Son cœur cognait à un rythme insensé et elle avait la bouche sèche. «Je ne pourrai pas chanter! Octave est fou! On va nous arrêter avant la fin du dernier acte! Mon Dieu, permettez-moi de revoir Toshan, mon amour, mon tendre amour, mon mari. J'ai peut-être été folle et bien naïve de venir en France, mais à présent je sais qu'il le fallait, oui, pour Toshan.»

Pour essayer de se calmer, elle s'aventura derrière les rideaux et regarda dans la salle. Le lustre gigantesque étincelait de tous ses feux, conférant au cadre somptueux des couleurs encore plus rutilantes. Les peintures du plafond, les sculptures des loges, tout était merveilleusement illuminé et empreint de magie.

«Je n'en aurai pas beaucoup profité, pensa-t-elle. Un jour, je reviendrai, un jour, peut-être, si la guerre s'achève.»

Il lui fallut toute sa volonté et toute son énergie pour incarner à nouveau Marguerite, en proie aux ruses de Méphistophélès, le diable, et déshonorée par Faust. Pourtant, elle éprouvait une sorte d'impatience passionnée en entonnant le morceau ultime de l'héroïne, cet appel aux anges des sphères célestes. Les bras tendus vers le ciel, à genoux, elle eut des accents d'une poignante sincérité.

Mon Dieu, protégez-moi!
Mon Dieu, je vous implore
Anges purs! Anges radieux!
Portez mon âme au sein des cieux!
Dieu juste, à toi je m'abandonne!
Dieu bon, je suis à toi! Pardonne!

La voix sublime du Rossignol des neiges résonna dans le cœur de tous, Allemands et Français. Sa frêle silhouette drapée de blanc et son visage pathétique tirèrent des larmes aux spectatrices sensibles. Sa vie semblait dépendre de ces anges qu'elle suppliait d'intervenir pour la sauver du mal. Qui aurait pu imaginer que cette soprano exceptionnelle, tremblante de détresse sans rien perdre de son talent, évoquait surtout une petite fille aux cheveux d'or roux et aux yeux d'ambre, qui était si loin, là-bas, dans un village fantôme, à des milliers de kilomètres de Paris? Un petit ange farouche et fragile, sa Kiona.

Ce fut un triomphe. Les applaudissements n'en finissaient pas et chacun se jurait de ne manquer aucun opéra dans lequel jouerait Hermine Delbeau.

—Vite, lui souffla Janine dès qu'elle put regagner sa loge. Octave nous attend dans la voiture. Ne soyez pas surprise si nous sommes contrôlés en route. Sur nos papiers, nous avons le même nom de famille. Il faudra dire que vous êtes ma sœur.

—Oui, bien sûr. Janine, j'ai peur, j'ai terriblement peur. On ne peut dire au revoir à personne?

—Ce serait de la folie! Viens! Je te tutoie, frangine.

Un peu plus tard, Hermine se souviendrait de cette fuite avec l'impression tenace de s'être débattue au sein d'un étrange cauchemar. Ses mouvements lui avaient semblé ralentis, alors qu'elle s'était changée en un temps record. Ses pas rapides et silencieux dans les marches d'un escalier de service auraient dans sa mémoire une allure pesante et maladroite.

Envahie par une frayeur viscérale, l'esprit confus, elle n'avait eu qu'un but: quitter le Palais Garnier, mettre le plus de distance possible entre Paris et elle. Peut-être qu'au bout du chemin elle reverrait Toshan.

Duplessis demeura silencieux tant qu'il roula dans la capitale. Assise à l'avant de l'automobile, Janine fumait cigarette sur cigarette.

—Il ne faut pas céder à la panique, dit enfin Octave. Peut-être qu'ils ne vont pas interroger Xavier Dubois ce soir, mais demain matin. Cela nous donne une marge! Il y a une autre possibilité: nous sommes déjà recherchés et, si nous rencontrons un barrage, c'est fichu. Le facteur chance entre en jeu. Je suis désolé de vous avoir mise dans une situation pareille, Hermine. Ce n'était pas vraiment ce que j'avais prévu. Je croyais que tout se déroulerait selon mes plans et sans grand danger pour vous.

—Ne soyez pas désolé, c'est un peu tard, et je me suis jetée tête baissée dans ce que j'appellerais un piège! Mais je vous crois sincère! Et nous avons d'autres soucis que de ressasser nos erreurs. Au fait, est-ce que les gens ont le droit de voyager à l'intérieur du pays?

—Tant que tu n'es pas juif, oui, ironisa la maquilleuse. La France est occupée, mais ça n'empêche pas de se balader. Nous allons dans la maison de campagne de mon petit ami et j'emmène ma sœur qui a besoin d'air frais.

Janine eut un rire exalté, au bord des larmes cependant. Hermine devina qu'elle était soulagée de partir avec l'homme qu'elle aimait.

—Vous conduisez très vite, dit-elle à Duplessis, tandis qu'il roulait le long d'un boulevard désert.

—J'ai hâte d'être hors de Paris. Passé Fontainebleau, je pourrai respirer. Excusez-moi, je ne suis pas d'humeur bavarde, ma chère.

Elle étudia son profil et le vit différemment. Ainsi, les mains crispées sur le volant, la bouche pincée, les mâchoires tendues, sa véritable personnalité lui apparaissait. C'était un fauve, un guerrier, habile à duper son monde par l'humour, la verve et les sourires hautains. «Je n'avais jamais fait attention, mais ses yeux sont rarement gais, ils ne sourient pas, eux. Même à Val-Jalbert, quand il nous a rendu visite la première fois, et aussi à Québec, il avait ce regard implacable, aigu. J'aurais dû m'en apercevoir.»

Attristée, toujours malade d'angoisse, elle prit la mesure de l'impact d'une guerre sur un homme comme Octave Duplessis. S'il s'était imposé dans l'univers du spectacle, c'était sûrement à cause des traits de caractère qui, à présent, faisaient de lui un chef de réseau, un résistant prêt à se sacrifier pour ses idées. Cependant, il s'était servi d'elle, sans rien lui révéler de précis sur ses activités malgré son insistance. Plus elle réfléchissait, plus sa peur se muait en colère. Janine se retourna, scruta son visage dans la pénombre et s'enquit sur un ton aimable:

—Est-ce que ça va, Hermine? Au fait, je voulais savoir... Qui est Kiona? Une Russe? Une espionne?

—Chacun ses secrets, répliqua-t-elle sèchement. Pourquoi parlerais-je de Kiona? Je ne t'en veux pas à toi, Janine, mais j'estime avoir le droit d'en apprendre davantage sur monsieur Duplessis!

—Si vous en avez après moi, chère amie, dites-le en face, jeta-t-il.

—Tant que vous conduisez, ce sera compliqué, ironisa-t-elle. Mais, franchement, j'en ai assez! Je vous ai obéi en tout, j'ai quitté le Québec, j'ai cru mourir cent fois en avion, j'ai fait des risettes honteuses à des officiers allemands, tout ça pour vous, et le résultat n'est pas fameux. Nous fuyons en pleine nuit, sous un prétexte que je ne peux pas vérifier! Octave, vos combines, j'ai besoin d'y voir clair, voilà!

—Qu'est-ce qui vous chiffonne? gronda-t-il.

—Tout me semble illogique, tordu, affolant. Je vais vous donner un exemple. Janine m'a avoué que vous aviez emmené l'épouse et les enfants de Xavier Dubois dans un couvent parce qu'ils sont juifs. Jusque-là, je comprends. Mais ce soir vous déclarez que Dubois a été arrêté. Comment avez-vous pu sauver sa famille in extremis?

L'impresario alluma une cigarette et baissa sa vitre. Il pesa sa réponse.

—Pour la simple raison que nous étions sur nos gardes, Dubois et moi. On n'est jamais à l'abri d'une dénonciation et mon collègue n'était pas tranquille. Il a dû sentir le vent tourner, puisqu'il m'a demandé de mettre sa femme et ses enfants à l'abri. Depuis que les Allemands sont entrés dans Paris il y aura bientôt trois ans, je suis sur le qui-vive. Très vite, j'ai rallié Londres et j'ai choisi de combattre à ma façon en surveillant l'ennemi de très près. Une priorité m'est apparue: aider le maximum de Juifs à échapper à l'ignoble politique nazie. Hermine, si vous aviez été présente le jour de la rafle du Vélodrome d'Hiver, vous sauriez. Ces femmes, ces gamins parqués tous ensemble, ces hommes de tous âges... Ce sont les policiers français qui ont procédé aux arrestations. J'ai eu honte pour eux, honte de l'humanité en général. Les Alliés font la sourde oreille, mais, moi et bien d'autres, nous ne sommes pas dupes. Hitler a lancé un programme d'extermination de la race juive. Les camps de soi-disant déportés ou prisonniers sont destinés à détruire tous ceux qui ne sont pas de purs et beaux Aryens! Les Tziganes disparaissent aussi. Je me fiche de mourir si j'ai la conscience en paix. En deux ans, j'ai sauvé une centaine de personnes. C'est peu et c'est beaucoup. Mais, pour réussir cette lutte clandestine, il faut des appuis, des complices dignes de confiance et une attention constante, une vigilance sans défaut. On n'est jamais à l'abri d'une trahison, hélas! Il faut tout prévoir sans cesse, ne rien laisser au hasard!

Admirative et amoureuse, Janine lui caressa l'épaule. Octave daigna sourire. Horrifiée, Hermine chercha ses mots.

—J'ignorais tout ça, dit-elle enfin. Et Toshan?

—Bon sang! enragea-t-il. On m'a chargé de le renvoyer au Canada. Votre héros de mari en a fait suffisamment quand il séjournait à Londres. Une mission menée à bien qui a failli le tuer! Et il en voulait encore, d'où son parachutage dans le sud de la France. Je crois qu'il vous expliquera mieux que moi ses exploits. Attention, son retour au Québec ne signifie pas qu'il sera exempt d'un nouveau départ. Le choix est vaste: l'Italie, l'Afrique, le Japon... Le monde entier devient une poudrière.

—Merci! Je ne suis guère plus avancée, mais j'ai compris une chose. Si je veux revoir mon mari, il nous faut arriver à Montpon le plus vite possible.

—Comptez encore cinq cents kilomètres. Et une halte indispensable, car je suis épuisé. Nous dormirons à Tours.

Terrassée par tout ce qu'elle venait d'entendre, Hermine approuva d'un signe de tête. Les arbres défilaient dans le faisceau des phares le long de la route et elle avait l'impression que Toshan s'éloignait au même rythme, qu'elle ne le reverrait jamais.

«Je t'en prie, mon amour, attends-moi! Je t'en supplie…»

20
Du sang et des larmes

Montpon, dimanche 21 mars 1943
Toshan se réveilla et fut un peu surpris de sentir la joue de Simhona au creux de son épaule. Elle dormait profondément, ainsi que Nathan, qui se trouvait dans le petit lit en fer fourni par la patronne de l'hôtel. «Jusqu'à présent, tout va bien, songea-t-il. Je deviens un menteur hors pair, ou bien ces gens n'ont pas envie de nous chercher des ennuis.»

Il avait réussi à prendre une chambre dans une pension de famille très modeste, située dans une rue non commerçante du gros bourg de Montpon, au bord de la Dordogne. Il avait montré ses faux papiers d'identité en expliquant d'un air désolé que ceux de son épouse et de son fils avaient été volés. En quelques minutes, il avait inventé toute une histoire. Afin de justifier sans délai son physique particulier, il s'était inspiré de la remarque d'un des résistants du réseau qu'il devait rejoindre en Dordogne et qui lui avait conseillé de se faire passer pour un Corse.

— Nous venons d'Ajaccio, avait déclaré Toshan avec un sourire ravageur auquel la patronne de l'hôtel n'avait pas été insensible. Je conduis ma famille à Libourne, chez un oncle qui va l'héberger. Je dois partir, le STO...

Il avait eu affaire à une brave femme. Elle n'avait pas voulu en savoir davantage et, bien contente d'empocher trois jours de pension à l'avance, elle ne se souciait plus d'eux. Son mari, lui, paraissait plus méfiant. «De toute façon, nous partons après-demain par la rivière, pensa encore Toshan. Simhona avait besoin de se reposer et Nathan était rassuré de se retrouver sous un vrai toit, dans un bon lit.»

Cependant, il était le seul à sortir de la chambre. La veille, dans une épicerie, il avait acheté un jouet au petit garçon, un mouton en toile cirée garni de laine. Ce geste avait beaucoup touché la jeune Juive.

—Tu es si gentil! avait-elle dit. Merci aussi pour la bouteille d'eau de Cologne. Je n'en avais plus. Toshan, ne m'en veux pas d'être terrifiée. Ici comme partout, les Allemands sont là. Il y a une kommandantur et des patrouilles. J'ai l'impression que tu joues avec le feu.

—Nous allons juste gagner un temps précieux! Un marinier descend mardi matin jusqu'à Libourne. Je lui ai proposé une somme susceptible de le convaincre de transporter n'importe qui sur son bateau. Il m'a affirmé qu'il nous trouverait une autre embarcation pour Bordeaux. Une fois là-bas, j'ai le nom et l'adresse d'un homme sûr qui te fournira des papiers et t'aidera à partir sur un navire de la Croix-Rouge. Simhona, je t'ai promis de vous sauver, Nathan et toi. Je tiendrai parole.

—Et que feras-tu ensuite, quand tu seras débarrassé de nous que tu traînes comme un boulet?

—Soit je vous accompagne en Angleterre, soit je tente de regagner Paris où j'ai un contact sûr : l'ancien impresario de mon épouse.

Gênée, Simhona n'avait pas insisté. Elle était amoureuse de Toshan et préférait vivre au jour le jour. Cette belle Hermine dont il lui avait parlé, mais très peu, elle l'imaginait lumineuse, parfaite, séduisante, et elle en éprouvait souvent une vague jalousie. Mais c'était dérisoire, et elle le savait.

Val-Jalbert, même jour

Laura et Andréa Damasse disputaient une partie de dames dans le salon. L'institutrice devait rendre visite à son fiancé, Joseph Marois, mais elle ne se pressait pas de sortir. Il neigeait depuis l'aube, des rideaux de flocons lourds chargés d'eau, car le froid lâchait prise.

—Jo va s'impatienter, déclara la maîtresse de maison en souriant malgré son agacement.

Elle en avait assez de pousser des pions sur le damier

et ne comprenait pas l'obstination de sa partenaire à lambiner ainsi.

— Couvrez-vous bien et mettez des bottes en caoutchouc. Vous serez vite à l'abri.

— Oh! Après notre mariage, Joseph m'aura chaque jour à ses côtés. Il peut m'attendre une demi-heure de plus, soupira Andréa. J'espère que la température sera plus agréable pour la noce.

— Mais oui! s'exclama Laura, prête à craquer et à lui dire le fond de sa pensée, à savoir qu'elle devait s'en aller.

— Chère madame! Vous êtes nerveuse à cause de la petite Kiona. C'est quand même bizarre, ce qu'elle a! Enfin, le docteur l'a vue ce matin et il vous a assuré qu'il ne s'agissait pas d'un coma.

— Par la grâce de Dieu! Mais je suis inquiète malgré tout.

Les deux femmes soupirèrent en même temps. Kiona gardait le lit depuis trois jours maintenant. Après avoir révélé à Jocelyn que Toshan se trouvait à Montpon et qu'une tragédie se jouerait là-bas, elle s'était endormie à nouveau. Il était impossible de la réveiller et de l'alimenter. Mireille s'évertuait à lui faire boire de la tisane en glissant une cuillère à la commissure de ses lèvres.

— Le moment est mal choisi pour parler de mon mariage, poursuivit Andréa Damasse. Pourtant, j'ai une faveur à vous demander.

— Eh bien, nous y voilà. Ce n'était pas la peine de tourner autour du pot et de me défier au jeu de dames. Que voulez-vous?

L'institutrice baissa le nez. Ce n'était pas facile d'affronter cette grande dame élégante, savamment maquillée et auréolée d'une nuée de frisettes blond platine. Laura Chardin bravait les années sans souffrir des attaques de l'âge et, en face d'elle, Andréa se sentait laide, difforme et ridicule.

— Doux Jésus! C'est par souci de politesse que je n'ose pas vous dire les choses, madame!

— Le mieux est l'ennemi du bien, coupa Laura. Je vous écoute.

— Eh bien… c'est au sujet du mariage, évidemment. J'invite mes parents, ça, vous le savez, mais j'ai reçu une lettre hier de très chers amis de Desbiens, d'où je suis native et où j'ai grandi. Ils m'ont demandé un service et ce service m'arrange aussi. Ils ont une fille de bientôt quatorze ans, Alicia, dont je suis la marraine. En fait, son père est cantonné à Montréal et sa mère doit travailler là-bas deux ou trois semaines. En plus, j'avais pensé à Alicia comme demoiselle d'honneur. Je lui ai même écrit et elle était toute contente. Si vous pouviez l'héberger une quinzaine! Elle partira après la noce et, pendant son séjour, elle suivra la classe. Si vous la connaissiez, vous verriez comme elle est douce, sérieuse, bonne élève, serviable! Elle ne dérangera pas; elle dormira avec moi.

Étourdie par ce discours débité d'un trait, Laura fronça les sourcils, pesant le pour et le contre.

— D'accord, répondit-elle très vite. Je n'y vois aucun inconvénient, ma chère Andréa, puisque cette jeune fille sera sous votre responsabilité. Vous aviez tort de vous tracasser! Je ne suis pas un dragon! Maintenant, filez chez votre malheureux fiancé. Joseph a tellement hâte de vous avoir à lui tout seul. Il vous aime!

Soulagée, l'institutrice se leva précipitamment. Avec sa hanche, elle bouscula le guéridon, de sorte que pions et damier volèrent par terre.

— Que je suis maladroite! Je vais ramasser, madame!

— Non, laissez, je m'en occupe. Donnez le bonjour à Jo.

Dix minutes plus tard, Andréa sortait de la maison. Mireille vint aux nouvelles. Elle avait des antennes en ce qui concernait sa patronne et elle se doutait que Laura aurait besoin de réconfort.

— Je vous prépare un thé, madame? proposa-t-elle d'un air complice. Avec du lait et des biscuits?

— Oui, merci Mireille! Seigneur, vivement que mademoiselle Damasse s'installe chez Joseph! Au fond, je le plains. Elle est empotée, pudibonde, presque bigote!

— Ben, voyons donc, madame! Vous n'êtes pas tendre

avec cette pauvre vieille fille. Moi, c'est elle que je plains, parce que, monsieur Marois, il s'en fichera, de sa pudeur. Vous y avez songé, à ça?

La gouvernante abordait rarement, pour ne pas dire jamais, le thème du devoir conjugal, ce qui sidéra Laura. Elle comprit tout de suite l'allusion et répondit sur un ton péremptoire.

—Si elle consent à se marier, cela signifie qu'elle n'a pas envie de mourir sans connaître les joies de l'amour. Mais je te juge mal placée, Mireille, pour te soucier de ce genre de détails. À ma connaissance, tu es restée célibataire!

—Célibataire, célibataire, et alors? Qu'est-ce que vous savez de ma jeunesse, madame? Rien!

Sur ces mots, la domestique, très digne, regagna la cuisine. Ce fut au tour de Jocelyn d'entrer en scène. Il paraissait accablé.

—Alors, Joss? Pas de changement?

—Non, aucun, soupira-t-il en s'asseyant dans l'imposant fauteuil en cuir qui lui était réservé. Ma Kiona ne revient pas parmi nous! Elle respire normalement, ce qui me rassure, mais elle semble ne rien entendre. Madeleine est avec elle, le temps que je boive un verre de sherry. Laura, peut-être que Kiona ne se réveillera pas. Peu à peu, elle s'affaiblira et... non, je ne veux pas la perdre. Cela me tuerait! On la dirait frappée de catalepsie! Les enfants sont effrayés de la voir dans cet état.

—Mais pourquoi l'ont-ils vue? se récria Laura. J'avais interdit qu'ils pénètrent dans la chambre!

—Je n'ai pas eu le cœur de les chasser. Laurence apportait un dessin, Marie-Nuttah, sa poupée préférée et Mukki lui a récité une prière indienne. D'où la sortil? Je l'ignore. Quant à notre Louis, il lui a caressé la main en priant tout bas. Laura, je suis désespéré.

—Il ne faut pas, Joss! Souviens-toi, quand notre Louis a été kidnappé, Kiona lui est apparue à plusieurs reprises. Et Tala a raconté ensuite qu'elle était demeurée inconsciente durant des jours. C'est peut-être le même cas de figure. Et si elle en profitait pour veiller sur Toshan

597

ou sur Hermine? À ce propos, notre fille va sûrement téléphoner aujourd'hui pour nous dire comment s'est passée la représentation de *Faust*. Je crois qu'il faut lui cacher l'état de Kiona.

—Pas question! Hermine déteste les mensonges. Elle nous a assez reproché notre conduite passée!

Mireille fit irruption, un plateau entre les mains. Elle disposa la théière en porcelaine sur le guéridon, puis la tasse et le pot de lait.

—Monsieur désire du thé?

—Non, Mireille, du sherry! Mais je peux me servir!

—Ce serait le comble, monsieur, si je ne veillais pas à votre confort, protesta la domestique. Alors, la petite?

—Toujours pareil! Kiona s'est sacrifiée, je le sens. Elle a fait un effort trop important pour localiser Toshan, pour aider Hermine à le retrouver. Son petit corps et son âme si pure n'ont pas supporté ça.

Des sanglots dans la voix, Jocelyn porta ses longues mains sillonnées de veines à son visage. Attendrie, Laura se leva et le prit dans ses bras.

—Mon pauvre Joss, comme tu souffres! Aie confiance, je suis certaine que Kiona n'est pas vraiment en danger. Je pense même qu'elle est plus forte que nous tous ici.

—Que Dieu t'entende, répondit tristement son mari.

Poitiers, même jour, 17 heures

Hermine fulminait. Elle avait l'impression que Duplessis et Janine s'arrangeaient pour arriver le plus tard possible à Montpon. Déjà, au milieu de la nuit, ils s'étaient arrêtés à Tours, dans un hôtel appartenant à un ami sûr de l'impresario. Et le couple, qui avait pris une chambre, s'était réveillé en début d'après-midi.

Elle, elle avait eu du mal à dormir, secouée par la tournure que prenaient les événements. Elle pensait à Toshan qu'elle imaginait prisonnier, torturé ou mort. Leur fuite de l'Opéra lui laissait aussi un goût amer. Certes, cela l'avait sauvée des avances pressantes du colonel allemand, mais, pour une artiste, c'était un peu blessant de ne pas avoir pu savourer son succès. «Je suis futile, idiote, s'était-elle reprochée, en proie à l'insomnie. Je me plains alors que je risquais d'être arrêtée et que je fais route vers mon amour, mon seul et unique amour.»

Depuis son arrivée en France, elle se demandait comment elle avait pu croire qu'elle ressentait un véritable élan sentimental et charnel pour Ovide Lafleur. Plus ils roulaient vers le sud, plus elle comprenait à quel point Toshan éclipsait tous les autres hommes. Et maintenant, comble de malheur, la voiture venait de tomber en panne à l'entrée de Poitiers, sur la nationale.

— Mais vous le faites exprès, Octave! s'écria Hermine en considérant d'un œil horrifié le panache de fumée qui s'échappait du moteur. Est-ce encore un de vos plans?

— Ne soyez pas stupide, Hermine! Il suffit de trouver un garage; ce n'est sûrement pas grave. Que voulez-vous, je sais dénicher des chanteuses exceptionnelles au fin fond de la cambrousse canadienne, je me débrouille pour duper les Boches, mais je ne suis pas mécano! Cette malheureuse automobile a roulé des centaines de kilomètres en une semaine; elle a besoin d'entretien. J'ai dû oublier de mettre de l'huile.

Janine faisait les cent pas sur le bas-côté, une cigarette aux lèvres. Sortie des coulisses et des loges de l'Opéra, elle se montrait fidèlement de bonne compagnie, drôle et beaucoup moins timide. Une fois encore, elle se mit en tête de calmer Hermine.

— Ne t'en fais pas, on y arrivera, à Montpon, et si nous avons un peu de chance ton mari n'aura pas bougé. Il doit se planquer.

— Mais non, Octave prétend que Toshan va à Bordeaux.

La veille, durant le trajet jusqu'à Tours, Janine avait réussi à obtenir quelques renseignements plus précis sur la famille d'Hermine. Elle ne l'en admirait que plus.

— Toi, alors! s'était-elle exclamée. Tu as épousé un

Indien! Un Indien comme dans les westerns? Et tu sais mener un attelage de chiens de traîneau! Frangine, tu devrais jouer dans des films!

Mais l'heure n'était plus aux bavardages. Octave fixait la voiture d'un air perplexe, puis il scrutait les environs.

—Bon sang! jura-t-il. Les garages s'établissent en général à l'entrée ou à la sortie des villes. C'est rageant. Nous avions encore trois heures de route.

Hermine était descendue du véhicule à son tour. Elle examina le moteur. Elle portait un pantalon de toile et un pull gris à col roulé. Elle avait noué un foulard sur ses cheveux.

—Maudit char qui part pas! marmonna-t-elle avec une pensée émue pour Onésime Lapointe.

—En voilà, des manières! ironisa Duplessis. Tant que vous y êtes, parlez en américain!

—Mais il n'y a personne pour m'entendre. J'ai le droit d'être en colère et, si nous étions chez moi, mon voisin réparerait cet engin! Vous ne comprenez pas que mon mari est en danger?

Janine la prit par la taille en lui désignant les maisons les plus proches.

—Viens, on va chercher un garage et il nous dépannera, dit-elle sur un ton paisible. Un peu de marche à pied nous fera du bien.

L'impresario referma le capot et s'assit au volant. Il suivit des yeux les deux jeunes femmes qui s'éloignaient.

«Et merde! Je n'aime pas ça, songea-t-il en allumant un cigare. À mon avis, on court à la catastrophe.»

Hermine éprouva effectivement un certain soulagement à marcher d'un bon pas sur le trottoir sablonneux de la rue. Janine lui tenait le bras et cela lui faisait du bien.

—Il faut mettre de l'eau dans ton vin avec Octave, lui conseilla la maquilleuse. Je crois qu'il est de mauvaise humeur parce qu'il préfère filer droit à Bordeaux. Ton histoire de Montpon, il m'en a parlé cette nuit, sur l'oreiller. Il ne pige pas. J'ai essayé, pour le convaincre, de te faire cracher le morceau au sujet de ton indicateur, cette Kiona, mais tu n'as pas cédé. Si tu savais tout ce qu'il a mené à bien depuis le début de l'Occupation! Mais là, il trouve bizarre ton idée fixe d'aller à Montpon. D'après lui, ce n'est qu'une petite ville de province et il pense qu'il y a peu de chance pour que ton mari y soit.

— Si je n'ai rien dit sur Kiona, c'est pour éviter que vous vous moquiez de moi. Mais, puisqu'il faut en passer par là, autant te dire la vérité. Kiona est ma demi-sœur, celle de mon mari aussi. Je sais, cela paraît compliqué! Disons que mon père a eu cette enfant avec la mère de Toshan.

— Tu parles d'un bazar! s'étonna Janine. Quel âge a-t-elle?

— Kiona vient d'avoir neuf ans, mais elle est très précoce, extrêmement intelligente et surtout...

— Surtout quoi?

— Elle a des dons étranges, avoua enfin Hermine. Celui de consoler s'est manifesté quand elle était toute petite. Ensuite, elle a eu des visions, des presciences, et elle peut se trouver dans deux endroits à la fois. Les religieuses appellent ce phénomène la bilocation. Quand tu m'as raconté ce qui était arrivé à cette sœur, mère Yvonne-Aimée, j'ai pensé à Kiona.

Janine obligea Hermine à s'arrêter et la regarda bien en face.

— Tu blagues, là? Une gosse de neuf ans?

— Chez moi, plusieurs personnes peuvent en témoigner. Si mes parents ont pris la peine d'expédier ce télégramme, il n'y a pas de doute, ça signifie que ma sœur a localisé Toshan. Elle a dû le voir en rêve. Il était à Montpon, mais, vu le temps que nous avons perdu, il n'y sera plus.

Sa voix tremblait. Elle jeta un regard désespéré à Janine, qui reçut en plein cœur l'éclat humide de ses beaux yeux bleus.

— Courage, frangine! Tiens, on a du bol! Vois un peu, là-bas, en face, une enseigne de garage. On va faire du charme au mécano, et je te parie qu'on repart très vite! Tu m'en diras davantage sur ta petite sœur pendant le trajet.

Mais Janine se trompait lourdement. Une heure plus tard, le verdict tombait. La luxueuse automobile ne serait pas prête avant le lendemain.

— Vous avez un hôtel pas loin, leur dit le garagiste. Je vais bosser tard ce soir sur votre carrosse. Venez à sept heures du matin. Ce sera réparé.

Effondrée, Hermine observait l'homme et son apprenti. Elle jugeait les Français sympathiques pour la plupart, mais leurs manières directes et leur langage familier la déconcertaient. Et souvent, à Paris, elle avait rêvé d'entendre l'accent de son cher pays de neige, l'accent de son Lac-Saint-Jean.

— Quand la poisse s'en mêle..., grogna Duplessis.

— J'suis désolé pour vous et ces dames, monsieur, ajouta le garagiste. Seulement, vous voyez, ce camion, au fond du hangar? Je dois le terminer en priorité, ordre des Boches! Et j'ai pas intérêt à traîner, les fritz sont pas dans de bonnes dispositions.

L'impresario jaugea son interlocuteur. Il l'estima imprudent de confier ainsi ses opinions à des inconnus.

— Pourquoi ça? interrogea-t-il d'un ton neutre.

— La semaine dernière, à dix kilomètres d'Angoulême, il y a eu du grabuge. Un résistant buvait un coup dans un restaurant au bord de la nationale. Le type voit passer une patrouille, des Boches bien sûr, et il tire dans le tas! Sa connerie accomplie, il se barre. Mais le patron du restaurant et ses employés avaient disparu le soir même. Les familles les ont retrouvés au bout de quatre jours, en petits morceaux, dans un fossé en rase campagne. Découpés, démembrés, les malheureux[54]! Une vraie boucherie.

— Mon Dieu, quelle horreur! gémit Hermine.

— Ouais, je vous le fais pas dire, mademoiselle, approuva l'homme. Le maquisard, depuis peu on les appelle comme ça, lui, il court toujours. Un sacré con!

---

54. Fait authentique.

C'est bien beau de s'en prendre aux nazis, mais ce sont les civils innocents qui paient le prix.

—C'est vrai, concéda l'impresario sans s'étendre sur le sujet.

Janine était livide. Elle proposa d'aller tout de suite à l'hôtel. Octave accepta, secoué par le récit du garagiste. Hermine s'était déjà éloignée, le cœur serré. «Seigneur! Toshan est entré dans ce combat clandestin, il a été blessé pour cette cause qu'il voulait tant défendre. Je ne parviens pas à imaginer ce qu'il est devenu, comment il a survécu à tous ces actes barbares.»

Elle pleurait sans bruit, accablée par ce nouveau retard. Mais il lui fallait patienter encore. En arrivant devant l'hôtel qu'un jardin entourait, elle contempla d'un air hagard un arbre couvert de fleurs roses délicates. Une brise légère agitait cette nuée éblouissante sous le soleil de mars. Dans un massif se balançaient des jonquilles d'un jaune vif et des narcisses d'un blanc de nacre.

«Ici, c'est le printemps, pensa-t-elle, émue. Comme je voudrais que le monde entier soit à l'image de ce jardin, parfumé et coloré, sans larmes ni sang versé!»

Montpon, le soir

Toshan avait persuadé Simhona de prendre le repas du soir sur une petite terrasse située derrière la pension de famille. Une tonnelle couverte d'une glycine centenaire abritait trois tables en fer peintes en rouge. Des grappes de fleurs mauves exhalaient une senteur suave, grisante, aussi douce que l'air du crépuscule.

—Si tu restes cloîtrée dans la chambre, cela paraîtra bizarre, lui avait-il dit. Nous devons agir normalement.

—Mais Nathan pourrait dire une bêtise! avait-elle protesté. Chaque fois que je l'appelle Jean, il fait des yeux ébahis. C'est dur pour lui de comprendre la nécessité de tous ces mensonges. Il n'a que six ans.

—Nous lui avons assez fait la leçon. Tu te nommes Simone et lui, Jean; moi, c'est Clément. S'il peut jouer dehors, il n'en dormira que mieux. Après le souper, nous nous promènerons au bord de la rivière. J'aime voir l'eau couler et écouter sa chanson...

Ces derniers mots avaient eu raison des craintes de Simhona. Et à présent, assise sous la tonnelle, elle savourait la quiétude des lieux et la beauté du paysage. Un pré légèrement en pente s'étendait jusqu'aux berges de la Dordogne. Le ciel d'un bleu lavande était parsemé de petits nuages orangés.

— Que nous sommes bien ici! dit-elle. Je ne regrette rien, Clément.

Ce prénom la déroutait tout en l'amusant. Elle ignorait que Toshan l'avait porté enfant et adolescent afin de respecter la volonté de son père, Henri Delbeau, un Irlandais très pieux.

— Bon appétit! claironna la patronne en posant une soupière fumante. Ce sont des légumes du potager; vous m'en direz des nouvelles: carottes, haricots et pommes de terre, pas des topinambours[55]!

Le petit Nathan jouait avec son mouton sur la table. Il faillit renverser son verre d'eau, et sa mère le sermonna.

— Jean, range ton jouet pendant le repas.

L'enfant se mit à bouder. Un singulier cheminement se faisait dans son esprit depuis qu'ils logeaient à l'hôtel. Il croyait que la guerre était finie, puisqu'ils n'étaient plus obligés de se cacher dans des granges et de marcher la nuit. Il avait envie de s'amuser et d'avoir des camarades.

— Est-ce que je vais aller à l'école? demanda-t-il entre deux cuillerées de soupe.

— Mais oui, coupa Simhona. Ne parle pas en mangeant.

Toshan la sentait tendue, aux aguets. Il lui prit la main quelques secondes en lui caressant les doigts.

— Je t'en conjure, n'aie pas peur, souffla-t-il après s'être assuré qu'ils étaient seuls. Tu vois la Dordogne? J'ai regardé sur la carte. Cette rivière se jette un peu

---

55. Pendant la Seconde Guerre mondiale, les pommes de terre ont manqué et les Français ont cultivé des topinambours, moins savoureux à leur goût.

plus loin dans la Garonne, un fleuve qui descend des montagnes tout au sud, les Pyrénées. Une fois confondus, ces cours d'eau rejoignent l'océan et, de l'autre côté de l'océan, je sais qu'il y a mon pays, ma terre. Et ma rivière, la Péribonka.

— Chut, recommanda-t-elle. Tu es censé venir de Corse.

D'un regard soucieux, elle lui désigna une étroite fenêtre qui pouvait très bien donner sur la cuisine. Toshan soupira et renonça à discuter. Un peu plus tard, ils eurent droit à du pâté accompagné d'une salade verte.

— Je n'ai pas tant de clients que ça, ces temps-ci, expliqua la patronne. Je vous ai ouvert un de mes bocaux de foie gras. On se débrouille toujours pour élever des oies chez mon beau-père. Goûtez donc, c'est fameux. Le pain aussi. C'est mon mari qui le cuit.

— Merci, madame, c'est très aimable, répondit Simhona avec un sourire forcé.

Ils se régalèrent en dégustant le vin rouge bon marché qu'ils avaient commandé. Le soleil se couchait.

— Quelle belle soirée! dit l'infirmière, un peu ivre. Je m'en souviendrai longtemps.

Elle se mordit les lèvres afin de retenir les mots qu'elle aurait voulu crier. «Si tu pouvais vivre avec moi, Toshan, ne plus jamais me quitter! J'aimerais tant être ta compagne, dans une France que la guerre ne ravagerait pas, où les Juifs ne seraient pas traités comme des bêtes, des sous-hommes!»

Son imagination l'emporta vers un autre univers, facile, tissé d'un bonheur simple. «Toi et moi, nous habiterions une maison près de la rivière, nous aurions une barque et, le dimanche, nous irions à la pêche! Nathan entrerait à l'école et, l'après-midi, parfois, nous ferions la sieste, tous les deux nus entre les draps.» Ses joues pâles se colorèrent. Toshan, qui scrutait son visage, s'en aperçut. Mais il ne fit aucune remarque, car la patronne apportait une omelette aux herbes et du fromage.

— Si le petit veut un dessert, j'ai fait du flan, précisa-t-elle.

—Merci bien! s'écria le Métis. Vous nous gâtez!

La brave femme hocha la tête et repartit. Son attitude joviale et l'abondance des plats servis inspiraient confiance à Toshan. Il se reprocha même son excès de précautions les jours précédents.

Dès qu'ils eurent terminé, il se leva et tous trois allèrent se promener le long de la Dordogne. Des haies de ronces et des saules poussaient sur la rive. Dans une crique où le courant était ralenti, Nathan découvrit des têtards.

—Regarde, maman, y en avait aussi à Rouffignac! s'exclama le petit garçon. J'en attrapais avec mon copain Jérôme.

—Je sais, Jean, mais là, tu ne peux pas! Il fait presque nuit; nous allons rentrer nous coucher.

L'enfant tapa du pied. Son caractère capricieux reprenait le dessus. Toshan le gronda.

—Tu n'es jamais content, toi! Obéis à ta mère.

L'incident sembla anodin aux deux adultes. Ils remontèrent d'un pas tranquille vers la pension de famille. Nathan s'endormit assez vite. Simhona enfila une chemisette blanche et se coucha dans le lit double.

Elle espérait en secret qu'ils feraient l'amour, à la faveur complice de l'obscurité, et en grand silence à cause du petit. Mais Toshan s'abstenait de la toucher. Cela datait de leur étreinte passionnée près du puits, devant la grange abandonnée.

—Tu viens? demanda-t-elle tout bas.

—Non, je n'ai pas sommeil. Je vais ressortir fumer une cigarette.

—Je t'en supplie, reste, dit-elle d'une voix faible. Tu peux croiser une patrouille.

—Pas là où je vais. Repose-toi.

Dépitée, Simhona éteignit la lampe et lui tourna le dos en s'interrogeant sur ce qui le poussait à errer dehors, au risque d'être contrôlé ou suspecté. Cela la rendit amère. «Je ne compte pas pour lui. Peut-être qu'il espère rencontrer des résistants, ou bien il va s'allonger dans l'herbe et rêver à son Canada, à sa femme, à ses enfants...»

Toshan se glissa près d'elle deux heures plus tard. Il lui caressa l'épaule, puis sa main droite s'empara d'un sein, tandis qu'il se pressait contre ses reins, le sexe durci. Toute chaude de sommeil, Simhona se prêta à son désir d'homme. Il demeura en elle même après avoir joui et il l'embrassa doucement sur la nuque, sur les cheveux.

— C'est tellement bon! chuchota-t-il. Tu es douce, si douce.

— Tu vas me manquer! Oh! comme tu vas me manquer!

Il la serra plus fort et s'endormit. L'aube bleuissait les fentes des volets quand il se réveilla en sursaut, à cause du rêve qu'il avait fait. Kiona gisait sur le sol, les yeux grands ouverts. Ses joues étaient brillantes de larmes et elle répétait d'une voix plaintive : «Je ne peux rien empêcher, rien, rien.»

Alarmé, Toshan se leva sans bruit et s'habilla. La vision de sa demi-sœur, en proie au plus profond désespoir, le hantait. Il ne vit personne dans la salle du rez-de-chaussée, mais la porte était entrouverte. La petite ville semblait déserte, plongée dans un calme rassurant. D'un pas vif, le Métis longea le trottoir jusqu'à un bar voisin. Le serveur lui annonça avec une grimace qu'il n'avait pas de café, mais de la chicorée.

— Tant que c'est chaud, ça m'ira, affirma Toshan en allumant une cigarette.

Le quotidien de la région était posé sur le comptoir. Afin de se calmer, Toshan entreprit de le lire méthodiquement. La presse ne publiait aucune information précise, le gouvernement de Vichy et l'Occupant veillant à ne pas laisser passer des articles où figurerait une once de vérité. Ces mesures de censure avaient entraîné la création d'imprimeries clandestines qui divulguaient des tracts, ainsi que des gazettes pour tenir les Français au courant de la véritable actualité. Par conséquent, les journaux officiels mettaient l'accent sur les spectacles et les faits divers, en soutenant parfois la propagande antisémite.

Pendant sa lecture, d'autres clients s'étaient installés. La rumeur des discussions se fit persistante. Toshan allait replier le quotidien lorsqu'il vit un titre en gras : *Un rossignol à l'Opéra.*

Son cœur se mit à cogner dans sa poitrine. Il déchiffra la suite du texte, écrit en petits caractères, et crut être victime d'une hallucination.

La cantatrice canadienne Hermine Delbeau a franchi l'océan Atlantique pour enchanter le public parisien samedi soir, dans Faust, *où elle jouait le rôle de Marguerite. De mémoire de mélomane, jamais une soprano n'avait autant ébloui la foule présente ce soir-là dans la salle du Palais Garnier. Alliant la beauté à un talent exceptionnel, celle que tous surnomment le Rossignol des neiges a conquis le directeur, M. Jacques Rouché, qui souhaite la prendre sous contrat...*

Toshan fut incapable de lire la suite. Le souffle coupé, il tentait de réfléchir. Hermine était en France, à Paris... « Mais pourquoi ? s'interrogea-t-il. Qui l'a fait venir ? »

Il crut entrevoir la réponse quand le visage arrogant de Duplessis s'imposa à lui. Une bouffée de colère le submergea. Il croyait sa femme à l'abri, chez ses parents, loin de tout danger. « Non, c'est impossible. Hermine n'a pas pu faire ce voyage. Et comment ? En bateau ? Avec qui ? »

Il regarda la rue à travers la vitrine. Une fine bruine voilait les détails et faisait luire les pavés.

« Hermine n'est qu'à cinq cents kilomètres de moi, s'étonna-t-il encore. Elle a vu le soleil se coucher hier soir à la même heure que moi. »

Du même coup, son rêve prit une signification effrayante. Kiona lui révélait peut-être une tragédie imminente qui allait frapper son épouse. D'un geste instinctif, il palpa la crosse de son revolver sous le tissu de sa veste. C'était bien dérisoire. Il ne pourrait pas protéger Hermine. La distance qui les séparait demeurait considérable pour l'instant. Troublé, il commit une première erreur en commandant un verre de vin blanc.

Il s'attarda, obsédé par ce qu'il refusait d'admettre : la présence de sa femme sur le sol français. Sa liaison avec Simhona lui parut bientôt très embarrassante, comme s'il était sur le point d'être surpris en flagrant délit.

Plus d'une heure s'écoula ainsi. Pendant ce temps, le petit Nathan jouait au bord de la Dordogne. Il avait quitté la chambre peu de temps après Toshan, sans aucun bruit, si bien que Simhona ne s'était pas réveillée. Muni d'une boîte en fer où sa mère rangeait le savon, l'enfant essayait d'attraper les fameux têtards auxquels il avait pensé en s'endormant, puis dès qu'il avait ouvert l'œil. Penché sur l'eau de la crique, les manches retroussées, il s'obstinait à capturer au moins un spécimen pour prouver à Toshan qu'il en était capable.

— Fais attention, petit, tu pourrais tomber dans la rivière, fit une voix derrière lui.

Nathan tourna la tête et vit un homme en manteau gris, coiffé d'un chapeau. Il fut rassuré : ce n'était pas un soldat et, vu qu'il parlait français, ce n'était pas un Allemand non plus.

— Je tomberai pas, monsieur, répliqua-t-il. Je chasse des têtards et, si j'en garde un assez longtemps dans un bocal, il deviendra une grenouille.

Le petit garçon se releva, triomphant. Il tendit le récipient à l'inconnu.

— J'en ai eu un.

— C'est bien! Dis, comment t'appelles-tu? Tu habites ici?

— Je m'appelle Na... non, Jean, murmura l'enfant, indécis.

Tout à sa joie de posséder un têtard, il regardait à peine celui qui lui parlait d'un ton calme et poli. Il n'aperçut pas non plus un autre homme un peu en retrait, sanglé dans un imperméable.

— Où sont tes parents? demanda le premier. Ce n'est pas prudent de te laisser seul.

— Mon père, je sais pas où il est, mais maman, elle dort encore, là-bas.

Il désigna du menton le bâtiment de la pension de

famille, en haut du pré. L'inconnu posa une main large et dure sur son épaule.

—Je vais te raccompagner! Si ta mère loge à l'hôtel, c'est que vous voyagez, alors? demanda-t-il plus gentiment.

—Oui, on va à Bordeaux, avoua Nathan, heureux de bavarder.

Transporté de fierté par son expédition menée à bien, il éprouvait cette insouciance joyeuse des enfants quand les choses se passent à leur idée et qu'ils sont délivrés de la peur.

—Ton papa, c'est un monsieur très brun, n'est-ce pas, grand, qui est parti au bar ce matin? interrogea l'individu.

—Mais non, papa, il est docteur à Paris et il s'appelle Isaac Sternberg. Maman a promis qu'on le retrouvera vite.

Simhona n'avait jamais eu affaire à la Milice française, cette police redoutable qui servait les intérêts de l'ennemi. Pas une fois elle n'avait recommandé à son fils de se méfier des gens habillés en civil. Toshan lui-même ne connaissait cette organisation que de nom. Nathan n'avait aucune raison de croire cet homme dangereux et peut-être l'aurait-il suivi aussi en ayant eu droit à des mises en garde.

—Voilà maman! s'écria-t-il tout à coup lorsqu'ils quittèrent l'abri de la haie.

Le deuxième milicien se rapprocha de l'enfant à son tour. Encadré de ces deux silhouettes à la démarche souple et féline, il paraissait minuscule. Simhona eut un choc au cœur en voyant la scène. D'abord, elle ne s'inquiéta pas vraiment, mais très vite l'expression des inconnus la glaça. Sur leurs traits impassibles, elle déchiffra une sorte de haine larvée, un profond mépris.

« Dieu tout-puissant, protégez-nous! eut-elle le temps de prier. Toshan, viens! Où es-tu? Toshan… »

Elle avança doucement, et l'herbe humide de bruine trempa ses chaussures et perla ses boucles noires. Le monde entier lui parut ralenti, opaque et, bientôt, elle ne vit plus que le visage si blanc de son enfant, de même que ses yeux rieurs.

« Il est content, lui! » songea-t-elle.

Les hommes l'abordèrent sans la saluer ni soulever leur chapeau, comme cela se faisait.

— Madame Sternberg? dit l'un.

— Non, non... bredouilla-t-elle.

Puis ce fut le chaos, une tempête d'une rapidité inouïe où chaque geste se déroula en l'espace d'une minute à peine. Toshan fit irruption sous la tonnelle, tandis qu'une voiture tout terrain de la Wehrmacht se garait le long d'un appentis voisin. Simhona enregistra le moindre détail et céda à la panique. Sans réfléchir, elle se jeta sur Nathan qu'elle prit à son cou et se mit à dévaler la pente vers la rivière.

— *Juden*[56]*!* hurla un des miliciens à un soldat allemand.

Des coups de feu éclatèrent. Toshan avait tiré sur l'homme au manteau gris qui tomba en arrière. Il savait qu'il n'était pas de taille à lutter, seul et armé d'un malheureux revolver. Mais il venait de voir Simhona s'effondrer sur le sol, une large fleur de sang au milieu du dos. Jusqu'à cet instant-là, il doutait au fond de lui qu'on puisse abattre une femme ou un enfant. Pendant une seconde, il compara la fuite de la jeune mère à celle d'une biche qui aurait tenté de sauver son faon. Souvent, dans sa forêt, il avait baissé son fusil, par respect pour la grande loi de la nature que connaissent les loups et les Indiens. Il fallait préserver les femelles et les jeunes bêtes et plutôt s'attaquer au gibier fragilisé par l'âge ou la maladie. Oui, même les loups obéissaient à cette loi, mais pas certains hommes.

Les balles qui atteignirent Nathan, qui hurlait à genoux près de sa mère, achevèrent de le convaincre. Fou furieux, épouvanté, il courut vers eux deux, qu'il s'était juré de sauver. Le cri rauque retentit encore, ponctué de détonations.

---

56. *Juif*, en allemand.

— *Juden! Juden!*

Des impacts stoppèrent sa course désespérée. Le corps irradié d'une souffrance atroce, Toshan roula sur deux mètres. Il s'immobilisa à côté du petit garçon qui avait été tué sur le coup. Il avait les pupilles dilatées, la bouche ouverte. Il était déjà si pâle. Ce fut la dernière vision qu'il eut de Nathan Sternberg. Sa vue se brouilla et il sombra dans un néant bienfaisant.

Montpon, trois heures plus tard

Octave Duplessis gara la voiture dans une rue voisine de la gare de Montpon. Malgré les explications d'Hermine sur les dons de Kiona, il demeurait sceptique.

— Bien, maintenant, comment procède-t-on? ironisa-t-il. Votre demi-sœur n'a pas donné une adresse précise? Ce n'est pas aussi vaste que Paris, mais de là à trouver votre mari en claquant des doigts... Ou on interroge les passants en leur annonçant que nous cherchons un résistant en cavale, sans doute accompagné d'une femme juive et de son enfant.

— Vous n'êtes pas drôle du tout, coupa Hermine, exaspérée. Si vous en avez assez, déposez-moi et repartez, je me débrouillerai seule.

Elle s'apprêtait à descendre de l'automobile, mais Janine la retint par le poignet.

— Arrêtez un peu de vous chamailler. Le plus simple, c'est de fouiner du côté des hôtels ou des pensions. Il ne doit pas y en avoir trop. C'est la vraie cambrousse, par ici!

— La cambrousse? répéta Hermine.

— La campagne, soupira l'impresario. Janine, surveille ton langage, bon sang! Moi, je propose de déjeuner dans ce café, là-bas, et d'écouter les conversations. C'est souvent instructif. Il ne faut pas rêver, les Allemands sont là comme partout. En principe, ils établissent leur kommandantur dans la plus belle demeure de la ville ou dans la mairie. Nous ne sommes pas loin de Libourne et de Bordeaux. La Milice doit être efficace dans ce secteur.

— Et pourquoi? s'inquiéta Hermine.

— La rivière, puissante, large, navigable, qui mène à un grand port et par l'estuaire de la Gironde, à l'océan.

Sur ce commentaire laconique, Duplessis alluma un cigare et observa les alentours. Il s'imaginait à la place de Toshan, dont le physique particulier pouvait intriguer.

— Si votre mari est dans le coin, il a dû éviter le centre du bourg et s'en tenir aux zones moins fréquentées. Mais je n'y crois pas! Ce serait de la folie pour lui de se montrer, surtout s'il est avec des Juifs.

Assise à l'arrière de la voiture, Hermine s'empara de son sac, bien déterminée à sortir. Elle s'avança un peu pour parler doucement à Duplessis, toujours au volant.

— Octave, moi, j'ai joué franc jeu! Je vous ai confié la vérité sur Kiona. Aussi, si jamais il nous arrivait malheur, j'aimerais savoir quelque chose. Pourquoi moi? Pour quelle raison m'avez-vous forcée à venir en France? Ne haussez pas les épaules, vous m'avez tenu un discours bien ficelé à ce sujet, mais il sonnait faux. N'importe quelle chanteuse pouvait se produire dans le cabaret de votre ami Xavier, et Jacques Rouché aurait fini par engager une autre soprano que moi. Je vous ai déjà posé la question, mais cette fois je veux une réponse sincère, honnête!

— Ma chère enfant, je n'ai dit que la vérité. J'avais besoin d'une personnalité féminine à la hauteur de mes plans et de mes ennuis. Vous nous avez aidés, Xavier Dubois et moi, à convoyer des armes et à sauver des familles de la déportation, même samedi soir, quand vous chantiez sur la scène de l'Opéra. Ce n'est pourtant pas si difficile à comprendre! J'ai misé sur votre beauté, votre talent et votre type aryen, aussi, que prisent les SS. À présent, allons manger un morceau, il est plus de midi et je suis affamé.

Elle ouvrit sa portière au moment précis où un lourd véhicule vert kaki, orné de la croix gammée, freinait au milieu de la rue. Un soldat et un officier SS en descendirent et marchèrent droit sur l'automobile.

— Soyez naturels, bon sang! chuchota Duplessis.

— Papiers, monsieur, mesdames, ordonna l'officier.

Janine fouilla dans son sac en sifflotant. Hermine, bien plus nerveuse, fit un réel effort pour paraître détendue.

—Nous rendons visite à de la famille vers Agen, déclara l'impresario. Avec mes cousines.

Le SS examina longuement leurs faux papiers. Enfin, il se pencha à la vitre et détailla les traits des deux femmes.

—Vous êtes sœurs, mesdemoiselles, dit-il avec un accent germanique prononcé. Vous pas ressembler beaucoup!

—Mais jolies, n'est-ce pas? s'écria Duplessis en souriant.

L'homme le considéra d'un air froid. Mais il rendit les documents et s'éloigna d'un pas rapide. Hermine retint un soupir de soulagement. Janine alluma une cigarette. Ses mains tremblaient.

—J'ai l'impression que nos occupants sont sur les dents, fit remarquer Octave tout bas. Bon, nous sommes tranquilles pour le moment. Venez, allons déjeuner.

Ils traversèrent la rue sans hâte et s'attablèrent à l'intérieur du bistrot où le silence se fit aussitôt. Tout nouveau visage, surtout en province, éveillait la suspicion. Cela les intrigua tous les trois. Le patron, derrière le zinc, était pourtant en grande conversation avec deux clients.

Janine se releva tout de suite pour se diriger vers la porte où un panneau en métal indiquait les toilettes. Hermine, elle, guettait les battements fous de son cœur. Le regard lointain, elle se répétait que, d'un instant à l'autre, elle reverrait Toshan.

—Je vous en prie, n'ayez pas cet air affolé, lui souffla Octave. Soyez patiente, nous finirons par retrouver votre mari. Je vous promets de faire l'impossible pour obtenir au moins un renseignement intéressant.

Il doutait de réussir cet exploit. Une jeune serveuse vint prendre la commande. Elle avait les paupières rougies, mais ils ne le remarquèrent pas.

—Une carafe de vin et trois plats du jour, dit l'impresario.

—Bien, monsieur!

La serveuse disparut dans la cuisine. Elle se moucha et s'approcha d'un renfoncement où était installé un lavabo. Là, elle se passa de l'eau sur les joues avant de se remettre à pleurer. Janine la croisa.

—Dites, ça n'a pas l'air d'aller, vous? Un fiancé au STO? Fichue guerre...

—Oh oui! Fichue guerre, chuchota la jeune fille. J'ai vu une chose horrible, tout à l'heure, en venant embaucher. Une famille juive, les parents et leur petit garçon, a été abattue comme des bêtes ce matin. C'est le garde champêtre qui a transporté les corps dans sa camionnette jusqu'au cimetière. Il avait ordre de les enterrer dans la fosse commune, mais il s'est arrêté quelques minutes sur la place, là. Moi, j'ai eu tort de regarder à l'arrière. Si vous aviez vu ce pauvre petit bout de chou, plein de sang. Un pauvre gamin, il devait avoir l'âge de mon frère. J'en suis toute retournée. Et le patron me dit d'arrêter de chialer, que je vais faire fuir les clients.

Janine hocha la tête, pleine d'une compassion sincère. Mais elle fut envahie d'un doute affreux.

—C'étaient des gens d'ici?

—Non, ils étaient de passage, ils logeaient chez madame Merlot qui tient une pension à la sortie du bourg. On pense que c'est son mari qui a prévenu la Milice. Y a de beaux salauds, quand même! Je vous laisse, sinon le patron va encore m'assaisonner.

—Odette! appelait justement celui-ci de la salle.

—Qu'est-ce que je disais?

Janine se lava les mains, malade à l'idée de se retrouver en face d'Hermine. Elle était pratiquement sûre qu'il s'agissait de Toshan et de ses protégés. «Mon Dieu! Comment vais-je lui annoncer ça? Peut-être que je me trompe, après tout», pensa-t-elle sans parvenir à se rassurer.

Elle sursauta en voyant Octave la rejoindre. Il l'embrassa en vitesse sur les lèvres.

—Va tenir compagnie à Hermine, dit-il à mi-voix. C'est un vrai paquet de nerfs. Je reviens.

Il ouvrait déjà la porte des toilettes, quand Janine l'attrapa par la manche et lui raconta ce qu'elle venait d'apprendre.

— Et merde! grogna-t-il. Bon, on verra ça après le repas. Ce n'est pas la peine de lui en parler maintenant, elle va nous faire une crise de nerfs devant témoins. On avale le plat du jour et on sort. Au moins, on a une adresse! On sera fixés.

— D'accord, lâcha-t-elle d'un ton lamentable.

La maquilleuse essaya de donner le change en papotant de mode durant le repas. Mais elle n'avait pas faim. Hermine non plus. L'appétit coupé, Duplessis vida à lui seul la carafe de vin. Il se creusait la cervelle sans trouver de quelle manière aborder le sujet qui le hantait. «Janine a raison, c'est forcément Delbeau et la femme juive avec son enfant qui ont été tués. C'est arrivé ce matin; tout le monde est en émoi. Cela explique aussi la tension que j'ai sentie chez l'officier SS et les mines sombres des clients, du patron.»

Odette, la serveuse, continuait à renifler. Quand elle apporta l'addition, Hermine constata enfin son expression pathétique et lui adressa un sourire de réconfort un peu machinal.

— Sortons, s'empressa de dire Duplessis.

Sur le trottoir, il prit le bras d'Hermine, tandis que Janine marchait derrière eux.

— Ma pauvre amie, montons dans la voiture, j'irai me garer dans un coin tranquille. Je sais quelque chose grâce à Janine. Tu dois me promettre d'être courageuse, si nécessaire.

Saisie par une terreur soudaine, Hermine tressaillit de tout son corps en scrutant son profil d'oiseau de proie.

— Octave, que savez-vous? Je vous en prie, dites-moi.

Il la fit asseoir à l'avant de l'automobile et démarra. Sur la banquette arrière, Janine retenait son souffle.

— Pas encore, trancha-t-il. Pas besoin de témoins.

L'impresario se gara près du pont qui surplombait les eaux limpides de la Dordogne. Plus morte que vive, Hermine se tordait les mains.

—La serveuse a discuté avec Janine, près du lavabo. Ce matin, un couple juif et leur enfant ont été abattus par la Wehrmacht, et la Milice était sur les lieux. Je n'ai pas de détails. J'aime autant vous prévenir : il se peut que ce soit Toshan, cette femme et son petit garçon.

La voix grave de Duplessis se brisa. Il était bouleversé et ne s'en cachait pas.

—Mais non, protesta Hermine. Non, ce n'est pas Toshan, enfin! D'abord, il n'est pas juif! Octave, pourquoi me faire une peur pareille? Et il s'agit d'un couple avec un enfant; mon mari n'est pas mort, je le saurais, je le sentirais!

—Ils logeaient chez une certaine madame Merlot à qui nous allons rendre visite. Il sera impossible de lui faire confiance, c'est peut-être elle qui les a dénoncés. Vous devez rester stoïque, ne pas vous écrouler ni sangloter. Pensez à vos enfants là-bas, au Québec; nous sommes en danger, nous aussi. Je vous l'accorde, il y a une chance pour que ce ne soit pas Toshan. Mais dans le cas contraire, Hermine, tenez le coup.

Elle demeura bouche bée, abasourdie, assommée par les propos de l'impresario.

Ses nerfs lâchèrent soudain et elle hurla, ivre de rage impuissante.

—Tenir le coup! Je dois apprendre que l'homme que j'aime plus que moi-même, que mon amour est mort et enterré sans réagir? Vous voulez sans doute que je chante, aussi? Oh! je vous déteste, je vous hais!

Elle se jeta sur lui et le frappa au hasard, de ses poings fermés. Les larmes jaillissaient de ses yeux et l'aveuglaient.

—Vous mentez, il n'est pas mort, je ne vous crois pas, non!

—Bon sang, calmez-vous!

Janine assistait à la scène, paralysée par l'émotion. Tout à coup, Duplessis gifla Hermine à la volée. Elle hoqueta de surprise avant d'éclater en sanglots.

—Là, là, fit-il en la prenant dans ses bras. C'est dur,

mon petit, je sais. Ayez du cran, votre mari avait choisi ce combat, avec les risques que cela impliquait.

— Mais il n'est pas mort, dit-elle, blottie contre lui. Il faut parler de Toshan au présent. Par pitié…, au présent. Il n'est pas mort, je vais le revoir et le toucher bientôt.

Petit à petit, Hermine s'apaisa. Le choc était passé. Elle reprit conscience et jeta un regard hébété à la rivière large et vive que des canards survolaient.

— Vous êtes prête? demanda Octave tout bas. Cette femme aura des réponses, mais nous devons être prudents.

— Allons-y. Si c'était Toshan, j'aurais vu Kiona. Elle ne peut pas l'avoir abandonné.

Sur ces mots, elle ferma les yeux, le temps de mesurer les deuils successifs qui avaient ravagé son existence et détruit sa foi naïve de jadis.

« Morts, Tala la louve et Simon, Armand, Betty! Mort, mon fils juste né, mon petit Victor… Et Toshan aujourd'hui? Mon bel amour, mon seigneur des forêts? Non, non! »

Un quart d'heure plus tard, elle entrait avec Octave dans la pension de famille de madame Merlot. Celle-ci les accueillit aimablement, comme de potentiels clients. Cependant, elle ne semblait pas à son aise et elle évitait le regard perspicace de Duplessis.

— Madame, monsieur, vous désirez louer une chambre? demanda-t-elle sur un ton hésitant, avec l'accent chantant de la Dordogne.

— Cela dépend, répondit l'impresario d'un air rusé.

— Du tarif, sans doute? avança la femme.

— Non, pas vraiment. Nous avons déjeuné dans le bourg et il paraît qu'il y a du vilain, ici, chez vous. Je voudrais être sûr que nous serons en sécurité.

— Mais, monsieur, je n'ai rien à voir dans cette affaire! s'écria-t-elle d'un air offusqué. Il ne faut pas écouter les ragots. Je ne pouvais pas deviner, moi, que ces gens étaient des Juifs.

Hermine, à qui Octave avait bien recommandé de se taire, dévisageait la patronne de l'hôtel avec angoisse.

Elle n'en pouvait plus de toutes ces précautions qu'il fallait prendre, du climat permanent de peur et de méfiance. Elle était si crispée qu'elle en avait la nausée.

Duplessis, lui, tentait de juger madame Merlot. Il se disait qu'elle le prenait peut-être pour un milicien, même si ceux-ci se présentaient rarement en compagnie d'une jolie fille. Il décida de jouer le tout pour le tout, son instinct lui soufflant que cette provinciale d'une cinquantaine d'années aux traits fatigués paraissait bouleversée et le dissimulait de son mieux.

— Madame, en fait, nous connaissions ces personnes qui ont été tuées ce matin. Du moins, nous pensons les connaître. N'ayez pas peur, je ne suis pas de la police. Absolument pas.

— C'est qu'ils vont revenir, les miliciens, ils me l'ont dit, bégaya-t-elle en jetant des coups d'œil terrifiés vers la porte. Il y en a un qui était blessé, mais l'autre a pris le temps de fouiller la chambre de ces gens; il a tout mis sens dessus dessous! Moi, je lui ai dit comme à vous que je ne savais pas qu'ils étaient juifs. Le monsieur a payé la pension à l'avance, il m'a montré ses papiers et j'ai noté son nom dans mon registre! Il prétendait venir d'Ajaccio. Vous êtes de la famille? Si c'est le cas, il ne faut pas rester là. J'aurai des ennuis, de gros ennuis.

— Je vous en prie, madame, comment était cet homme, votre pensionnaire? coupa Hermine. Dites-moi? Tenez, j'ai une photo dans mon sac.

La jeune femme dont les mains tremblaient brandit aussitôt un cliché datant de deux ans environ. Toshan posait devant leur maison de Péribonka, entouré de leurs trois enfants.

— Est-ce que c'est lui, votre client? interrogea-t-elle, la bouche sèche.

— Oui, on dirait bien, admit madame Merlot.

Hermine eut l'impression de recevoir un coup violent en pleine poitrine. Elle tituba, prise de vertige. Octave dut la soutenir.

— C'était mon mari, déclara-t-elle. Seigneur! Oh non, non!

— Du cran, ma petite, murmura Duplessis.

— Lâchez-moi, ça va aller, répliqua-t-elle, blafarde et les pupilles dilatées. Madame, est-ce que je peux monter? Il y a sûrement quelque chose à lui là-haut. J'ai besoin de toucher un vêtement à lui, de sentir son odeur! Je vous en prie…

Sidérée, l'aubergiste fit oui d'un signe de tête.

— La deuxième porte à droite. Il n'y a personne, mes autres clients sont des ouvriers agricoles. Le jour, ils ne sont pas là.

Octave ne broncha pas, accablé par ce nouveau drame. Il avait la conscience aiguë d'un danger imminent, mais il préférait ne pas brusquer Hermine.

— Madame, savez-vous ce qui s'est passé? demanda-t-il tout bas.

— Je n'ai rien vu. J'étais dans l'arrière-cuisine où je faisais bouillir des torchons sur un réchaud. J'ai entendu plusieurs coups de feu, ça oui. Mais je n'ai toujours pas compris pourquoi cette dame était sortie de si bonne heure, de même que son petit garçon. Je me suis précipitée dehors et je les ai vus, tous les trois, étendus dans l'herbe en bas du pré. Sainte Vierge, quelle horreur! Ce pauvre gosse! Je crois que le monsieur de la photo, il a tiré sur un des miliciens. Il y avait des Allemands, mais ils sont repartis très vite.

Elle parlait sans le regarder, visiblement anxieuse. Octave songea qu'elle devait être sur des charbons ardents si c'était son mari qui avait dénoncé ses clients.

Pendant ce temps, Hermine se tenait au milieu de la chambre. Il y régnait un désordre affligeant. Le contenu d'une valise était répandu sur le parquet, ainsi que la literie. D'un geste machinal, elle ramassa une combinaison en soie rose et l'examina. Il émanait du tissu un délicat parfum d'iris. Elle la laissa retomber pour prendre dans l'étroit lit d'enfant un jouet bon marché, en toile enduite, représentant un mouton.

Incapable de pleurer, comme anesthésiée par l'immensité de son chagrin, elle aperçut une sacoche en cuir, jetée par terre.

«C'est peut-être à lui, ça», pensa-t-elle en attrapant un gilet de corps blanc qu'elle porta à son visage.

Une odeur ténue s'en dégageait. Des souvenirs fulgurants surgirent. Le torse doré de Toshan à la musculature fine et sa peau satinée s'imposèrent à son esprit. Elle aimait tant poser ses lèvres sur cette peau chaude, la caresser du bout des doigts!

—Mon Dieu, ce n'est pas possible!

L'impression tenace de faire un mauvais rêve ne la quittait pas. Depuis son arrivée en France, elle ne vivait que dans l'attente de revoir Toshan et, depuis samedi soir, cette attente s'était changée en une fièvre impatiente, tout ça pour en arriver là. Son mari était mort et, avant de mourir, il partageait cette chambre, ce lit, avec une autre femme. Elle étudia d'un œil morne le drap couvrant le matelas, qui n'avait pas été enlevé. Son esprit lui renvoya l'image d'un homme et d'une femme dormant l'un contre l'autre, dans une intimité évidente.

«Que je suis sotte, ils n'avaient pas le choix, se dit-elle. Ils faisaient semblant. Toshan est mort pour les sauver.»

Si Octave n'était pas monté la chercher, non sans la secouer avec une certaine rudesse, Hermine aurait pu demeurer dans la chambre jusqu'à la nuit, le cœur en miettes, les yeux secs.

—Venez, maintenant, dit l'impresario sur un ton sans réplique. Si la Milice débarque, on est foutus. Hermine, vous avez trois gamins au Québec qui ont besoin de leur mère. Bon sang, reprenez-vous, on dirait une folle!

—Je suis en train de devenir folle, répondit-elle avec un sourire étrange. On m'a tué mon amour! Il est mort ce matin, Octave!

Il faillit la gifler de nouveau, mais elle sortit d'un pas rapide après avoir mis dans son sac le gilet de corps de Toshan. La patronne les guettait en bas de l'escalier. Hermine dévala les marches et se jeta sur elle.

—Madame, qui les a dénoncés? Honte! Celui qui a fait ça, je le maudis. Il devrait mourir lui aussi. Une femme et son enfant ont été abattus comme des chiens, et mon époux devant Dieu, le père de mes trois petits! Il s'est battu pour votre pays et voilà le résultat!

—Hermine, taisez-vous, gronda l'impresario. Nous avons discuté, madame et moi. Toshan a versé une grosse somme d'argent à un marinier qui devait les conduire à Libourne. Elle vient de l'apprendre par son mari, justement. C'est le marinier qui les a dénoncés. Cela arrive souvent; les passeurs ne sont pas tous dignes de confiance. Ils dépouillent les Juifs en fuite et les livrent à la Milice.

—Eh oui, ma pauvre petite, renchérit Marcelle Merlot. Si ces gens m'avaient un peu plus causé, je les aurais mis en garde contre ce sale type.

—Qu'est-ce que ça change, au fond? jeta sèchement Hermine. On m'a tué l'homme que j'adorais. Je voudrais mourir aussi, là, tout de suite.

Elle était glacée, si froide à l'intérieur d'elle-même que son visage arborait une expression dure, hostile. C'était tellement bizarre de la voir ainsi que Duplessis crut être en face d'une étrangère.

—Ce monsieur, c'était vraiment votre époux? dit soudain la patronne de l'hôtel. Excusez-moi si ça vous fait du mal, mais ils avaient l'air très proches, la jeune dame juive et lui...

—Nous nous sommes mariés il y a dix ans au Canada, articula péniblement Hermine. Nous nous aimions tant! Mais il s'est engagé dans votre guerre et il nous a abandonnés, mes enfants et moi.

Marcelle Merlot se signa, les larmes aux yeux. Elle prit les mains d'Hermine dans les siennes.

—Je ne peux pas me taire, alors! Vous comprenez, on ne sait jamais à qui on a affaire en ce moment. Mon mari m'avait bien dit de tenir ma langue, mais là... Écoutez, Norbert, le garde champêtre, est passé il y a une heure. C'est lui qui devait enterrer les corps dans la fosse commune, sur l'ordre de la Milice. Mais le monsieur, votre mari, il vivait encore. Ce pauvre Norbert, il s'est conduit en bon chrétien et il l'a mené chez le docteur Mélissier, qui est dans la Résistance. Il en a eu, des sueurs froides, qu'il m'a dit, parce qu'il a dû retraverser le bourg et qu'il avait caché votre mari sous une bâche. En plus, il a croisé une patrouille allemande. La gangue d'épouvante qui paralysait l'esprit et le cœur d'Hermine vola en éclats. Elle put enfin respirer à son aise et renouer avec la vie, tandis que son sang courait plus vite dans ses veines, la réchauffant, la ressuscitant.

— Merci, madame! s'écria-t-elle. Oh merci! Dieu est bon! Pitié, dites-moi où habite ce docteur?

— Vous sortez et, sur la droite, il y a une ruelle. Vous la remontez et, ensuite, sur votre gauche, vous verrez une belle maison bourgeoise avec un toit d'ardoises. Dites que vous venez de la part de monsieur Merlot, hein? Et c'est plus prudent d'y aller seule, sans votre ami.

Un peu dépassé par la situation, Octave crut bon de donner des conseils de prudence à Hermine. Il tenait aussi à établir un plan, mais elle lui échappa et sortit en courant. Plus rien ne comptait, ni la Milice, ni les SS, ni la douceur de ce premier jour de printemps. Toshan n'était pas mort, il ne gisait pas dans une fosse commune de ce gros bourg du sud de la France. S'il avait survécu, cela signifiait qu'ils avaient encore une infime chance de se retrouver et de s'aimer.

Elle prit à peine garde à Janine, toujours dans la voiture, et n'adressa pas un seul regard à Duplessis qui l'avait suivie et restait immobile sur le trottoir. «Toshan, je suis là, mon amour, se répétait-elle. Toshan, tiens bon, je cours vers toi et je jure de te ramener chez nous, au bord de la Péribonka. »

21
Amères retrouvailles

Dordogne, Montpon, même jour

Hermine venait de sonner chez le docteur Mélissier. Elle avait essayé d'entrer en tournant le gros bouton en cuivre de la porte, mais on avait dû fermer à clef. Jamais elle ne s'était trouvée dans un tel état de fébrilité, au paroxysme de toutes les émotions possibles. Durant les quelques minutes du trajet, elle n'avait pensé à rien, tendue vers un unique but, rejoindre Toshan. Cela lui paraissait évident, à présent, de le savoir vivant. « Il ne pouvait pas s'en aller, pas comme ça! » se dit-elle.

Elle gardait cependant l'impression d'avoir été assommée, vidée aussi de tout ce qu'il y avait de bon et de doux en elle, sans pouvoir identifier ce qui l'avait submergée.

Un bruit la fit sursauter. La porte s'entrebâilla et un visage d'homme se profila dans un espace de vingt centimètres ménagé par une chaînette.

— Docteur Mélissier? demanda-t-elle aussitôt. Je viens de la part de madame Merlot, qui tient la pension de famille.

Le médecin jeta un coup d'œil circonspect aux alentours avant de scruter Hermine avec méfiance.

— Que voulez-vous? dit-il tout bas.

— Le garde champêtre vous a amené un blessé! C'est mon mari. Je vous en supplie, faites-moi entrer.

Il la considéra un instant avec attention, comme pour juger de sa sincérité. Elle devait avoir l'air si bouleversée qu'il s'empressa de lui ouvrir. Elle se précipita dans un vestibule à la décoration soignée. Tandis que son cœur s'emballait, son esprit enregistra chaque détail, le carrelage noir et jaune, les plantes vertes, les miroirs encadrés de cuivre, le lustre en cristal...

—Comment va-t-il? murmura-t-elle.

Le docteur haussa les épaules, une moue sur les lèvres. Il devait avoir une cinquantaine d'années et, plus petit qu'Hermine, il souffrait d'embonpoint. Néanmoins, il avait un regard intelligent derrière ses lunettes, et ses traits reflétaient une sorte de bonté mêlée de tristesse.

—Je suis navré, madame, votre mari est mourant, répliqua-t-il d'un ton grave. Je ne sais même pas comment il peut encore respirer.

Hermine comprit qu'elle s'était bercée d'illusions et elle se mit à trembler convulsivement. Le destin de Toshan s'achèverait ici, en France, loin de sa terre natale. Brisée, elle s'efforça de rester digne.

—Je voudrais le voir, docteur, implora-t-elle d'une petite voix faible. Lui dire adieu.

—Bien sûr! Mais il est inconscient.

Elle le suivit, à demi aveuglée par un flot de larmes amères. Le médecin s'arrêta devant une porte, la main sur la poignée.

—Madame, autant vous avertir, j'ai téléphoné à la Croix-Rouge; ils ne vont pas tarder. Je ne peux pas prendre le risque de le garder chez moi.

—Mais où va-t-on l'amener?

—Dans un hôpital, à Libourne ou à Bordeaux. S'il supporte le transport, qui sait, on pourra peut-être faire quelque chose pour lui là-bas? Je n'ai pas eu beaucoup d'explications sur ce qui s'est passé ce matin, mais je sais que ce monsieur a blessé un milicien, car, vraisemblablement, il aidait une femme juive et son fils à fuir le pays. Je vous assure que je donnerais cher pour que votre mari s'en sorte. Il était dans la Résistance? Vous pouvez me parler sans crainte, je fais partie d'un réseau.

Elle avait peur, mais elle répondit oui d'un signe de tête, hébétée, à bout de patience. Le docteur lui ouvrit enfin la porte.

—Allez-y! Je suis navré, madame.

Il se posait des questions sur elle, mais ce n'était pas le moment de l'interroger sur ce point. Il avait noté son accent particulier et il la pensait étrangère. Hermine se moquait de tout ça. Elle ne voyait que son mari, étendu sur la table d'examen, d'une telle pâleur qu'elle douta presque de son identité. Son corps à demi dénudé, ses épaules, ses bras et son torse lui parurent modelés dans de la cire. La vision des plaies nettoyées, cerclées de rouge, la terrassa.

— Toshan, appela-t-elle très bas. Oh non, Toshan! Mon Dieu, je te retrouve enfin et tu vas mourir.

Elle s'approcha encore et contempla d'un regard halluciné les traits impassibles de celui qui avait été son grand amour. Penchée sur lui, elle constata qu'une écume rosâtre souillait la commissure de ses lèvres. Le médecin la rejoignit.

— Une balle a traversé les chairs et, au niveau de la clavicule, l'os est cassé. Il a pris deux autres balles dans les poumons. Une opération serait possible s'il n'était pas aussi faible. Cela dit, il est encore vivant, ce qui tient du miracle.

— Je vous en prie! Pitié, opérez-le! Le transport lui sera fatal et vous le savez. C'est mon mari. Nous avons trois enfants. Pourquoi ne tentez-vous pas de l'opérer vous-même?

— Je ne suis pas chirurgien et, de toute façon, je manque du matériel nécessaire. Je vous en prie, madame, faites-vous une raison. Dites-lui adieu, peut-être qu'il vous entendra. Et, même s'il ne vous entend pas, c'est important pour vous et pour lui. Je vous laisse.

Sur ces mots, il quitta la pièce. Hermine caressa le front de Toshan du bout des doigts, comme intimidée. Elle peinait à le reconnaître tout à fait, à cause de son inertie morbide, de ses paupières closes sur une agonie imminente, de ce masque austère qu'il avait, ainsi.

— Mon bel amour, mon tendre amour, chuchotat-elle, des sanglots dans la voix, on t'a fait tant de mal! Tu as voulu te battre et tu as donné ta vie, ta si précieuse vie. C'est injuste, horrible! Qu'est-ce que je vais dire, moi, à tes trois petits qui t'idolâtrent? Que tu es mort en héros, loin d'eux, sans penser à eux?

Une sorte de rancune l'envahissait devant cet homme plongé dans une redoutable léthargie.

— Tu aurais dû te préserver pour nous. Il ne fallait pas t'engager! Tu savais pourtant que tu pouvais mourir, ne jamais revenir auprès des tiens. Oh! Seigneur tout-puissant! Sauvez-le, rendez-le-nous!

Déchirée entre une fureur désespérée et un chagrin incommensurable, Hermine posa sa bouche sur celle de son mari. Elle perçut un souffle infime qui lui sembla un cadeau, une réponse.

— Toshan, bats-toi encore, dit-elle tout à coup. Accroche-toi à la vie! Reviens! Je veux que tu puisses revoir ta forêt, les berges sablonneuses de la Péribonka. Je veux que tu conduises tes filles à l'autel quand elles se marieront, que tu apprennes à Mukki tous les secrets de la nature et les anciennes légendes des Montagnais. Toshan, tu ne peux pas me laisser déjà! Je suis ta femme, ta petite femme coquillage, et je veux vieillir avec toi, mourir avant toi.

Elle sanglotait sans cesse de le caresser et de l'embrasser. De toute son âme, elle implorait un miracle.

— Mon Dieu, mon Dieu, je vous en prie, pitié! Pour Mukki, Laurence et Nuttah, pour nos enfants au moins… Pitié!

Mais Dieu semblait sourd à ses supplications, et Toshan ne se ranima pas. La porte s'ouvrit sur une infirmière vêtue de blanc qui arborait un brassard de la Croix-Rouge. Un homme assez jeune l'escortait, en blouse blanche également. Le docteur Mélissier les suivait.

— Madame, l'ambulance est garée devant le perron, il faut faire vite. Le garde champêtre a pris de gros risques en désobéissant aux miliciens.

— Je reste avec lui! s'exclama-t-elle. C'est possible, dites-moi? Je dois l'accompagner jusqu'au bout! Je suis son épouse.

— Oui, bien sûr, répondit l'infirmière. Nous vous

prêterons une tenue réglementaire. En cas de contrôle, cela éveillera moins les soupçons.

Cette brève réponse en disait long sur le climat permanent de peur, de tension et de prudence qui pesait sur tous ceux qui bravaient les nazis et les partisans de Vichy.

—Je vous remercie du fond du cœur!

—Nous n'avons pas le temps pour des politesses, trancha le médecin de la Croix-Rouge, qui recouvrait déjà Toshan d'une couverture marron.

Soudain, Hermine songea à Octave et à Janine. Ses amis devaient l'attendre devant la pension de famille. Affolée, elle s'adressa au docteur Mélissier.

—Il faut absolument que je prévienne les gens qui m'ont conduite ici, à Montpon. Je file chez madame Merlot et je reviens! J'en ai pour deux minutes.

—Faites vite alors, répliqua l'infirmière.

Elle se rua dehors en plaquant son sac contre son ventre pour courir plus à son aise. Elle dévala la ruelle déserte, mais, au moment où elle allait se précipiter dans la rue en contrebas, des éclats de voix la ralentirent. Un moteur de voiture tournait et une femme laissait échapper des plaintes déchirantes.

« Qu'est-ce qui se passe? » se demanda-t-elle, terrifiée.

Elle avança de quelques pas en longeant les murs. Bientôt, elle aperçut une automobile noire et des hommes en costume. L'un d'eux traînait Janine par les cheveux. Son corps svelte heurtait les pavés; elle avait le visage en sang. Un peu plus loin, sur le trottoir, gisait Octave Duplessis, que deux robustes gaillards rouaient de coups de pied.

« Mon Dieu, non, non! pria Hermine intérieurement. Ils vont les arrêter ou les tuer sur place, mais alors, moi aussi, ils me recherchent. »

Elle fit demi-tour, les jambes en coton, une nausée lui vrillant l'estomac. L'expression épouvantée de Janine passait en boucle dans son esprit. Aucun cauchemar n'aurait pu être aussi atroce. Les gestes étaient réels, la violence entrevue prenait dans son esprit une puissance dévastatrice qui la ravageait à son tour.

Jamais elle ne comprendrait comment elle avait réussi à retourner dans la cour du docteur Mélissier et à s'asseoir dans l'ambulance auprès du corps de Toshan. Elle avait les yeux secs, la bouche entrouverte.

— Il y a un problème? interrogea l'infirmière.

— Oui, parvint-elle à dire. La Milice, là-bas, brutalise mes amis. L'un d'eux est le chef d'un réseau de la Résistance, à Paris. Nous avons fui samedi soir.

— Il ne manquait plus que ça, ronchonna le médecin de la Croix-Rouge. Enfilez vite la blouse et mettez le foulard; cachez bien vos cheveux. Si on nous contrôle, baissez la tête.

Cramponné à la portière du véhicule, le docteur Mélissier leur indiqua un itinéraire parallèle. Une minute plus tard, ils roulaient à vive allure sur une route au revêtement inégal, parsemé de nids-de-poule.

— C'est bon, soupira peu après l'infirmière. On est sortis sans encombre du bourg.

Hermine avait pris la main de Toshan. Elle croyait toujours entendre les plaintes de bête que poussait Janine et le bruit sourd des coups que recevait Octave.

« C'est ma faute, se reprochait-elle. Je les ai entraînés à Montpon… Ils sont venus ici à cause de moi! Que va-t-on leur faire? Seigneur, pardonnez-moi! Quel malheur, cette guerre! »

De grosses larmes ruisselaient sur ses joues. Elle ne saurait pas avant des années le fin mot de l'histoire. Xavier Dubois avait parlé sous la torture et avait donné le nom de l'impresario. Tout de suite, des policiers de la Milice s'étaient mis en chasse et le numéro d'immatriculation de la voiture de Duplessis avait été communiqué, de même que son signalement précis et une photographie. Hermine Delbeau, cantatrice, figurait aussi dans la liste des suspects.

Durant le trajet, Hermine surveilla l'état de Toshan. Parfois, trop nerveuse et trop malheureuse, elle essayait de penser à des choses anodines, du moins comparées à la tragédie qu'elle traversait. « Ma valise est restée dans le coffre de la voiture. Et Octave n'avait pas emporté toutes mes affaires. Les employés de l'hôtel vont hériter de ma robe de soirée, de mon manteau de fourrure, de mes chaussures... C'est pathétique, tellement bizarre...»

C'était la pure vérité, Duplessis n'avait pris que le strict nécessaire, ses produits de toilette, ses bijoux et des habits pratiques. Par chance, elle avait conservé son argent sur elle, ainsi que ses faux papiers, son vrai passeport étant dissimulé dans la doublure de son sac à main.

«Je m'en fiche, je m'en contrefiche! Si Toshan se réveillait, s'il me parlait ne serait-ce qu'une minute, comme je serais soulagée! Je voudrais tant lui dire que je l'aime, qu'il le sache avant de mourir!»

Des idées plus singulières venaient la troubler et la distraire du sentiment de culpabilité qu'elle éprouvait à l'égard de Janine et d'Octave. Malgré l'état de son mari proche de l'agonie, elle se tourmentait au sujet de sa relation avec la jeune femme juive qui avait été abattue. Elle se souvenait très bien de la combinaison en soie, parfumée à l'iris, et du drap de lit, celui qui couvrait le matelas, où elle avait cru discerner des traces équivoques, de celles que peuvent laisser les ébats nocturnes d'un couple.

«Non, non, je suis folle, se raisonnait-elle. J'ai dû rêver. Quelle honte, d'imaginer ça! Et il y avait ce malheureux petit garçon qui dormait près d'eux. Mon Dieu, j'aurais dû emporter son jouet, le mouton blanc. Madame Merlot va le jeter.»

En évoquant la patronne de la pension, elle fut saisie d'un doute cruel. «Seigneur, elle semblait terrifiée à l'idée que les miliciens allaient revenir l'interroger. Peut-être qu'ils l'ont arrêtée elle aussi, qu'ils l'ont torturée. Ou bien, elle nous a trahis.»

Voilà qu'elle considérait tout un chacun comme un éventuel collaborateur ou une victime potentielle. Elle comprit enfin pourquoi Octave Duplessis se montrait si prudent et si soupçonneux à l'égard de tous. Une évidence s'imposait à elle, le danger était partout.

Une dizaine de kilomètres dépassé Libourne, sur la

route menant à Bordeaux, l'infirmière se décida à lui adresser la parole. Une grille en métal peint séparait la banquette avant de l'habitacle arrière, aménagé pour donner les premiers soins.

—Est-ce que vous êtes en règle, madame? s'enquit-elle d'un ton sec. Avez-vous des papiers? Vous n'êtes pas juive?

—Mais non, mon mari non plus! Nous sommes canadiens.

—Vous pourriez très bien être juifs et canadiens, intervint le médecin. Ne me faites pas croire qu'il n'y a pas de Juifs au Canada!

—Je n'ai pas dit ça, protesta Hermine. Arrivons-nous bientôt à l'hôpital? Mon mari respire encore, dites, c'est bon signe? Le docteur Mélissier pensait qu'une opération serait possible.

— Une opération de la dernière chance! J'ai examiné votre mari et il est vraiment dans un état critique. Je suis navré, madame, mais j'ai diagnostiqué une hémorragie interne, ce qui explique son extrême faiblesse et son inconscience.

—Non, il ne va pas mourir! s'écria Hermine. Vous allez le sauver, vous devez le sauver! Parce que je l'aime, parce qu'il a des enfants!

Elle se savait pathétique. Ces gens de la Croix-Rouge avaient dû en voir bien d'autres depuis le début de la guerre. Ils étaient habitués au malheur, à la mort qu'ils côtoyaient au quotidien.

— Vous feriez mieux de prier, madame, dit l'infirmière.

Val-Jalbert, même jour, le matin

Il neigeait. L'hiver refusait de capituler, de baisser les armes. Après un court redoux qui s'était traduit par des averses de pluie, il avait gelé à nouveau, et sur la nature pétrifiée tombaient de nouvelles bordées de neige.

Mais, chez les Chardin, on se moquait bien du temps qu'il faisait. Toute la maisonnée se préoccupait exclusivement d'une fillette de neuf ans aux cheveux d'or roux, au beau visage immobile et aux paupières closes.

Kiona ne se réveillait pas de ce sommeil étrange qui la tenait éloignée de son père et des autres enfants. Elle ne s'alimentait plus du tout et, si Mireille s'entêtait à lui faire boire du bouillon, l'enfant recrachait le liquide de façon quasiment involontaire.

Jocelyn demeurait jour et nuit à son chevet. Tout le monde lui rendait visite, de Joseph Marois au maire du village, de Charlotte à Onésime et Yvette, ces deux derniers bien embarrassés d'être à l'étage de la luxueuse demeure de leurs voisins. Laura avait fait revenir le docteur de Roberval la veille, et l'homme de sciences ne trouvait toujours aucune explication à l'état comateux de Kiona.

— Elle n'a aucun symptôme alarmant, avait-il affirmé. Son pouls est un peu lent, mais elle n'a ni fièvre ni douleur spécifique.

Cependant, ce matin-là, Laura et Jocelyn notèrent un changement. La petite fille semblait respirer avec difficulté. C'était venu tout à coup. Elle avait ouvert la bouche et son souffle s'était accéléré.

— Mon Dieu! Qu'est-ce qu'elle a? hurla son père.

— Joss, calme-toi! Veux-tu que je rappelle le médecin?

— Cet abruti incapable de la soigner? Non... Enfin, je ne sais pas.

— Alors, conduisons-la à l'hôpital!

Ils discutaient à voix basse, obsédés par ce léger râle qui s'échappait de la poitrine de Kiona.

— Mon enfant se meurt, sanglota Jocelyn, désespéré.

— Mais non, peut-être qu'elle va reprendre conscience! Joss, je t'en prie, calme-toi.

Malade d'inquiétude, Mireille s'attardait souvent en bas de l'escalier. Elle n'y tint plus et monta rejoindre ses patrons. Mademoiselle Damasse fit de même, suivie par Madeleine et les enfants. La chambre de Laura fut prise d'assaut. Akali pleurait déjà, cramponnée au bras de Mukki, tout pâle. En entendant la respiration saccadée de Kiona, Laurence et Marie-Nuttah pleurèrent à leur tour.

— Doux Jésus, se lamenta la gouvernante. Ce petit ange ne va pas nous quitter?

— Mon Dieu, renchérit l'institutrice, il faut téléphoner au docteur! Ah! si seulement j'avais ma bouteille d'huile de Saint-Joseph! Cela la guérirait, j'en suis sûre! Quelques gouttes sur son front suffiraient!

Excédée, Laura porta une main lasse à son front. Elle voyait dans un brouillard les enfants terrifiés, surtout le plus jeune, Louis, qui sanglotait aussi fort que Jocelyn.

— Mais de quelle huile parlez-vous, Andréa? Est-ce bien le moment de débiter des fadaises?

— Ce ne sont pas des fadaises, madame, protesta-t-elle. Mes parents m'ont nommée Andréa en hommage au frère André, un humble prêtre qui avait le don de guérir, même s'il s'en défendait. Il a fait plusieurs miracles, mort ou vivant, car, hélas! ce saint homme s'est éteint en 1937. Moi-même, quand j'avais l'âge de Kiona, ma mère m'a amenée le voir, à Montréal. Je souffrais d'une raideur de la hanche. J'ai vu de mes yeux l'oratoire construit en l'honneur de saint Joseph, qui peut accueillir de nombreux fidèles.

— Assez! coupa Jocelyn. Vous ne faites que placoter à votre aise, pendant que ma petite chérie lutte pour respirer.

— Mademoiselle Andréa raconte des vérités, monsieur, sauf votre respect, s'indigna Mireille. J'ai beaucoup entendu parler de frère André quand madame habitait Montréal. Et je suis sûre, moi aussi, qu'il faudrait frictionner Kiona avec de l'huile de saint Joseph!

— Mais nous n'en avons pas! s'écria Laura. Il n'y a pas moyen de voler jusqu'à Montréal et d'en rapporter. Seigneur, que dirons-nous à Hermine, le jour de son retour, si Kiona n'est plus là?

Madeleine se signa, horrifiée par ces derniers mots. La douce Montagnaise s'approcha du lit et, tombant à genoux, elle se mit à prier.

— Oui, prions, s'enflamma soudain l'institutrice. Tous ensemble, vous les enfants, venez! Nous allons réciter le *Notre Père* et le *Je vous salue, Marie.* Moi, je vais prier le frère André!

— Il pourrait guérir Kiona? interrogea Louis d'un ton plaintif.

— Mais oui, assura Andréa. Moi, il m'a soignée sans

me toucher et je ne suis pas la seule. Tout le monde le connaît au Québec. L'oratoire dont je parle est bâti sur le Mont-Royal, qui domine Montréal! L'œuvre du frère André est admirable, mon petit Louis. Il avait la foi, une foi sincère et absolue; cette foi-là, nous devons l'avoir également. Sais-tu, un jour on lui a amené un garçon de ton âge qui avait les deux bras paralysés. Le frère lui a dit: «Entre, Georges!», alors qu'il ne l'avait jamais vu avant. Il lui a levé les deux bras en l'air. Le garçon s'est évanoui et frère André l'a frictionné avec l'huile de saint Joseph. En se réveillant, il n'était plus paralysé et il a pu devenir un bon et honnête travailleur. La liste des guérisons que frère André a opérées serait trop longue. Aie confiance, Louis. Toi aussi, tu peux prier le frère André.

Impressionnée, Laura s'agenouilla au pied du lit. Elle n'était guère pratiquante, mais elle croyait en la clémence divine et vénérait la Vierge Marie.

—Joss, prie avec nous, ça ne peut pas lui faire de mal, recommanda-t-elle à son mari.

Mireille fut la seule à rester debout. Elle fixait le joli visage de Kiona, à présent tourmenté. L'enfant avait les joues colorées et continuait à haleter.

—Frère André a dit une chose très importante, affirma alors la gouvernante. Je l'ai lu dans un article qui parlait de lui et cela m'a marquée. Il prétendait que si l'âme était malade il fallait commencer par soigner l'âme. Il savait de quoi il parlait, lui qui était né dans une famille pauvre et qui n'avait pas de santé. Sa foi le maintenait, elle lui donnait du courage et de l'énergie.

—Si l'âme est malade, il faut commencer par soigner l'âme, répéta Laura en cessant de prier. Joss, ce n'est peut-être pas le corps de Kiona qui souffre, mais son âme. Regarde, elle paraît sur le point de suffoquer; cependant, elle ne suffoque pas! On la croirait à l'agonie, mais il se pourrait qu'elle ne risque rien!

Éperdu, Jocelyn se redressa pour caresser le front de la fillette qu'il couvrit ensuite de baisers. Il constata qu'elle semblait en transe, que ses lèvres murmuraient des paroles inaudibles.

— Mon enfant adorée, que sais-tu que j'ignore? Où es-tu? Je voudrais tant te soulager de ce poids!

Madeleine releva la tête, intriguée. Elle aussi percevait un frêle chuchotement.

— Elle parle en montagnais, dit-elle.

Vite, elle se leva et colla son oreille à la bouche de la petite. Chacun l'observait, le souffle suspendu.

— Tala la louve a deux enfants, Toshan et Kiona, traduisit soudain Madeleine. C'est ce que Kiona répète sans arrêt. Chut, ne faites plus aucun bruit.

On lui obéit sur-le-champ. Tremblante d'émotion, Laura dirigea un regard plein d'espoir vers Jocelyn.

— Tala la louve a deux enfants, Toshan et Kiona. Si l'un meurt, l'autre le suivra. Ils sont liés par le sang, déclama encore l'Indienne.

— Seigneur tout-puissant! s'écria Jocelyn. Qu'est-ce que ça signifie? Il faut téléphoner à Hermine immédiatement, savoir si elle a des nouvelles de Toshan. Mon Dieu, je n'en peux plus!

Il porta la main à son cœur, ce qui terrorisa Laura. Elle le prit dans ses bras avec une infinie tendresse.

— Mon Joss, ne te rends pas malade. Pense à nous, à moi qui t'aime, à ton fils, à notre fille aînée. Kiona ne va pas mourir; elle délire, rien d'autre.

Mais il secoua la tête, persuadé du contraire. Louis eut au même instant un geste surprenant. Il grimpa sur le lit et, avant que ses parents puissent l'en empêcher, il s'allongea près de Kiona et réussit à l'étreindre. La joue contre sa joue, il pria à sa façon.

— Mon ange, ne t'envole pas! Ne t'en va pas, Kiona! C'est moi, Louis! Je t'en supplie, réveille-toi.

La scène était d'une beauté poignante, mais aussi d'une tristesse insupportable. Andréa Damasse éclata en sanglots et Mireille l'imita. Les jumelles et Akali prirent peur.

— Kiona, ne meurs pas! hurla Laurence.

Charlotte entra dans la pièce à ce moment précis. Devant ce spectacle dramatique, elle crut vraiment que la petite venait de mourir. Elle poussa un cri qui eut le mérite de ramener un peu de calme.

—Ce n'est pas possible! Maman Laura? Papa Joss?

—Ne crains rien, elle est vivante, répliqua Laura. Charlotte, il faudrait que tu prennes le train, que tu ailles jusqu'à Montréal et que tu rapportes de l'huile du frère André, ou de Saint-Joseph, je ne sais plus. Tu es la seule qui peut faire le voyage pour sauver Kiona!

—C'est de la folie, protesta la nouvelle venue. Conduisez-la donc à l'hôpital! Papa Joss, il faut l'hospitaliser, voyons! Vous n'êtes pas en mesure de la soigner icitte!

Une discussion acerbe éclata. Andréa Damasse s'en mêla, prête à partir sur l'heure, puisque Charlotte refusait de se dévouer pour le salut d'une enfant. Mireille renchérissait, tandis que Louis pleurait tout haut. Mukki, lui, s'obstinait à prier malgré le vacarme.

L'écho de cette rumeur atteignait à peine Kiona, perdue dans un univers opaque, froid et morne, où scintillaient parfois des étincelles d'une clarté éblouissante, aussi rapides à apparaître qu'à s'évanouir. Parmi ce gris sombre oppressant et ces lueurs fugaces, un visage se dessinait et s'effaçait, à un rythme régulier, accordé aux battements du cœur de l'enfant. Elle savait qu'il s'agissait du visage de son frère Toshan. «Il est aux portes de la mort, murmurait une voix familière, celle de Tala, leur mère. Aide-le, Kiona, aide-le!»

Elle aurait bien voulu, mais elle ignorait comment faire. Cependant, de toute son âme, de toute sa foi pure et naïve, elle tentait de retenir Toshan au bord de l'abîme. C'était épuisant, douloureux, et cela pouvait la tuer. Mais Kiona ne renonçait pas. Il lui fallait fournir un tel effort qu'il lui était impossible de manger, de boire, de parler, d'ouvrir les yeux. Elle s'acharnait à demeurer dans cet univers effrayant où l'ombre et la lumière s'affrontaient inlassablement.

—Je ne peux pas aller à Montréal, répétait Charlotte. Votre huile de Saint-Joseph ne servira à rien, mademoiselle Damasse.

—Tu me déçois, jeune fille, s'offusquait Laura.

—J'irais, moi, mais je ne peux pas quitter mon enfant, disait Jocelyn.

Madeleine exigea le silence. Très digne, elle montra le crucifix accroché près du lit.

— Quel tintamarre! déplora-t-elle. Vous ne voyez pas que Kiona s'agite de plus en plus. Ceux qui ne peuvent pas prier n'ont qu'à sortir de la chambre. Charlotte, retourne chez toi ou emmène les enfants. Jésus protège notre Kiona et il sauvera Toshan, j'en suis certaine. Et si le frère André a pu guérir des personnes depuis le ciel, je vais l'implorer d'intervenir, mais dans le silence et le recueillement.

Ce discours débité d'une voix grave fit son effet. Mireille recula vers la porte en se signant. Andréa approuva d'un signe de tête. Laura, elle, s'évertua à réconforter les quatre enfants.

— Descendez avec moi; vous prendrez votre déjeuner. Madeleine a raison: nous troublons Kiona avec nos lamentations. N'ayez pas peur, tout va s'arranger.

Plus d'une heure s'était écoulée. En France, deux chirurgiens venaient d'opérer Toshan, tandis qu'Hermine priait dans la chapelle de l'hôpital Saint-André de Bordeaux.

Laura avait rétabli l'ordre au rez-de-chaussée. Mireille était devant ses fourneaux et mademoiselle Damasse faisait la classe à ses élèves. Lambert Lapointe, le neveu de Charlotte, s'était présenté à l'heure habituelle, en compagnie de Marie Marois.

— Pas de panique, ronchonnait la maîtresse de maison. Nous avons tous été ridicules au chevet de Kiona. Heureusement, Madeleine a montré l'exemple. J'ai cru revoir Tala.

Elle était seule dans le salon et elle venait de raccrocher le téléphone, désappointée.

« Hermine a quitté son hôtel samedi à midi et elle a laissé des affaires. Pourtant, Duplessis a réglé sa note. Mais pourquoi? Il y a eu un souci, un gros souci, c'est évident. Où sont-ils? »

Son imagination s'emballait. Sa fille avait pu être

arrêtée, déportée ou bien tuée. Terriblement anxieuse, elle se décida à demander en tremblant un autre numéro, celui de l'Opéra. Après une attente éprouvante, le directeur en personne lui répondit. Elle apprit ainsi qu'Hermine avait disparu dès la fin du dernier acte de *Faust*.

Hôpital Saint-André, Bordeaux, le lendemain, lundi 22 mars 1943

Hermine était assise au chevet de Toshan. Il disposait d'un lit étroit, dans une vaste salle où s'alignaient d'autres lits, séparés le plus souvent par des toiles blanches qui offraient un peu d'intimité à l'heure des soins. Des religieuses circulaient dans l'allée centrale, tout de blanc vêtues, une cornette sur la tête. Malgré les efforts du personnel en place, l'hygiène laissait à désirer à cause des équipements vétustes et du manque de capitaux. La jeune femme s'en souciait peu. C'était là, dans cet immense établissement, que son mari avait été opéré la veille. Elle ne parvenait pas à y croire, mais Toshan était toujours vivant.

« Est-ce que Dieu m'a entendue? songeait-elle. Je n'ai jamais prié avec autant de ferveur. »

Elle avait passé la nuit sur une chaise à lui tenir la main. C'était déjà un miracle de sentir de la chaleur dans ses doigts à lui et de percevoir sa respiration sifflante et irrégulière. Elle se raccrochait à cela sans tenir compte des avertissements des médecins. Selon eux, Toshan n'était pas tiré d'affaire.

— Il a résisté à l'opération, mais il demeure très faible, avait dit le chirurgien. Nous ne sommes pas à l'abri d'un arrêt du cœur, d'autant moins que ses poumons sont bien endommagés.

« Le chemin sera long avant qu'il soit rétabli, pensa encore Hermine. Mais s'il a survécu, c'est la preuve qu'il redeviendra lui-même, qu'il guérira! »

Hermine revit la mine perplexe de l'infirmière qui venait d'examiner Toshan. Elle se reprocha de ne pas l'avoir interrogée sur ses impressions. « Je le ferai quand elle repassera. J'ai tellement sommeil, je suis si fatiguée!» Elle rêvait de s'allonger n'importe où et de dormir un peu. Une religieuse s'approcha d'elle avec un doux sourire.

—Madame, vous avez l'air à bout de forces. Il y a une pièce voisine de cette salle où vous pourriez vous étendre une heure. Ce n'est pas confortable, de simples banquettes garnies de couvertures, mais un peu de repos vous serait nécessaire.

—Je vous remercie, ma sœur, je ne veux pas quitter mon mari. Hier, le docteur de la Croix-Rouge qui nous a conduits ici m'a affirmé que des arrestations ont lieu même dans l'enceinte de l'hôpital. Je préfère veiller sur lui.

—Cela s'est produit, je l'avoue, mais il s'agissait de blessés légers en convalescence. Vu l'état de ce monsieur, il ne risque rien.

La sœur ajouta plus bas :

—Nous avons la mission sacrée de protéger nos patients, madame, quitte à leur couvrir le visage de pansements pour les rendre difficiles à identifier. Et la supérieure garde les papiers des malades dans son bureau. Allez dormir et soyez tranquille, je viendrai régulièrement voir votre mari.

—Et s'il reprend connaissance, vous me le direz aussitôt? Je voudrais être à ses côtés quand il se réveillera. Nous avons été séparés pendant presque un an et il ignore que je suis en France.

La jeune religieuse lui inspirait une confiance totale et elle se serait volontiers confiée plus longuement. Depuis leur fuite de Paris, elle avait l'impression de perdre pied, d'avoir été jetée dans un monde inconnu où dominaient la haine et la violence.

—Je comprends, affirma la sœur. Je vous avertirai.

Rassurée sur ce point, Hermine se leva doucement, les jambes engourdies et le dos endolori. Elle traversa la vaste salle en observant les autres patients. Certains se plaignaient comme des enfants, d'autres dormaient ou appelaient. Dans un lit, elle aperçut une fillette blonde, secouée de sanglots.

— Ne pleure pas, lui dit-elle en s'approchant. Tu as mal?

— Oh oui, mademoiselle!

— Je vais prévenir quelqu'un alors.

Pour la première fois depuis son départ de Montpon, elle pensa à Kiona en se demandant pourquoi sa demi-sœur n'avait pas essayé de sauver Toshan, le matin de la fusillade. «C'était sans doute beaucoup espérer, se reprocha-t-elle. Kiona n'a pas tous les pouvoirs. Ce n'est qu'une petite fille comme celle-ci, qui peut souffrir et qui a surtout besoin d'une vie stable.»

Une autre idée s'imposa à elle. Ne sachant pas combien de temps il lui faudrait rester à Bordeaux, Hermine décida de proposer ses services à l'hôpital. «Au moins, je me rendrai utile; je pourrai apporter un peu de réconfort aux malades.»

Elle se sentait toujours coupable vis-à-vis de Janine et d'Octave, dont le sort la préoccupait. Ce fut dans un état de profonde tristesse qu'elle s'allongea sur une banquette en bois, son bras replié en guise d'oreiller. Elle s'endormit en quelques secondes.

Val-Jalbert, même jour

Kiona était assise dans le grand lit, son regard d'ambre plongé dans celui de son père, brun et larmoyant. Jocelyn lui tenait la main, tout tremblant de joie.

— Ma chérie, j'ai tant pleuré hier! Tu nous as fait une peur horrible! Si tu avais vu le chambardement icitte! Laura voulait même que Charlotte parte sur-le-champ pour Montréal chercher de l'huile de Saint-Joseph. Louis était désespéré, Mukki et les filles aussi.

— Je suis désolée, papa, dit-elle d'un ton las. Ce n'était pas ma faute tout ça.

— Bien sûr que ce n'est pas ta faute. Tu vas beaucoup mieux; Dieu a écouté nos prières! Quand je pense que le docteur était là, hier soir, et qu'il allait t'amener à l'hôpital de Roberval! Mais tu as ouvert les yeux et tu m'as souri! De plus, tu as tout de suite demandé à manger.

— J'avais très faim, papa.

— Moi aussi, j'aurais eu faim, après tant de jours de jeûne! Je ne sais pas le nombre exact, mais cela m'a paru interminable.

Jocelyn caressa les boucles d'or roux de sa fille. Il était en extase.

— Maintenant, tu vas te reposer et reprendre des forces, dit-il d'un ton câlin.

— Oui, je suis encore fatiguée.

Laura entra dans la chambre, un large sourire sur les lèvres. Elle apportait un plateau qui semblait très lourd.

— Mireille a fait des beignes et j'apporte aussi de la compote tiède. Monsieur Potvin, le fermier, nous a offert du lait. Je l'ai fait chauffer et je l'ai sucré avec du sirop d'érable. Tu vas te régaler, Kiona!

— Merci, Laura, dit la petite. Vous êtes tous très gentils. Je suis désolée de vous avoir fait peur.

— Veux-tu te taire! Je n'ai jamais autant prié de ma vie! Sais-tu que je t'aime de tout mon cœur, mon enfant?

— Oui, je le sais, admit l'étrange fillette à mi-voix.

— Ce n'est pas le moment de placoter, coupa Jocelyn, attendri cependant par l'aveu inattendu de son épouse. Elle doit manger en paix. Kiona, veux-tu que j'appelle les enfants? Ils te tiendront compagnie.

— Pas encore, objecta-t-elle. Je préfère qu'ils viennent à l'heure du souper.

Laura et Jocelyn échangèrent un coup d'œil surpris. Kiona s'exprimait et se comportait comme une adolescente, voire une adulte. Elle avait un petit air sérieux et accablé qu'ils lui avaient rarement vu. Akali l'aurait reconnu, cet air-là, car Kiona l'arborait au pensionnat, lorsqu'elle devait affronter la cruauté des sœurs et du frère Marcellin tout en s'efforçant de consoler les plus malheureux parmi les enfants indiens.

Sans oser l'interroger, ils assistèrent à son déjeuner. Si des questions les taraudaient, ils évitèrent de les poser. Mais c'était difficile, voire impossible, de tromper Kiona. Elle lisait en eux, ressentant leur impatience et leur nervosité.

— Mon frère Toshan était en danger, mais maintenant il est sauvé, déclara-t-elle après avoir bu une gorgée de lait. Enfin, je crois qu'il est sauvé, puisque je me suis réveillée.

Ce fut plus fort que Laura. Elle se signa et saisit la main de la petite fille, comme pour s'imprégner de son innocence et de sa grandeur d'âme, de son mystère aussi.

—Je suis sûre que c'est toi qui l'as sauvé, Kiona.

—Oh non! Je n'ai pas ce pouvoir. Mais Dieu, Il peut tout, et Il entend les prières.

Vaincu par l'expression lointaine et radieuse de son enfant, Jocelyn appuya son front contre le lit, dans une attitude humble de pénitent. Il ne comprenait pas pourquoi un personnage d'une telle puissance mystique était né de sa chair et de celle de Tala. Il avait suffi de quelques étreintes au clair de lune, au milieu du cercle de pierres blanches que la belle Indienne avait tracé, pour créer Kiona, un être d'exception, une fée ou un ange, nul ne pouvait le dire.

—Papa, ne pleure pas, s'inquiéta la fillette. Je me sens bien, et les beignes de Mireille étaient délicieux.

—Je ne pleure pas, dit-il en relevant la tête. Mais je rends grâce au Seigneur de m'avoir fait un tel cadeau en te donnant la vie.

Laura ne put s'empêcher d'éprouver un vague pincement de jalousie; ce genre de déclaration semblait exclure Hermine, et surtout Louis, du cœur de son mari. Cependant, elle ne fit aucune remarque. Au fond, elle pensait comme lui.

Hôpital Saint-André, Bordeaux, mardi 23 mars 1943

Hermine jeta un regard à sa montre. Il était six heures du matin et l'hôpital Saint-André s'agitait déjà. Les sœurs déambulaient dans la salle. Certaines apportaient des bols de tisane ou de chicorée, d'autres emportaient les seaux hygiéniques qu'il fallait vider chaque matin.

«Toshan, je t'en supplie, ouvre les yeux, implorait sa femme en silence. Tu as un peu de fièvre, tu respires encore mal, mais tu es toujours vivant!»

Elle avait un tel désir de le voir éveillé que cela l'exaspérait. Plusieurs fois dans la nuit elle lui avait caressé le front et les joues en lui parlant tout bas pour ne pas déranger les patients voisins.

— Si une infection se déclare, votre mari est perdu! s'entêtait à lui dire une infirmière civile quand elle examinait Toshan. Nous ne pourrons même pas lui donner de la pénicilline, ce produit que certains hôpitaux utilisent aujourd'hui de façon thérapeutique [57]. Nous n'en avons pas, hélas! Surveillez bien sa température. Vous savez que nous lui donnons des calmants, sinon il souffrirait trop. Cela explique qu'il dort autant. Soyez vigilante quand même.

Elle obéissait plutôt deux fois qu'une, avec l'espoir tenace de pouvoir très bientôt parler à Toshan et réentendre sa voix. Mais cela ne l'empêchait pas de seconder les sœurs, qui avaient accepté son aide avec enthousiasme. En blouse blanche, sa chevelure blonde dissimulée sous un large foulard, elle effectuait toutes les tâches qu'on lui demandait.

Son sourire et ses gestes très doux, ainsi que sa voix mélodieuse, apaisaient les malades. Hermine accordait toute son attention à la petite fille blonde qui avait été opérée d'une appendicite. Personne ne lui rendait visite, car elle n'avait plus de famille et, une fois rétablie, elle retournerait à l'orphelinat. «Je sais à quel point elle souffre de ne pas avoir ses parents. Mais, moi, j'ai eu la chance de les retrouver! Mon Dieu, quand je rentrerai au Québec, je chérirai maman et papa de toutes mes forces, et mes petits aussi.»

Toute la matinée, Hermine se dévoua pour les patients. Elle pouvait également veiller sur Toshan, étant employée dans la salle où il était alité. Vers midi, alors qu'elle aidait l'orpheline à prendre un bol de bouillon, une sœur l'appela:

---

57. La pénicilline, découverte en 1928, ne fut employée en médecine à des fins curatives qu'à partir de 1940. Avant cette date, elle servait à nettoyer certains instruments uniquement.

— Madame, venez vite! Votre mari…

Elle se précipita, le cœur battant à tout rompre. Tout de suite, elle constata que Toshan avait ouvert les yeux. Une crainte absurde l'envahit. «Comment va-t-il réagir en me découvrant à son chevet? se dit-elle. Et s'il me repoussait?»

C'était ce qu'elle redoutait en secret, de manière presque inconsciente. Mais la religieuse l'encouragea.

— Vite, parlez-lui, cela lui fera du bien d'entendre une voix connue.

— Toshan? Toshan, c'est moi, ta Mine, dit-elle dans un souffle.

Il fixait le plafond, l'air ébahi. Elle lui prit la main et étreignit ses doigts. Alors, il la regarda sans bouger la tête.

— Oh! Toshan, nous sommes enfin réunis, ajouta-t-elle au bord des larmes. Ne crains rien, tu es à l'hôpital Saint-André de Bordeaux. Et je suis près de toi. N'est-ce pas merveilleux?

Il essaya de répondre, mais n'y parvint pas. La sœur lui donna à boire un peu d'eau à la cuillère.

— Monsieur? Comment vous sentez-vous?

— Toshan, mon chéri, parle-nous! Est-ce que tu as mal?

— Non, réussit-il à dire.

Submergée de joie, Hermine se pencha sur lui et l'embrassa. Elle exultait, libérée d'un poids écrasant.

— Tu es sauvé, merci, mon Dieu, bredouilla-t-elle sans pouvoir retenir un sanglot de nervosité.

La religieuse s'éloigna pour trouver un médecin. Hermine, qui n'osait pas prononcer trop de mots passionnés en sa présence, en profita.

— Mon amour, mon tendre amour, mon mari! J'ai eu si peur de te perdre! Tu me vois, dis, c'est moi, ta Mine! Je suis venue en France; tu dois être bien étonné… Je t'expliquerai comment et pourquoi.

Quelque chose la retenait de citer, même à voix basse, le nom de l'imprésario.

— Je veille sur toi depuis deux jours. Tu as été opéré. Tu vas guérir, mon amour!

Bouleversée, elle se revit lui prodiguer des soins sur les conseils de l'infirmière, le rafraîchir, le faire boire ou vérifier l'état de ses pansements.

— Toshan, dis-moi un mot, rien qu'un mot, implorat-elle.

Il la fixait et, dans son regard noir qui reprenait petit à petit son éclat, elle ne lisait aucune satisfaction de la revoir, aucune douceur à son égard.

— Tu n'aurais pas dû faire ça, articula-t-il péniblement d'une voix hésitante.

— Faire quoi, mon chéri?

Le beau Métis paraissait épuisé. Il referma les yeux un instant, comme pris de somnolence, puis il cligna les paupières et la fixa de nouveau.

— Ta place était là-bas, chez nous, pas ici, dit-il au prix d'un effort surhumain.

— Mais je voulais tant te rejoindre, te revoir! Tu me manquais, et... non, nous en discuterons plus tard, quand tu iras mieux.

Toshan approuva d'un mouvement de la tête. Après avoir écarté le rideau, le médecin apparut. Hermine assista à l'examen, à la fois meurtrie et heureuse.

«Il n'est pas dans son état normal, se rassuraitelle. Cela a dû le choquer que je sois là, en France. Il comprendra quand je lui dirai tout.»

Elle se promit de lui confier le rôle joué par Duplessis. Jamais elle n'aurait quitté le Québec si l'impresario n'avait pas insisté en lui laissant entendre que cela concernait son mari.

«Mais oui, pour l'instant, il est en pleine confusion, et très faible. Je ne dois pas m'affoler ni me vexer!» Malgré tout, elle se sentait rejetée par l'homme qu'elle aimait de tout son être. Le médecin, lui, paraissait content. Il lui adressa un sourire.

— Votre mari a repris connaissance, c'est bon signe! L'opération a été une réussite. Attention, il faut le ménager. Ne l'obligez pas à parler. Et vous, monsieur, évitez de vous agiter, afin d'éviter tout risque d'hémorragie.

Toshan cligna les paupières sans desserrer les lèvres

et sans accorder un regard à Hermine. Elle reprit néanmoins sa place à son chevet. Dès qu'ils furent seuls, elle dit gentiment :

— Il faut que tu te rétablisses! Moi, je te parlerai, mon chéri. Tu as sûrement envie d'avoir des nouvelles de nos enfants et de toute la famille. J'imagine ce que tu ressens. Ne t'inquiète pas si nous ne pouvons pas encore communiquer comme avant. Je t'aime tant, Toshan.

Sur ces mots, elle lui reprit la main. Il s'était rendormi.

Pendant six jours, leurs relations se limitèrent à cela. Une phrase ou deux échangées sur des banalités, quand Hermine n'évoquait pas les progrès de Mukki en arithmétique, les prouesses de Laurence en dessin et les bêtises de Marie-Nuttah. Mais, s'il semblait écouter, Toshan lui demandait souvent de se taire d'un geste de la main.

L'infirmière répétait à Hermine qu'on administrait à son mari de fortes doses de calmant qui lui évitaient de souffrir et le gardaient dans un état de somnolence favorable à son rétablissement. Elle s'était résignée et patientait. Elle continuait à travailler dans la salle et à l'étage supérieur, autant par désir de rendre service que pour s'occuper l'esprit. Certaines pensées lui faisaient peur. «Et si Toshan ne m'aimait plus? Il s'est souvent montré dur avec moi ou intransigeant lorsque je le décevais! Peut-être qu'il m'en voudra beaucoup d'être venue en France et d'avoir laissé les enfants. Et s'il était tombé amoureux de cette femme juive?»

Tout en balayant le linoléum du couloir ou en rinçant la vaisselle, elle tentait de se souvenir exactement des paroles de Duplessis quand il l'avait accueillie à Paris. «Il me disait que Toshan avait été blessé et soigné par des gens, en Dordogne, je crois. Mais où a-t-il rencontré cette femme? Comment était-elle? Peut-être très jolie, plus belle que moi! Ils couchaient dans le même lit.»

Ce dernier point la tracassait plus qu'elle ne voulait l'admettre. Seul son mari serait en mesure de dissiper ses doutes et, au fond, elle avait l'intuition qu'il fuyait une explication. L'instant suivant, elle se jugeait ridicule. « Toshan a été grièvement atteint aux poumons. C'est un vrai miracle qu'il soit encore vivant, que je l'aie retrouvé et qu'il ait pu être opéré ici. Je dois remercier Dieu et cesser de me faire des idées. »

Pourtant, plus le temps passait, plus elle appréhendait le jour où Toshan répondrait à ses questions.

Ce fut le lundi 29 mars que le directeur de l'hôpital, par l'intermédiaire d'une des sœurs, fit demander Hermine. Après un parcours interminable dans le dédale des couloirs, elle entra dans un bureau au décor élégant dont les meubles et les tableaux dataient du siècle précédent. Deux hommes se trouvaient là, l'un en costume gris et cravate noire, chauve et d'une taille impressionnante, le second plus petit, mais robuste, en imperméable beige et coiffé d'un chapeau de feutre. Un instant, elle prit peur, croyant avoir affaire à un milicien.

—Asseyez-vous, madame, dit le grand homme chauve. Je me présente, Robert Beauval. Je dirige cet établissement. Et voici le colonel Desmarets, du BCRA[58], les services secrets de la France libre. Vous ne serez pas surprise si je ne crains pas de décliner son identité, puisque j'ai l'honneur d'héberger dans cet hôpital le lieutenant Delbeau, votre époux. Le colonel Desmarets doit veiller à votre rapatriement au Canada. Un paquebot-hôpital, le *Canada*, va appareiller dans le port de Bordeaux après-demain. On vous y conduira le soir. Votre mari et vous disposerez d'une cabine privée.

Méduseé, Hermine garda le silence quelques secondes, puis elle remercia chaleureusement le directeur.

—Quelle bonne nouvelle, monsieur! Comment vous dire ma profonde gratitude? Et vous aussi, colonel, je vous remercie tout en précisant que j'ignorais les activités exactes de mon mari. Je ne suis en France que depuis le début du mois.

---

58. Pendant la Seconde Guerre mondiale, le Bureau central de renseignements et d'action.

— Grâce à Octave Duplessis, je suis au courant, intervint l'agent secret. Vous avez joué un rôle aussi, à Paris, chère madame. Cela peut vous sembler dérisoire avec le recul, mais il faut parfois d'autres armes que l'artillerie lourde dans ce genre de lutte. Pendant que vous chantiez pour certains haut gradés de l'armée allemande en place à Paris, les combattants de l'ombre pouvaient se livrer à l'impression de tracts ou convoyer des familles juives, sous leur nez pratiquement, dans la cave du cabaret où vous vous produisiez. Cela dit, Duplessis prenait trop de risques; il suivait son inspiration, ce qui n'était pas toujours judicieux.

— Alors, il ne m'avait pas menti! Je servais simplement à distraire l'occupant!

— On peut dire cela ainsi!

Les deux hommes l'admiraient discrètement. En blouse blanche et les cheveux tirés en queue de cheval, Hermine était loin de penser à son aspect ou à son pouvoir de séduction. Pourtant, dans la pièce sombre, elle rayonnait avec son teint de lait, ses lèvres roses et l'azur de son regard.

— Pouvez-vous me raconter ce qui s'est passé à Montpon? reprit le militaire. Nous savons que Xavier Dubois a parlé sous la torture et nous supposons qu'il a été déporté ensuite. Mais nous avons perdu la trace de Duplessis, un de nos meilleurs éléments. Pourquoi étiez-vous à Montpon?

Profondément émue, elle narra par le détail leur fuite de Paris, mais elle hésita au moment d'expliquer comment ils avaient su que Toshan se trouvait en Dordogne.

— Octave avait eu le renseignement, mentit-elle, se voyant mal confier à ces inconnus le don de prescience de Kiona.

— Oui, évidemment, soupira Desmarets. Ces gens qui ont caché votre époux et l'ont soigné appartenaient à un petit réseau de résistants. J'ai tout lieu de croire que la femme juive abattue à Montpon était Simhona Sternberg, dont le mari exerçait comme médecin à Paris avant d'être déporté lui aussi, vraisemblablement.

Hermine raconta très vite le dénouement tragique de leur cavale. Sa voix tremblait en décrivant les miliciens qui frappaient Janine et Duplessis.

—Merci, madame, trancha sans trouble apparent le colonel. J'ai hâte que vous et votre mari preniez la mer. En attendant votre départ, ne quittez l'hôpital sous aucun prétexte. Les sœurs vous fourniront des vêtements. Vous êtes recherchée par la Milice. Duplessis ne parlera pas, ça, j'en suis certain, mais sa compagne a pu citer des noms.

Pendant cette discussion, le directeur tapotait nerveusement le bois ciré de son bureau. Roger Beauval vivait dans la terreur d'une arrestation. Nombre de résistants blessés et d'évadés des camps français transitaient par son établissement.

—Je vous souhaite un bon retour dans votre pays, chère madame, conclut le colonel Desmarets. En raison de la gravité de son état, le lieutenant Delbeau est libéré de ses fonctions. Une fois au Canada, il pourra solliciter un poste administratif au sein de l'armée. Nous y veillerons.

Hermine hocha la tête, intimidée. Ces combattants de l'ombre, comme on les surnommait, l'impressionnaient par leur courage et leur sens du sacrifice.

—Il paraît que vous êtes une grande artiste, une cantatrice, lui dit le directeur de l'hôpital. Je déplore de ne pas pouvoir vous écouter chanter. Ce serait trop imprudent, vu la situation. Les SS viennent régulièrement ici vérifier l'identité de nos patients. Mais, n'ayez crainte, je me porte garant de votre sécurité et de celle de votre époux.

Il y eut encore des palabres et des mises au point. Hermine en perdait le fil, obsédée qu'elle était par l'écho d'un prénom: Simhona. Elle plaignait de tout cœur la malheureuse et son fils d'avoir été tués, mais son imagination s'enflammait autour de ce nom singulier, et Simhona devenait à ses yeux une belle et héroïque personne, parée de mille grâces.

Cela ne dura pas. Dès qu'elle regagna la salle où Toshan était alité, ce minuscule aiguillon de jalousie cessa de la harceler. «Nous allons rentrer chez nous. Ce que j'ai tant espéré se réalise! Je ramène mon amour au Lac-Saint-Jean et, là-bas, nous oublierons la guerre! Nous nous aimerons comme avant et même bien plus qu'avant.» Dans un couloir, elle croisa une jeune religieuse avec laquelle elle avait sympathisé, sœur Geneviève.

— Ma sœur, quel soulagement! Nous rentrons à la maison, au Canada. Est-ce que je pourrais téléphoner à mes parents afin de les rassurer et de les prévenir?

— Mais oui, venez. Il y a un appareil au secrétariat du premier étage. Faites vite et ne dites rien de précis, c'est la consigne.

Laura, qui prenait son déjeuner dans le salon, se leva avec précipitation quand la sonnerie métallique du téléphone résonna dans le silence matinal. Il était huit heures. Elle crut s'évanouir de joie en reconnaissant la voix d'Hermine.

— Maman! Nous serons là dans trois ou quatre semaines, affirmait sa fille. Je te rappellerai de Québec! Surtout, dis-le aux enfants!

Ce fut tout. Hermine avait déjà raccroché. Mireille vint aux nouvelles, intriguée par ce coup de fil matinal.

— Madame, rien de grave au moins? Vous êtes toute pâle!

— C'était Mimine. Elle revient! Et avec Toshan, ça, je l'ai compris. Elle semblait pressée, mais elle a dit «Nous serons là» et puis «Dis-le aux enfants, surtout!» Je pense qu'elle ne pouvait pas s'exprimer à son aise. Mon Dieu, Mireille, que je suis contente! Je monte vite l'annoncer à Jocelyn.

— Moé, je vais faire un gâteau! Et ce soir, madame, il faudrait déboucher du cidre!

— Fais à ton idée, répliqua Laura, déjà au milieu de l'escalier.

Elle cédait à un bonheur immense. Hermine de retour avec son mari, cela signifiait que les choses reprendraient leur place, que l'angoisse se dissiperait, qu'ils pourraient tous respirer et dormir en paix.

Parvenue dans sa chambre, elle tira les rideaux. Kiona se réveilla aussitôt. La fillette disposait maintenant d'un petit lit non loin de celui du couple. Jocelyn préférait la savoir près d'eux.

—Qu'est-ce qui se passe, Laura? interrogea l'enfant en se frottant les yeux.

—Oui, pourquoi ce remue-ménage? ronchonna Jocelyn, à demi enfoui sous les couvertures.

—Hermine et Toshan vont revenir, répondit-elle en frémissant d'excitation. Elle m'a téléphoné! Ils sont sauvés, tous les deux! Je n'en pouvais plus de me ronger les sangs à leur sujet!

Kiona eut un léger sourire. Elle bâilla et s'étira un peu avant de se lever.

—Ce matin, je retourne en classe, décida-t-elle. Je ne suis plus du tout fatiguée! Papa, je peux aller le dire à Mukki et aux jumelles?

—Dire quoi? Que tu vas mieux?

—Mais non, leur dire pour Hermine et Toshan, pouffa-t-elle.

Laura constata que la fillette avait retrouvé un comportement en rapport avec son âge. Elle préférait la voir ainsi, malicieuse et gaie.

—Bien sûr, vas-y vite, répliqua-t-elle sans laisser son mari donner son avis. C'est jour de fête.

22
Bouleversements

Port de Bordeaux, jeudi 1ᵉʳ avril 1943
Hermine s'assura que Toshan était confortablement
installé dans la cabine du navire-hôpital. Une infirmière
de l'hôpital Saint-André lui ayant fait une injection de
calmant une demi-heure avant l'embarquement, il
venait de s'endormir.

—Repose-toi, mon amour. Je vais prendre l'air sur
le pont.

Elle savait qu'il ne l'entendait pas, mais c'était plus
fort qu'elle, ce désir de communiquer avec lui, comme
si ce bel homme au teint cireux étendu sur la couchette
était toujours le même que jadis. «Je me berce d'illusions, songea-t-elle en sortant dans l'étroit couloir où
une douzaine de portes se faisaient face. C'est de pire
en pire! Il ne m'adresse même plus la parole!»

Cela datait de lundi matin, depuis qu'elle s'était
précipitée à son chevet, après avoir prévenu ses parents
par un très bref coup de fil qu'ils rentraient au Québec.
«J'étais si heureuse! se remémora-t-elle. Je suis arrivée
près du rideau qui entoure son lit et, là, j'ai surpris une
conversation. Mon Dieu! Toshan s'exprimait d'une voix
ferme, bien timbrée. Il discutait avec l'infirmière; il lui
demandait quand il pourrait se lever!»

La seule évocation de ce moment fort pénible pour
elle la fit tressaillir d'une sourde colère. Elle se revit,
écartant la toile blanche, un triste sourire sur les lèvres.
«Je lui ai dit: "C'est merveilleux, mon chéri, tu peux
enfin parler!"»

Hermine gravit quelques marches en métal et sentit
aussitôt le vent frais qui balayait l'estuaire de la Gironde.

« Et là, il a tourné la tête et n'a plus dit un mot. Il a évité mon regard tout le reste de la journée. Pourquoi fait-il ça? Pourquoi? Je ne comprends pas! »

Elle se retrouva enfin sur le pont et, malgré l'angoisse qui la tenaillait, la beauté du paysage l'enivra. Le départ du bateau, initialement prévu la veille, avait été retardé de quelques heures et il lèverait l'ancre à l'aube. Cela permettait à Hermine d'admirer un ciel d'un rose délicat, presque mauve, parsemé d'une myriade de petits nuages incandescents qui se reflétaient sur l'eau sombre, parcourue de vaguelettes.

Des mouettes blanches volaient près des berges et Hermine pensa aux goélands du Lac-Saint-Jean, là-bas, si loin. Elle ignorait combien de temps durerait la traversée. Sœur Geneviève lui avait confié la veille que le colossal cargo abritait dans ses flancs des officiers anglais qu'il fallait reconduire en Grande-Bretagne, ainsi que des soldats américains blessés, mais aussi des Canadiens.

—Je prierai pour vous, avait dit la religieuse. Que Dieu vous ait en sa sainte garde et vous ramène dans votre cher pays!

Hermine avait compris l'allusion. Elle s'était renseignée durant son séjour à l'hôpital. Le navire pouvait être victime d'un bombardement ou torpillé par des sous-marins ennemis, comme cela avait été le cas récemment pour le paquebot *Empress of Canada*, coulé au large de Freetown, en Afrique du Sud, ce qui avait coûté la vie à quatre cents personnes.

Mais, accoudée au bastingage, elle refusait de céder à la peur. Elle voulait se persuader que ce long voyage se passerait bien, qu'elle reverrait sa terre natale, ses enfants, tous ceux qu'elle chérissait.

« Adieu, la France, songea-t-elle, mélancolique. Quel dommage d'avoir découvert ce pays dans ces conditions, en pleine guerre! »

Elle revit pêle-mêle les rues de Paris, les quais de la Seine et ses bouquinistes, les tours de Notre-Dame, mais aussi des images de la campagne française, les champs bordés de haies, les prairies d'un vert tendre et ces villages paisibles qu'ils avaient traversés pendant leur fuite, sous un ciel printanier.

Un couple enlacé se tenait à ses côtés. L'homme, assez âgé, expliquait à sa compagne que l'estuaire de la Gironde s'élargissait jusqu'à l'océan Atlantique.

— La marée remonte jusqu'ici, à Bordeaux, et même à Libourne, en amont, disait-il. Le capitaine va profiter du courant descendant pour gagner de la vitesse. Il n'y a rien à craindre, nous serons bientôt en sécurité.

Hermine eut envie de pleurer. Elle aurait voulu être dans les bras de Toshan et affronter l'inconnu sous sa protection. «Comme je serais heureuse s'il me parlait ainsi avec tendresse!» L'attitude de son mari l'effrayait plus que toutes les menaces qui planaient sur le bateau et ses passagers. Elle se demandait le cœur serré ce que cachaient son mutisme et sa froideur.

— Je crois que nous partons, constata la femme d'une voix craintive.

Elle avait raison. L'énorme bâtiment vibrait tout entier, tandis que le grondement des moteurs brisait le calme du matin. Le pont tremblait. Hermine, que le roulis gênait déjà un peu, se cramponna et ferma les yeux un instant. Sœur Geneviève lui avait conseillé, pour lutter contre le mal de mer, de toujours fixer la ligne d'horizon. «Je le ferai, ma chère sœur, pensa-t-elle. Mais, dans la cabine, mon horizon, ce sera le regard dur de mon mari, et je ne pourrai pas échapper au mal qu'il risque de me faire!»

Au bord des larmes, Hermine tenta de reprendre courage. Le médecin qui examinait Toshan matin et soir l'avait prise à part une fois pour la prévenir.

— Soyez patiente avec votre époux. Il a vécu une épreuve traumatisante et son état de faiblesse influe sur son caractère. Ne le brusquez pas. Les faits de guerre laissent de terribles séquelles.

«Je suis trop impatiente, se reprocha-t-elle. Et bien naïve d'avoir imaginé que nous tomberions dans les bras l'un de l'autre, fous de joie d'être réunis. Tout rentrera dans l'ordre, mais plus tard, chez nous, au Lac-Saint-Jean. »

Val-Jalbert, samedi 3 avril 1943

Andréa Damasse était dans tous ses états. Son mariage approchait à grands pas et, ce samedi, une de ses amies de Desbiens conduisait à Val-Jalbert sa filleule Alicia. L'institutrice s'était levée à l'aube pour s'assurer que sa classe était propre et bien rangée.

« Les pupitres sont cirés, le tableau noir est impeccable, les encriers sont garnis... » se disait-elle en déambulant dans la pièce qui était en fait l'ancien bureau de Laura Chardin.

Mireille entra, la mine moqueuse.

— Mademoiselle, votre café est servi dans la salle à manger ! Doux Jésus, on dirait que vous attendez le Premier ministre !

— Rozanne compte beaucoup pour moi, répliqua-t-elle, vexée. Je tiens à lui montrer que j'ai une bonne place et que je fais mon métier avec sérieux. C'est une femme instruite, dont l'opinion a de l'importance à mes yeux.

— Vous lui présenterez aussi votre futur mari, ironisa la gouvernante.

— Mais oui ! Et madame a eu la bonté d'organiser un dîner en l'honneur de mon amie et de ma filleule. Joseph est invité, évidemment.

— Ben, voyons donc, je le sais ben ! Je suis devant mes fourneaux depuis une heure pour servir un repas convenable, malgré les restrictions.

— Je vous en sais gré, dit l'institutrice avec dignité, exagérant son langage soigné comme chaque fois que Mireille lâchait une expression familière.

Elles se séparèrent sur cet échange peu aimable. Depuis la veille, le soleil pointait son nez entre les nuages et la neige scintillait, moirée d'or et de nuances féeriques. Le printemps approchait irrésistiblement et cela troublait Andréa. Des années de célibat allaient se terminer dans le lit de Joseph Marois et elle redoutait le soir des noces tout en en rêvant.

Ce fut au tour de Laura de faire irruption. Très élégante selon son habitude, elle virevolta dans la salle de classe.

— Croyez-vous que votre amie Rozanne appréciera mon idée?

— Quelle idée, madame? interrogea Andréa étourdiment.

— Enfin, à quoi pensez-vous? Mon idée de créer un cours privé pour les enfants! Nous accueillons à présent Lambert Lapointe, et je sais qu'il vous donne du fil à retordre! Que voulez-vous, Onésime est un brave homme, mais sa femme, Yvette, a un sale caractère dont a hérité Lambert. Et maintenant, voici encore une nouvelle élève, Alicia. J'ai parfois envie d'ouvrir une école privée à Roberval. Vous en seriez la directrice!

— Oh! Madame, c'est très flatteur pour moi, mais quand je serai mariée je devrai consacrer du temps à ma famille!

— Tant pis, je trouverai quelqu'un d'autre. D'autant plus qu'il y a de fortes chances que Jo vous fasse un enfant dans l'année!

La crudité du propos et l'imperceptible mépris qui se devinait dans le ton de Laura blessèrent cruellement Andréa. Elle se détourna pour fermer à clef l'armoire vitrée servant de bibliothèque.

— Dieu est seul juge de nos destinées, madame, osa-t-elle quand même répondre.

— Je vous l'accorde. Moi-même, je n'espérais pas avoir la joie d'être mère à quarante ans. Mon petit Louis a été un cadeau du ciel!

Andréa Damasse approuva poliment. Laura Chardin était vraiment imprévisible, distribuant du même souffle le chaud et le froid, le dur et le doux. Son physique avantageux malgré l'approche de la cinquantaine tenait du prodige. Toujours mince, le teint lisse, couronnée de ses frisettes artificielles d'un blond platine tout aussi artificiel, elle n'abusait pourtant pas du maquillage. Ses yeux clairs, moins beaux que ceux d'Hermine, mais de la limpidité d'une eau de source, gardaient l'éclat de la jeunesse.

—Eh bien, à plus tard, mademoiselle. Je prends mon thé au salon.

Désemparée, l'institutrice ajusta ses lunettes et vérifia d'une main timide l'ordonnance de son chignon. En prévision de son mariage, elle avait essayé de perdre du poids, mais en vain. « Tant pis! Joseph me répète que je lui plais. C'est le plus important! » se consola-t-elle.

Deux heures plus tard, toute la maisonnée guettait l'arrivée des visiteuses. Soucieux de faire bonne impression, Mukki et ses sœurs avaient mis leurs habits du dimanche. Madeleine portait son éternelle robe grise à col blanc, mais lavée et repassée la veille. Akali, elle, étrennait une jupe bleu marine et un corsage blanc cousu par la nourrice, qu'elle considérait vraiment comme sa seconde mère.

Quant à Kiona, en apparence complètement rétablie, elle ne gardait plus le lit. Fidèle au peuple montagnais, elle arborait ses vêtements indiens, ornés de perles colorées et de franges. Rien n'aurait pu la convaincre d'enfiler une robe et des chaussures vernies. Elle exhibait également ce jour-là de courtes nattes parées de plumes. Cela amusait Jocelyn qui, fou de bonheur de la voir guérie et pleine d'entrain, ne s'opposait à aucune de ses volontés.

—Les voilà! s'exclama tout à coup Marie-Nuttah. J'ai vu la camionnette d'Onésime par la fenêtre.

C'était toujours leur voisin qui faisait office de chauffeur. Là encore, il était allé chercher les visiteuses à la gare de Chambord-Jonction.

Laurence et Mukki se précipitèrent dans le couloir, sur les traces de Marie-Nuttah, toujours la plus vive et la plus audacieuse.

—Les enfants, revenez ici! tonna Laura. Ce n'est pas à vous d'accueillir nos invitées.

Ils firent demi-tour immédiatement afin de ne pas contrarier leur grand-mère. Louis, en costume de velours gris, un nœud papillon au cou et les cheveux soyeux, n'avait pas bougé du sofa, pour la simple raison que Kiona était assise près de lui.

— Venez, madame, allons-y ensemble, proposa Andréa.

Après un rude et interminable hiver en cercle fermé, Laura jubilait de recevoir des inconnues et de leur faire admirer le luxe de son intérieur. Elle ouvrit la porte avec un large sourire et fit trois pas sur le perron soigneusement balayé.

— Bonjour, madame, bonjour, mademoiselle! Bienvenue à Val-Jalbert!

Une femme de son âge, brune aux yeux clairs, son doux visage paré d'un beau sourire, lui tendit la main. Andréa, très émue, fit les présentations.

— Ma chère Rozanne, madame Chardin, notre hôtesse! Et voici ma petite Alicia, une excellente élève, éprise de littérature.

— Bonjour, marraine, dit à voix basse une adolescente de treize ans et demi, menue et gracieuse.

L'institutrice embrassa sa filleule avec tendresse, tandis que Laura les observait. Alicia lui plaisait. Elle semblait discrète et bien éduquée. Ses cheveux châtains étaient coiffés en queue de cheval et elle avait de très grands yeux bleus, ourlés de longs cils qui illuminaient ses jolis traits, fins et délicats.

— Avez-vous fait bon voyage? demanda Andréa.

— Oui, et le paysage était magnifique, grâce au retour du soleil, affirma Rozanne.

— Entrez, je vous en prie, renchérit Laura en prenant Alicia par l'épaule. Vous êtes très attendues, toutes les deux.

Il y eut encore des présentations au milieu du salon dont la décoration harmonieuse et le style raffiné firent une forte impression sur les nouvelles venues. L'abondance des bibelots, des meubles en marqueterie et des miroirs, la splendeur du lustre aux pendeloques de cristal, les somptueux rideaux en chintz, rien n'échappa à Alicia. Elle ne parvenait pas à croire qu'elle allait habiter une si belle demeure pendant des jours. Rozanne jugea l'ensemble un peu trop exubérant, mais elle n'en montra rien.

— Alicia, dit bien haut Laura, voici mon fils Louis.

Cette charmante enfant qui te salue, c'est Akali, que Madeleine, une parente de mon gendre, a recueillie. Et voilà mes petits-enfants, Laurence, Marie-Nuttah et Mukki. Ces deux-là portent leurs prénoms indiens; ne sois pas surprise; ils en ont décidé ainsi, leur père étant de souche montagnaise. Il s'agit de Toshan Clément Delbeau, un héros outre-Atlantique, d'après ce que j'ai cru comprendre. N'est-ce pas, Joss?

— Nous en saurons plus quand notre fille et son mari seront de retour ici. Nous avons eu très peur pour eux, mais ils sont sur le chemin du retour, par voie maritime.

La discussion ne tarda pas à porter sur la guerre, le sujet capital depuis déjà trois ans. Kiona prit alors l'initiative de se présenter elle-même à Alicia, Laura ayant oublié de le faire.

— Bonjour, je m'appelle Kiona. Je suis de la famille, dit-elle sans entrer dans les détails. J'espère que tu te plairas chez nous. Ta marraine est une excellente enseignante!

Ce petit discours énoncé fermement et d'un ton aimable étonna Rozanne. Elle estima l'âge de la fillette et demeura songeuse.

— Ne vous posez pas trop de questions! s'esclaffa Jocelyn, tout fier de sa progéniture. Kiona est une enfant à part.

Mukki, lui, était fasciné par Alicia. De grande taille pour ses dix ans, il dépassait d'un centimètre ou deux la ravissante adolescente et il se mit en tête de l'accaparer.

— Mademoiselle Damasse, m'autorisez-vous à faire visiter notre classe à Alicia? demanda-t-il sur un ton respectueux.

Andréa hésita, mais, ravie du bon accueil réservé à sa filleule, elle finit par consentir en ajoutant:

— Nous vous rejoindrons vite. Ma chère Rozanne, je dispose ici de tout le matériel nécessaire, et c'est un plaisir d'instruire mes élèves dans ces conditions.

Bien sûr, les jumelles, Kiona et Akali escortèrent Alicia et Mukki. Ce dernier aurait préféré être seul, mais il se résigna. La petite troupe déboula dans le couloir à l'instant précis où Mireille faisait entrer Joseph Marois et sa fille Marie.

— Bonjour, monsieur Joseph, claironna Laurence, qui oubliait sa réserve habituelle. Est-ce que Marie peut rester avec nous? On montre la classe à Alicia.

Andréa avait beaucoup parlé de sa filleule à son fiancé. Joseph, lui aussi endimanché, salua leur future demoiselle d'honneur d'un large sourire.

— Mais oui, va avec eux, Marie, dit-il avec bonhomie. Bonjour, Alicia! Je suis content de te connaître enfin.

L'ancien ouvrier tenait tant à faire bonne impression qu'il en attendrissait Mireille. Elle lui tapota le dos familièrement.

— Rejoignez donc votre promise au salon, monsieur Joseph. Doux Jésus, vous vous êtes mis sur votre trente-six, et vous sentez bon!

— Je suis un peu fâché, avoua-t-il tout bas. Andréa veut que je lui fasse honneur, alors...

— Vous êtes superbe, dit la gouvernante.

Toute rose d'émotion, l'institutrice marcha à la rencontre de Joseph. Rozanne fut rassurée à la vue de cet homme de haute taille, qui avait fière allure, la moustache encore bien brune, la poignée de main énergique. Proche de la soixantaine, il avait peu de rides, toutes ses dents, et on devinait qu'il avait été très bel homme dans sa jeunesse.

Le repas commença sous les meilleurs auspices. Mireille avait réussi des prouesses. En entrée, elle servit une salade de pommes de terre agrémentée de lamelles de poisson fumé, une recette qu'affectionnait Laura et qui lui rappelait sa Belgique natale. Puis, triomphante, la gouvernante apporta une énorme tourtière, dorée et fumante.

— Grâce à monsieur Joseph et à nos bons voisins, j'ai pu cuisiner du lièvre et du poulet. Nous ne manquons de rien, à Val-Jalbert, enfin si, comme tout le monde; c'est pas facile de se procurer du sucre blanc et de la farine. Mais la guerre ne peut pas empêcher l'eau d'érable de couler des troncs ni les bêtes des bois de se reproduire.

À défaut de beurre pour la pâte, j'utilise du saindoux. Un fermier des environs élève des cochons. Par chance, nous avons aussi nos légumes. Avec la viande, il y a du chou rouge et des oignons grillés.

— Nous n'avons pas besoin de tous ces détails, Mireille, intervint Laura, agacée par la verve de sa domestique. Je sais que tu fais des prouesses malgré les mesures de rationnement, mais il ne faut pas importuner nos invités.

Cependant, l'odeur alléchante qui se dégageait de la tourtière plaidait en faveur de la gouvernante. Alicia déclara de sa voix douce qu'elle n'avait jamais rien goûté d'aussi bon et Rozanne s'empressa d'en rajouter.

— J'aurai du mal à servir des plats d'une telle saveur à Joseph, voulut plaisanter Andréa. Je ne sais guère cuisiner. Ma future belle-fille, Marie, se débrouille mieux que moi.

Tous regardèrent la fillette de dix ans, réservée et triste, assise au bout de la table avec les autres enfants. Marie Marois promettait d'être très jolie, comme l'était sa mère Betty. Mais sa mine soucieuse, souvent apeurée, la faisait passer inaperçue en dépit de ses boucles d'un blond foncé et de sa bouche rouge cerise.

— Je préfère une épouse instruite et honnête qu'une bonne cuisinière, déclara Joseph, un peu ivre, Jocelyn ayant servi du vin et de la bière.

Laura eut un sourire de connivence avant de déplorer à haute voix l'absence de Charlotte.

— Mademoiselle Lapointe a décliné mon invitation encore une fois...

— De qui s'agit-il? s'enquit Rozanne, que cette famille assez fantasque amusait et charmait.

— La sœur du sympathique colosse qui vous a rame-nées de la gare. Je considère Charlotte comme ma fille adoptive, même si ce n'est pas officiel. Elle a perdu sa mère quand elle avait neuf ans. Elle était quasiment aveugle. Son père, alcoolique notoire, s'en occupait mal, très mal!

Elle avait insisté sur ces derniers mots, espérant être comprise sans choquer les oreilles enfantines.

— Hermine, ma fille aînée, l'a prise sous son aile et elle a grandi chez nous. Mais, depuis Noël, Charlotte a décidé de loger seule dans la maison du village qui lui appartient. Je ne la vois presque plus! Cela dit, je n'ai pas à me plaindre, elle travaille dur. Je lui fais tricoter des écharpes, des gants et des chaussettes pour nos soldats. Les colis sont confiés à la Croix-Rouge. J'aurais bien aimé vous la présenter, c'est une ravissante jeune fille, et très sérieuse. Hélas! toujours célibataire!

Égayée, Kiona baissa le nez sur son assiette. Elle savait que Charlotte vivait une grande histoire d'amour avec Ludwig et, maintenant qu'elle n'avait plus à se soucier de Toshan, elle veillait sur les amoureux, mais à distance.

Joseph crut bon d'ajouter:

— Charlotte devait épouser mon fils aîné, Simon, mais il a rompu leurs fiançailles pour s'engager. Il a été tué pendant la bataille de Dieppe.

— Quelle tragédie! soupira Rozanne. Comme je vous plains. Andréa m'a dit dans une de ses lettres que vous avez été durement éprouvé, monsieur.

— Oui, j'ai perdu aussi mon fils Armand dans le naufrage d'un cargo hollandais torpillé par un sous-marin allemand, gronda-t-il, les larmes aux yeux. Que je tienne un de ces Boches en face de moi et je lui règle son sort!

L'ambiance fut tout de suite moins légère. Heureusement, Mireille apportait le dessert.

— La première tarte! s'exclama-t-elle. Aux bleuets du Lac-Saint-Jean! Là encore, la guerre ne peut pas empêcher la récolte des bleuets! Madame en a acheté une grosse quantité et j'ai fait des confitures, de même que des conserves. Régalez-vous, je vais chercher la tarte à la farlouche! Vous connaissez, madame?

Elle s'était adressée à Rozanne qui répondit aussitôt:

— Et comment, de la mélasse, des raisins secs et de la cassonade. Un délice.

— Le délice de notre Mimine, ajouta Mireille d'un air désolé. Mimine, c'est le surnom d'Hermine, le

Rossignol de Val-Jalbert! Ah! si vous pouviez l'écouter chanter! C'est une célèbre cantatrice, comme disent les journaux.

— Elle a joué dans *Faust*, à l'Opéra de Paris, précisa Laura. Au mois de mars, oui! Elle avait déjà interprété Marguerite au Capitole, à Québec. Quelle soirée! Le public s'était levé pour l'applaudir.

Alicia ne perdait pas un mot de la conversation, rêvant de rencontrer le fameux rossignol. Dans la salle de classe, Mukki lui avait vanté le talent et la voix d'or de sa mère. Grisée par tant de perspectives extraordinaires, l'adolescente n'avait plus aucune appréhension à l'idée de séjourner chez les Chardin.

— Nous prendrons le café au salon, proposa Laura. Du vrai café! J'en ai acheté à New York, le mois dernier.

Jocelyn hocha la tête. Sa femme tenait décidément à épater la galerie, comme il le répétait souvent en la taquinant. Il fallait avouer que leur isolement à Val-Jalbert n'était pas toujours facile à supporter pour elle.

Les enfants décidèrent de montrer le poney à Alicia. Tout semblait aller pour le mieux dans le petit monde fermé du village fantôme. Cela ne durerait pas, mais Kiona elle-même l'ignorait.

Océan Atlantique, dimanche 4 avril 1943

Hermine patientait devant la porte de sa cabine. Une infirmière prodiguait à Toshan les soins quotidiens que son état exigeait. Quant à elle, elle n'avait qu'à veiller sur son bien-être. Elle l'aidait à manger et lui donnait à boire, mais leurs relations n'avaient pas évolué. Le Métis s'entêtait à fuir toute discussion personnelle et répondait à peine aux questions les plus ordinaires.

«Nous venons de quitter les côtes anglaises après avoir passé trois jours ensemble et rien n'a changé, se disait Hermine, le cœur gros, l'esprit en pleine confusion. Et on me répète la même chose, sur ce bateau comme à l'hôpital Saint-André : il faut ménager votre mari, il a subi un choc grave, il peut encore faire une hémorragie…»

Exaspérée, elle faillit remonter sur le pont. Au moins, à l'air libre, elle pouvait contempler la magnificence de la mer et le jeu des vagues, ou bien assister, fascinée, aux évolutions des dauphins qui nageaient parfois à proximité du navire. Mais l'infirmière sortit, son matériel rangé dans un plateau en fer qu'elle calait contre sa hanche.

— Monsieur Delbeau va très bien aujourd'hui, annonça-t-elle en souriant. Vous pouvez entrer, madame.

— Merci, soupira Hermine.

« Entrer et ensuite? Je vais m'asseoir à son chevet en espérant qu'il me regardera en face ou qu'il me prendra la main, qu'il me sourira. Je fais toujours un geste vers lui, je caresse ses cheveux ou son front, mais il ferme les yeux et me dit qu'il a sommeil. »

Malgré tout, elle entra et referma la porte. Adossé à un oreiller rebondi, Toshan lui adressa un bref coup d'œil.

— Fait-il beau? interrogea-t-il tout bas.

— Oui, le ciel est bleu et le vent est faible, débita-t-elle en luttant contre la colère qui l'envahissait. Il paraît que tu vas mieux, c'est une bonne nouvelle. Nous pourrions en profiter pour parler un peu. Il serait temps, je crois!

Toshan fit non d'un signe de tête. Hermine le fixa avec une sorte de haine douloureuse.

— Je n'en peux plus, avoua-t-elle. Mon Dieu! Qu'as-tu à me reprocher, à la fin? Hier après-midi, je t'ai raconté en détail pourquoi j'étais partie en France, à cause de l'insistance de Duplessis, qui me laissait entendre que tu étais en danger! Tu n'as même pas réagi! À l'hôpital, ça a été pareil quand je t'ai dit, tout heureuse, que nous rentrions au Québec et que nos enfants seraient fous de joie de te retrouver! Toshan, sois franc! Est-ce que tes petits ne comptent plus pour toi? Mukki, Laurence, Marie-Nuttah? Et moi, est-ce que tu m'aimes encore? Tu n'as pas eu un élan d'affection à mon égard, pas un seul mot gentil!

— Ne sois pas sotte! Nous discuterons une fois au Canada. Si nous y parvenons! Ce bateau a de fortes chances d'être bombardé avant d'atteindre le Saint-Laurent.

—Quel miracle! ironisa-t-elle. Tu n'as pas prononcé autant de mots à la suite depuis une semaine. Et c'est pour m'effrayer avec une menace de bombardement! Je m'en fiche de mourir si tu ne m'aimes plus, Toshan!

Il crispa les mâchoires, visiblement excédé, et répondit :

—À quoi bon discuter si tu joues les imbéciles! De toute façon, tu ne comprendras pas ce que je ressens. Et ça n'a rien à voir avec notre couple ni avec l'amour que j'ai pour toi et mes enfants.

—Simhona aurait peut-être compris, elle, scanda Hermine, furieuse et désespérée.

Aussitôt elle regretta ses paroles devant le regard noir que lui décocha son mari, où se lisait une lueur de panique. Ce fut d'une voix dure qu'il s'adressa à elle.

—Qui t'a dit son nom? Je t'interdis de la mettre en cause. Je l'ai vue s'écrouler le dos en sang, fauchée par une rafale de balles, et je n'ai rien pu faire pour la sauver! C'était ma mission, les sauver, elle et son fils! Je ne mérite pas de vivre, puisqu'ils sont morts sous mes yeux. Pourtant, j'ose m'accrocher à la vie, alors que j'ai échoué.

Un sanglot sec le fit taire. Terrifiée, navrée de l'avoir forcé à se livrer, Hermine n'osait plus ni bouger ni parler.

—Je sais qu'on a décidé de me rapatrier, poursuivit-il. Mais je voulais rester en France et venger Simhona, venger le petit Nathan. Je le revois sans arrêt, couché à côté de moi sur l'herbe, au bord de la Dordogne. Il avait les pupilles dilatées, il paraissait fixer les nuages et sa bouche était grande ouverte. Je pense qu'il n'a pas eu mal, qu'il n'a pas compris. Tué sur le coup, et elle aussi, sa mère...

Tremblante, Hermine prit place sur le tabouret rivé au plancher, près de la couchette de Toshan. Elle pleurait sans vraiment s'en apercevoir.

—J'ai la sale face du milicien qui hurlait *Juden* gravée là, dans mon esprit! Au moment où j'ai vu Simhona tomber, j'ai juré d'abattre cet homme, cette ordure. Maintenant, c'est trop tard. Il respire, tandis qu'elle pourrit dans une fosse commune avec Nathan.

— Calme-toi, recommanda-t-elle. Tu respires trop fort, trop vite!

— Ce serait un soulagement de crever!

Contre toute logique, et bien imprudemment, Hermine posa la question qui la hantait depuis Montpon.

— Tu étais amoureux de Simhona, n'est-ce pas? Je suis montée dans votre chambre; vous partagiez le même lit.

C'était dit. Un silence pesant s'installa dans la cabine. Elle n'avait pas le courage de regarder son mari, qui réfléchissait, stupéfait.

«Je t'en supplie, Toshan, pensait-elle. Explique-moi vite que vous n'aviez pas le choix, que vous deviez passer pour un couple! Mon Dieu, défends-toi, proteste, vite, par pitié!» Mais Toshan n'était pas du genre à mentir sur certains sujets. Il n'avait jamais trompé Hermine auparavant, et il jugea préférable de lui avouer la vérité. L'abcès serait crevé.

— Je n'étais pas amoureux d'elle. Simhona m'avait sauvé la vie et j'avais une dette sacrée envers elle. Je ne sais pas si tu es au courant de tout ce qui m'est arrivé, notamment après mon parachutage en Dordogne.

— J'ai su lundi matin que tu étais un agent secret au service de la France libre! Cela m'a aidée à y voir clair, car même Octave Duplessis répugnait à me confier ses projets ou ses activités clandestines. Lui aussi appartenait au BCRA. Il a quand même daigné m'apprendre que tu avais été blessé et soigné par des résistants, en Dordogne justement.

Toshan approuva avec un air passionné. Hermine sentit alors combien le combat qu'il avait mené était important pour lui. Elle attendit la suite de son récit.

— Ce sont les gens qui hébergeaient Simhona et son fils depuis deux ans qui m'ont ramené chez eux, sans croire que je survivrais à ma blessure. J'avais perdu beaucoup de sang. Mon parachute s'était pris dans la ramure d'un chêne et une branche cassée m'avait perforé l'aine, près de l'artère. Il se trouvait que Simhona était infirmière et le docteur du village, un collaborateur notoire. Elle m'a sauvé la vie, je te le répète pour que tu comprennes bien pourquoi je m'étais promis de sauver la sienne à son tour. J'étais caché dans une mansarde et je suis resté inconscient plusieurs jours. Une fois guéri, j'ai pu terminer ma mission.

Le Métis s'étendit sur des détails en évoquant les rencontres qu'il avait faites et en vantant l'organisation des réseaux de Résistance français. Lorsqu'il se tut, la bouche sèche, Hermine lui donna à boire.

— Tu n'as pas répondu à ma question, Toshan!

— Mais si! Je t'ai dit que je n'étais pas amoureux de Simhona. Je lui avais promis de les mettre à l'abri, elle et son enfant. Tout s'est précipité par la suite. Un soir, je suis revenu à Rouffignac pour avertir ses amis qu'ils avaient été dénoncés. Je voulais les conduire dans une planque en forêt, mais la Gestapo est venue et les a arrêtés. Un peu plus tard, j'ai emmené Simhona et Nathan, qui avaient eu le temps de se cacher dans le grenier. Et là… nous avons trouvé refuge dans des ruines durant quelques jours. Et…

Une chape de glace tomba sur Hermine devant la gêne manifeste de son mari. Il observait la couverture de son lit, pliait et dépliait ses doigts en gardant la tête basse.

— Et? fit-elle en l'imitant. Et quoi?

— Tu dois comprendre! Je n'étais même pas sûr de te revoir, de rentrer au pays. La mort rôdait, omniprésente, à chaque heure ou presque. Une nuit, c'est arrivé.

Elle crut que son cœur éclatait et se dispersait en mille morceaux. Le souffle court, elle sanglota sans bruit. Toshan reprit:

— Ne me juge pas trop vite, Mine! Et ne pleure pas! Les hommes succombent souvent au désir sans éprouver d'amour. Il n'y a pas de quoi en faire un drame. J'aurais pu t'être infidèle dix fois, cent fois, mais je n'avais pas envie de te trahir. Avec Simhona, j'ai cédé à ce besoin d'une femme qu'ont tous les hommes, à cause de notre isolement, de la forêt alentour, mais aussi parce que je pouvais mourir d'un instant à l'autre.

— Tais-toi, Seigneur, tais-toi! Comment peux-tu parler comme ça?

Elle n'avait même pas remarqué qu'il l'avait appelée Mine comme avant ni qu'il semblait bien embarrassé par ses aveux. Elle prenait pour du mépris et de l'indifférence le fort sentiment de culpabilité qu'il éprouvait et qui le rendait maladroit et hautain.

— Tu n'aurais pas dû, souffla-t-elle d'une petite voix vibrante de chagrin. Comment as-tu osé? Et, après cette nuit-là, vous couchiez ensemble tous les soirs pendant que, moi, j'étais seule, toujours seule! Mon Dieu, si nous n'étions pas sur ce maudit bateau, je m'en irais et tu ne me reverrais jamais!

Elle imaginait Toshan dans les bras de Simhona et cela la rendait à moitié folle. Ils étaient nus, défaillants de plaisir. Leurs chairs se mêlaient, ils hurlaient leur extase.

— Oh! je te hais! jeta-t-elle en se levant. Et je souffre trop, je ne peux pas rester ici avec toi.

— Ne sors pas dans cet état! Hermine, sois raisonnable. J'ai été franc, mais j'aurais pu te mentir! Cela ne se reproduira pas; c'était un concours de circonstances. Simhona était séparée de son mari depuis des années et moi, j'ignorais si j'aurais le bonheur de te retrouver dans cette vie.

— Je ne te crois pas! Tu avais quitté le Québec, tu te donnais à fond dans ton rôle d'agent secret, de guerrier, de je ne sais quoi, et tu avais fait un trait sur moi, ta femme, et sur tes enfants. Cela ne t'affectait pas tant que ça, l'idée de ne jamais nous revoir! Sois honnête, tu ne songeais guère à nous...

Le Métis ne sut que répondre; Hermine avait en partie raison. Il ferma les yeux, épuisé. Elle en profita pour s'enfuir et monter sur le pont. Durant leur épineuse discussion, le temps avait changé. L'océan était d'une couleur étrange, vert sombre, presque gris dans le creux des vagues. Le ciel avait la même teinte glauque et inquiétante. Tout de suite, un matelot vint lui donner des consignes.

— Retournez dans votre cabine, mademoiselle. Ça va secouer! Une tempête se lève.

— Je n'ai pas peur des tempêtes! lui cria-t-elle pour couvrir le ronflement du vent. Chez moi, au Lac-Saint-Jean, quand le blizzard souffle, les cheminées s'envolent et il neige tant qu'on n'y voit plus à dix mètres!

Le jeune homme vit qu'elle pleurait. Néanmoins, il insista.

— Je suis désolé, vous devez vous mettre à l'abri!

Hermine voulait protester quand une lame ébranla tout le bateau. Elle trébucha et faillit tomber en arrière. Au même instant, la pluie se déchaîna, tandis qu'une nouvelle lame se fracassait contre la gigantesque coque du navire.

— Je retourne dans ma cabine, dit-elle en s'accrochant à la main courante de l'escalier le plus proche.

Le matelot parut soulagé et lui adressa un sourire apitoyé. Tout à coup, à la vitesse de l'éclair, Hermine se revit nue, blottie contre Ovide Lafleur qui la caressait et lui offrait un plaisir insolite, sans même la pénétrer. « Mais ce n'est pas la même chose! Et j'aurais dû coucher avec lui! Si j'avais su, oui, je l'aurais fait! »

D'une démarche vacillante, elle se dirigea vers l'entrepont où était installé un réfectoire pour ceux qui pouvaient se déplacer et ne prenaient pas leur repas alités ou dans une cabine privée.

« Je vais divorcer à notre retour et j'épouserai Ovide, décida-t-elle. Toshan ne m'aime plus, sinon il ne me traiterait pas comme ça. Ce sera bien fait pour lui! Il m'a trompée, il a fait l'amour avec une autre plusieurs fois et, moi, je ne suis pas allée aussi loin, j'ai résisté! J'ai eu tort! Pauvre Ovide! Lui, au moins, il m'adorait. Il ne s'est pas remarié parce qu'il m'aimait trop! »

Haletante, son gilet et sa jupe trempés par les embruns, elle se glissa vers un comptoir couvert de zinc. Une religieuse faisait bouillir de l'eau.

— Excusez-moi, ma sœur, puis-je avoir du thé? En le payant, bien sûr!

—Je vous sers tout de suite... madame, ou mademoiselle?

—Madame, répliqua Hermine d'un ton amer.

Elle s'attarda le plus longtemps possible en observant les autres passagers. La fureur jalouse qui l'habitait demeurait son unique bouclier contre un immense chagrin. Au bout d'une heure, bien que meurtrie et humiliée, elle dut se résigner à regagner leur cabine.

—Que faisais-tu? J'étais malade d'angoisse, lui reprocha immédiatement Toshan. Il y a une tempête, je le sens aux mouvements du bateau. Si j'avais pu me lever, je t'aurais rattrapée, crois-moi! Tu as profité de ma faiblesse pour me tourmenter.

Elle haussa les épaules, vaguement contente, au fond, qu'il ait eu peur pour elle.

—Mine, dit-il d'un ton las, je ne te demande pas de me pardonner sur-le-champ. Tu es en colère et c'est naturel. Réfléchis à ce que j'ai enduré et deviens raisonnable. Je n'ai pas la force de discuter davantage. Simhona est morte. N'oublie pas ça, elle est morte et tu es vivante. As-tu déjà mesuré la valeur d'une vie?

—Je crois que oui. Je suis désolée pour cette femme et son fils, mais je t'en veux, à toi, tu m'entends, Toshan, à toi. Essaie de comprendre ce que j'éprouve! Tu viens de me faire du mal, beaucoup de mal. D'abord par ton silence obstiné, ta façon de me rejeter et, tout à l'heure, quand tu m'as dit la vérité, parce que tu sembles trouver normal d'avoir eu une aventure avec une autre, de l'avoir touchée, embrassée... Comment réagirais-tu si je te racontais ce genre de choses? Qu'est-ce que tu éprouverais si j'avais couché avec un homme pendant ton absence et que je me trouve des excuses? Je n'aurais qu'à prétendre, comme toi, que j'étais seule, que je ne savais pas si tu reviendrais.

Hermine tremblait de tout son corps, grisée par sa propre audace et la rage qui continuait à la mettre hors d'elle, à lui faire reconsidérer la solidité de son couple et son avenir.

—Mais tu es ma femme et tu m'aimes! s'écria

Toshan. J'ai confiance en toi! Et je te connais, tu serais incapable de faire ça.

—Pourtant, avant ton départ pour l'Europe, tu redoutais de me laisser, tu craignais que je te sois infidèle, lui rappela-t-elle sur un ton ironique. C'était faux alors?

—Non, je me souviens que cela me tracassait. Tu es jeune et très belle, des hommes pouvaient te faire la cour, tenter de te séduire. Mais je te répète que j'avais confiance en toi.

—Moi aussi j'avais confiance en toi, mais cela ne m'arrivera plus jamais.

Elle lui tourna le dos. Malgré l'abîme qui s'ouvrait sous ses pieds, si terrifiant qu'elle en avait la nausée, elle décida de garder secrète son amitié ambiguë avec le jeune instituteur de Sainte-Hedwige. «J'aurais l'impression de me venger, de lui rendre la pareille, mais ce serait détruire de précieux souvenirs, salir ce que je ressentais pour Ovide.»

Un peu calmée, elle s'allongea sur sa couchette. Toshan avait raison sur un point. On pouvait aimer quelqu'un de tout son cœur et désirer le contact d'une autre personne.

—Mine? Je t'en prie, fais un effort! Discutons en amis au moins! Après l'opération, quand j'ai retrouvé ma lucidité, tout était confus. Je souffrais beaucoup, à la fois dans mon corps et dans mon âme. Je revoyais le corps inerte et ensanglanté de Simhona et le visage figé par la surprise du petit Nathan.

—Cela a dû t'étonner que je sois en France! hasarda-t-elle.

—Non. Je le savais et je t'en voulais. Je te croyais en sécurité, à Val-Jalbert, et je découvrais que tu étais en danger, toi aussi!

—Comment ça, tu le savais? s'écria Hermine en se redressant.

—Le matin où ils ont tué Simhona et Nathan, je m'étais levé très tôt et j'étais sorti. J'ai marché jusqu'à un bar où j'ai bu un café. J'avais payé un marinier pour nous emmener à Libourne; je touchais au but. J'ai feuilleté le journal et j'y ai trouvé un article sur toi. Tu avais chanté *Faust* à Paris. La nouvelle m'a causé un choc, comme tu peux le comprendre. J'étais terrassé. Je ne savais plus ce que je devais faire. Je me suis creusé la tête pour trouver une solution et je t'assure que ma première idée a été de te retrouver, avec la ferme intention de te renvoyer au Québec, près de nos enfants. C'était là qu'était ton unique place! Le seul rôle que tu avais à jouer, à mes yeux, c'était de veiller sur Mukki, Laurence et Marie-Nuttah.

Ulcérée, Hermine répliqua d'un ton glacial:

— Tu me reprocheras toujours d'avoir lutté pour faire une carrière de chanteuse! Depuis dix ans, dès que je suis sur scène, je me sens coupable! C'est une sensation discrète, mais tenace. Eh bien! je vais te décevoir à mon tour! Si j'en ai l'occasion, plus tard, je signerai un contrat avec l'Opéra de Paris ou avec la Scala de Milan! Je ne resterai pas l'esclave d'un homme qui me trompe sans aucun scrupule en brandissant l'étendard du désir bestial. Et, là encore, je ne te crois pas, Toshan. Tu as couché avec Simhona parce que tu avais des sentiments pour elle. Peut-être que tu n'osais pas te les avouer, mais ils t'ont poussé à me trahir!

— Ne crie pas! Nos voisins de cabine vont tout savoir de notre vie privée si tu hausses le ton!

— À mon avis, c'est déjà le cas, et je m'en fiche!

Toshan se tut. La violente querelle qui les opposait usait ses forces à peine revenues. Une douleur sourde se réveillait dans sa poitrine. Hermine vit tout de suite qu'il souffrait. Il avait les narines pincées et le teint blafard.

— Repose-toi, conseilla-t-elle. Je vais chercher l'infirmière.

— Non, je tiendrai le coup. Je suis désolé, Mine, de t'imposer une telle épreuve. Mais, avec un peu de bonne volonté, tu pourrais me pardonner. C'était un bref épisode dans ma vie, rien d'autre, et Simhona ne mérite pas ton mépris. La politique nazie à l'égard des Juifs est une abomination. Elle avait peur à chaque instant, surtout pour son petit garçon. Toi, tu as seulement à oublier la courte relation que j'ai eue avec cette femme, mais moi, j'ai le poids de sa mort à supporter, et aussi de celle d'un innocent de six ans. Après avoir lu l'article à ton sujet, je suis resté trop longtemps assis au bar, accablé, déboussolé. Si j'étais rentré plus vite chez madame Merlot, j'aurais peut-être pu les sauver. Ces miliciens, on dirait des fauves avides de gibier, prêts à massacrer au nom d'une haine incompréhensible. Hélas! je n'ai rien pu faire, sauf assister à leur exécution, et de ça, je n'en guérirai jamais. Tu m'entends? Jamais! Et je t'en ai voulu, oui! Tu étais venue, par le biais de ces quelques lignes, troubler mes plans et m'affaiblir!

Cette fois, c'en était trop pour Hermine. Toshan l'accusait presque d'avoir causé la mort de Simhona et de Nathan. Elle déclara froidement:

—Je n'ai fait qu'obéir à Duplessis. J'ai obéi en espérant de toute mon âme que cela me rapprocherait de toi, mon mari, mon amour, de toi qui me manquais tant. Je l'admets, j'ai eu tort, j'aurais mieux fait de rester à Val-Jalbert et, une fois veuve, de me remarier! Tu avais la certitude de mourir au combat. J'étais donc condamnée au veuvage, à élever nos enfants sans père.

Toshan la regarda avec une sorte d'angoisse. Elle se tenait debout à présent, amincie, en jupe noire et gilet rose, sa longue chevelure blonde en désordre, ses prunelles d'un bleu intense étincelantes de colère et de désespoir. Et sa beauté le sidérait, comme le déroutaient sa véhémence et les propos hardis qu'elle tenait.

—Tu as beaucoup changé. Tu ne ressembles plus à ma petite femme coquillage, si douce, si neuve!

—Onze années se sont écoulées, Toshan, qui n'ont pas toutes été des années de pure félicité! Combien de fois m'as-tu traitée avec froideur? Je ne les compte plus! Quand j'ai signé un contrat avec le Capitole de Québec, tu n'as pas hésité à me chasser de notre maison. Tu t'es engagé dans cette guerre sans te soucier de moi, en m'abandonnant, alors que nous venions de perdre un bébé! Tu ne t'es jamais posé de questions sur ce que je ressentais. J'ai été obligée de subir tes absences ou ton hostilité. Peut-être que j'aurais moins souffert auprès d'un homme plus attentif à ce que je suis vraiment, un homme dont le but principal aurait été de partager mon quotidien en me chérissant! Tu me demandais souvent pourquoi nous n'avions pas d'autres enfants, ces dernières années! Je ne risquais pas de tomber enceinte, puisque nous ne faisions l'amour que trop rarement.

Hermine tituba, les nerfs à vif, brisée par sa propre dureté. Toshan l'observait, touché en plein cœur, mais aussi révolté par ce qu'il venait d'entendre.

— Tu n'es qu'une égoïste! Je te pensais au-dessus des autres femmes, capable d'accepter mes engagements, mais non, ton rêve était de m'enfermer, de me contraindre à une existence monotone et étriquée!

— Tu as fait la même chose il y a quelques années, quand tu voulais m'empêcher de faire carrière! Eh bien, la situation est claire. Nous divorcerons à notre retour au Lac-Saint-Jean.

Ces derniers mots stupéfièrent le Métis. Pas une seconde il n'avait envisagé un divorce. Mais, furieux lui aussi, il décocha une pique venimeuse:

— Très bien, cela me permettra de repartir en France et de me battre sans regarder en arrière.

Ils se dévisagèrent, hagards, hébétés, avec l'étrange sensation d'être des inconnus l'un pour l'autre, pire, des ennemis.

— Et moi, je pourrai enfin chanter sur les scènes du monde entier, guerre ou pas guerre!

Mais elle éclata en sanglots, vaincue, horrifiée d'être si loin de son mari, de le perdre ainsi. Un mètre à peine les séparait; mais cette courte distance lui paraissait tout à coup infranchissable. Secouée de frissons au point que ses dents claquaient, elle s'allongea à nouveau sur sa couchette, enveloppée d'une couverture.

— Nous ne sommes plus un couple, balbutia-t-elle. Alors, dis-moi comment était Simhona? Plus belle que moi, bien sûr, plus tendre, plus intelligente? J'ai besoin de savoir, sinon je vais devenir folle à vous imaginer ensemble. Toshan, je n'arrive pas à croire que tes lèvres se sont jointes aux siennes, que tu as joui en elle, que tu as eu pour cette femme les gestes que tu avais pour moi. Il s'endormait, totalement épuisé. Mais il fit l'effort de lui répondre.

—Elle avait les cheveux noirs et bouclés, des yeux noirs, un joli corps, un visage agréable, une voix grave, et la conviction intime d'être condamnée. Cela te suffit?

—Oui, souffla Hermine.

En appui sur un coude, elle lui adressa un regard de bête traquée. Elle s'aperçut alors que son mari pleurait lui aussi, les traits crispés, les paupières closes. Le fantôme de Simhona se dressait entre eux, invisible, mais tout-puissant. Dehors, l'océan déchaîné prenait d'assaut le navire, cerné par les ténèbres et frappé par une pluie diluvienne. Cela dura toute la nuit.

Au petit matin, Toshan était brûlant de fièvre.

Val-Jalbert, le petit paradis, samedi 10 avril 1943

Charlotte et Ludwig discutaient dans la cuisine. Ils s'étaient levés très tôt pour partager du lait chaud et des tartines de pain nappées de sirop d'érable.

Le sujet de conversation ne variait guère. La jeune fille cherchait désespérément une solution à leur problème qui prenait, au fil des jours, des allures de catastrophe. Elle attendait l'enfant d'un prisonnier allemand, qui n'était autre que l'homme de sa vie, son grand amour, elle n'en doutait pas.

Le froid était de moins en moins rigoureux et, certains matins comme celui-ci, le soleil tiédissait vite l'atmosphère. La neige fondait imperceptiblement et de l'eau translucide gouttait des toits. Si le redoux persistait, la terre se réveillerait, donnant naissance à des crocus, ces minuscules fleurs mauves qui étaient un peu les messagères du printemps.

—Nous n'avons pas le choix, il faut partir d'ici, soupira Charlotte en caressant la joue de Ludwig. Nous avons tenu trois mois sans être découverts, mais j'ai eu de belles peurs!

—Oui, moi aussi, admit-il.

—Essaie de dire : « Oui, et moé donc! » le reprit-elle.

—Ce n'est pas la peine, Charlotte. J'ai eu du mal à parler le français un peu correct, je ne peux pas prendre l'accent québécois.

—Pourtant, cela nous aiderait beaucoup, déplora-t-elle, son visage aux mines de chatte trahissant une vive contrariété. Ce plan-là pourrait marcher. Tu t'es laissé pousser la barbe et les cheveux et je t'ai acheté le genre de chemise écossaise que portent souvent les bûcherons de la région. Tu peux passer pour un gars du pays.

—Non, c'est risqué, comme tu dis, Charlotte, ma chérie. Je ferais peut-être mieux de m'en aller. Si on nous découvre, tu iras en prison. Tu peux raconter que tu as rencontré un homme, mais qu'il t'a abandonnée. Ta famille veillera sur toi et le bébé. J'ai peur qu'il t'arrive malheur à cause de moi. Je me cacherai dans la forêt et, un jour, on se retrouvera, je te le jure.

—Pas question! Je veux que tu sois près de moi au moment de l'accouchement, enfin pas trop loin, et que tu puisses voir ton enfant… Et si tu jouais les sourds et muets! Personne ne soupçonnera que tu es allemand. Je te présente aux Chardin, à Hermine qui revient bientôt, et nous nous marions. Je t'en prie, c'est la meilleure idée.

Ludwig secoua la tête. Il ne s'imaginait pas capable de duper les gens à ce point.

—Je ferai des erreurs, forcément. Je pourrai sursauter si un bruit survient derrière moi, ou crier si je me fais mal.

Chaque fois qu'il était nerveux, il maîtrisait moins bien son français.

—Tu as raison, je suis folle. Nous allons donc partir, juste après le mariage de Joseph Marois et d'Andréa. J'emprunterai de l'argent à Laura, car mes économies ne suffiront pas pour louer une maison et nous nourrir plusieurs mois. Mais j'ai de la layette toute prête. Je l'ai cousue moi-même et tricotée avec des restes de laine.

—Tu ne me l'avais pas dit, ça, fit-il, ému.

—Je m'en occupais quand tu étais obligé de te cacher dans le grenier, les jours où j'avais de la visite. J'ai même raconté à ma belle-sœur Yvette que je travaillais pour son bébé, qui naîtra cet été, comme le nôtre. Elle m'a crue. Madeleine aussi, et même Laura.

—Avec le beau temps, je vais devoir me cacher souvent. Ce sera bizarre si tu n'ouvres pas tes fenêtres!

—Ne t'inquiète pas, mon chéri, dans une grosse semaine nous serons loin d'ici. Je crois qu'il nous faudrait aller en Abitibi. On ne nous retrouvera pas là-bas. C'est vers l'ouest, loin, très loin. En train, il faut quelques jours pour s'y rendre. Après la naissance du petit, je pourrai avoir un poste d'institutrice; ils en ont besoin dans ces régions isolées. Toi, tu te feras engager comme bûcheron. Tu diras que tu es danois ou hollandais pour expliquer ton accent.

—D'accord, ce plan peut marcher, approuva-t-il avec un sourire lumineux qui fit battre plus vite le cœur de Charlotte.

—Mon amour, soupira-t-elle en effleurant sa bouche du bout des doigts, je ne veux pas que tu retournes dans un camp de prisonniers! Je me moque de la guerre et que tu sois allemand. Nous serons heureux avec notre bébé. Je suis prête à tout pour défendre ce bonheur, pour notre petit enfant.

L'oreille collée au panneau de bois de la porte, Lambert Lapointe ouvrit de grands yeux ébahis. Yvette l'avait envoyé emprunter de la farine à Charlotte. D'ordinaire, ce robuste garçon de neuf ans aurait tambouriné en appelant sa tante. Mais, depuis qu'il fréquentait le cours privé de Laura, il était en admiration devant Kiona, dont les vêtements indiens le fascinaient. La fillette avait même écrit une rédaction où elle décrivait les traditions du peuple montagnais. C'était un excellent travail, si bien que mademoiselle Damasse avait lu le texte à voix haute. Et ce samedi matin, Lambert s'était pris pour un guerrier indien et il s'était approché du petit paradis à pas de loup pour faire une blague à Charlotte.

Mais, une fois sur le perron couvert de neige molle, il avait distinctement entendu une voix d'homme qui lui était inconnue, ainsi que celle de sa tante. Intrigué, il avait écouté. Maintenant, tout étonné, il reculait sans faire de bruit, le cœur cognant dans sa poitrine. Vite, il se glissa à l'abri d'un buisson, se faufila derrière une remise à demi écroulée et courut le long de la route pour rejoindre la maison paternelle.

— Torrieux, hostie de câlisse!

L'enfant adorait répéter en cachette les sacres d'Onésime. Celui-là, c'était le plus grave, celui que son père réservait aux catastrophes.

Lambert entra chez lui tout essoufflé et les joues rouges. Les mains croisées sur son ventre, Yvette se prélassait dans un fauteuil à bascule installé près du poêle. Son fils de trois ans jouait aux billes sur le tapis, à ses pieds. Quant à Onésime, il sirotait une tasse de thé, sa boisson matinale.

— Papa, papa! s'égosilla le garçon. Tante Charlotte, elle va avoir un bébé avec un prisonnier allemand! Ils jasaient tous les deux. J'ai écouté à la porte!

— Qu'est-ce que tu as dit? J'vais te faire ravaler tes paroles, rugit son père. Tabarnak, es-tu vicieux, d'inventer des menteries pareilles?

— Je mens pas, protesta Lambert. Tu n'as qu'à aller voir par toé-même! Charlotte, elle parlait de leur bébé et lui, il a un drôle d'accent.

— Mais ça s'peut-t'y? s'écria Yvette, sidérée.

— Calvaire! Si c'est vrai, je vais les casser en deux, moé, éructa Onésime en se levant brusquement.

— Reste donc icitte! C'est pas Dieu possible, cette histoire, coupa sa femme. D'où y sortirait, c't'Allemand?

— Qu'il soit allemand ou anglais, il a déshonoré ma sœur et ça me fait voir rouge. Mais, si c'est ben un Boche, je vois encore plus rouge!

Sur ces mots, le gigantesque rouquin décrocha son fusil de chasse du mur. Yvette se leva et se cramponna à sa manche.

— Fais pas le fou, Onésime! dit-elle. Peut-être ben que notre Lambert parle à tort et à travers!

— Je te jure que non, maman! Même que j'ai cru, au début, que Charlotte avait un amoureux. Tout ce que j'ai dit, c'est la vérité. D'abord, mademoiselle Andréa, elle nous défend de mentir.

— Moé, je te crois, fils, gronda Onésime. Je trouvais bizarre, aussi, que ma sœur soit tout le temps enfermée chez elle.

— Mais quand même, on aurait vu quelque chose! s'indigna Yvette. Elle nous invitait tous les dimanches à manger. Ah! tu te souviens, une fois, y a eu du bruit à l'étage. Même que tu l'as taquinée en disant qu'elle cachait son promis. On a tous bien ri, surtout Charlotte!

— Tabarnak, elle a bien ri dans notre face, ma sœur!

Cramoisi, un rictus dévoilant ses dents jaunies, le colosse chargea son arme. Mais sa femme le retint à nouveau.

— Réfléchis donc avant de foncer droit dans le tas, mon pauvre homme. Faut pas que ça se sache, cette affaire! La honte, elle retombera sur nous aussi. Et si la police montée vient chercher l'Allemand, pourquoi ils goberaient qu'on n'était pas au courant? On peut nous accuser de complicité et, Charlotte, de toute façon, elle ira en prison. Tu dois penser à ta sœur, surtout qu'elle a un petit dans le ventre! Ton neveu ou ta nièce! Il va pas naître derrière les barreaux, cet innocent…

— De la graine de Boche? Je m'en fiche, moé, de son sort!

Néanmoins, malgré cette affirmation tonitruante, Onésime hésitait. Yvette, qu'il jugeait plus rusée que lui, avait sans doute raison.

— T'en as dans le chignon, ma blonde, dit-il sur un ton admiratif. Tout le contraire de Charlotte, une pas de génie, celle-là! Mais finaude ou pas, c'est ma petite sœur. Sais-tu, j'ai envie de prévenir monsieur Jocelyn. Lui, il saura quoi faire!

— Là, tu jases, mon Nésime! minauda Yvette qui était sentimentale et qui aimait bien sa belle-sœur. Décide avec monsieur Chardin. Et quand la police montée viendra, il faudra éloigner Charlotte. Même la police n'a pas à savoir qu'elle a planqué ce soldat-là chez elle, sous notre nez!

Onésime Lapointe raccrocha son fusil, mais il enfila

sa veste fourrée. Il saisit Lambert par le col de son blouson.

— Toé, fils, tu te tais! Tu gardes ça secret. Va pas jaser avec les autres petits monstres de la classe! Si tu lâches un mot de cette histoire-là, je t'arrache les oreilles et je te fouette au sang! As-tu ben compris?

— Oui, p'pa! s'écria Lambert, terrifié et au bord des larmes.

— Il s'agit de l'honneur de la famille, du nom des Lapointe. C'est ton nom, ça! Va pas placoter, tabarnak!

— Lâche-le donc, protesta Yvette. Tu lui fais peur. Il dira rien, notre Lambert.

Onésime poussa un grognement de colère et sortit. Jocelyn ne fut pas surpris de voir accourir son voisin et chauffeur. Par chance, il prenait le soleil sur le perron en fumant sa pipe dans l'espoir d'éviter les remontrances de Laura qui le suppliait d'arrêter le tabac.

— Qu'est-ce qui se passe, mon brave Onésime?

— Faudrait que je vous parle en urgence, monsieur Jocelyn. Mais pas dehors, c'est une affaire très grave, vraiment grave.

— Voyons, nous pouvons quand même discuter ici, au grand air! objecta Jocelyn qui imaginait un souci financier.

Ce n'aurait pas été la première fois qu'Onésime leur aurait demandé une avance sur les services à venir.

— Non, si jamais quelqu'un entendait, ce serait encore plus grave.

Jocelyn tiqua, alarmé. Bien à regret, il tapota sa pipe pour l'éteindre contre le pilier de l'auvent.

— Allons dans la salle de classe, il n'y a pas école, le samedi, et mademoiselle Damasse est partie chez Joseph avec sa filleule. Avez-vous croisé cette petite, cette Alicia? Elle est charmante! Laura l'aime beaucoup.

— Oui, je l'ai vue, ronchonna le visiteur. Mais les filles, dès que ça grandit, on peut plus s'y fier! Je suis ben content d'avoir des gars, moé.

De plus en plus intrigué, Jocelyn fit entrer Onésime et le conduisit dans la classe. Mais Laura les rejoignit, car elle avait surpris le bruit de leurs voix.

— Que se passe-t-il? Un problème? Bonjour, Onésime!

— Bonjour, m'dame! On a un gros problème, oui.

Il ne s'embarrassa pas de la présence de la maîtresse de maison. Yvette avait autant de caractère que Laura et il était habitué à être mené par le bout du nez.

— Vous semblez très ennuyé, fit-elle remarquer.

— Oui, mon pauvre ami, nous vous écoutons et, si nous pouvons vous aider, nous le ferons, ajouta Jocelyn.

— C'est ma sœur Charlotte, lâcha-t-il d'un ton lugubre. Yvette avait envoyé Lambert lui emprunter de la farine pour faire des crêpes à midi. Mais mon fils a découvert le pot aux roses. Charlotte nous a tous bernés. Elle est enceinte. Le petit a bien entendu, elle parlait d'un bébé pour cet été.

Laura accusa le coup. Livide, choquée, elle saisit la main de son mari qui restait bouche bée.

— Ce sont des mensonges, déclara Jocelyn.

— Onésime ne se serait pas déplacé si Lambert avait menti, Joss! Seigneur, j'aurais dû la surveiller de plus près. Je commençais à trouver étrange sa manie de vivre isolée et de refuser nos invitations. Elle était tombée en amour! Quelle sotte je suis! Je n'ai rien vu, rien deviné!

Onésime jeta un coup d'œil inquiet vers la porte de la classe pour s'assurer qu'elle était bien fermée. Il devait maintenant dire le plus pénible, mais Laura poursuivait son discours, furieuse, tremblante d'indignation.

— Quelle petite peste! Mon Dieu, quand Hermine va apprendre ça, elle va être bien déçue! Nous n'avons qu'une solution: la marier le plus vite possible avec le coupable.

— Calme-toi, Laura, recommanda Jocelyn. Après tout, ce n'est pas une tragédie. Charlotte a vingt-trois ans. Elle s'est mal comportée, mais, une fois qu'elle sera mariée, tout s'arrangera. J'espère que cet homme assumera sa faute. S'il ne veut pas réparer, je me chargerai de lui!

— On peut pas la marier, se décida Onésime, la face écarlate. Le vrai problème, c'est autre chose. Le père du petit, paraît qu'il est allemand, sûrement un prisonnier en cavale qui est venu rôder icitte par malheur. Lambert n'a pas pu inventer ça. Ma sœur disait à ce type : « Je ne veux pas que tu retournes dans un camp et je me moque que tu sois allemand ! »

Laura s'appuya au mur, mortifiée, incrédule. Jocelyn se gratta la barbe. Il espérait de tout cœur se réveiller et pouvoir se dire que tout ça n'était qu'un affreux cauchemar.

— Que faire, Joss ? interrogea Laura à voix basse. Un nazi ici, à Val-Jalbert, près des petits ! Et Charlotte l'a caché. Je ne peux pas le croire. Je vais aller tout de suite la voir, et toi aussi ! Il faut livrer cet homme à la police montée.

— Mais oui, renchérit son mari. Il l'a abusée, dupée, peut-être menacée !

Onésime rapporta alors les avertissements d'Yvette. Malgré les torts de Charlotte, on ne pouvait pas l'expédier en prison pour complicité avec l'ennemi. Le couple en convint, effondré devant ce nouveau coup du sort. Il y eut une brève conversation pour déterminer une tactique qui épargnerait la jeune fille.

— Si elle s'est amourachée de ce soldat, avança Laura, elle va souffrir de toute façon. Je l'enverrai dans un couvent ou dans je ne sais quelle institution religieuse, afin qu'elle mette son enfant au monde dans de bonnes conditions. Mais je ne veux plus la revoir, ça non !

— Il faut l'éloigner le temps d'arrêter l'Allemand, dit Jocelyn. Il ne doit pas être armé. Nous lui ferons entendre raison et nous le conduirons au chef de police de Roberval sans préciser qu'il vivait chez une personne proche de notre famille.

Cela rassura Onésime. Il aurait bien bu un verre de caribou, celui de Mireille étant de loin supérieur à celui qu'il fabriquait, mais il n'osa pas.

— Quand est-ce qu'on agit ? demanda-t-il. Faut surtout pas que ma sœur se doute de quelque chose, sinon ils vont s'enfuir, ou le Boche va disparaître.

— Procédons comme à l'ordinaire, décida Laura. Ce soir, j'enverrai Mukki chez elle. Il lui dira que j'ai besoin d'elle demain matin à la première heure sans faute pour boucler les colis de la Croix-Rouge. Elle ne pourra pas refuser… Seigneur, j'y pense, Joss, c'est pour ça qu'elle ne voulait pas partir pour Montréal chercher l'huile de Saint-Joseph. Quelle sournoiserie! J'en suis écœurée.

— Je t'accorde que ce n'est pas joli, joli tout ça. Alors, on s'en tient à notre idée. Onésime, dès que ma femme occupe Charlotte, je vous rejoins. Il faudra garer votre camionnette près du petit paradis, que personne ne puisse nous voir. Si le maire était au courant, ce serait le scandale.

— Calvaire! Ça me retourne les tripes, de leur laisser encore une nuit, soupira Onésime. Torrieux! On n'a pas le choix.

Accablés, ils en parlèrent encore quelques minutes en chuchotant de peur d'être entendus. Mais le secret était déjà éventé, et par un singulier hasard. Mukki jouait à l'étage avec Louis, tandis que les jumelles et Akali brodaient des napperons sur l'initiative de Madeleine. Seule Kiona était libre de gambader où elle le désirait, Jocelyn ayant interdit aux autres de contrarier la fillette.

Ce matin-là, elle avait sellé Basile, le poney, en regrettant l'absence d'Alicia qu'elle aimait beaucoup. Le paysage était d'une telle splendeur que l'enfant de Tala ne pouvait pas demeurer enfermée.

Enchantée par la lumière vive du soleil et le chant ténu des gouttes d'eau qui ruisselaient des toits, Kiona avait remonté la rue Saint-Georges, puis elle l'avait redescendue au galop. Dans ces moments-là, elle renouait avec l'âme de son peuple dispersé dans des réserves, les Montagnais.

Toute à sa joie, elle avait ensuite traversé des terrains à l'abandon et était rentrée sans passer devant la maison des Chardin. Comme chaque fois qu'elle montait Basile, Kiona l'avait dessellé, brossé et caressé en prenant soin de lui donner de l'eau et du foin. Et c'était arrivé. Presque aveuglée par une sorte de brouillard, elle avait eu une vision, sans malaise préalable, sans vertige ni sensation de froid: Laura et Jocelyn se trouvaient dans la salle de classe avec Onésime. Quelques mots affolants, qui résonnaient dans son esprit, lui avaient suffi pour comprendre l'étendue du désastre.

Kiona avait couru jusqu'au petit paradis, renonçant à essayer de s'y rendre en pensée. C'était trop fatigant et, si son père l'avait retrouvée évanouie, cela aurait encore compliqué les choses.

Haletante, elle avait frappé à la porte.

—Laisse-moi entrer, Charlotte, disait-elle. Vite, vite!

La jeune fille avait ouvert, contrariée d'être dérangée. Mais le visage pathétique de l'enfant l'avait inquiétée.

—Entre, mais je ne peux pas te parler longtemps! J'ai du travail.

—Charlotte, vous devez partir tous les deux! Ton frère sait pour Ludwig et pour le bébé; moi aussi, je savais. Ils vont venir demain matin, mon père et Onésime. Je t'en prie, sauvez-vous. Allez chez grand-mère Odina, au nord de la maison de Toshan, en suivant la piste. Dis-lui que tu viens de la part de Kiona, que tu demandes son aide! C'est une bonne sage-femme en plus... Dépêche-toi, Charlotte! Ludwig et toi, vous avez le droit d'être heureux! Tu le feras, dis! Promets!

Une volonté farouche se lisait sur le beau visage de la fillette, qui retenait des larmes d'émotion et d'angoisse. Abasourdie, prise de panique, Charlotte Lapointe promit, une main sur son ventre à peine bombé, dans un geste instinctif de protection.

—Partez tout de suite en longeant la berge de droite dans le canyon de la Ouiatchouan! ajouta Kiona dont les boucles lui faisaient une couronne d'or étincelant. La rivière vous protégera!

Aussi précipitamment qu'elle était venue, la fillette s'en alla. Charlotte se signa, à la fois effrayée et déterminée.

—Adieu, Val-Jalbert, dit-elle tout bas. Adieu, mon village, mes souvenirs, adieu!

23
Au bord de la Péribonka

Val-Jalbert, dimanche 11 avril 1943

Chez les Lapointe, Kiona était assise sur un tabouret, et une sorte de tribunal improvisé lui faisait face, composé de Laura dans le rôle du juge, de Jocelyn, un possible avocat, et, bien sûr, d'Onésime et d'Yvette. Témoin capital, Lambert se tenait debout entre les deux parties.

— Ma chère enfant, commença Jocelyn, tu nous dois des explications et je voudrais que tu te défendes d'une accusation d'une extrême gravité. Laura est certaine que tu as prévenu Charlotte que nous allions arrêter le soldat ennemi qu'elle cachait chez elle. Je te crois incapable d'une telle sottise. Réponds franchement, nous avons tous besoin de savoir la vérité.

La fillette, tête haute, retint un sourire. Le plan de son père et d'Onésime avait échoué, et il avait fallu pour cela la complicité de Mukki. Le garçon, chargé de demander à Charlotte de venir aider Laura, avait obéi sans discuter à Kiona lorsqu'elle l'avait supplié de mentir à sa grand-mère.

— Je te dirai pourquoi plus tard, Mukki, mais tu diras à Laura que tu as bien vu Charlotte chez elle et que tu lui as fait la commission.

Dupés par la ruse des deux enfants, les adultes avaient patienté jusqu'au matin, mais Charlotte n'était pas venue et, quand Jocelyn et Onésime avaient pénétré dans le petit paradis, la maison était déserte.

— Kiona, nous t'écoutons, intervint durement Laura.

— Oui, c'est moi qui les ai avertis, avoua-t-elle avec un air satisfait. Je vous avais entendus discuter dans la salle de classe et j'ai couru là-bas. Je ne voulais pas que vous fassiez du mal à Ludwig, ni que Charlotte soit malheureuse!

—Seigneur! Tu as osé, ma pauvre petite! déplora Jocelyn qui était très déçu. Te rends-tu compte de la situation? Cet homme est un ennemi de notre pays, un de ceux qui ont causé la mort de milliers de gens sur terre.

—Papa, Ludwig n'a fait de tort à personne! C'est quelqu'un de bon, de gentil, on dirait un ange du paradis!

Laura se contenait avec peine. Elle rêvait de se lever et de gifler l'insolente.

—Tu es vraiment stupide! hurla-t-elle en désespoir de cause.

—Pourquoi? demanda l'enfant. Je sens si l'âme des gens est bonne ou mauvaise, et Ludwig ne méritait pas de retourner dans un camp de prisonniers. On le maltraitait, les autres soldats se moquaient de lui parce qu'il pleurait pour revoir sa mère!

—Balivernes, gronda Laura. D'où tiens-tu ces sornettes?

—C'est moi qui ai découvert Ludwig quand il se cachait dans le sous-sol de la maison du contremaître, rue Sainte-Anne, près de l'usine. Je lui ai apporté une couverture et de la nourriture! Les provisions qui disparaissaient, je les ai volées pour lui!

—Petite menteuse! s'écria Onésime. Si Lambert m'avait berné comme ça, il n'aurait plus de peau sur le dos!

—Mon Dieu, tu nous as volés pour un Allemand? Mais enfin, Joss, fais quelque chose! Là, c'est fini, je ne veux plus de ta fille chez nous! Elle ira en pension le mois prochain.

La révolte et la colère bouillonnaient dans le sang indien de Kiona. Elle se leva du tabouret et les toisa tous de son regard d'ambre, si perçant à cet instant qu'on aurait cru voir un jeune loup prêt à bondir sur sa proie.

—Tu voudrais me punir, Laura, parce que j'ai sauvé un innocent? Ludwig est peut-être un Allemand, mais il ne m'aurait jamais fait ce que faisait le frère Marcellin aux enfants de mon peuple, au pensionnat.

Yvette se signa, choquée et inquiète. Kiona éveillait en elle la méfiance instinctive qu'on ressent quand on est confronté à des êtres différents. Jocelyn passa une main sur son visage, terrassé par l'aplomb de sa fille et aussi par ses propos, tristement exacts, sans doute.

— Ludwig a été obligé de s'engager, poursuivit Kiona avec cette expression farouche qui lui donnait l'air d'avoir dix ans de plus que son âge. En Allemagne, ce n'est pas comme ici, les hommes ne pouvaient pas refuser de faire la guerre. Il n'avait que vingt ans en 1939. Il n'avait pas envie de quitter ses parents. Imagine, Laura, si la guerre durait encore longtemps et que Louis soit forcé de partir, de se battre et qu'il pleure de peur et de chagrin, le soir… qu'il te réclame?

Laura bondit de sa chaise si brusquement qu'elle la renversa.

— J'en ai assez, raisonneuse! Tais-toi! Tu veux surtout convaincre ton père que tu as bien agi pour éviter une punition! Tu nous tiens des discours, mais tu ferais mieux de réfléchir! C'était notre devoir d'arracher Charlotte à cet homme. D'autant plus qu'elle va être mère! Tu as tout gâché, petite imbécile!

— Voyons, Laura, ne l'accable pas ainsi, protesta Jocelyn. Ce n'est qu'une enfant désireuse d'arranger les choses à son idée! Et son raisonnement me semble sonner assez juste, comme je vois ça. On ne peut nier que certains Allemands ne sont pas devenus soldats de gaîté de cœur!

Onésime se trémoussait sur son siège. Il aurait bien allumé une cigarette et bu un verre de caribou. De son point de vue, sa sœur était déshonorée. C'était une traînée, folle à lier en plus. Mais il n'osait pas se mêler à cette discussion trop houleuse à son goût.

— Il fallait que Charlotte et Ludwig soient réunis, ajouta Kiona. Si vous ne me croyez pas, tant pis! Je vous en prie, laissez-les tranquilles. Il ne faut pas les chercher.

— Mademoiselle nous commande à présent, s'exclama Laura en gesticulant. Moi, je déclare forfait! Que Charlotte aille au diable avec son Allemand! J'espère que tôt ou tard nous ne serons pas impliqués dans cette affaire. Nous n'avons pas intérêt à l'ébruiter! Cela vaut pour tout le monde ici!

Nerveuse et d'une pâleur extrême, elle remit son manteau et sa toque de fourrure. Kiona la fixait attentivement. Agacée par cet examen, Laura lui jeta d'une voix hargneuse:

— Je pense que tu as surtout hérité de ton arrière-grand-mère poitevine, cette Aliette qu'on voulait condamner pour sorcellerie! Ne fais pas la grimace, Joss, je sais ce que je dis! Ta fille ne distingue pas le bien du mal, elle est impolie, incapable de respecter les grandes personnes qui ont plus de jugement qu'elle. Moi qui avais tant d'affection pour toi, Kiona, je suis très déçue.

— Je ne voulais pas vous causer d'ennuis, répliqua la petite. Charlotte et Ludwig ne devaient pas être séparés.

Laura sortit de la cuisine des Lapointe en claquant la porte. Désemparé, Jocelyn gardait le silence.

— Calvaire! jura Onésime. Qu'est-ce qu'on fait, astheure, monsieur Chardin? On prend mon camion et on tente le coup de les rattraper? Mais ce sera ben difficile, avec toute cette neige qui ramollit!

— Mon pauvre ami, ils ont plusieurs heures d'avance. Le mieux, c'est de faire le gros dos et de ne dévoiler cette histoire à personne. Nous dirons à tout le monde que Charlotte est partie pour Montréal travailler en usine. De toute façon, je crains le pire: ils vont finir par se faire prendre et arrêter!

— Mais non, papa! s'écria Kiona. Ludwig est habillé comme les gens de la région. Il n'a plus son uniforme.

— Tais-toi! Je ne veux plus rien entendre! Ne va pas croire que je te soutiens. Tu as dépassé les limites de ma patience, Kiona. Je te jugeais plus intelligente que ça. Viens, rentrons.

Jocelyn remit sa veste et son chapeau. Très affligé, il se sentait à bout de force. Charlotte les avait trahis tous et il avait le sentiment d'avoir chéri une étrangère sans aucune moralité.

— Vous minez pas, m'sieur, dit Onésime en lui

tapant dans le dos. Je suis le plus à plaindre, moé! Ma sœur, ce n'est plus ma sœur! Qu'elle ne s'avise pas de remettre les pieds icitte avec son bâtard!

Les deux hommes sortirent sur le perron pour fumer, pendant que Kiona enfilait bonnet, manteau et mitaines. Yvette, elle, faisait la leçon à Lambert, le menaçant à son tour des pires représailles s'il ne tenait pas sa langue. Enfin, elle s'approcha de la fillette et demanda tout bas :

— Dis, petite, est-ce qu'il était vraiment aussi beau qu'un ange, l'Allemand?

— Oui, madame Lapointe, il était très beau. Les cheveux blonds, les yeux clairs et des traits tout doux.

— Je peux la comprendre, Charlotte. Elle est tombée amoureuse. Ça se commande pas! Sais-tu où ils sont allés?

— Non, madame, je n'en sais rien, répondit sagement Kiona.

Yvette eut un regard rêveur. Elle s'imaginait enlevée par un beau jeune homme. Mais le quotidien reprit ses droits.

— Il paraît que tu es une voyante, petite? Le bébé que je porte, c'est un gars ou une fille? interrogea-t-elle avec un air malin.

— Vous aurez la surprise à la naissance, madame Lapointe, rétorqua Kiona avant de sortir à son tour.

« Petite peste de sorcière! » songea Yvette, dépitée. Elle poussa un gros soupir et s'installa dans son fauteuil à bascule.

Jocelyn et Kiona se dirigeaient vers la demeure familiale. La neige gorgée d'eau faisait presque des clapotis sous leurs pas. La bonne humeur n'était plus de mise et ils n'avaient pas échangé un mot. Avant de suivre l'allée de la cour, la fillette prit la main de son père.

— Pardonne-moi, papa! Ce n'est pas ma faute si je sais des choses, si je dois protéger des gens. J'ai dit la vérité, mais tu es fâché quand même. Laura aussi.

— Nous sommes en guerre, Kiona, et un soldat fait

prisonnier en Europe demeure un ennemi de la nation. Même si c'est un brave garçon, ce que je suppose, puisque Charlotte l'aime tant. Mais as-tu pensé aux conséquences? Elle ne pourra jamais se marier avec lui et vivre honnêtement. Son bébé sera marqué par les circonstances de sa naissance. C'est bien triste, tout ça. J'en ai mal au cœur.

Angoissée, Kiona serra plus fort les doigts paternels. Elle aurait voulu consoler Jocelyn.

— Papa, ils seront heureux, tu verras! La guerre finira et, un jour, Ludwig ne sera plus un ennemi.

Jocelyn s'arrêta et considéra sa fille d'un œil perplexe. Le soleil enflammait ses boucles d'or roux qui couronnaient un front haut et lisse. Kiona lui souriait, exhibant ses petites dents de porcelaine. Il en fut ébloui. C'était comme un mirage, un éclat de paradis échu sur la terre. Elle se serait envolée à cet instant, pareille aux fées des contes, qu'il n'en aurait pas été surpris.

— Qui seras-tu plus tard, ma chérie? s'interrogea-t-il à mi-voix. Tu suis ton chemin sans avoir peur, sans te soucier de nos lois ni de nos principes! Peut-être que tu as raison.

Kiona comprit qu'elle était pardonnée. Elle se réfugia contre son père et ils marchèrent ainsi jusqu'au perron. Laura n'était pas au salon. Mireille annonça à « monsieur » que « madame » se reposait, prise d'une terrible migraine.

— Monte rejoindre les enfants, Kiona. Madeleine m'aidera tout à l'heure à enlever ton lit de notre chambre. Laura ne voudra plus que tu dormes près de nous.

— Est-ce que j'aurai une punition? Je veux bien.

— Tu le sauras au souper. Et pas un mot de tout ceci!

Il l'observa tandis que, vive et légère, elle grimpait quatre à quatre les marches de l'escalier. Sur le palier, Kiona se heurta presque à Mukki qui guettait son retour. Alicia était avec lui.

— Tu dois me parler, chuchota le jeune garçon. Grand-mère pleure sur son lit! Je veux savoir ce qui se passe!

— Va chercher les jumelles et Louis, répliqua l'enfant. On monte dans le grenier.

— Est-ce que je peux venir? demanda Alicia.

— Mais oui, tu peux, concéda Kiona.

Allongé sur le sofa, un verre de brandy à portée de main, Jocelyn ne prêta pas attention au discret remue-ménage qui agitait les étages de la grande maison. Quant à Madeleine, elle changeait les draps des lits et c'était un travail fastidieux. Elle ne vit pas d'inconvénient à être débarrassée quelques minutes de la joyeuse troupe dont elle avait la garde.

Kiona fit d'abord prêter serment à tous. Akali, Alicia, Mukki, Louis, Laurence et Marie-Nuttah durent promettre de ne pas dévoiler le secret qu'ils allaient partager.

— C'est très grave, leur affirma-t-elle. C'est une question de vie ou de mort! Voilà... Hier, Charlotte s'est enfuie avec son amoureux. Ils vont avoir un bébé. Mon père et Onésime avaient décidé de les séparer et de punir Charlotte. Je les ai empêchés de faire une chose aussi cruelle.

— Mais ils n'avaient qu'à se marier, fit remarquer Alicia. Je sais qu'à Desbiens une fille plus jeune que mademoiselle Charlotte attendait un enfant. Eh bien, les parents ont précipité les noces.

— Dis, c'est peut-être le cas pour ta marraine et Joseph, laissa tomber Marie-Nuttah en plissant les yeux malicieusement.

— Pas du tout! Marraine Andréa est une femme sérieuse, se défendit l'adolescente.

— Ils ne peuvent pas encore se marier, lui, il doit d'abord divorcer, mentit Kiona.

La prudence lui dictait de ne pas révéler l'identité de Ludwig ni la véritable cause du drame.

— Est-ce qu'elle est partie très loin, Charlotte? s'inquiéta Louis. Je l'aime bien, moi.

— N'aie pas peur, Louis, elle reviendra un jour!

Ils discutèrent encore un peu sans faire trop de bruit. Mukki était fier d'avoir favorisé la fuite de Charlotte. Ils étaient tous à l'âge où la soif de justice et le grand amour ont un délicieux parfum d'aventure. Seule Kiona avait une idée plus nette de tout ce qui se tramait à Val-Jalbert et ailleurs! Elle enviait l'insouciance des autres enfants. Déjà, ils se préoccupaient des jeux du lendemain et du jour de fête en perspective, le mariage de Joseph Marois et d'Andréa Damasse.

— Madame Laura m'a fait essayer une de ses anciennes robes en soie bleue, disait Alicia, qui s'était bien intégrée à la famille. Comme coiffure, elle me fera un chignon et elle piquera des fleurs en tissu dedans.

— Tu seras encore plus jolie, assura Mukki, flatteur.

— Moi, j'espère que maman et papa arriveront à temps, soupira la douce Laurence à qui ses parents manquaient beaucoup.

— La noce a lieu samedi prochain, intervint sa jumelle, plus pessimiste. Ça m'étonnerait qu'ils soient de retour. En plus, ils n'ont pas envoyé de télégramme pour annoncer qu'ils avaient débarqué à Québec.

La voix haut perchée de Laura mit fin au conciliabule. Ayant deviné qu'ils étaient au grenier, elle les appelait du palier du premier étage.

— Descendez pour votre collation, petits monstres!

Ce fut une joyeuse cavalcade, sauf pour Kiona qui appréhendait de se retrouver en face de Laura. Elle se laissa distancer, le cœur lourd.

— Vite, tout le monde dans la salle à manger, excepté toi, Kiona.

Elle prit l'enfant par le poignet et l'entraîna jusqu'à sa chambre. La fillette constata que son lit avait disparu.

— Tu vas m'écouter, Kiona, dit Laura d'une voix sèche. J'étais très en colère, chez les Lapointe, mais surtout très triste. La conduite de Charlotte me cause beaucoup de chagrin. Quand je l'ai connue, elle avait environ ton âge et elle a grandi chez nous. J'aurais voulu qu'elle me fasse confiance et qu'elle vienne me raconter ce qu'elle vivait avec cet homme. Par affection pour elle, j'aurais été capable de la comprendre et de lui pardonner. Mais non, elle a rusé, joué la comédie, elle nous a trompés, Joss, Hermine et moi.

— Mais c'est parce qu'il était allemand, Laura! Elle avait peur pour lui, répondit Kiona tout bas.

694

— Je ne suis pas stupide tout de même! Maintenant que va-t-elle devenir? Dans quelles conditions mettra-t-elle son enfant au monde? Toi qui es si intelligente, d'après ton père et Hermine, tu aurais dû la conseiller, la ramener à la raison. Si ce Ludwig avait eu le bon sens de disparaître, de se cacher ailleurs, loin d'ici, il y aurait eu moyen d'arranger les choses.

Laura renifla. Kiona vit qu'elle avait beaucoup pleuré et cela la bouleversa.

— Ne sois pas triste, dit-elle. Je te demande pardon, Laura. C'est ma faute aussi, j'ai voulu que Charlotte rencontre Ludwig. Il y a trois ans, quand, maman et moi, on habitait Roberval, tu te souviens?

— Oui!

— Charlotte m'avait apporté un petit sapin pour Noël et elle était amoureuse de Simon. Elle me posait des questions sur leur avenir. Elle rêvait de se marier avec lui, et moi, je l'ai vue en robe blanche, un voile de dentelle sur les cheveux. Je le lui ai dit et elle était sûre que, l'homme à ses côtés, c'était Simon. Mais non, c'était quelqu'un d'autre.

Sidérée, Laura dut s'asseoir au bord de son lit. Elle prit Kiona par les épaules et la fixa longuement.

— Ne me dis pas que c'était Ludwig? Si tu me dis que oui, je ne te croirai pas. Je penserai que tu enjolives tout, juste pour te faire pardonner. En aucun cas Charlotte ne pourra épouser un Allemand, à cause de la guerre. Cet homme est un hors-la-loi, un fugitif.

— J'étais petite et ça ne faisait pas longtemps que je voyais des choses, répondit la fillette. Je ne suis pas sûre que c'était Ludwig, mais, quand je l'ai vu la première fois, j'ai eu l'impression de le connaître. Je suis désolée, je ne fais pas exprès pour être comme ça. Tu sais bien que ça me rend souvent triste! Je l'ai dit à papa.

Le ton était sincère, ainsi que le regard doré de l'enfant. Laura, qui avait déjà prévu une série de punitions, en fut déroutée.

— Tu as beaucoup d'influence sur tes cousins, enfin, je veux dire Mukki et les jumelles. On peut prétendre que ce sont tes cousins, mais vos liens de parenté sont si compliqués! Louis aussi t'adore, il serait prêt à obéir à tous tes caprices. Aussi, je te prie d'être plus sérieuse, de ne pas profiter de tes dons pour troubler l'ordre de la maison. Surtout, fais attention à Louis, il est très sensible. Ton demi-frère a besoin de discipline et je ne tiens pas à encourager son étourderie ni sa paresse.

—Mon demi-frère... C'est bizarre, ça! Je n'arrive pas à le considérer comme mon frère. Toshan, si, mais pas Louis.

Laura devint toute rouge. Elle se leva vite pour ne pas se montrer dans cet état à l'enfant.

—Pourtant, c'est bien ton demi-frère, puisque Jocelyn est son père. Allez, va manger ta collation.

Kiona sortit sans rien ajouter. Restée seule, Laura porta les mains à son visage, profondément émue, effrayée aussi. « Que sait-elle? Que ressent-elle? Mon Dieu, pourquoi avoir donné à cette enfant de tels pouvoirs? Si c'est pour me faire payer mes erreurs passées, ayez pitié, empêchez-la de détruire notre famille. »

Envahie par la terreur, elle implora encore et encore le Seigneur. Elle comprit également qu'il lui faudrait toujours pactiser avec Kiona, ce charmant instrument d'une puissance supérieure, ange ou démon...

« L'avenir le dira! » pensa-t-elle en se signant.

Val-Jalbert, lundi 12 avril 1943

Quand Laura fit son apparition, mademoiselle Damasse, attablée dans la cuisine en compagnie de Mireille, dégustait une grande tasse de cocoa. La classe était terminée depuis une demi-heure.

—Je suis navrée, ma chère Andréa, je ne serai pas là à votre mariage! Je dois partir pour Québec demain. Hermine m'a téléphoné. Elle a besoin de moi. Aucune mère digne de ce nom ne refuserait de voler au secours de son enfant, n'est-ce pas?

—Doux Jésus! Mais, madame, ça signifie que notre Mimine est rentrée au pays? s'écria Mireille.

—Oui, le bateau a pu atteindre le Canada sans

problème, Dieu merci! Hélas! mon gendre est hospitalisé à Québec, dans un état critique. Hermine m'a appelée au secours. Elle est à bout de nerfs et désespérée.

L'institutrice dissimula de son mieux sa déception. Elle avait constaté que le couple Chardin était d'une humeur exécrable depuis trois jours et cela ajoutait à l'angoisse légitime qu'elle ressentait à l'idée de ses noces.

— Ne faites pas cette mine dépitée, dit Laura. Puisque vos parents ne peuvent pas assister à la cérémonie, mon mari vous conduira à l'autel.

— Oui, mais on dirait que tout se ligue contre moi. Heureusement, j'ai une consolation. Ma petite Alicia sera présente et mon amie Rozanne aussi.

— L'essentiel, c'est d'avoir enfin un époux, jeta Laura très étourdiment. Joseph vous rendra heureuse, j'en suis sûre!

Sur ces mots, elle sortit de la pièce. Apitoyée, Mireille tapota le bras de l'institutrice.

— Madame n'a pas voulu être méchante, ne vous tracassez pas. Quelque chose cloche, je le vois bien. Ce doit être en rapport avec le départ de Charlotte. Celle-là, elle n'en fait qu'à sa tête.

Andréa luttait pour ne pas fondre en larmes. L'approche de son mariage la rendait malade d'anxiété. Elle aurait eu besoin de confier ses appréhensions à une oreille charitable, mais sa pudeur l'en empêchait. Assez perspicace, la gouvernante s'en doutait. Néanmoins, elle se montra très maladroite dans sa façon de la réconforter.

— Ne vous en faites pas, mademoiselle Andréa! Je suis restée célibataire, mais ça ne veut pas dire que je n'ai pas eu d'amoureux dans ma jeunesse. Et quand je dis des amoureux, il faut comprendre des amants. La première fois, ce n'est qu'un mauvais moment à passer.

Cette fois, Andréa Damasse pleura pour de bon. Afin de ne pas se donner en spectacle, elle courut se réfugier dans sa chambre.

Hôpital Sainte-Anne[59], Québec, jeudi 15 avril 1943

Laura trouva sa fille assise sur un banc, dans le hall de réception de l'hôpital. Plongée dans une triste songerie, elle ne l'avait pas vue arriver.

— Ma chérie, mon Dieu, quelle mine tu as!

— Oh! Maman, comme c'est gentil d'être venue si vite!

Hermine se leva et se jeta dans les bras de sa mère sans aucune retenue. Elles s'étreignirent longuement, toutes deux très émues.

— Ma petite, chuchota Laura à son oreille, tu me fais peur! Toshan n'est pas...

— Seigneur, non, il est vivant, mais je ne sais plus quoi faire! Hier, Badette a eu la gentillesse de passer ici, mais je n'ai pas osé lui parler franchement.

Elle tremblait de nervosité. De plus en plus inquiète, Laura lui caressa la joue.

— Calme-toi, je suis là, maintenant! Comme tu as maigri, ma pauvre enfant! Que dirais-tu d'aller dîner en ville, si tu peux laisser ton mari une heure, naturellement?

— Mon mari, répéta Hermine d'un ton navré. Mais il ne demande que ça, ne pas me voir à son chevet!

Surprise par cet aveu, Laura ne fit aucun commentaire. Elle sentait que la situation était grave. Sa fille portait un pantalon défraîchi et un pull peu reluisant; ses cheveux ternes étaient attachés sur la nuque et son beau visage trahissait une grande fatigue.

— As-tu un manteau au moins? Il ne fait pas encore très chaud dehors.

— Non, maman, je n'ai plus rien. J'ai dépensé presque tout l'argent que j'avais sur moi. Ces vêtements, on me les a donnés en France, à Bordeaux, la veille de notre départ.

— Bien, nous allons prendre un taxi et tu vas avaler

---

59. Cet hôpital accueillait notamment les Canadiens blessés à la guerre et il était placé sous autorité militaire. Cependant, l'ambiance y était décrite comme «familiale».

un vrai repas. Je pense que tu as beaucoup de choses à me raconter, et moi aussi, hélas!

La présence de sa mère sembla réconforter Hermine. Elle lui prit le bras en souriant.

—Ma petite maman, j'ai l'impression que tu apportes avec toi le vent du Lac-Saint-Jean et le bon air de Val-Jalbert!

Un quart d'heure plus tard, elles étaient installées à une table, dans un restaurant de la haute ville. Soucieuse de ne pas brusquer sa fille, Laura attendit ses confidences sans les solliciter. Elle l'interrogea cependant sur le voyage à bord du navire-hôpital.

—As-tu souffert du mal de mer? C'est un miracle que vous n'ayez pas été victimes d'une attaque. Papa et moi, nous pensions sans cesse à toi, à vous. Mais, grâce à Dieu, tu es revenue dans ton pays!

—Maman, intervint Hermine, je ne sais par où commencer. Toshan n'est plus le même. Au début de la traversée, nous étions si distants que j'avais décidé de divorcer. Puis, il a eu de la fièvre. Une infection s'était déclarée, consécutive à son opération.

Hermine dut expliquer pourquoi on avait dû opérer son mari. Cela l'amena à parler de la tragédie de Montpon, de la mort de Simhona et du petit Nathan. D'abord désordonné et un peu confus, son récit finit par devenir un témoignage précis, dont chaque mot frappait Laura et l'épouvantait. Rien ne lui fut épargné, ni l'évocation de Janine, traînée par les cheveux sur les pavés d'un bourg français, ni la liaison de son gendre avec Simhona.

Quand la serveuse posait les plats sur la table, Hermine se taisait avant de poursuivre, le regard absent, si pâle qu'on aurait dit un fantôme.

—Tu sais tout, maman, conclut-elle sans avoir avalé une bouchée.

—Ma pauvre chérie, je suis vraiment désolée. Mais non, je ne sais pas tout. Tu ne m'as pas dit ce qui s'est passé sur le bateau, pour Toshan.

—Ah oui, la fièvre, les infirmières à son chevet,

le docteur qui me préparait au pire! C'est là que j'ai renoncé à le quitter! Je lui ai tout pardonné parce que j'avais peur de le voir mourir et qu'on jette son corps à la mer. C'est la tradition; cela n'aurait choqué personne. Mais moi, je voulais qu'il repose au bord de la Péribonka, chez nous! Oh! maman! J'ai tant prié pour qu'il guérisse! Pendant deux jours entiers, j'ai prié sans dormir ni manger. J'ai même imploré le grand Manitou que vénérait Tala. Enfin, il s'est rétabli. On lui avait injecté de la pénicilline. Ils n'en avaient plus à l'hôpital Saint-André, mais sur le bateau ils avaient ce médicament qu'on dit miraculeux en cas d'infection. Dès qu'il a été en état de m'écouter, je lui ai dit que je l'aimais et que nous ne pouvions pas nous séparer. J'étais si bouleversée que j'en tremblais. Je t'assure, j'ai pu de nouveau éprouver de la tendresse pour lui, tenir sa main, toucher son front. Je n'étais plus en colère. Je m'interdisais d'être jalouse d'une femme morte si jeune, de façon atroce, mais…

— Mais quoi, ma fille? Ne crains pas de me choquer! Si tu avais tant besoin que je vienne, c'était bien pour aborder des sujets qui te gênent et dont nous n'avons jamais parlé ensemble? Tu connais mon passé et mon caractère épineux! Et, sur le plan de la jalousie, je suis une championne!

Hermine eut un sourire amusé. Sa mère avait au moins réussi à la détendre, à la sortir de son abattement.

— Maman, c'est dur de l'avouer, confessa-t-elle enfin. J'ai peur de ne plus pouvoir coucher avec Toshan. Je l'imagine sans arrêt avec cette femme, j'en rêve la nuit, je me dis qu'il la préférait à moi. Il prétend le contraire, mais il m'a tellement fait de reproches, toujours les mêmes! Mon entêtement à mener une carrière de chanteuse! Le fait que je ne sois pas restée à la maison avec les enfants! Il a même osé me rendre quasiment responsable de cette ignoble tuerie perpétrée par les miliciens! Je crois que notre histoire est condamnée et je ne le supporterai pas. Je veux l'aimer comme avant, avoir confiance en lui, en nous. Et je voudrais un autre enfant, mais cela ne risque pas d'arriver. Toshan me traite en simple amie et moi, près de lui, je suis de glace.

Laura ne répondit pas. Riche de ses propres expériences, elle prit le temps de réfléchir.

— Hermine, souviens-toi! Après avoir été séparés des années, nous étions de nouveau très amoureux, ton père et moi, quand j'ai appris qu'il avait eu une relation avec Tala. J'étais si furieuse que je ne pouvais plus l'approcher ni le toucher. Mais c'était le meilleur moyen de dresser une barrière entre nous et j'ai fait un effort. Pour ne pas le perdre, j'ai surmonté ma jalousie. Toi aussi, tu dois y parvenir. Pas ici, à Québec. Ramène ton mari chez lui, dans ses forêts, au bord de sa rivière. Ce qu'il a vécu en France l'a marqué. Il se sent coupable de t'avoir trompée et de ne pas avoir sauvé Simhona et son fils. Là-bas, il oubliera peut-être, près de toi et entouré de ses petits.

Hermine scruta, d'un air surpris, le joli visage de sa mère, qui venait de lui offrir un peu d'espérance. Puis, elle baissa la tête, comme vaincue par la fatalité.

— Je ne sais pas si c'est possible, maman. Un médecin m'a dit hier que mon mari souffrait de neurasthénie, qu'il fallait lui donner des calmants et le garder à l'hôpital. Et pas une fois Toshan n'a formulé le souhait de revoir nos enfants, de retourner au Lac-Saint-Jean. Son idée fixe, c'est de repartir en France, de venger Simhona! Oh! je n'en peux plus! C'est un cercle vicieux et je n'ai plus de courage.

— Pas de ça! trancha Laura. Ne baisse pas les bras, ma chérie! Range ta fameuse jalousie quelque part, tu dois rendre un père à Mukki et aux jumelles. Et puis, sois honnête, tu as joué avec le feu en fréquentant monsieur Lafleur. Je t'ai rappelée à l'ordre bien souvent, mais je ne suis pas certaine d'avoir été écoutée. En quelques mois, Toshan a perdu sa mère et il a été blessé dans sa chair et son âme. Tu l'as épousé pour le meilleur et pour le pire. Bats-toi pour celui que tu aimes!

Les larmes aux yeux, Hermine promit d'essayer. Elle put enfin avaler son dessert, une tarte aux pommes. Laura commanda deux cafés et changea de sujet.

—J'ai des nouvelles peu brillantes, moi aussi. Charlotte s'est enfuie avec un homme.

— Quoi? fit Hermine, abasourdie.

— Un prisonnier allemand! Et elle est enceinte de lui. Joss ne s'en remet pas et moi non plus.

— Pas Charlotte, maman, c'est impossible!

— Je t'en parlerai plus longuement tout à l'heure, dehors. Kiona a tiré les ficelles de ce drame. Tu comprendras pourquoi. Mais elle est punie. Pas de promenade en poney pendant un mois et mille lignes à écrire: «Je ne manquerai plus de respect aux grandes personnes.» Je n'avais pas le choix! Nous gardons le secret absolu, sinon je lui aurais fait copier ceci: «Je ne protégerai plus les ennemis de mon pays.» De toute façon, elle aurait refusé. C'est une tête de mule et tu as raison, elle est beaucoup trop intelligente!

Partagée entre la désolation et l'attendrissement, Hermine saisit les mains de Laura.

— Maman, je veux rentrer chez nous! Je rêve de revoir le lac Saint-Jean et nos montagnes, de sentir le parfum des épinettes, et surtout de pouvoir embrasser mes petits, et Madeleine, Akali, Mireille…, papa et aussi ma précieuse Kiona! Sans elle, je n'aurais jamais retrouvé Toshan.

— Je sais, admit sa mère. Aie confiance, ma chérie! Si ton mari consent à quitter l'hôpital, nous rentrerons bientôt. Mais pas avant lundi. Comme ça, j'aurai échappé aux noces de ce vieux Jo et de son Andréa!

Laura fit la moue. Elle demeurait fidèle à elle-même, tour à tour grave et avisée, puis moqueuse et acerbe. C'était peut-être une manière de cacher ses peurs, ses chagrins ou une capacité inouïe de bannir le malheur. Hermine se moquait de ce qu'elle venait de dire; sa mère représentait un roc inébranlable sur lequel elle venait de reprendre pied. Elle lui offrait une chance de s'envoler vers la grondeuse Ouiatchouan ou la paisible Péribonka. Peu lui importait la rivière, si ses eaux vives et limpides chantaient pour elle le refrain éternel de son pays de neige.

Hôpital Saint-Anne, Québec, le lendemain

Toshan fut très contrarié en voyant sa belle-mère entrer dans sa chambre, toujours élégante, ses cheveux blond platine très frisés, ses yeux bleus maquillés avec soin. La veille, Hermine lui avait dit que Laura était arrivée à Québec et il avait bien précisé qu'il ne voulait aucune visite.

—Bonjour, mon cher gendre, dit-elle aussitôt. Ne me jetez pas ce regard atterré, je ne serai pas longtemps.

—Bonjour, répliqua-t-il par politesse. Si vous cherchez Hermine, elle est sortie m'acheter le journal.

Laura prit place à son chevet et l'observa d'un œil songeur. Il avait beaucoup maigri et son teint était blafard.

—Je sais où se trouve ma fille! J'en ai même profité pour vous imposer ma présence. Hermine ignore ma démarche et je tiens à ce qu'elle n'en sache rien. Dites, vous n'avez pas l'air si neurasthénique que ça! Je m'attendais à pire.

Le beau Métis poussa un soupir agacé. Laura était vraiment la dernière personne qu'il avait envie de revoir.

—Votre avis ne m'intéresse guère, déclara-t-il sèchement.

—Toshan, ne me prenez pas pour votre ennemie! Je voulais vous parler à cœur ouvert, parce que je suis une mère et que ma fille souffre le martyre. Elle m'a tout raconté.

—Tout? s'indigna-t-il. De quel droit?

—Mais vous ne voyez pas comme elle est malheureuse? Hermine avait besoin de se confier afin de ne pas sombrer. Elle pense que vous ne l'aimez plus. Est-ce vrai?

—Ce ne sont pas vos affaires, Laura, mais vous connaissez la réponse. Bien sûr, que je l'aime!

—En amour comme en amitié, il faut des preuves, Toshan. Il paraît que vous souhaitez demeurer hospitalisé ici pour demander ensuite un poste à la Citadelle et si possible repartir en Europe. Il paraît aussi que vous n'avez pas envie de rentrer chez vous, au bord de la Péribonka. Vous êtes un bel égoïste! Et vos enfants? Cela ne vous gêne pas de les peiner, de les décevoir? Ils savent que leur père est de retour au Canada et ils vous attendent avec tant d'impatience! Mukki grandit, vous êtes son héros, il rêve de vous aider, de vous montrer ses jeunes forces et son dévouement. Et Laurence, si douce, si sage, qui a peint un paysage pour vous. Quant à votre Nuttah, la rebelle de la famille, elle se languit de votre maison au fond des bois, de vos balades le long de la rivière.

Ébranlé, Toshan arbora une mimique sévère. Il fut catégorique et lui dit sur un ton qui se voulait désagréable :

—Ils sont en âge d'accepter mes choix! Je vous en prie, Laura, ayez la gentillesse de me laisser en paix maintenant.

—Et Kiona? poursuivit-elle sans se démonter. Mérite-t-elle autant d'indifférence? Savez-vous qu'elle a failli mourir pour vous, oui, pour son frère de sang? Nous avons cru la perdre, cette étrange enfant qui est en communication avec le monde des esprits, avec un autre monde, peut-être… C'est grâce à elle que nous avons pu renseigner Hermine sur la ville française où vous étiez et, tout le temps que vous étiez agonisant, Kiona, du haut de ses neuf ans, a lutté pour votre survie; nous en sommes sûrs, Jocelyn et moi!

—Hermine ne m'a pas parlé de ça, dit Toshan, touché pour de bon.

—Elle est suffisamment perturbée. Je ne lui ai pas encore dit à quel point nous avons eu peur de voir mourir Kiona. Mais c'est la vérité! J'ai la conviction que cette enfant de neuf ans était prête à se sacrifier pour vous. Je crois que, si elle le pouvait, Tala vous parlerait comme je le fais, en vous exhortant à privilégier votre famille.

En entendant prononcer le nom de sa mère, le Métis eut un bref rictus de chagrin. Envahie par une profonde compassion, Laura osa lui prendre la main.

—Vous avez envie de venger cette malheureuse jeune Juive et son fils, et je ne peux pas vous le reprocher, Toshan! Vous espérez lutter encore contre le nazisme, et c'est louable de votre part. Mais il y a d'autres combats à mener ici en mémoire de votre mère et de vos ancêtres montagnais. Que diriez-vous de sauver les enfants indiens qui sont maltraités et torturés dans les pensionnats créés par le gouvernement? Kiona y a vécu un enfer, ainsi que la petite Akali que nous avons recueillie. Quelle belle cause à défendre! Je vous en prie, réfléchissez bien à tout ça! Quand vous serez en état de voyager, revenez chez vous, au bord de la Péribonka, auprès des vôtres. À présent, je vous laisse!

Elle se leva, digne et gracieuse. À cet instant, Toshan perçut la nature généreuse de cette femme extravagante, bavarde et au caractère emporté. Il faillit lui dire qu'il réfléchirait, mais son orgueil l'en empêcha. Cependant, lorsqu'elle ouvrit la porte, il avoua tout bas:

— Il ne se passe pas un moment, du matin au soir, la nuit, dans mes rêves, sans que je revoie le visage du petit Nathan Sternberg, figé par la mort! Une mort injuste, atroce! Il était là, près de moi, les yeux ouverts et, le peu de temps que je l'ai connu, je me suis montré dur avec lui, autoritaire et impatient. Je m'accuse aussi d'avoir détourné de son enfant la vigilance de sa mère. D'endurer constamment ce sentiment de culpabilité, cela m'éloigne de tout ce qui est bon et tendre sur terre. Ce matin-là, je suis mort en même temps qu'eux.

— Eh bien! Essayez de ressusciter pour ceux qui vous aiment, répliqua Laura sans céder à l'apitoiement. Au revoir, Toshan.

Elle sortit sans se retourner.

Roberval, samedi 17 avril 1943

Il était onze heures du soir. Andréa s'attardait dans la luxueuse salle de bain de l'hôtel le plus prestigieux de Roberval. Les époux avaient soupé en tête-à-tête dans la grande salle du restaurant, sous la clarté dorée des lustres que reflétaient les miroirs à dorures ornant les murs. Laura leur avait fait ce cadeau de prix: deux jours au Château Roberval.

«Je suis mariée, ça y est!» se répétait l'institutrice. Elle avait prétexté l'envie de prendre un bain pour s'isoler encore un peu, avec le frêle espoir de retrouver Joseph endormi. Il avait beaucoup bu et il semblait fatigué après cette longue journée de fête.

«Je suis mariée! Tout s'est déroulé à la perfection malgré l'absence de madame Chardin, songea-t-elle en brossant ses cheveux légèrement humides. Monsieur Jocelyn avait fière allure quand il m'a conduite à l'autel! Et Alicia était vraiment ravissante dans sa robe, avec son chignon fleuri. En me disant au revoir, sur le quai de la gare, Rozanne avait les larmes aux yeux! Mon Dieu, quelle bonne et douce amie!»

— Andréa, ma petite épouse chérie, appela Joseph d'une voix pâteuse, depuis la chambre, tu en mets du temps pour ta toilette. J'ai hâte, moi!

Ces derniers mots crispèrent Andréa. Elle savait bien, en acceptant la demande en mariage de l'ancien ouvrier, que cela signifiait partager son lit et découvrir enfin les secrets de l'amour physique. Mais, à l'instant crucial où elle devait se coucher à côté de cet homme, vêtue seulement d'une chemise de nuit, elle était terrorisée.

— Mais oui, j'arrive, dit-elle d'une voix qui se voulait détendue.

— Dépêche-toi!

Ils se tutoyaient depuis plusieurs semaines. Joseph avait même poussé la familiarité jusqu'à embrasser sa fiancée sur la bouche à plusieurs reprises, ce qui lui avait valu des rebuffades offensées. La devise d'Andréa Damasse se résumait ainsi: «Rien avant le mariage!»

Prête à pleurer, elle considéra son reflet dans le miroir du lavabo. Sa poitrine était toujours énorme, à travers la soie de la chemise qui moulait ses hanches trop larges. Vite, elle ôta ses lunettes et l'image se brouilla.

«C'était trop court aujourd'hui, s'affola-t-elle. Je voudrais être encore devant l'église, entourée de mes amis et de mes petits élèves.»

Elle s'appliqua à les revoir un par un. Les jumelles

et leurs nattes châtain clair, ainsi que leur minois malicieux, Mukki souriant, au teint doré, sa chevelure noire luisant au soleil, si costaud pour son âge. «Akali m'a dit qu'elle m'aimait beaucoup et Alicia a promis de m'écrire souvent. Quel dommage que ma filleule ne soit restée que deux semaines à Val-Jalbert! Et Lambert Lapointe m'a embrassée de bon cœur en me souhaitant beaucoup de bonheur!»

Andréa eut une pensée particulière pour Kiona, qui lui avait offert, avec un air sérieux, une pierre d'un bleu vert mat.

—C'est une turquoise, mademoiselle, en remerciement pour vos leçons! Je la tiens de ma grand-mère Odina. Elle vous protégera.

«Ils étaient tous adorables, se dit-elle, secouée de frissons. Mon Dieu, j'aurais dû renoncer à ce mariage et me consacrer ma vie durant à l'enseignement. Enfin, je vais tout de même continuer à faire la classe, mais j'habiterai chez Joseph.»

Seule l'idée de servir de mère à Marie Marois la consola. La fillette lui témoignait une vive affection et l'appelait parfois maman.

—Andréa, si tu tardes encore, je vais m'endormir! cria son mari.

Tremblante, résignée, elle ouvrit la porte et se glissa dans la chambre, oubliant d'éteindre la lumière de la salle de bain. En veste de pyjama dans le lit, Joseph eut la vision, en contre-jour, des formes exubérantes de sa femme. Il en avait rêvé jusqu'à l'obsession.

—Enfin, te voilà, ma chérie, grogna-t-il.

Il ne l'avait jamais appelée ainsi et son regard brun brillait de convoitise. L'ancien ouvrier tapota la place vide à côté de lui.

—Ne me fais plus languir, Andréa. Vois donc comme je t'aime!

Sur ces mots, Joseph, égayé et bien éméché, rejeta le drap et exhiba un sexe d'une taille respectable, ce qui acheva d'épouvanter son épouse.

—Oh non, non! gémit-elle. Non, ça ne se peut pas!

Elle se croyait renseignée sur l'anatomie masculine, mais il lui manquait la pratique et l'expérience. Prise de panique, elle recula sans pouvoir détacher ses yeux de l'objet de son effroi.

— Ma p'tite femme, qu'est-ce que t'as?

— Cache-le, implora-t-elle. Je ne viendrai pas au lit, ça me fera trop mal!

— Allons, sois raisonnable! C'est notre nuit de noces. Dis, tu devais t'en douter que j'étais fait comme les autres hommes?

— Tu es le premier, Joseph, je t'ai prévenu, sanglota-t-elle.

Attendri, mais de plus en plus excité, il se leva et courut vers elle. Ses mains se plaquèrent sur ses fesses, tandis qu'il forçait sa bouche d'une langue impérieuse.

« Ce n'est qu'un mauvais moment à passer! » se dit Andréa en se souvenant de l'avertissement maladroit de Mireille.

Soudain docile, elle se laissa entraîner vers leur couche nuptiale. Il valait mieux en finir le plus rapidement possible. Haletant, Joseph l'abreuva de paroles rassurantes tout en lui retirant sa chemise. Enfin, il se rendait maître de ces chairs vierges et opulentes qui frémissaient sous ses rudes caresses.

— Non, non, non, répétait sa femme. Je t'en prie, pas encore…

Mais il ne l'écouta pas et la pénétra presque aussitôt. À l'immense surprise d'Andréa, ce ne fut pas douloureux du tout, plutôt déconcertant, pour devenir agréable, même grisant. Une demi-heure plus tard, elle fixait en souriant le plafond de plâtre aux savantes moulures.

« Je suis mariée, ça y est! » songea-t-elle, ravie.

Joseph dormait déjà, le devoir conjugal accompli.

Rive de la Péribonka, samedi 28 août 1943

Hermine étendait sa lessive derrière la remise à bois avec l'aide de Madeleine. Le vent était délicieusement chaud et le soleil, encore haut dans le ciel.

— Les draps seront secs demain, affirma la jeune

femme vêtue d'une robe en coton blanc dont les manches courtes dévoilaient ses beaux bras hâlés par la vie au grand air.

— Les torchons aussi, répliqua l'Indienne. Ah! ma chère Hermine, si tu savais comme je suis heureuse ici! Je me plais bien à Val-Jalbert, mais je préfère cent fois cette maison isolée, entre la rivière et la forêt. Et Akali fait plaisir à voir. Depuis que nous sommes arrivés, elle a changé, elle rit tout le temps, elle devient même assez coquine. Je voudrais tant que toi aussi tu retrouves la joie!

— N'en parlons pas, Madeleine, cela ne sert à rien.

— Patience, Toshan va finir par guérir.

— Son corps est guéri, même s'il ne peut pas se servir comme il voudrait de son bras gauche, mais son âme est malade! Au mois de mai, quand nous sommes revenus ici, chez nous, j'espérais qu'il sortirait de son abattement. Mais rien n'y a fait, ni l'amour de ses enfants, ni le mien, ni tes soins, rien, rien!

Hermine baissa la tête, honteuse de s'avouer découragée. Ils auraient pu être heureux dans ce lieu préservé où son mari était né, où il avait joué petit garçon, où il était devenu un homme. Sous les marches du perron, dans une corbeille en vannerie, se trouvaient toujours les cailloux blancs que Tala utilisait pour tracer sur le sol de la clairière un cercle magique. Les arbres alentour composaient un rideau de verdure apaisant qui abritait une multitude d'oiseaux chanteurs. Mukki et les jumelles se baignaient chaque matin de ce bel été dans une crique de la rivière où l'eau était moins vive et où elle coulait doucement, limpide comme de l'eau de source.

— Nous sommes quand même à l'abri du reste du monde, soupira Hermine. Hier, un homme de Péribonka m'a apporté une lettre de mon père. Je voudrais bien la lire à Toshan, mais je n'ose pas.

— Peut-être que tu le ménages trop, nota Madeleine. Que raconte monsieur Jocelyn? Pas de mauvaises nouvelles au moins?

— Non, tout va bien à Val-Jalbert, répondit Hermine

en s'asseyant dans l'herbe. Maman fait réparer le chauffage central et Louis joue beaucoup avec Lambert Lapointe, qui s'est assagi. Andréa et Joseph semblent nager en pleine félicité. Mireille s'ennuie. Elle menace maman de prendre sa retraite et de retourner enfin à Tadoussac, son village natal.

L'Indienne ramassa le panier à linge et le cala sur sa hanche.

— Je ne vois rien de choquant pour Toshan, ni d'intéressant, dit-elle en riant.

— Papa me tient aussi au courant de l'actualité. Jean Moulin, le chef de la Résistance française, est mort le 8 juillet des suites des tortures qu'il a subies entre les mains de la Gestapo. Cela affligera Toshan, je le sais. Il y a un point positif: le 17 de ce mois, il y a eu une conférence très importante à Québec. Le débarquement des Alliés dans le nord de la France serait prévu pour le 1er mai, l'année prochaine. La fin de ce cauchemar est peut-être proche! Oh! Madeleine, je voudrais tant que la guerre se termine! Pas pour nous, mais pour tous ces gens dans le monde qui en souffrent et qui meurent.

— Viens, tu dois le dire à mon cousin! Toshan se réjouira de cette nouvelle.

Elle tendit sa main libre à Hermine qui se releva et la suivit. Les deux femmes traversèrent la clairière parsemée de fleurs sauvages. La maison en bois que le Métis avait agrandie et aménagée au fil des années se dressait devant elles.

Depuis leur retour, Toshan passait ses journées dans une chaise longue, sous l'auvent qui abritait la terrasse en planches. Cela lui permettait de contempler la forêt, la course des nuages et les jeux des enfants. Il lisait durant des heures, une couverture sur les jambes, même par grosses chaleurs.

« Mon Dieu, quelle tristesse de le voir ainsi! pensa Hermine en observant son mari. J'étais si contente quand il a consenti à rentrer ici, dans notre vrai foyer! Je ne peux rien lui reprocher; il est gentil avec chacun de nous, il mange ce qu'on lui propose, il discute de banalités, mais je sais qu'il n'a plus le désir de vivre…, plus de désir du tout!»

Elle s'accrocha au bras de Madeleine, dans un besoin viscéral de réconfort.

«Pourtant, nous dormons dans le même lit. Et une nuit, une seule et unique nuit, il a répondu à mes caresses.» Le souvenir de cette étreinte hâtive, qu'elle estimait purement hygiénique, la révulsait. Toshan l'avait prise sans lui accorder un mot d'amour et elle n'avait éprouvé aucun plaisir. «Il ne peut pas oublier la mort de Simhona ni celle de ce petit garçon! Il fait des cauchemars, il se réveille en sueur, hagard. Qui pourrait le guérir?»

Madeleine lui adressa un sourire plein de compassion. Elle l'obligea à s'arrêter.

— Au fait, dans sa lettre, monsieur Jocelyn ne parle pas de Charlotte? Ils n'ont aucune nouvelle d'elle?

— S'ils en avaient, mes parents me le diraient. Cette histoire me rend malade. Je suis très inquiète, et Charlotte me manque! Si j'avais été là, j'aurais pu arranger les choses. Tu te rends compte: Toshan n'a pas daigné donner son avis sur le sujet quand je lui ai expliqué la situation. Je vis avec un fantôme, Madeleine. Le fantôme de mon grand amour! Enfin, c'est comme ça… C'est l'heure de préparer le souper.

— Je vais mettre des haricots à cuire, avec du lard. Mais où sont passés les enfants? Cousin, as-tu vu les petits?

Elle prenait moins de précautions qu'Hermine avec Toshan. Il leva le nez de son livre.

— Ils sont au bord de la rivière. Sauf Kiona. Elle a pris la direction opposée.

— Pourquoi? s'alarma aussitôt Hermine. Je lui ai défendu de s'éloigner seule.

Bien à regret, Jocelyn avait vu partir la fillette au mois de mai. Elle lui avait demandé la permission de passer l'été au bord de la Péribonka, auprès de sa Mine chérie. Laura avait jugé l'idée excellente, d'abord pour sa propre tranquillité d'esprit, ensuite avec le secret espoir que l'enfant pourrait aider Toshan. Mais, curieusement, Kiona évitait son demi-frère. De son côté, il ne cherchait pas à se rapprocher d'elle ni à lui parler. Cela irritait Hermine, qui avait fini par apprendre comment l'enfant avait mis sa jeune vie en danger pour veiller sur Toshan.

— Tu aurais dû la surveiller, reprocha-t-elle à son mari. Lui interdire de s'en aller!

— Les chiens l'ont suivie. Ta mère a expédié les chiens ici; il faut bien qu'ils se rendent utiles.

«Les chiens, s'offusqua-t-elle intérieurement. Il ne leur accorde pas un regard, pas une caresse, alors que ses bêtes lui font la fête et se couchent à ses pieds.»

Elle monta les marches et toisa son mari d'un air furibond. Il s'était replongé dans sa lecture. Madeleine haussa les épaules et entra dans la pièce principale où l'on cuisinait et où l'on prenait les repas sur une grande table en épinette. Au même instant, un concert d'aboiements s'éleva des bois, au nord de la maison.

— Seigneur, écoutez! s'écria Madeleine. Et si Kiona avait croisé un ours, une femelle et ses petits.

— J'y vais, dit Hermine, prête à décrocher le fusil de chasse de la cheminée.

Sans bouger de son siège, Toshan émit une opinion dictée par son expérience.

— S'il s'agissait d'un ours, les chiens gronderaient et hurleraient! Là, ils jappent. Ils doivent s'amuser.

— Quand même, tu pourrais aller voir ce qui se passe, le cingla Hermine. Le désespoir ne coupe pas les jambes, Toshan!

— Elle a raison, cousin. Mais ne vous querellez pas. J'y vais, moi.

Elle sortit au pas de course, sa longue natte noire dansant au milieu de son dos. Toujours en colère, Hermine se planta sur le perron pour guetter son retour.

— Ne m'en veux pas, lui dit son mari. Je suis une sorte d'infirme, j'ai du mal à courir, et les médecins m'ont recommandé de ne pas faire d'effort violent. Mes poumons sont fragiles désormais. Je ne suis plus un guerrier ni un amant. Je ne vaux plus rien.

— Tais-toi! Tu entends, tais-toi! Je ne supporte plus tes lamentations indignes du Toshan que j'adorais, celui qui me racontait que la vie était un cercle, que des chemins invisibles nous étaient destinés! Nos chemins à nous ne font que s'écarter et, si tu restes faible, c'est une punition pour ta démission.

— Tu as raison! Mais je suis vivant, je joue aux cartes avec Mukki chaque soir et j'admire les dessins de Laurence. Je donne des conseils à Nuttah qui apprend à tirer à l'arc et, en cachette, j'admire tes jambes, tes bras dorés et tes cheveux plus blonds en été! Qui de nous deux n'aime plus l'autre? Toi ou moi? Hermine, si tu es trop malheureuse, je te rends ta liberté. Tu mérites d'avoir un époux solide et joyeux!

Malgré elle, en l'écoutant, elle pensa à Ovide Lafleur. On lui avait donné de ses nouvelles à l'auberge de Péribonka. Le jeune instituteur habitait Chicoutimi et s'était fiancé à une secrétaire. Sa mère était morte et il avait loué la ferme familiale à un couple d'agriculteurs.

— Je ne te quitterai pas, Toshan, répliqua-t-elle d'une voix ferme. Tu ne te débarrasseras pas de moi. Et je…

Elle se tut, stupéfaite. Madeleine venait d'apparaître en lisière de la forêt, escortée d'une troupe bariolée. La queue en panache, les chiens aboyaient de plus belle sur les talons de Kiona qui accourait, rieuse.

— Mais… on dirait le vieux Malo! s'écria Hermine. Personne n'a pensé à cette pauvre bête! Il a dû errer et retrouver la piste de la maison.

Toshan ne répondit pas. Sous le coup d'une intense émotion, il était livide. Une vieille Indienne à la silhouette imposante marchait lentement vers lui, ses nattes grises ornées de rubans et de plumes.

— *Kukum?* murmura-t-il. Grand-mère Odina!

— Mon Dieu, Toshan, c'est ta famille qui te rend visite! s'écria Hermine. Je vois aussi Aranck, ta jolie tante Aranck, la petite sœur de Tala.

Elle s'élança à la rencontre des visiteurs. Madeleine exultait, les larmes aux yeux. Kiona se jeta sur Hermine et tendit vers elle un visage resplendissant de bonheur.

—Ma beauté, ma chérie, tu as encore désobéi! Je suppose que tu avais vu qu'elles arrivaient?

Hermine avait insisté sur le mot *vu*.

—Oui et non, se moqua gentiment la fillette. Cette fois, ce sont les chiens qui ont deviné. Ils ont senti Malo! Regarde mieux qui est là, Mine! Mais regarde!

Hermine eut alors l'étrange impression d'être dédoublée, de rêver debout ou d'être la proie d'une hallucination. Parmi la bruyante famille de Toshan, elle aperçut une Indienne à la peau un peu trop claire et au nez retroussé, dont les cheveux bruns se divisaient en deux tresses un peu trop courtes. Sa tunique en peau de cerf révélait un ventre tout rond, gonflé de vie.

—Charlotte? Ma Lolotte! Oh! Merci, mon Dieu! Je ne peux pas y croire...

Charlotte se précipita dans les bras d'Hermine, où elle éclata en gros sanglots enfantins. Pour une fois, elle avait entendu sans protester le fameux surnom de Lolotte qui l'exaspérait tant.

—Mimine, j'avais si peur que tu me repousses, dit-elle d'une voix tremblante. Mais je suis venue. Tu me manquais trop. Chogan nous a dit que tu étais installée ici. Je vais bientôt accoucher, grand-mère Odina en est sûre.

Bouleversée, Hermine cajola son amie retrouvée, sa petite protégée de jadis.

—Tu as bien fait de venir, assura-t-elle. Ma Lolotte en maman, je voulais voir ça!

Mukki, Akali et les jumelles firent irruption à leur tour dans la clairière, sans doute alertés par l'écho de toute cette agitation. Ils se ruèrent sur leur arrière-grand-mère pour la saluer et l'embrasser avant d'être accaparés par Aranck et de jeunes cousins. Cela permit à Hermine de scruter les traits d'un inconnu, habillé d'un pantalon en toile et d'une chemise rayée. C'était un très bel homme à la barbe blonde et aux boucles encore plus blondes, dont les yeux bleus semblaient transparents. Encombré d'un ballot de tissus, il n'osait pas s'avancer.

—Viens, Ludo, lui dit Charlotte. On ne peut pas éviter ça!

—Ludo? s'étonna Hermine.

—J'ai raccourci son prénom par prudence! Je te présente Ludwig. Tu dois être au courant pour nous deux.

Elle hésitait, encore marquée par son court séjour en France où elle avait croisé tant de soldats allemands arrogants et maudit tous ces drapeaux rouges ornés d'une sinistre croix gammée noire. De nouveau, elle crut entendre leur accent saccadé avant de revoir Janine dont le corps frêle heurtait les pavés de Montpon et Octave roué de coups de pied. C'étaient des miliciens, des Français qui déversaient haine et violence, mais pour plaire à l'occupant allemand.

Une main se posa sur son épaule et y imprima une légère pression. Toshan s'était levé pour accueillir sa grand-mère Odina et sa tante, puis il avait vu le grand jeune homme blond et mince.

«Sa main sur moi, s'affola Hermine. Il me soutient dans ce moment terrible, où je ne sais pas ce que je dois faire ou dire!»

Ce fut Ludwig qui rompit le silence après avoir fixé Toshan avec insistance.

—Monsieur, je vous reconnais! Vous êtes le soldat Delbeau, Toshan Delbeau, le Métis, comme on vous appelait au camp de la rivière Alex. Je suis bien content de pouvoir vous remercier. Vous m'avez sauvé la vie. Je vous dois mon bonheur, celui d'avoir rencontré Charlotte et d'être bientôt papa.

Cette déclaration sidéra Hermine qui se retourna pour dévisager Toshan. Son mari paraissait aussi surpris qu'elle.

—Je ne comprends pas bien. Vous étiez prisonnier dans ce camp? Je n'y suis pas resté longtemps, je n'ai pas la vocation de gardien ni de bourreau. J'ai peut-être dévié le tir d'un fusil une fois, mais c'était pour épargner un dénommé Hainer, un pauvre gosse qui était le souffre-douleur des autres prisonniers.

—Vous l'avez devant vous, monsieur, affirma Ludwig. En trois ans, j'ai grandi et, depuis l'an dernier, j'ai pris des kilos grâce à Charlotte. En outre, je ne suis plus tondu. Ludwig, c'est mon second prénom, celui que maman aimait.

En évoquant sa mère, il eut une vibration de tendresse et de nostalgie dans la voix. Cela suffit à briser la réserve d'Hermine qui, de plus, avait eu droit au plaidoyer de Kiona, fervente avocate du pauvre Ludwig. Elle lui tendit la main.

—Bienvenue, monsieur. Charlotte vous aime, c'est le plus important pour moi.

Toshan demeurait muet. Il se souvenait de ce soldat allemand de dernière classe, à peine sorti de l'adolescence et qui réclamait sa mère la nuit. Il se rappelait ce tout jeune homme mobilisé de force dans sa lointaine patrie, arraché aux siens par la volonté d'un tyran, perdu au fin fond du Canada, humilié et meurtri. Il était tout, sauf un ennemi.

—Je suis content également que vous ne soyez pas mort de froid dans nos forêts, déclara-t-il enfin. Ma mère m'a appris à ne pas juger un homme sur son apparence, sa race ou sa religion. Pour moi, à compter de ce jour, vous êtes quelqu'un d'ici et le compagnon d'une jeune personne que j'apprécie.

—Ne vous inquiétez pas, dit Charlotte, après la naissance de mon bébé, nous repartirons avec grand-mère Odina. Chogan a trouvé un endroit sûr dans la montagne. Toshan, le gouvernement veut obliger ta famille à vivre dans une réserve. Mais Chogan refuse cette loi des Blancs.

—Des réserves, des pensionnats où l'on détruit l'âme des enfants indiens, je sais tout ça, répondit le Métis. Venez à la maison, je sens l'arôme du café brûlant. Madeleine a dû en préparer. Ma femme est riche, c'est une célébrité dans le monde du spectacle. Nous sommes les seuls au Lac-Saint-Jean à boire encore du vrai café!

Hermine crut au miracle. Toshan se ranimait, il

discutait haut et fort, droit et superbe comme avant. Défaillante de joie, elle marcha près de lui en tenant la main de Charlotte.

— Ce soir, nous mangerons dehors, autour d'un grand feu sous les étoiles, et je chanterai! Oh oui, j'ai tellement envie de chanter!

À la tombée de la nuit, le banquet improvisé était prêt. Les enfants avaient travaillé avec un enthousiasme communicatif pour amasser du bois mort et déplacer des pierres afin d'élargir le foyer qui servait, certains jours, à griller de la viande ou à faire bouillir la lessive. Madeleine s'était lancée dans la préparation de différents plats, notamment des pommes de terre en ragoût et des haricots au lard, tout en obéissant gaiement à Odina. L'aïeule tenait à faire rissoler des tranches de courges jaunes, fort savoureuses selon ses dires.

Aranck avait apporté des filets de poisson fumé et du pain de blé, appelé banique, cuit par ses soins. Toujours méfiant, Chogan n'était apparu qu'au crépuscule.

— Mais regarde Toshan, disait sans cesse Hermine à Madeleine et à Charlotte. Il rit avec Chogan; il a caressé le vieux Malo!

Ludwig avait raconté à Kiona comment, le jour de leur fuite, le chien les avait suivis avec obstination. Ils avaient essayé de le renvoyer au village, mais l'animal s'était tapi dans les buissons pour les suivre à distance. Charlotte avait ajouté:

— En arrivant chez grand-mère Odina, on l'a vu arriver, la langue pendante, tout fier de lui. Nous avons eu de la chance: à la sortie de Roberval, Pierre Thibaut nous a proposé de monter dans sa camionnette et il nous a emmenés jusqu'à Péribonka sans poser de questions. Ludwig n'a pas dit un mot. Il hochait la tête. J'ai raconté à Pierre qu'il était muet!

Les discussions allaient bon train et les flammes pétillaient, joyeuses. Des odeurs de graisse chaude et d'herbe brûlée flottaient sur la clairière. Le repas s'éternisa, pareil à une assemblée montagnaise de l'ancien temps. Tous étaient assis en cercle autour du feu. Madeleine promit encore du café; Odina en était gourmande.

Exaltée, Hermine se leva sans s'apercevoir que Toshan était retourné sur la terrasse.

—Comme promis, je vais chanter, parce que ce jour m'a redonné l'espoir. Il m'a aussi ramené Charlotte, ma sœur de cœur, et son compagnon qui m'a l'air d'un homme bon et sincère!

—Oui, chante, Kanti! s'exclama Chogan. Tala sera là, parmi les étoiles de la nuit, et elle se réjouira de t'écouter!

Mukki se mit à applaudir, tandis qu'Akali, rayonnante, répétait:

—Chante, Kanti, chante ma Kanti!

Laurence bavardait avec une de ses cousines, mais elles se turent bien vite. Quant à Marie-Nuttah, la bouche arrogante et l'air farouche, elle se sentait enfin à sa place, parmi les siens, le peuple montagnais.

—J'ai appris cet air à Paris, expliqua Hermine. Il est tiré d'un opéra, *Nabucco*. Voici le chant des esclaves:

Quand tu chantes, je chante avec toi, Liberté
Quand tu pleures, je pleure aussi ta peine
Quand tu trembles, je prie pour toi, Liberté
Dans la joie ou les larmes, je t'aime
Souviens-toi des jours de ta misère
Mon pays tes bateaux étaient tes galères
Quand tu chantes, je chante avec toi, Liberté
Et quand tu es absente, j'espère
Qui es-tu? Religion ou bien réalité
Une idée de révolutionnaire
Moi je crois que tu es la seule vérité
La noblesse de notre humanité
Je comprends qu'on meure pour te défendre
Que l'on passe sa vie à t'attendre
Quand tu chantes, je chante avec toi, Liberté
Dans la joie ou les larmes, je t'aime
Les chansons de l'espoir ont ton nom et ta voix

Le chemin de l'histoire nous conduira vers toi
Liberté! Liberté!

La voix pure du Rossignol de Val-Jalbert s'était élevée, limpide et douce, puissante et tendre. Hermine se tenait debout, ses longs cheveux blonds défaits, irisés par les flammes. Les mains jointes, le visage tendu vers le ciel, elle exprimait le chagrin, l'espérance et la foi en un monde meilleur. Le mot *liberté* qui résonnait dans la nuit prenait une force sublime, portée par des aigus cristallins. Ludwig confia à Charlotte qu'il n'avait jamais rien entendu d'aussi beau et elle se blottit davantage contre lui.

Les Indiens écoutaient religieusement, bouche bée ou une cigarette au coin des lèvres. Hermine chanta encore, ses airs préférés, *Madame Butterfly*, *Lakmé*, puis elle interpréta quelques succès français, dont *L'Accordéoniste*, d'Édith Piaf, qui fit pleurer grand-mère Odina.

Non, personne ne prêta attention à Toshan, hormis une fillette de neuf ans couronnée de boucles flamboyantes, qui le rejoignit sans bruit à la façon des louveteaux. Elle se posta devant lui, auréolée de l'éclat des flammes, si bien qu'il ne distinguait pas ses traits.

— Es-tu toujours mort? lui demanda-t-elle.

Il ne put s'empêcher de rire tristement. D'un geste très doux, il l'incita à retourner près des autres.

— La joie, c'est là-bas! Ne t'occupe pas de moi, Kiona. Hermine chante si bien! Tu devrais l'écouter.

— Toshan, elle croit que tu es guéri, cette fois, parce que tu t'es levé de cette chaise longue, parce que tu as ri et parlé avec Chogan. Et tu as posé ta main sur son épaule. Si tu n'es pas guéri, demain, elle sera encore plus malheureuse.

— Je sais, mais je n'y peux rien, je ne peux pas faire semblant! Aujourd'hui, c'était différent. Je voulais l'aider à prendre contact avec Ludwig et je ne pouvais pas vexer Odina en restant assis.

Kiona se déplaça un peu et présenta à Toshan son profil dont la ligne parfaite, d'une grâce exquise, le bouleversa. Il n'avait jamais remarqué la beauté de sa demi-sœur ni sa ressemblance avec Hermine. Mais ce qui était nacre, lait et rose délicat chez son épouse avait chez la fillette des tons chauds, or et ambre.

—Toshan, ce n'est pas ta faute, dit-elle sans le regarder. J'ai bien du souci, à toujours mentir aux gens que j'aime, à tricher.

—Est-ce que tu inventerais tes visions, tes pressentiments? interrogea-t-il, soudain intrigué.

—Non, c'est le contraire, répliqua-t-elle d'une voix dure. Je cache tant de choses qui viennent me déranger, me rendre malade! Je vois des fantômes, parfois. Simon est venu dans la salle de classe, chez Laura. J'ai su qu'il était mort, mais pas en France, dans une bataille. Il est mort ailleurs, et cet ailleurs, il s'y passe des choses si horribles que je suis glacée, terrifiée.

Si Laura avait vu Kiona à cet instant, elle aurait soufflé à l'oreille de Jocelyn que sa fille semblait avoir dix ans de plus. Sensible et intuitif, Toshan eut la même impression. Ce n'était pas vraiment une enfant qui s'adressait à lui, plutôt un être d'une essence mystérieuse.

—Simhona, je l'ai vue elle aussi, avec son petit garçon. Ils sont dans une merveilleuse lumière et elle ne veut pas que tu sois malheureux. Je crois qu'ils ont peut-être moins souffert en mourant sur le coup. Si on les avait emmenés ailleurs, cet ailleurs que je voudrais oublier, ils ne seraient pas dans la lumière. Toshan, tu es mon frère, le sang de Tala nous lie pour toujours. Je t'aime tant... Mais je ne peux pas te sauver tout le temps, c'est épuisant.

Tout en lui caressant la joue, elle pleurait en silence.

—Oh! Kiona! Je t'ai ignorée pendant des années. Je n'ai pas compris qui tu étais et combien tu pouvais m'aimer!

Le Métis ne put en dire plus. Sa voix se brisa et il pleura à son tour, des sanglots étouffés, retenus depuis des mois. Suffoqué par ce chagrin qu'il libérait enfin, il referma ses bras sur sa sœur et l'étreignit avec passion.

Elle s'abandonna, la tête nichée au creux de son épaule, tandis qu'il sanglotait sans pouvoir s'arrêter, éperdu de gratitude et aussi de regrets.

— Crois-tu que la vie peut recommencer? dit-il tout bas, une fois calmé.

— Oui, Toshan. Il y a des gens qui meurent, mais aussi des bébés qui naissent. Charlotte aura une petite fille après-demain et toi tu auras un fils au printemps prochain. Et la guerre, elle s'arrêtera, mais pas tout de suite. Il va se passer encore des choses affreuses. J'espère que je ne verrai rien! Grand-mère Odina m'a confectionné des amulettes. Elle m'a promis que je serai normale si je les garde à mon cou. Celles de maman, quelqu'un les a brûlées.

— Vraiment, tu sais tout cela à l'avance?

— Mais oui, et je te le dis pour que tu sois content!

— Je suis content et, maintenant, je suis là! Plus personne ne te fera de mal et, s'il le faut, j'irai chercher le dernier shaman de ce pays pour qu'il te permette de vivre en paix!

Sur cette promesse, il embrassa la joue ronde et soyeuse de Kiona. Elle le prit par le cou et lui sourit, de ce sourire ineffable, subtil et lumineux, qui avait le don de consoler et d'enchanter le cœur.

— C'est étrange, j'ai l'impression que je suis guéri, dit-il, ébloui. Grâce à toi, petite sœur!

— Alors, va vite rejoindre Mine! Elle t'attend.

Grand-mère Odina racontait une légende du peuple montagnais où il était question d'un castor et d'un orignal. Les enfants l'écoutaient sagement. Hermine s'était assise à l'écart du feu, un peu lasse d'avoir tant chanté. « Quelle belle nuit! songeait-elle. Tous ces visages heureux, Madeleine qui serre Akali dans ses bras, Charlotte, épanouie, si douce près de son beau Ludwig qui a souffert comme nous tous… Tant de sérénité ici, et loin, très loin, la guerre, le malheur! Toshan s'est retranché hors de notre joie. Il a choisi l'ombre à nouveau. »

Comme elle soupirait, prise d'une vague envie de pleurer, deux mains chaudes et impérieuses la saisirent par la taille pour l'obliger à se lever. Une seconde plus tard, Toshan l'enlaçait jalousement en la couvrant de baisers.

— Toi, dit-elle, incrédule. Mais...

— Chut, fit-il.

Elle le regarda. La lueur mourante des flammes redonnait à son mari ce teint cuivré qu'elle adorait, elle ravivait l'éclat de ses yeux noirs. Et il souriait! Il lui souriait, à elle! C'était bien lui, et non pas un fantôme de son amour perdu. Elle succomba à sa beauté retrouvée, à la séduction qui émanait de sa chair, de sa voix grave. Et cette voix lui répétait :

— Viens, Mine, viens, ma petite femme coquillage! L'herbe de la forêt est tendre et tiède. Les arbres sont endormis, ils ne verront rien! Comme il y a plus de dix ans déjà, ces jeunes mariés que nous étions, dans le cercle des mélèzes, tu te souviens?

— Oh oui! Je me souviens, Toshan.

Il la prit par la main et l'entraîna vers la pénombre des sous-bois. Ils disparurent sous les frondaisons qu'un quartier de lune nappait d'argent pour célébrer la vie et l'amour au bord de la Péribonka.

Restée seule sur la terrasse, Kiona traçait un cercle autour d'elle avec un petit bout de craie blanche. Et, dans ce cercle, la fillette se pelotonna et s'endormit, son devoir accompli.

Bibliographie

BERNARD, Yves et BERGERON, Caroline. *Trop loin de Berlin : des prisonniers allemands au Canada, 1939-1946*, Sillery, Septentrion, 1995, 357 p.

POTVIN, Chantale. *Le Pensionnaire*, Chicoutimi, Éditions JCL, 2010, 188 p.

PROTEAU, Lorenzo. *La Parlure québécoise*, Boucherville, Proteau, 1982, 230 p.

Société historique du Saguenay. *Saguenayensia : la revue d'histoire du Saguenay–Lac-Saint-Jean*, numéros variés.

VIEN, Rossel. *Histoire de Roberval*, Chicoutimi, Éditions JCL, 2002, 370 p.

Tome I
656 pages; 26,95 $

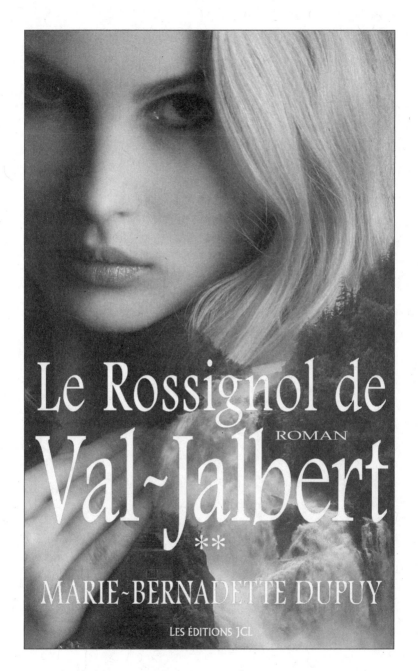

Le Rossignol de
ROMAN
Val~Jalbert
**
MARIE~BERNADETTE DUPUY
LES ÉDITIONS JCL

Tome II
792 pages; 29,95 $

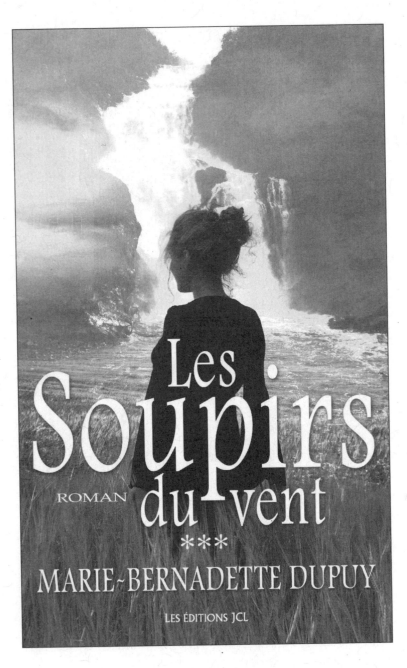

Les Soupirs du vent

ROMAN

***

MARIE~BERNADETTE DUPUY

LES ÉDITIONS JCL

Tome III
752 pages; 29,95 $

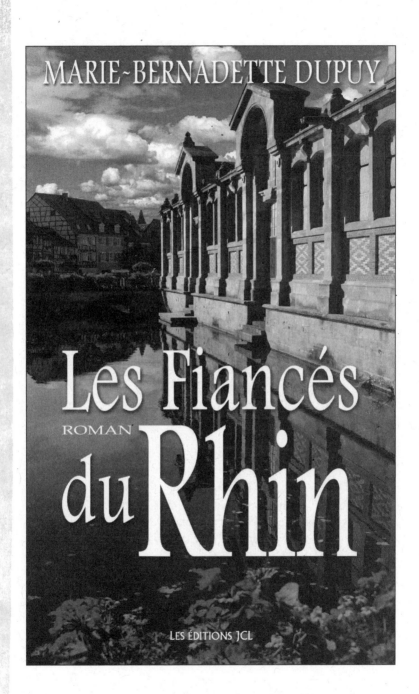

MARIE-BERNADETTE DUPUY

Les Fiancés

ROMAN

du Rhin

LES ÉDITIONS JCL

790 pages; 29,95 $

DISTRIBUTEURS EXCLUSIFS

Distributeur pour le Canada et les États-Unis
LES MESSAGERIES ADP
MONTRÉAL (Canada)
Téléphone : (450) 640-1234 ou 1 800 771-3022
Télécopieur : (450) 640-1251 ou 1 800 603-0433
www.messageries-adp.com

Distributeur pour la France et autres pays européens
DISTRIBUTION DU NOUVEAU MONDE (DNM)
PARIS (France)
Téléphone : 01 43 54 49 02
Télécopieur : 01 43 54 39 15
Courriel : libraires@librairieduquebec.fr

Distributeur pour la Suisse
(À l'usage exclusif des librairies)
SERVIDIS / TRANSAT
GENÈVE (Suisse)
Téléphone : 022/342 77 40
Télécopieur : 022/343 46 46
Courriel : transat-diff@slatkine.com

◆◆◆

Dépôts légaux
Bibliothèque nationale du Canada
Bibliothèque et Archives nationales du Québec, 2011
Imprimé au Canada

◆◆◆